Bernard Malamud:
Ein neues Leben
Roman

Deutsch von Herta Haas

Der „doofen" Ulla
von der „blöden"
Petra
10. 2. 84

Deutscher
Taschenbuch
Verlag

dtv

Von Bernard Malamud
sind im Deutschen Taschenbuch Verlag erschienen:
Schwarz ist meine Lieblingsfarbe (1718)
Die Mieter (10006)
Das Zauberfaß (10045)
Die Leben des William Dubin (10134)

Ungekürzte Ausgabe
Februar 1984
Deutscher Taschenbuch Verlag GmbH & Co. KG,
München
Lizenzausgabe mit freundlicher Genehmigung des
Verlags Kiepenheuer & Witsch, Köln
Titel der amerikanischen Originalausgabe:
›A New Life‹

Umschlaggestaltung: Celestino Piatti
Gesamtherstellung: C. H. Beck'sche Buchdruckerei,
Nördlingen
Printed in Germany · ISBN 3-423-10225-X

Das Buch

Für jemanden, der in New York geboren ist und immer dort gelebt hat, ist es keine leichte Entscheidung, diese Stadt zu verlassen. Aber Seymour Levin will sein verpfuschtes Leben möglichst weit hinter sich lassen und nimmt eine Stelle an als Englisch-Dozent am College einer Kleinstadt im Westen. Als er dort eintrifft, beglücken ihn die Schönheit der Natur und die Weite der Landschaft. Er ist sicher, daß für ihn hier ein neues Leben beginnen wird. Der Kollege Gerald Gilley und Pauline, seine aparte Frau, bei denen er den ersten Abend verbringt, sind nette und liebenswürdige Leute. Auf Nettigkeit scheint man überhaupt sehr viel Wert zu legen. Levin ist irritiert, als er hört, daß er allein aufgrund seines Vollbartes bereits für einen Exzentriker gehalten werden könnte. Und im Laufe der Zeit lernt er die Gefühlskälte, den Materialismus und den Provinzialismus kennen, der sich hinter all dieser Nettigkeit verbirgt. Flüchtige Liebesaffären können den Mangel an Geistigkeit und Güte nicht ausgleichen. »In wechselnder Erzählweise zeigt sich der Rang dieses Autors, der vom lapidaren Bericht bis zur gleichnishaften Darstellung, von realistischer Nachricht bis zur verhaltenen Groteske seine Mittel so beherrscht, daß sie unaufdringlich bleiben und schließlich nur eines fördern, das riskante Vergnügen an Seymour Levins beispielhaften Irrtümern.« (Siegfried Lenz)

Der Autor

Bernard Malamud wurde am 26. April 1914 in Brooklyn geboren als Sohn jüdischer Einwanderer aus Rußland. Er studierte an der Columbia University und war ab 1949 als Dozent für Anglistik tätig. Seit den fünfziger Jahren veröffentlicht er Erzählungen und Romane und erhielt 1958 den National Book Award. Einige Werke: ›Schwarz ist meine Lieblingsfarbe‹ (dt. 1971), ›Das Zauberfaß‹ (dt. 1962), Erzählungen; ›Der Gehilfe‹ (dt. 1960), ›Der Fixer‹ (dt. 1968), ›Die Mieter‹ (dt. 1973), ›Die Leben des William Dubin‹ (dt. 1980), Romane.

Für Alex und Bernadette

Lo, levin leaping lightens
in eyeblink Ireland's westward welkin!

Und sieh, zuckender Blitz
springt zackig auf an Irlands westlichem Himmel!

ULYSSES
(Deutsch von Georg Goyert)

I

Gegen Abend des letzten Sonntags im April 1950 entstieg S. Levin, ein früherer Trinker, nach einer langen und ermüdenden Reise quer durch den Kontinent dem Zug: er war in Marathon, Cascadia, angelangt. Levin, bärtig, müde und einsam, stellte eine Reisetasche und einen Koffer ab und sah sich in einem fremden Land nach einem Willkommensgruß um. Nach einem Augenblick des Gedränges war der kleine Bahnhof – genau wie Dutzende von anderen, die er auf der Reise gesehen hatte – wieder so gut wie verlassen, und nachdem Levin sich nach allen Seiten umgeblickt und in seiner Enttäuschung schon beschlossen hatte, ein Taxi zu rufen, sah er, daß ein Mann und eine Frau in Sportkleidung den Bahnhof betraten. Sie starrten Levin an – der Mann beinahe entsetzt, die Frau nicht ganz so durchdringend –, und Levin heftete seinen Blick auf die beiden. Im gleichen Moment, da er sein Gepäck wieder ergriff und ihnen entgegenging, eilten sie auf ihn zu. Der Mann, ein hochgewachsener, energischer Vierziger mit üppigem rotem Haar kam ihm mit ausgestreckter Hand entgegen.

»Entschuldigen Sie die Verspätung. Ich bin Dr. Gilley.«

»S. Levin«, sagte Levin und zog seinen schwarzen Filzhut. Durch den Bart schimmerten seine Zähne. »Aus dem Osten.«

»Fein«, erwiderte Gilley strahlend mit freundlicher Stimme. Und auf die große, fast busenlose Frau im weißen Leinenkleid deutend, sagte er: »Meine Frau.«

»Freut mich sehr«, sagte Levin.

»Ich bin Pauline Gilley.« Sie glich einer Lilie an einem langen Stiel.

»Darf ich Ihnen mit Ihrem Gepäck helfen?« sagte Gilley.

»Nein, nein, vielen Dank, ich – –«

»Aber das ist doch gar kein Problem.«

Schon hatte Gilley beide Gepäckstücke ergriffen und trug sie zum Wagen, den er vor dem Bahnhof geparkt hatte; seine Frau und Levin eilten ihm nach. Er schloß den Kofferraum

auf, in dem zwei Golftaschen lagen (eine enthielt einen ganz neuen Satz Schläger) und verstaute Levins Gepäck.
Inzwischen hatte Levin die hintere Wagentür geöffnet, aber Pauline sagte, sie hätten alle drei vorne Platz. Zögernd stieg er ein; sie saß zwischen den beiden Männern.
»Wir haben uns auf dem Golfplatz verspätet«, sagte sie erklärend.
»Spielen Sie?« fragte Gilley Levin.
»Spielen . . .?«
»Golf.«
»Ach nein.«
Eine Weile schwiegen sie alle.
»Hoffentlich lerne ich es noch irgendwann einmal«, sagte Levin dann mit halb unterdrücktem Lachen.
»Gut«, sagte Gilley.
Levins Spannung ließ nach, und er genoß die Fahrt. Sie fuhren auf einer fast leeren Landstraße durch ein weites Tal mit vielen, vielen Farmen; rechts und links sah man in der Ferne dicht bewaldete Gebirgsketten, und an dem hohen Himmel türmten sich mächtige goldene Wolkenmassen. Auf der Seite der Straße, an der ein Flüßchen entlanglief, standen hauptsächlich kleine Gruppen von Laubbäumen; die grünen Berge im Süden und Westen jedoch waren zumeist mit hohen, spitzen Tannen bewachsen.
Mein Gott, dachte Levin, das ist der Westen. Er stellte sich die Pioniere vor, die dieses Tal zum erstenmal mit ihren Planwagen betreten hatten, und der Gedanke rührte ihn. Wenn Levin auch nur wenig in der Natur gelebt hatte, so hatte er sie doch immer geliebt, und das Gefühl, das Richtige getan zu haben, als er New York verließ, erfüllte ihn von neuem.
»Die Berge, die Sie da links sehen«, sagte Pauline Gilley, »sind die Cascaden. Rechts sehen Sie das Küstengebirge – eine relativ junge Gebirgskette, was immer dieser Ausdruck bedeutet. Ungefähr fünfzig Meilen dahinter liegt der Stille Ozean.«
»Der Stille Ozean?«
»Ja.«
»Wunderbar.«
Beide Gilleys lachten. »Vielleicht können wir mal rüber an

die Küste fahren, ehe die Immatrikulationswoche beginnt«, sagte Dr. Gilley.
Und in freundlichem Ton fuhr er fort: »Seymour kürzt man doch zu Sy ab – nicht wahr?«
Levin nickte zustimmend.
»Ich heiße mit Vornamen Gerald; den meiner Frau kennen Sie ja schon. Hier ist man nicht sehr zeremoniell in diesen Dingen. Etwas, das Ihnen bestimmt im Westen auffallen wird, ist die Art der Demokratie hierzulande.«
»Sehr gut.«
»Außerdem sind wir auf alle Menschen neugierig«, meinte Pauline. »Das läßt sich in einer Kleinstadt gar nicht vermeiden. Haben Sie Familienphotos in der Brieftasche? Oder vielleicht ein Bild von Ihrer Freundin?« Sie lachte ein wenig dabei.
Levin errötete. »Weder Photos noch eine Freundin.«
Und nach einer Minute fügte er hinzu: »Und keine Brieftasche.«
Sie lachten – Pauline vergnügt, Gerald kichernd.
»Da, sehen Sie!« Sie zeigte auf die Berge im Osten.
In der Ferne schwebte ein riesiger, schneebedeckter Gipfel über der dunklen blauen Gebirgskette, hoch über den Wolken, denen der Sonnenuntergang einen rosigen Schimmer verlieh.
»Phantastisch«, flüsterte Levin.
»Der Berg Häuptling Joseph«, sagte Pauline. »Ich wußte, daß Ihnen das gefällt.«
»Überwältigend. Ich –«
Sein Herz klopfte noch immer heftig von diesem Anblick, als Pauline sagte: »Wir sind schon fast in der Stadt. Sollen wir durch den Campus fahren?«
»Morgen«, sagte Gilley. Im Sonnenuntergang deutete er auf etwas. »Hier, wir kommen jetzt nach Easchester. Da drüben, im Südwesten, liegt das College. Das hohe Gebäude, das direkt hinter den Bäumen da aufragt, ist das Institut für chemische Ingenieurwissenschaften. Das hier ist das neue Landwirtschaftsinstitut. Das Institut für Geisteswissenschaften, wo wir sitzen, können Sie von hier aus nicht sehen, aber es steht dort, in dieser Richtung. Wir wohnen ungefähr eine halbe Meile vom Campus, ungefähr dort hinaus. Sie werden ganz in der Nähe

davon wohnen, wenn Ihnen Mrs. Beatys Haus zusagt: ungefähr drei Häuserblocks vom Büro entfernt und darum sehr bequem.«

Levin murmelte ein paar Dankesworte.

Sie fuhren gerade durch das Geschäftsviertel der Stadt, aber noch ehe er irgendeinen Eindruck empfangen hatte, lag es schon wieder hinter ihnen, und sie kamen jetzt durch eine reine Wohngegend mit reizenden, baumbestandenen Straßen und hübschen Holzhäusern. Levin spürte eine angenehme Erregung beim Anblick der vielen alten Bäume und des reichen grünen Laubes. Wenige Minuten später waren sie an einem zweistöckigen Holzhaus angelangt, das in einem angenehmen Braun gestrichen war; eine schlanke weiße Birke stand auf dem Rasen, deren Zweige sich in der sommerlichen Brise hoben und senkten. Die Überraschung für Levin aber war der Bordstein; der ganzen Länge des Hauses entlang war er dicht mit Blumen bepflanzt – mit Astern, Ringelblumen und Chrysanthemen, soviel er sehen konnte; in seiner Reisetasche hatte er ein Exemplar von *Vögel, Bäume und Blumen des Westens*, einen dicken Band, den er sich vor kurzem angeschafft hatte.

»Das ist unser Haus«, sagte Pauline. »Allerdings hätte Gerald lieber eine Art Ranch-Haus.«

»Irgendwann werden wir uns auch mal eins bauen«, sagte Gerald. »Dann hätte sie viel weniger Hausarbeit«, sagte er zu Levin.

Zwar gefielen Levin Haus, Birke und die Blumen, dennoch deprimierte es ihn ein wenig, nach einer so langen Reise ein Haus zu betreten; aber er verbarg dieses Gefühl, als er Gilley auf dem plattenbelegten Gartenpfad folgte und hinter ihm ins Haus trat.

Pauline sagte, sie wolle irgend etwas zum Abendessen richten, nichts Kompliziertes, sowie ihr Babysitter die Kinder in der Küche fertig gefüttert habe.

»Möchten Sie etwas trinken nach Ihrer langen Reise?« fragte Gilley und kniff ein Auge zu.

Levin lehnte dankend ab.

»Nicht mal einen Kleinen?« und er spreizte seinen langen Daumen und den Zeigefinger einen Zoll auseinander.

»Nein, wirklich, ich –«

»Schon gut, darf ich –?«
»Aber bitte. Ich –«
»Und wie ist's mit Bier?« fragte Pauline. »Ich kann aber auch Apfelsinensaft aufmachen oder Ihnen ein Glas Wasser bringen.«
»Bier ist in Ordnung«, sagte Levin.
»Ich bringe Ihnen genauso gern Wasser.«
»Bier ist mir lieber.«
»Wenn Sie sich waschen möchten – im Badezimmer hängt ein blaues Handtuch für Sie.«
Sie ging wieder in die Küche zurück, und Gilley zog die Jalousie des Seitenfensters zu, ehe er die Martinis mixte. Durch die geöffneten Jalousien des Mittelfensters bewunderte Levin ein Bäumchen mit purpurroten Blättern, das links, schräg gegenüber dem Haus, auf der anderen Seite der breiten Straße stand.
»Ein Pflaumenbäumchen«, sagte Gilley. »Hat jedes Frühjahr rosa Blüten.«
»Wundervoll.« Levin beobachtete verstohlen den Mann, der ihn beobachtete.
Als Pauline mit dem Bier zurückkam, hob ihr Mann sein Glas Martini. »Auf eine erfolgreiche Laufbahn für Sy!«
»Prost«, sagte Pauline.
»Vielen Dank.« Levins Hand zitterte, als er das Glas hob.
Sie tranken, und Levin trank sich selbst zu, ehe er merkte, daß er es tat.
»Macht es Ihnen was aus, wenn wir früh essen?« fragte Pauline. »Der Abend ist dann länger. Seit wir die Kinder haben, müssen wir früh essen.«
»Bitte, machen Sie's, wie es Ihnen paßt.«
Er saß auf der Couch und genoß das Bier und das Zimmer. Es war ein länglicher, geschmackvoll möblierter Raum mit schönen Vorhängen. An der Wand hingen ein Schwarz-Weißdruck, der einen vogelschießenden Jäger darstellte, und die Reproduktion einer jungen Frau von Vermeer. Die Wand zu seiner Rechten verschwand hinter gefüllten Bücherregalen. Zur Küche hin war eine Art Eßecke eingerichtet mit einem altmodischen runden Tisch, der für drei Personen gedeckt war, und um den herum vier Stühle standen.

»Fernsehen?« fragte Gilley. »Der Apparat steht in meinem Arbeitszimmer.«
»Später, Gerald«, sagte Pauline. »Mr. Levin hat gewiß schon mal ferngesehen.«
»Ich hab' ja nicht behauptet, daß er es noch nie getan hätte, aber nachher wird nicht mehr viel Zeit dafür sein. Er muß sich doch noch sein Zimmer ansehen und auspacken.«
»Machen Sie sich keine Sorgen um mich«, sagte Levin.
»Sofort nach dem Abendessen bringe ich Sie zu Mrs. Beaty rüber«, sagte Gilley und goß sich noch einen Martini ein. »Sie hat ein ziemlich großes Zimmer mit eigenem Eingang vom Hof her. Und wenn Sie wollen, können Sie die Küche mitbenutzen, Sy. Verdammt bequem, wenn man um acht Uhr die erste Stunde geben muß. Und ich kann Ihnen versichern, daß Sie das müssen. Sie ist Witwe – eine nette Frau, früher Volksschullehrerin, die mit einem Tischler verheiratet war; er ist, glaube ich, vor ungefähr zwei Jahren gestorben – er stammte aus Süd-Dakota, dem Staat, aus dem ich auch komme. Es ist übrigens höchst merkwürdig, daß ich vor genau achtzehn Jahren meine erste Woche hier in der Stadt in demselben Zimmer verbracht habe, das Mrs. Beaty jetzt Ihnen vermieten will.«
»So etwas!« sagte Levin.
Gilley nickte.
»Ich sehe es mir gern an.«
»Wenn es Ihnen nicht gefällt, können Sie ja für heute nacht wieder zu uns zurückkommen«, schlug Pauline vor.
Gilley schien über ihre Worte nachzudenken, doch Levin sagte sofort: »Das ist reizend von Ihnen, aber ich möchte Sie wirklich nicht noch mehr behelligen. Ich kann ja ins Hotel gehen. Soviel ich mich erinnere, haben Sie mir doch geschrieben, daß es hier eins gibt!«
»Zwei sogar – mit zivilen Preisen.«
»Ausgezeichnet«, sagte Levin.
»Gut. Darf ich Ihnen noch etwas frisches Bier einschenken?«
»Nein, danke.«
Pauline trank ihr Glas aus und ging in die Küche.
»Sie sind der einundzwanzigste bei uns; so viel vollbeschäftigte Kräfte haben wir noch nie im Englischen Seminar gehabt«,

sagte Gilley zu Levin. »Professor Fairchild wird Sie morgen nachmittag um zwei empfangen. Er ist wirklich ein feiner Mensch und ein überaus rücksichtsvoller Seminarleiter. Sie werden ihn bestimmt mögen, Sy. Er hat es fertiggebracht, alle seine Mitarbeiter zu halten, obwohl das etatmäßig überaus schwierig ist. Sie haben sicher schon von seinem Lehrbuch der Grammatik gehört – *Die Grundlagen der Grammatik.* Der Himmel mag wissen, wieviel Auflagen es schon gehabt hat. Das Institut ist wieder gewachsen, nachdem es geschrumpft war, als das Gros der Kriegsteilnehmer gegangen war; aber wir haben immer noch eine ganze Menge von ihnen hier. Letztes Jahr haben wir drei Herren in den Lehrkörper aufgenommen, und nächstes Jahr sollen weitere zwei bis drei dazukommen. Zur Zeit sind ungefähr 42 000 Studenten am College immatrikuliert, aber diese Zahl wird sich vermutlich innerhalb der nächsten zehn Jahre verdoppeln.«

Beglückt lächelte er Levin an, und Levin lächelte ihm ebenfalls zu. Was für ein netter, wirklich freundlicher Mensch! Er nahm einem jede Befangenheit.

»Wir haben Anfragen aus allen Teilen des Landes erhalten. Ich habe schon für nächstes Jahr einen ganz netten Stoß Aufnahmegesuche da liegen.«

»Ich bin Ihnen sehr verbunden für –«

»New York wird Ihnen doch nicht fehlen? Wir leben hier in einer Kleinstadt, Sy; 9700 Einwohner, und man kann nicht viel unternehmen, wenn man nicht hinausfährt oder sich für Fußball und dergleichen interessiert. Jahreskarten für die Sportveranstaltungen sind für Fakultätsmitglieder ziemlich billig.«

»Nein, New York wird mir nicht fehlen«, sagte Levin und seufzte.

»Seit Jahren spricht Pauline davon, daß sie einmal nach New York City möchte.«

»Wirklich?«

»Ich möchte nicht zu lange dortbleiben. Ich fühle mich in großen Städten nicht wohl. Sie machen mich schon nach kurzer Zeit nervös.«

»Ich verstehe, was Sie meinen.«

»Sie sind offenbar gern fortgegangen.«

»Ich habe mein ganzes Leben dort verbracht.«
»New York hat acht Millionen Einwohner – das sind sieben Millionen mehr als es im ganzen Staat Cascadia gibt.«
»Unvorstellbar«, murmelte Levin.
»Aber unsere Bevölkerungszahl nimmt zu; um ungefähr dreitausend pro Jahr.«
Pauline stellte Gläser auf den Tisch, und als sie dann wieder aus der Küche kam, brachte sie eine Schüssel.
»Thunfisch und Kartoffelpüree«, sagte sie entschuldigend. »Hoffentlich mögen Sie es.«
»Großartig«, sagte Levin. Plötzlich war er sehr hungrig. Sie setzten sich an den runden Tisch, der ihm erstaunlicherweise auf einmal sehr gut gefiel. Pauline hatte vergessen, die Salatschüssel zu bringen und ging, sie zu holen. Als sie zurückkam, teilte sie im Stehen das Hauptgericht aus. Aus der Küche rief eines der Kinder. Das lenkte sie ab, sie verfehlte Levins Teller und ließ eine Portion heißen Thunfisch und Kartoffelbrei auf seinen Schoß fallen.
Mit einem Schrei sprang er auf.
»Das tut mir aber entsetzlich leid.« Rasch rieb sie mit einem Lappen an Levins Hose, aber er nahm ihn ihr aus der Hand und tat es selbst. Ein großer feuchter Fleck blieb zurück.
»Ich ziehe mich wohl besser um«, sagte er verwirrt. »Mein anderer Anzug ist in meinem Koffer.«
»Ich hole ihn«, sagte Gilley mit hochrotem Gesicht. »Er ist noch im Kofferraum.«
»Dann wird ja alles kalt«, sagte Pauline. »Kannst du Mr. Levin nicht eine von deinen Hosen leihen, Gerald? Das geht doch schneller.«
»Eigentlich möchte ich lieber meine eigene anziehen«, bemerkte Levin.
»Laß ihn doch machen, was er will«, sagte Gilley zu seiner Frau.
»Er braucht doch nicht so unbequem dazusitzen, bis wir seinen Koffer geholt haben. Deine graue Hose paßt ja sehr gut zu seinem Jackett. Sie hängt in deinem Wandschrank.«
»Bitte –« Levin schwitzte.
»Vielleicht hat sie recht«, sagte Gilley. »Es geht schneller so.«

»Ich bin sofort umgezogen, wenn ich meinen Koffer habe.«
»Geralds Hose zu holen, geht aber schneller.«
»Die paßt mir aber sicher nicht. Er ist doch größer als ich.«
»Dann schlagen Sie die Umschläge hoch. Wenn Sie nach dem Essen gehen wollen, hab' ich Ihre Hose schon entfleckt und gebügelt. Ich bin ja daran schuld gewesen, und es wäre mir viel lieber, ich könnte die Sache auf meine Weise wieder in Ordnung bringen.«
Gilley zuckte die Schultern, und Levin gab nach. Im Badezimmer zog er Geralds Hose an.
Noch während er drinnen war, klopfte Pauline an die Tür.
»Ich habe Ihre Unterhose ganz vergessen. Die muß doch auch feucht sein. Hier ist eine frische von Gerald.« Er stöhnte in sich hinein und sagte dann ruhig: »Ich brauche sie nicht.«
»Bestimmt nicht?«
»Bestimmt nicht.«
Ehe er das Badezimmer verließ, wusch sich Levin gründlich Gesicht und Hände, trocknete sich energisch ab und kämmte seinen feuchten Bart. Als er heraustrat, fühlte er sich einen Augenblick lang wie ein Narr in Gilleys sackartiger Hose, aber das Essen, das Pauline warmgehalten hatte, war ausgezeichnet, und er aß mit großem Appetit.
Meine erste Nacht im Nordwesten, dachte Levin, als er nach dem Abendessen in einem Sessel saß. Wer hätte je gedacht, daß ich einmal so weit käme? Er fing an, über die Vergangenheit nachzudenken und mußte sich zwingen, es nicht zu tun.
Gilley sah unruhig aus, wie ihm schien. Ich gebe ihm besser seine Hose zurück und sehe, wo ich schlafen kann.
»Bleiben Sie doch noch«, flüsterte Pauline. Sie stellte rote Rosen in eine chinesische Vase, die auf dem Tisch stand.
»Ja, ja«, sagte Gilley. Er überflog die Sonntagszeitung; das einer seiner langen Beine ruhte auf einem Kissen.
Vielleicht hab ich unrecht, dachte Levin.
Pauline schloß eines der Fenster und rieb sich die Arme; sie hatte eine Gänsehaut. »Gerald – könntest du nicht ein bißchen Feuer machen?«
»Man spürt den Herbst«, sagte sie zu Levin.
Gilley brummte irgend etwas und stand auf. Er stopfte Zei-

tungspapier unter den Rost des Kamins, tat ordentlich geschichtetes Kleinholz darauf und bedeckte das Ganze mit zwei Scheiten, deren Rinde dick mit Moos bewachsen war.
»So brennt es fast den ganzen Abend lang«, sagte er zu Levin. »Ein Stück Eichenholz hält das andere warm. Das ist das Geheimnis.«
Er zündete das Papier an, und das Feuer züngelte hoch auf. Levin fand diese Beschäftigung interessant, ja sogar rührend. Er hatte kaum je im Leben an einem Kamin gestanden und hatte noch nie zugesehen, wie ein Feuer darin angezündet wurde. Wenn das Zimmer, von dem Gilley gesprochen hatte, einen Kamin hätte, überlegte er, würde er es nehmen.
Neben der Couch öffnete sich eine Tür, und zwei Kinder, die mit ihrem Babysitter heruntergekommen waren, betraten das Zimmer. Sie waren gebadet worden und trugen nun ihre Schlafanzüge, und als der Knabe das Feuer sah, lief er darauf zu. Er hatte rotes Haar und ein blasses Gesicht. Das kleine Mädchen, blond wie die Mutter, hatte wunde Stellen an Armen und Beinen. Obwohl es noch kaum laufen konnte, hielt es ein Kätzchen auf den Armen.
»Das ist Mr. Levin, Zenamae«, sagte Pauline zu dem Babysitter. »Er ist der neue Englischprofessor. Zenamae Sonderson, Mr. Levin.«
Levin errötete. »Eigentlich kaum ein Professor –« Pauline bezahlte das Mädchen, und es ging.
Der Knabe wandte sich vom Feuer ab, sah Levin durchdringend an und fing an zu weinen.
»Wetten, daß der Bart dran schuld ist?« sagte Gilley.
Levin nahm eine Zeitschrift in die Hand und tat, als läse er. Das Kind hörte auf zu weinen. Pauline nahm es bei der Hand und führte es zu dem neuen Lehrer hin.
»Mr. Levin, das ist Erik Gilley. Erik, Mr. Levin ist ein netter Mann und kommt von ganz weit her – aus New York City.«
Er war ihr dankbar.
Der Junge sagte etwas, das wie »Tory« klang.
»Nein«, sagte Levin erstaunt, »ich bin liberal.«
Pauline lachte. »Sie sollen ihm eine *Story* erzählen.«
Gilley lachte. »Jetzt haben Sie sich aber verraten, Sy.«

Levin lächelte verlegen und erklärte sich bereit, dem Kind eine Geschichte zu erzählen.
»Mir auch«, sagte das kleine Mädchen, ließ das Kätzchen los und kam näher.
»Mary ist unser Baby«, sagte Pauline. »Sieht sie mir ähnlich, Mr. Levin?«
»Einigermaßen«, antwortete er. »Ich kann das schlecht beurteilen.«
Sie lächelte und gab dem Kind einen Kuß.
»Es ist besser«, meinte Gilley, »nicht ausgerechnet jetzt mit Geschichten anzufangen. In fünf Minuten müssen wir sowieso gehen.«
»Du hast's aber versprochen.« Erik war auf Levins Schoß geklettert.
»Was für eine Geschichte willst du denn hören?«
»'ne lustige.«
Levin überlegte, ob er irgend etwas Lustiges wüßte. Pauline saß aufmerksam auf dem Kissen und hielt Mary auf den Knien. Gilley hatte sich in seine Bude zurückgezogen und den Fernsehapparat angedreht.
Levin kratzte sich am linken Ohr – es war ganz heiß – und fing an: »Es war einmal ein Fuchs mit einem langen weißen Bart –«
Erik kicherte. Und einen Augenblick später begann er – zu Levins Verwunderung – schallend zu lachen. Levin strahlte über seinen leicht errungenen Erfolg, und dabei spürte er etwas Heißes auf seinem Oberschenkel. Schnell stand er auf und hielt das noch immer laut lachende Kind eine Armlänge von sich: da spritzte ein Wasserfall aus dem kleinen Penis, der aus der Öffnung der Pyjamahose gerutscht war.
Gilley betrat das Zimmer. »Aufhören, Erik!«
Pauline setzte Mary nieder, riß Erik an sich und rannte mit ihm ins Badezimmer: in einem hohen, anmutigen Bogen lief sein Springbrunnen weiter.
Da stand Levin, in Gilleys Hose, naß bis auf den Oberschenkel; sie blickten einander an. Er war verzweifelt. Ich muß hier fort, ehe sie mich hassen.
Pauline kam mit einem nassen Lappen und einem Schwamm zurück.

»Sie ziehen sich wohl besser um.« Sie sah ihn nicht an.
Er nickte niedergeschlagen.
»Ich hole Ihren Koffer aus dem Wagen«, sagte Gilley.
»Nicht nötig«, warf Pauline ein. »Seine Hose ist trocken. Mr. Levin, Sie können sich wieder im Badezimmer umziehen. Werfen Sie Geralds Hose einfach in den Wäscheschlucker. Es tut mir schrecklich leid.«
»Ist ja nicht so schlimm.« Levin ging ins Badezimmer und fing an, sich zu waschen.
Pauline klopfte an die Tür. »Ich hab' eine Unterhose von Gerald hier – Ihre ist doch sicher feucht. Wenn Sie den dritten Knopf benutzen, paßt sie Ihnen wahrscheinlich.«
»Ich brauche sie nicht«, erwiderte er.
»Es ist aber doch angenehmer für Sie.«
»Nein.«
Sie brach in Tränen aus. Levin öffnete die Tür einen Spalt breit und streckte die Hand heraus. Er nahm Pauline eine gestreifte Unterhose von ihrem Mann ab.
Als er in seiner eigenen Hose und guter Dinge aus dem Badezimmer kam und gehen wollte, war das Zimmer wieder in Ordnung und trocken, und beide Kinder lagen oben im Bett. Pauline hatte sich eine Rose an ihr weißes Kleid gesteckt, saß auf der Couch und häkelte. Gilley bündelte Trockenfliegen.
»Noch eine Tasse Kaffee, Mr. Levin?«
»Vielen Dank, Mrs. Gilley, aber ich glaube, ich muß jetzt gehen.«
»Bitte, bleiben Sie doch noch ein bißchen.«
Levin warf Gilley einen nervösen Blick zu.
»Bleiben Sie noch, Sy.«
»Wenn Sie wollen«, flüsterte er.
Aus lauter Verlegenheit sind sie so höflich, ging es ihm durch den Kopf, und er ärgerte sich darüber, weil er voll Sorge daran dachte, wo er schlafen sollte.

Erik kam die Treppe herunter und bat seinen Vater, mit ihm hinaufzugehen.
»Also gut«, sagte Gilley zu Levin. »Und danach fahren wir dann lieber gleich hinüber zu Mrs. Beaty. Sie will sicher zu Bett gehen.«

»Einverstanden«, erwiderte Levin.
Erik ging auf ihn zu und hob die Arme in die Höhe.
»Sie sollen ihn hochheben«, sagte Pauline.
Levin zögerte ein wenig, nahm aber dann doch das Kind auf den Arm.
Erik zupfte ihn am Bart. »Komischer Mann.«
»Jetzt ist's aber genug«, sagte Pauline.
Gilley nahm Levin Erik ab und trug ihn nach oben.
»Man weiß nie, was ihm noch einfällt«, sagte Pauline.
»Ich hatte gar nichts dagegen.«
Sie schwieg. Er sah sich die Büchergestelle an und nahm ein Buch heraus.
Sie häkelte weiter und fragte dann, was er sich ansehe.
»*Der Amerikaner* – Henry James.«
»Ach?« Sie stand auf, suchte im untersten Fach nach etwas, und als sie sich aufrichtete, hatte sie einen Sonderdruck aus einer philologischen Zeitschrift in der Hand, den sie Levin reichte.
Gilleys Name stand auf dem Umschlagblatt eines kurzen Artikels über Howells.
»Den hat er geschrieben, als er auf der Universität war«, sagte sie. »Er war damals Lektor, und ich war seine Schülerin. Gerald war der einzige aus seinem Jahrgang, der während seines Studiums auf der Uni einen Artikel in PMLA hatte. Ich hab' gehofft, er würde auch weiterhin wissenschaftliche Arbeiten veröffentlichen, aber er sagt, das langweile ihn.«
»Wirklich?«
Ihr Lächeln war beinahe traurig. »Er hat ein paar Lehrbücher besprochen, aber sonst hat er fast nichts mehr veröffentlicht. Gerald gehört zu den Leuten, die immer sehr aktiv sein müssen, ja, er gehört sogar so sehr zu ihnen, daß er nicht in Ruhe schreiben kann. Und zweifellos hat sich sein Interesse für Literatur verringert. Die Natur gibt einem hier so viel ästhetische Befriedigung, daß man gar keine andere mehr braucht.«
Levin zuckte instinktiv die Schultern.
»Das Leben ist so abwechslungsreich, und so oft geschehen ganz unerwartete Dinge«, sagte Pauline und warf ihm einen kurzen Blick zu. »Es gibt so viel zu tun – so vieles müßte getan werden. Ich selbst –« Sie betrachtete den Spitzenstreifen,

den sie gehäkelt hatte, und fuhr dann fort: »Ich glaube, wenn Gerald mehr Umgang hätte mit Leuten, die literaturwissenschaftlich arbeiten und schreiben, täte er es vielleicht auch. Dr. Fabrikant vom Seminar ist zwar ein Gelehrter, aber aus Gründen, die ich Ihnen nicht darlegen kann, weil das zu weit führen würde, haben die beiden wenig Sympathie füreinander; außerdem ist Gerald der Ansicht, daß man im Cascadia College – bei der besonderen Art des College – den Hauptwert auf die Lehrtätigkeit legen sollte. Er ist ein sehr beliebter Dozent.«

»Wie ist denn das College?«

»Er ist sehr vielseitig und genießt sein Leben sehr intensiv. Er geht angeln – das Land hier ist ideal dafür, wenn Sie sich fürs Angeln interessieren; er ist ein vorzüglicher Angler, und ich habe selbst gesehen, wie andere Leute aufgehört haben, zu fischen, um ihm zuzusehen. Außerdem schießt er Fasane und Enten und sieht liebend gern Sportveranstaltungen zu. Ich hätte nie geglaubt, daß mir das je Spaß machen würde, aber Sie ahnen gar nicht, wie aufregend diese Spiele sein können. Im allgemeinen sind unsere Fußball- und Basketballmannschaften ausgezeichnet, wenn sie auch nicht so großartige sind wie die in Kalifornien. Obendrein ist Gerald ein vorzüglicher Photograph. Er hat ein ganz besonderes Talent für Momentaufnahmen und hat schon eine Menge Preise gewonnen. Bei der Landesmesse hat letztes Jahr eins seiner Bilder den ersten Preis erhalten. Warten Sie – ich zeige es Ihnen.«

Sie schob unten am Bücherregal eine Schiebetür auf und holte ein dickes Photoalbum heraus, das sie zum Sofa brachte.

Da hab' ich mir was Schönes eingebrockt, dachte Levin.

Pauline blickte auf die vergrößerte Photographie eines alten Farmhauses, das wie eine hochgestellte Schuhschachtel aussah. »Pionier-Farmhaus«, las sie vor. »Er hat eine ganze Anzahl davon hier in unserem Staat aufgenommen. Im Sommer gehen wir zelten – ich hasse es, aber den Kindern tut es gut –, und da macht es ihm Spaß, überall solche Orte aufzustöbern und zu photographieren. Gerald hat eine besondere Vorliebe für Americana. Er hat schon sechs Preise für diese Art Bilder gewonnen.«

»Sehr gut –«

Sie schlug die Mitte des Albums auf. »Da sehen Sie ihn als Jungen in kurzen Hosen mit seiner Schwester in Abilene, Süd-Dakota. Sehen Sie nur, wie aufgeweckt er aussieht. Das hier ist sein Vater, ein Kaufmann, der sich vom Geschäft zurückgezogen hat. Mir ist die Mutter lieber. Diesen Sommer waren sie beide hier, um die Kinder zu sehen.«
Sie blätterte mehrere Seiten zurück und hielt dann bei dem Porträtbild eines würdig aussehenden Herrn mit Zwicker und graumeliertem Bart inne. »Das ist Papa«, sagte sie. »Ein wunderbarer Mann – sehr gütig und überaus großzügig. Er war Arzt und nahm den Eid des Hippokrates ganz wörtlich; er lebte danach. Einmal war er krank, stand aber trotzdem auf, um nach einem Patienten zu sehen. Der Patient wurde wieder gesund, doch mein armer Papa starb. Er war erst fünfzig. Das hat meine Mutter das Leben gekostet.«
»Ach –«, sagte Levin.
»Dann lebte ich bei Papas Bruder in San Franzisko. Das sind alles wunderbare Menschen.« Mit einem schmalen Finger wischte sie sich über ein Auge. Er schielte zu ihr hinüber, sah aber keine Träne.
Auf der nächsten Seite stand sie als Zwanzigjährige auf einer hügeligen Straße in einer Stadt; ihre Schultern berührten die eines jungen Mannes mit ausdruckslosem Gesicht. Sie sah unglücklich aus und trug einen Pelzmantel von undefinierbarer Farbe und einen Filzhut mit hochgeschlagener Krempe.
»Da war Ihr Vater schon tot?« fragte Levin.
»Seit eineinhalb Jahren. Mit diesem jungen Mann war ich sechs Monate lang verlobt, ehe ich Gerald geheiratet habe. Er hatte ein Guggenheim-Stipendium gewonnen und fuhr kurz darauf nach Europa, um mittelalterliche Geschichte zu studieren; aber ich wußte, daß er genug von mir hatte und ich ihn nie wiedersehen würde. Ich hab' ihn auch nie wiedergesehen.«
»Er kommt mir ziemlich blöd vor.«
»Er war ein netter Junge. Wahrscheinlich hatte ich damals nicht viel zu bieten. Ich gehöre zu den Menschen, die sich nur langsam entwickeln.«
Sie legte das Album zur Seite, streifte erst den einen, dann den anderen Schuh ab, hob die Beine und zog sie an ihren

Körper heran. Sie hatte sich eine Rose an ihren flachen Busen gesteckt. Warum nicht gleich zwei – dachte er – auf jede platte Seite eine? War der Historiker des Mittelalters deshalb nach Europa gegangen – um der amerikanischen Prärie zu entfliehen? Es berührte den Beobachter doch ein wenig, denn es entging ihm nicht, daß die Natur gerade da betrogen hatte, wo es am meisten schmerzte. Trotzdem war sie attraktiv und hatte gutgeformte Beine, wenn ihre Füße auch sehr groß waren (wofür die riesigen Kähne auf dem Fußboden den eindeutigen Beweis lieferten). Und wenn man ihr Gesicht mit dem des Mädchens auf dem Bild verglich, wirkte es gegenüber dem der Zwanzigjährigen beträchtlich schöner. Während Levin sie scharf beobachtete (wobei er sich den Anschein gab, es nicht zu tun), überlegte er, daß sie eigentlich trotz all dessen, was zu lang geraten war und fehlte, eine interessant aussehende Frau war. Ihre großen, dunklen Augen in dem kleinen Gesicht wurden noch betont durch das ziemlich dichte und glatte blonde Haar, das es umrahmte und das ihr bis auf die Schultern reichte. Sie hatte einen schönen Mund und eine ziemlich gerade, lange Stupsnase. Sie trug Hängeohrringe; es fiel ihm auf, daß sie sie angelegt und auch andere Schuhe angezogen hatte, seit sie nach Hause gekommen war. Levin hatte den Eindruck, daß sie mindestens zehn Jahre jünger war als ihr Mann. Er hatte schon daran gedacht, als sie ihm erzählt hatte, daß sie Gilleys Schülerin gewesen war, aber nun überraschte es ihn, wie jung sie war.
Ich war müde, dachte er.
»So, nun wissen Sie Bescheid über mich«, sagte sie und streckte die Hand nach einer Zigarette aus. »Und wie steht's mit Ihnen?«
Levin spürte, wie er sich gegen ihre Frage auflehnte – er hatte ihr ja keine Antwort versprochen. Außerdem war er nervös, weil er sich für die Nacht einrichten und allein sein wollte.
Aber sie lächelte ganz unschuldig. »Ich möchte gern wissen, warum Sie an einen so weit entfernten Ort gekommen sind. Hatten Sie einen besonderen Grund dafür, oder haben Sie's getan, weil diese Stelle sich gerade bot?«
Er widerstand der Versuchung, vieles auszusprechen, was er

hätte antworten können, und sagte wahrheitsgemäß: »Als ich das Angebot erhielt, war ich bereit, es anzunehmen.« Levin rieb sich mit dem Taschentuch die Hände. »Was soll man da schon sagen, was nicht schon gesagt worden ist? Man hofft ja immer, daß sich an einem neuen Ort eine Veränderung anbahnt – im eigenen Leben.«
»Sind Sie schon viel gereist?«
»Ganz im Gegenteil.«
Er knackte mit den Fingergelenken, während sie an ihrer Rose herumspielte.
Und obwohl er sich selbst den guten Rat gab, nicht weiterzusprechen, fuhr er fort, von sich zu erzählen. »Mein Leben war, wenn ich so sagen darf, nicht wichtig genug, um darüber zu reden. Manche Leute geben unserer Zeit die Schuld für so etwas, ich suche sie bei mir selbst. Zwar leben wir in einer mißlichen Zeit, aber ich bin zu dem Schluß gekommen, daß mir keine andere zur Verfügung steht.«
Er brach in ein übertriebenes Lachen aus, hielt aber plötzlich inne. Nach einer minutenlangen Pause sprach er weiter. »Ich habe mich in der Vergangenheit selbst betrogen und um meine Chancen gebracht.« Levin wischte sich über die Stirn. »Aber jetzt, da ich es besser machen kann, hoffe ich – hm –, diese Chancen wahrzunehmen. Das ist so ziemlich alles über mich.« Er stand auf und fing an, im Zimmer hin- und herzugehen.
»Welche Chancen wollen Sie wahrnehmen?« fragte sie nach einer Weile. Ihre Stimme schien leiser geworden.
»Ich habe ein oder zwei Ideale wieder hervorgeholt«, sagte Levin ungeschickt. »Sie bestimmen den Wert eines Mannes, wenn er sie hochhält.« Er hörte auf, umherzuwandern. »Verzeihen Sie – aber mehr möchte ich nicht über mich sagen. Wenn ich zu viele abstrakte Dinge ausspreche, werde ich verwirrt.«
Es schien, als horche Pauline auf irgend etwas, das in einem anderen Teil des Hauses vorging. Sie fragte ihn: »Wie lange haben Sie schon unterrichtet?«
»Zwei Jahre – an einer Oberschule«, gestand er. »Ich war schon sechsundzwanzig, als ich mir darüber klar wurde, daß ich unterrichten wollte – eine späte Erkenntnis. Eines Tages

kam mir der Gedanke, daß ich das, was ich für andere tun könnte, auch für mich tun könne. Und dann dachte ich, daß ich es könnte, wenn ich unterrichtete.«

Sie hielt die Hand vor den Mund und gähnte.

Ihre großen, leeren Schuhe auf dem Boden irritierten ihn.

»Sie erinnern mich an jemanden«, sagte sie.

Auch Levin gähnte nun. »Verzeihung – die lange Reise. Ich habe nicht sehr gut geschlafen.«

»Gerald wird gleich wieder unten sein.«

Er nickte teilnahmslos.

»Ich hoffe, Sie werden nicht enttäuscht von uns sein, Mr. Levin. Ich meine, vom College und von der Stadt. Easchester kann ein sehr einsamer Ort für alleinstehende Menschen sein – ich will damit nicht sagen für die Studenten des College: ihre Welt ist ganz irreal. Wenn man aus einer großen Stadt kommt, könnte man hier aber leicht enttäuscht werden. Sie ahnen gar nicht, wie behütet wir sind, wie eingeschlossen und zahm.«

»Mir macht das nichts aus, ich habe schon zu viel erlebt –«

Sie drückte die Zigarette aus. »Für mich waren die ersten paar Jahre hier grauenhaft. Es entgeht uns so viel – wenn daran eigentlich auch niemand schuld ist. Es ist einfach die allgemeine Sünde des Nichts-Besonderes-Tuns. Die Menschen hier sind zufrieden. Meiner Ansicht nach sind daran die Natur, der Wohlstand und eine Art Trägheit schuld (deren ich mich übrigens auch bezichtige); aber um Gottes willen erzählen Sie niemandem, daß ich das gesagt habe. Im übrigen jedoch ist die Stadt entzückend, alle wollen nur das Beste, und für Leute mit Familie gibt es viele Vorteile.« Sie strich ihren Rock glatt. »Wenn man aber weder Frau noch Kinder hat – vielleicht sollten Sie es doch lieber in San Franzisko oder Seattle versuchen.«

»Ich habe genug von Großstädten«, erwiderte Levin. »Ich möchte zur Abwechslung mal den offenen Himmel über dem Kopf haben.«

»Und den sanften Regen?«

»Regnet es denn hier?«

»Oh ja. Im Anfang hat es mich fast verrückt gemacht, aber ich habe gelernt, mich damit abzufinden. Der Trick besteht

darin, den Sonnenschein nicht mehr zu lieben. Hat Gerald Ihnen nichts über den Regen geschrieben?«
»Nein.«
»Nichts über unser gesellschaftliches Leben hier?«
»Nein.«
»Und über das College?«
»Nur ein paar Worte.«
»Das hätte er aber wirklich tun sollen. Es regnet hier z. B. fast den ganzen Herbst und Winter über, und auch im Frühjahr regnet es sehr viel. Dann ist der Himmel über Ihrem Kopf wie ein vollgesogener Schwamm.«
»Man kann nicht alles haben!«
»Um gerecht zu sein, muß ich Ihnen aber sagen, daß im Winter die Sonne ebensogut tagelang ununterbrochen scheinen kann, wenn es anfängt zu frieren. Doch die Kälte hier ist nicht wie die des Ostens; Gerald trägt das ganze Jahr über einen Trenchcoat. Viele Leute in Cascadia haben lieber Regen und Wärme als Sonnenschein und Kälte. Aber, von wenigen Ausnahmen abgesehen, haben wir wirklich vollkommene Sommer. Dann kommen sogar Leute aus Kalifornien hierher. Es gibt hier Menschen aus dem Mittelwesten, die schwören, daß Easchester ein Paradies sei. Gerald gehört auch zu ihnen. Wo er auch hingeht – immer will er wieder hierher zurückkommen.«
Ein Gefühl der Schwere bemächtigte sich Levins. Er spürte, daß er zu viel über sich gesprochen hatte, und fragte sich besorgt, wieviel wohl Pauline ihrem Mann wiedererzählen würde. Wer wußte denn schon, wie ein Außenstehender seine unbedachten Bemerkungen über seine Vergangenheit deuten würde? Vielleicht hatte er seine Karriere bereits gefährdet.
»Jetzt muß ich aber wirklich gehen.«

Gähnend kam Gilley herunter; sein roter Kopf ließ die apfelgrüne Wand hell aufleuchten; die eine Seite seines Gesichts war etwas verknittert.
»Ich bin in Eriks Zimmer eingeschlafen.«
»Was hat er denn gewollt?«
»Gesellschaft – er fürchtete sich ein bißchen.«
»Vor der Dunkelheit?«

»Vor Gespenstern«, sagte Gilley.
»Gespenster? Das ist was Neues.«
»Ich glaube, wir sollten gehen«, warf Levin ein.
»Natürlich«, sagte Gilley. »Ich hole meine Schlüssel.«
»Ach du lieber Himmel«, sagte Pauline, »ich hab' ja gar nicht gewußt, wie spät es geworden ist. Schläft Mrs. Beaty nicht schon, Gerald?«
Gilley sah auf die Uhr. »Ach du lieber Himmel – du hast recht, es ist schon nach zehn. Wir müssen es auf morgen verschieben, Sy. Meine Schuld, tut mir leid.«
»Ich gehe in ein Hotel«, sagte Levin. »Das hatte ich ja sowieso vor.«
»Warum wollen Sie denn fünf Dollar hinauswerfen?« fragte Pauline. »Wir haben ein Gastzimmer, und morgen früh kann Gerald Sie zu Mrs. Beaty hinüberfahren.«
»Ich möchte Ihnen nicht zur Last fallen.«
»Das ist doch keine Last für uns, Mr. Levin. Ich habe im Nu eine Decke auf das Bett gelegt.« In Strümpfen lief sie nach oben.
»Bitte –«, rief Levin ihr nach.
»Lassen Sie's, Sy«, sagte Gilley. »Wenn eine Frau etwas will – Was zu trinken?« fragte er.
»Nein.«
»Das wird Sie beruhigen.«
»Ich bin ja ganz ruhig.«
»Gut. Sie werden Professor Fairchild überaus sympathisch sein. Er rührt nämlich keinen Alkohol an. Seine Frau ist die erste Vizepräsidentin der Liga gegen den Alkohol. Die Präsidentin ist Mrs. Feeney, die Frau des Dekans, der vor kurzem emeritiert worden ist. Darf ich –?«
»Aber bitte –«
Gilley goß Whisky in ein Glas und ging in die Küche, um sich Wasser zu holen. »Sy«, sagte er herzlich, als er wiederkam, »ich bin sicher, unser Institut wird Ihnen zusagen, und wir werden Sie mögen. Wir sind eine nette Gruppe freundlicher Menschen, die sich in einer gemeinsamen Aufgabe zusammengefunden haben. Sie werden sehen, daß die, die Stilkunde geben, ganz besonders nett sind; da gibt es keine Vorwände oder so was. Ich habe Ihnen ja schon geschrieben, daß Stilkunde Ihr Bereich ist. Außerdem müssen Sie noch einen

Nachhilfekurs in Grammatik geben. Darüber wird Sie Avis Fliss aufklären, wenn sie im nächsten Monat zurückkommt. Jetzt möchte ich Ihnen nur sagen, daß Ihr Unterrichtsfach Stilkunde ist, wenn Sie hierbleiben, bis Sie promoviert haben. Und wenn Sie überhaupt vorhaben, Ihre Karriere an einem College zu machen, ist die Promotion sozusagen Ihre Mitgliedskarte bei der Gewerkschaft. Wenn Sie dann so weit sind, wird man Ihnen eine oder zwei Literaturklassen anvertrauen.«

»Ich hatte eigentlich gehofft, Literatur zu unterrichten«, seufzte Levin.

»Ich persönlich unterrichte viel lieber Stilkunde als Literatur. Ich habe die Erfahrung gemacht, daß das mehr Befriedigung gibt. Man kann die Fortschritte dieser jungen Menschen in ihren Aufsätzen von einem Trimester zum anderen direkt sehen, ja, sogar von einem Aufsatz zum anderen. Hingegen ist es keineswegs einfach festzustellen, wie sich der literarische Geschmack in einem Jahr entwickelt.«

»Wahrscheinlich nicht –«

»Bei den Aufsätzen spüren wir, daß wir Fortschritte erzielen. Die Stimmung ist vorzüglich, die Zusammenarbeit gut – wirklich, es sind lauter nette Leute. Sie sollten nur sehen, wie wir arbeiten, um mit den Schlußexamina fertigzuwerden und die Prüfungsaufgaben einzustufen. ›Problemkinder‹ gibt es bei uns nicht, wenn Sie verstehen, was ich meine.«

Levin nickte.

»Es gibt zwar das eine oder andere – aber nur in den Literaturkursen. Ich war sehr froh, als ich vor ein paar Jahren zum Direktor des Unterrichts für Stilkunde gemacht wurde, und widme meine ganze Aufmerksamkeit dieser Tätigkeit. Es war eine Erfahrung, die mir viel Kraft gegeben hat.« Er verstummte, schien noch etwas sagen zu wollen, nahm aber stattdessen einen Schluck aus dem Glas. »Sie werden uns alle mögen.«

»Gewiß«, sagte Levin.

»Gut.«

»Schlecht«, sagte Pauline, die gerade die Treppe herunterkam.

»Wer?« fragte ihr Mann.

»Warum hast du Mr. Levin nichts über den Regen geschrieben? Ich möchte wetten, daß er ohne Regenmantel gekommen ist.«

»Nein«, warf Levin ein, »ich habe einen; und einen Schirm.«

»Hier regnet es nicht mehr als im Staate New York«, sagte Gilley, »nur ist der Regen gleichmäßiger verteilt. Und auf jeden Fall ist dadurch Cascadia immer grün.«

»Grün genug ist es«, sagte Pauline. Sie legte ihren Arm um Gilley. Er sah sie zärtlich an.

Nette Leute, dachte Levin, ein wirkliches Heim. Ich sollte eigentlich gar nichts dagegenhaben, heute nacht hierzubleiben.

»Holen wir Ihr Gepäck, Sy.« Gilley stellte sein Glas ab und bemerkte dabei das Photoalbum auf dem Tisch. »Warum liegt das da?«

»Ich wollte Mr. Levin das Bild zeigen, für das du auf der Messe den Preis bekommen hast.«

»Ach das«, sagte Gilley. Einen Augenblick schien er in Gedanken verloren, dann erhellten sich seine Züge wieder. »Das hab ich an einem nicht allzu klaren Tag mit meiner Leica aufgenommen. Ich habe dazu einen empfindlichen Film mit Blende 11 bei einer hundertstel Sekunde benutzt. Wollen Sie gelegentlich mal meine Photoapparate sehen, Sy? Pauline hat mir zum Geburtstag eine Polaroïdkamera geschenkt.«

»Ich verstehe überhaupt nichts davon.«

»Es ist gar nicht schwer, photographieren zu lernen. Es ist ein befriedigendes und nützliches Hobby. Nun aber los, wir wollen das Gepäck holen.«

Levin ging mit ihm hinaus, und beinahe hätte sich ihm ein Schrei entrungen. Zu seiner Überraschung duftete die Nachtluft nach Wald. Und das bekam man gratis! Zitternd sog er die Luft tief ein, während er zu den Sternen aufsah, die über den riesigen dunklen Himmel verstreut waren.

»Hier haben Sie den Großen Bären«, sagte Gilley, »und da ist der Polarstern. In dieser Richtung liegen Seattle, Britisch Kolumbien, Alaska und dann der Nordpol.«

»Der Norden«, sagte Levin mit zitternder Stimme. »Was für ein tiefes Geheimnis! Man geht immer weiter nach Norden, bis man keinem Menschen mehr begegnet. Stellen Sie sich nur das Schweigen vor, die Kälte, den Hohn auf das menschliche Herz.«

»Sy – Sie sind beinahe so etwas wie ein Dichter. In der entgegengesetzten Richtung liegen San Franzisko und, wenn es Sie interessiert, Los Angeles.«
Gilley schloß den Kofferraum auf und holte das Gepäck und die Golftaschen heraus. »Jeder von uns kann ein Gepäckstück und eine Tasche nehmen.« Er machte den Kofferraum wieder zu, schwieg eine Minute und sagte dann: »Nur eine Kleinigkeit, Sy. Tragen Sie immer einen Bart?«
Verlegen blickte Levin ihn an. »Ich trage ihn schon seit einem Jahr. Ich – hm – ich sehe mich damit selbst anders.« Er versuchte zu lachen.
»Dann werden Sie ihn also nicht immer tragen?«
»Das kann ich noch nicht sagen. Es hängt davon ab, wie sich die Dinge entwickeln werden –«
»Ich will Ihnen sagen, warum ich davon gesprochen habe. Ich habe durchaus Respekt vor Bärten, aber einige Ihrer Studenten könnten Sie für einen Exzentriker halten. Sie opponieren so leicht gegen einen Lehrer.«
»Einige meiner besten Professoren haben Bärte getragen«, entgegnete Levin. »Viele Amerikaner hatten einen.«
»Ja, ja, aber viel seltener seit der Erfindung des Rasierapparates. Wir leben hier in einer sozusagen bartlosen Stadt. Soviel ich weiß, trägt niemand in der Universität einen. Die ganze Verwaltung ist glatt rasiert. Eher lassen sich die Studenten einen wachsen. Viele Studenten im zweiten Jahr tragen zu ihrem Frühjahrskarneval gern einen Schnurrbart, es ist ein schmierig anzusehender, zerlumpter Haufen Burschen.«
»Ich habe ein Bild von Abraham Lincoln, das könnte ich aufhängen.«
»Bitte, wie Sie wollen. Ich hielt es nur für meine Pflicht, es Ihnen gegenüber zu erwähnen. Erst vor kurzem hat die Frau des Präsidenten gesagt, daß sie jedesmal, wenn sie einen Bart sieht, an einen Revoluzzer denken muß.«
Levin lachte laut auf.
Gilley strahlte.
Der neue Lehrer trug seinen Koffer und Paulines Golfschläger ins Haus, Gilley die Reisetasche und seine neuen Schläger. Ausgerechnet ich trage Golfschläger, dachte Levin. Schon jetzt hatte er Dinge getan, die er noch nie getan hatte.

Als er in seinem Zimmer war, zog er Gilleys gestreifte Unterhose aus und suchte dann im Badezimmer nach dem Wäscheschlucker, um sie loszuwerden. Er fand ihn schließlich oben auf dem Vorplatz, aber der Deckel war fest geschlossen – vermutlich, um zu verhüten, daß die Kinder hineinfielen. In Morgenrock und Pantoffeln ging er hinunter ins andere Badezimmer, um sich der Unterhose zu entledigen.

Levin putzte sich die Zähne, nahm ein kurzes Bad, seifte sich tüchtig ab und kämmte seinen Bart, bis er eine tadellose Spitze hatte. Da die Schlafzimmertür der Gilleys nur angelehnt war, warf er von der Treppe aus einen Blick auf Mann und Frau, die sich in ihren Nachthemden umarmten.

Als Levin einen Augenblick später in seinem Zimmer hinter dem Vorhang am Fenster stand, starrte er auf die mondbeschienenen Berge im Westen; sie waren sehr viel höher, als er sich erinnerte. Im Hintergrund neigte sich eine Birke nach links – und diese Neigung zerstörte ihre Symmetrie. Zuerst war Levin zu erregt um einzuschlafen, aber noch während er sich ausmalte, was die Zukunft bringen mochte, sank er in Schlaf. Er hörte, wie Erik »Papa« rief und versuchte aufzustehen, aber dann hörte er Frauenschritte die Treppe heraufkommen. Er träumte, er habe einen riesigen Lachs am Schwanz gepackt und hänge mit allen Kräften an ihm, aber der wütende Fisch schlug auf das blutrote Wasser ein und riß sich los: »Levin, geh heim!« Er erwachte – in Schweiß gebadet.

»Ich kann nicht«, flüsterte er sich zu, »ich kann nicht noch einmal versagen.«

Als er gerade wieder am Einschlafen war, hatte er das seltsame Gefühl, es decke ihn jemand mit einer zweiten Wolldecke zu. Aber vielleicht tat sie das auch nur bei den Kindern auf der anderen Seite des Vorplatzes.

»Gott rette uns alle«, murmelte er in seinen Bart.

2

Als Levin am nächsten Morgen erfuhr, daß das Cascadia College kein geisteswissenschaftliches College war, sah er sich schon mit seinen beiden schweren Gepäckstücken entfliehen. Gerald Gilley klärte ihn darüber auf – wobei er das eine seiner langen Beine, deren Knöchel unter den handgestrickten wollenen Socken besonders dick aussahen, gemütlich über die Armlehne eines Sessels baumeln ließ, der in Levins neuem Zimmer in Mrs. Beatys Haus stand (Kamin und, falls gewünscht, eigener Eingang inbegriffen). Der neue Dozent war voll Verzweiflung im Hause der Gilleys erwacht: das war charakteristisch für ihn an einem fremden Ort (Levin hatte sich schon oft gewundert, wie sehr die Gegenwart von der Vergangenheit durchdrungen war), aber als er sah (während er in die Hose seines neuen Anzugs schlüpfte), daß die riesigen Berge, die er in der Nacht erblickt hatte, beträchtlich zusammengeschrumpft waren – ihre riesige Höhe war nur ein Trick der hoch über den Gipfeln aufgetürmten Wolkenmassen gewesen –, änderte sich seine Stimmung, und er frühstückte mit gutem Appetit. »Kommen Sie nur recht oft zu uns«, hatte Pauline Gilley gesagt, als sie ihm beim Abschied zuwinkte; sie stand neben der Birke und hob die kleine Mary hoch, damit sie ihm auch zuwinken konnte, als er mit Gilley in dessen Buick davonfuhr. Die alte Wirtin und das große, helle Zimmer, das sie ihnen zeigte, hatten Levin gefallen, aber was Gilley ihm mitteilte, beunruhigte ihn.

Obwohl Levin sich bemühte, gleichgültig zu erscheinen, war er aufgestanden. »Aber ich hatte doch geglaubt – ich war sogar ganz sicher –, daß dies ein geisteswissenschaftliches College sei.«

»Ich vermute«, sagte Gilley, »Sie haben sich gar nicht die Mühe gemacht, sich das Vorlesungsverzeichnis anzusehen, das ich Ihnen geschickt habe.«

»Sie haben es mir geschickt? Ich habe es nicht –«

»Wie ärgerlich; wahrscheinlich ist es erst angekommen, als Sie schon fort waren. Ich habe es in der Hetze, als die Sommerkurse zu Ende gingen, zu spät abgesandt. Jedenfalls hätten Sie aus dem ersten Teil, der der Geschichte unseres College vorangeht, ersehen, daß wir hauptsächlich ein naturwissenschaftlich-technisches College sind. Es ist 1876 gegründet worden – nächstes Jahr feiern wir das fünfundsiebzigste Jubiläum unserer Gründung –, und zwar als städtisches Landwirtschaft- und Fachschul-College, aber zehn Jahre später wurde es vom Staat übernommen, und zu den ursprünglichen Disziplinen – Landwirtschaft für Männer und Hauswirtschaft für Frauen – kamen noch Forstwirtschaft, Viehzucht und jeder nur denkbare Zweig der Ingenieurwissenschaften und natürlich die reinen Naturwissenschaften sowie andere Fächer hinzu. Wir hatten auch die geisteswissenschaftlichen Fächer hier, ungefähr von 1880 an, aber kurz nach dem ersten Weltkrieg haben wir sie verloren.«

»Verloren?« Levin machte eine suchende Handbewegung nach hinten und setzte sich vorsichtig wieder hin.

»Man hat sie uns genommen, Sy. Ich kann Ihnen das jetzt nicht des langen und breiten erzählen, aber es ist eine Geschichte von häßlichen, heftigen Kämpfen, die zwischen uns und unserer Schwesterinstitution, der Universität von Cascadia in Gettysburg, ausgefochten wurden. – Wenn Sie je einen Blick auf die Karte geworfen haben, wissen Sie, daß das unsere Hauptstadt ist – hundert Meilen nördlich von hier; dort hänseln sie uns noch immer als ›Südstaatler‹ – von ›Bauern‹ und ›Heupalast‹ ganz zu schweigen. Alle zwei Jahre, wenn der Etat ausgearbeitet wird, erhitzt sich die politische Lage bis zum Siedepunkt, und ich vermute, einige unserer Schüler hatten es sich in den Kopf gesetzt, daß es viel einfacher wäre, die Universität von Cascadia nach Easchester zu verlegen (erstens ist sie jünger als unser College – sie ist 1878 gegründet worden –, und zweitens besitzen wir viel mehr Land); dann hätte man aus beiden eine Superuniversität mit nur einem Gebäudekomplex machen können, und das hätte natürlich auf die Dauer dem Steuerzahler eine Menge Geld gespart. Es würde zu weit führen, Ihnen all die Gründe aufzuzählen, aus denen dieser Plan nicht verwirklicht wurde. Die Universitätsabsolventen inszenierten im Parlament einen

Skandal – sie hatten von jeher die juristische und die zeitungswissenschaftliche Fakultät und konnten dadurch die öffentliche Meinung in beinahe jedem ihnen zusagenden Sinn beeinflussen –, und so erzielten sie eine Mehrheit für das von ihnen vorgeschlagene Gesetz, das das College und die Universität von Cascadia viel stärker trennte, als es vorher der Fall gewesen war. Es ging auch das Gerücht um – diese Geschichte ist mir mehr als einmal zu Ohren gekommen –, *wir* sollten nach Gettysburg verlegt werden, aber dann fiel die Entscheidung zugunsten gewisser Strafmaßnahmen; sie bestanden in diesem Fall in nichts Geringerem, als uns die Kurse für die Oberstufe in den geisteswissenschaftlichen Fächern, die man hier sowieso nicht für so wichtig hielt, einfach wegzunehmen, damit beide Institutionen völlig verschieden voneinander und, zumindest theoretisch, keine Konkurrenten mehr seien. Damit die Sache einen fairen Anstrich erhielt und auch, weil ein paar von unseren Leuten im Parlament und zwei oder drei einflußreiche Holzhändler in der Stadt darauf bestanden, mußten sie dann auf ihre naturwissenschaftlichen Kurse für die Oberstufe verzichten. Der schmutzige Teil dieses Handels war aber, daß sie während des zweiten Weltkrieges mit der Ausrede, es diene dem Wohl der Nation, die naturwissenschaftlichen Fächer zurückbekamen, während uns die geisteswissenschaftlichen Fächer nicht wiedergegeben wurden –«

»Pfui Teufel!« Levin war wieder aufgestanden. »Sie wissen ja, daß die geisteswissenschaftlichen Fächer von alters her unsere Rechte und Freiheiten bestätigt haben. Sokrates –«

»So ist's nun halt mal. Am besten, man findet sich damit ab.«

»Die Demokratie existiert überhaupt nur auf Grund der Geisteswissenschaften. Sollte man nicht dagegen protestieren?«

»Ich achte durchaus Ihre Einstellung«, erwiderte Gilley, »aber im Augenblick läßt sich kaum etwas machen. Da unsere Absolventen so viele einflußreiche Stellen im Staat ergattern und auch, weil unsere Sportmannschaften im allgemeinen so viel besser sind als ihre, haben wir mehr Immatrikulationen als die Universität, und darüber ärgern sie sich halbtot. Außerdem haben sie nicht vergessen, daß sie während der großen Depression viel mehr Dozenten verloren haben als wir, und Sie können mir glauben – wir haben eine ganze Anzahl eingebüßt. Sie denken immer noch an jene Zeiten, obwohl eine ganze Reihe von denen, denen wir von jeher verhaßt waren, inzwischen gestorben sind. Sie haben Angst, sie könnten, wenn wir so weiterwachsen, wie wir es seit Kriegsende getan haben, einen immer größerwerdenden Prozentsatz ihrer Gelder für Bauten und Fakultätsgehälter verlieren; Sie können also ruhig Ihren letzten Dollar drauf verwetten, daß sie sich sofort auf den Fuß getreten fühlen und das Parlament mit Telegrammen bombardieren würden, wenn jemand davon spräche, man solle die geisteswissenschaftlichen Kurse der Oberstufe hier wieder aufnehmen. Um ganz ehrlich zu sein – hier handelt es sich um ihre Brötchen, und man kann ihnen gar keinen Vorwurf daraus machen. Wenn wir in ihrer Lage wären, täten wir das gleiche.«

»Das ist ja phantastisch«, sagte Levin, »oder etwa nicht? Wie können wir denn – verzeihen Sie, aber ich muß mich ja informieren – lehren, was der menschliche Geist ist oder was er erreichen kann, wenn ein College sich auf reine Fachschul- und berufliche Ausbildung beschränkt? ›Die Geisteswissenschaften‹, pflegte einer meiner alten Professoren zu sagen, ›ernähren das Herz‹.« Levin lachte verlegen.

»Verstehen Sie mich nicht falsch«, sagte Gilley geduldig. »Wir haben zwar Kurse in den geisteswissenschaftlichen Fächern, aber weder sehr viele noch sehr verschiedenartige und nur auf dem Niveau der Mittelstufe. Wir haben immerhin auf dem Campus die Disziplinen Englisch, Kunst, Religionswissenschaft, Geschichte, Rhetorik, Philosophie, neuere Sprachen etc. Ich muß allerdings zugeben, daß die große Mehrzahl unserer jungen Menschen kein sehr großes Interesse an diesen Fächern zeigt und nur belegt, was unumgänglich notwendig ist. Wenn sie mehr verlangen, müssen sie woanders hingehen – in den meisten Fällen nach Gettysburg –, und wir geben uns keine besondere Mühe, sie dazu zu ermuntern. Wir müssen es so machen, weil der Hochschulausschuß des Parlaments keinesfalls die Investition für zwei vollständige Studiengänge in den geisteswissenschaftlichen Fächern an den beiden staatlichen Institutionen für Hochschulbildung empfehlen würde.«

»Aber haben Sie nicht gerade gesagt, daß an beiden Orten

uneingeschränkte naturwissenschaftliche Ausbildungsmöglichkeiten existieren?« fragte Levin.
»Das stimmt schon, aber erstens haben die reinen Naturwissenschaften von jeher zu den Geisteswissenschaften gezählt, und zweitens handelt es sich hier um eine ›unvermeidbare Duplizierung‹, weil wir an die Russen denken müssen. Warum stehen Sie denn immer noch, Sy?«
»Verzeihung.« Levin ließ sich auf seinen Stuhl fallen. »Ich wollte gerade sagen – ich bitte um Vergebung, ich weiß wohl, daß ich hier noch fremd bin –, ich kann nur nicht begreifen, wie das so weitergehen kann, ohne daß unsere Position auf die Dauer geschwächt wird. Die Demokratie ist in Gefahr. Wie können unsere Studenten –« Als er wie abwesend sein rechtes Ohr befühlte, brannte es wie Feuer. Er verstummte und kaute an seinem Bart.
Gilley nahm das Bein vom Stuhl und setzte sich zurück. »Ihr Enthusiasmus gefällt mir, Sy, aber vermutlich werden Sie die Situation besser beurteilen können, wenn Sie erst einmal ein bis zwei Jahre hier sind. Um ganz ehrlich zu sein – ich stimme zwar mit vielem überein, was Sie gerade gesagt haben, aber Cascadia ist ein konservativer Staat, und wir wägen meistens sehr lange ab, ehe wir uns auf irgendwelche wichtige Änderungen unserer Lebensweise festlegen. Vergessen Sie nicht, daß Ausbildung in einer Agrargesellschaft (denn das sind wir, die meisten Parlamentarier unseres Staates kommen vom Lande) im Grunde eine Erziehung zu praktischer Arbeit ist. Und wenn Sie mit Ihrer Lektüre über dieses Thema auf dem laufenden sind, wissen Sie ja, daß immer mehr geisteswissenschaftliche Colleges in Amerika sich auf eine wachsende Zahl von Fachschulkursen verlegen.«
»Meiner Ansicht nach begehen sie damit einen schweren Fehler –«
»Das soll nicht heißen, daß es keinerlei Veränderungen bei uns gibt, aber die meisten von uns hier in Cascadia sind sich darüber einig, daß es keinen Sinn hätte, sich mehr zu eilen, als den meisten Leuten lieb ist. Wenn Sie die Dinge zu rasch vorantreiben, nimmt man es Ihnen übel und leistet Widerstand, und die Folge davon ist, daß man sich auch gegen die von Ihnen erstrebten Veränderungen auflehnt. Wir haben das

in der Vergangenheit nur zu oft erlebt. Vergessen Sie also nicht, daß einer Menge ausgezeichneter, aufrechter Leute in diesem Staat die geisteswissenschaftlichen Fächer völlig gleichgültig sind.«

Obwohl Levin das Gefühl hatte, es wäre besser, von diesem Thema abzulassen, erwiderte er: »Käme es dann nicht – gerade auf eine geschickte Führung an?«

»Ich bin überzeugt, bei uns ist die Führung genauso gut wie bei Ihnen im Osten.«

Levin biß sich auf die Zunge.

Einen Augenblick später stand Gilley lächelnd auf. »Ich kann nur hoffen, Sy, daß Sie nicht an die falsche Adresse geschrieben haben, als Sie sich wegen der Stelle an uns wandten. Manche Leute verwechseln uns mit unserer Schwesterinstitution in Gettysburg – und umgekehrt.«

Heiliger Strohsack, dachte Levin. Er hatte an beide Colleges in Cascadia geschrieben und wahrscheinlich dieses hier mit dem anderen verwechselt, das ihm abgeschrieben hatte.

»Ich freue mich darauf, hier zu unterrichten«, sagte er.

»Gut«, bemerkte Gilley. »Vergessen Sie nicht, daß Professor Fairchild Sie heute nachmittag erwartet.«

Sie schüttelten einander die Hände, und Gilley ging über die Hintertreppe fort.

Lange saß Levin auf seinem Stuhl und quälte sich mit dem Gedanken, daß er der war, der er war. Warum lege ich mich immer fest, ehe ich weiß, worum es sich handelt? Warum bin ich nur immer in einer so schrecklichen Eile?

»Immerhin«, brummte er vor sich hin, als er anfing, sein Gepäck auszupacken, »es ist ein Anfang.«

In Anbetracht der Tatsache, daß er seinen Titel – M. A. – mit dreißig Jahren gerade erst erworben hatte und nichts bieten konnte außer seiner Lehrerfahrung an einer Oberschule, empfand er es als ein ganz großes Glück, daß er überhaupt als Dozent an einem College angekommen war. Wenn er vorsichtig wäre und sich zwei Jahre Erfahrung aneignete – so hatte ihn der Direktor des Arbeitsvermittlungsbüros der Universität von New York belehrt – und dann noch ein paar gute Empfehlungen bekäme, würde es vermutlich nicht gar zu schwer für ihn sein, bei einem College anzukommen, an dem er Literatur unterrichten könnte, besonders wenn er im nächsten Sommer mit seiner Doktorarbeit begänne. Levin fragte sich, was Gilley wohl sagen würde, wenn er wüßte, daß sein neuer Assistent nicht nur von der Universität Gettysburg abgelehnt worden war, sondern auch von mindestens fünfzig anderen Colleges im Lande, und bei diesem Gedanken erfüllte ihn eine große Dankbarkeit dafür, daß er ihm, nach so vielen Fehlschlägen und Enttäuschungen, endlich Gelegenheit gegeben hatte, die Karriere zu beginnen, die er sich erwählt hatte.

Nachdem er einen angenehmen Spaziergang durch den Campus gemacht hatte, fand Levin das Geisteswissenschaftliche Institut; das Gebäude befand sich auf der dem Haus des Studentenverbandes gegenüberliegenden Straßenseite an der Ecke des großen Innenhofes, der zum College gehörte. G. I., wie es im Vorlesungsverzeichnis hieß, war ein großer, grauer, holzverschalter Bau; auf dem nach Norden gelegenen, dazugehörigen Rasen stand ein riesiger, dichtbelaubter Ahornbaum; vor dem ersten Weltkrieg war es ein Studentinnenheim gewesen, dann war es in ein »Pionier-Museum« umgewandelt worden. Nach dem zweiten Weltkrieg hatte man es ausgeräumt und renoviert, und jetzt befanden sich die Seminare für Englisch, Rhetorik und Philosophie darin; laut Vorlesungsverzeichnis lag das Englische Seminar im zweiten und zur Hälfte im dritten Stock. Kurz vor zwei stieg Levin die mit einem Geländer versehenen Stufen der kleinen, giebelüberdachten Veranda und dann langsam eine quietschende Innentreppe hinauf. Er haßte es, sich vorstellen zu müssen.
Im zweiten Stock mit seinem langen Flur lagen auf der einen Seite der Treppe Unterrichtsräume und auf der anderen rechts und links Büros. Levin fand das der Sekretärin, aber es war niemand darin, obwohl eine Tasse dampfend heißen Kaffees auf ihrem Tisch stand. Ungeduldig wartete er fünf Minuten lang und begab sich dann auf die Suche nach ihr. Schräg gegenüber auf demselben Flur, am äußersten Ende des Gebäudes, entdeckte er Gerald Gilley. Der Direktor des Zweigs »Stilkunde« saß in Hemdsärmeln hinter einem riesigen Schreibtisch, der mit allem möglichen bedeckt war; dieser

Schreibtisch stand mitten in einem großen, grünen Raum, der mit Bücherregalen und Aktenschränken vollgestopft war. Er schnitt gerade Illustrationen aus LIFE aus und benutzte dazu eine Papierschere, die gut dreißig Zentimeter lang war.
Gilley warf einen zerstreuten Blick auf Levin, erkannte ihn und sagte freundlich: »Kommen Sie, um sich vorzustellen, Sy?«
»Kann ich direkt zu Professor Fairchild ins Büro gehen? Seine Sekretärin ist offenbar einen Augenblick hinausgegangen.«
Gilley schnitt ein Bild aus der Zeitschrift aus, beschnitt es an allen Seiten und heftete es in einen dicken Aktendeckel.
»Für ein Buch«, informierte er Levin.
»Illustrationen?«
»Ein Bilderbuch der amerikanischen Literatur.« Er schnitt in eine andere Seite hinein. »Gefällt Ihnen die Idee?«
»Sehr gut«, antwortete Levin.
»Ich habe mir gedacht, den Studenten würde es Spaß machen, zu sehen, wie einige unserer Schriftsteller aussahen, in was für Häusern sie wohnten etc. Die meisten von ihnen können nicht einmal Herman Melville von den Brüdern Smith auf den Hustenbonbonschachteln unterscheiden.«
Levin strich sich über den Bart. »Ausgezeichnet.«
»Wahrscheinlich ist Milly auf die Damentoilette gegangen. Sie hat seit einiger Zeit Nierenbeschwerden. Kommen Sie, damit ich Sie ihr vorstellen kann.«
Gilley überquerte den breiten Gang, änderte aber mittendrin seinen Plan und bat Levin, ihm zu folgen. Etwas weiter oben im Korridor klopfte er leise an eine Tür, wartete dreißig Sekunden lang und schüttelte dann den Kopf. »Ist wahrscheinlich noch nicht wieder da. Ich erhielt einen Luftpostbrief von ihm, in dem er schrieb, er komme wahrscheinlich heute aus Carmel zurück. Das ist das Büro von George Bullock. Ein sehr geselliger Mensch, ein Großstädter wie Sie, aber er stammt aus Los Angeles. George hat enorm viel Initiative und denkt gar nicht daran zu warten, bis etwas von selbst geschieht. Außerdem besitzt er Privatvermögen, und wenn man damit umgehen kann, schadet so was nie. Seine Frau Jeannette wird Ihnen sicher gefallen, sie kommt aus Las Vegas und ist wirklich eine ganz famose Person. Die beiden geben sehr anregende Partys.«

Er klopfte noch einmal an, um ganz sicher zu gehen.
»Ein Dutzend unserer Mannschaft ist im dritten Stock untergebracht«, sagte Gilley, »Dozenten wie Sie, die meisten sind zwischen zwanzig und dreißig. Ich bin dafür, daß sie ihre Büros nahe beieinander haben, denn sie haben viele gemeinsame Interessen; aber gewöhnlich kommt jeder von ihnen irgendwann im Laufe des Tages ins Kaffeezimmer. Kommen Sie mal mit, ich zeige Ihnen, wo es ist.«
Sie überquerten den Korridor und gingen auf einen türlosen Raum zu, der wie eine Küche aussah.
»Sehr praktisch«, sagte Levin leise.
In dem offenen Schrank hing eine lange Reihe von Kaffeebechern an Haken; auf jedem stand in Tusche ein Name.
»Irgendwann will ich hier mal eine Espressomaschine aufstellen lassen«, bemerkte Gilley.
Levin nickte und beobachtete ihn interessiert.
»Man kommt zwischen den Unterrichtsstunden oder während der Sprechstunde hierher. Es ist ideal, wenn man mal eine Pause braucht. Als erstes bringt Milly morgens Wasser zum Kochen. Professor Fairchild ist hier regelmäßiger Kunde: morgens um zehn kommt er, sowie er mit seinem Shakespeare fertig ist, und dann wieder um drei, wenn er ausgeschlafen hat.«
»Ich mag lieber Tee als Kaffee«, sagte Levin.
»Kommen Sie, ich zeige Ihnen, wo die Teebeutel sind. Hier – und da ist auch der Kakao. Milly sammelt jeden Monat eineinhalb Dollar ein, das reicht dann auch für die Krapfen. Uns ist es ganz egal, was Sie trinken. Wenn wir uns im Laufe des Tages hier treffen, können wir zwanglos miteinander reden und uns entspannen. Jetzt will ich Ihnen aber das Aufsatzzimmer zeigen.«
»Aufsatzzimmer?«
»Ja.« Es lag auf der anderen Seite des Korridors und war ein fensterloser, quadratischer Raum voller Gestelle mit mehreren abgeteilten Fächern; Gilley zeigte sie ihm und deutete auf die verschiedenen, nach Schwierigkeiten sortierten Themen für die Studenten.
»Das war die Idee vom Chef. Wenn wir sie einsammeln, können die Studenten sie nicht an ihre Freunde zum Ab-

schreiben weitergeben. Sie haben doch sicher schon mal was von den Archiven der Bruderschaften gehört?«

»Können sie denn nicht die Durchschläge aufbewahren?«

»Dazu sind die meisten zu faul. Außerdem – nehmen Sie mir diese Bemerkung bitte nicht übel – ist es ganz nützlich, diesen Raum zu haben, denn die Dozenten passen viel besser auf, weil sie wissen, daß Orville – das ist Professor Fairchild – oder ich jederzeit hereinkommen und nachzählen können, wieviel Themen ausgegeben wurden. Im ersten Trimester müssen es sechs, im zweiten und dritten je acht Aufsätze sein. Wir halten uns hier an das Quartalssystem: das Unterrichtsjahr umfaßt drei Trimester, das vierte Quartal ist ein Sommerkursus.«

»Und was geschieht, wenn die Fächer voll sind?«

»Milly räumt sie jedes Jahr um diese Zeit aus und Marv Beal verbrennt sie; dann können wir im Herbsttrimester wieder neu beginnen. Marv ist der Hausmeister und weiß mehr über die Leistungen der verschiedenen Mannschaften von Cascadia als irgend jemand sonst – George und mich inbegriffen. Nur vor etwas muß ich Sie warnen: wenn er erst mal zu reden anfängt, ist er schrecklich geschwätzig.«

Gilley machte die Tür zu. »Man schließt mit dem Hauptschlüssel auf. Erinnern Sie mich daran, ehe Sie gehen, daß ich Ihnen einen gebe. Mit Ausnahme von Orvilles und meinem Büro können Sie damit alle Türen im zweiten und dritten Stock aufschließen.« Er warf einen Blick nach rechts, dachte einen Augenblick nach und sagte dann: »Ich glaube, Sie sollten Joe Bucket kennenlernen.«

Gilley klopfte an die letzte Tür vor der Treppe und lauschte. »Vor ungefähr zwanzig Minuten war er noch hier und hat seine Post geholt. Wahrscheinlich ist er zu seinem Haus gefahren.«

»Wie bitte?«

Gilley lächelte. »Seit Jahren baut er daran; hier ein Brett, dort ein Stein. Man fragt sich nur, ob es je fertig werden wird; übrigens auch seine Dissertation. Dreimal hat er sie schon zur Abänderung zurückbekommen, und offenbar kriegt er die Sache nicht richtig hin, obwohl er die mündliche Prüfung gleich beim erstenmal bestanden hat. Vielleicht liegt es an seinem Thema – Laurence Sterne.« Er schüttelte den Kopf. »Erst haben sie jahrelang in einer Hütte gehaust, dann kampierten sie sechs Monate lang im Keller des neuen Hauses; jetzt wohnen sie oben und haben auch noch ein angebautes Schlafzimmer, denn sie bekommen ein Kind nach dem anderen – fünf sind es schon, obwohl sie nicht katholisch sind. Jedenfalls steht das Haus so ungefähr.«

»Das ist erstaunlich – ein Professor für Englisch, der sein Haus selbst baut.«

»Das tun hier viele. Es gibt verheiratete Studenten, die anfangen, ein Haus zu bauen und niemals Examen machen. Wenn sie im Examen durchfallen, verkaufen sie das Haus und fangen mit dem Geld ein Geschäft an. Joe hat insofern Glück, als er einer von Orvilles guten Schülern war, und irgendwie hält Orville immer noch seine schützende Hand über ihn. Letztes Jahr hat er ihn sogar zum außerplanmäßigen Professor gemacht.«

Levin seufzte. »Mit meinen Händen kann ich praktisch gar nichts anfangen.«

»Wir bringen es schon fertig, daß Sie sie gebrauchen lernen, Sy.«

»Aber doch nicht, um ein Haus zu bauen. Ich wüßte nicht einmal, wo ich anfangen sollte.«

»Dann vielleicht Golf? Wir haben einen schönen Golfplatz mit neun Löchern.«

»Eher angeln. Ich habe mit großem Vergnügen Isaak Walton gelesen.«

»Gut«, sagte Gilley. »Gehen wir in mein Büro zurück.«

Sie gingen den Korridor entlang, und der Direktor für Stilkunde zögerte, als sie an dem Büro vorbeikamen, das zwischen dem Bullocks und seinem eigenen lag. »Das ist das Büro von Dr. Fabrikant. Er ist Rangnächster nach mir.«

»Ist das der, der den Kurs über Liberalismus in der amerikanischen Literatur gibt?«

»Wieso wissen Sie denn das?«

»Ich habe mir in der Bibliothek das Vorlesungsverzeichnis angesehen, ehe ich heraufkam.«

Gilley klopfte kurz an und wartete.

»Nicht da«, flüsterte Levin.

Gilley zwinkerte. »Schwer zu sagen«, murmelte er. »Er ist der Gelehrte in der Abteilung; eine Art Einsiedler.«
»Tatsächlich?«
Gilley klopfte nochmals an. »Er ist nicht oft im Büro. Wenn er nicht gerade exzerpiert oder so was, ist er meistens zu Hause und reitet. Gehen wir.«
Levin sorgte sich, daß es zu spät würde, und hoffte, sie gingen nun direkt zu Professor Fairchild; aber der Direktor für Stilkunde machte plötzlich kehrt und schritt den Korridor entlang auf eine Tür gegenüber dem Aufsatzzimmer zu.
Er fischte einen Schlüssel aus der Hosentasche. »Letztes Jahr war es noch ein Abstellraum, aber Marv hat es gerade ausgeräumt und saubergemacht.«
Heimlich warf der neue Dozent einen Blick auf die Uhr, während Gilley die Tür öffnete und das Licht anknipste. Das Büro war klein, hatte ein Fenster und war mit einem neuen Schreibtisch, einem Aktenschrank und zwei Stühlen ausgestattet. Durch das Fenster sah Levin den langen grünen Innenhof und dahinter, hoch über den Kiefern am Rande des Campus, die Berge des Westens.
»Wundervoll!«
»Das ist Ihr Arbeitszimmer, Sy.«
»Meins? Lieber Himmel, ich –«
»Schweigen Sie«, sagte Gerald. Ein Muskel an der einen seiner Mundecken zuckte.
»Wer hätte je so etwas Herrliches erwartet? Ich glaubte, ich müsse mein Büro mit jemandem teilen.«
»So geht es auch meistens den jungen Dozenten; aber Sie sind viel reifer – besonders mit Ihrem Bart – als etliche von unseren Burschen oben mit ihrem Bürstenhaarschnitt, und deshalb hielt ich es für besser, Sie unten bei uns zu haben.«
»Das ist überaus liebenswürdig. Jahrelang war es mein Traum, College-Professor zu werden. Das ist so –«
Mehr konnte er nicht sagen.
»Freut mich, diesen Traum fördern zu können.«
Nach kurzem Schweigen fuhr Gilley fort: »Dieses Büro hat einmal einem Mann namens Leo Duffy gehört, und je weniger man über ihn spricht, desto besser; Sie werden wahrscheinlich noch einiges über ihn erfahren, deshalb will ich Ihnen nur sa-

gen, wer er war. Er war von 1948 bis 1949 hier – ein unangenehmer Bursche, politisch radikal, der uns viele Schwierigkeiten machte. Eine seiner Verrücktheiten war seine Angewohnheit, Fensterscheiben zu zerschlagen; zuletzt ließ ich eine aus dickerem Glas einsetzen, aber, wie Sie sehen, hat er es fertiggebracht, auch ihr einen Sprung zuzufügen – fragen Sie mich nur nicht, wieso oder warum. Als er hierherkam, schloß Orville ihn in sein Herz und gab ihm dieses Arbeitszimmer. Er hat ihn wie einen Sohn behandelt, aber alles, was er dafür bekam, waren Kopfschmerzen. Ich war ebenfalls mehr als aufmerksam zu ihm.« Er mußte sich räuspern. »Er war der einzige in unserem Seminar, der je in aller Öffentlichkeit verurteilt worden ist, und als er gegangen war – ich muß hinzufügen, daß man ihn dazu aufgefordert hatte –, ließ Orville aus diesem Büro einen Abstellraum machen; aber als ich ihm klagte, wie wenig Platz wir hätten, erlaubte er, daß es wieder seiner alten Bestimmung zugeführt würde. Ferris Farper und noch jemand von oben hatten schon ein Auge darauf geworfen, aber ich habe es für Sie aufgehoben.« Er gab Levin den Schlüssel.

»Ich bin Ihnen außerordentlich dankbar.«

»Sie sollen doch gern hier sein.«

»Das werde ich bestimmt auch –«

»Übrigens«, fuhr Gilley fort, »was Ihre Position hier angeht: Sie sind der Vorsitzende des Lehrbuch-Komitees. Bucket, Jones, Millard Scowers und Carson Fitch sitzen auch drin. Nächste Woche bekommen Sie ein Memorandum von mir darüber.«

»Ich soll –?« sagte Levin etwas besorgt. »Vielen Dank, aber ich – ich verstehe wirklich gar nichts von College-Lehrbüchern. Wenn ich meine Rolle in diesem Komitee erfolgreich spielen soll, muß ich erst einmal die in Frage kommenden Lehrbücher studieren. Können Sie mich nicht zunächst einmal zu einem ganz gewöhnlichen Mitglied des Komitees machen? Vielleicht könnte ich dann später –?«

»Offenbar sind Sie sehr gewissenhaft«, sagte Gilley, »aber bitte machen Sie sich keinerlei Sorgen wegen der Lehrbücher. Sie werden sie im Laufe der Zeit schon kennenlernen. Die Vertreter kommen und werden Ihnen das schicken, was Sie, wie sie hoffen, gerade suchen. Da *Die Grundlagen* und die dazugehörigen Übungsbücher sowie die Formulare A, B und C für die meisten Kurse und Formular D für Wiederholungskurse sowieso in Gebrauch sind, brauchen wir uns nur von Zeit zu Zeit den Kopf über ein neues Lehrbuch für Anfänger zu zerbrechen. Während der letzten fünf Jahre haben wir als Lesebuch *Wissenschaft in der Technik* benutzt, weil es bei den Studenten gut ankommt. Für die Literaturkurse sucht Orville die Texte meistens selbst aus; gelegentlich helfen ihm dabei Bullock und Kuck oder Merdith Schultz – sein Büro liegt übrigens neben Ihrem, gegenüber dem von Bucket, aber seine Frau war schwerkrank, und er kommt kaum häufiger als unbedingt notwendig. Wenn Sie sich nur die Zeit nehmen, die Bücher anzusehen, die per Post kommen – blättern Sie sie nur einfach durch –, tun Sie Ihre Arbeit mehr als gut genug.«

»Das will ich gern tun, und vielen Dank für alles.« Levin sah auf die Uhr. »Du lieber Himmel – es ist zehn nach. Um zwei sollte ich dort sein.«

»Keine Sorge«, meinte Gilley ruhig, »ich habe Orville gesagt, daß ich Ihnen vorher alles zeigen würde.«

»Ich möchte es von Anfang an richtig machen.« Er versuchte, nicht dabei zu lachen, aber es glückte ihm nicht recht.

»Das haben Sie auch. Jetzt gehen wir aber gleich. Seit ich mit Ihnen gesprochen habe, bin ich voll Vertrauen, daß Sie gute Arbeit leisten werden. Wie ich ja schon sagte – wir brauchen Leute, die ihre Arbeit verstehen und das Ihre tun, damit das Seminar ohne Schwierigkeiten funktioniert. Sie sind hier an einem geeigneten Platz, um mit Ihrer College-Lehrtätigkeit anzufangen, und wenn Sie der richtige Mann für uns sind, ist es auch für die Dauer ein guter Ort. Wir geben nicht vor, mehr zu sein als ein durchschnittliches amerikanisches Staats-College. Die Atmosphäre ist alles andere als zeremoniell. Hier ist niemand von der Devise ›Veröffentliche, oder du bist ruiniert‹ bedroht. Hier gibt es kein Genie, das Ihnen das Leben unbequem macht. Das Leben hier ist friedlich –, und das verdienen die Menschen auch nach allem, was unsere Generation durchgemacht hat. Wir verlangen von niemandem mehr, als daß er seine Arbeit – mindestens seinen Teil der Arbeit – gewissenhaft tut. Leute, die Schwierigkeiten machen, wollen wir nicht. Wenn jemand nicht zufrieden ist, wenn ihm das,

was wir tun, nicht zusagt, wenn er die persönlichen Rechte der anderen und ihren Seelenfrieden nicht respektiert –, dann muß er gehen: je eher, desto besser. Wenn es ihm aber hier gefällt und er bleiben will, können wir ihn bei unserer dauernden Expansion sicherlich behalten. Wir bieten nicht die höchsten Gehälter, aber es dauert nicht gar zu lange, bis man befördert wird, und wenn man erst außerplanmäßiger Professor ist, hat man eine Dauerstelle. Wenn Sie der Mann sind, für den ich Sie halte, Sy – Pauline ist übrigens ganz meiner Ansicht –, können Sie sicher sein, hier eine wirkliche Karriere zu machen. Wenn Ihnen andererseits, sagen wir mal, das Klima nicht zusagt und Sie woandershin gehen wollen, wird das für Sie auf Grund der hier gewonnenen Erfahrungen viel einfacher sein. Das hängt von Ihnen ab. Uns soll es recht sein.«
Und dann fügte er, auf seinen Schuh blickend, hinzu: »Wir haben einen neuen Dekan, den Nachfolger von Dekan Feeney, und es hat den Anschein, als wolle er einige Neuerungen einführen. Na ja, vielleicht sind sie ganz gut, vielleicht auch nicht, jedenfalls habe ich gehört, wie er gesagt hat, wir brauchten erstklassige Leute für die wichtigen Stellen.«
Levin fühlte sich merkwürdig erschöpft. »Vielen Dank; aber können wir jetzt hineingehen? Ich komme so ungern zu spät –«
»Selbstverständlich.«
Aber auf dem Gang stellte Gilley ihm einen grauhaarigen Mann in einem Kittel vor, der einen Besen in der Hand hielt.
»Das ist Marv Beal. Er wird Ihr Büro sauberhalten.«
Levin reichte dem Hausmeister die Hand.
»Hat er schon eine Jahreskarte für die Sportveranstaltungen?« fragte Marv Gilley.
»Nein, noch nicht«, antwortete Levin rasch.
»Wird er schon kriegen, Marv.«
Zu Levin gewandt sagte Gilley dann: »Ehe Sie wieder rauskommen, lege ich ein Exemplar von *Die Grundlagen* und einige Übungsbücher für Sie zurecht. Sie brauchen weiter nichts zu tun, als sie zur Richtschnur zu nehmen, wie es in unserem Lehrplan steht, und auf die Trimesterprüfung aufzupassen. Das heißt auf die allgemeine Trimesterabschlußprüfung, die die Neulinge immer am Ende des Trimesters ablegen müssen.«

HIER SIND FREMDLINGE WILLKOMMEN, DENN HIER IST RAUM FÜR ALLE, UND DESHALB SIND DIE ALTEN BEWOHNER NICHT NEIDISCH AUF SIE – *B. Franklin*

Dieses Motto auf einem gerahmten Gobelin hing über dem Kopf von Professor Orville Fairchild, als Levin sein sonnendurchflutetes Arbeitszimmer mit den vielen Fenstern betrat, das Gilleys Büro genau gegenüberlag. Gerald hatte angeklopft und die Tür aufgehalten, als Levin eintrat. Der Seminarleiter legte seine Korrekturfahnen hin, steckte eine Zigarette in eine gelbliche Elfenbeinspitze, zündete sie an und lehnte sich in seinem Sessel mit der beweglichen Lehne zurück, um Levin zu betrachten.

Der neue Mann beobachtete ihn insgeheim sehr scharf: Fairchild war ein alter Herr, tadellos gekleidet, mit einer Blume im Knopfloch; er hatte einen ziemlich dicken Bauch, Tränensäcke unter den Augen, und in seinem dichten grauen Haar verfing sich die Sonne und bildete gleichsam einen Heiligenschein.

Er runzelte die Stirn, als er den Rauch ausblies, und Levin nahm sich sofort vor, nichts Törichtes zu sagen.

Der Seminarleiter schüttelte das brennende Streichholz, das ihm schon beinahe die Finger ansengte: durch diese Bewegung erlosch die Flamme. Er schnippte das abgebrannte Streichholz in den eisernen Papierkorb und stieß im selben Augenblick eine Rauchwolke aus, hinter der sich ein Seufzer halbwegs verbarg.

Warum das? fragte sich Levin. Gilt das dem Leben oder der Störung durch mich? Da er direkt angeraucht wurde, mußte er etwas husten, aber er wandte den Kopf nicht ab, um den alten Herrn nicht zu kränken.

»Nun«, fragte Professor Fairchild und kicherte in sich hinein, »wie gefällt Ihnen der Westen?« Die zittrige Stimme eines alten Mannes füllte den Raum. Aus seinen kleinen blauen Augen schossen durchdringende Blicke.

»Was ich bisher gesehen habe, gefällt mir«, antwortete Levin, »aber ich bin erst gestern angekommen.«

»Ich bin hier eine Anomalität – ein alter Mann in einem jungen Land. Und Sie?«

Uralt, dachte Levin, aber da er nicht wußte, ob sich die Frage auf die Feststellung bezog, war er schlau genug, sie nicht zu beantworten.
»Ich meine – warum sind Sie in diese Gegend gekommen? Wir erhalten zwar Anfragen von überall her, aber nur selten aus New York.«
»Ich wollte eine Veränderung –«, erwiderte Levin zögernd.
»Von der Stadt?«
»Ja«, sagte er erleichtert. »Ich bin Ihnen und Dr. Gilley sehr verbunden, daß Sie –«
»Ich vermute, Sie haben mit Gerald über das Seminar gesprochen? Unser Programm und unsere Kurse sind beschränkt. Haben Sie sich das Vorlesungsverzeichnis angesehen?«
»Oh ja, Sir.« Er hatte herausgefunden, daß es eine Menge Stilkunde, Paukgrammatik und Lektürewiederholungskurse gab, die vor einem knappen Dutzend armseliger Literaturkurse angezeigt waren.
»Was hat er Ihnen erzählt?«
»Er meinte, es arbeite sich sehr angenehm mit den anderen zusammen. Er – hm – er hat auch von Ihrem Lehrbuch der Grammatik gesprochen.«
»Hat er Ihnen etwas über die Geschichte und den Zweck des Seminars gesagt? Unser Institut heißt zum Beispiel ›Institut für angewandte Geisteswissenschaften‹. Hat er Ihnen darüber etwas gesagt?«
»Eigentlich nicht, Sir. Aber er meinte, die geisteswissenschaftlichen Fächer seien –«
»Unsere Hauptfunktion – und das sage ich allen, die wir anstellen, immer wieder – ist, den Fachinstituten auf dem Campus zu dienen, indem wir ihren Studenten beibringen, sich richtig auszudrücken. Auf wissenschaftlichem und technischem Gebiet ist es unumgänglich notwendig, daß man sich so exakt wie möglich ausdrückt, und deshalb lehren wir in dieser Abteilung in erster Linie, wie man über ein Thema schreibt. An Literatur bieten wir weder eine große Auswahl noch überhaupt sehr viel, aber was wir bieten, erfüllt seinen Zweck.«
»Ich hatte gehofft, einen Kurs in Literaturgeschichte geben zu können«, sagte Levin, – »das heißt, wenn es möglich wäre.«
Professor Fairchild schien diese Bemerkung zu überhören.

»Es geht das Gerücht, daß wir jetzt unter dem neuen Dekan – unglücklicherweise heißt er Seagram, genau wie die bekannte Whiskymarke – in Zukunft mehr Literaturkenntnisse vermitteln sollen, als wir es zur Zeit tun, ja, daß sogar Englisch Hauptfach werden soll, aber in den letzten Jahren hat es schon mehr als einmal so einen falschen Alarm gegeben, ohne daß irgend etwas daraus geworden ist. Ich glaube aber kaum daran, nicht etwa, weil ich es nicht will – ich hätte es sogar gern –, sondern weil ich aus Erfahrung sehr wohl weiß, was hier gebraucht wird. Wir leben hier in einer ländlichen Gegend, deren wirtschaftliche Grundlage die Forstwirtschaft ist – in erster Linie die Douglasfichte und die Gelbkiefer; dann kommt die Landwirtschaft: verschiedene Getreidearten, Grassorten, Blumenzucht und, in gewissem Maß, auch Obstbau. Wir haben auch eine wichtige Fischereiindustrie. Wir brauchen Förster, Landwirte, Ingenieure, Agronomen, Fisch- und Wildsachverständige und alle Arten von technischen Beratern. Lassen Sie uns ganz ehrlich sein: Wir brauchen sie viel nötiger als Leute, die Englisch als Hauptfach wählen. Mit der Poesie kann man weder einen Baum fällen noch eine vierspurige Autobahn über einen Berg führen oder einen Damm bauen.«
Er kicherte in sich hinein und sog an seiner Zigarettenspitze. Levin beugte sich vor, um einen Schuhriemen festzubinden, aber der Rauch wehte in eine andere Richtung.
»Ich bin durchaus für Englisch als Hauptfach – es war sogar mein Hauptfach –, aber es gibt noch andere Colleges in unserem Staat, die dafür viel geeigneter sind und die eine viel bessere Ausbildung bieten, als das bei uns zur Zeit möglich ist – bei unseren begrenzten Mitteln. Meiner Ansicht nach sollten wir stolz auf eine Aufgabe sein, die nun einmal erfüllt werden muß; ich gebe aber offen zu, daß es ein oder zwei Leute im Seminar gibt, die meinen Standpunkt nicht teilen. Aber das ist ihre Angelegenheit.«
Er ließ die Zigarette in einen Aschenbecher fallen und weiterrauchen. Der Heiligenschein in seinem Haar war verblaßt – eine Laune einer vorbeiziehenden Wolke. Als sei er sich dessen bewußt, fuhr er sich mit der einen Hand durchs Haar.
»Was habe ich gerade gesagt? Ach ja, ich habe Ihnen meinen Standpunkt klargemacht.«

Levin nickte.
Der alte Mann ergriff einen Kugelschreiber und hakte etwas ab, das er auf einen rosa Briefblock notiert hatte. Dann überflog er mit kurzsichtigen Augen das Papier.
»Ach ja.« Er wandte sich zu Levin. »Ich hoffe, es macht Sie nicht nervös, wenn ich Ihnen, als einem jungen Mann, der zum erstenmal an einem College unterrichten will, ein paar Ratschläge gebe. Wenn ich jetzt offen mit Ihnen rede, ersparen wir uns vielleicht für die Zukunft Mißverständnisse.«
»Selbstverständlich –«
»Man verlangt in dieser Abteilung von Ihnen nicht, daß Sie sich viel mit Forschungen abgeben und eine Menge kleiner Artikel veröffentlichen, die doch nur mehr oder weniger nutzlose Informationen enthalten – darüber sollen sich die großen Universitäten den Kopf zerbrechen, warum, habe ich allerdings noch nicht herausgefunden; hingegen verlangen wir von Ihnen, daß Sie gut und gewissenhaft unterrichten. Machen Sie sich mit den *Grundlagen* vertraut und lassen Sie Ihre Studenten tüchtig exerzieren, das ist gesund. Wissen Sie«, fuhr er fort, »ich habe mich oft gefragt, was wir eigentlich von unseren amerikanischen College-Absolventen erwarten können, wenn so viele von ihnen noch nicht einmal die Regeln der Syntax ihrer Muttersprache kennen.«
Levin pflichtete ihm bei.
Der Professor überflog seinen Block und lehnte sich im Sessel zurück. »Es gibt zwei Arten von Menschen im Lehrerberuf, die mir leid tun. Die einen sind die, die überhaupt nicht zum Lehrer taugen und sich nur in den Beruf hineinstehlen, weil sie auf anderen Gebieten versagen und davonlaufen wollen; man sollte sie hinauswerfen –, aber es gibt gar nicht viele von ihnen; die anderen sind jene aggressiven Kerle, deren einziges Lebensziel es ist, den anderen alle Chancen zu ruinieren – je gründlicher, desto besser. Leider, leider haben wir schon beide Arten hier gehabt, und was noch schlimmer ist: Manche Leute gehören zu beiden Typen zugleich.«
Die Stimme des alten Mannes klang betrübt. »Man denkt an Leo Duffy, der nicht mehr bei uns ist. Hat Gerald Ihnen die Geschichte erzählt?«
»Er hat nur seinen Namen erwähnt.«

»Der Himmel möge mir vergeben – aber er war wirklich ein im höchsten Grade widerlicher Patron – dazu ohne jedes Verantwortungsgefühl und richtig pervers. Er kam vor genau zwei Jahren hierher – nein – vor drei Jahren.« Er hustete. »Aber was sag' ich denn – zwei stimmt ja, es war 1948. Damals, als Henry Wallace für den Präsidentenposten kandidierte – was übrigens niemals hätte geschehen dürfen. Es war ein katastrophales Jahr. Ich weiß noch, daß sich damals der Bruder meiner Frau, der arme Kerl, beide Beine gebrochen hat, als er vom Dach fiel, wo er eine Fernsehantenne montieren wollte – die erste in Easchester.«
Levin strich sich langsam über den Bart und hörte aufmerksam zu.
»Duffy war früher mal Katholik oder so was gewesen und kam aus Chikago, von der Südseite. Auf seine Weise war er ein gut aussehender Mann mit einer wilden irischen Mähne, durchdringenden Augen und vorstehendem Kiefer. Er sah dünn und gelenkig aus, und vielleicht war er's auch. Mein erster Gedanke, als er zu mir ins Büro kam, war: Das ist ein seltsamer Kauz, den sollte man schleunigst wieder loswerden; aber sein gälischer Charme verfehlte nicht seine Wirkung, und so habe ich nicht auf die innere Stimme gehört, die mich warnte; später mußte ich dafür büßen. Er hatte ausgezeichnete Empfehlungen, als er herkam. Entweder hat er seine Zeugnisse gefälscht, oder er versagte aus unbekannten Gründen. Jedenfalls entwickelte er sich sehr schnell zu einer ernsten Gefahr.«
Er sah Levin prüfend an; den juckte es zwar, aber er zwang sich, sich nicht zu kratzen.
»Während des ersten Trimesters hier – und man kann daraus nur schließen, daß ihm jede Befähigung zum Unterrichten abging – ließ er mehr als fünfzig Prozent der Studenten seiner Klasse für Stilkunde durchfallen, und es war eine schwierige Aufgabe für uns, wieder Klarheit in diese Angelegenheit zu bringen. Zum Glück lenkte meine Sekretärin meine Aufmerksamkeit darauf, ehe wir die Zensuren dem Leiter der Quästur vorgelegt hatten; den hätte man sonst direkt festbinden müssen. Wir haben wie die Wilden geschuftet, und so haben wir's schließlich auch geschafft, die Zahl der Durchgefallenen auf

mehr als die Hälfte der ursprünglichen Zahl zu reduzieren; immerhin war die Zahl noch wesentlich höher als gewöhnlich, das heißt höher als drei bis fünf Prozent. Jedenfalls war es uns zunächst gelungen, einen Skandal zu vermeiden.«
Levin beugte vor. »Hat man ihn hinausgeworfen?«
»Nicht direkt. Ein weiterer Fehler Duffys war seine Unfähigkeit, sich auch nur der elementarsten Zeiteinteilung anzupassen; immer kam er zu spät zum Unterricht, zu Konferenzen und Versammlungen, kurz, zu allem. Pünktlichkeit war ihm unbekannt. Das ganze Trimester über häuften sich die Aufsätze auf seinem Schreibtisch an; dann zensierte er sie am Ende jedes Trimesters in einer Woche und hielt sich dazu Nächte lang mit Pillen aufrecht; schließlich gab er ein oder zwei Tage vor der letzten allgemeinen Prüfung des Trimesters Hunderte von Aufsätzen und Fragebogen in riesigen Haufen zurück und hinderte dadurch seine Studenten daran, aus den vorhergehenden Arbeiten rechtzeitig die Fehler zu erkennen, die sie hätten vermeiden müssen. Später habe ich erfahren, daß er sämtliche Aufsätze über mehrere Themen unzensiert und ohne eine Notiz über sie einfach weggeworfen hat, weil sein Dackel, der darauf trainiert war, sie naßgemacht hat. Offenbar pflegte er auf dem Fußboden zu zensieren.«
»Ei wei.«
»Wo zensieren Sie denn Arbeiten, Mr. Levin?«
»Nur an meinem Schreibtisch, Sir.«
»So muß es auch sein. Auf seine Art war er gar kein schlechter Mensch, aber er wurde für uns zu einem Problem, weil er sich immer wieder über das beklagte, was er ›status quo‹ nannte. Am liebsten hätte er uns alle in kürzester Zeit ›reformiert‹ – ich glaube, in einer Woche. Ich habe gar nichts gegen berechtigte Kritik, ja, ich fordere jedesmal, wenn ich eine Neuauflage meiner Grammatik vorbereite, dazu auf, aber wenn ein Mann ununterbrochen protestiert, alles, was man tut, jegliche Fähigkeit, die Aufrichtigkeit, ja sogar den Lebenszweck der anderen abfällig kritisiert, ohne auch nur an seinen eigenen zu denken, dann geht einem das allmählich auf die Nerven. Gerald« – er machte eine Pause – »Gerald hat ihn gehaßt.«
»Darf ich fragen – ist er deshalb hinausgeworfen worden?«

»Eins kam zum anderen. Ich hatte sehr viel Geduld mit ihm. Ich habe Ihnen ja schon gesagt – er hatte einen gewissen Charme. Aber er ließ sich nicht mäßigen, und man konnte sein unstetes Leben nicht ändern. Kaum hatte man irgend etwas, was er angestellt hatte, wieder in Ordnung gebracht und er hatte versprochen, von nun an vorsichtig und rücksichtsvoll zu sein, da passierte schon wieder etwas. Nachdem er sich während des Frühjahrstrimesters – Verzeihung, es war das Wintertrimester – nein, das stimmt nicht, es war doch im Frühjahr –, also nachdem er sich für Wallace eingesetzt hatte, machte er wieder eine verlorene Sache zu der seinen; aber das geschah nach einer Phase, in der er sich als Radikaler aufspielte; während dieser Periode verlangte er von den Neulingen Aufsätze über die Moskauer Prozesse, Lenin und Trotzki, die Theorie von Lysenko und derartige strittige Themen, über die meiner Ansicht nach die Studenten überhaupt nichts wußten. Einige von ihnen, die sich über ihn beschwerten, gaben an, er ermuntere sie, während des Unterrichts über Marxismus zu diskutieren. Mr. Levin, ich möchte, daß Sie es wissen: Ich habe gar nichts gegen eine offene Diskussion dieser Themen, wenn sie auch nicht das geringste mit unserem Lehrbuch *Wissenschaft in der Technik* zu tun haben, aber Sie müssen mir doch zugeben, daß der Marxismus ein besonderes Thema ist, das nur im Rahmen der geschichts- und staatspolitischen Kurse für Fortgeschrittene behandelt werden sollte; für Neulinge sollte man so etwas nicht in Aufsätzen zur Diskussion stellen. Um Ihnen eine Vorstellung davon zu geben, wie weit sein unmögliches Benehmen ging: Eines Morgens rief mich Mr. Gallegher, der Leiter unserer Buchhandlung, an, um mir zu sagen, daß Duffy bei ihm einhundertfünfundzwanzig Exemplare des *Kommunistischen Manifests* als außerplanmäßigen Lesestoff bestellt habe. Ich kann Ihnen verraten, daß wir diesen Auftrag schleunigst annulliert haben.«

Die Zigarettenasche des Professors fiel auf die Schreibtischunterlage. Er blies sie fort, und Levin nieste.

»Sie rauchen nicht?« erkundigte sich der alte Mann. »Oder darf ich Ihnen eine Zigarette anbieten?«

»Ich habe es aufgegeben.« Levin schneuzte sich.

»Dann haben Sie also Willenskraft.«
»Nicht sehr viel, Sir.«
»Trotzdem«, fuhr Professor Fairchild fort, »sammelte er gegen Ende des Studienjahres auf dem Campus Geld für irgendeine radikale Vereinigung – ich glaube, sie nannte sich ›Komitee antifaschistischer Wissenschaftler‹ oder so ähnlich. Vielleicht erinnern Sie sich daran, daß diese Vereinigung oder eine mit ähnlichem Namen auf der Liste der subversiven Organisationen steht, die der Generalstaatsanwalt veröffentlicht hat. Um absolut gerecht zu sein, ging ich in dieser Angelegenheit mit wahrer Engelsgeduld vor, denn Duffy schien mir oft einem zu rasch gewachsenen Knaben zu gleichen, der sich gegen jede Autorität auflehnt, aber am Ende riß mir der Geduldsfaden.«
Er drückte die Zigarette aus, nahm sie aus der Spitze, warf sie in den Papierkorb und lehnte sich in seinem quietschenden Sessel zurück. Einen Augenblick lang schloß er die Augen.
Dann öffnete er sie wieder und sagte: »Sie bekommen eine klare Vorstellung von dem, was ich durchgemacht habe, wenn ich Ihnen Folgendes erzähle – auch wenn es mich in Verlegenheit bringt.«
»Aber, wenn es Ihnen –«
»Eines Sonntagsnachmittags, ungefähr eine Woche vor der Abschlußfeier, lag ich in der Badewanne und ruhte mich aus. Meine Frau hatte Mrs. Feeney, die Frau unseres früheren Dekans, zum Tee zu Gast; da klingelte Leo Duffy an der Tür und hatte die Unverfrorenheit, um einen Beitrag für seine Vereinigung radikaler Wissenschaftler zu betteln. Natürlich sagte Josephine nein. Offenbar war er darüber verärgert und wollte mich sprechen. Dummerweise ließ sie ihn eintreten. Als er Mrs. Feeney erblickte, bat er sie – entweder aus reiner Perversität oder aus Bosheit – um eine Spende. Aber diese Dame läßt sich nicht übertölpeln. Sie ist in Neu-England aufgewachsen und ist die Vorsitzende der ›Liga gegen den Alkohol‹, deren Vizepräsidentin Josephine ist. Mrs. Feeney erklärte Duffy, daß er sehr bald seine Stelle am Cascadia College verlieren werde, wenn er versuche, gutes amerikanisches Geld für schlechte ausländische Zwecke zu sammeln. Das war natürlich nur eine private Warnung; sie hatte selbstverständlich kein

Recht, weder direkt noch indirekt, zu bestimmen, daß er hinausgeworfen werden solle, zumal ihr Mann ja gerade emeritiert wurde. Sagen wir – sie gab ihm einen mütterlichen Rat. Aber Duffy war wütend. Er erklärte, so eine Predigt lasse er sich von niemandem gefallen. Er fuchtelte wild mit den Händen und brüllte. Die beiden Damen hatten Angst, er könne sie angreifen, das heißt handgreiflich werden. Ich war in der Badewanne halb eingeschlafen und wachte von dem Lärm auf; ich glaubte, es brenne, so laut schrie er. Natürlich stürzte ich aus dem Bad und rannte ins Wohnzimmer – im Adamskostüm!«

Professor Fairchild kicherte.

Levin zog seine Nagelfeile heraus, fragte sich dann, warum er das getan hatte, und steckte sie rasch wieder in die Tasche.

»Mrs. Feeney fiel in Ohnmacht. Ohne nachzudenken, schleuderte meine Frau eine Tasse Tee nach mir – den Tee, nicht die Tasse –, und Duffy brach in ein so wahnsinniges Gelächter aus, wie ich es noch nie im Leben gehört hatte. Da beschloß ich, daß er in Zukunft Grund genug haben sollte, über etwas anderes zu lachen.

›Mr. Duffy‹, habe ich dann so ruhig wie möglich gesagt – inzwischen hatte ich übrigens schon ein Badetuch um den Körper, und Mrs. Feeney war dank Josephines Riechsalz wieder zu sich gekommen – ›ich erkläre Ihnen hiermit, daß Sie dieses College zu verlassen haben, sobald es die Verwaltungsvorschriften gestatten.‹ Na, da hätten Sie mal seinen Gesichtsausdruck sehen sollen! Genau beschreiben kann ich das gar nicht, aber bis zum heutigen Tag erinnere ich mich deutlich daran. Alles spiegelte sich in seinen Zügen: Ärger, Anmaßung und das Begreifen seiner Niederlage; ich muß allerdings sagen, daß er ein paar Tage später, als er von Dr. Marion Labhart in aller Öffentlichkeit seines Amtes enthoben wurde, wesentlich jämmerlicher aussah.«

Auf dem Stuhlrand sitzend, erkundigte sich Levin: »Wegen dieses Vorfalls?«

»Deswegen und auch aus anderen Gründen«, antwortete der alte Professor. »Unterdessen hatte er sich nämlich bei mir für diesen Fauxpas entschuldigt. Ich hatte mir die Sache überlegt und wollte niemandem etwas davon sagen, aber Mrs. Feeney

rief Leona Labhart an, und sie hat den Präsidenten über den Vorfall in meinem Haus informiert. Nun ist Marion ein sehr leicht erregbarer Mensch – man behauptet, das rühre von seinem Vornamen her, aber wie dem auch sei: er befürwortet strenge Disziplin und ist in diesem Punkt ganz alte Schule, und er hat von mir sofort ein Aktenstück über Duffy angefordert. Ich bat Dr. Gilley, es anzufertigen, und sobald der Präsident es gelesen hatte, berief er eine öffentliche Versammlung aller College-Dozenten ein. Der gesamte Lehrkörper von über fünfhundert Menschen füllte den Sheffield-Saal im Institut für Milchwirtschaft und hörte, wie der Präsident Duffy einen Salonkommunisten und Revoluzzer nannte. Er verlas eine lange Liste seiner Missetaten: er hatte diese Liste vervielfältigen lassen und ließ sie nun unter seine Zuhörer verteilen. Es war eine fürchterliche Anklage. Nachdem Marion, dessen Gehirn im wahrsten Sinne des Worts zu kochen scheint, wenn er wütend wird, das Dokument verlesen hatte, wandte er sich an Duffy selbst, und obwohl diesen niemand aufgefordert hatte, stand er, wie hypnositiert, sofort auf. Vor allen Anwesenden erklärte ihm der Präsident, er sei eine Schande für das College, und sein Vertrag werde nicht verlängert werden. Duffy hatte natürlich nur einen einjährigen Vertrag – Sie übrigens auch, das ist bei neuen Dozenten immer so: er versuchte gar nicht, etwas zu erwidern, und sagte kein Wort – ein gebrochener Mann, der Schatten seiner selbst, von dem sich alle sehr rasch zurückzogen.
Nachdem der Präsident das Podium verlassen hatte, zerstreuten sich die Zuhörer schnell; ich war einer der letzten, die gingen. Leo schien körperlich erschöpft zu sein; das einzige, was er noch fertigbrachte, war, sich eine halbe Stunde später aus dem Gebäude zu schleppen. Vielleicht hatte er ein solches Ende seiner Laufbahn nicht vorausgesehen; aber es ist auch durchaus möglich, daß er es getan hatte und dann trotzdem von seinem Schicksal wie vom Blitz getroffen wurde. Er tat mir leid – es war klar, daß der Mann für seinen Beruf völlig ungeeignet war –, und ich fürchtete wirklich, er könne sich ein Leid antun; auf geradezu erschreckende Art war sein Blick nach innen gerichtet. Aber als ich ihn am folgenden Nachmittag sah, hatte er schon wieder etwas von seiner Aggressivität

zurückerlangt und bat mich sogar um ein Empfehlungsschreiben; ich konnte mich allerdings nicht dazu durchringen, es ihm zu geben, und gab ihm lieber ein paar gute Ratschläge für die Zukunft, auf die nicht zu hören er jedoch vorzog.«

»So war das also«, sagte Levin seufzend. Insgeheim hatte er seine Krawatte gelockert, aber er wurde das Bild nicht los, wie Duffy allein im Hörsaal stand – niedergedrückt von dem Gewicht der Schande, die auf seinem exzentrischen Schädel lastete.

»Mehr oder weniger. Hinterher protestierte er laut und vernehmlich vor der hiesigen Gruppe der Amerikanischen Professorenvereinigung; Dr. Fabrikant, der damals der Vorsitzende des Akademischen Freiheitsunterausschusses war, und noch ein paar Leute von der Fakultät verteidigten ihn, aber schließlich besannen sie sich und stimmten gegen eine Klage vor der APV. Die letzte Amtshandlung von Dekan Feeney war ein Brief an Duffy, in dem er ihm seine Entlassung mitteilte.«

»Hm – war er denn tatsächlich ein Salonkommunist?«

»Was halten Sie davon?« Der Professor betrachtete den neuen Dozenten interessiert.

»Nach dem, was Sie erzählt haben, läßt sich das schwer beurteilen. Übrigens bin ich«, fuhr er rasch fort, »weder Mitglied der kommunistischen Partei, noch bin es je gewesen.«

Levin versuchte zu lachen.

»Komisch«, erzählte Professor Fairchild weiter, »trotz all dessen, was geschehen war, bat er mich, als wir uns das letztemal sahen, sozusagen kniefällig, ihm noch eine letzte Chance zu geben – als ob ich das überhaupt gekonnt hätte. Er behauptete, aus seinen Irrtümern gelernt zu haben, und versicherte mir, er sei nun ein ganz anderer Mensch, der mehr denn je seine Gründe habe, bleiben zu wollen. Ich spürte, daß er an unserem College mehr hing, als ihm selbst bewußt war, und es wurde mir klar, daß es ihn hart ankam zu gehen. Vielleicht fühlte er auch, daß damit seine Laufbahn als Lehrer ein Ende hatte, und das war denn auch der Fall. Ich mußte ihm sagen, daß ich mit der ganzen Angelegenheit nichts mehr zu tun hatte, und bei unserem letzten Zusammentreffen bemerkte ich, daß er nicht zur Lehrtätigkeit berufen sei und daß wir ihm einen Gefallen täten, wenn wir ihn gehen ließen, damit er den ihm zukommenden Platz in der Gesellschaft finden könne. Und doch glichen meine Gefühle eine ganze Weile lang denen vieler Väter, die ihre Kinder bestrafen müssen. Ich hatte eine Art herzlicher Sympathie für den armen Teufel gehegt; vielleicht kam er mir vor wie der verlorene Sohn, wenn auch Leo Duffy nie wieder in den Schoß der Familie zurückkehrte, und wenn ich ja auch schließlich nicht sein Vater war. Schließlich ging er dann den Weg, der ihm vorgezeichnet war.«

Levin holte tief Atem.

»So ist das eben.« Professor Fairchild sah zum Fenster hinaus. »Für mich ist es erstaunlich, wie oft ein böser Geist in der oder jener Verkleidung auf einem College-Campus Unheil stiftet.«

Plötzlich machte er ein gelangweiltes Gesicht.

Levin stand auf, um zu gehen, aber der Professor warf noch einen Blick auf seinen Block und bemerkte dann freundlich: »Ich glaube, die Verwaltung erwartet von mir, daß ich auch ein paar Worte über das Thema Sex fallen lasse.«

Der neue Dozent setzte sich wieder; das Blut pochte ihm in den Adern, seine Kehle war ausgedörrt. »Haben Sie ›Sex‹ gesagt?«

»Nennen Sie es, wie Sie wollen. Sie sind, wie Sie in Ihrem Bewerbungsschreiben sagen, dreißig. Ohne mich in Ihre Privatangelegenheiten einmischen zu wollen – darf ich fragen, ob Sie demnächst zu heiraten beabsichtigen?«

»Beabsichtigen schon, aber ...« erwiderte Levin. »Zunächst möchte ich einmal etliche Pläne aus ...«

»Und dann?«

»Will ich es unbedingt, Sir. Ich möchte ein Heim und –«

»Manche wollen es, andere nicht. Das Schlimme ist, daß Sie nicht schon verheiratet sind. Easchester kann es Junggesellen sehr schwer machen. Wenn Sie hierbleiben wollen, rate ich Ihnen, zu heiraten. Es dürfte sich lohnen, in diesem Herbst die Augen offenzuhalten. Gelegentlich treten ein oder zwei Frauen, die in Frage kämen, dem Lehrkörper bei, aber meistens sind sie rasch weggeholt; Sie müssen sich also beeilen, wenn Ihnen eine besonders hübsch erscheint. Meine Frau war

Lehrerin für Modezeichnen in der hauswirtschaftlichen Abteilung, als wir uns kennenlernten. Ich habe sie einem Professor für Milchwirtschaft weggeschnappt, mit dem sie sich vielleicht verlobt hätte. Ich muß jedenfalls betonen, daß wir von Ihnen erwarten, keinesfalls Verabredungen mit Studentinnen zu treffen, wie sehr Sie auch provoziert werden mögen.«

»Ich verstehe –«

»Außerdem ist es nicht erlaubt, sich bei den Ehefrauen von Fakultätsmitgliedern herumzutreiben.«

»Ja, Sir –«

»Sie können sich vielleicht schon denken, daß Duffy sich nicht an derartige Vorschriften gehalten hat.«

»Im Ernst?« sagte Levin, aber der Professor überhörte seine Worte.

Er dachte einen Augenblick nach und sagte dann: »Wir haben einmal einen sehr traurigen Fall hier gehabt; eine neunzehnjährige Studentin beging Selbstmord, weil sie von einem Dozenten schwanger war –«

»Wollen Sie sagen, von Duffy, Sir?«

»Nein, das war lange vor seiner Zeit. Es handelte sich um einen jungen Dozenten für Rhetorik, und als er seine Schuld bestritt, schnitt sich das arme Mädchen vor dem Haus, in dem er wohnte, unter dem Fenster seines Schlafzimmers, in dem er sie verführt hatte, die Kehle durch. Dieser unglückselige Fall ereignete sich im ersten Jahr meiner Tätigkeit hier oder möglicherweise ein Jahr später – ich weiß nicht mehr genau, ob ich damals schon verheiratet war, ich glaube aber, ich war schon verheiratet. Ja, ja, bestimmt sogar. Man spricht noch immer von dieser Tragödie.«

Levin zitterte unter seinem neuen Anzug. Der Professor hakte den letzten Punkt auf seinem Block ab. Jetzt kann ich gehen, dachte Levin.

Aber unvermittelt, einzig mit der Unterbrechung, daß er das Zeichen auf seinem rosa Block gemacht hatte, drehte sich der Leiter des Englischen Instituts herum, so daß er dem neuen Dozenten voll ins Gesicht sah, und fragte: »Sie trinken doch nicht, Mr. Levin?«

Levin brach in Schweiß aus und antwortete laut: »Nein, Sir.« Er war auf diese Frage vorbereitet gewesen, aber als er sie

vernahm, fegte ihn der Schock beinahe vom Stuhl. Nur mit seiner ganzen Willenskraft gelang es ihm, sitzenzubleiben. Lieber Himmel, dachte er, habe ich mich verraten? Er hatte den Verdacht, aschfahl auszusehen: sicherlich wuchs ein schwarzer Bart aus dem Marmor.
»Freut mich, das zu hören. Bitte erinnern Sie sich, daß diese Gemeinde – in diesem Teil des Tals – vor hundert Jahren von Missionaren gegründet wurde, die den Goldgräbern hart auf den Fersen waren; fast über Nacht gründeten sie Abstinenzvereine. Ich habe Josephine bei einem geselligen Abend der Liga gegen den Alkohol kennengelernt.«
Um ganz ruhig zu erscheinen, strich Levin sich über den Bart.
»Mores sind Mores.«
»Gewiß, Sir.«
»Ich erwähne diesen Punkt«, sagte der Professor und dämpfte die Stimme, »weil Ihr Äußeres mich irgendwie an Vater erinnert.«
»– an wessen Vater?«
»Meinen eigenen. Sein Bart sah Ihrem bemerkenswert ähnlich, und seine Augen waren so braun wie Ihre. Zuhause habe ich eine Photographie von ihm; und Ihr dichter schwarzer Bart sieht ganz genau wie seiner aus, als er ungefähr so alt war wie Sie.«
»Das ist aber reiner Zufall, Sir.«
»Papa war ein Trinker.«
Levin betupfte die Augenbrauen mit dem Taschentuch.
»Ich will damit aber nicht behaupten, daß man einen Bart mit einem Trinker gleichsetzen soll. Man denkt unwillkürlich an die Patriarchen und Propheten Israels. Und wir haben hier unsere eigene abstinente Mennonitensekte. Ich will damit nur sagen, daß Sie mich an meinen armen Vater erinnern, der in einer Phase seines Lebens – daraus mache ich gar kein Geheimnis – ein unheilbarer Trinker war.«
Jetzt war Levins Taschentuch schon feucht.
»Papa war von Beruf Sattler. Wir wohnten damals über seinem Geschäft in einem Holzhaus in Kansas City, Missouri. Meine Schwester war elf und ich neun – nein, wir waren zwölf und zehn, ich weiß noch, daß ich in der fünften Klasse

meinen Rechenlehrer gehaßt habe –, als Papa ohne einen für meine arme Mutter ersichtlichen Grund anfing, schrecklich zu trinken.
Mama – die von Natur sehr tapfer war – hielt das ein paar Jahre aus. Als sie schließlich die Überzeugung gewonnen hatte, daß die Dinge sich nicht mehr bessern würden, beschloß sie, Papa zu verlassen und zu ihren Eltern nach Moskau in Idaho zurückzukehren. Vor der Abreise sprach sie noch einmal in Anwesenheit von uns Kindern mit ihm – ich entsinne mich noch ihrer Worte: ›John‹, sagte sie, ›ich bringe die Kinder zu meinen Eltern – du weißt schon, warum. Aber ich möchte keinen Bruch zwischen dir und deiner Familie, wenn wir dir überhaupt etwas bedeuten. Vater hat mir fünfzig Dollar für dich geschickt. Ich bitte dich von ganzem Herzen, uns, so bald du kannst, nachzukommen. Wenn du so lange nüchtern bleiben kannst, daß du uns wiederfindest, kannst du sicher auch deinen Hang zum Alkohol überwinden, und dann können wir wieder alle zusammenleben.‹
Ich weiß noch, daß mein Vater weinte. Er sagte Mama, daß er sie und die Kinder von Herzen lieb habe und uns nach Moskau nachkomme, sowie er völlig nüchtern wäre – ›ausgetrocknet‹ nannte er es. Als wir abreisten, brachte er uns mit Pferd und Wagen zur Bahn. Wie ich später erfuhr, hielt er sein Wort, rührte keinen Alkohol mehr an und wickelte seine Angelegenheiten ab. Er verkaufte, was von seinem Geschäft übriggeblieben war, zog seinen Sonntagsanzug an, packte einen Koffer und begab sich zum Bahnhof. Aber er war kaum je gereist, und durch irgendeine unglückliche Verkettung von Umständen war er schon in Chikago, ehe er oder jemand anderes merkte, daß er in die verkehrte Richtung gefahren war. Er war darüber so schrecklich enttäuscht, daß er sofort in eine Bar ging.«
Levin seufzte leise.
»Irgendein netter Mensch begleitete ihn zum Zug, und Papa fuhr wieder ab. Wie ich erfahren habe, hatte er geschworen, nie wieder einen Tropfen Alkohol anzurühren; aber im Zug lernte er einen beschwipsten Handelsvertreter kennen, der ihm immer wieder eine Flasche anbot. Papa sagte mehrmals nein, aber der Handlungsreisende gab sich mit dieser Ableh-

nung nicht zufrieden; doch als dann nur noch ungefähr ein Schluck in der Flasche war, nahm er das Angebot an – er glaubte offenbar, wenn er den letzten Tropfen getrunken hätte, sei sowieso alles zu Ende. Aber diese Strategie nutzte ihm nichts: der Vertreter hatte nämlich noch ein weiteres halbes Dutzend Flaschen in seinem Koffer, der mit Mustern von Damenwäsche gefüllt war. Die beiden gelangten bis nach Omaha: dort wurden sie wegen ihrer Trinkerei aus dem Zug geworfen.

Ein paar Tage später entkam Papa dem Reisenden und bestieg wieder einen Zug nach dem Westen; aber er entdeckte sehr bald, daß er seine Brieftasche verloren hatte, in der der Rest von Mamas Geld war und der ganze Erlös aus dem Verkauf seiner Sattlerei und des Lederwarengeschäfts. Die Enttäuschung über sich selbst war zu groß für ihn: in Pocatello stieg er aus, verschleuderte seine goldene Uhr und seinen Koffer und begann sich sinnlos zu betrinken. Er blieb dann bis zum Ende seines Lebens, das nicht mehr fern war, in Pocatello.

Viele Jahre später – kurz nach der Geburt meines Ältesten, der jetzt in Neu-Mexiko Bergwerksingenieur ist – begab ich mich auf die Suche nach Papa. Ich engagierte einen Privatdetektiv und fand seine Spur: zuerst bis Omaha, dann bis Pocatello; dort machten wir einen Kaufmann ausfindig, der ein Saatgut- und Futtermittelgeschäft besaß, in dem Papa eine Zeitlang gearbeitet hatte; er erzählte uns, wie es weitergegangen war. Papa hatte tatsächlich kurz nach seiner Ankunft in Pocatello dem Alkohol abgeschworen, aber er schämte sich offenbar, völlig mittellos wieder vor uns zu treten. Der Saatgut- und Futtermittelhändler erzählte uns, daß Papa in jedem der vier Jahre, die er vor seinem Tod in Idaho verbrachte, zu Weihnachten und im April, ein paar Tage vor Mamas Geburtstag, Pläne schmiedete, nach Moskau zu fahren; aber aus irgendeinem Grund kam es nie soweit. Wahrscheinlich starb er darüber. Jedenfalls hat niemand von uns ihn wiedergesehen, nachdem wir uns in Kansas City von ihm verabschiedet hatten. Er hat sein Leben vergeudet, aber mich hat er zumindest gelehrt, was ich mit meinem anfangen sollte.«

Unsicher stand Levin auf. Er brachte die Worte heraus: »Ich

verspreche, nie einen Tropfen A –«, aber dann biß er die Zähne zusammen.
Professor Fairchild erhob sich und drückte ihm herzlich die Hand. »Ich begrüße Sie am Anfang einer großen Karriere.«
Die Sonne flimmerte in seinem Haar, und er sah zwischen all seinen Büchern wie ein alter Heiliger aus. Er zog einen Band aus einem Regal und reichte ihn Levin. *Die Grundlagen der Grammatik*, dreizehnte überarbeitete Auflage.
Endlich wich die Spannung von Levin. »Vielen Dank, Dr. Gilley will mir ein Exemplar geben.«
»Nehmen Sie dies trotzdem, falls Sie mal eins verlieren.«
»Ich bin Ihnen sehr verbunden.«
»Sagen Sie Ihren Studenten, daß das Buch sehr nützlich für sie ist. Komisch«, kicherte der Professor, »sie hassen es vielleicht zu Anfang, aber am Ende wird es ihnen ans Herz gewachsen sein. Viele von meinen Studenten sind schon zurückgekommen, um mir zu sagen, daß eine gründliche Kenntnis der englischen Grammatik einen Wendepunkt in ihrem Leben bedeutet hat.«
Nervös legte Levin die Hand auf die Klinke – aber der alte Mann redete immer noch.
»Es wird Ihnen hier gefallen, Mr. Levin. Das Land ist wundervoll. Wenn Ihnen der Regen nichts ausmacht, wird Ihnen das Klima zusagen. In unserem Institut geht es sehr freundlich zu – es gibt sozusagen keinen Streit, wenn auch gelegentlich ehrliche Meinungsverschiedenheiten. Gerald Gilley ist ein sehr guter Stilkundler. Sie können eine Menge von ihm lernen. Die Arbeit ist interessant, und mit den Studenten kommt man gut aus. Unterrichten ist ein wahrer Segen. Ich tu es seit fast vierzig Jahren und habe meine Berufswahl nie bereut. Ich habe meine Aufgabe hier beinahe erfüllt und blicke mit Befriedigung auf meine Arbeit zurück. Ich habe einen guten Kampf gekämpft. Hier sind *Die Grundlagen* entstanden. Das Seminar ist während meiner Jahre hier von drei Lehrern auf einundzwanzig angewachsen. Aber der Weg war nicht immer dornenlos: Wir haben schwere Zeiten durchgemacht, als wir von der Verwaltung fast keine Gelder erhielten. Ich war sehr knauserig, um Geld zu sparen. Ich mußte die Gehälter beschneiden, und ich gebe zu, daß das gelegentlich zu Reibungen führte; aber was notwendig war,

war eben notwendig. Die erste Pflicht eines guten Direktors ist, Befehle auszuführen. Ich habe getan, was mir befohlen wurde. Es gab eine Zeit, da war mein Seminar das billigste an der ganzen Küste, und ehrlich gesagt – ich war stolz darauf, dem College die Geldmittel zu bewahren und es in Krisenzeiten arbeitsfähig zu halten. Dekan Feeney war der gleichen Ansicht. Auch er gibt keinen Dollar leichtfertig aus. Das ist auch nötig – unser Staat ist nicht reich. Der Dekan und ich kamen glänzend miteinander aus. Zuhause unter meinen Papieren ist ein Brief von ihm, in dem er mich für meine Anstrengungen zum Wohle des College lobt. Darauf bin ich stolz. Ich gebe zu, daß ich beunruhigt war, als ich später erkannte, daß nicht alle Seminarleiter sich streng an den Buchstaben des Gesetzes hielten. Während der Depression hatten einige von ihnen fast kein Studienmaterial angeschafft und höhere – allerdings nur wenig höhere – Gehälter gezahlt, als ein paar von uns es taten. Ein Mann erledigte selbst alle Sekretariatsarbeiten und verteilte die für eine Sekretärin bestimmten Mittel unter seine Angestellten; aber er hatte derer nur wenige. Vielleicht hätte ich auch so etwas versuchen sollen, aber es kam mir nicht ehrlich vor. Ich habe jedenfalls einem anderen eine Stelle verschafft. Überhaupt – wenn ich mir vorstelle, was ich ändern würde, wenn ich mein Leben noch einmal zu leben hätte –, ich glaube, ich würde kaum etwas ändern.«

Er redete noch weiter, während immer weniger Licht auf sein Haar fiel, als Levin ging.

3

Was gab es Neues für Levin im Laufe des September, ehe der Unterricht begann?
Seine Welt – aber innerlich war er doch Levin, wenn auch ein neuer Levin, ein Mann, der nach vielen vergeudeten Jahren ein Ziel vor sich sah. Für Mrs. Beaty, eine alte Witwe, die mit ihrem Mieter allein in einem großen, zweistöckigen weißen Holzhaus wohnte, verrichtete er Arbeiten, von denen er sich nie hätte träumen lassen, daß er sie einmal tun würde, damit sie ihm etwas weniger Miete abnahm. Er mähte den Rasen vor und hinter dem Haus – es war erstaunlich, wie kräftig und gesund das Gras war, es wuchs sozusagen über Nacht und mußte jede Woche gemäht werden. Auf einer wakkeligen Leiter, auf der ihm vor Nervosität die Knie zitterten, pflückte er gelbe Birnen und vermied dabei, in die Nähe der Bienen zu geraten, die die süßen Wunden der Früchte aussaugten. Gott sei Dank waren die Kirschen schon Ende Juni geerntet worden, und mit den Walnüssen hatte es Zeit bis Oktober. Die Hauswirtin besaß auf ihrem Grundstück acht Bäume; einer von ihnen war eine Eberesche mit orangefarbenen Beeren – etwas ganz Neues für ihn. Drei Wochen nach seiner Ankunft harkte er nach einer Regennacht die ersten riesigen Blätter vom Vorderrasen, die wie nasse Lappen von den Maulbeerfeigenbäumen gefallen waren, die auf der gegenüberliegenden Straßenseite vor den alten Häusern standen; bis ihn die alte Frau berichtigte, hatte er sie für eine Art Ahornbäume wie die von Bunyan besungenen gehalten.
Ein Lastwagen entleerte eine enorme Menge orangefarbenes Sägemehl auf den Fußweg hinter dem Haus, und Levin schaufelte es langsam durch ein Fenster in den Keller – wobei seine Hochachtung für alle Schaufler der Welt immer größer wurde; vom Keller her verbreitete es einen Duft gleich dem eines Weihnachtsbaumes, der fast das ganze Haus durchdrang.

Mrs. Beaty zeigte ihm, wie man den Sägemehlofen anzündete, und Levin verpflichtete sich, ihn am Brennen zu halten, wenn es kalt würde, zweimal am Tage die Schütte zu füllen und jeden Monat einmal die Staubfilter des Schiebebleches zur Wärmeregulierung mit dem Staubsauger abzusaugen. Als er mühsam in dem unkrautüberwachsenen Garten, den die alte Frau nicht mehr versorgen konnte, die Blumen abschnitt und den Boden umgrub, lernte er, daß eine Sichel keine Sense ist, und entdeckte die Walnüsse und Eicheln vom vergangenen Jahr, dazu sechserlei Würmer, eine durchweichte Puppe und einen völlig verrosteten Schraubenzieher aus alten Zeiten. Die Vergangenheit verbirgt sich – und doch ist sie gegenwärtig. Als er beobachtete, wie sich ein Rotkehlchen anstrengte, um einen Wurm aus der Erde zu zerren, sah sich Levin einen Augenblick lang als einen neuen Thoreau, aber er gab den Gedanken wieder auf: Er hatte sich zu spät der Natur zugewandt. Er kalkte Kellerwände, bis sein Bart genauso troff wie der Pinsel, den er benutzte; er spritzte die Schindelfassade mit dem Gartenschlauch ab; er kletterte wieder auf eine Leiter und säuberte die Dachrinne von Blättern; er brachte neue Dichtungen an den Wasserhähnen an; und wenn er auch ungern etwas mit Elektrizität zu tun hatte, ersetzte er doch zerbrochene alte Schalter durch neue. Levin war erstaunt, wieviel ein Mensch ohne alle Erfahrung tun konnte, ohne dabei mehr als ein paar Tropfen Blut zu verlieren. Er dachte ernsthaft daran, auf Jagd und angeln zu gehen und schmiedete Pläne für eine Reise nach Seattle und San Franzisko, sobald er ein paar Dollar in der Tasche hätte.

Mrs. Beaty lebte ihr eigenes Leben und ließ andere Leute in Ruhe; sie war neunundsechzig und halb taub: In ihrem grauen Haar trug sie einen grauen Kamm und im linken Ohr ein Hörgerät, aber sie stellte es nur selten an, d. h. nur, wenn sie »spürte«, daß das Telephon klingelte, und um sich mit Levin zu unterhalten, wenn er in der Küche aß; mehr hatten sie nicht miteinander zu tun. Manchmal, wenn er ihr aus dem Weg ging, merkte er, daß sie das gleiche tat. Außer an den wenigen Abenden, an denen sie Gäste hatte, ging sie jeden Abend um acht Uhr zu Bett; und früh am nächsten Morgen hatte sie schon ihre Galoschen angezogen, um ihre Schuhe vor dem nassen Gras zu schützen, und schnitt Blumen oder steckte die Nase in die Büsche hinter dem Haus. Sie lebte wie selbstverständlich zwischen den Möbeln, dem Schaukelstuhl und den Pfeifen ihres verstorbenen Mannes; seine Werkzeuge hingen noch immer im Keller über seiner Werkbank. Sie hatte, wie sie Levin manchmal sagte, gar nichts gegen die Welt, und er beneidete sie ein wenig darum. Tatkräftig machte sie sauber, backte, weckte ein und nähte; sie war eine gute Köchin und großzügig mit Eßwaren, aber Geld gab sie nur vorsichtig aus. Die Katze wurde mit Abfällen gefüttert. Levin hatte es besser: Oft bestand Mrs. Beaty darauf, seine billigen Mahlzeiten zu ergänzen. Und damit es etwas lebendiger im Hause zugehe, versprach sie, daß bald ein weiterer Mieter einziehen würde – ein Student höheren Semesters aus Syrien. Sie nahm nur einen oder zwei Herren bei sich auf, wie sie erklärte; Damen verbrauchten zuviel heißes Wasser, telephonierten zu oft und hatten zuviel Herrenbesuch. Sie erzählte, daß sie die Tochter eines Geistlichen sei, und ließ dann die Bemerkung fallen, es sei so nett, einen »Gelehrten« im Hause zu haben. Eine Woche lang nannte sie ihn Dr. Levin, aber er verbesserte sie jedesmal, und so redete sie ihn wieder mit »Mister« an. Ein paarmal sagte sie ohne jeden Grund, sie kenne Dr. Gilley recht gut. Mehr als einmal hatte ihr Mann für ihn gearbeitet, und die beiden Männer waren zusammen angeln gegangen. Mrs. Gilley kannte sie nicht so gut, hatte aber von gemeinsamen Freunden einiges über sie erfahren.

Levin war gern in diesem Haus; noch nie hatte er irgendwo gewohnt, wo es so wenig Trennung zwischen innen und außen gab. In einer Mietskaserne bedeutete es jedesmal eine Expedition durch naßkalte Höhlen und öde Tunnel, wenn man auf die Straße ging. Er hatte seine Freude an dem Kirschbaum, dessen knorrige, mehltaubefallene Äste bis an sein Hinterfenster heranreichten. Durch die Seitenfenster sah er auf die bewaldeten Berge, deren Form und Farbe sich je nach dem Spiel der Wolken veränderte. Von drei Fenstern aus konnte er die Berge sehen. Daß man ausgehen konnte, ohne die Türen abzuschließen, war etwas ganz Neues für ihn, und er sorgte sich, daß etwas gestohlen werden könne; aber bald hörte er auf, seine Tür abzuschließen. Er sah, daß Fahrräder und Spielzeug über Nacht auf dem Rasen blieben, und es beglückte ihn, daß so etwas möglich war.

Am Nachmittag war Levins großes Zimmer, das neben dem kleineren, dem syrischen Studenten zugedachten, lag, von Sonnenlicht durchflutet. Für kurze Zeit wurde es zwar heiß, aber um vier Uhr brachte die Meeresbrise wieder Kühlung. Nachts deckte er sich nur mit zwei Wolldecken zu – auch das ein Entgegenkommen der Natur. Sein weißes Metallbett war eigentlich ein altmodisches Doppelbett, und er hatte den Verdacht, daß es einst Mrs. Beatys Ehebett gewesen war; er schlief auf der rechten Seite – der des Bettes und seiner eigenen; wenn er auf der linken lag, träumte er zu oft. Sein Schreibtisch war ziemlich groß und aus Nußbaum – der Tischler hatte ihn selbst gezimmert; er stand am Fenster, und man sah von ihm aus die Berge. Hier saß Levin oft während des Tages und machte Notizen in ein dickes Heft, in das er schon vor Jahren erinnerungswerte Sätze geschrieben und das er vor kurzem wieder in Gebrauch genommen hatte. Er notierte darin zusammenfassende Berichte über Bücher, die ihn beeindruckten, und schrieb Stellen aus ihnen ab. Ein Teil des Heftes war »Erkenntnissen« vorbehalten, ein paar Seiten in der Mitte waren für detaillierte »Pläne« bestimmt. Wieder und wieder las er Sätze durch, so z. B. »Seine Absicht ändern, heißt, sein Schicksal ändern« – Montaigne; »Wichtige Grundsätze können und müssen unbeugsam sein« – Lincoln; seit einiger Zeit versuchte er sich auch an kurzen Essays über solche Zitate. Zu Levins »Erkenntnissen« gehörten Sätze wie »Das neue Leben hängt an einer alten Seele« oder »Ich schaffe mir meine eigene Gefahr.« Oder auch: »Die Gefahr aller Zeiten ist der Verrat des Menschen« – S. Levin. Er ermahnte sich, »den Kreis offenzuhalten.« Er war ein gewissenhafter »Werdender«, aber er machte sich Sorgen, daß er erst so spät mit dieser Entwicklung begonnen hatte. Die Zukunft brannte ihm auf den Nägeln. Vergeudete Zeit war eine Qual für ihn; er hatte gern seinen neuen Wecker bei sich, da ihm das auf primitive Weise half, sich die Zeit einzuteilen. Schlaf lockerte die Schrauben und Muttern seiner Abwehrfähigkeiten, aber wohl angewandte Zeit befestigte sie wieder. Er saß an seinem Schreibtisch und arbeitete *Die Grundlagen* durch, er machte

alle Übungen aus dem Übungsbuch, er las alle Aufsätze in *Wissenschaft in der Technik* und machte Notizen, auf die er in seinem Unterricht näher eingehen wollte. Er wünschte sich, das Buch enthielte auch ein paar Gedichte.
Levin sagte sich, daß er mehr ausgehen sollte. Das war so notwendig, daß er tatsächlich spazieren ging. Es war ganz bequem, in die Natur zu gelangen: eine Viertelstunde, nach welcher Richtung man auch ging; wenn man den Weg durch die Geschäftsstraßen wählte, mußte man die weiße Holzbrücke über den Sacajawea-Fluß überqueren. Er machte meilenweite Spaziergänge über ungepflasterte Straßen – wohin sie auch führten (meistens von einer Farm zur anderen). Wochenlang spannte sich ein wolkenloser blauer Himmel über das Land, aber seit kurzer Zeit kamen riesige weiße Wolkenmassen vom Stillen Ozean her und entschwebten gen Osten. Er zog den Regenmantel an und nahm einen Schirm mit, denn er wollte nicht von einem Regenguß überrascht und durchnäßt werden. Er war wie ein losgelassener Großstadtjunge, der alles, was es zu sehen gab, in sich aufnahm und sogar fünf Minuten lang vor der ersten Reihe ländlicher Briefkästen stehenblieb, die ihm vor Augen kamen. Er betrachtete mit Vergnügen die älteren und die alten Ställe. Im grellen Sonnenlicht sahen die Stoppeln der abgeernteten Korn- und Grasfelder wie Schnee aus. Inmitten eines Gehöfts schien eine grüne Zwergeiche aus dem Schnee zu wachsen. Das sah sehr hübsch aus. Er beobachtete, wie die Farmer die Stoppeln abbrannten; danach waren die Felder schwarz – etwas, woran er noch nie gedacht hatte. Eines Tages ging er an einem schwarzen Feld vorbei, als er plötzlich sah, wie der Wind wie durch einen Trichter darüber blies und sich auf ihn zubewegte. Levin fragte sich erschrocken, was er tun solle: davonlaufen, sich an einem Zaunpfahl festhalten oder sich flach auf die Straße legen; doch dann drehte sich der kleine Trichter, und der Wind blies in eine andere Richtung. Noch war keine Woche vergangen, da eggten Männer auf Traktoren die verbrannten Felder, und die fruchtbare braune Erde sah aus wie neu gekämmt und erwartete offenbar die nächste Aussaat. Der Anblick des erwartungsvollen Bodens rief ein Hungergefühl in Levins Kehle hervor. Er sehnte sich

plötzlich nach der Wiederkehr des Frühlings; es war eine erschreckende Gewohnheit, gegen die er sich wehrte, denn noch war es offiziell nicht einmal Herbst. Er war jetzt fest entschlossen, ungelebte Zeit auf keinen Fall zu vernichten. Beim Spazierengehen freute er sich an den Überraschungen, die ihm die Landschaft bot: die verschiedenen Schattierungen der grünen, gelben, braunen und schwarzen Felder, Kompositionen mit Bäumen im Hintergrund und die Poesie der Perspektive. Ohne daß er viel hatte investieren müssen, war sein Leben durch den Anblick der Natur bereichert worden, und dieser Reichtum war höchst befriedigend. Bisher war ihm das beinahe noch nie zuteil geworden, wenn er auch immer an den frostklirrenden Bäumen der Großstadt nach den ersten Zeichen neuen Lebens gesucht hatte; wenn er auch, widerwillig, das Wachsen der Blätter beobachtet und dann im Sommer nachts allein zwischen den blühenden Bäumen umhergegangen war; und noch später, im Herbst, hatte er die toten Blätter zu Grabe begleitet. Jetzt schweifte sein Blick meilenweit über das Land – es war eine herrliche Erfindung. Noch nie hatte er so viele Pferde, Schafe und Schweine hinter Zäunen gesehen. Die schweren Hereford-Kühe (er hatte sich in einem Buch über sie informiert) wandten ihm ihre weißen Gesichter zu, wenn er auf der Straße an ihnen vorbeikam. Noch nie hatte er solche Kühe – oder auch schwarze Angus-Rinder – im Freien gesehen; und sie hatten noch nie einen Levin erblickt.
Er sah alles, als ob es schon Herbst wäre, aber er gab sich keine Mühe, wie er es früher getan hatte, jede Blume und jeden Baum dazu zu zwingen, ihn zu trösten oder mit ihm zu trauern. Er erlebte beinahe den Augenblick mit, in dem Massen von grünen Birkenblättern an den weißen Stämmen gelb wurden; und unter den grünen Röcken der Ahornbäume leuchteten die Blätter büschelweise golden auf. Außer dem roten wilden Wein an den Zäunen gab es wenig rote Farbtöne – und das mitten im Oktober; es war ein grün-goldener Herbst, weniger bitter als der vergangene. Wenn es nicht gerade warm war, mußte man sich schon sehr bemühen, den Herbstgeruch wahrzunehmen, denn die fast monoton frische Luft ließ ihn kaum aufkommen. Er vermißte den Duft des Wandels mit all seinen Assoziationen, das Gefühl für die un-

gewollte Bewegung auf ein unvermeidbares Ende zu – denn was ist schon das Leben des Menschen in einer kalten Jahreszeit? Am meisten bewegten ihn seine Erinnerungen. Und doch – wenn an einem Herbsttag der Himmel eine Zeitlang blau und wolkenlos strahlte, wenn es so still war, daß man das Bellen eines Hundes aus meilenweiter Ferne hören konnte, dann wurde sein Herz davon schwer.

Eines Nachmittags, nach einem langen, einsamen Spaziergang, hatte der Duft von Holzfeuern, der in der Luft hing, Levin in eine besondere Stimmung versetzt: Er blieb vor Gilleys Haus stehen und klingelte.

Pauline kam in einer enganliegenden lila Torerohose und einer mit Farbe beschmierten Hemdbluse an die Tür und fuhr zurück, als sie ihn sah.

»Ach, Sie haben mich erschreckt«, lachte sie verlegen, »ich habe niemanden erwartet.«

»Verzeihung«, sagte Levin. »Ist Ihr Mann zu Hause?«

»Nein«, antwortete sie, wieder ganz beherrscht. »Er ist in der Stadt, weil er etwas auf der Bank zu erledigen hat. Dann wollte er in ein Haushaltgeschäft gehen und einen neuen Sitz für die Toilette oben im Badezimmer kaufen – unserer hat einen Sprung, die Kinder schlagen ihn immer so heftig zu. Wollen Sie nicht hereinkommen? Es sieht allerdings schrecklich aus, denn ich habe Stühle angestrichen.«

Sie war aber so nervös, daß Levin merkte, es wäre ihr lieber, wenn er es nicht täte. Er bedankte sich und ging, sagte aber, er werde Gerald im Büro aufsuchen. Die Drahttür flog hinter ihm zu.

»›Kommen Sie nur recht oft zu uns‹«, ahmte er sie nach.

Da Levin sich nicht von seiner alten Gewohnheit, immer allein zu sein, verführen lassen wollte, besuchte er eines Tages Ende September den außerordentlichen Professor Joseph Bucket. Auf Gilleys Anraten hatte er vorher George Bullock angerufen, aber nachdem dieser mit seiner Familie aus Carmel zurückgekehrt war, war er ans Meer gefahren. Nach allem, was Levin über Bucket gehört hatte, interessierte er sich schon längst für ihn. Mrs. Beaty kannte seine Mutter, die Witwe eines Holzfällers, der im Wald ums Leben kam, als sein Sohn fünfzehn Jahre alt war. Nachdem Bucket zwei Jahre lang am Cascadia College studiert hatte, war er nach Gettysburg an die Universität gegangen, hatte dann ein Jahr in der Armee gedient, war wegen eines Asthmaleidens entlassen worden und hatte sich drei Jahre lang mühsam an einer Universität in Arizona abgequält; dann war er als Englischlehrer ans College zurückgekehrt, ohne allerdings mit seiner Dissertation fertig zu sein. Bei seiner Rückkehr hatte er drei Kinder, und seine Frau war zum viertenmal schwanger. Da sie zu arm waren, um ein Haus zu kaufen, und es damals unmöglich war, ein ordentliches zu mieten, lieh sich Bucket so viel Geld wie möglich und fing an, selbst zu bauen. Neben seiner Lehrtätigkeit und den Bauarbeiten an seinem Haus verrichtete er überall in der Stadt Gelegenheitsarbeit. Seitdem waren vier Jahre vergangen, zwei weitere Kinder waren hinzugekommen, er hatte seine Promotion aufgeschoben, aber er arbeitete noch immer an seinem Haus und seiner Dissertation. Nach allem, was Levin über das Leben dieses Mannes gehört hatte, glaubte er, sie könnten Freunde werden.

Bucket wohnte in dem schlechteren Teil der Stadt, jenseits eines sich schlängelnden Armes des Flusses Sacajawea; es war ein schmaler Flußarm, auf dem manchmal große Mengen von Bäumen schwammen, die auf diese Weise aus den Bergen zu einem Sägewerk am südöstlichen Rand von Easchester befördert wurden. Als Levin eines Nachmittags an dem fast quadratischen zweistöckigen grauen Haus vorbeikam, entdeckte er den außerordentlichen Professor auf allen vieren hoch oben auf dem spitzen Giebeldach, wo er Nägel in lose Schindeln hämmerte und alte Schindeln durch neue ersetzte.

»Verzeihung«, rief er hinauf, »sind Sie Professor Bucket?«

»Ja.« Bucket warf einen Blick nach unten, um zu sehen, wer da war, dann drehte er sich vorsichtig um, wobei er sich auf eine der schmalen Schindeln stützte, die er provisorisch festgenagelt hatte. Er war groß und dünn, ungefähr fünfunddreißig Jahre alt, hatte ein schmales Gesicht und dicke Ohren und trug eine schwere Hornbrille.

»Ich komme wohl sehr ungelegen?« fragte Levin entschuldigend. »Ich bin der neue Englischdozent, und da ich gerade vorbeikam, wollte ich Sie begrüßen.«

Bucket, der eine zementverschmierte Nietenhose, riesige Schuhe aus Heeresbeständen und einen losen, handgestrickten grünen Pullover trug, legte den Hammer und die Dose mit Nägeln hinter eine kleine Schindel und beobachtete Levin – aber noch immer auf allen vieren.

»Sehr freundlich von Ihnen. Leider kann ich mich aber jetzt nicht mit Ihnen unterhalten. Ich bin nicht ungastlich, glauben Sie mir, doch ehe es zu dunkel wird, muß ich noch eine undichte Stelle ausbessern, die uns sehr zugesetzt hat.«

Enttäuscht blieb Levin stehen, ohne sich zu rühren.

»Nächsten Montag fangen die Immatrikulationen an, und da wir ja unsere Büros im selben Stock haben, werden wir schon noch Gelegenheit für ein Gespräch finden.«

»Mit Vergnügen«, antwortete Levin. Er hatte gehofft, Bucket werde ihn bitten, am Abend wiederzukommen, da sie nun einmal angefangen hatten, sich miteinander zu unterhalten.

Vielleicht spürte der außerordentliche Professor, was Levin dachte. »Sie stammen nicht aus dem Westen, Mr. Levin?«

»Ich komme aus New York City.«

»Aus New York?« Langsam glitt er am Dach entlang und setzte sich mit übergeschlagenen Beinen in die Nähe des Dachrandes; Levin hatte Angst, er könne herunterfallen.

»Wie steht es denn – mit Ihrem Haus?« fragte er.

»Sie haben's wohl schon gehört?« sagte Bucket. »Wenn Sie glauben, es sei bald fertig, so irren Sie sich. Bis dieses Haus fertig ist – übrigens auch meine Dissertation –, dauert es ebenso lang wie bis zur Geburt von Tristram Shandy oder bis zur Heilung der Kriegsverletzung, die Onkel Toby davontrug, als er bei der Belagerung von Namur von einem Stein getroffen wurde. Wenn Sie zufällig einen Blick über die Lorbeerhecke geworfen haben, als Sie um die Ecke kamen, haben Sie sicher gesehen, daß da, wo früher einmal ein Teil unseres Hinterhofs war, jetzt ein Schlafzimmer ist; das habe ich letztes Jahr gebaut; jetzt haben Algene und ich beschlossen, daß die Kinder unbedingt ein Spielzimmer haben müssen, wenn das, was wir schon gebaut haben, nicht kaputtgehen soll. Wie Tristram in einem anderen Zusammenhang gesagt hat ›. . . ein Gebäude sehe ich erstehen, wie es noch nie geplant und, seit Adams Zeiten noch nie errichtet worden ist‹. Ich muß aber auch noch eine Menge angefangener Zimmerarbeiten im Inneren erledigen, muß noch eine Toilette einbauen – wir sind nämlich zu acht, da meine Mutter bei uns wohnt – und hinten die Grundmauern verstärken. Manchmal glaube ich, mein Leben verläuft unter dem Motto, das Sterne ›die traurige Unbeständigkeit der Dinge‹ genannt hat.« Er lachte über seine eigenen Worte – es klang fast wie ein Kichern und verstummte rasch wieder, sagte aber genug.

»Ach, das ist aber wirklich schlimm«, sagte Levin bedauernd. »Hätten Sie vielleicht Lust«, fragte er dann, »heute abend als mein Gast mit mir ins Kino zu gehen, um sich von den Anstrengungen auszuruhen? Soviel ich weiß, ist der Film ganz gut.«

»Sehr nett von Ihnen«, sagte Bucket. »Etwas Unterhaltung täte mir ganz gut, aber abends bin ich meistens im Büro. Ich habe Ihnen gerade von meiner Dissertation erzählt; der Titel ist ›Unordnung und Sorge bei Sterne‹, es ist aber eigentlich eine Untersuchung über seinen Humor. Leider«, er sagte es ohne Bitterkeit und ohne sich zu schämen, »hat man sie mir schon dreimal zurückgegeben, und jetzt schreibe ich sie wieder neu. Wahrscheinlich warte ich im Grunde nur darauf, daß der Vorsitzende meiner Prüfungskommission pensioniert wird oder stirbt; eigentlich zöge ich vor, daß er sich pensionieren ließe – wenn das nur schneller ginge. Wenn man ihn genügend ausfragt, gibt er zwar zu, daß die Arbeit nicht ohne Verdienste ist, aber offenbar mag er meine Art der Darstellung und meinen Stil, wie er es nennt, nicht, und bisher ist es mir noch nicht gelungen, ihn zufriedenzustellen. Mein Mentor, der meine Interessen im Ausschuß vertritt, hält treu zu mir, aber der Vorsitzende ist maßgebend, und jedesmal hat man mir die Arbeit mit neuen kritischen Anmerkungen und der Forderung nach neuen Änderungen zurückgegeben. Jetzt lege ich jedes Kapitel einzeln vor, aber von den acht, die das Ganze enthalten soll, sind erst zwei fertig. Ich war schon oft in Versuchung, den ganzen Plan aufzugeben, aber das darf ich nicht, oder ich werde nie befördert, und dann müßte ich mich mit einem Gehalt begnügen, von dem ich beim besten Willen nicht leben kann.«

»Hm – hm.«

»Wenn ich nur den Mut hätte, für meine eigenen Ansichten einzutreten, würde ich meinem Vorsitzenden so lange die Nase umdrehen, bis er mich bestehen ließe; aber das Ende wäre ja doch nur, daß es umgekehrt geschähe. Wie Sterne sagt: ›Das machen sie in Frankreich besser‹.«
»Davon habe ich keine Ahnung«, meinte Levin. »Ich war noch nie so weit weg von meinem Geburtsort wie jetzt.«
»Was hat Sie denn in diesen Waldwinkel verschlagen?«
»Wahrscheinlich mein Schicksal –«
Bucket kicherte. Dann richtete er sich vorsichtig auf allen vieren auf. »Verzeihen Sie – aber ich muß wirklich weiterarbeiten.«
»Wenn Sie noch einen Hammer haben, könnte ich Ihnen vielleicht helfen?« sagte Levin.
»Herzlichsten Dank, aber ich bin nicht haftpflichtversichert, und das Dach ist etwas zu steil.«
Levin, der keine Lust hatte zu gehen, dachte sich etwas anderes aus. »Ich möchte eigentlich sehr gern etwas über diesen Mr. Duffy erfahren, der im vorletzten Jahr hier war. Um es ganz kurz zu machen – können Sie mir sagen, was für ein Mensch er war?«
Bucket sah mit neuem Interesse zu Levin hinunter. »Wer hat Ihnen denn was über ihn erzählt?«
»Wer nicht! Besonders aber Professor Fairchild.«
»Was möchten Sie denn so gern wissen?«
»Ich habe gehört, er sei ein Radikaler gewesen, aber ich weiß nicht, was für einer. War er nur ein Exzentriker, oder war seine Gesinnung liberal?«
Der außerordentliche Professor betrachtete Levins Bart.
»So bestimmt kann ich das nicht sagen, aber die Philosophie, die er vertrat, kann man auch Liberalismus nennen.«
»Sie legen dem Wort keine schlechte Bedeutung bei?«
»Ich persönlich nicht.«
»War er Kommunist?«
»Meiner Meinung nach keinesfalls – allerdings haben andere ihn dafür gehalten.«
»Ein Salonkommunist?«
»Auch das habe ich gehört.«
»Können Sie mir sagen, was Dr. Gilley wohl gemeint hat, als

er ihn einen ›unangenehmen Revoluzzer‹ nannte? Hat sich das auf seine politischen Ansichten bezogen, oder wollte er damit sagen, er sei ein Sonderling?« Levin zögerte. »Ich hätte ihn ja selbst fragen können, aber da ich hier neu bin, schien mir das nicht das Richtige.«

»Ich kann Ihre Diskretion durchaus begreifen.«

Bucket sah immer noch zu Levin hinunter, und dieser blickte angestrengt in die Höhe, bis sein Nacken anfing zu schmerzen.

»Nette Leute, die Gilleys«, fügte er hinzu, um einen möglicherweise entstandenen schlechten Eindruck auszulöschen.

»Ja.«

»Pauline – ich meine, Mrs. Gilley – beide sind sehr nett; und sehr gastfreundlich. Er ist sehr interessiert. Sie hat mir Photos gezeigt, die er –«

Bucket verlor den Halt auf dem Dach und rutschte nach vorne. Levin bekam einen Schrecken und rannte auf das Haus zu, um ihn aufzufangen, aber es gelang dem außerordentlichen Professor, die Fersen in die Dachrinne zu pressen und sich vor dem Fall vom Dach zu retten.

»Heiliger Strohsack!« Er sah elend aus.

»Meine Schuld«, sagte Levin verwirrt. »Tut mir leid, Sie gestört zu haben. Ich gehe schon.«

»Mein eigener unverzeihlicher Leichtsinn«, keuchte Bucket. »Ich sollte überhaupt nicht ohne Steigeisen hier raufkommen.« Er holte tief Luft, richtete sich auf und kroch in die Sicherheit zurück, die eine der kleinen Schindeln gewährte.

»Also dann auf Wiedersehen.« Aber am Gartentor drehte Levin sich noch einmal um. »Verzeihung – können Sie mir sagen, wo Dr. Fabrikant wohnt?«

»Fabrikant?«

Schon wieder dieser erstaunte Blick, dachte Levin. Warum kommt ihm nur jede Frage, die ich stelle, so merkwürdig vor?

»C. D. Fabrikant aus unserem Seminar.«

»Ich wollte nur wissen, ob Sie ihn nicht mit Carleton Fabricius aus der Entomologie verwechselt haben. Ich habe mal seiner Tochter Imogene den Hof gemacht.«

»Nein, den meine ich nicht.«

Bucket wies mit dem Hammer nach Westen. »Ungefähr eine

halbe Meile hinter den College-Ställen. Das erste Haus, an dem Sie vorbeikommen, gehört ihm.«
Levin zog den Hut.
»Freut mich, Ihre Bekanntschaft gemacht zu haben.«
Bucket kroch aufs Dach zurück und hämmerte wieder Nägel in die Schindeln.
Armer Kerl, dachte Levin. ›Die traurige Unbeständigkeit der Dinge.‹
Auf dem Weg über die Landstraße warf der neue Dozent einen Blick durch die Tür des großen roten Stallgebäudes, das zum College gehörte, und betrachtete die schwarzen Bullen in ihren Verschlägen; als sie aber bei seinem Anblick zu brüllen anfingen, lief er rasch davon.
Bei Dr. Fabrikants Briefkasten, der an einem Kastanienbaum befestigt war, bog er in eine kiesbestreute Einfahrt ein, die zu einem ungefähr dreißig Meter von der Straße entfernten alten, schäbig grünen Haus führte. Es war ein Holzhaus, das auf beiden Seiten der Fassade breite Türme hatte, und es glich in keiner Weise dem, das Levin zu sehen erwartet hatte. Es ähnelte den Häusern in Neu-England, soweit er überhaupt etwas von Neu-England wußte, wo er nur einmal drei Tage gewesen und in der Umgebung von Boston herumgewandert war.
Es schien ihm ein seltsamer Bau, der im Wind quietschte, bis er eine schmalgesichtige Frau entdeckte, die ihn von ihrem Schaukelstuhl auf der Veranda beobachtete. Überrascht zog er den Hut und ging auf sie zu. Sie war damit beschäftigt, Bohnen in einen Topf zu palen, den sie auf dem Schoß hatte.
»Guten Abend«, sagte Levin. Es war ein stiller Nachmittag.
Die Dame war mager und saß aufrecht da; ihr schwarzes Haar zeigte schon graue Spuren an dem aufgesteckten glatten Knoten.
»Suchen Sie jemanden?«
»Ist Dr. C. D. Fabrikant zu Hause?« sagte Levin.
»Sie sind doch nicht etwa ein Student? Ich sehe nämlich ohne Brille nicht besonders gut.«
»Nein, Madam – ich bin Lehrer, ein neuer Dozent hier. Ich will ihn aber nicht stören, wenn er zu tun hat. Ich bin nur gerade vorbeigekommen.«

»Er sitzt nicht am Schreibtisch«, sagte sie und schaukelte noch immer langsam hin und her. »Ich glaube, er ist auf Isobel – das ist seine Stute – zum Melonenfeld geritten. Ich würde ihn ja suchen gehen, aber ich habe gerade erst Ischias gehabt und kann jetzt wirklich nicht bis zu den Feldern laufen.«

»Nein, auf keinen Fall«, sagte Levin. »Ich würde nur gern auf ihn warten, wenn Sie nichts dagegen haben.« Er setzte sich auf die Schwelle.

»Die Schwelle ist doch schmutzig, warum setzen Sie sich nicht hier auf den Stuhl?«

Auf dem Verandastuhl lagen Bücher, die Levin nicht durcheinanderbringen wollte; deshalb erklärte er, er sitze auf der Schwelle sehr bequem.

»Sie sagten, Sie seien am College?« fragte sie. »Kenne ich Sie? Ich komme zwar nicht so viel herum, aber nach einiger Zeit kennt man doch die Namen.«

»Nein, Madam. Ich bin der Neue im Englischen Seminar.«

»Ach so. Woher sind Sie?«

»Aus New York City.«

Sie stellte den Topf auf den Boden. »Dann will ich CD doch lieber holen. Er wird Sie sicher kennenlernen wollen. Er hat nämlich im Osten, in Harvard, zum Dr. phil. promoviert.«

»Tatsächlich?« sagte Levin. »Vielleicht sollte ich ihn lieber doch nicht stören.«

Sie ging auf die andere Seite der langgestreckten Veranda, legte schützend die Hand über die Augen und blickte über die unkrautbewachsenen Felder. Dann kehrte sie zu ihrem Schaukelstuhl zurück.

»Mein Vater hat ihn in den Osten geschickt. Das war vor der Depression, und damals verdiente er gut. Er war Farmer in Montana. Wir waren sechs Kinder; ich war das älteste, und gleich nach mir kam CD. Er war von Anfang an der Gescheiteste. Wenn man ihm was aus einem Buch vorlas, wiederholte er es mit genau denselben Worten, schon als er ganz klein war. Nachdem CD sein Baccalaureat gemacht hatte, arbeitete er drei oder vier Jahre als Kaufmann, aber das machte ihm keine Freude, und deshalb schickte ihn Vater nach Harvard; dort glänzte er durch seine Leistungen und wurde überall lobend erwähnt. Sein Professor – eine Autorität von

Weltrang – erklärte, CD sei sehr vielversprechend, und eine erfolgreiche Karriere sei ihm gewiß. Und so wäre es auch gekommen – ohne die Depression.

Sie wissen doch sicher, wie schwer es damals war. Ich kann mich noch an Bilder aus New York erinnern, die ich gesehen habe, auf denen hungrige Männer im Schnee Schlange standen, um einen Krapfen und eine Tasse Kaffee zu bekommen; manche hatten einen Mantel, andere hatten keinen, ja, noch nicht einmal einen Hut. Ganz so schlimm war es bei uns nicht, aber immerhin schlimm genug; das kam zum Teil von der Dürre, die zur selben schrecklichen Zeit in unserem Staat herrschte. Für Weizen bekam man höchstens fünfzig Cents pro Scheffel, und man konnte nicht einmal genug verdienen, um die Erntemaschinen einsatzbereit zu machen. In einem Jahr pflanzte Vater fast zweihundert Morgen Flachs, aber wenn es auch fast immer wolkig war, so fiel doch kein Regen, und er konnte nur etwa hunderteinundzwanzig Hektar abernten; das brachte noch nicht einmal die Saatkosten wieder ein. Wir mahlten selbst etwas Weizen für Brot und Frühstücksflocken und hatten ein paar Vorräte, so daß niemand zu hungern brauchte. Aber unsere Kleidung sah schandbar aus und ging kaputt, wenn ich sie beim Waschen zu heftig auf dem Brett rieb. Damit noch nicht genug, starb auch noch unsere arme Mutter. Sie hatte niemandem gesagt, wie krank sie war, dabei wäre der Arzt umsonst gekommen, wenn sie ihn ein paar Monate früher hätte holen lassen. Jedenfalls unterrichtete CD, nachdem er promoviert hatte, zwei Jahre an einem richtigen alten College in Maine; aber dann mußte es schließen, und er wurde arbeitslos. Er kam nach Montana zurück, und nach einem Jahr nahm er die erste Stelle an, die ihm geboten wurde: in einer Schule auf dem Land in der Nähe von Bozeman. Ich wußte, daß ihm das sehr schwer fiel – bei seiner Ausbildung. CD sprach nicht viel darüber – das liegt nicht in seiner Art –, aber wenn man ihn nur ansah, wußte man, was es für ihn bedeutete, daß er nicht tun konnte, wozu er fähig war.«

Sie fing wieder an, Bohnen zu palen.

»Ein Jahr später kam der Brief von CD's Harvard-Professor – der, wie ich schon sagte, ihn so gern mochte; darin hieß es, daß Professor Fairchild hier einen Mann brauche, weil jemand gestorben war, und er riet CD, sich sofort zu bewerben. Um die Geschichte kurz zu machen: CD bekam die Stelle, aber das Schicksal wollte es, daß Vater schwerkrank wurde; da mußte CD mir helfen, ihn zu pflegen, denn damals waren wir beide die einzigen, die noch zu Hause wohnten, und ich litt schon zu jener Zeit häufig an Ischiasanfällen. Im Laufe des Winters starb Vater. Unterdessen hatte eine Dozentin aus dem Lehrkörper geheiratet und schied aus, so daß wieder eine Stelle frei wurde. Sie wurde mit Dr. Gilley besetzt. Er fing hier im September 1932 an, kurz vor dem Winter, in dem CD kommen konnte; er hatte ihm also drei Monate voraus, und so ist er seit jener Zeit dienstälter als CD; wie CD später herausfand, gilt aber in einigen Abteilungen des College immer der als dienstälter, der seinen Dr. phil. hat, wenn zwei Leute beinahe gleichzeitig angefangen haben. Dr. Gilley hat erst viele Jahre später promoviert, aber für Professor Fairchild hat das offenbar gar keinen Unterschied gemacht. Nachdem zwei oder drei Leute emeritiert worden waren, wurde Dr. Gilley befördert und bekam ein höheres Gehalt – ja sogar seine ordentliche Professur, und alles nur wegen des einen Trimesters. CD ist immer noch außerordentlicher Professor, obwohl ihm seine Beförderung schon oft versprochen worden ist. Ich gebe zu, daß ich nicht objektiv bin, aber ich bezweifle sehr stark, daß Dr. Gilley verdient hat, vor CD befördert zu werden. Weder hat er einen Intellekt wie CD, noch hat er so viel veröffentlicht wie mein Bruder – aber so ist Professor Fairchild nun mal.

Als mein Bruder hierher kam, verdiente er 1600 Dollar im Jahr. Jetzt verdient er natürlich genug, denn er ist unverheiratet, und ich helfe ihm, andernfalls hätten wir diesen Besitz – das Haus und die vierzig Morgen – gar nicht kaufen können, aber ich will Ihnen was sagen: wenn er sich auch nicht darüber beklagt – mir tut es leid um all die Jahre, die er es hier ausgehalten hat. Ich wünschte, er hätte es riskiert, an eine Universität zu gehen, an der ein Mann mit so viel Wissen wirklich angesehen ist und die Vorlesungen hätte geben können, zu denen er auf Grund seiner Ausbildung und seiner Veröffentlichungen berechtigt war. Er hat hier nicht fortge-

hen wollen, nachdem er außerplanmäßiger Professor geworden war und wir die Farm gekauft hatten, weil er so an ihr hing – wir hängen alle am Land –, und er hat erklärt, er wolle nirgendwo anders hin, wo es vielleicht noch schlimmer wäre als hier. Selbst heute noch rate ich ihm, sich nach einem besseren College umzusehen, wo man ihm die ihm gebührende Achtung entgegenbringen würde, aber jetzt ist er fünfzig und hat nicht mehr genug Energie für so einen Schritt. Außerdem hat er genug von allem, was er im Leben durchgemacht hat, und ich kann ihm daraus wirklich keinen Vorwurf machen.
Ich persönlich wäre froh, wenn er irgendwann doch wieder in den Osten zurückgegangen wäre, wo sich ihm bessere Chancen geboten hätten. Er ist der einzige aus dem ganzen Seminar hier, der sich die Mühe macht, einer Idee nachzugehen und darüber zu schreiben. Er hat mehr als zwanzig Artikel und Aufsätze veröffentlicht und hofft, daß sie eines Tages in Buchform erscheinen werden. Er hätte seine Beförderung längst verdient, aber ich habe Ihnen ja schon von dieser Dienstaltergeschichte erzählt; außerdem war der alte Dekan, der jetzt emeritiert worden ist, Dekan Feeney, ein sehr geiziger Herr; das ist übrigens – ich will Sie aber in keiner Weise beeinflussen – auch Professor Fairchild, der zwar seine Meriten, aber auch seine Fehler hat. CD hätte sehr wohl befördert werden können, aber die Herren behaupteten, die Abteilung sei nicht groß genug für drei ordentliche Professoren. CD sagt, sie können seine offene Sprache nicht ausstehen, und deshalb haben sie ihm nicht zugestanden, was ihm gebührt. Er ist ein aufrechter Mensch und scheut sich nicht, jedes Ding beim Namen zu nennen. Im Juni bekam CD einen Wutanfall, als er nicht befördert wurde, und sagte Professor Fairchild gründlich die Meinung. Der erklärte daraufhin, er wolle sehen, was sich in diesem Jahr machen lasse. Erzählen Sie das jedoch bitte nicht überall – es ist schließlich CD's Privatangelegenheit.«
»Nein, Madam.«
»Aber das hat Professor Fairchild auch schon vorher versprochen, und vermutlich stört es ihn wenig, wenn CD nicht das bekommt, was ihm zusteht. In Wirklichkeit ist es aber noch

schlimmer als es sich anhört, denn Fairchild hat immer Glück mit den Lehrbüchern gehabt, während CD als Gelehrter sich nicht so weit erniedrigen konnte, welche zu verfassen. Es gibt aber auch Leute hier, die neidisch auf Fairchild sind, nur will ich sie nicht bei Namen nennen. CD sagt, es sind im besten Fall Durchschnittsbegabungen, und er versucht, sich von ihnen fernzuhalten, um seine Zeit nicht zu verplempern. Ich habe schon gehört, daß er sich gefragt hat, ob einige unter den Professoren überhaupt eine akademische Ausbildung hätten. Die haben sie natürlich, aber CD sagt, es gibt einen Essay von William James – der ist übrigens auch aus Harvard – mit dem Titel *Der gesellschaftliche Wert der College-Ausbildung.* Wenn Sie diese Schrift kennen, wissen Sie, daß der Wert einer College-Ausbildung in erster Linie darin besteht, daß man einen fähigen Menschen auf Anhieb erkennen kann; aber hier besitzt offenbar niemand diese Gabe.«

Levin hörte ihr zu, den Hut in der Hand.

»Sie werden ungeduldig«, sagte sie. »Ich will Ihnen helfen, CD zu suchen.«

»Bitte lassen Sie sich nicht stören«, erwiderte er, stand auf und schüttelte den Staub von seinem Regenmantel. »Nicht nach Ihrem Ischias. Ich werde ihn selbst suchen.«

»Hüten Sie sich vor Lady Macbeth. Das ist unsere Kuh – sie schlägt gern mit dem Schwanz nach Fremden.«

Er ging den Weg, den sie ihm angegeben hatte – hinten am Haus vorbei und über eine unkrautüberwachsene Wiese. Dann überquerte er eine ungepflasterte Straße, von der er nicht wußte, ob sie zu Dr. Fabrikants Besitztum gehörte – unerlaubt fremdes Land zu betreten, war ihm peinlich –, ging durch ein Pappelwäldchen und sah sich dort, wo die Pappeln nicht mehr so dicht standen, einer großen weißen Kuh mit riesigem Euter gegenüber: zweifellos Lady Macbeth, und Gott helfe ihm, wenn ihr Besitzer gerade in der Nähe war. Entsetzt über die ungeheuren Ausmaße des Tieres trat er den Rückzug an, und dabei schlug ihm ein Pappelzweig den Hut vom Kopf. Als Levin versuchte, sich vorsichtig an die Stelle heranzupirschen, um den Hut aufzuheben, rutschte er mit dem Fuß in einen frischen Kuhfladen. Er fluchte und wischte sich mit welken Blättern den Schuh ab. Muhend kam Lady

Macbeth näher. Levin schnappte seinen Hut und zog sich zwischen den Bäumen hindurch zurück. Auf der Straße hörte er Hufgetrappel, und als er aufblickte, sah er ein Pferd auf sich zugaloppieren. Mit einem wilden Satz sprang er zur Seite. Der erstaunte Reiter konnte das Pferd zum Stehen bringen; Levin wußte sofort, daß es Dr. Fabrikant war.

Sein linkes Auge, dessen Pupille größer war als die des rechten, das ernst dreinsah, blickte Levin düster an; mit einem Zigarrenstummel im Mund beobachtete Dr. Fabrikant unter den dichten Augenbrauen den Eindringling. Seine Schwester hatte gesagt, er sei fünfzig, aber der außerordentliche Professor sah älter aus und hatte viele Falten im Gesicht; steif saß er auf dem Pferderücken, und man hatte den Eindruck, er fühle sich nicht ganz wohl in seiner Haut. Er war untersetzt und ziemlich klein und sah mit seinem Schlapphut auf seinem kleinen Pferd wie General U. S. Grant aus, aber ein Grant, dem irgend etwas fehlte – vielleicht sein Whiskyfaß. Obwohl Dr. Fabrikant in khakifarbener Hose und ebensolcher Jacke und mit hohen Schaftstiefeln einem Manne glich, der viel im Freien arbeitet, schien er Levin auf Grund dessen, was er schon über ihn wußte, doch eher wie ein Mann, der zwar im Augenblick nicht zwischen seinen vier Wänden war, aber doch recht eigentlich hineingehörte.

»Tut mir aufrichtig leid«, sagte er erklärend, »ich habe mich auf der Suche nach Ihnen verirrt.«

»Vertreter haben auf diesem Grundstück nichts verloren«, sagte Dr. Fabrikant. »Das steht auch auf einem Schild an einem Baum vor dem Haus.«

»Ich bin kein Vertreter – wenigstens jetzt nicht mehr; damit hab ich vor einem Monat aufgehört. Mein Name ist S. Levin – es tut mir leid, Sie zu stören. Ich bin gerade vorbeigekommen und wollte Sie nur begrüßen, wenn Sie gestatten. Ihre Schwester, Miss Fabrikant, hat gesagt, Sie seien irgendwo hier in der Nähe, und weil sie Ischias gehabt hat, habe ich mich selbst auf die Suche nach Ihnen gemacht. Ich bin der neue Mann hier.«

»Was für ein neuer Mann?«

»Ich hätte natürlich hinzusetzen sollen, im Englischen Semi-

nar. Ich habe schon von Ihnen gehört und wollte mich Ihnen deshalb als ein Liberaler dem anderen vorstellen.«
Dr. Fabrikant rutschte auf dem Pferd hin und her und beobachtete Levin.
»Ich habe auch von verschiedenen Seiten erfahren, daß Sie der führende Gelehrte im Seminar sind.«
Der außerordentliche Professor nahm die Zigarre aus dem Mund und lachte zweimal kurz auf: »Das will nicht viel heißen.«
»Hoffentlich kann ich Ihre Artikel einmal lesen.«
Dr. Fabrikant verbeugte sich und schien endlich wirklich erfreut. »Sehr freundlich von Ihnen, hierher zu kommen.«
»Ich habe das Wort ›liberal‹ gebraucht, weil ich im Vorlesungsverzeichnis den Titel einer Ihrer Vorlesungen gesehen habe. Außerdem habe ich gehört, Sie hätten sich sehr für Mr. Duffy eingesetzt.«
Sogleich nahmen die Gesichtszüge des Reiters einen vorsichtigen Ausdruck an. »Was haben Sie darüber gehört?«
»Eigentlich nicht viel – nur daß Sie zu ihm gehalten haben –, wenigstens eine Zeitlang.«
»Duffy war ein verdammter Narr.«
»Wirklich? Das tut mir leid.« Levin war enttäuscht. »Ich hatte gehofft, es habe sich gelohnt, sich für ihn einzusetzen.«
»Na ja – bis zu einem gewissen Grade.«
»Nach allem, was ich über ihn gehört habe, kam es mir vor, als müsse er ein sympathischer Mensch gewesen sein.«
»Hat meine Schwester Ihnen etwas über ihn erzählt?«
»O nein, Sir. Das haben andere getan – unter anderen die Professoren Fairchild, Gilley und Bucket.«
»Die haben Sie alle schon kennengelernt?«
»Ich bin schon seit fast einem Monat hier.«
»Woher kommen Sie?«
»Aus New York – genaugenommen, aus Manhattan.«
Dr. Fabrikant saß ab, und sie schüttelten sich die Hände.
»Was für ein komischer Wind hat Sie hierher geweht?«
»Sagen wir – ich wollte einmal etwas anderes.«
»Das ist mehr als nur etwas anderes, das ist schon eine völlige Verwandlung.«

»Ich bin sicher, es wird mir gefallen, wenn ich erst ein paar Freunde habe.«
Fabrikant zündete ein Streichholz an, zog an seiner Zigarre und beobachtete Levin dabei weiter. Dann steckte er das abgebrannte Streichholz in die Hosentasche. »Die Wälder sind zur Zeit sehr trocken.« Er starrte auf die Bäume und rauchte.
»Ich glaube, ich muß jetzt gehen«, sagte Levin. Er hatte gehofft, der außerordentliche Professor werde ihn zum Bleiben auffordern, aber er tat es nicht.
Sie schritten nebeneinander her, Fabrikant hielt das Pferd am Zügel, bis sie an die Straße, die zur Stadt führte, kamen.
»Ob es einem an einem Ort gefällt, hängt weitgehend davon ab, wen man kennenlernt«, sagte Levin. »Schon jetzt gefallen mir – Professor Bucket und besonders Dr. Gilley.«
Fabrikant grunzte. »Wenn Sie den mögen, werden Sie wohl für mich nicht viel übrig haben.«
Levin war verblüfft und wußte nicht, was er sagen sollte.
Der außerordentliche Professor saß wieder auf und verkündete dann: »Gilley und ich werden uns wohl beide um die Stelle des Seminarleiters bemühen, wenn Fairchild emeritiert wird. Wenn Sie wirklich liberal sind, werden Sie dann Gelegenheit haben, es zu beweisen.«
Daraufhin galoppierte er in der Richtung davon, aus der er gekommen war.

Der syrische Student, den Mrs. Beaty erwartet hatte, entpuppte sich als Mr. Sadek Abdul Meheen aus Damaskus; Levin lernte ihn noch am Tage seiner Ankunft kennen. Er war ein kleiner junger Mann mit flaumigem schwarzem Kraushaar auf dem zur Glatze neigenden Kopf und hatte eine grazile semitische Nase, die nach allen die Luft durchwehenden Düften schnupperte. Seine feuchten schwarzen Augen quollen ein wenig hervor. Weil Levin Dozent war, behandelte er ihn mit Respekt, und obwohl er gut englisch sprach, holte er sich bei ihm Rat über den Sprachgebrauch. Levin versuchte, den jungen Mann, dessen Persönlichkeit er nicht zu durchschauen vermochte und der ein Fanatiker in Fragen der Hygiene war, sympathisch zu finden; jedoch gelang es ihm nicht. Wenn Meheen im Badezimmer gewesen war, stank es noch eine halbe

Stunde später nach Lysol; bevor er irgend etwas anfaßte – nicht etwa hinterher –, rieb er alles mit dem Inhalt seiner Flasche ab. Seine Hauptfächer waren Hygiene und Bakteriologie, und er hatte Übungen in Rattenbekämpfung und Abwässerbakteriologie belegt. Aber er spielte besser Schach als Levin und erzählte sehr interessant über den Vorderen Orient.

Obwohl keiner der beiden sich in Gegenwart des anderen ganz wohl fühlte, durchwanderten sie unermüdlich zusammen die Straßen von Easchester. Die Stadt war zwar recht nett, bot aber kaum architektonisch Interessantes. Ihr Kern hatte sich halbkreisförmig um eine Schleife des Flusses entwickelt, und nun streckten sich ihre ersten Fühler die westlichen und nördlichen Hänge hinauf und umschlossen das lange Rechteck des grünen Campus mit seinen roten Klinkerbauten. Das Geschäftsviertel war ein baumloses Straßennetz mit schachtelähnlichen Laden- und kleinen Bürogebäuden ohne jede Phantasie und grenzte schon an Abstraktion. Die einzigen Farbflecke bildeten die Waren in den Schaufenstern. Um das Geschäftsviertel gruppierte sich eine ganze Anzahl altmodischer Holzhäuser, die, zumeist auf kleinen Grundstücken erbaut, sich eng aneinanderschmiegten; zu einigen von ihnen gehörten zumindest Gärten, Sträucher und Bäume, deren Äpfel, Pflaumen und Walnüsse oft auf den Bürgersteigen verfaulten und in Levin jedesmal, wenn er daran vorbeikam, ein Schuldgefühl ob solcher Verschwendung erweckten. Weiter draußen, jenseits des Campus, sah man die neuen Ranch-Häuser mit ihren Panoramafenstern, spitzen Dächern und auf verschiedenen Höhen erbauten Stockwerken, die sich den Berg hinaufzogen. Die Häuser der Bruder- und Schwesternschaften waren die schönsten der ganzen Stadt. Am Tag war Levin gern in der Stadt, wenn sie auch nur aus zeitgenössischen Bauten zu bestehen und keinerlei sichtbare oder spürbare Berührung mit der Vergangenheit zu haben schien. Die wahre Geschichte der Stadt war dic Natur; in den Straßen und im Park gab es keinen Springbrunnen und keine Plastik zu Ehren irgendeines bedeutenden Menschen oder irgendeines Ereignisses aus der Vergangenheit. Weder Lewis noch Clark, die doch 1804–06 als Erste nach dem Westen vorgestoßen waren, hatten hier übernachtet, weder Sitting Bull noch der 1877 gewählte republi-

kanische Präsident Rutherford B. Hayes und auch nicht Frank Lloyd Wright. Nach dem Ende der Pionierepoche hatte sich offenbar nichts ereignet, was eines öffentlichen Gedenkens wert gewesen wäre, außer vielleicht ein paar großen Feuersbrünsten und der Vertreibung – nicht dem Ende am Galgen – von Leo Duffy. Aber für den Mangel an Gedenkstätten und Phantasie wurde Easchester durch die Schönheit seiner Lage, durch Bäume und Wolken, Sauberkeit und Stille entschädigt. An vielen Telephonstangen rankten sich Rosen und Efeu empor, und ein Gesetz gebot, daß Autos an Straßenecken anhielten, wenn Fußgänger die Straßen überquerten. Das war Zivilisation. Seit Levin New York verlassen hatte, hatte kein Fahrer ihm mehr Schimpfworte nachgerufen, wenn er über die Straße eilte. Es gab keine geplagten Fahrer. Das beruhigte den neuen Dozenten. Daß die Stadt so klein war, machte ihm nichts aus. War Concord für Thoreau als Miniaturausgabe des Weltalls nicht groß genug gewesen?
Nachts jedoch empfand er die Erinnerungen an New York wie einen Speer, der, über den Kontinent geschleudert, ihn verletzte, seinen Körper schwerer und ihn um Jahre älter werden ließ. Er spürte gleichsam den Plan der Stadt unter seinen Füßen, und manchmal hielt er sie in Gedanken für ein juwelenverziertes Grab, in das zu fallen er sich sehnte, oder für eine Wunde in seiner Seite. Nachts fehlten ihm der Strom und das Geheimnis der Menschen in den dunklen Straßen der Großstadt. Er vermißte das Abenteuer, das am nächsten Häuserblock auf einen lauern mochte – wenn man noch einen Block weiterging, erwartete einen vielleicht das Schicksal unter fremden Gestalten –, eine Börse voll Tausend-Dollarscheinen, die jemand vor einem fallen ließ, oder eine schöne, kluge Frau, die einem an der Straßenecke entgegenblickte. In Easchester war es anders: Eine Stunde nach dem Abendessen erstreckten sich zwar in den Straßen des Geschäftsviertels lange Reihen dicht hintereinander geparkter Wagen, aber die Straßen lagen geisterhaft verlassen da. Sadek und Levin begegneten kaum einem Menschen, wenn sie nicht gerade in eine Wirtschaft oder ins Kino gingen; und auch die waren meistens zu zwei Dritteln leer, und es war dort noch einsamer als in den Straßen. Zwar hatte Levin gehört, in den Lokalen der Brüderschaften sei es

immer voll, aber um zehn Uhr abends war die Stadt vom Fluß bis zu den Bergen einfach tot – nur noch ein paar vereinzelte Lichter legten Zeugnis ab von menschlichem Leben. Und doch wanderten sie umher – Sadek bedauerte, daß ein armer Student, der nur sein Stipendium hatte, keinen Wagen besaß, während Levin nicht fahren konnte und auch nicht vorhatte, es zu lernen. Da sie nichts Erregenderes zu tun hatten, wanderten sie bis vor die Stadt; die Natur verbarg sich im Dunkeln, nur die Gestirne des Himmels spendeten ein wenig Licht. Sie starrten in die Nacht, Sadek schnupperte nervös, und beide suchten etwas, das die Nacht ihnen niemals zu gewähren schien. Levin wußte, daß sie auf der Jagd nach einer Frau waren, doch wenn sie, wie durch ein Wunder, erschiene, würde sie gewiß davonlaufen, wenn sie sie sähe – den Syrer mit den fanatischen Augen, der ihr mit der Nase eines Zauberers auf die Spur gekommen war, und den bärtigen Levin im schwarzen Hut, den unverheirateten Dozenten, der ausgehungert war nach Liebe und nur zu gern geheiratet hätte.

Einige Tage vor Beginn der Immatrikulationen kamen die Studenten des College in die Stadt. Zwar bedeutete das eine gewisse Erregung für Levin, aber ihr Aussehen und ihre Jugend erschreckten ihn auch ein wenig, denn mit dreißig war er alt und wußte zu vieles, was ihnen unbekannt war. Die Mädchen waren nicht besonders anziehend, viele von ihnen waren plump, nur wenige wirklich hübsch, aber die, die es waren, verursachten ihm beinahe Schmerz. Am Freitag vor Beginn der Immatrikulationen saß Levin mit Sadek in einer der abgeteilten Nischen einer Wirtschaft, in die sie jetzt gewöhnlich gingen, um den Abend zu beschließen. Die Kneipe glich einer Scheune und hatte eine kurze, grobe Theke, an der sich ein paar Männer mit ausdruckslosen Gesichtern herumdrückten. Sie tranken, ohne viel zu reden, oder sie spielten »Shuffleboard«, ohne Lärm zu machen. Der neue Dozent war erstaunt, wie groß und dennoch ruhig der Raum war. Die meisten Studenten gingen vor elf, nur ein oder zwei Ehepaare blieben bis Mitternacht. An diesem Abend saßen Sadek und Levin in der hintersten Nische, in der Nähe des Platzes, an dem die Kellnerin wartete, wenn sie nichts zu tun hatte. Sie hatte grobe Knochen, aber ein einigermaßen hübsches Gesicht. Sie war

mager, hatte aber schöne Beine, und ihre kleinen harten Brüste bedeuteten für Levin eine Tantalusqual.
Sie hatte in einer der vorderen Nischen Gästen Bier gebracht und sich nun an die Wand gelehnt; Sadek bemühte sich in einer Art um sie, die Levin am Abend zuvor in Erstaunen und Verlegenheit gestürzt hatte, als der Syrer zum erstenmal mit seinen Angriffen begann. Seine Methode – war *das* die Sitte des Orients? – bestand darin, das Gesicht den Hüften des Mädchens zuzuwenden, sich vorzubeugen und beschwörende Worte an jene Stelle zu richten, an der ihre zweigeteilte Anatomie zur Einheit wurde. Klagend sang er in einer fremden Sprache, wobei seine sensible Nase kaum mehr als zwei Zentimeter von ihrem Körper entfernt war. Die Kellnerin krümmte sich wie ein Aal, fand dann aber sein Benehmen komisch und brach in nervöses Gekicher aus; trotzdem errötete sie, als ihr und Levins Blick sich begegneten. Als sie gegangen war, um eine Bestellung entgegenzunehmen, schnitt sich Sadek, als sei das ganz natürlich, mit einem kleinen Federmesser die Nägel und ließ sich durch Levins energische Aufforderung, sich anständig zu benehmen, nicht aus der Ruhe bringen. Als das Mädchen zurückkam und sich wieder ungezwungen an die Wand lehnte, fing er von neuem an, der Mitte ihres Körpers etwas vorzujammern. Und ehe sie die Kneipe verließen, wiederholte sich das Spiel noch einmal. Als der Syrer das Ritual heute abend von neuem begann – es dauerte nur eine halbe Minute, und außer Levin schien niemand es zu bemerken –, sah das Mädchen weg – allerdings mit zärtlichem Blick.
Während ihre Zuneigung für Sadek sichtlich größer wurde, kämpfte Levin, den diese seltsamen Annäherungsversuche irritierten, gegen eine wachsende Eifersucht an, denn der Syrer hatte ein System entwickelt, um das der neue Dozent ihn beneidete. Jedesmal, wenn Sadek hinausging, um seine Blase in der Gasse hinter dem Hause zu entleeren – die Toilette in der Kneipe flößte ihm Abscheu ein, aber er hatte keine Lust, alles mit Lysol zu desinfizieren –, sprach Levin mit der Kellnerin, und so erfuhr er, daß sie Laverne hieß. Er hatte sich ihr vorgestellt, aber das schien sie nicht zu interessieren. Er wünschte, er hätte genug Mut, um sich an sie heranzumachen und ganz ungeniert mit ihr umzugehen, aber ein solches Vorgehen oder

diese Art, sie zu reizen, überschritt sein Talent und war stärker als seine Ängstlichkeit, obwohl er von nun an gegen die Qual des unerwarteten Begehrens, das er diesem Mädchen gegenüber empfand, ankämpfen mußte.
Es wurde spät – war schon fast eins. Die Studenten des College waren gegangen; nur zwei Männer standen schweigend an der Theke und tranken; und der Wirt saß neben der Kasse auf einem Barhocker und überflog eine Zeitung. Mit Ausnahme ihrer eigenen Nische waren alle anderen leer. Laverne lehnte mit verträumten Augen an der Wand in der Nähe des Syrers. Er sprach jetzt zu ihrem ganzen Körper, und sie antwortete mit Lächeln und Lachen. Um Mitternacht hatte Sadek Levin aufgefordert zu gehen, aber Levin hatte ihm geantwortet, das sei seine Privatangelegenheit. Er saß hinter dem Zaun – ausgeschlossen aus ihrem Einvernehmen, gierte nach dem Mädchen und verachtete sich, weil er ihr so gleichgültig war. Sadek stand auf, und beide entfernten sich von der Nische. Der Syrer sprach ohne Erregung zu ihr, und sie antwortete leise. Levin bemühte sich, ein Wort zu erhaschen, und litt unter der unerträglichen Spannung seiner vergeblichen Begierde. Er bemühte sich, dieses erniedrigende Gefühl loszuwerden, aber er blieb gleichsam willenlos sitzen. Dann nahm Sadek wieder Platz, ohne Levin jedoch anzusehen; sein dunkles Gesicht schien heiter, und er spielte zärtlich mit seinem Bierglas. Levin überlegte, ob er nicht hinausstürzen und frische Luft atmen solle, aber er brachte es nicht fertig, denn etwas, das er sich so oft sehnlichst gewünscht hatte, war nun diesem Monstrum zuteil geworden. Zu gern hätte er gewußt, ob Sadek sich mit Laverne verabredet hatte; in diesem Fall war er bereit, sich in das Unvermeidliche zu schicken und zu gehen; aber er brachte es nicht über sich, zu fragen, denn er kannte die Antwort. Unbewegt säuberte Sadek seine Nägel. Als die Kneipe geschlossen wurde, zog das Mädchen andere Schuhe und einen Mantel an, und Sadek, der sein Bier ausgetrunken hatte, lief schnell durch die Hintertür ins Freie, um rasch noch einmal seine Blase zu entleeren.
Zehn Minuten später – der Wirt knipste gerade das Licht im Fenster aus, und das Mädchen stand ungeduldig neben einem Kleiderständer in der Nähe der Telephonzelle – betrat ein

junger Polizist das Lokal durch die Hintertür, sah Levin und sprach ihn an.
»Sind Sie ein Freund von Sadek A. Meheen?« Er las den Namen aus einem kleinen schwarzen Notizbuch vor.
Levin gab vorsichtig zu, von ihm gehört zu haben.
»Wären Sie so freundlich, wenn es Ihnen nichts ausmacht«, sagte der Polizist, »mit zur Wache zu kommen und mit dem Kommissar zu sprechen? Wir haben den Burschen geschnappt, als er gerade hinten die Straße verunreinigte. Er hat an die Mauer gepißt, und mein Kollege hat ihn soeben für morgen früh aufs Stadtgericht vorgeladen, aber darüber war dieser Kerl beleidigt und hat uns ein paar dreckige Schimpfworte an den Kopf geworfen; da haben wir ihn eben ins Loch gebracht, damit er sich den Arsch kühlen kann. Der Kommissar wollte den Dekan der Studenten anrufen und ihm sagen, was passiert ist, aber der will nach elf nicht geweckt werden, und da der Kerl gesagt hat, hier sei ein Freund von ihm, und Sie seien ein Professor am College, hat der Kommissar mich hergeschickt, denn wenn niemand kommt und Ihren Freund beruhigt, kriegt der noch Krämpfe. Ich sag' Ihnen das, denn wenn er sich weiter so benimmt, fliegt er noch aus dem College raus. Es ist uns auch unangenehm, weil er Ausländer ist, und heutzutage ist man ja in solchen Sachen empfindlich.«
Levin sah ein Abenteuer vor sich, und eine große Erregung überkam ihn, obwohl er sich sagte, er dürfe sich nicht in Versuchung führen lassen. Sein Kampf dauerte nicht lange, und er wollte sich auch nicht eingestehen, daß er ihn verloren hatte; aber ein Abenteuer war ein Abenteuer – und wie viele hatte er schon erlebt?
»Wenn ich kann, komme ich vorbei.«
Der Polizeibeamte erwiderte: »Uns ist's gleich, ob Sie's tun. Sie sollen nur wissen, wo Ihr Freund ist und warum.«
»Vielen Dank.«
Der Polizist verschwand durch die Hintertür.
Laverne, die, ebenso neugierig wie ihr Chef, neben diesem an der Theke gestanden hatte, trat zu Levin heran.
»Was ist denn los mit Ihrem Freund?«
Levin nahm seinen Hut vom Haken. »Kommen Sie raus; dort können wir reden.« Er spürte einen Kloß in der Kehle.

Während der Wirt die letzte Lampe ausknipste und die Tür abschloß, folgte das Mädchen Levin auf die Straße. Im trüben Licht einer Laterne vor der Kneipe erklärte er Laverne, daß Sadek Pech gehabt habe und nun im Polizeigefängnis sitze.

»Was hat er denn getan?« fragte sie mürrisch, als sei Levin daran schuld.

»Er hat an einem öffentlichen Ort einen Fauxpas begangen.«

»Was soll das heißen?«

»Ehrlich gesagt – er hat hinter dem Haus auf der Straße uriniert.«

»Warum soll er das denn getan haben? Wir haben doch eine Herrentoilette.«

»Sie wissen doch – diese Ausländer.« Levin zuckte die Schultern.

»Sind Sie Amerikaner?«

»Amerikanischer Bürger, in den USA geboren und aufgewachsen.«

»Und wieso haben Sie so einen langen Bart?«

»Aus Achtung vor den Toten.«

»Oh.«

»Laverne«, brachte er mühsam heraus, »ich mag Sie sehr gern und wäre beglückt, wenn wir heute nacht zusammenbleiben könnten. Sie sind sehr reizvoll.«

»Das sagen Sie doch nur, damit ich Sie mag.«

Er gab zu, daß jeder Mann seine eigene Sprache habe.

»Ich hab so was noch nie mit einem Mann getan, der einen Bart hat.«

»Der wird Sie nicht stören.«

Sie kicherte. »Wir wollten in den Stall meines Schwagers gehen. Bis dahin sind's drei Meilen, auf der Autostraße fünf, immer am Fluß entlang. Haben Sie Ihren Wagen da?«

»Nein. Aber warum können wir nicht in ein Hotel gehen?«

»Haben Sie sechs Dollar für ein Doppelzimmer?«

»Ehrlich gesagt – nein, wenn ich mir's überlege. Ich hab' nur vier Dollar und etwas Kleingeld bei mir.«

»Dafür kriegen Sie kein Zimmer. Ihr Freund wollte ein Taxi bis zum Stall nehmen.«

»Dann machen wir das auch – aber wie kommen wir zurück?«

»Keine Ahnung. Davon haben wir nicht gesprochen.«

»Können Sie von Ihrem Schwager aus ein Taxi bestellen?«
»Nein. Er weiß gar nicht, daß ich in seinen Stall gehe. Sonst würde er's meiner Schwester sagen. Aber nach halb zwei gibt's sowieso kein Taxi mehr. Haben Sie keinen Freund, der uns abholen könnte?«
»Nein.« Levin sah auf die Uhr. Es war zwanzig nach eins.
»Wir können ja zurücklaufen«, schlug er vor. »Drei Meilen zu laufen, sollte nicht gar zu lange dauern, wenn Sie den Weg kennen.«
»Na, gut denn«, sagte Laverne. Sie hakte sich bei ihm unter, und sie gingen durch die einsamen Straßen. Er tippte an seinen Hut, als sie an der Polizeiwache vorbeikamen.
Das Taxi brachte sie aufs Land hinaus; für Levin war es die pechschwarze Mitte der Nacht. Irgendwo auf der Straße – auf einer Seite erkannte er einen Drahtzaun, auf der anderen ein Gebüsch – bat Laverne den Fahrer, zu halten. Levin zahlte, und das Taxi verschwand in der Dunkelheit.
»Kriechen Sie hier unter dem Draht durch«, flüsterte Laverne, »und machen Sie keinen Lärm.«
»Hunde?«
»Nur einer im Haus, aber das ist da unten.«
»Wo ist der Stall?«
»Geradeaus. Wenn Sie sich an die Dunkelheit gewöhnt haben, werden Sie ihn schon sehen.«
»Ich seh' ihn schon.«
Sie gingen über ein abgeerntetes Feld, Laverne voran. Sie öffnete die Schiebetür des Stallgebäudes, knipste das Deckenlicht an, fand eine Petroleumlampe, zündete sie an und stellte sie in einem leeren Verschlag auf den Boden. Dann knipste sie das Deckenlicht aus. Auf der anderen Seite des Stalls schliefen ein paar Kühe im Stroh. Der warme, fruchtbare Geruch der Tiere und der süße Duft von Heu und Korn, die in der zum Stall gehörenden Scheune gelagert wurden, ließen Levin ein wohliges Gefühl empfinden. Es war überwältigend, wie sich sein Leben innerhalb eines Monats verändert hatte. Man brauchte nur auf das *Metropolitan Museum of Arts* zu verzichten – und wurde durch Liebe im Heuhaufen entschädigt.
»Zum erstenmal im Stall«, flüsterte Levin.
»Ich hole die Decke, dann können wir uns drauflegen.«

»Vor den Kühen?«
»Die wachen nicht auf.«
»Warum nicht oben im Heu? Da ist's doch weich und gemütlich.«
»Das Heu sticht, und dann lach' ich zur falschen Zeit. Ich bin gleich wieder da mit Busters Decke. Sie können sich ja schon die Hose ausziehen.«
»Ist Buster Ihr Schwager?«
»Nein, sein Pferd.«
»Kann uns auch niemand überraschen?« fragte Levin. »Farmer stehen doch so früh auf.«
»Um vier Uhr steht er auf. Aber da sind wir schon längst wieder zu Hause.« Sie fand die Decke und kam mit ihr zurück. Levin wartete noch immer.
»Warum ziehn Sie nicht die Hose aus?«
»Es ist kalt hier. Haben Sie noch eine Decke zum Zudecken?«
»Nein, nur die zum Drauflegen.«
»Dann behalte ich das Jackett an.«
»Aber zieh'n Sie die Hose aus, sonst wird sie ganz zerknittert.«
»Warum können wir nicht einer Kuh die Decke abnehmen?« fragte Levin. »Wir können sie ja nachher wieder drauflegen.«
»Wenn Sie genau hinschauen, sehen Sie, daß die Kühe nicht zugedeckt schlafen. Sie würden davon krank werden.«
Laverne breitete die Pferdedecke auf dem Boden aus, stellte sich darauf und begann, sich zu entkleiden. Sie ging sehr ordentlich mit ihren Sachen um, faltete jedes Stück zusammen und legte es auf einen Heuballen in der Nähe. Levin legte Hut, Hose und Schuhe, in die er die Socken und Sockenhalter gestopft hatte, neben ihre Sachen. Die Unterhose behielt er an.
Als Levin sah, wie sich das Mädchen im trüben Licht der Lampe auszog, wurde seine Begierde unwiderstehlich. Oh – wunderbare Frauenschönheit. Er dachte schon daran, sich in sie zu verlieben, gab diesen Gedanken aber wieder auf. Er umarmte Laverne, und sie küßten sich leidenschaftlich.
»Deine Brüste«, flüsterte er, »duften wie Heu.«
»Ich wasche mich aber immer richtig«, erwiderte sie.
»Das soll doch ein Kompliment sein.«

»Es ist gar nicht so schlecht hier, oder?« sagte sie fast zärtlich. »Die Kühe machen's warm.«
Sie kniete sich auf die Decke, und Levin ließ sich neben ihr nieder.
»Blas die Lampe aus«, sagte sie.
Er tat es und kroch zur Decke zurück.
Vor den Kühen! dachte er, – wie seit Anbeginn der Menschheit.
»Hast du mich denn ein bißchen lieb?« flüsterte Laverne, die neben ihm lag. »Dein Freund hat gesagt, er liebe mich.«
»Ich liebe deinen Körper. Ich liebe deine Brüste und bin dankbar dafür, daß sie mir so nahe sind.«
Sie lachte und griff nach ihm.
»Jetzt«, sagt sie matt.
Levin erhob sich auf die Knie und wollte gerade in ihren Körper eindringen, als ein Geräusch ihn sich aufrichten ließ. Die Stalltür öffnete sich, und das Licht einer Taschenlampe fiel auf sie. Laverne stieß einen Schrei aus. Von Panik ergriffen stand Levin auf.
Irgend jemand betrat den Stall, ergriff die Kleider, die auf dem Heuballen lagen, und rannte davon.
»Sadek«, rief Levin. »Komm zurück, du Schweinehund.« Er rannte ihm nach, aber der Syrer war schneller. Er kroch unter dem Drahtzaun durch, ließ irgend etwas fallen, machte sich aber mit den meisten Kleidungsstücken aus dem Staub. Auf der Straße wartete ein Taxi. Die Tür fiel zu, und der Wagen fuhr davon. Wütend schüttelte Levin die Faust.
Am Zaun fand er einen von Lavernes Schuhen und ihren Büstenhalter. Sonst fand er nichts, war aber hocherfreut, als er in der Nähe des Stalles auf Stoff trat und seine Hose aufhob.
Laverne hatte die Petroleumlampe wieder angezündet und die Pferdedecke um sich gewickelt.
»Sadek«, sagte Levin. »Man hat ihn freigelassen, und wahrscheinlich hat er dasselbe Taxi genommen, das uns hierhergebracht hat. Er hat alles an sich gerissen, nur die zwei Sachen von dir und meine Hose hab' ich gefunden. Gibt es hier irgendwas, das man anziehen könnte?«
»Nicht, daß ich wüßte«, antwortete sie, »aber laß uns erst

tun, was wir vorhatten, vielleicht bringt er uns unsere Sachen zurück, bis wir fertig sind.«

Aber Levin hatte Angst, er könne jemanden mit seinem Geschrei aufgeweckt haben, und wollte fort. Es beunruhigte ihn, wie er Laverne, nur in eine Decke gewickelt, nach Hause bringen und selber ohne Socken und Schuhe wieder heimgelangen sollte. Selbst wenn sie nicht gerade erfrören – was würde geschehen, wenn ein Polizist sie unterwegs anhielte? Dann könnte er seiner Dozentenkarriere am College Valet sagen, noch ehe sie begonnen hatte. Das Haar stand ihm zu Berge bei diesem Gedanken.

»Nichts wird er zurückbringen«, sagte Levin. »Könntest du dir nicht was zum Anziehen von deiner Schwester leihen? Wenn uns ein Polizist anhält und dich in dieser Pferdedecke sieht, nimmt er uns bestimmt gleich mit.«

»Nein«, sagte sie brummig.

»Laverne, es tut mir schrecklich leid, daß es so gekommen ist. Ich schwöre dir, ich hab' das bestimmt nicht vorgehabt, aber wenn wir jetzt nicht was Vernünftiges tun, wird die Sache für uns beide schiefgehen. Am besten machen wir uns sofort in die Stadt auf, noch ehe der Mond aufgeht – wenn er überhaupt aufgeht – oder der Morgen graut. Solange es dunkel ist, haben wir eine Chance.«

»Du bist mir 'ne feine Niete«, sagte sie bitter. »Das hab' ich davon, daß ich mit dir gegangen bin, anstatt auf den zu warten, der wirklich Mumm hat.«

Levin ärgerte sich, schwieg jedoch. Er zog die Hose an und sie ihren Büstenhalter; dann schlüpfte sie in den Schuh. Nachdem sie sich in die Decke eingewickelt hatte, schlichen sie sich aus dem Stall und krochen unter dem Zaun hindurch. Sie wanderten zuerst über eine ausgefahrene, dann eine kiesbestreute Straße, die Levins Fußsohlen zerschnitt. Er ging zwar vorsichtig, doch schmerzte ihn jeder Schritt. Laverne humpelte in einem Schuh, aber nach kurzer Zeit zog sie ihn aus und warf ihn ins Gestrüpp. Es machte ihr nichts aus, barfuß zu gehen.

»Wie weit ist es bis zur Straße?« fragte er.

»Ungefähr eine Meile.«

Nach zehn Minuten fing sie an, mit den Zähnen zu klappern.

»Kalt?«

»Mein Arsch ist wie Eis.«
Eine Minute später blieb Levin stehen und zog die Hose aus. Er gab sie Laverne. Ohne ein Wort zu verlieren, stieg sie hinein, verknotete den Gürtel in der Taille und schlug die Überschläge um. Sie schleppten sich über den ungepflasterten Weg, bis sie an die asphaltierte Straße kamen. Laverne wollte per Anhalter weitergelangen, aber Levin bat sie, es nicht zu tun. Wenn sich ein Wagen oder Laster näherte, versteckten sie sich hinter Bäumen oder legten sich flach aufs Feld. Dann gingen sie schweigend weiter.
Der Himmel war mit Sternen übersät, aber das interessierte Levin nicht; er empfand nur Angst – besonders die Angst, seine Stellung zu verlieren. Wenn er nur das Mädchen und ihre Pferdedecke loswerden könnte, würde er es schon schaffen – mit oder ohne Hose könnte er sich vielleicht in die Stadt stehlen und bald wieder zu Hause sein. Er sah sich schon lautlos durch die Straßen rennen, als trainiere er für einen Langlauf. Er könnte sie bitten, seine Hose in eine Tüte zu packen, und am nächsten Abend würde er sie in der Kneipe abholen.
An der anderen Straßenseite tauchte ein Hund auf und folgte ihnen. Levin überlegte, ob er mit einem Stein nach ihm werfen solle, wollte sich aber nicht den Haß des Tieres zuziehen. Der Hund kam immer näher; seine Augen leuchteten in der Dunkelheit. Levin sagte sich, daß er auf den nächsten Baum klettern könne – aber was sollte Laverne machen? Sie bückte sich, hob einen Ast auf und schleuderte ihn nach dem Hund. Winselnd lief er davon.
Von hinten näherte sich ein Laster. »Komm«, sagte Levin drängend und verkroch sich hinter einen Baum; aber diesmal setzte Laverne ihren Weg fort. In dem Augenblick, in dem das Licht der Scheinwerfer auf sie fiel, sah Levin zu seinem Entsetzen, wie sie den Daumen hob, um mitgenommen zu werden. Der Laster verminderte seine Geschwindigkeit, dann schleuderte jemand eine leere Bierdose nach ihr, die mit lautem Knall ihren Körper traf. Levin eilte hinzu und fand sie in Tränen.
»Weine doch nicht, Laverne.«
»Scheiße.«
Sie gingen weiter. Einmal verfehlte Levin die Straße und

rutschte in das eiskalte Wasser eines Abzuggrabens. Und Laverne stolperte über einen Autoreifen und verletzte sich am Ellbogen. Er verband sie mit seinem Taschentuch.
Es schien Levin, als seien sie die halbe Nacht hindurch gelaufen, ehe sie endlich in Easchester ankamen. Im grellen Licht der Straßenlaternen hatte er die größte Angst, denn er fürchtete sich vor der nächtlichen Polizeikontrolle und hätte Laverne am liebsten jeden Augenblick gute Nacht gesagt, um nach Hause zu rennen.
Aber er konnte sie nicht allein lassen, da er überzeugt war, sie seien zum Teil durch seine Schuld in dieser peinlichen Situation; außerdem empfand er eine gewisse Zärtlichkeit für sie, weil sie einen Moment lang unter ihm gelegen hatte.
Sie kamen an dem Sägewerk vorbei, und ein paar Minuten später erkannte er Buckets Haus. Laverne führte ihn über einen langen Fußweg, über eine Brücke und durch einen kleinen Park, dessen gefrorenes Gras auch den letzten Rest von Wärme in seinem Blut zu Eis werden lies. Ein Milchmann starrte sie aus seinem Laster an. Levin drängte sie, rascher zu laufen, aber als sie um die nächste Ecke bogen, erklärte sie, sie sei zu Hause.
Er war ungeheuer erleichtert, gleichzeitig aber todmüde und völlig durchfroren. Nur seine überreizten Nerven hatten ihn davor bewahrt, zu merken, wie miserabel er sich fühlte. Als aber Laverne an der Veranda seine Hose auszog, weckte der Anblick ihres Körpers seine Begierde von neuem.
»Ich bin dir sehr dankbar, Laverne – in mehr als einer Hinsicht«, sagte er zögernd. »Könnten wir uns nicht einmal wiedertreffen – unter günstigeren Umständen – und ...«
Sie versetzte seiner Hose einen Tritt. »Nein, du Schweinehund, komm mir nur nicht mehr unter die Augen, dein ganzes verdammtes Leben lang. Glaub bloß nicht, daß dein Bart einen darüber täuscht, daß du gar kein wirklicher Mann bist.«
Etwas zerbrach in Levin.

4

Schluchzend wachte Levin auf: im Traum hatte er mit Leo Duffy gerungen, der, als er ihn zuletzt sah, über und über mit Pech beschmiert und mit Truthahnfedern beklebt, aus der Stadt verjagt wurde. Und du? Er drohte dem neuen Dozenten mit blutiger Faust. Levin sprang aus dem Bett, schüttelte wütend den Wecker, ein neues, miserables Machwerk, und schleuderte ihn aus dem Fenster. Er sprang in die Hose, machte sich an den Schuhsenkeln zu schaffen, schlüpfte eilends in Hemd und Jacke und band sich die Krawatte um – alles am Vorabend sorgfältig zurechtgelegt. Gott sei Dank brauchte er sich nicht zu rasieren; der Bart zahlte sich aus. Er ergriff den neuen billigen braunen Hut mit der breiten Krempe und rannte nüchtern durch den Nieselregen von Mrs. Beatys Haus zum Geisteswissenschaftlichen Institut. Obwohl es erst fünf Minuten nach acht am ersten Tag des Herbsttrimesters war, lag der große Innenhof verlassen da – keine Seele war zu sehen. Levins Studenten waren schon im Klassenzimmer, Levin aber nicht, und darum raste er im Galopp dorthin; seit Jahren war er nicht mehr so gerannt, sein Herz hämmerte, seine Kehle war ausgedörrt, die Schöße seines Regenmantels flogen im Wind. Er eilte die Treppe zu dem alten Holzbau hinauf und nahm, als er ihn betreten hatte, zwei Stufen auf einmal. Im zweiten Stock warf er einen raschen Blick auf die Büros auf der einen Seite des Korridors – ein Glück, alles in Ordnung, alle Türen geschlossen. Er stahl sich in sein Büro, warf den feuchten Hut und den Regenmantel auf einen Stuhl und ergriff Bücher und Papier. Während er zum Klassenzimmer rannte, fuhr er sich mit einem zerbrochenen Kamm durch den Bart. Als er sich aus einem unerklärlichen Grund einmal umdrehte, sah er, daß Professor Fairchild und Dr. Gilley in der Nähe des Wasserkühlers am anderen Ende des Flurs dicht beieinander standen und ihn beobachteten.

Als Levin das Klassenzimmer betrat, schlug ihm die Stille wie ein lauter Nebel entgegen. Der Anblick von sechzig Augen, die forschend auf ihn gerichtet waren und von den Schuhsohlen bis zum bärtigen Gesicht alles an ihm beobachteten, versetzte ihn einen Moment lang in Panik; er wünschte, er könne fliehen – über den ganzen Kontinent fliehen und sich in irgendeinem Keller verstecken. Pfui Teufel, so eine Schande! Aber, sagte er sich, bei deiner Erfahrung! Er setzte sich also an den Tisch und rief mit Grabesstimme die Namen auf; er schämte sich, zu seiner ersten Stunde zu spät gekommen zu sein. Um der Wahrheit die Ehre zu geben: Auch die Studenten schienen verlegen zu sein. Aber Levin entsann sich, daß einige seiner eigenen alten Professoren nie imstande waren, irgendwo pünktlich zu erscheinen, ohne daß ihnen das, soweit es ihm bekannt war, je vorgeworfen worden war; warum also aus einem Maulwurf einen Elefanten machen? Morgen käme er pünktlich wie immer, und bald würde der schlechte Anfang vergessen sein. Wenn Professor Fairchild um sieben Uhr dreißig zur Arbeit käme, könnte er Levin sehen, der schon längst an seinem Schreibtisch saß.

Nachdem Levin die Anwesenheitsliste verlesen hatte, schrieb er (innerlich noch immer unsicher, als wisse er noch nicht, wieviel Uhr es sei, oder als habe er etwas vergessen, was er nicht hätte vergessen dürfen und was er, so hoffte er, auch nicht vergessen hatte) seinen Namen und die Nummer seines Büros an die Tafel und überlegte, ob er die Studenten mit ein paar Worten willkommen heißen solle – als Gastgeber sozusagen. Da er sich aber genau an die vervielfältigte Instruktionsliste hielt, zählte er zunächst die Texte auf und erklärte dann, worum es in diesem Kurs gehe: nämlich um Stilkunde für Anfänger, wofür zunächst einmal grammatische Übungen notwendig seien; nach einer kurzen Pause empfahl er, sich gründlich mit Grammatik zu befassen: das führe zu einer klaren Ausdrucksweise, und diese sei natürlich die Hauptsache. »Wer einen Gedanken klar auszudrücken vermag, kann auch einen eigenen hervorbringen«, war Levins Maxime für diesen Tag. Innerhalb von zehn Minuten hatte er die fünfzehn auf dem Blatt erwähnten Punkte durchgesprochen und überlegte unsicher, ob er die Studenten fortschicken solle – was konnte er ihnen an diesem ersten, nervösen Tag schon beibringen? Da bemerkte er zum Glück am Ende der Seite folgende Zeile: N. B. DER UNTERRICHT DARF NICHT VOR ABLAUF DER STUNDE BEENDET WERDEN. G. G. DIR. F. STILK. In Schweiß gebadet wegen des Fehlers, den er beinahe begangen hätte (er stellte sich vor, wie die beiden im Korridor nur darauf warteten, daß er seine Studenten vor dem Klingelzeichen entließ), stand Levin auf und schrieb verschiedene Arten von Sätzen an die Tafel; die Studenten, die einen Augenblick lang unruhig gewesen waren, folgten hingerissen seinen Ausführungen.

Je länger er redete, desto tiefer wurde die Stille, und die Aufmerksamkeit der Klasse versetzte ihn in Erstaunen, obwohl es eine College-Klasse war: Darin eben lag der Unterschied. Um die Wahrheit zu sagen – er hatte erwartet, daß sie sich ziemlich langweilen würden, daß die ganze Arbeit dem Lehrer zufiele; aber aller Augen waren wie gebannt auf ihn gerichtet. Das ermutigte Levin, und da die Scham über sein Zuspätkommen fast ganz verflogen war und er noch zwölf Minuten Zeit hatte, verzichtete er für heute auf weitere grammatikalische Ausführungen, um das zu sagen, was er im Sinn hatte: nämlich, die Studenten im Cascadia College willkommen zu heißen. Er selbst war ein Fremdling im Westen, aber das machte nichts. Durch das Wunder einer Reise und der Veränderung seines Aufenthaltsortes stand er jetzt, durch seine Ernennung, als ihr Englischdozent vor ihnen und hieß sie willkommen, woher sie auch stammten: aus den Staaten des Westens, aus Kalifornien, einige von jenseits der Rockies; es war etwas Großartiges für jemanden, der niemals weiter im Westen gewesen war als in Jersey City. Wenn sie im College fleißig arbeiteten, sagte er, würden sie sich selbst im Laufe der Zeit besser verstehen, würden begreifen, was das Leben für jeden von ihnen zu bieten habe, denn Bildung sei eine Offenbarung. Bei dieser Bemerkung lachten sie, aber er wußte nicht, warum. Nun, es sollte ihm recht sein, wenn sie, so früh am Morgen, so guter Laune waren. Es fiel ihm jetzt auf, daß einige Studenten sich umdrehten, um alte Freunde zu begrüßen; zwei von ihnen schüttelten sich die Hand, als wollten sie sagen, dies sei wirklich der richtige Ort. Levin sprach noch lebhafter. Die Männer im Klassenzimmer – es gab ein paar ältere Studenten – hörten ihm mit gutmütigem Interesse zu, und auf den rosigen Gesichtern der Mädchen, die ihn anstarrten, lag etwas wie schüchterne Zuneigung. Innerlich dankte er ihnen, denn er spürte, daß sie ihn willkommen hießen. Für ihn repräsentierten sie jenes Amerika, von dem er schon so oft gehört hatte: den sagenhaften freundlichen Westen. Was tat's, daß seine »A« weich klangen und ihre »R« hart? Oder daß er dunkles Haar hatte und nervös und lebhaft war, während sie blond waren und eine gewisse Neigung zur Apathie besaßen? Was tat's, daß er aus einer riesigen Stadt kam, in die Einwanderer aus vielen Ländern stömten, und sie aus Kleinstädten und Orten, wo jeder jedem glich? In Levins Klasse suchten sie alle Wissen – ein Wissen, das einmalig und unteilbar war. »Das ist das wahre Leben für mich«, gestand er, und sie brachen in Hochrufe, Pfeifen und lautes Lachen aus. Das Klingelzeichen ertönte, und die Studenten strömten geräuschvoll auf den Gang; einige wanden sich geradezu vor Lachen. Als habe er eine Eingebung, sah Levin auf seinen Hosenschlitz hinunter; es war, wie es nicht anders sein konnte: der Reißverschluß stand von oben bis unten offen.

Pauline Gilley hatte Levin angerufen, um ihn zu einem jener kleinen Überraschungsessen des Seminars einzuladen, die meistens am ersten Tage des Trimesters am Fluß abgehalten wurden.
»Ich habe das Wort ›Überraschungsessen‹ schon gehört«, sagte Levin, »und ich glaube, ich weiß, was es bedeutet, aber ich wüßte es gern ganz genau.«
Pauline sagte: »Sie wollen mir doch nicht erzählen, daß Sie noch nie ein ›Überraschungs-Picknick‹ erlebt haben?«
»Ich kann mich an nichts erinnern, das so hieß, aber wir haben immer beim Schulausflug der Hundertelften Schule belegte Brote in den Van Cortlandt-Park mitgenommen.«
»Halt, Mr. Levin, sonst muß ich weinen.« Aber statt dessen lachte sie. »Es ist ein Picknick-Abendessen, bei dem jeder etwas zu essen mitbringt. Dann wird alles geteilt. Gerald behauptet, daß dadurch das gesellschaftliche Leben in Easchester während der Depression erhalten geblieben ist.«
»Ich bringe einen Kuchen vom Bäcker«, sagte Levin.

»Kommen Sie nur selbst – Junggesellen genießen Vorzugsrechte.«
Er dankte herzlich.
»Wie gefällt Ihnen unser Seminar?« fragte Pauline.
»Großartig«, antwortete Levin.
»Das ist ja fein.«
Levin stellte sich also am Montag nachmittag um drei Uhr dreißig schüchtern mit leeren Händen im Park am Fluß ein: Diese Schüchternheit war ein überflüssiges Gefühl, das ihm aus seiner Kindheit geblieben war; zudem schien es ihm verrückt, den neuen Anzug und einen Pullover zu tragen, da die meisten Herren Sporthosen und -hemden anhatten. Der Park mit seinen dichten Kiefern- und Fichtengruppen und seinen Tischen aus Eibenholz zwischen den Bäumen war noch feucht von dem Nieselregen, der am Morgen gefallen war, aber das schien niemanden zu stören, und Levin war froh, daß er der Versuchung widerstanden hatte, Hut und Mantel mitzunehmen. Er war erstaunt, wie viele Leute gekommen waren, darunter auch viele Kinder, die den Park in Aufruhr versetzten. Während die Frauen Schachteln und Picknick-Körbe auspackten und die Eßwaren auf die Tische verteilten, schaukelten die Männer, die nicht mit Feueranmachen beschäftigt waren, spielten Kriegen, und zwei oder drei gingen mit ein paar größeren Jungens am Flußufer fischen.
Levin hielt sich in der Nähe der Buckets. Algene war eine ungeschickte, aber hübsche Frau mit langem Hals. Die fünf kleinen Buckets – ernste Kinder – blieben zusammen, und Joe trug das jüngste auf dem Arm.
Es gibt kein Aufhören für ihn, dachte Levin.
»Joe beklagt sich nie«, sagte Algene. »Er hat sein eigenes Motto: ›Arbeit, Kummer, Krankheit, Not und Leiden sind die Würze des Lebens‹.«
»Aus Sterne?« fragte Levin.
»Woher sonst?«
Pauline, in Rock und Pullover und mit Hängeohrringen, fand Levin und bestand darauf, ihn den Damen des Seminars vorzustellen. Einige von ihnen waren beinahe häßlich, andere hübsch, von strahlender Gesundheit: Dazwischen waren alle Möglichkeiten vertreten; mehrere Frauen sahen aus wie junge

Mädchen, zwei – die Frauen von Ed Purtzer und Wayne Sprinkle, Dozenten im dritten Stock – waren schwanger. Im übrigen sah man von Damen noch jugendlichen mittleren Alters bis zur alten Mrs. Fairchild alle Altersstufen. Pauline erzählte ihm, einige von ihnen seien früher Volksschullehrerinnen gewesen, andere Bibliothekarinnen, die eine oder andere Krankenschwester und ein paar Sekretärinnen. Etliche, die ihre Männer während deren Studienzeit geheiratet hatten, hatten den Lebensunterhalt für beide verdient, bis ihre Männer ihr Abschlußexamen gemacht hatten. Sie alle hatten in der Welt Erfahrungen gesammelt und waren froh, daß sie hinter ihnen lagen – ganz gleich, welcher Art diese Erfahrungen in der Welt außerhalb von Easchester gewesen, der Welt, in der sie unverheiratet gewesen waren. »Wir haben uns alle an dieses Leben gewöhnt und sind nur noch für unsere Familien da«, sagte Pauline.

Levin sagte, er beneide sie.

»Beneiden Sie etwa Bucket?«

»Ihn? Nein.«

Sie verschwand einen Augenblick, um ihre Kinder herbeizuholen, kam dann aber wieder, um ihn den übrigen Damen vorzustellen. Die Damen waren, genau wie ihre kurzgeschorenen Männer, die er in der Vorwoche kennengelernt hatte, gastfreundlich und liebenswürdig. Trotz des ärgerlichen Anzugs und seines buschigen Bartes, den einige Damen interessiert betrachteten, der aber offenbar einer von ihnen unerträglich war, fühlte Levin sich ziemlich wohl.

Pauline sorgte dafür, daß er reichlich zu essen bekam, und durch die vielen verschiedenen Speisen, die frische Luft und den Duft des Nadelholzes im Park hatte er einen ausgezeichneten Appetit. Er versuchte mindestens ein Dutzend verschiedener Gerichte, schämte sich dann aber ein wenig, weil er so viel gegessen hatte, ohne etwas beizusteuern, und wanderte davon, als Pauline den Kaffee holte. Er traf Gilley, der mit einem Zeiß-Ikon-Apparat herumlief, und sah zu, wie er überall Leute knipste und vergnügt allen Aufforderungen nachkam, noch mehr Bilder zu machen. Gerald maß das noch vorhandene Tageslicht mit dem Lichtmesser, hielt das Auge auf den Sucher, stellte den Apparat geduldig ein und rief »Achtung«; dann knipste er. Für alle Zeiten wurde eine Erinnerung auf Glanzpapier festgehalten. Pauline kam mit den beiden Kindern aus dem dichten Wald, der den Park umgab; Erik schluchzte, und um den Jungen abzulenken, gab Gilley Levin den Photoapparat und bat ihn, die ganze Familie aufzunehmen. Er hatte den Apparat eingestellt, trug auf jeder Schulter eines der Kinder und stellte sich dicht neben Pauline. Levin, dem dieses Spiel Spaß machte, knipste. Gilley bat ihn, sich neben seine Frau zu stellen, aber Pauline erklärte, es sei schon zu dunkel dafür.

Als sie alle gegessen hatten und die Tische abgeräumt waren, wurde in der Grube vor den halbkreisförmig angeordneten Bänken ein Feuer angezündet, und Professor Fairchild, in kurzem Mantel und mit einem alten Hut, erhob sich und stellte sich auf die andere Seite des Feuers, das Gesicht den Picknickenden zugewandt. Seine Frau, die Vize-Präsidentin der Liga gegen den Alkohol, eine grauhaarige Dame mit Doppelkinn und randloser Brille, in der sich der Feuerschein spiegelte, saß neben ihm auf einem Klappstuhl in Mantel und Pelzmütze. Inmitten der absoluten Stille, die sich herabsenkte und die wunderbarerweise nicht einmal von den Kindern gestört wurde, begann der Professor zu sprechen:

»Der Präsident und der neue Dekan haben Sie in aller Form willkommen geheißen, und ich weiß, daß Dr. Gilley es im Namen unseres Seminars getan hat; aber gewöhnlich benutze ich diese unzeremonielle Gelegenheit, um Sie und Ihre glücklichen Familien zu Beginn des akademischen Jahres zu begrüßen und Ihnen mitzuteilen, was es an Neuigkeiten bei uns gibt. Ich begrüße Sie und hoffe, Sie haben sich während des langen, friedlichen Sommers gut erholt – es ist eine kostbare Zeit der Entspannung und des Vergnügens, und, wie ich hoffe, auch der Zeit für Überlegungen und die Sammlung neuer Erkenntnisse. Ich bezweifle nicht, daß Sie sich auf die Arbeit im neuen Trimester und auf das Glück und den Lohn des Unterrichtens freuen.

Zunächst wollen wir Dr. Leopold und Mrs. Alma Kuck wieder in unserer Mitte begrüßen, die kürzlich nach Leopolds Urlaubsjahr zurückgekehrt sind, währenddessen er mit Erfolg zum Doktor promoviert wurde. Seit Juni hat Leopold den Titel Doktor, den er an der Universität von Wyoming, seinem Heimatstaat, mit einer anglistischen Arbeit erworben hat. Ein Exemplar der Dissertation über *Piers Plowman* befindet sich in der College-Bibliothek, und Sie sollten alle einmal einen Blick hineinwerfen. Derartige Schriften erfordern eine Menge Arbeit, und wir sollten alles in unserer Kraft Stehende tun, um sie zu unserem lebendigen Besitz werden zu lassen. Leopold, Sie haben's gut gemacht, und ich hoffe, Ihr Vorbild wird einige der Jüngeren dazu inspirieren, an ihre berufliche Weiterentwicklung zu denken. Der Dr. phil. ist bei uns die *conditio sine qua non*, und wer noch keinen Titel hat, sollte auf ihn hinarbeiten, ganz gleich, wie hoch die Anforderungen sind.

Nach der Promotion haben sich Leopold und Alma mit ihren beiden Kindern Micky und Joanna zu einer wohlverdienten sechswöchigen Ferienreise nach den britischen Inseln eingeschifft. Leopold hat mir erzählt, daß er zwölfhundert Farbdias mitgebracht hat, die von literarischem und historischem Interesse sind und die er im Laufe des Winters zu unserer Unterhaltung vorführen will. Ich habe ihn auch gebeten, auf zehn Seiten eine Zusammenfassung seiner eindrucksvollsten Reiseerlebnisse zu geben, und ich werde diese Schrift von Milly vervielfältigen und in Ihre Briefkästen legen lassen. Wir können ja nicht alle in die Welt hinausziehen, und so freuen wir uns, wenn einige von Ihnen uns etwas über sie berichten.

Dr. Kuck.« Er deutete über das Feuer hinweg, das sein Gesicht rötete, auf eine Gestalt, und ein Mann mit hageren Zügen und zu früh ergrautem Haar stand auf und nickte, während einige Leute applaudierten.

»Wir heißen auch Avis Fliss wieder hier willkommen, die das Frühjahrstrimester über unbezahlten Urlaub genommen hatte, um ihre kranke Mutter in Louisville, Kentucky, zu pflegen. In der sorgenden Obhut ihrer Tochter hat sich das Befinden von Mrs. Fliss gebessert, und wir hoffen, daß sie bald wieder völlig hergestellt sein wird. Avis, Sie haben uns gefehlt, und es ist schön, daß Sie wieder da sind.«

Er deutete mit dem Finger ins Dunkel. Wieder gab es Applaus. Levin sah sich um, entdeckte aber keine Miss Fliss. Offenbar war sie schüchtern, und der Professor bat sie nicht, aufzustehen.

»Als nächstes möchte ich Ihnen mitteilen, daß der Verlag Koch & McCook Dr. George Bullock kürzlich mitgeteilt hat, er sei bereit, seine Anthologie *Amerikanische Kurzgeschichten für den Gebrauch in Colleges* herauszubringen. Wir werden den Band sicherlich schon bald für unseren Kurs ›Überblick über die Literatur‹ benutzen. Und da ich bei diesem Punkt angelangt bin, möchte ich der Hoffnung Ausdruck geben, daß sich einige von Ihnen, meine Herren« – er ließ seinen Blick über das Feuer schweifen – »damit befassen werden, Lehrbücher zu schreiben oder herauszugeben. Man wird zwar nicht zum Millionär, aber ich möchte Ihnen aus eigener Erfahrung versichern, daß die Befriedigung, die man empfindet, wenn man seine Gedanken ordnet und niederschreibt, größer ist, als manche junge Leute zu glauben scheinen. Wir sollten alle unseren Horizont erweitern. George, ich gratuliere Ihnen zu Ihrer Tatkraft und Initiative.«

George Bullock, ein gutaussehender Mann mit scharfgeschnittenem Gesicht und hellem, an den länglichen Kopf geklebtem Haar verneigte sich freundlich, blieb aber sitzen.

»Die Abteilung für Personal-Statistik«, fuhr der Professor mit einem Kichern fort, »hat im Augenblick weder eine Verlobung noch eine Hochzeit noch eine Geburt bekanntzugeben; wir haben uns jedoch einen neuen Junggesellen zugelegt, und man kann darum wohl sagen, daß wir für kommende Zeiten vorgesorgt haben.«

Als ein kurzes Lachen verklungen war, sprach er weiter. »Ich heiße jetzt Mr. Seymour Levin aus New York City, New York, in unserem Kreise willkommen; er hat 1940 den Titel eines B. A. an der New Yorker Universität erworben und ebendort 1950 den eines M. A. Er ist als Dozent für Stilkunde zu uns ans Cascadia College gekommen. Wir freuen uns, ihn begrüßen zu können, und hoffen, daß er uns mit den Erfahrungen, die er im Osten gesammelt hat, bereichern wird. Er sitzt da drüben neben den Gilleys. Wären Sie so freundlich, aufzustehen, Mr. Levin?«

Zögernd erhob sich Levin und bedankte sich mit einem Nikken für den höflichen Applaus.

»Hurra«, piepste Erik Gilley in die darauf folgende Stille hinein, und alles lachte. Levin setzte sich rasch wieder. Als sein Gesicht abgekühlt war und wieder seine normale Farbe angenommen hatte, fiel ihm auf, daß Paulines Antlitz noch immer vor Verlegenheit gerötet war.

Wenn Levin versuchte, über den Kontinent hinweg an den New Yorker Herbst zu denken, weigerten sich seine Gedanken, ihm zu gehorchen. Sie gingen nicht über die regentriefenden Wälder hinaus, die sich an den Berghängen von Cascadia hinzogen. Er merkte, daß er sich selbst den Weg zu jedem Heimweh nach dem Osten verbaut hatte. Und er bedauerte es nicht. Wenn Levin überhaupt etwas bedauerte, dann nur den späten Zeitpunkt, zu dem er beschlossen hatte, der Großstadt zu entfliehen. In Easchester lebte er einigermaßen mit sich selbst in Frieden – mehr, als er es seit Jahren getan hatte. Um diesen Frieden nicht zu stören, las er tagelang keine Zeitung und hörte kein Radio. Er wußte, was die Nachrichten besagten, und er wollte nicht daran denken: der kalte Krieg bedrohte die Welt wie das Herannahen eines Gletschers. Der Koreakrieg tobte, auch wenn die Situation für Amerika nicht ganz so hoffnunglos aussah. Furcht und Selbstanklage hatten das Land in ein Volk von Spionen und Kommunisten verwandelt. Senator MacCarthy hielt den Namen jedes einzelnen in seiner Faust. Und man hörte Gerüchte über immer enger und bedrohlicher werdende Beziehungen zwischen Wissenschaftlern und Atomfragen. Amerika war im besten Sinne eines häßlichen Ausdrucks un-amerikanisch. Levin war froh über sein Versteck zwischen Wäldern und Bergen in einer fremden Stadt des fernen Westens.
Sein Wecker, den er wieder geholt und zur Reparatur gebracht hatte, weckte ihn kurz nach sechs. Er zog sich im kalten Zimmer an und ging in den Keller, um sechs Eimer Sägemehl in den Ofen zu schütten. In Minutenschnelle wurde es warm. Er fütterte Mrs. Beatys weiße Katze und aß dann selbst. Levin nahm sich Zeit zum Essen und und dachte, daß ein wesentlicher Grund, warum er so gern in Easchester war, das Gefühl sei, der nervösen Eile der Großstadt entronnen zu sein. Nachdem er sein bißchen Geschirr gespült hatte, knipste er, als der

Tag graute, das Küchenlicht aus und blieb in der morgendlichen Dunkelheit sitzen. Dann las er noch eine Viertelstunde oder zwanzig Minuten lang im Wohnzimmer und blickte dabei von Zeit zu Zeit auf die Uhr, die auf dem Kaminsims tickte – schließlich war er ja Levin – und verließ um zwanzig nach sieben das Haus. Er ging zu Fuß durch die verlassenen Straßen zur Arbeit; eine Viertelstunde später fingen die Studenten an, zu Fuß oder im Wagen herbeizuströmen. Aber um sieben Uhr zwanzig konnte Levin noch der erste draußen in der Welt sein, und das war ein erfrischender Gedanke. Wenn es regnete, schützte er sich mit seinem blöden schwarzen Schirm. Meistens war der Himmel am Morgen bedeckt, und von Zeit zu Zeit gab es einen Schauer, und die ziehenden Wolken versetzten ihn immer wieder in Erstaunen. Über ihm verdüsterten ihre dunklen Massen den Himmel; aber vor ihm wurden sie lichter und gingen in vielen Schattierungen von Grau in ein ganz leichtes Gold über. Im Norden, über den dunkelgrünen Bergen, lag ein düsteres Blau. Im Westen verhüllte sich der Berggipfel in weißem Dampf. Je nach der Richtung, in die er blickte, sah er Gold, Schwarz, Silber oder Grau. Noch nie hatte er so lange in den Himmel gestarrt, so intensiv das Licht beobachtet, das in aufgelösten Fäden herabfiel, in brennenden Klumpen oder in leuchtenden Netzen, die sich in den Bäumen verfingen. Gegen Mittag steckte die Sonne, wenn sie sich überhaupt zeigte, ein dampfendes Auge durch den Nebel, und die Wolken lösten sich in Ströme und Seen auf und schenkten einen blauen Nachmittag. Wundervoll. Der Unterricht bot Levin an sich schon eine Zuflucht – war er doch von den vier warmen Wänden des Klassenzimmers umgeben. Er gab zwölf Wochenstunden – eine Verminderung den zwanzig gegenüber, die er an der Oberschule erteilt hatte, und dafür war er dankbar. Blöde Grammatik gehörte zum täglichen Training, dazu *Die Grundlagen* und das Übungsbuch. Aber Stilkunde 10, der normale Anfängerkurs, war etwas besser. Obwohl auch in diesem Kurs *Die Grundlagen* das wichtigste Buch war und zusammen mit Übungsbuch A zwei Drittel des Unterrichtsstoffes ausmachten, enthielt dieses doch sechs Themen, die sich auf *Wissenschaft in der Technik* bezogen. In Verbindung mit verschiedenen Fragetests entstand so eine ansehnliche Menge von Arbeiten, die der Lehrer – in Erinnerung an Duffy – sich sofort zu korrigieren bemühte. Man hatte ihm gesagt, daß er im nächsten Trimester in Englisch 11 Stilkunde zu lehren hätte. »Das ist eher eine College-Übung«, sagte Gilley. »Zunächst müssen wir ihnen beibringen, was sie auf der Oberschule nicht gelernt haben.« Zwar enttäuschte ihn der Stoff, den er zu unterrichten hatte, trotzdem lehrte er mit wahrer Leidenschaft, und das, obwohl sein ganzer Unterricht sich auf Grammatik gründete. Aber die Studenten achteten, was sie verwirrte, und so machte es ihm Freude, Grammatik zu unterrichten.

Er war ganz unabhängig – es gab weder Überwachung noch direkte offizielle Anfragen; nur hier und da gab ihm Avis Fliss, Gilleys Assistentin bei den Wiederholungen, einen taktvollen Rat. Es hatte sich herausgestellt, daß sie eine gar nicht so häßliche Frau von ungefähr fünfunddreißig Jahren war, mit einer atmenden Stimme und vibrierenden Augenlidern, und sie war es gewesen, die sich vor seinem Bart abgewandt hatte, als Pauline ihn vorstellte. Ihr straffer, biegsamer Hals war ein seltsames Instrument: Es schien Levin, als könne sie nach hinten sehen, wenn sie es nur versuchte. Zu Avis Vorzügen gehörten ein recht üppiger Busen und ein Gesäß, das unter dem enganliegenden Rock wie ein harter Kohlkopf aussah. Sie duftete nach einer warmen Mischung aus Orangenblüten-Toilettenwasser und Tabaksrauch; Levin fand diesen Geruch interessant. Eine Zeitlang fühlte sie sich in seiner Gegenwart unsicher und wußte nicht, ob sie seinen Bart anblikken oder seitwärts, vielleicht auch nur unterhalb, an ihm vorbeisehen sollte, um zu erkennen, daß er vor der Justiz davongelaufen war. Wenn sie zu seiner linken Schulter sprach, vibrierten ihre Augenlider. Aber er wartete, bis sie ihre Befangenheit ihm gegenüber verlöre –, und schon bald tat sie es. Ihre Lider wurden ruhiger, ihre Sprache beherzter, und wenn sie auch sehr zurückhaltend blieb, so sah sie ihn doch an, wenn sie das Wort an ihn richtete.

In den Unterrichtspausen lernte er sein Büro – sein *eigenes* Büro – schätzen: es war sein erstes; etwas Unübertreffliches für einen Menschen, der so viel allein war. Jeden Tag war er zwei Stunden im Büro, um seinen Studenten und »Schützlingen« zur Verfügung zu stehen (es waren ihrer zehn, deren Arbeitsprogramm und Leistungen er besonders zu überwachen hatte); er tat für sie, was er nur konnte, und schickte sie dann fort. Wenn seine Sprechstunde vorbei war, schloß er die Bürotür, zensierte Aufsätze oder las – ein wahres Privileg während der Arbeitszeit. Und dennoch versteckte er sein Buch sofort, wenn jemand an die Tür klopfte. Einige der anderen Herren, zum Beispiel Bucket, waren jederzeit für die ihnen anvertrauten Neulinge zu sprechen, und Levin fürchtete, er widme ihnen nicht genügend Zeit, überlegte dann aber, daß er ja gewissenhaft unterrichtete und seine Sprechstunden genau einhielt. Er mußte sich außerdem um seine eigene Arbeit kümmern und gehörte nicht zu den Leuten, die – wie einige der Dozenten im dritten Stock, deren Stimmen er im Korridor vernahm, wenn er an ihren Büros vorbeiging – über die amerikanischen Baseball-Meisterschaftsspiele oder die letzten Fußballergebnisse diskutierten. Da die Arbeit neu für ihn war, brauchte er Zeit für sich. Gewiß, er nutzte nicht jede Minute, um sein Gehalt zu verdienen. Oft stand er am Fenster – der Sprung im Glas sah aus wie ein Baum – und beobachtete die Wolken, die nach Osten zogen. Er blickte hinunter auf den Innenhof mit seinem grünen Rasen und den vielen Bäumen, dessen Ordnung und Schönheit ihm gefielen, und dachte dabei an die steinernen Wolkenkratzer, in denen er seine College-Zeit verbracht hatte. Und es reizte ihn zuzusehen, wie auf der anderen Straßenseite die Angelklassen übten – Männer und Frauen mit Angelruten, die beschwerte Angelschnüre nach bunten Ringen im Gras schleuderten – und die dafür zwei gute Noten bekamen. Eine neue Welt, dachte Levin.

Man besuchte sich zwanglos in den Büros. Ehe George Bullock auftauchte, erschien sein Kaffeebecher an der Tür. Wenn Avis kam, setzte sie sich besonders gern auf den Schreibtisch; sie hatte schöne Beine. Auch auf der Toilette begegnete Levin Kollegen, aber der Haupttreffpunkt im Institut für Geisteswissenschaften war der Kaffeeraum. Ehe die Sekretärin Milly Womack, die eine schwache Blase hatte, zur Toilette eilte (sie war ungefähr fünfundzwanzig und trug eine Phantasiebrille), setzte sie die Filtermaschine für vierzig Tassen in Gang, um den ersten Morgenkaffee zu bereiten. Bald vernahm Geralds geübtes Ohr ein zischendes Geräusch, und er rief über den Gang: »Das Wasser kocht.« Dann begann der Pilgerzug, der den ganzen Tag kein Ende nahm. Levin konnte sich darauf verlassen, jedesmal, wenn er hinkam, um seine Tasse Tee (oder auch zwei) zu trinken, irgend jemanden oder sogar eine Menge Leute zu treffen.

Seine Kollegen, die sich zum Kaffeetrinken versammelten, waren freundliche Leute, bescheiden und gesellig, von denen einige wirklich gebildet waren, aber niemand protzte damit. An einem trüben Tag konnte man sozusagen unsichtbar werden. Jeder, egal welche Stellung er hatte, war jedem anderen ebenbürtig, was sich als höchst angenehm erwies. Wenn es überhaupt Rivalitäten gab, so blieben sie verborgen; niemand schien hinter dem Rücken jemandes zu reden, andere ausstechen zu wollen, man wurde befördert, wenn es soweit war, und konnte nichts daran ändern. Niemand lenkte durch sein Geschwätz die Aufmerksamkeit der anderen auf sich, wenn auch Bullock durch seinen Humor ein maßvolles Vaudeville inszenierte – ein Kalifornier unter lauter Leuten aus dem Westen. Wenn die Professoren auch einen Titel hatten oder im Begriff waren, einen zu erwerben, wenn sie auch Pfeife rauchten und sich ungezwungen benahmen, so sahen sie doch nicht anders aus als die Rotarier in der Stadt – nur, daß sie billigere Anzüge trugen. Aber sie trugen sie, ohne sich ihrer zu schämen, und diejenigen, denen ihre Frauen mit billigen Scheren aus dem Versandhaus Sears Roebuck die Haare geschnitten hatten, waren stolz darauf. Sparen wurde sehr ernst genommen. Die jungen Leute von oben waren genauso freundlich, nur lebhafter, und ihre Jacken und Hosen waren farbiger. Ungefähr fünf von den zwölfen trugen das Haar ganz kurz geschnitten und waren manchmal etwas geschwätzig, aber im übrigen waren sie kaum etwas anderes als konservativ. Wie Gerald erklärte, waren sie »ganz normale Leute«, und Levin mochte sie alle, mit Ausnahme von Ferris Farper, einem Mann mit groben Gesichtszügen und einem Brillengestell, das zu eng für seine Nase war, der ihn jedesmal, wenn sie einander begegneten, so lange anstarrte, bis es Levin unangenehm wurde. Farper konnte es ihm nicht verzeihen, daß er sich in Duffys

Büro eingenistet hatte. Levin beherrschte sich, bis er herausfand, daß sich Farper, wenn er die Toilette – zu welchem Zweck auch immer – benutzt hatte, niemals die Hände wusch; erst von dann an erwiderte er seine Antipathie. Im Laufe des Oktober luden Millard Scowers, O. E. Jones und Dave Fitznogle, alles Leute aus dem oberen Stockwerk, Levin zu sich nach Hause ein.

Bis auf Levin, C. D. Fabrikant und Avis Fliss waren alle im Seminar verheiratet. Einige von ihnen hatten unvorstellbar früh geheiratet, und Levin beneidete sie um der einsamen Jahre willen, die ihnen erspart geblieben waren. Man unterhielt sich viel über häusliche Probleme: Kinder, Häuser, die hohen Lebenshaltungskosten. Es war erstaunlich, wie groß die Anzahl derer war, die sich nolens volens zu Experten entwikkelt hatten, die alles wieder instandsetzen konnten: Autos, Waschmaschinen, W.C.s oder Hi-fi-Apparate. Courtney Haddock, Maurice White und Gene McElfrish taten sich zusammen, um einen verstopften Abwasserkanal zu reinigen, zwei Meter Beton zu gießen und eine acht Meter hohe Fernsehantenne anzubringen. Sie sprachen mit derart profunden theoretischen Kenntnissen und soviel praktischer Erfahrung über diese Arbeiten, daß es Levin schien, als stamme er von einem anderen Planeten. Die Gärten wurden gut gehalten. Man harkte die Blätter – ja, man spießte sie förmlich auf, während sie fielen, und schob sie dann zu großen Haufen auf dem Parkstreifen zusammen, von wo die städtische Müllabfuhr sie holte. Kein Wunder, daß Levin der herbstliche Geruch von brennenden Blättern fehlte: verbrennen war nicht erlaubt. Die Rasenflächen wurden immerzu gemäht. Wenn die Sonne auch nur einen Augenblick lang schien, zog Ed Purtzer, dessen Haus von dem Mrs. Beatys zwei Häuserblöcke entfernt zum College hin lag, Shorts und ein Arbeitshemd an, rollte den Rasenmäher aus der Garage, ölte ihn, stellte ihn neu ein und schnitt dann seinen Rasen, harkte das gemähte Gras zusammen, begradigte die Ränder und kämmte die kurzgeschorene Fläche, bis sie wie sein eigenes kurzgeschnittenes Haar aussah. Wenn es ein Schampoon für Gras gäbe – er hätte es gewiß benutzt.

Die meisten waren Experten im Sparen – das war auch nötig bei ihren Gehältern –, aber Levin war der Ansicht, daß der eine oder andere auf diesem Gebiet mehr leistete, als notwendig gewesen wäre. Dave Fitznogle kannte die neuesten Preise aus den *Verbrauchernachrichten* auswendig – von Babywindeln bis zu Trainingsflugzeugen. John Cutler, ebenfalls von oben, hatte eine fanatische Vorliebe für Auktionen. Dienstag abends besuchte er die in Marathon stattfindenden Versteigerungen und kaufte für ein Spottgeld ein. Eines Abends bot er einen Dollar für eine ganze Kiste Cornflakes, die ihm, zu seiner eigenen Überraschung, auch zugeschlagen wurde. Da Cutler aber kalte Frühstücksflocken nicht ausstehen konnte, verschenkte er sie schachtelweise an Kollegen und Nachbarn. Dank seiner Großzügigkeit hatte Levin vierzehn Tage lang ein billiges Frühstück.

Im Herbst unterhielt man sich im Kaffeeraum über Fliegende Untertassen, Wertpapiere, Fernsehen, das Come-back Ben Hogans auf dem Golfplatz im vergangenen Juni, über Jagd und Fischerei, über Erlebnisse in der Armee und über die sinnlose wilde Jagd der Hochschule. Auch das Wetter war Gesprächsthema, und man beglückwünschte sich, weil es so warm war. Zwar wurden Buchtitel erwähnt, aber es gab kaum je eine Diskussion über Bücher, und Levin fuhr fort, seine Gedanken über seine Lektüre seinem Notizbuch anzuvertrauen. Wenn Professor Fairchild um zehn und um drei im Kaffeezimmer erschien, war kein Sitzplatz mehr zu haben. Der alte Mann hielt seine Tasse in der Hand – zu trinken schien er nie – und sprach witzig über Politik. Gewöhnlich ließ er sich über die sozialistische Infiltration aus, über die Stellen, an denen diese Infiltration stattfand, über die Tyrannei des »New Deal« (gegen das Easchester viermal gestimmt hatte) und über die Nachteile bundesstaatlicher Finanzhilfe für Schulen. Niemand stellte seine Argumente in Frage, kein Mensch widersprach seinen Angaben. Selbst wenn er gegangen war, vernahm man keine entgegengesetzte Meinung. Wenn es überhaupt zu einer lahmen Diskussion kam, endete sie in schönstem Einvernehmen. Lag das an den Leuten oder an der Zeit? fragte sich Levin. Er hatte gehört, daß es »ein paar heftige Diskussionen« gegeben habe, solange Duffy noch da war. Wenn im ganzen Seminar keine Spur von Furcht zu erkennen war – das Wort wurde niemals auch nur erwähnt –, so mußte es sich, überlegte Levin, um eine Harmlosigkeit oder ein Vakuum handeln, das er lieber nicht näher untersuchen wollte. Er hatte einfach Angst, es zu tun.

Gerald Gilley saß oft allein im Kaffeeraum. Wenn Levin auf dem Weg zu Millys Büro oder dem Wasserkühler war, sah er ihn, wie er mit bequem übereinandergeschlagenen Beinen auf der Bank saß – die Finger umklammerten den Henkel eines halbleeren Kaffeebechers, den er in Kniehöhe baumeln ließ, und seine Augen sahen nachdenklich aus; manchmal war der Becher auch voll, und er führte ihn vorsichtig an den gespitzten Mund. Wenn Gilley den Dozenten vorbeigehen sah, hob er den Arm zum Gruß; meistens jedoch schien er gar nicht zu wissen, wer vorbeiging, und war ganz auf seinen Kaffeebecher konzentriert; jeder Schluck schien so beglückend, daß er lächelte, als sei das Getränk zu irgendeinem nützlichen Zweck behext. Levin beneidete ihn um diesen Schluck; wenn er abends noch Arbeiten zu korrigieren hatte, versuchte er dieselbe Marke, aber sie regte ihn in keiner Weise an. Wenn Gerald, in seinen Kaffeebecher starrend, eine Zukunftsvision hatte, so schien sie ihm zuzusagen.
Als Direktor der Stilkundeklassen war er herzlich und großzügig. Immer wieder beschenkte er Levin; er bestellte ein Exemplar von Websters Wörterbuch für ihn, auf dessen Deckel er in goldenen Buchstaben S. LEVIN einprägen ließ, brachte ihm einen blumenverzierten Papierkorb, einen Schreibtischkalender und einen roten Kugelschreiber, der sehr praktisch zum Korrigieren war; außerdem versprach er ihm eine Rükkenstütze aus Schaumgummi für seinen Stuhl und eine neue Fensterscheibe, damit Levin nicht mehr durch die gesprungene auf das Campus zu sehen brauche. »Sie sind zu liebenswürdig«, sagte Levin bescheiden, und Gilley schneuzte sich. Man konnte wirklich sagen, daß er nicht wußte, wem er als nächstem irgendein Geschenk machen sollte. Levin fragte sich, was für ein Geheimnis hinter seiner Großzügigkeit stecke; war sie angeboren? Oder war seine Frau daran schuld? Oder vielleicht kam sie daher, daß er jahrelang in Kleinstädten gelebt hatte und seine Nerven vom Druck und Verschleiß der Großstadt bewahrt geblieben waren? Oder waren alle diese Dinge zu-

sammen daran schuld? Geralds Erfahrungen interessierten Levin – sein Leben schien so glatt verlaufen zu sein –, und Levin fragte sich, ob er wohl je in Ekstase geraten oder sehr unglücklich gewesen sei. Und noch während er sich diese Fragen stellte, wünschte er ihm auch weiterhin alles Gute.
Eines Morgens klopfte Gerald an seine Tür. »Kaffee, Sy? Ich meine natürlich Tee. Sollen wir nicht einmal zur Abwechslung ins Studentenhaus hinübergehen?«
»Vielen Dank, Gerald, ich habe gerade meinen Tee getrunken.« Er deutete auf den Becher auf seinem Schreibtisch.
Gilley schloß leise die Tür und setzte sich auf den Stuhl, der Besuchern vorbehalten war. »Wir könnten doch eigentlich morgen an die Küste fahren und ein paar Lachse angeln, wenn es Ihnen recht ist. Ich fische da in einem Fluß, in dem man mit Eiern und Leuchtködern allerhand fangen kann. Die Fische fangen gerade an, ihre Farbe zu ändern – um diese Zeit sind sie zwar schon ein wenig angeschlagen, aber doch noch tadellos. Ich habe schon oft einen Königssalm von dreißig bis vierzig Pfund aus dem Wasser geholt. Ich nehme meinen Außenbordmotor mit und miete mir ein Boot. Wir haben mehr als genug Platz darin, Sie, George und ich. Ich könnte Ihnen einen Spinner und ein paar Köder leihen. Ein normaler Erlaubnisschein kostet zwar fünf Dollar, aber vielleicht könnten wir für Sie eine einmalige Erlaubnis für einen Dollar bekommen oder uns ganz darum drücken. Ich habe das ganze Jahr über keinen Wächter gesehen.«
»Wenn wir gehen, will ich lieber zahlen«, sagte Levin. »Ich fliege immer damit rein, wenn ich mich vor etwas drücken will.« Er bedankte sich für die Einladung. »Ich käme wirklich gern mit, Gerald, aber – ehrlich gesagt – ausgerechnet diese Woche ertrinke ich in Aufsätzen. Vielleicht geht's ein andermal?«
»Natürlich«, antwortete Gilley. »Dann gehen wir eben im Frühjahr.« Er schien nicht besonders enttäuscht zu sein. Es war aber nett von ihm, mich aufzufordern, dachte Levin.
Gilley blickte zerstreut durch das gesprungene Fenster und wandte sich dann zu Levin. »Wie geht's denn, Sy? Ich meine – mit der Arbeit und überhaupt? Gefällt es Ihnen hier?«
Levin erwiderte, es gefalle ihm.
»Dann ist's gut.«

Einen Augenblick später fragte Gerald: »Haben Sie eigentlich schon gehört, daß Professor Fairchild im Frühjahr emeritiert wird?«
»Nur von der Sache selbst – sonst weiß ich nichts.«
»Orville hat hier eine große Karriere gemacht. Er ist im ganzen Staat bekannt. Und doch«, fuhr er fort, »gibt es noch eine Menge zu tun im Seminar.« Seine Stimme war leiser geworden. »Er ist ein bißchen altmodisch, und das hat uns leider ziemlich behindert. Ich will aber damit nichts gegen ihn sagen. Sie verstehen mich doch?«
»Ja, natürlich.« Levin spürte einen Kloß im Hals.
»Ich habe gehört, der neue Dekan denkt an ein paar Veränderungen in unserer Abteilung. Hoffentlich tut er das Richtige, denn Veränderungen um ihrer selbst willen sind sinnlos.« Es klang, als sei er schlechter Laune.
»Meinen Sie nicht auch?«
»Selbstverständlich«, sagte Levin.
Gilleys Züge hellten sich auf. »Wenn ich hier Leiter wäre, würde ich gleich zu Anfang einiges ändern. Zunächst würde ich für fünf weitere Planstellen eintreten. Sie wissen ja, daß wir in jeder Stilkundeklasse dreißig Leute haben; das sind fünf zuviel, eigentlich sogar zehn, aber wer hat schon genug Geld, um ein Ideal zu verwirklichen? Und in einigen Literaturklassen haben wir sogar sechzig. Wenn ich so weit käme, daß es nicht mehr als fünfunddreißig wären, könnten wir Klassendiskussionen veranstalten, statt uns nur auf Vorlesen zu beschränken. Ich sage das ganz im Vertrauen, Sy, denn Orville ist in finanziellen Dingen ein bißchen kleinlich. Er ist stolz auf seine Sparsamkeit, und ich bin ja auch dafür – hundertprozentig dafür –, aber wenn wir mehr Lehrkräfte hätten, wäre unser Seminar besser.«
Er ist ganz aufgeregt, dachte Levin. Das ist also seine Idee.
»Hab' ich recht?«
»Sicherlich.«
Der Direktor der Stilkundeklassen feuchtete sich kaum merkbar die Lippen an.
»Wenn Sie irgendwelche Vorschläge haben, die zu einer Verbesserung beitragen könnten, so lassen Sie sie mich doch bitte wissen.«

Sehr nett von ihm, dachte Levin, aber da halte ich mich besser raus.
»Ich meine es ganz ernst«, sagte Gilley.
»Dann«, sagte Levin schwerfällig, »möchte ich vielleicht sagen, daß man wohl am besten in Klasse Englisch 10 damit anfinge, den Studenten einen guten Stil beizubringen. Es ist mir mehr als peinlich, Gerald, daß ich davon sprechen muß, aber einige der Neulinge halten offenbar einen Absatz für eine neue Erfindung. Ich bin gewiß kein Gegner der Grammatik, aber ich bin gegen – ich meine nur, Grammatik allein ist nicht genug. Für die Idioten ist sie eine Quälerei.«
»Ein Idiot ist und bleibt ein Idiot, Sy«, sagte Gerald. »Deshalb sind sie ja da – um das eingepaukt zu bekommen, was man ihnen vorher nicht beigebracht hat. An sich ist es eine gute Idee, ihnen in Englisch 10 etwas über die Notwendigkeit von Absätzen einzuhämmern, aber etliche Leute wären außer sich, wenn man in dieser Übung noch mehr schriftliche Aufgaben stellte.«
»Immerzu nur nach dem Übungsbuch zu arbeiten, ist geisttötend.«
»Sie haben ja auch das Lesebuch.«
»Es wäre ganz gut, wenn wir eins für die Idiotenklasse hätten, eins, das ein bißchen mehr Abwechslung bringt. Bei allem Respekt für Wissenschaft und Technik – für heranwachsende Burschen und Mädchen ist das nicht genug.«
Gerald lächelte. »Ich hab' schon selbst an einiges von dem gedacht, was Sie da sagen, aber Orville schwört darauf, daß die Übung so, wie sie jetzt ist, am besten ist. Immerhin, wenn's so weit ist, höre ich mir gern Ihr Vorschläge zur Verbesserung der Stilkunde an. Ich bin immer froh, wenn mir Leute, die es gut meinen, Vorschläge unterbreiten; aber sie müssen aus der Praxis mit den Problemen vertraut sein und sich sagen, daß auch Rom nicht an einem Tage erbaut worden ist.«
Levin war der Ansicht, daß er nun alles gesagt hatte, was er überhaupt erwähnen wollte. Er strich sich über den Bart und gähnte zweimal.
»Jedenfalls« bemerkte Gerald, »habe ich nicht den geringsten Zweifel, daß wir uns in den wesentlichen Dingen einig sind.«
Levin nickte.

»Ich kann also auf Ihre Unterstützung zählen?«
Der Dozent hörte auf, sich über den Bart zu streichen. »Unterstützung?«
»Ich glaube«, fuhr Gerald fort, »wenn Orville erst emeritiert worden ist, sollten wir alle harmonisch zusammenarbeiten, um aus diesem Seminar das zu machen, was es eigentlich sein sollte.«
»Dafür bin ich unbedingt«, sagte Levin.
»Gut.« Gerald streckte ihm die Hand entgegen, und Levin schüttelte sie. »Jeder einzelne zählt.«
Der Dozent errötete, ohne zu wissen, warum.
Gilley blickte abwechselnd auf seinen Schuh und die fernen Berge. »Sie haben vielleicht schon gehört, daß es eine Art Wettkampf zwischen Fabrikant und mir um den Posten des Seminarleiters geben wird. Haben Sie schon mal mit ihm gesprochen?«
»Nur ganz kurz.«
»Gewiß, er hat in Harvard promoviert usw. und ist ein Gelehrter von Rang, aber sehr starrköpfig. Ich bin dienstälter als er, und ich glaube auch, Orville hätte mich gern als Nachfolger. Aber bitte: das bleibt zwischen uns. Es hat nichts mit Begünstigung zu tun. Vor einigen Jahren hat Orville CD die Stelle des Stilkundedirektors angeboten, aber er hat abgelehnt, und so hab' ich sie bekommen. Ich habe die Schmutzarbeit getan, während CD hinter verschlossener Tür seine literarischen Artikel verfaßte. Deshalb ist Orville mehr für mich.«
»Warum machen Sie sich denn Sorgen, wenn es so steht?«
»Sorgen mache ich mir nicht gerade, aber wir haben jetzt diesen neuen Dekan, und wissen Sie – man kann nie voraussagen, was die, die an der Macht sind, tun werden. Falls er die Mitglieder des Seminars zu sich ins Büro bittet, um ihre Ansicht über die Alternative kennenzulernen, sollen sie vorher wissen, was meine Absichten sind; ich gebe allerdings zu, daß es peinlich ist, zu allen Leuten zu gehen und mit ihnen darüber zu sprechen. Pauline mag es auch nicht.«
Levin zuckte die Schultern. »So ist nun mal die Politik in der Praxis!«
»Ich bin so froh, daß Sie mich verstehen, Sy.«

Gilley war schon im Begriff aufzustehen, setzte sich aber wieder. »Übrigens – möchten Sie gern ein eigenes Telephon haben, damit Sie nicht immer zu Milly ins Büro laufen müssen, wenn sie gerade telephoniert? Vor zwei Jahren habe ich George eins verschafft.«

»Wen sollte ich schon anrufen?«

»Außerdem«, sagte Gilley, »hat Pauline davon gesprochen, daß Sie mal wieder zu uns kommen sollen, aber es war so viel los, und die Kinder haben schon ihre Erkältungen. Erik fängt an zu husten, und Klein-Mary steckt sich an.«

»Das eilt doch nicht«, sagte Levin.

»Sie sollen nur wissen, daß wir Sie nicht vergessen haben. Es fällt Pauline etwas schwer, wieder Gäste einzuladen, wenn der Sommer vorbei ist. Sie behauptet, es gebe zu viele Organisationen in der Stadt, und darum habe jeder zuviel zu tun; sie gehört etlichen von ihnen an, obwohl ich sie gebeten habe, einige aufzugeben. Es macht sie müde. Sie sitzt im Bibliotheksausschuß, im Finanzkomitee des Wohlfahrtsvereins und im Wählerinnenverband – die wollen irgend etwas wegen der Siele unternehmen –, und sie geht auch noch zu anderen Versammlungen, die Gott weiß wie lange dauern. Ich versuche, sie dazu zu bringen, es sich leichter zu machen, aber sie behauptet, all das sei sehr lohnend, und so überanstrengt sie sich eben. Es war ein bißchen zuviel für uns – aber wir hoffen, wir können unsere Freunde doch bald wieder häufiger sehen.«

Levin dankte ihm.

Gilley stand auf. »Noch etwas. Der Vertreter eines Lehrbuchverlages drängt mich, ein neues Lehrbuch für Anfänger zusammenzustellen. Wären Sie bereit, mir dabei zu helfen? Die Arbeit besteht hauptsächlich darin, geeignete Artikel aufzuspüren und ein paar Fragen und Anmerkungen niederzuschreiben. Nach Abzug der Honorare an die Autoren könnte jeder von uns für etwa sechs Jahre mit fünfhundert bis sechshundert Dollar rechnen. Später könnten wir ohne viel Mühe eine Neuauflage herausbringen, und so könnte es ad infinitum weitergehen. Reich kann davon niemand werden – der Verkauf von Orvilles Buch ist etwas Besonderes –, aber man braucht das Geld auch nicht gerade zu verachten.«

»Nochmals vielen Dank«, sagte Levin und schneuzte sich.

»Vielleicht später einmal, aber Sie wissen ja, wie es einem mit einer neuen Stelle geht: Zuerst muß man sich gründlich einarbeiten, und erst dann hat man einmal Zeit.«
Gilley lachte. »Sy – ich glaube, Sie arbeiten viel – zu viel. Sie sollten sich mehr amüsieren. Ich mache mir schon Sorgen Ihretwegen.«
Levin wollte anfangen zu lachen, entschloß sich aber, diesen Drang zu unterdrücken.

Inmitten von Böen und Regenschauern begannen am Wochenende die Walnüsse in den Hinterhof zu fallen, auf die abgefallenen Blätter und in das triefnasse Gras zu plumpsen. Als Levin das sah, rannte er mit Mrs. Beatys großem Aluminiumtopf hinaus, um sie aufzusammeln. Es waren große Nüsse, deren Schalen orangefarben glänzten, wenn sie aus den aufgeplatzten Hülsen fielen. Gierig knackte er eine auf und versuchte, sie zu essen, aber der Kern war zäh wie Gummi. Als er den vollen Topf in die Küche gebracht hatte, sortierte seine Wirtin die Nüsse mit geplatzter Schale aus und bürstete die anderen gründlich ab. Sie zeigte Levin, wohin er ein altes Drahtgitter legen sollte: auf die Röhren über dem Ofen, wo die Nüsse trocknen konnten. Den ganzen Tag über beobachtete Levin von seinem Fenster aus, ob Nüsse gefallen waren, und sobald er ein paar auf der Erde sah, lief er mit einem Topf nach unten. Als er im Bett lag, hörte er stundenlang, wie die Nüsse im Dunkeln auf den nassen Boden aufschlugen. Als der Morgen graute, sammelte er sie in aller Eile auf und hatte keine Ruhe, ehe er nicht auch die letzte aufgehoben und zum Trocknen ausgelegt hatte und der Baum ganz leer war.
Im Regen fielen die Blätter haufenweise, massenweise, millionenweise – Ahorn-, Eichen-, Kastanienblätter, Walnuß-, Birnbaum-, Kirschbaumblätter, die Blätter der Ebereschen und die des großen, fremdländischen Maulbeerfeigenbaumes auf der anderen Straßenseite; wie eine nasse Decke lagen sie in der Dachrinne, auf dem Bürgersteig, auf Rasen und Hinterhof, auf den Büschen und auf dem Fußweg hinter dem Haus. Levin widerstand der Versuchung, sie zusammenzuharken, bis er nicht mehr widerstehen konnte. Eines Nachmittags nach dem Unterricht machte er sich an die Arbeit. Zuerst harkte er die

Blätter vom Vorderrasen, dann die auf dem Bürgersteig, den er auch gleich sauberkehrte, und dann schleppte er große Mengen von nassen Blättern an den Straßenrand, wo schon andere zu Haufen geschichtet waren. Er harkte den Boden unter jedem Strauch und holte mit der Hand die Blätter von den Büschen. Und obwohl es früh dunkel wurde und er müde war, fuhr er fort, Blätter zusammenzuharken. Im Licht der Straßenlaterne harkte er alle zusammen, die am Straßenrand lagen, und später harkte er im Licht von Mrs. Beatys Küchenfenster den Hinterhof sauber. Erschöpft, ohne einen Gedanken zu fassen, harkte er weiter – mit Blasen an beiden Händen und Schmerzen in den Armen und im Rücken. Die Wirtin bat ihn durchs Fenster aufzuhören, aber Levin harkte und harkte, um alle welken Blätter zu vernichten. Im nebligen Nieselregen schichtete er die Blätter, die er im Hof zusammengeharkt hatte, auf dem Komposthaufen hinter der Garage. Als er, er wußte nicht wann, fertig war, sah der Boden um das Haus herum sauber und ordentlich aus, aber er bedauerte, daß er nicht an die Blätter in der Dachrinne herangekommen war.

Levin dachte daran, zu Gilley zu gehen und ihm klarzumachen, daß er sich in puncto Seminarleiter nach keiner Seite hin festzulegen wünsche, ehe er nicht mehr als im Augenblick über beide Kandidaten wisse. Statt dessen folgte er jedoch einer plötzlichen Eingebung und klopfte eines späten Nachmittags an Dr. Fabrikants Tür am Ende des Ganges. Obwohl er dem Gelehrten mehr als einmal im Korridor begegnet war (beim Gehen konnte man seine weißen Socken sehen, die nur zu deutlich verrieten, daß er ein eingefleischter Junggeselle war), hatte Levin nie wieder mit ihm gesprochen, seit er ihn auf seiner Farm besucht hatte.

Er war in seinem Zimmer, Levin hörte ihn husten. Er wartete, bis er etwas hörte, das klang, als werde ein Riegel zurückgeschoben. Dr. Fabrikant starrte ihn an.

»Verzeihung – ich –«

Aber der Gelehrte hielt die Tür offen. »Herein!« Wenn er nicht auf dem Pferd saß, sah er längst nicht so schrecklich aus. Er hatte keinen Hut auf, und so sah man, daß er eine Glatze

hatte; allerdings hätte er sich die Haare, die den kahlen Kopf umgaben, schneiden lassen müssen.
Wie Levin es erwartet hatte, war sein Büro von Büchern und Haufen loser Blätter überflutet, die sich auf dem Fensterbrett, dem Heizkörper und einem Extraschreibtisch in einer Zimmerecke stapelten. Auf seinem Schreibtisch hatte er reihenweise dichtbeschriebene Notizkarten ausgebreitet, die teilweise auch noch den Fußboden bedeckten. Levin, der ihn um seine Arbeit beneidete, hätte gern gewußt, woran der Gelehrte arbeitete, aber er hatte von Bucket erfahren, daß er seine Untersuchungen lieber für sich behielt. Fabrikant suchte mit beiden Händen irgend etwas in dem Wust auf seinem Schreibtisch und fand endlich einen Zigarrenstummel; er zündete ihn an, schüttelte das Streichholz über dem Kopf, bis es abgebrannt war, und deutete dann mit der brennenden Zigarre auf einen Stuhl. Als Levin vorsichtig über die Karten geschritten war, nahm er ein halbes Dutzend Bücher vom Stuhl und setzte sich.
»Es wäre mir sehr unangenehm, Sie bei einer wichtigen Arbeit zu stören.«
Fabrikant sog an seinem Zigarrenstummel, antwortete aber nicht. »Wie steht's mit Ihnen?«
»Ich kann nicht klagen.«
»Ich kann's und tu's auch.« Der Gelehrte lachte. »Gefällt's Ihnen im Westen?«
»Oh ja. Alle Leute sind so freundlich.«
Fabrikant sah ihn an und brummte: »Ich möchte nicht wieder im Osten leben, und wenn man mir alles Gold der Welt gäbe. Ich habe schon oft gedacht, daß es um das Leben unseres Volkes besser bestellt wäre, wenn die Hauptstadt der Vereinigten Staaten hier läge.»
»Ich bin freiwillig aus New York weggegangen –«
»Das war vernünftig.«
»– um mein, wie man sagen könnte, Schicksal zu suchen.«
»Dieser Teil des Landes ist von Forschern entdeckt worden, die die sagenumwobene Nordwestpassage suchten«, erklärte Fabrikant, »und es wurde von Kaufleuten und Pelztierjägern erschlossen, die sich in ihren Kanus bemühten, den großen Fluß des Westens zu finden, jenen zweiten Mississippi, von dem sie gehört hatten. Dann kamen die Siedler, kämpften

gegen die Indianer, rodeten das Land und bauten mit Blut und Schweiß ihre Häuser.«
»Großartig«, flüsterte Levin.
»Damals gab es noch Riesen«, sagte Fabrikant verdrossen. »Ihre Nachkommen spielen nur noch ein defensives Spiel. Sie fürchten nur eins: daß das Morgen anders sein könnte als das Heute. In meinem ganzen Leben habe ich noch nicht so viele Zwerge gesehen.«
»Das ist sehr interessant«, sagte Levin. »Es erinnert mich an das, was Sie das letztemal gesagt haben: daß ich nämlich, wenn ich eine liberale Gesinnung hätte, in die Lage kommen könnte, es zu beweisen. Das waren Ihre Worte – könnten Sie sie mir etwas näher erläutern?«
Obwohl Fabrikants Zigarrenstummel nicht mehr brannte, sog er weiter an ihm. Er zog und schwieg. Levin wurde es unangenehm. Er überlegte, wie er sich aus dieser Situation befreien könne.
»Hab' ich das gesagt?«
»Jedenfalls etwas Ähnliches.«
»Ich war verärgert. Ehrlich gesagt – es hat mir nicht gefallen, wie man Sie hier engagiert hat.«
»Mich?« Levin war halb aufgestanden.
»Ja«, antwortete Fabrikant. »Es besteht eine Übereinkunft, daß die drei dienstältesten Mitglieder des Seminars – Fairchild, Gilley und ich – die Bewerbungen für einen Posten durchsehen und dann die Wahl treffen. Vor ein paar Jahren hab' ich ihnen dieses Stückchen demokratischen Verhaltens, zusammen mit ein oder zwei Übungen, abgerungen, aber in Ihrem Fall hat man meine Einwilligung nicht eingeholt.«
»Das tut mir aufrichtig leid.«
»Ich muß allerdings zugeben, daß eine Notlage entstanden war: Der Mann, den wir im Frühjahr engagiert hatten, trat im Sommer von seinem Vertrag zurück, und in aller Eile mußte eine neue Wahl getroffen werden. Fairchild war bei seiner Tochter in Walla Walla, und Gilley hat auf eigene Faust gehandelt, ohne mich zu konsultieren. Später hat er dann behauptet, er habe versucht, mich zu Hause telephonisch zu erreichen, es sei ihm aber nicht gelungen. Ich habe ihm geantwortet, daß er auf die Farm hätte fahren sollen, denn er

wußte, daß meine Schwester wegen ihres Ischias im Krankenhaus lag und daß ich meistens zu Hause bin. Jedenfalls hat er das nicht getan, sondern die Wahl allein getroffen und Sie engagiert.«

»Ach – das tut mir leid.«

»Sie können ja nichts dafür.«

Levin war deprimiert. Zum erstenmal im Leben hatte er gehofft, jemand habe ohne Widerspruch gerade ihn erwählt.

»Als ich mit Ihnen gesprochen hatte«, fuhr Fabrikant fort, »kam ich zu der Überzeugung, daß Gilley trotz allem durch reinen Zufall den richtigen engagiert hat. Aber ich muß trotzdem auf den wenigen Vorrechten bestehen, die ich hier habe.«

»Ich verstehe«, sagte Levin. »Worauf ich hinauswollte, ist das Problem einer Art von Wettkampf, der offenbar hier ausgetragen werden soll; ich hielt es für meine Pflicht, mich zu erkundigen, wie Sie das Seminar zu leiten gedächten.«

Fabrikant schwieg.

Mein Gott – bin ich wieder ins Fettnäpfchen getreten? fragte sich Levin. »Ich – äh – ich hoffe, die Frage erscheint Ihnen nicht unangebracht?«

»Nein«, antwortete Fabrikant, »aber ich werde sie nur beantworten, wenn Sie mir glauben, daß ich hier keine Wahlrede halte. Das liegt mir nicht.«

»Natürlich.«

»Wenn ich Seminarleiter werde«, sagte Fabrikant, »werde ich allerhand ändern.« Verdrossen blickte er auf die Büchergestelle an der Wand. »Aber es ist viel zu früh für all das. Ich weiß noch nicht einmal, ob man meine Kandidatur auch nur im entferntesten für möglich hält. Man sagt, daß vielleicht der neue Dekan – aber das kann durchaus nur ein Gerücht sein. Doch ganz egal, an wen man für diesen Posten denkt oder nicht denkt: Ich kann ohne alle falsche Bescheidenheit sagen, daß man mich bei einiger Logik unter allen Umständen wählen müßte. Niemand sonst hat eine Ausbildung, die sich mit meiner vergleichen ließe, niemand kann eine ähnliche Forschungstätigkeit nachweisen, und niemand hat so viel veröffentlicht wie ich, wenn in diesem Betrieb Veröffentlichungen zählen – was ich allerdings nicht annehme.«

»Ich habe gehört, daß man an Sie denkt –«

»Vielleicht. Aber im Vertrauen gesagt: Die Verwaltung war nicht immer mit mir einverstanden. Ich habe mich in der Vergangenheit für mehr als eine unpopuläre Sache eingesetzt.«
»Zum Beispiel im Fall Duffy?«
Fabrikant schnitt eine Grimasse. »An den wollen wir gar nicht mehr denken.«
»Verzeihung –«
»Ich bin ihnen zu unabhängig gewesen. Ich habe mich den anderen nicht angeschlossen und andere nicht zu beeinflussen versucht. Für Gilley ist das sozusagen sein Hauptberuf. Er hat Fairchild immer die Dreckarbeit abgenommen, nur damit der alte Mann Zeit genug hatte, sich mit seinem Lehrbuch zu beschäftigen. Umsonst tut man so etwas nicht.«
»Ist Mrs. Gilley damit einverstanden?«
»Mrs. Gilley interessiert mich nicht«, antwortete Fabrikant. »Da Sie die Sache erwähnt haben, werde ich Ihnen sagen, was ich im Seminar tun würde. Zunächst würde ich den neuen Dekan bitten, in der Gehaltsfrage sehr energisch vorzugehen. Fairchild ist ein Geizkragen, und Dekan Feeney war auch einer – die beiden waren eine Verbindung von hartleibigen Sternen in derselben Konstellation: Jahrelang haben sie uns als verhungerte Skelette tanzen lassen; die Folge ist, daß in keinem anderen Seminar des ganzen Colleges die Gehälter so niedrig sind wie hier. Wenn Fairchild immer wieder beim Präsidenten darauf bestanden hätte, daß er Menschen beschäftigt, hätte Labhart vielleicht mehr getan, als dem armen Hund einen Knochen zuzuwerfen.«
»Hm – hm.«
»Bis ich Fairchild Einhalt gebieten konnte, hat er noch nicht einmal die jämmerliche Summe ausgegeben, die uns der Etat für die Bibliothek bewilligte, sondern gab Dekan Feeney einen Teil des Geldes zurück, und der verteilte es dann an die Seminare, die verschuldet waren.«
»Das ist ja schrecklich.«
Fabrikant sog an seiner erloschenen Zigarre. »Übrigens – wieviel zahlen wir Ihnen eigentlich?«
»Mir? Dreitausend Dollar pro Jahr.«
»Das ist ja ein Skandal. Sie sollten mindestens dreitausendfünfhundert bekommen.«

»Ohne College-Erfahrung? Ich habe zwei Jahre an einer Oberschule unterrichtet.«
»Trotzdem – das ist einfach lächerlich wenig.«
»Dr. Gilley meinte, wenn ich verheiratet wäre, hätte man mir mehr gegeben.«
»Was hat denn das mit Ihren Fähigkeiten zu tun, Ihre Aufgabe zu erfüllen? Ich bin unverheiratet und stolz darauf.«
»Ich wiederhole nur, was er gesagt hat.«
»Es gibt hier ein paar gute Leute – die meisten sind auf meine Veranlassung hin engagiert worden –, aber all ihre Anstrengungen werden durch diejenigen vereitelt, die nur Lehrer geworden sind, um ihr Unwissen zu verbergen. Ich will keine Namen nennen. Wenn es von mir abhinge, würfe ich die meisten hinaus und begrübe den Rest in den Stilkundeklassen.«
»Darf ich Sie fragen, was Sie in den Stilkundeklassen täten – um die Resultate zu verbessern?«
»Ich würde *Die Grundlagen* ... hinauswerfen!«
Levin schluckte.
»Es stinkt zum Himmel, wie reich ihn dieses gräßliche Opus gemacht hat.«
»Hm – wie stellen Sie sich zu dem Problem der Geisteswissenschaften? Würden Sie dafür sorgen, daß man Englisch wieder zum Hauptfach erhebt?«
»Allein brächte ich das nicht fertig«, sagte Fabrikant. »Das ist eine Frage der Politik, und wir müßten uns mit unseren idealistischen Freunden in Gettysburg darüber einigen. Natürlich täte ich mein Bestes, um das gesamte Programm der Geisteswissenschaften wieder einzuführen, aber vergessen Sie nicht, daß die gegenwärtige Lage seit dreißig Jahren besteht und es unmöglich ist, die Dinge über Nacht zu ändern. Meiner Ansicht nach sind die meisten Leute in dieser Fakultät gar nicht an einer guten Auswahl geisteswissenschaftlicher Übungen interessiert.«
»Aber doch einige?«
»Nur ganz wenige, und zu denen gehören die Leute, die bei uns arbeiten. Sie haben so lange auf dem Friedhof gewohnt, daß ich bezweifle, ob sie je wieder lebendig werden. Ein Baum braucht fünfzig Jahre zum Wachsen – solche Ideen beeinflussen hier die Leute.«

»Wäre es nicht ganz gut, wenn wir die Propagandatrommel rührten – das heißt Reklame für die Idee machten, das, was wir einmal hatten, zurückzugewinnen? Wenn der richtige Mann sich an die Spitze stellte, könnten wir –«
»Im Cascadia College gibt es nur einen Mann an der Spitze, und das ist Marion Labhart. Hier gilt nur sein Wille.«
»Kann man ihm nicht nahelegen, daß –«
»Das ist längst geschehen, aber es nutzt nichts, bis er nicht selbst darüber stolpert. Mit dieser Art Leuten muß man vorsichtig sein.«
Levin vermutete, daß der Gelehrte es gewesen war.
Fabrikant warf den Zigarrenstummel in den Papierkorb und stand auf. Auch Levin erhob sich.
Der Gelehrte starrte ihn mit seinen düsteren Augen an. »Ich muß Sie noch einmal bitten, unser Gespräch mit äußerster Diskretion zu behandeln. Die Gedanken eines Mannes in meiner Stellung dürfen sich nicht nur in einer Richtung bewegen. Wenn die Wahl auf Gilley fällt, muß ich ja auch weiterhin mit ihm zusammenarbeiten.«
»Ich werde nichts verraten.« Levin vermied es, auf die Notizkarten zu treten, die auf dem Boden lagen. »Vielen Dank. Ich – hm – ich habe eine Menge gelernt.«
Fabrikant hob seinen Fuß hoch, um ein Streichholz an der Schuhsohle anzuzünden, merkte dann aber, daß er den Zigarrenstummel fortgeworfen hatte. Er schüttelte das Streichholz und warf es in den Papierkorb. Dann goß er ein halbes Glas Wasser in den Korb.
Levin hatte schon die Tür geöffnet, schloß sie aber wieder. »Wissen Sie zufällig, wie hoch Mr. Duffys Gehalt war?«
»Dreitausendsiebenhundert.«
»Er hatte vermutlich mehr Erfahrung.«
»Er hatte überhaupt noch nicht unterrichtet.«
»Wirklich? Hm – sind Ihnen vielleicht der besondere Grund oder die Umstände bekannt, warum die Wahl auf mich und nicht auf einen anderen Bewerber fiel? War ich der einzige, der bereit war, sich mit dreitausend zu begnügen?«
»Ich hab' Ihnen ja schon gesagt, daß Gilley mich überhaupt nicht gefragt hat.«
»Nun, jedenfalls vielen Dank.« Levin ging.

Einen Augenblick später kam er wieder. »Entschuldigen Sie, wenn ich Sie nochmals belästige. Ich hatte eine Idee, vergaß aber, Sie zu fragen. Es gibt heute abend einen guten Film in der Stadt, und ich dachte, vielleicht würden Sie ihn gern sehen. Wir könnten hinterher zusammen Kaffee trinken, das heißt natürlich nur, wenn Sie Lust hätten.«

»Danke sehr«, sagte Fabrikant. »Ich gehe nicht ins Kino. Viel zuviel Sex.«

Levin lachte laut auf.

Der Dozent hatte herausgefunden, daß es im zweiten Stock des Geisteswissenschaftlichen Instituts ein üppiges Nachtleben gab. Er entdeckte, daß nicht nur Bucket an seinem von der Lampe beleuchteten Schreibtisch saß – mit weit offener Tür, denn er empfand es als unnatürlich, in völliger Ruhe zu arbeiten, da er gewöhnlich fünf Kinder um sich hatte –, sondern auch George Bullock, um dessen Schreibtisch meistens ein halbes Dutzend baumlanger Kerle saßen; und Avis Fliss, die die allgemeinen Abschlußprüfungsaufgaben für ihre Wiederholungsklasse tippte und vervielfältigte. Von ihr erfuhr Levin, daß auch Gilley gelegentlich auftauchte, und man erzählte sich sogar, daß Merdith Schultz ebenfalls komme; aber niemand versuchte, das zu beweisen.

Levin hatte mehrmals mit Bucket gesprochen, aber nur ganz kurz, denn der Außerplanmäßige Professor war einer der wenigen im Seminar, der wirklich viel zu tun hatte. Wenn er gerade nicht unterrichtete, waren ein bis zwei Studenten in seinem Büro; sie kamen früh und blieben lange. Nachts tippte er dann die neueste Fassung seiner Dissertation. Er arbeitete in derselben zementbefleckten Nietenhose, in der Levin ihn auf dem Dach gesehen hatte, und in Socken: Seine Soldatenstiefel standen auf dem Boden. Da er immer so beschäftigt war, mochte Levin ihn nicht stören, aber an einem regnerischen Novemberabend, kurz nachdem er mit Fabrikant gesprochen hatte, klopfte er doch bei Bucket an, nachdem er zweimal an seiner offenen Tür vorbeigegangen war, ohne ihn auf sich aufmerksam machen zu können.

Bucket deckte rasch seine Papiere mit einem Aktendeckel zu und drehte sich um, um seinen Besucher anzusehen.

»Dürfte ich Sie ein paar Minuten sprechen?« fragte Levin.
»Bitte, kommen Sie herein.«
»Ich bleibe nicht lange. Ich weiß, wieviel Sie zu tun haben.«
Bucket kicherte. »Eigentlich wollte ich Sie besuchen, aber Sie kennen ja meine Lage.«
»Ja«, sagte Levin.
»Es könnte noch schlimmer sein.«
»Ich bewundere Ihre Geduld.«
»›In einer guten Sache nennt man es Ausdauer, in einer schlechten Eigensinn.‹«
»Laurence Sterne?«
»Touché.«
Bucket lehnte sich im Sessel zurück und legte die unbeschuhten Füße auf den Schreibtisch. Dann überlegte er sich's und nahm sie herunter.
Levin saß da und spielte mit seinem Taschentuch.
Bucket blickte heimlich auf die Schreibmaschine, wartete aber geduldig.
Levin seufzte. »Jetzt unterrichte ich hier schon fünf Wochen lang – das ist die Hälfte des Trimesters, aber ich habe nicht das Gefühl, sehr viel zu erreichen. Nach dem Lehrplan bin ich so weit, wie ich sein muß, aber es gibt mir keine Befriedigung. Vielleicht könnten Sie mir einen Rat geben.«
Bucket warf einen Blick auf den Gang. »Bitte, sprechen Sie leise.«
Levin sah verstohlen durch die Tür, konnte aber niemanden wahrnehmen. »Verzeihen Sie – aber ich habe so viel mit den *Grundlagen* zu tun, um alles, was für die Abschlußprüfungen nötig ist, durchzuarbeiten, daß mir für irgend etwas anderes kaum Zeit bleibt.«
Bucket nickte.
»Die Aufsätze, die ich bekomme, enthalten kaum irgendwelche Gedanken; obwohl es nach dem Lehrplan nicht notwendig ist, mußte ich mir – es war die reinste Notwehr – die Zeit nehmen, den Studenten beizubringen, wie man ein Thema aufbaut und entwickelt. Es ist mir bekannt, daß sie das schon wissen sollten –«
Bucket nickte.
»Hm – die Artikel in *Wissenschaft in der Technik* können

(wenn wir erst so weit kommen) niemanden inspirieren; das liegt allerdings meiner Ansicht nach nicht so sehr am Themenkreis wie an der Auswahl. Ich habe die Schuld zuerst bei mir gesucht – bis ich mir die Artikel noch einmal durchgelesen habe. Glauben Sie mir – ich verstehe sehr gut, warum Duffy anderes Lehrmaterial bestellt hat.«

Bucket steckte den Kopf in den Korridor und machte lautlos die Tür zu. Dann schloß er sie auch noch ab. Er schlüpfte in die Schuhe, polierte seine Brille und lehnte sich im Sessel zurück.

»So, wie die Dinge jetzt liegen«, sagte Levin, »habe ich das Gefühl, etwas äußerst Unwichtiges zu tun: Ich bringe Menschen bei, *wie* man schreiben sollte, die gar nicht wissen, *was* sie schreiben sollen. Ich kann ihnen Themen geben – aber keine wirklichen Gedanken. Ich fürchte, ich lehre sie nicht, was die zivilisierte Welt tun müßte, um sich vor der Selbstvernichtung zu bewahren.« Er lachte verlegen. »Stellen Sie sich das einmal vor, Bucket; dabei weiß ich, daß es sich lächerlich und großtuerisch anhört. Ich habe keine besonderen Gaben – um die Wahrheit zu sagen: nur ganz gewöhnliche –, und ich habe auch keinen überragenden Intellekt, und wieviel Gutes könnte ich schon bewirken? Und doch drängt es mich außerordentlich, ihnen klarzumachen, daß sie sich über die Bedeutung der Geisteswissenschaften im klaren sein müssen, sonst werden sie es gar nicht merken, wenn die Freiheit aufgehört hat zu existieren. Sie sollen unbedingt erkennen, daß es für sie notwendig ist, entweder selbst zur Oberschicht zu gehören – Herren über sich selbst und ihre Ideen zu sein – oder die besten Leute zu ihren geistigen Führern zu machen; beides bedeutet den Sieg der Demokratie. Ich fühle mich direkt gezwungen, diese Gedanken im Unterricht zu vertreten, wenn Sie verstehen, was ich damit sagen will.«

»Ja«, sagte Bucket, »aber wer würde den Stilkundeunterricht geben, wenn wir das alle täten?«

»Das sage ich mir auch, aber es hilft mir nicht weiter.«

»Hören Sie auf meinen Rat, und benutzen Sie keinen freigewählten Text im Unterricht ohne die ausdrückliche Genehmigung von Professor Fairchild.«

Es klopfte an die Tür.

Als Levin merkte, daß er nach Versteck suchte, strich er sich über den Bart, um sich Haltung zu geben.
Bucket sah sich rasch um, erhob sich und schloß die Tür auf.
Im Flur stand George Bullock und blinzelte ins Licht; Hut und Regenmantel waren triefend naß.
Die spitze Nase und das schmale, gespaltene Kinn gaben seinen Zügen etwas Scharfgeschnittenes.
»Es regnet«, sagte er.
»So?« meinte Bucket.
»Ich hörte Stimmen und dachte, vielleicht sei Gerald hier.« Sein Blick fiel auf Levin.
»Verzeihung«, sagte Bullock zu Bucket.
Bucket schloß die Tür; er schien etwas beunruhigt zu sein.
»Hat er gelauscht?« fragte Levin.
»Sch.« Der außerplanmäßige Professor hielt das Ohr an die Tür, bis er hörte, wie sich Schritte im Gang entfernten.
»Mögen Sie ihn nicht?« fragte Levin.
»Das ist eine schwierige Frage.«
»Entschuldigen Sie, daß ich sie gestellt habe.«
»Wir stehen nicht sehr gut miteinander. Wir werfen uns gegenseitig allerhand vor.« Er legte noch einmal das Ohr an die Tür und setzte sich dann.
»Was macht er denn nachts hier?«
»Zweimal wöchentlich unterrichtet er Sportler.«
»Sportler?«
»Offenbar hält Bullock sie für benachteiligt und macht sich Sorgen um sie. Manchmal kommt abends mehr als ein halbes Dutzend zu ihm, die in Stilkunde oder in Literatur – oder in beidem – Schwierigkeiten haben.«
»Ist er damit beauftragt?«
»Soweit mir bekannt ist, ist er nicht offiziell damit beauftragt worden. Offenbar ist diese Idee seinem eigenen Kopf entsprungen, und niemand hat etwas dagegen. Ich vermute, er hat es zunächst völlig freiwillig und aus Großzügigkeit getan, aber dann hörte das Institut für Leibeserziehung davon und bestand darauf, ihn für diesen Dienst zu bezahlen. Ich habe noch nie gehört, daß jemand etwas dagegen gesagt hat. Es ist mir auch zu Ohren gekommen, daß Leroy Davis und noch jemand von oben ihm, auf seine Bitte, gelegentlich geholfen

haben. Er ist sehr beliebt bei den Sportlern. Letztes Jahr haben die Fußball- und Basketball-Mannschaften ihm und Jeannette am Heiligen Abend auf dem Vorderrasen ein Ständchen gebracht. Sie hielten weiße Kerzen in der Hand und sangen Weihnachtslieder.«

»Wieso interessiert sich denn ein Doktor der Philosophie so sehr für Sportler?«

»Von dieser Rasse gibt es ungezählte Variationen«, kicherte Bucket.

»Ist das fair?«

»Manche behaupten nein.«

»Hm – sollte man da nicht etwas tun?«

»Vielleicht – wenn die Gelegenheit günstig ist.«

Levin dachte über diese Bemerkung nach. »Wollen Sie damit sagen, wenn der richtige Mann Seminarleiter wird?«

»Mehr kann ich nicht sagen.«

»Ich gehe jetzt.«

»Sie können ruhig noch bleiben.«

»Ich habe Ihnen den Abend verdorben.«

Das bestritt Bucket. »Ich muß diese verfluchte Arbeit bis in alle Ewigkeit immer wieder abändern.«

»Dann also noch eine Frage: ich habe in der letzten Zeit mit Fabrikant und mit Gilley gesprochen – ich habe gehört, einer von beiden wird vielleicht der nächste Chef. Sie sind voneinander völlig verschieden, kein Zweifel, aber beide erkennen sehr genau die Grenzen der Macht, die sie in der Zukunft vielleicht haben – mit anderen Worten: Sie wissen beide sehr gut, was sie hier zu erreichen hoffen können. Ich bin etwas mehr für Fabrikant, weil mir sein Standpunkt zusagt, aber ich mag Gerald persönlich auch sehr gern. Ich bilde mir nicht ein, daß meine Unterstützung, egal wem ich sie gewähre, für den einen oder anderen von Bedeutung ist, aber ich möchte mir über das, was ich tue, klar sein; darum wäre ich Ihnen dankbar, wenn Sie mir sagen könnten, wer der Geeignetere ist.«

Levin steckte sein Taschentuch ein, und Bucket holte seines heraus und wischte sich über die Stirn.

Dann sagte er leise: »Ich habe es mir gut überlegt – ich bin mehr für CD als für Gerald.«

»Aha.«
»Das ist natürlich streng vertraulich.«
»Selbstverständlich.«
»Gerald hat durchaus das Zeug zu einem tüchtigen Verwaltungsbeamten. Vielleicht wird er eines Tages irgendwo Dekan oder so was, aber meiner Ansicht nach ist CD von Natur aus mehr an Literatur und Literaturwissenschaft interessiert und brächte es eher fertig, unser Niveau zu heben. Ich bin ganz Ihrer Meinung, daß es wohl unter keinem von beiden sehr gewagte Neuerungen gäbe –, aber was sich unter CD ändern würde, besäße doch größeren Wert.«
»Ich wollte nicht sagen –«
»Wenn ich den Ausdruck ›unser Niveau heben‹ gebraucht habe«, fuhr Bucket rasch fort, »so bedeutet das keineswegs einen Mangel an Respekt für Professor Fairchild, der mein alter und sehr verdienter Lehrer ist. Ich habe es oft für schade gehalten, daß er sich nicht nur dem Unterrichten gewidmet hat. Ich bin durchaus bereit zu bezeugen, daß er das versteht.«
»Hat Fabrikant Aussicht, die Stelle zu bekommen?«
»Das weiß ich ebensowenig wie Sie. Ich weiß nur, es ist alles noch im Fluß. Keiner von meinen Bekannten weiß, was der neue Dekan eigentlich will. Man hört allerhand Gerüchte.«
»Ist Gilley überhaupt liberal? Es hört sich so an, als sei seine Frau es vielleicht.«
»Ich würde nicht von ihr auf ihn schließen.«
»Er war doch rigoros gegen Duffy?« fragte Levin, wobei er sich mit der Hand durch den Bart fuhr.
»Das ist das richtige Wort dafür.«
»Aber Fabrikant hat ihn verteidigt?«
»Am Anfang.«
»Ist etwas zwischen ihnen vorgekommen? Irgendein Krach?«
»Darüber möchte ich lieber nicht sprechen.«
»Waren sie denn je befreundet?« fragte Levin.
»Ich glaube, sie hatten Achtung voreinander, aber weiter ging es nicht. Beide waren unabhängige Männer und hatten darum wenig Zuneigung füreinander.« Nach diesen Worten schlüpfte Bucket wieder aus den Schuhen.
»Jetzt gehe ich aber wirklich; nur noch dies: Gab es sonst nie-

manden in der ›Gesellschaft Amerikanischer Professoren‹, der bereit war, Duffy zu verteidigen, als Fabrikant sich dieser Aufgabe entzog?«
»Er hatte sich überall unbeliebt gemacht.«
»Bei Ihnen auch?«
»Ich mochte ihn zwar persönlich sehr gern, aber ich kann nicht behaupten, daß mir alles, was er tat, behagte.«
Endlich stand Levin auf. »Besten Dank für Ihre Zeit.«
»Keine Sorge. Ich verlasse mich auf Ihre Diskretion.« Er sagte es mit einem beunruhigten Lachen.
»Keine Angst«, sagte Levin.

Er versuchte, Arbeiten zu zensieren, konnte sich aber nicht darauf konzentrieren und verließ das Büro. Als er unten ankam, beschloß er, in der Vorhalle zu warten, bis der Regen nachließe, und dachte an seine Unterredung mit Bucket.
Was hier auch vorgeht, überlegte er, – am besten, ich mische mich nicht ein.
Hinter ihm öffnete sich die Tür. Es war George Bullock. »Darf ich Sie heimfahren?«
Levin blickte in die Nacht hinaus. »Danke.«
»Warten Sie hier, bis ich den Wagen geholt habe«, sagte Bullock. »Es hat keinen Sinn, daß wir beide naß werden.«
Ein paar Minuten später hielt er in einem fliederfarbenen Kombiwagen am Straßenrand, und Levin rannte die Treppe hinunter und kroch hinein. Sofort fiel ihm auf, daß das Wageninnere nach Whisky roch, und als ob Bullock das gespürt hätte, zündete er sich eine Zigarette an. Er war ein Mann voll Energie: Beim Fahren streckte er den Kopf vor, und sein scharfgeschnittenes Gesicht sah aus wie ein Schiffsbug.
»Mir wäre der Winternebel der Küstenbuchten jederzeit lieber als so eine Suppe.«
»Wirklich?« fragte Levin. »Ich habe im Kaffeezimmer gehört, daß Sie kürzlich ein Angebot von einem College in Frisko abgelehnt haben.«
»Nur Leute aus dem Osten sagen Frisko.«
»Verzeihung – San Franzisko.«
»Sie haben ganz richtig gehört. Meine Frau hängt sehr an ihrer Mutter. Ich glaube aber, es ist besser für uns, allein in

Cascadia zu leben als mit Mama zusammen im sonnigen Kalifornien.«

»Aha«, sagte Levin.

»Da wir nun schon so weit sind, uns gegenseitig Geständnisse zu machen, und ohne Ihnen zu nahe zu treten: Ich hatte keine Ahnung, daß Sie so gut mit Bucket stehen.«

»Hm – ist das ein Fehler?«

»Wer hat denn das behauptet? Ich hab' gar nichts gegen ihn, wenn er auch redet wie die *New York Times*; nur mag ich die Nichtigkeiten nicht, die er von sich gibt. Ausgerechnet über Laurence Sterne muß er schreiben – ›Laurence Sterne – Eine einzige Abschweifung‹.«

»Was haben Sie gegen Sterne?«

»So ein unmoralischer Kerl.«

»Wahrhaftig?«

»Haben Sie gelesen, was Thackeray über ihn schreibt?«

»Nein.«

»Das sollten Sie aber tun.« Bullock schüttelte den Kopf. »Was haben Sie nur zusammen getrieben, als Sie die Köpfe zusammensteckten? Ich möchte wetten, daß Bucket eine Wahlrede zugunsten von C. D. Fabrikant als Seminarleiter gehalten hat.«

»Sein Name ist allerdings gefallen«, sagte der Dozent vorsichtig.

»Glauben Sie mir, Bucket schätzt ihn viel zu hoch ein. CD ist zwar als Gelehrter ganz gut, aber steif, sage ich Ihnen, wie der Kragen meines Großvaters.«

»Ich habe gehört, er habe ein schweres Leben gehabt.«

»Wer hat das nicht?«

»Sie auch?« fragte Levin.

»Mit vierzehn hatte ich Polio und war gelähmt. Der Arzt sagte damals, ich würde nie wieder laufen können.«

»Ach.«

»So viel über die Kunst der Ärzte. Im College lief ich neunzig Meter in 11,3 Sekunden.«

»Großartig«, murmelte Levin.

»Haben Sie was von ihm gelesen?« fragte Bullock.

»Von Fabrikant?«

»Ja.«

»Noch nicht, aber ich will es nachholen.«
»Holen Sie sich dann aber erst einen Staubsauger.«
»Sind seine Arbeiten so verstaubt?«
»Sie werden umkommen vor Niesen.«
»Versteht er nichts von den Dingen?«
»Es war doch alles schon veraltet, als er anfing, sich damit zu befassen.«
»Schade, schade«, sagte Levin. »Es gefällt mir nämlich, einen tüchtigen Gelehrten im Seminar zu haben.«
»Verflucht nochmal – denken Sie: Er stellt eine Bibliographie von Romanen über den Bürgerkrieg zusammen.« Bullock lachte.
»So, das tut er?«
»Wenigstens hat er das Avis erzählt. Von Zeit zu Zeit besucht sie ihn, und dann betrachtet er ihre Beine. Das ist die einzige Zeit, in der er seine Bürotür offen läßt: Er will doch zeigen, daß er sie nicht verführt. Was für ein Seminarleiter könnte er denn sein, wenn man sich den Weg zu ihm erst mit einer Brechstange bahnen muß?«
»Wichtiger wäre es zu wissen«, warf Levin ein, »ob er Führungsqualitäten hat.«
»Wer führt schon hinter verschlossenen Türen? Höchstens ein Casanova, und er ist bestimmt keiner.«
»Manchmal geht die Tür auf, und ein Mann mit einem Schwert tritt heraus.«
»Wenn Sie das glauben, ist er Ihr Mann.«
»Ich habe gehört, wie ein paar Leute mit großem Respekt über ihn sprachen.«
»Das mag sein, aber sie wissen trotzdem, daß es besser wäre, Gerald zu wählen. Er kommt mit allen aus, und glauben Sie nur nicht, daß das so einfach sei. Mit Labhart spielt er Karten und Golf. Ich möchte wetten, daß er mehr Stimmen bekommt, wenn's aufs Ganze geht, als CD je erhalten könnte bei seinem ewigen Widerspruch gegen die Verwaltung.«
»Wollen Sie damit auf den Fall Duffy anspielen?«
»Nein. In dem Fall hatte er vollkommen recht.«
»Meinen Sie, als er die Verteidigung vor dem ›Verband Amerikanischer Professoren‹ niederlegte?«
»Ja.«

»Wissen Sie zufällig, warum er das getan hat?«
»Hat Bucket Ihnen das nicht erzählt?«
»Nein.«
»Vielleicht hat Duffy auf eine von Fabrikants persische Melonen gepißt. Kann auch sein, der alte Knabe hatte endlich herausgefunden, was alle anderen schon längst wußten: daß nämlich Leo ein Scharlatan war. Bis zu dem Zeitpunkt bewunderten sie sich gegenseitig insgeheim, weil sie beide Nonkonformisten waren. Duffy tat das, was Fabrikant nicht zu tun wagte, und eben deshalb mochte ihn Fabrikant so gern. Leo ging mit dem Kopf durch die Wand. CD ist ein Hasenfuß.«
Als sie in Levins Straße einbogen, sagte Bullock: »Ich will Ihnen sagen, was wir jetzt tun: Kommen Sie mit zu mir rüber, dann sehen wir mal nach, wieviel aus der Rumflasche kommt, wenn wir sie schön drücken. Jeannette hat gern Gäste und würde sich über Ihren Besuch sehr freuen.«
»Vielen Dank«, sagte Levin, »aber ich bin mit meinen Aufsätzen noch im Rückstand.«
Und doch zögerte er, als der Kombiwagen vor Mrs. Beatys Haus anhielt.
»Ich kann eigentlich nicht verstehen«, sagte Levin, »warum sich alle für den einen oder anderen entscheiden. Ist unser Rat wirklich so bedeutsam für den, der die Wahl trifft?«
Bullock warf seine Zigarette aus dem heruntergelassenen Fenster. »Früher war's mal ein Posten, auf den man berufen wurde, aber das kann sich geändert haben. Gerald hatte die Stelle sozusagen schon in der Tasche, bis man Seagram von den Kornfeldern Iowas hergeholt hat. Ein früherer Studienfreund von mir, der jetzt Seagrams Posten hat, schrieb mir, daß der Dekan für irgendeine Stiftung eine Untersuchung über die neueste Mode angefertigt hat: Seminarwahlen. Charlie sagt, er sei ganz vernarrt in dieses Thema. Na ja, ganz egal, was für eine Methode man anwendet, ob's zu einer Berufung oder einer Wahl kommt, mein Mann ist jedenfalls Gerald. Es ist einfach logisch, ihn zu wählen.«
»Eine Wahl?« Levin verspürte eine gewisse Erregung.
»Niemand weiß es mit Sicherheit, aber niemand will was riskieren.« Bullock blinzelte in den Spiegel. »Realpolitik!«

Levin kam noch ein Gedanke, obwohl er die Tür schon halb geöffnet hatte. »Hm – wann hat Gerald zuerst davon gehört, daß es vielleicht zu einer Wahl kommt?«
»Das hab' ich ihm letztes Frühjahr erzählt, als mir Charlie geschrieben hatte, Seagram komme hierher. Warum?«
Levin zuckte die Schultern. Er zog die Tür wieder zu und fuhr mit Bullock weiter.

5

Wenn der Regen nachließ, wanderte Levin noch immer über die Landstraßen. Einmal ging er an Ställen vorbei und glaubte sich zu erinnern, daß er hier mit Laverne gewesen sei. Der Gedanke an sie weckte seine Begierde wieder – bis er sich an den Augenblick erinnerte, als Sadek den Stall betreten hatte. Nach dem wochenlangen Regen durstete er nach Farben, und seine Augen suchten überall, unabhängig vom Licht. Weiße Birken standen in Pfützen aus winzigen gelben Blättern. Ulmen hatten goldenes Haar und nackte schwarze Körper. Im leuchtenden Sonnenschein trugen die Kastanien ein orangefarbenes Impasto. Der Ahorn flammte als einziger Abenteurer in Gelb, Rot und Lila um eine grüne Mitte. Im Licht der untergehenden Sonne färbten sich die Ahornbäume bronzen und die Eichen rot. Als der Tag des Erntedankfestes heranrückte, hatten die meisten Bäume, die im Winter ihr Laub abwerfen, ihr Laub verloren und waren kahl bis auf ein paar durchweichte braune Blätter hier und da und ein paar verlassene Vogelnester; nur die Weiden, der feurige Ahorn und ein paar zähe Birken und Eichen waren noch belaubt.

Gerade als sich Levin anschickte, diesen Verlust zu betrauern, dieses jedes Jahr wiederkehrende Symbol des Sterbens in der Natur, gerade da entdeckte er, daß viele der kürzlich gepflügten Felder von einem leichten Schimmer grünen Grases überhaucht waren, das sich als Winterweizen erwies. Brot wuchs auf den abgeernteten Feldern – das war der Gegenbeweis gegen den üblichen, trübsinnigen Trugschluß. Eines Tages spazierte er an einem Wald entlang und versuchte, sich trotz des Schildes JAGEN, FISCHEN UND BETRETEN VERBOTEN dazuzubringen, hineinzugehen und sich umzuschauen, als er plötzlich seltsame Geräusche über sich vernahm: Beim Aufblicken sah er zum erstenmal einen Zug Gänse. Die flatternde, schreiende Formation, in der die Vögel flogen, sah aus wie ein Schiff, das der Wind in die hohe, unsichtbare Ferne trieb. Die ganze Nacht hindurch brannten Levins Ohren, als seien sie, pechgetränkt, angezündet worden. Er fragte sich, ob dieser Zug ein gutes oder schlechtes Omen für ihn bedeute, und sehnte sich nach einem Sieg über die Natur.

Eines Freitag nachmittags, als der Dozent im Begriff war, das Geisteswissenschaftliche Institut zu verlassen, rutschte er auf einem nassen Blatt in der Veranda aus, und seine Bücher und Papiere fielen zu Boden; er selbst landete auf dem nassen Bürgersteig und schlug sich den Kopf auf. Er hörte die Engel im Himmel pfeifen. Eine Sekunde lang glaubte er, er würde sich nun an alle Einzelheiten seines Lebens erinnern und wehrte sich aus allen Kräften dagegen. Der Regen nieselte auf ihn herunter, aber er hatte sich so weh getan, daß er nicht aufstehen konnte. Er hatte das Gefühl, daß ein paar Studenten, möglicherweise sogar seine eigenen, an ihm vorbeigingen, aber entweder war er unsichtbar, oder sie hatten es sehr eilig. Ich bin mutterseelenallein, dachte Levin. Es schien ihm, ein langes Jahr sei vergangen, aber schon nach ein paar Minuten stand er wieder auf, fand seinen beschmutzten neuen Hut, sammelte seine feuchten Bücher und Papiere ein und humpelte nach Hause.

Levin lag auf dem Bett und hatte einen Eisbeutel von Mrs. Beaty unter die Beule an seinem zerschlagenen, schmerzenden Hinterkopf geschoben. Nachdem er sein Gehirn zwanzig Minuten lang hatte einfrieren lassen, stand er auf und starrte aus dem Fenster in die Dunkelheit. Nichts war zu erkennen als der einsame Regen. Der Dozent durchblätterte ein paar feuchte Fragebogen und stopfte sie dann in die Schublade, in der er seinen Vogelführer aufbewahrte und dazu einen billigen Feldstecher, den er kürzlich gekauft hatte, um alles Fliegende besser beobachten zu können. Abendessen, Levin? Er hatte vorgehabt, nur ein Stück Brot mit Schweizerkäse zu essen und eine Tasse Tee zu trinken, aber er fand, er könnte heute abend Mrs. Beatys geistige Gesundheit in der Küche nicht ertragen. Sadek, der Kleiderdieb mit der Lysolflasche, war längst ausgezogen, und die Hauswirtin hatte keinen Versuch gemacht, sein Zimmer wieder zu vermieten, vielleicht, weil sie ihr Alter spürte; das kam Levin sehr gelegen. Aber heute abend sehnte er sich nach Gesellschaft und überlegte sich, ob er nicht Avis Fliss anrufen solle; allerdings hatte er keine große Lust dazu. Er war enttäuscht, weil er nach mehr als drei Monaten in Easchester immer noch so einsam war. War ihm die Vergangenheit auch in ein neues Land gefolgt? Hatte sein neues Ich versagt? Wohl war er gelegentlich eingeladen worden, aber wie Pauline und andere ihm gesagt hatten: Es war schwer, in dieser Stadt als Junggeselle zu leben. Wenn man keine Familie hatte, wurde man meistens übergangen. Nicht einmal Bucket hatte ihn eingeladen. Levin sehnte sich nach Freundschaft, aber man brachte ihm nur Freundlichkeit entgegen; er brauchte Steak, und man bot ihm Dosenfleisch. Von Tag zu Tag wog die Vergangenheit schwerer. Schließlich war er schon dreißig, und auf unbarmherzig dahineilenden Rollschuhen lief die Zeit dahin. Wann, um Gottes willen, würden ihm Liebe, Ehe und Kinder zuteilwerden?

Er schlug ein Buch auf, überflog eine Seite, jedoch ohne zu lesen; dann stieß er es fort. Im Keller füllte er den Sägemehleimer und verließ das Haus. Levin ging seines Weges in dem kalten Regen, dem nassesten, trostlosesten Regen, den er je erlebt hatte. Die Stadt drückte schwer auf seine Schultern, die feuchten Straßen waren lang und dunkel, und an den Straßenecken standen düstere Laternen. Ein Mann konnte vor einem Häuserblock ertrinken, und niemand würde es bemerken. Es war kurz nach acht, aber die Hälfte der Häuser, an denen er vorbeiging, lag völlig im Dunkel. Wenn es regnete, ging man zu Bett; für Ehepaare war das schließlich ein Amüsement; ein anderes Amüsement waren die kleinen blauen Fernsehbilder, die er hin und wieder zwischen den zugezogenen Vorhängen hindurch sehen konnte. Im Gehen horchte Levin auf einen menschlichen Laut – und hörte seine eigenen Schritte im Regen. Ganze fünf Minuten lang stand er an der nächsten Straßenecke und wußte nicht, wohin er gehen sollte; dann schlenderte er in Richtung von Gilleys Haus davon.

Unentschlossen klingelte er. Eine Birne in einem Glasfaß über seinem Kopf wurde angeknipst, und Gerald öffnete die Tür. Als er sah, wer draußen stand, schien er in Verlegenheit zu geraten.

»Ich bin gerade vorbeigekommen«, erklärte Levin. »Aber

wenn Sie arbeiten oder sonst etwas zu tun haben, komme ich ein andermal.«

»Es ist so spät geworden, die Kinder sind noch nicht im Bett«, sagte Gilley. Er warf einen Blick ins Haus. »Kommen Sie herein, wenn Ihnen Unordnung nichts ausmacht.«

Der Ton seiner Stimme hieß ihn nicht willkommen. Levin blieb stehen.

»Ich komme lieber ein andermal.«

»Kommen Sie wegen irgendeiner beruflichen Sache?«

»Nein, ich bin nur gerade vorbeigegangen –« Er blickte in den Regen.

Gilley sah ebenfalls hinaus. »Kommen Sie lieber herein.« Er hielt die Tür offen.

Levin war erleichtert und trat ein. Gerald hing seinen durchnäßten Regenmantel und den Hut an den Haken.

In ihrer lila Hose kam Pauline, einen Arm voll Windeln, aus der Küche. Als sie sah, wer da war, stieß sie einen kleinen Schrei aus und rannte die Treppe hinauf. Levin trank nervös eine Flasche Bier mit Gilley, als sie in einem grünen Wollkleid wiedererschien. Vor fünf Minuten, in Hose, mit unfrisiertem Haar und ihrem platten Busen war sie ihm ungefähr ebenso reizvoll wie ein Kiefernholzbrett vorgekommen. Jetzt aber, mit demselben Busen, in dem grünen Kleid und mit gutsitzendem Haar schien sie aufgeblüht zu sein. Sie wußte aus dem, was sie hatte, etwas zu machen, und das war keine schlechte Gabe.

»Verzeihen Sie, daß ich gekommen bin, ohne vorher anzurufen –«

»Ich muß mich entschuldigen, Mr. Levin. Ich hoffe, ich habe Sie nicht zu Tode erschreckt, aber ich hasse es, mich in Hosen sehen zu lassen.«

Sie kicherte über ihre Ausdrucksweise, und Gilley sah sie ein wenig verwundert an.

»Gerald«, sagte Pauline, »bitte, stell das Geschirr in die Spülmaschine. Ich muß Erik aus dem Bad holen, sonst rutscht er uns noch durch den Abfluß weg. Entschuldigen Sie mich eine Minute, Mr. Levin.«

»Ich bin zu einer sehr unpassenden Zeit gekommen«, rief er ihnen nach.

Ein paar Minuten später kam Erik im Schlafanzug aus dem Badezimmer hereingewatschelt und kämmte Levins Bart mit beiden Händchen.
»Hast du Käfer da drin?«
»Nein – Schmetterlinge.«
Der Junge zupfte an dem Bart und rannte dann zur Küche. Er stieß die Pendeltür auf, und Levin sah, daß Gerald und Pauline sich über einem mit schmutzigem Geschirr beladenen Tisch anblickten.
»Wir müssen wieder anfangen, Parties zu geben«, sagte Gerald erregt. »Es schadet mir in der Abteilung.«
Sie ergriff die Butterschale und schleuderte sie an die Wand. Sie traf die elektrische Uhr. Die Butter blieb am Zifferblatt kleben; die Schale fiel mit lautem Krach zu Boden.
Gilley zog Erik in die Küche, und die Tür fiel zu.
Levin stellte sein Bier auf den Tisch, schlüpfte in seinen nassen Regenmantel und setzte den Hut auf. Er war auf dem Weg zur Haustür, als Pauline mit hochrotem Gesicht wieder ins Zimmer trat.
»Ach, Sie gehen doch noch nicht, Mr. Levin? Wir haben noch kein Wort miteinander gesprochen.«
»Ich habe Kopfschmerzen«, sagte er, nahm zur Erklärung den Hut ab und zeigte ihr die Beule. »Ich bin auf einem Blatt ausgerutscht und habe mir den Kopf aufgeschlagen. Sagen Sie Gerald, ich ließe ihm für das Bier danken.«
Sie befühlte mit kalten Fingern vorsichtig die Beule, und Levin merkte, daß sie wie ein Blumenladen duftete. »Das tut mir aber schrecklich leid; kann ich Ihnen nicht etwas Eis holen?«
»Ich hab' schon welches draufgetan.« Er ging auf die Tür zu.
»Kommen Sie bald wieder«, rief sie ihm durch die offene Tür nach. »Wir würden uns wirklich freuen, Sie zu sehen.«
Er eilte davon.
Der Regen hatte nachgelassen, es war jetzt eher neblig, und eine schmale Mondsichel zog ihre Bahn zwischen Wolken und klarem Himmel. Levin ging über den Campus und fühlte sich von Tanzmusik aus dem Studentenhaus angezogen. Durch das vergitterte Fenster des Tanzsaals sah er einem Tanz zu. Die Mädchen waren hübscher denn je, und die Männer schienen

größere Möglichkeiten zu haben als am Vormittag in der Klasse. Er blieb eine halbe Stunde stehen und beneidete sie um ihr Aussehen, ihre Jugend und ihre Zukunft. Seine eigene Zukunft war die Gefangene des alten Levin. Wo ist mein Leben? Was ist aus mir geworden, fragte er sich. Alte Fragen. Und wieder begann die Musik – die gleiche Musik, die er in der Vergangenheit schon gehört hatte – in einer anderen Welt. Und obwohl Levin keinen Ton von sich gab, zuckten seine Schultern.

Meine Jugend, meine verlorene Jugend.

Nachdem Avis Fliss sich von dem Schock über Levins Bart erholt hatte, hatte sie sich angewöhnt, zu ihm ins Büro zu kommen, um mit ihm über die Methoden, Nachhilfeunterricht in Grammatik zu erteilen, zu diskutieren; dabei blieb sie manchmal so lange, daß Levin nervös wurde. Sie hatte den großen Vorteil, ein einzigartiges Wissen über alles, was College und Seminar betraf, zu besitzen; sie wußte immer, was und wann etwas zu tun war, und meistens tat sie es auch als erste. Sie wußte offenbar auch, was jeder einzelne aus dem Institut tat und trieb und was er leistete. Auf primitiverer Ebene fühlte er sich von ihrem Busen und ihrem Gesäß, das von keinem Hüfthalter gepanzert war, angezogen. Jedesmal, wenn er in ihrer Gegenwart an sie als Frau dachte, spürte er ein Echo; aber ganz sicher war er nicht. Einiges an Avis gab ihm zu denken; jedesmal, wenn sie nahe daran war, ihm etwas Persönliches zu gestehen, fingen ihre Augenlider an gleichsam von selbst zu vibrieren, ihre Stimme wurde fast unhörbar, und wenn sie dann wiederkam, begann Avis mit einer langen Rede, die sie an seine Schulter richtete. Es war ihm jedoch zu Ohren gekommen, daß sie einige Jahre zuvor, nach einem Sommerkursus in Alaska, in Easchester Station gemacht hatte, um eine alte Freundin zu besuchen. Die Freundin hatte inzwischen geheiratet und war fortgezogen, aber Avis war geblieben, vielleicht, weil dieser Umstand ihr eine neue Idee eingegeben hatte. Obwohl sie nur ihr Baccalaureat hatte, hatte sie in einer bekannten Privatschule für Mädchen unterrichtet, und Professor Fairchild (dem Gilley bei der Abstimmung sekundierte) hatte sie für die stetig zunehmende Zahl der Wiederholungskurse eingesetzt – trotz Fabrikants mangelnder Begeisterung: »Obwohl ich nichts gegen diese Dame persönlich habe, sollten wir meiner Ansicht nach nicht zu viele Damen hier haben.« Darum war Fairchild für sie »reizend« und der Stilkundedirektor, dessen inoffizielle Assistentin sie war, »einfach großartig«. Sie sprach in den höchsten Tönen von ihm als von einem sehr fähigen Mann mit einer zauberhaften kleinen Familie, wenn sie auch einmal, gleichsam nebenbei, erwähnt hatte, daß seine Frau eigentlich nicht übermäßig gut zu ihm passe.

»Wirklich?« sagte Levin. Und er fragte sie, warum sie das glaube.

»Nun ja«, sagte sie und versuchte zu lachen, »mir kommt es eben so vor, als könne man sich nicht unbedingt darauf verlassen, daß sie sozusagen aus dem Hintergrund einen Mann unterstützt, der auf dem Weg nach vorne ist.«

»Auf dem Weg nach vorne?«

»Ich meine, der dabei ist, Karriere zu machen.«

»Aus dem Hintergrund?«

»Bildlich gesprochen. Bitte, Seymour, verstehen Sie mich nicht falsch – ich habe nichts gegen Pauline. Sie ist sehr nett zu mir gewesen, besonders als ich gerade erst in Easchester angekommen war, sie hat mich sehr freundlich eingeladen – wenn ich auch das Gefühl habe, Gerald hat sie darum bitten müssen. Ich meine – man hat den Eindruck, daß sie trotz all dessen, was sie hat, unzufrieden ist, und wahrscheinlich fragen sich manche Leute, wer daran schuld sei, und schieben es zu Unrecht auf Gerald. Manchmal vergißt sie auch einfach ihre gesellschaftlichen Verpflichtungen, und darunter leidet er dann.«

»Was soll das heißen – ›trotz all dessen, was sie hat‹?«

»Das, was jede Frau glücklich machen würde, wenn sie es hätte.«

»Ich habe den Eindruck, sie kommen gut miteinander aus. Ich kann mich natürlich irren.«

»Ach, das tun sie auch«, sagte Avis. Sie schien beunruhigt zu sein. »Bitte erzählen Sie niemandem, daß ich etwas gesagt habe.«

An einem Samstagabend, an dem Levin nichts zu tun hatte,

schlenderte er ins Büro. Unten im Flur stand Avis' Tür offen, aber sonst schien niemand da zu sein, und Levin fragte sich, ob Bucket krank sei. Er fing an, einen Brief an eine Cousine zweiten Grades zu schreiben, eine Dame in Cleveland, die ihm von Zeit zu Zeit schrieb, als Avis anklopfte. Sie suchte ein Streichholz, aber als er erklärte, keines zu haben, fand sie nach langem Suchen eines ganz unten in ihrer Handtasche. Sie setzte sich mit einer Gesäßhälfte auf seinen Schreibtisch und rauchte eine Zigarette. Sie unterhielten sich über verschiedene Themen, dann über Bücher und Poesie, und es dauerte nicht lange, da lasen sie einander aus einer Anthologie vor. Levin las ein paar Stanzen aus *Der St.-Agnes-Abend* von Keats und Avis Tennysons *Blume in der Geborst'nen Mauer.* Ein Gedicht folgte dem anderen, und bald ergriff Levin Avis' schüchterne Hand und zog Avis auf seinen Schoß. Gesegnet sei die Poesie!

Sie küßten sich; Levin atmete den Duft von Orangenblüten und Tabak ein, der sie umgab; dann küßten sie sich noch ungestümer.

»Ihr Bart kitzelt mich«, sagte sie lachend, und ihre Brust hob und senkte sich. »Sie sollten ihn abschneiden.«

»Nie.«

»Sie tun, als seien Sie ein gutaussehender Mann, Seymour, dabei sind Sie es gar nicht.«

»Ha, ha«, lachte Levin.

Nach einem weiteren atemlosen Kuß schlug Avis vor, ein wenig spazieren zu fahren.

»Famos«, sagte er. »Wo ist Ihr Wagen?«

»Ich dachte, wir könnten in Ihrem fahren.«

»Ich besitze keinen!«

»Ach, das ist aber schade. Meiner ist in der Werkstatt. Die Ventile werden repariert.«

»Tst, tst.« Um herauszufinden, was sie eigentlich beabsichtigte, sagte er: »Wir können ja laufen, wenn Ihnen der Regen nichts ausmacht.«

Sie hustete angestrengt.

Er dachte an sein Zimmer. Sie könnten die Hintertreppe hinaufschleichen, nur hatte Mrs. Beaty für diesen Abend ein paar Damen aus ihrem Club eingeladen. Sollte es sich um ein

sexuelles Abenteuer handeln, wollte Levin es ohne die Angst vor möglichen Besuchern auskosten.
»Und Ihr Zimmer?« fragte er.
»Das wage ich nicht. Die Tochter meiner Wirtin, ein Teenager, schläft nebenan.«
Er überlegte, was für andere Möglichkeiten es gäbe, als Avis schnell von seinem Schoß glitt.
»Wer war das?« Sie horchte gespannt an der Tür. »Es kam mir vor, als hätte ich Schritte gehört.«
Er lauschte. »Nichts.«
Sie hatte Levins Begierde geweckt. An der Tür küßten sie sich. Er suchte nach ihrer Brustwarze. Avis schob seine Hand beiseite.
Eine alte Jungfer, dachte Levin. Lieber nicht.
»Sollen wir lieber ins Kino gehen?«
»Haben Sie Lust?« Ihre Augenlider flatterten wie Vogelflügel.
»Dann lassen Sie uns doch ganz ehrlich sein«, sagte Levin. »Kommen Sie mit mir in ein Hotel?«
»Nicht hier in der Stadt. Man würde uns als Fakultätsmitglieder erkennen. Mich wenigstens bestimmt. Und Sie auch mit Ihrem Bart.«
»Wir könnten ein Taxi nach Marathon nehmen und dort ins Hotel gehen. Das würde gar nicht viel kosten.«
»Der Nachtportier in Marathon war einmal einer meiner Studenten im Grammatikkurs z«, sagte Avis. »Könnten wir denn nicht hierbleiben?«
»Im Büro?«
»Ginge das nicht?«
Levin griff ihren Vorschlag auf. »Mit Vergnügen. Ich lege meinen Regenmantel über den Schreibtisch.«
»Den Schreibtisch?« Sie zögerte. »Das ist ja die reinste Ketzerei.«
»Vom Fußboden möchte ich am liebsten gar nicht sprechen, aber was gäbe es sonst?«
»Ich habe eine Wolldecke in meinem Büro, für Fußballspiele«, sagte Avis.
»Ausgezeichnet. Soll ich sie holen?«
»Sie ist in meinem Wandschrank «

Levin ging hinaus, um die Decke zu holen. Als er zurückkam, hatte sie Kleid und Schuhe ausgezogen und stand im Büstenhalter und Unterrock da. Er faltete die Decke der Länge nach zusammen, legte sie auf den Boden und legte dann Jacke und Krawatte ab.

Während sie sich auszogen, hörten sie – es konnte gar kein Irrtum sein – Schritte, die die Treppe heraufkamen. So rasch es nur ging, schlüpfte Avis in ihre Pumps und zog ihr Kleid wieder an. Levin knöpfte ein paar Hemdenknöpfe zu und schlang die Krawatte um den Hals, konnte sie aber kaum richtig binden. Er half ihr, den Reißverschluß ihres Kleides zu schließen.

Da klopfte es an die Tür.

»Sy?« Es war Gilleys Stimme.

Levin zuckte zusammen. Es bestand die Gefahr, daß, wenn er nicht antwortete, Gerald die Tür mit dem Hauptschlüssel aufschlösse.

Avis machte ihm Zeichen, er soll antworten.

»Ja«, sagte Levin. Dann: »Avis ist bei mir.«

Pause. »Kann ich Sie sprechen?«

»Warum nicht?« Er legte die Decke zusammen und stieß sie unter den Schreibtisch. Avis hatte sich gesetzt und steckte ihre Nase in einen Grammatiktext. Ihr armer Hals war ganz steif.

»Ich habe das Licht unter Ihrer Tür gesehen«, sagte Gilley. Er trug einen kurzen, schweren Mantel und Stiefel und hielt eine Jagdmütze in der Hand. Avis lächelte schwach. »Hallo, Gerald.« Sie sah aus wie ein Wrack.

Gilleys Blicke schweiften nervös über die Möbel, aber Levin erkannte sofort, daß man die Decke nicht sehen konnte.

»Avis hat mir mit dem Grammatikkurs z geholfen. Sie behauptet, ich nähme zuviel durch in einer Stunde.«

»Gut«, sagte Gilley. Er erklärte, er sei gekommen, um ein Buch für Pauline zu holen. »George und ich wollen schon früh zur Jagd aufbrechen. Meistens dösen wir in seinem Kombiwagen und sind schon da, wenn die Enten einfliegen. Pauline schläft in der letzten Zeit nicht besonders gut und möchte irgen etwas von Hardy lesen. Der einzige Band, den wir zu Hause haben, ist *Die Heimkehr,* und den hat sie kürzlich gelesen. Haben Sie was von ihm unter Ihren Büchern, Sy, vielleicht *Far From the Madding Crowd*? Oder vielleicht haben Sie den Band, Avis?«

»Nein, Gerald, ich mach' mir nichts aus Hardy.«

Levin durchsuchte seine Bücherregale. »Hier – ich hab' *Die Liebe der Fanny Day* als Taschenbuch.«

»Das hat sie, glaube ich, noch nicht gelesen. Kann ich einen von euch oder beide nach Hause bringen?«

»Mich nicht, vielen Dank«, sagte Levin.

»Mich auch nicht«, sagte Avis. »Ich habe versprochen, am Montag einen ganzen Stapel Fragebogen zurückzugeben. Seymour ist jetzt so weit mit seinem Unterrichtstext, da kann ich ja wieder in mein Büro gehen und meine Arbeiten weiterzensieren. Am Sonntag mag ich nicht arbeiten. Gute Nacht, meine Herren.«

»Gute Nacht, Avis«, sagte Gerald.

»Gute Nacht«, sagte Levin.

Rasch ging sie den Flur entlang.

»Vielen Dank für das Buch«, sagte Gilley. »Arbeiten Sie nicht gar zu lang, Sy.«

»Ich bin bald fertig«, gähnte Levin. »Ich muß nur noch einen Brief an meine Kusine fertigschreiben.«

Gerald konnte sich nicht entschließen, zu gehen. Er glaubt mir nicht, dachte Levin.

»Grüßen Sie Pauline von mir. Hoffentlich schläft sie heute nacht.«

»Sie hat eben manchmal solche Zeiten.« Einen Augenblick später sagte er: »Ich muß mir aufschreiben, daß das Fenster, das durch Duffys Schuld einen Sprung hat, erneuert werden soll.«

»Das wäre mir sehr lieb.«

Gilley fügte hinzu: »Sy, hören Sie mal, ich muß Ihnen noch etwas sagen: Der Chef nimmt es nämlich sehr genau mit der Trennung der Geschlechter in den Büros. Darum hat er noch nie erlaubt, daß ein Mann und eine Frau ein gemeinsames Arbeitszimmer haben.«

»Wirklich?«

»Ich will Sie nur über seine Ansichten aufklären.«

»Vielen Dank.«

Noch immer ging Gilley nicht. »Avis ist ein sehr nettes Mädchen, aber an Ihrer Stelle würde ich nicht vergessen, daß unverheiratete Frauen in ihrem Alter sich sehr leicht über etwas aufregen. Also auf Wiedersehen.«

»Gut Nacht, Gerald. Sagen Sie Pauline, ich hoffe, sie wird gut schlafen.«

»Das wird sie schon. Sie hat eben manchmal solche Zeiten.«

Als Gilley gegangen war, stützte Levin die Arme auf den Schreibtisch und legte den Kopf in sie. Allmählich wurde sein aufgeregter Herzschlag langsamer. Er schrieb seinen Brief zu Ende und wollte gehen.

Aber da erschien Avis wieder, frisch geschminkt und mit erneuertem Orangenblütenduft.

Ihre Augenlider vibrierten. »Sollen wir – weitermachen?«

Levin entledigte sich der Jacke, verschloß die Tür und breitete wieder die Decke aus.

»Diesmal knipsen wir lieber das Licht aus«, sagte sie.

Als sie ihren Büstenhalter fallenließ, hingen ihre Brüste, die unter den Kleidern so hübsch aussahen, wie wassergefüllte Ballons herunter. Levin zuckte ein wenig zusammen – dieser herrliche Busen – ohne jede Form. Immerhin, für einen verhungerten Mann –

Sie umarmten sich wieder, Levin in weißer Unterhose, Avis in einem rosa Schlüpfer.

Er knipste das Licht aus. Wieder schob sie seine Hand zur Seite, als er ihre linke Brust berührte. »Diese nicht, das tut weh.«

»Tut weh?«

»Hier – fühl' mal.« Ihr Finger geleitete seinen zu der Stelle. Er spürte eine große Narbe unter ihrer Brust.

Sie erzählte ihm, daß sie operiert worden sei. »Es war ein gutartiges Fibrom. Jetzt hab' ich wieder eins, und der Arzt meint, es sei das gleiche, aber es muß auf jeden Fall heraus; wahrscheinlich in den Weihnachtsferien. Da tut es weh, wenn man drückt.«

Er spürte eine harte Stelle unter den Fingern.

Levin knipste das Licht an.

»Warum? Was ist los?« fragte Avis.

»Es tut mir so leid, daß du das an der Brust hast.«

»Mach dir deswegen keine Sorgen. Du kannst doch mit der anderen spielen.«

Armes Mädchen, dachte er. Sie hat so wenig, warum soll ich ihr davon noch was wegnehmen?
Er machte eine unsichere Handbewegung, ergriff dann seine Hose und zog sie wieder an.
»Das versteh' ich nicht«, sagte sie zitternd. »Machst du – machen wir denn nicht weiter?«
»Wenn wir einen besseren Platz haben, und wenn du dich wohler fühlst«, sagte Levin. »Ich will dir doch nicht wehtun.«
Avis zog sich in aller Eile an, ergriff ihre Fußballdecke und verließ wütend sein Büro.

Um von Zeit zu Zeit der Stadt und der Einsamkeit zu entfliehen, erstand Levin nach langen inneren Kämpfen und nach Beratungen mit Bucket und Courtney Haddock, der gut Bescheid wußte über Gebrauchtwagen, ein altes Auto. Er hatte mit einem seiner Studenten, Lyman Myer aus Los Gatos – ebenfalls ein Experte –, der früher einmal Autos auf »schick umfrisiert» hatte und sich jetzt auf sein Abschlußexamen als Automobilingenieur vorbereitete, ausgemacht, daß er ihn zu einem Gebrauchtwagenhändler begleitete. Fast jeder Anfänger unter Levins Studenten konnte fahren, die meisten besaßen sogar einen Wagen (gewöhnlich einen neuen), nur er hatte keinen. Lyman half ihm, sich für eine braune fünfsitzige Hudson-Limousine, zweitürig, Baujahr 1946, zu entscheiden; der Wagen war gut erhalten, sackte nur etwas nach hinten; und Levin war einverstanden, dreihundertfünfzig Dollar dafür zu zahlen, obwohl ihn der Gedanke, jemandem eine solche Summe zu schulden, nervös machte. Später erfuhr er, daß Ex-Dekan Feeney den Wagen für ein neues Modell in Zahlung gegeben hatte. Der Hudson war zwar kein Traumwagen, aber er fuhr immerhin auf Rädern, und vielleicht würde es auch Levin einmal so weit bringen. Er kannte die Stadt und ihre Umgebung nur bis zu einer Entfernung von ein oder zwei Meilen. Es war Zeit, weitere Entdeckungsreisen zu unternehmen.
Lyman fuhr den Wagen nach Hause und parkte ihn in Mrs. Beatys Garage. Am nächsten Tag gab er Levin die erste Fahrstunde. Der Dozent erwartete, ziemlich rasch fahren zu ler-

nen, merkte aber, daß es ihm schwerer fiel, als er angenommen hatte. Er konnte nicht begreifen, wie es möglich war, abzubiegen, zu beschleunigen und zu wenden und die ganze Zeit über auf Richtung, Verkehrszeichen und den Verkehr selbst zu achten – es war eine verwirrende Aufgabe für einen Menschen, der gar nichts von Technik verstand oder sich erst zu spät im Leben mit ihr beschäftigte. Zugleich empfand er eine nutzlose Wut auf sich, weil er nicht vom ersten Augenblick an imstande war, diesen blechernen Deckel über einem Kasten voll gut geölter Schrauben und Schraubenmuttern unter Kontrolle zu bekommen. Nach vierzehn Tagen wußte er zwar, wie der Wagen funktionierte, überfuhr aber immer noch Straßenecken und rutschte an den Bordstein, wenn er halten mußte. Er fühlte sich noch unsicher im Verkehr, besonders, wenn er in vielbefahrenen Straßen links abbiegen mußte. Was ihn am meisten beunruhigte, war ein Mangel an Aufmerksamkeit in gewissen Situationen, den er nie von sich erwartet hatte: Wenn er einen Augenblick in Gedanken verloren war, konnte er vergessen, an Stoppzeichen zu halten und sich bei Einbahnstraßen an die erlaubte Richtung zu erinnern. Zweimal mußte Lyman ins Lenkrad greifen, um einen Unfall zu verhüten. Die Folge davon war, daß Levin vor dem Fahren Angst bekam und es Lyman auch sagte. Der aber antwortete: »Früher oder später müssen wir sowieso alle sterben.«

»Dann besser später«, flüsterte Levin. »Ich habe ja noch gar nicht angefangen zu leben.«

Lyman erklärte, Levin werde sich sicherer fühlen, sowie er die Fahrprüfung bestanden habe und die ersten hundert Meilen allein gefahren sei. Trotzdem überlegte Levin ernsthaft, ob er den Wagen nicht wieder verkaufen und sich mit Laufen begnügen solle. Im besten Fall fühlte er sich einem Bus oder der U-Bahn gewachsen. Und was die Einsamkeit anging: Ein Mädchen wäre besser als ein Wagen, er würde sich nun wirklich umschauen.

Ein paar Tage später fiel er bei der Fahrprüfung durch und ging tiefbeschämt nach Hause, überzeugt, er müsse sich von dem Wagen trennen. Lyman bot ihm an, sich nach einem möglichen Interessenten unter seinen Kollegen aus der Verbindung umzusehen, und Levin war entschlossen, den Wagen für dreihundert Dollar zu verkaufen. Er schämte sich seiner selbst und war recht deprimiert. Aber noch am selben Abend schlich er sich nach dem Essen hinunter, fuhr den Hudson rückwärts aus der Garage und fuhr los – immerhin ein Anfang. Natürlich regnete es, und er war sehr befriedigt, als er die Scheibenwischer anstellte und sie tatsächlich funktionierten. Levin fuhr langsam durch den Regen: Sein Herz klopfte laut, denn er tat bewußt etwas Gesetzwidriges und dachte dabei, daß er noch nie so deutlich gesehen hatte, wie Regentropfen ins Licht fielen. Er fühlte sehr stark, wie gefährlich dieses Abenteuer war, und stellte sich vor, wie er durch irgendeinen Fehler einen Unfall verursachen und verhaftet würde, wie ihm die Fahrerlaubnis in Cascadia entzogen, ja, wie er vielleicht sogar im Gefängnis landen würde. Das alles stände dann in der Zeitung, und alle, auch seine Studenten, würden wissen, was für ein Narr und Verbrecher er von Natur war.

Über das Lenkrad gebeugt, unverwandt in die feuchte Dunkelheit starrend, fuhr er durch den einsamsten Teil der Stadt, bog zur Übung hier rechts, dort links ab und faßte sich schließlich ein Herz, in das Geschäftsviertel zu fahren. Fast im gleichen Augenblick sah er einen Polizeiwagen, der ihm entgegenfuhr, und spürte eine Lähmung in Armen und Beinen; aber als der Wagen mit dem kreisenden Blaulicht an ihm vorbeigefahren war, ohne daß einer der Polizisten auch nur einen Blick auf ihn geworfen hatte, fuhr Levin aus Easchester hinaus in Richtung Hauptstraße. Er fuhr drei Meilen mit der höchsten Geschwindigkeit, mit der er je gefahren war – fünfundvierzig Meilen –, wendete dann aber, um das Schicksal nicht herauszufordern, an einer Tankstelle und fuhr zurück. Hinter ihm, entlang der dunstigen Landstraße mit ihren zahllosen Laternen lag San Franzisko, vor ihm Seattle, Städte, die er unbedingt kennenlernen wollte. Er stellte sich die Vereinigten Staaten als ein Netz von Straßen und Autobahnen vor: Levin, am Steuer, hatte es unternommen, von einer zur anderen zu fahren, mit voller Geschwindigkeit, bergauf, bergab in seinem zuverlässigen Hudson –: wie einen mittelalterlichen Ritter, die Lanze an der Seite, führte ihn sein Weg durch eine Reihe Helden- und Liebesabenteuer. Als er zu Hause ankam, zitterten ihm zwar die Knie beim Aussteigen, aber er war heil und gesund und fühlte sich wunderbar beschwingt.

Als Levin seine Fahrprüfung bestanden und seinen Führerschein erhalten hatte, dachte er daran, wenn es überhaupt möglich sei, Avis Fliss anzurufen; aber zu seiner Überraschung drängte sich ihm immer mehr das Bild eines attraktiven Mädchens seiner Klasse auf: Nadalee Hammerstad. Als sie eines Tages zusammen in seinem Büro saßen und über ihre letzte Arbeit sprachen – Nadalee war gekommen, um sich nach ihren Zensuren zu erkundigen –, beugte sie sich fast unmerklich nach vorn und schmiegte ihre kleine harte Brust an Levins Ellbogen. Er zog den Arm fort, als sei er gebissen worden (jedoch ohne eine abrupte Bewegung zu machen) und glaubte, die Berührung sei unbeabsichtigt gewesen – ein anderer hätte sie vermutlich gar nicht bemerkt. Er fuhr fort, über die Einteilung ihrer Arbeit in Absätze zu sprechen, und obgleich er es selbst kaum glaublich fand, wurde die Brust wieder zärtlich. Um herauszufinden, ob er sich das alles nur einbildete, hielt Levin den Arm ganz still, und zum drittenmal gab ihm das Mädchen dieses unmißverständliche Zeichen seiner Gunst, während er laut über ihre Arbeit sprach und seine Gedanken völlig durcheinander gerieten. Zwei Minuten später dankte sie ihm für seine Kritik und ging mit einem glücklichen Lächeln hinaus – ohne das geringste Erröten, während Levin glühte, als habe er hohes Fieber.
Sie war ihm schon mehrmals aufgefallen – ein schlankes, hübsches Mädchen mit kurzem dunkelbraunem Haar, grünlichen Augen, einem reifen Gesicht und einer guten Figur. Wenn ihre Unterlippe auch schmal war und sie die Augenbrauen etwas zu stark mit dem Stift nachzog, so verstand sie es doch vorzüglich, sich anzuziehen. Während die anderen Mädchen in ihrer Klasse sich damit begnügten, Röcke und pastellfarbene Pullover oder Blusen zu tragen, trug Nadalee enganliegende Kleider und liebte leuchtende Farben – ein Segen an Regentagen. Die Anfänger unter den Mädchen rochen nach Körperwärme und Talkpuder, aber sie benutzte ein starkes Parfum, das Levin jedesmal reizte, wenn seine Geruchsnerven es wahr-

nahmen. Er merkte, ohne hinzusehen, wenn sie auf ihren Platz in der zweiten Reihe rutschte. Ein gewisser Hauch von Erfahrung umgab sie, der in dem Dozenten das Gefühl weckte, er könne mit ihr reden. Außerdem verstand sie zu schreiben, sogar mit viel Phantasie. Wenn sie nicht da war, fühlte er sich im Stich gelassen. Und doch hatte er sie kaum beachtet und nur selten nach dem Unterricht an sie gedacht, bis sie ihn im Büro aufsuchte. Nach diesem Besuch jedoch mußte er so viel an sie denken, daß er es als lästig empfand.

Nadalee wurde für ihn ein so einzigartiges Geschöpf, rückte ihm so nahe und wurde ihm so teuer, daß er glaubte, er habe sich in sie verliebt. Obwohl er sich sagte, er sei nicht verliebt, hatte sie ihm doch gewissermaßen Liebe angeboten, und Liebe war ja gerade das, wonach Levin sich sehnte. Zwar versuchte er eifrig, nicht an sie zu denken, aber sie drängte sich immer wieder in seine Gedanken – halb entkleidet, um ihn zu reizen, ihr auch die übrigen Stücke auszuziehen. Er überlegte, wie er in einer anständigen Beziehung zu dem Mädchen leben könnte. Wenn sie beide in einer anderen Jahreszeit an einem anderen Ort gewesen wären – sagen wir, im Juli oder August in den Catskill-Bergen, so hätte er wohl kaum Gewissensbisse gehabt, sich an dem, was sie bot, gütlich zu tun. Aber hier in Easchester, im Cascadia College, im Kursus Englisch 10, Sektion Y, um elf Uhr vormittags, montags, mittwochs und freitags, war sie seine Schülerin und er ihr Lehrer, *in loco parentis,* und war ihm als heiliges Pfand anvertraut. Levin beschloß, das Mädchen zu vergessen, aber sein Entschluß wurde von dem ihren beeinflußt. Am Tag, nachdem sie ihn in seinem Büro in solche Erregung versetzt hatte, erschien Nadalee in einem ihrer hübschesten Kleider in der Klasse – weiß, mit weinroten Streifen über Hüften, Bauch und Brüsten und einem Rock, der, über mehreren Unterröcken, eine schwingende Weite hatte. Sie schlug ihre schlanken jungen Beine, deren Form durch die Nylonstrümpfe noch betont wurde, übereinander – einmal so, einmal so. Ihre schmalen Füße steckten in einer Art schwarzer Ballettschuhe, und ohne jede Mühe konnte er sich vorstellen, wie sie in *Schwanensee* auf Zehenspitzen tanzte, während ihm die Rolle des bösen Zauberers zufiel.

Gewiß, dachte er, zieht sie sich nicht um meinetwillen so besonders hübsch an; und wenn er auch seinen Unterricht erteilte, als wisse er sehr wohl, was er tue, konnte er sich doch nicht dazu bringen, sie nicht zu begehren – er wollte sie haben und von ihr begehrt werden. Als er später allein in seinem Arbeitszimmer war, las er mit einem Herzklopfen wie vor einem geplanten Mord oder einer großen Sauferei ihre Aufsätze noch einmal durch und fand in einem von ihnen ein biographisches Detail, das er vergessen hatte; und er wunderte sich, wie das möglich gewesen war. Mit achtzehn hatte sie einen Sommer auf der Ranch ihres Onkels in Nordkalifornien verbracht. An heißen Tagen ritt Nadalee zu einem kleinen, kiefernumstandenen See, entledigte sich der Bluse und des Büstenhalters, zog die Nietenhose und den Schlüpfer aus und tauchte in das kalte blaue Wasser. Zwar bekam Levin Wadenkrämpfe, wenn er zu rasch in kaltes Wasser ging, dennoch sprang er Nadalee nach und schwamm fast die ganze Nacht mit ihr.

Am folgenden Tage genügte schon der Anblick ihres eng an den Schenkeln liegenden Rockes, um ihn zu erregen. Er sah sie nur einmal an – alles an ihr war entzückend, und er merkte, wie sie spürte, daß er ununterbrochen an sie dachte – und schwor sich dann, sie nicht mehr anzuschauen; den ganzen Vormittag über brachte er es auch wirklich fertig, aber als er nachher allein war, wurde alles noch schlimmer als vorher. Die Begierde verzehrte ihn. Er blickte in den Spiegel und sah ein zerquältes Gesicht, das ihn anstarrte. Wie sollte er dieser wilden Lust entrinnen, die seine Gedanken entflammte und folterte und seinen Willen zerfraß? Warum mußte Levins ungelebtes Leben ihm immer gefährlich werden? Warum konnte er es nicht lassen zu suchen, was nun einmal verloren war – das ungelebte Leben der Vergangenheit zu suchen? Er wollte ja weder Faust noch Gatsby sein – oder der heilige Antonius von Irgendwo, der sich, um seiner Qual zu entgehen, die Hoden abgeschnitten hatte. Levin wollte nur er selbst sein und in der Gegenwart ein ruhiges Leben führen.

Er versuchte auf verschiedene Weise, sich selbst in die Gewalt zu bekommen: Er redete sich gut zu, erklärte sich alles mit Vernunftgründen, versuchte, solche Gedanken zu verbannen und sich zu betäuben. Einer seiner Tricks war, sich vorzustellen, das Mädchen sei seine Tochter. Er war ihr alter Herr und hatte sie von Geburt an beobachtet – von der Zeit an, da sie ein kleines Ding in schmutzigen Windeln war. Mit zwölf hatte sie ihre Menstruation bekommen; an ihrem achtzehnten Geburtstag verheiratete Levin sie mit einem erfolgreichen Anwalt, dem sie in sechs Jahren sieben Kinder gebar – lauter Knaben. Ihr Vater – von jeher ein Mann, den jede verdammte Versuchung in Versuchung führte (das Leben hatte ihm so viele Steckdosen mitgegeben, daß es nur einer leichten Brise bedurfte, um den Stromkreis zu schließen) – war vor ihrer bedrängenden Gegenwart sicher, bis durch eine schlimme Schicksalswendung (was immer er versuchte, Levin-père konnte es nicht ungeschehen machen) der überarbeitete Anwalt einem Herzanfall zum Opfer fiel. Aber er hatte Nadalee genügend Geld hinterlassen, und so konnte Levin nach Europa fahren, um dort zu leben und von einem Land ins andere diesseits des Eisernen Vorhangs zu reisen. Man konnte nicht einmal sagen, daß ihm dieses Leben keinen Spaß machte, nur – wo war sein Heim? Etliche Jahre später – er war damals fünfundfünfzig und ging auf sechsundfünfzig zu – traf er an einem festlichen Abend vor der Corrida, halb betrunken vom Val de peñas, diese maskierte Schönheit bei einem Maskenball in Sevilla. Ein Tango führte zum anderen, der Tanz schuf eine Atmosphäre äußerster Intimität – was ist schließlich ein Tanz? Sie flüsterten miteinander – Levin gestand ihr die meisten seiner Sünden, gestand ihr sogar sein Alter, während die Señorita kaum etwas von Bedeutung erwähnte –, und schließlich fuhren sie zu seinem Appartement im Hilton. Zuerst aßen sie zu Abend. George, der ausgezeichnete Kellner, brachte wilde Spargel, eine Aufschnittplatte, Manchiego-Käse und trockenen, in Eimern eisgekühlten Capri-Weißwein; nach dem Kaffee eine Flasche Anis del mono, der wie Lakritze schmeckte und einen wunderbar durchwärmte. Und dann liebten sie sich. Die maskierte Schönheit weigerte sich, die Maske abzulegen, (das war zwar sehr unbequem, aber ihrer Meinung nach die Revanche für seinen angegrauten Bart), bis es unwiderruflich zu spät war. Als er im Morgengrauen ihr wahres Gesicht erblickte, stöhnte er über das Entsetzliche, das er getan hatte. Daraufhin stach sich Levin beide Augen aus und stürzte sich von einem hohen Felsen in die haifischverseuchte See.

Er ging mit sich ins Gericht: Ich habe böse Gedanken, die meinen Geist viel Energie kosten; sie sind Ausdruck meines niedersten Ichs. Ich muß sie durch Willenskraft ausrotten, denn der menschliche Wille ist stark. Ich muß ein verantwortungsbewußtes Leben führen, etwas, das ich in mir erfinden muß. Das Mädchen vertraut mir, ich darf es nicht betrügen. Wenn ich Sex will, muß ich bereit sein zu lieben, und Liebe bedeutet möglicherweise Ehe. (Ich lebe ja meiner eigenen Natur gemäß, nicht der Casanovas.) Wenn ich nicht bereit bin, sie zu heiraten, muß ich die Finger von ihr lassen. Er beschwor sich: Bring ihr nichts bei als Grammatik, die Hauptformen der Verben, Orthographie, Interpunktion – nichts, was das Pensum nicht vorschreibt. Die zufällige Berührung seines Ärmels durch eine Mädchenbrust sollte ihn nicht zu einer ehrlosen Handlungsweise verführen. Sein Ich würde sich benehmen, wie es notwendig war. Sie würde ihn nicht zum Narren halten, erst recht nicht ihn sich unterwerfen. Er würde sich ihr versagen, würde die ganze Tiefe seiner stärksten, wahrsten Seelenkraft enthüllen. Sein Charakter mußte seine Begierde überwinden: Nachts, als diese schrecklichen Anstrengungen vorüber waren (zu denen auch zwei kalte Duschen gehörten), fühlte sich Levin relativ beruhigt – er hatte mit aller Gewalt versucht, sein Begehren zu unterdrücken, und wenn er auch erschöpft war, halbtot geprügelt von dem blutigen Knüppel, mit dem er sich geschlagen hatte, so hatte er doch mehr oder weniger Frieden mit sich selbst erreicht.

Nach ungefähr einer Woche traf Levin Nadalee zufällig eines Morgens im Buchladen des College. Er war zwischen den Büchertischen herumgegangen und hatte aufgeblickt, und er fühlte sich sehr erleichtert, als er sie neben sich bemerkte, denn sogleich hatte er sie so gesehen, wie sie wirklich war: Aus einer Versucherin war ein nettes Mädchen geworden. Mit Interesse beobachtete Levin die Unvollkommenheit ihres Gesichts und ihrer Figur, die schmale Unterlippe, die zu dick nachgezogenen Augenbrauen; ihre Beine, die zu dünn, um sie noch schlank zu nennen, wenn auch nicht eigentlich mager waren, und ihre fast kindlichen Füße in den Ballettschuhen. Aber wenn dieses objektive Urteil ihr auch einiges nahm, so war es für ihn doch überaus nützlich. Ihre Jugend hat mich so gerührt, dachte Levin. Und auch ihre unerwartete Gunstbezeugung. Er begehrte die Frauen, die ihn begehrenswert fanden – er reagierte zu leicht auf sie; er mußte in dieser Hinsicht auf sich aufpassen.

Nadalee sagte, sie suche einen guten Unterhaltungsroman – könne er ihr einen empfehlen? »Es soll ein Geschenk sein – ein Geburtstagsgeschenk; und was glauben Sie, für wen? – für mich, denn ich bin heute zwanzig geworden.«

Levin gratulierte ihr. »Zwanzig haben Sie gesagt?«

Sie erklärte ihm, warum sie zwei Jahre älter war als die meisten Neulinge. »Ich habe nämlich in einer Bank gearbeitet, ehe ich hierherkam.« Aber in der Bank hatte sie sich gelangweilt, und so hatte sie die Stelle aufgegeben und sich mit finanzieller Unterstützung ihres Vaters im Cascadia College immatrikulieren lassen. All das war neu für Levin, aber er versuchte, den Eindruck zu vermeiden, es sei eine besonders gute Nachricht: Konnte eine gute Nachricht schlecht sein? Vielleicht erklärte ihr Alter, warum sie so viel reifer war als die anderen. Und doch war der Unterschied zwischen zwanzig und achtzehn nicht so groß. Aber noch ehe er entscheiden konnte, wie groß oder warum er groß sei, dachte er: Sie ist doch noch zu jung – zehn Jahre Altersunterschied zwischen uns –, sie ist nur ein junges Ding. Man braucht nur ihre Füße zu sehen. Und außerdem bin ich ihr Lehrer.

Levin fand einen Roman für sie, tippte an seinen Hut und ging zum Mittagessen.

Um sich seine Stärke zu beweisen, rief er sie nachmittags an und fragte sie, ob sie Lust zu einem Spaziergang habe. »Und wie!« antwortete Nadalee. Da er sich wirklich für sie interessierte, hatte er entschieden, es sei besser für seine Nerven, sie von Zeit zu Zeit zu sehen – aber natürlich sollte es eine rein platonische Beziehung sein: Sie könnten gelegentlich spazierengehen oder -fahren – allerhöchstens einmal in einer Nachbarstadt zusammen einen Film ansehen. Gesellschaft, ein Gespräch – unter den richtigen Umständen wäre das ein Segen für ihn.

Sie trafen sich im Park an dem grünen Fluß. Sie kam in Rock

und Strickjacke und trug ihren Popelineregenmantel auf dem Arm; Levin hatte seinen angezogen. Sie gingen am Ufer des Sacajawea entlang. Der Vormittag war trübe gewesen, aber jetzt, am Nachmittag, war alles blau, durchdrungen vom Licht der unsichtbaren Sonne.
»Finden Sie so einen Tag nicht einfach wundervoll?« fragte Nadalee.
»Ja.«
»Schauen Sie sich nur diese Wolken im Westen an. Wie würden Sie sie beschreiben?«
»Dunstig, mühsam vorwärtsdrängend.«
»Oder stürmisch – wie die Gefühle mancher Leute.«
»Wessen Gefühle zum Beispiel?«
»Ihre!«
»Sie haben eine gute Beobachtungsgabe«, sagte er seufzend. »Sie sind ein reifer Mensch.«
»Ich bin nur froh, daß Sie das endlich gemerkt haben.«
Levin bückte sich nach einem Stein, um ihn über das Wasser hüpfen zu lassen, aber der Stein versank mit einem lauten Plumps.
»Wenn Sie vielleicht glauben, ich sei ein Unschuldslämmchen«, sagte sie und betrachtete die Wellen auf dem Wasser, »nun – das bin ich nicht, darüber brauchen Sie sich also keine Sorgen zu machen. Ich war nämlich schon mal verlobt.«
Die Mauer, die er so mühsam gegen sie, gegen seine Begierde errichtet hatte, stürzte über seinem Kopf zusammen.
Mit versteckter Angst fragte er sie: »Warum erzählen Sie mir das eigentlich?«
»Weil ich eine Frau bin und wie eine Frau behandelt werden will.«
»Von mir?«
»Ja, wenn Sie es unbedingt wissen wollen.«
»Aber warum von mir?«
»Sie wissen doch wohl, daß ich anders bin als die meisten Mädchen in meiner Klasse? Ich habe genug von den College-Studenten. Ich will einen wirklichen Gefährten.«
»Aber warum ausgerechnet mich?« sagte Levin. »Es gibt doch noch andere Männer, Studenten, die schon Examen gemacht haben, Dozenten – manche von ihnen sehen sogar wirklich gut aus.«

»Ich wette, ohne Ihren Bart sähen Sie auch viel besser aus.«
»Nein, das stimmt nicht.«
»Jedenfalls gibt es nur eine Antwort: Sie gefallen mir. Ich hab' schon immer für Intellektuelle etwas übrig gehabt. Mir gefällt Ihre Art zu sprechen; Sie reden so aufrichtig.«
Er war ihr zutiefst dankbar. Sie standen unter einem Baum und küßten sich leidenschaftlich; ihre jungen Brüste stießen gegen seine Brust. So heftig küßten sie sich, daß sein Hut zu Boden fiel.
Als sie, sich die Hände haltend, weitergingen, sagte Levin: »Nadalee, ich brauche dir wohl nicht zu sagen, daß kein Mensch davon etwas wissen darf? Viele Leute hätten keinerlei Verständnis dafür und wären unbedingt dagegen. Das könnte zu Schwierigkeiten führen.«
Sie erklärte ihm, daran habe sie schon gedacht, aber sie wisse, wie sie sich allein treffen könnten, wenn es ihm recht sei. Es war ihm recht. Ihre Tante, erklärte Nadalee, besitze an der Küste ein kleines Motel. Sie habe die Absicht, am folgenden Wochenende zu ihrer Tochter nach Missoula zu fahren, und wenn sie fortführe, schließe sie immer das Motel und lasse die Leuchtschrift »Alles besetzt« brennen. Um diese Zeit kämen nicht viele Gäste, nur ganz gelegentlich erschienen Touristen und ein paar Jäger oder Fischer. Jedenfalls hatte Nadalee versprochen, auf das Motel aufzupassen, und wenn sie wollten, könnten sie ganz allein darin hausen. »Wir könnten am Strand und in den Dünen spazierengehen, im Freien essen und herumfahren – kurz, wir könnten uns erholen. Meine Tante kommt am Sonntag erst spät abends zurück.«
Levin kämpfte gegen einzelnen ihrer Sätze an, aber seine Phantasie schäumte über. Wer könnte dem Paradies widerstehen?

Der Freitag kam. Er war entschlossen hinzufahren, aber nicht, auf jeden Fall die Frucht zu pflücken. Das Vergnügen lag darin, ein Ziel und Gesellschaft zu haben, nicht aber, sich einen Genuß zu verschaffen, den er nur auf unfaire Art von dem Mädchen erhalten könnte. Er mußte sie als verantwortungsbewußter Mensch behandeln. Das würde er ihr nach seiner Ankunft erklären. Sie war schon morgens mit dem Bus gefahren, aber er hatte um ein Uhr noch eine Stunde zu geben; sie hatten beschlossen, weder zusammen fortzufahren noch zusammen zurückzukommen. Wir wollen Freunde sein, wollte Levin zu ihr sagen. Wenn wir das wirklich fertigbringen, können wir später auch an Sex denken. Für Freunde wäre es noch beglückender – ein doppeltes Glück. Er war zufrieden, diesen Entschluß gefaßt zu haben. Er schnitt sich den Bart rundum etwas kürzer und fuhr dann in bester Stimmung davon.

Zum erstenmal im Leben fuhr Levin allein im Wagen – in seinem Wagen – über Land, fuhr, sozusagen, mit eigener Kraft. Dreimal hurra – hoch sollen sie leben, die Pioniere der Automobilindustrie; ihnen verdankte er die Räder, auf denen er zu jenem selbstgewählten Ort rollen konnte. Vergnügt dachte er an all das, was er in den paar Monaten hier selbst zu tun gelernt hatte: Wie oft hatte er den Rasen gemäht – das Gras war im Dezember noch immer grün und wuchs nach; Billionen von Blättern hatte er zusammengeharkt, zur Hälfte von Bäumen aus den Nachbargärten; im Oktober hatte er Walnüsse gesammelt; er hatte die gelben Birnen gepflückt und sich regelmäßig um Mrs. B's rasselnden Sägemehlofen gekümmert und ihn sogar saubergemacht usw. – dies und noch viel mehr hatte er gelernt. In der vergangenen Woche hatte er seinen Wagen gewaschen und eingewachst. Levin, der Handwerker – d. h. ein Mann, der seine Hände zu gebrauchen verstand. Und hier saß er nun mit beiden Händen am Lenkrad und bewegte sich auf wundersame Weise durch das Land und genoß die Landschaft. Zu unbekannten Bergen fuhr er auf seiner Reise an den Stillen Ozean, dem größten Ozean der Welt. Das mußte man sich vorstellen – er, Levin, fuhr vom Atlantischen zum Stillen Ozean – wer hätte vor ein paar Jahren so etwas für möglich gehalten? Und er sah aus der Nähe Dinge, dic er nie zuvor gesehen hatte: hohe, steinige Berge vor ihm, dichte grüne Wälder, über die Hänge verstreute Farmen, die unvermutet auftauchten, die gespensterhaften Reste von Waldbränden, schwarze Baumstümpfe, deren Silhouetten sich vom Himmel abhoben. Und noch etwas Neues erlebte er: Unangenehm nahe fuhr er an einem mit Baumstämmen beladenen Laster vorbei, der mindestens halb so lang wie ein Häuserblock war; riesige Stämme waren pyramidenförmig aufgeschichtet, aber zum Glück mit Ketten befestigt. Hin und wieder sah er einen Mühlteich, auf dem braune Stämme trieben, die später herausgefischt und zu Brettern verarbeitet wurden. Er raste an einem qualmenden, baumhohen Brenner in Form eines Federballs vorbei, einem schwarzen Ding, in dem Holzabfälle verbrannt wurden, und aus dessen Spitze des Nachts Flammen aufschossen. Er war dabei, das Antlitz Amerikas zu entdecken.

Das Wetter war besser, als es nach dem Wetterbericht der Zeitung zu erwarten war. Von Zeit zu Zeit fiel leuchtend warmer Sonnenschein auf die Felder, brach sich durch dichte Wolken seinen Weg und riß am Himmel breite Ströme auf; hier und da sah er weidende Schafe, auf deren Rücken manchmal Stare saßen, die sich ihre Nahrung in der Wolle suchten. Gelegentlich ballten sich die Wolken zu dunklen Massen, aber im großen und ganzen war es ein freundlicher Tag, und der leuchtend grüne Winterweizen strahlte ein verborgenes Licht aus. Nach Levins Ansicht mußte die Temperatur ungefähr 10° Celsius sein – und das nannte man den Beginn des Winters. So stand es auf dem Kalender, und Mrs. Beaty hatte ihre Winterwäsche an die Luft gehängt und sprach von Weihnachten. Wer konnte sich auch nur vorstellen, wie angenehm das Wetter in Cascadia war, wenn er im Osten gegen Schnee und eisige Winde anzukämpfen hatte? Bucket hatte ihm erzählt, daß hier der Frühling manchmal mitten im Winter ausbrach; ein gutgelaunter Herbst konnte sich bis zum Januar hinziehen, und gelegentlich hielt der Frühling den ganzen Sommer über an. Man sprach dann von »eineinhalb Jahreszeiten«, aber Levin sah keinen Grund zur Klage. Vor einer Woche erst hatte er den Duft einer herrlichen weißen Rose eingesogen, die irgendwo auf einem Rasen wuchs. Was tat's also, daß es bei einem so milden Klima zu feucht war? Die Wärme entschädigte für den Regen, und war es nicht wunderbar, mitten im Dezember an den Strand fahren zu können? Wer außer vielleicht einem Eisbären würde so etwas in Bronx wagen?

Er merkte an den Steinen, daß es aufwärts ging, und entdeckte, daß auch sein Wagen die Steigung nahm. »Heiliger Moses – ich fahre einen Berg hinauf!« An einer Straßenbiegung sah er zu seinem Erstaunen unter sich einen riesigen Tannenwald und, als er eine Haarnadelkurve hinter sich gebracht hatte, eine Menge Berggipfel – Felsen und Schatten –, die sich bis zum fernen Horizont erstreckten. »Alpen auf Alpen sich türmen.« Sein Herz schlug rascher bei diesem Anblick, aber als ihm zum Bewußtsein kam, wie schmal der Grat war, auf dem er fuhr, und wie steil der Abhang, wenn er abrutschte, blieb sein Herz vor Entsetzen fast stehen – er merkte, wie sehr ihn das Fahren anstrengte. ACHTUNG – SCHARFE KURVEN. Er schwitzte, um sie zu nehmen, seine Reifen quietschten, und er drehte das Lenkrad hin und her, als gelte es, auf dem Meer gegen einen Sturm anzukämpfen; krampfhaft versuchte er, auf der Straße zu bleiben, ohne mit irgend etwas zusammenzustoßen, das ihm vielleicht mitten in der Kurve entgegenkäme – unsichtbar, bis er selbst an derselben Stelle ankam: Und er bemühte sich, schnell genug zu fahren, um jenen nervösen Kerl hinter sich zufriedenzustellen, der aus dem Nichts aufgetaucht war und nun so lange laut hupte, bis Levin davon Kopfschmerzen bekam. Er fuhr zwanzig Meilen pro Stunde und überlegte, ob er nicht mit zehn dahinschleichen solle; aber er wagte es nicht wegen dieses Verrückten, der hinter ihm fuhr. Er versuchte, dem Teufel durch Zeichen zu bedeuten, mit seinem Hupen aufzuhören oder ihn mit einem bösen Blick auf den Spiegel unschädlich zu machen, aber alle Zeichen halfen nichts, und er mußte unverwandt nach vorne sehen, damit ihm auch nicht das geringste Stückchen der gefährlichen, kurvenreichen Straße entging. Neues Hupen erfüllte ihn mit Wut und Verzweiflung. Er dachte daran, anzuhalten und auszusteigen, um mit seiner Nemesis zu kämpfen, aber zum Glück wurde die Straße etwas breiter, und Levin fuhr dicht an den Felsen heran, um das Ungeheuer vorbeizulassen. Wütend schüttelte er die Faust, als ein uralter, schäbiger Chevy sich an ihm vorbeidrängte, dessen winziger Fahrer mit kurzgestutztem schwarzem Schnurrbart – eher Chaplin als Hitler – ihm den Vogel zeigte. Sein verstaubtes Nummernschild verriet, daß er aus New Jersey kam – die Welt war wirklich klein. Da es Levin nicht nach weiteren Kurven verlangte, dachte er daran, eine Ruhepause einzuschieben, aber da ihn niemand mehr verfolgte, fuhr er auf der gewundenen

Straße weiter, die ganze Zeit über im Bewußtsein der Abgründe, die tiefer waren als all die, von denen er je geträumt hatte, und voller Sorge, daß ihn ein auch nur sekundenlanges Nachlassen der Aufmerksamkeit in den mörderischen Schlund des Waldes hineinschleudern könnte, wo er tot, vernichtet, liegen bliebe, ohne je wieder gesehen zu werden. Und doch brachte er alle Kurven hinter sich, eine nach der anderen; manche von ihnen waren so qualvoll, so gewunden, daß er plötzlich das Gefühl hatte, zum erstenmal im Leben zu wissen, was das Wort »gerade« eigentlich bedeutete; und diese Erkenntnis geleitete ihn bergab auf eine ruhige Straße.
Ein paar Minuten fuhr er diese friedliche Straße entlang und war glücklich; dann begann eine neue Steigung, und er riß die Augen hinter der staubigen Windschutzscheibe weit auf. Aber er gewöhnte sich daran: Es war ein Hindernisrennen, und man tat dasselbe wie der Bär. Es gab viele Berge, und man überquerte einen nach dem anderen, ohne sich um die übrigen zu kümmern. Bald schien das Schlimmste hinter ihm zu liegen. Als es abwärts ging, war Levin erstaunt, durch einen Weiler zu fahren, der offenbar nur für kurze Zeit errichtet worden war: Er kam an einer Gruppe schlechtgebauter, seit Jahren nicht mehr angestrichener Häuser vorbei, in deren Mitte sich der Dorfladen befand – vor ihm eine schmutzige Tankstelle. Auch das war Amerika: Man lernte in jedem Augenblick des Lebens etwas dazu, und das war eine erfrischende Abwechslung zum Bücherwissen. Kaum hatte er den Ort hinter sich gelassen und fuhr auf einer breiten, gewundenen Straße weiter, da blickte er wie hypnotisiert auf ein weißes Rauchwölkchen, das aus seinem Kühler kam und sich bald verflüchtigte; sofort bekam er Angst, ohne jedoch zu wissen wovor. Er dachte zuerst daran, zu der Tankstelle zurückzufahren, aber die kurvenreiche Straße war zu eng zum Wenden. Außerdem mochte er nicht umkehren, da er beschlossen hatte, vorwärts zu fahren. Es war sowieso schon ziemlich spät, er konnte nur langsam fahren, und Nadalee wartete auf ihn. Von Zeit zu Zeit beobachtete er die Kühlerhaube, und da er keinen Rauch mehr sah, schwor er sich, erst bei der nächsten Tankstelle haltzumachen. Ganz zufällig fiel sein Blick auf das Wasserthermometer. Der Zeiger rückte immer näher an HEISS heran.

Und was soll ich jetzt tun? fragte sich Levin und versuchte, sich an das zu erinnern, was in dem Handbuch stand, das er beim Kauf des Wagens dazubekommen hatte; aber er war völlig verwirrt und entsann sich an nichts mehr. Er fuhr also weiter, bis er wieder Rauch sah. Jetzt stand der rote Zeiger auf HEISS. Da er sich vor einem Brand fürchtete, brachte er den Wagen auf der Straße zum Stehen und drehte den Zündschlüssel. Sofort entströmte dem Kühler eine Dampfwolke. Aufgeregt hob er die Kühlerhaube hoch. Bei dem Versuch, den Deckel des Wasserstutzens aufzuschrauben, verbrannte er sich zunächst die Finger, aber dann gelang es ihm, mit Hilfe eines gefalteten Taschentuches. Eine Dampfsäule zischte in die Höhe, und kochendes braunes Wasser entströmte dem Stutzen; zum Teufel mit Ex-Dekan Feeney! Levin entsann sich, irgend etwas darüber in dem Kapitel ÜBERKOCHEN gelesen zu haben.

Zwei Stunden später war er wieder unterwegs. Die Sonne ging unter, und es war sehr spät geworden. Ein kleiner Lastwagen hatte ihn bis zu einer Tankstelle in einem nicht sehr weit entfernten Holzfällerdorf vor sich hergeschoben; der Besitzer der Tankstelle und gleichzeitig diensttuender Monteur war »für eine halbe Stunde nach Hause gegangen«, wie es auf einem Stück Pappe hieß, das an der Zapfsäule steckte. Levin wartete und wurde dabei immer nervöser, denn er hatte nur zwanzig Dollar bei sich, und Freitagabend rückte näher und näher. Als der Mann endlich auftauchte, empfahl er, den Kühler durchzuspülen, und obgleich das nach schlechten Karten beim Pokern klang, war es Levin recht, da ein Mann, der Bescheid wußte, es ihm sagte; aber die Prozedur dauerte über eine Stunde, denn immer wieder unterbrach der Mann seine Arbeit, um Benzin oder sonst etwas zu verkaufen. Levin ging die Straße entlang, setzte sich auf einen Felsen und beobachtete, wie die Zeit verging, ohne daß er irgend etwas tun konnte. Er überlegte, ob er Nadalee anrufen und ihr sagen solle, was passiert war, aber er fand es zu kompliziert und gab den Gedanken wieder auf. Er hatte damit gerechnet – oder vielmehr sie hatte es –, daß sie sich schon um vier Uhr treffen würden, aber es war lange nach vier, der schönste Teil des Tages und mit ihm ein gut Teil der Vorfreude war dahin, denn er hatte es gern, daß sich alles wie vorausgesehen entwickelte – der Zeitplan und alles andere. Er fragte sich ganz im Ernst, ob er dieses Mißgeschick als Warnung ansehen solle, aber sowie der Wagen fertig war, war er wieder vergnügt, bezahlte mutig zwölf Dollar und fuhr mit vollem Tank und der Empfehlung, bald einen Ölwechsel vornehmen zu lassen, wieder davon (dabei hatte er doch erst in der vergangenen Woche das Öl wechseln lassen). Aufmerksam beobachtete er das Thermometer, stand jedesmal Qualen aus, wenn der Zeiger sich nach rechts bewegte, und war beglückt, wenn er wieder zurückfiel. Da es nur fünfunddreißig Meilen bis zur Küste waren, rechnete er mit höchstens einer Stunde Fahrzeit, versuchte, sich zu beruhigen, und sagte sich, das Vergnügen liege noch vor ihm, da ja Nadalee auf ihn warte. Im Augenblick war die Straße gut, und er stellte mit der Uhr fest, daß er fünf Meilen in sechs Minuten zurückgelegt hatte. Zwar war die Sonne untergegangen, und Schatten lagen über den Feldern, aber noch glühte der Himmel golden-grün. Die Stille beglückte ihn, jeder einzelne Baum war in Stille gehüllt, und von den bewaldeten Bergen klang tausendfach die Stille wider. Als die Straße wieder zu steigen begann, bekam er von neuem Angst. An der ersten Straßenbiegung wälzte sich ein mit Stämmen beladener Laster wie ein fetter Wurm aus einem Erdloch und kroch keuchend seines Weges – hinter sich das riesigste, gräßlichste Stück Holz herziehend, das Levin jemals gesehen hatte; es sah aus, als bedrohe es die ganze Menschheit. Er riß den Wagen so rasch er konnte zum Straßenrand und hielt den Fuß auf der Bremse, bis der lange Laster an ihm vorbeigerattert war. Als Levin wieder anfahren wollte, merkte er, daß das nicht ging: sein rechtes Hinterrad war in einen Graben gerutscht. »Ich sterbe«, seufzte er, nachdem er sich zwanzig Minuten lang krampfhaft bemüht hatte, das Rad freizubekommen. Kein einziger Wagen war vorbeigekommen. Er sah sich schon während der Nacht in seinem Hudson erfrieren. Am Morgen würde man dann eine steife Leiche herausholen; von solchen Dingen hatte er in der Zeitung gelesen. Er überlegte verzweifelt, daß er doch irgend etwas tun müsse, aber das rechte Hinterrad war völlig gleichgültig gegen Überlegungen oder Willensanstrengungen. Schon fragte er sich,

warum er diese unmögliche Reise überhaupt unternommen habe, als ein Traktor um die Kurve bog und auf ihn zu schwankte. Es war ein alter Kasten, und der Farmer, der ihn fuhr, ein runzliger alter Mann mit kleinem, lederartigem Gesicht. Er trug einen formlosen Strohhut, saß hoch oben auf seinem Sitz und schwankte von einer Seite zur anderen.
Zu Levins Erstaunen fuhr die Maschine an ihm vorbei; der Farmer war so in Gedanken versunken, daß Levin brüllen mußte, um seine Aufmerksamkeit auf sich zu lenken. Rasselnd hielt der Traktor an, der Fahrer drehte sich um und starrte auf Levin, als sei es ihm völlig unverständlich, woher er plötzlich aufgetaucht sei.
»Verzeihen Sie die Störung«, sagte Levin, »aber ich bin in diesem Graben steckengeblieben.«
Ohne ein Wort zu erwidern, kletterte der Farmer von seinem Sitz, holte ein Seil aus dem Werkzeugkasten und verknotete es an der vorderen Stoßstange des Hudson. In ein paar Sekunden war das Rad aus dem Graben gezogen. Es ging so schnell, daß Levin es kaum glauben konnte.
»Hoch soll er leben, der amerikanische Farmer, dreimal hoch!«
Der Farmer verzog das Gesicht zu einem schwachen Lächeln. »Ach«, sagte er, »könnten Sie mir vielleicht auch helfen? Bei mir ist auch etwas nicht in Ordnung.«
»Aber gern«, erwiderte Levin, »obwohl ich etwas Wichtiges vorhabe.«
Er stieg aus dem Wagen. Der Farmer suchte etwas im Werkzeugkasten und kam dann mit einer Drahtzange auf ihn zu.
»Hab' Zahnweh – dahinten im Mund. Können Sie ihn mit der Zange rausziehn?«
Levins Muskeln spannten sich so sehr, daß er anfing zu zittern. Er stellte sich vor, wie er versuchen würde, den Zahn zu ziehen, ihn dabei abbräche, wie er ihn nicht vollständig herausbekäme, da der Mann blutete, und das Ende von allem wäre, daß er ihn in ein Krankenhaus bringen müßte. Und doch wollte er dem Farmer seine Dankbarkeit für die Befreiung aus dem Graben zeigen.
»Könnte ich Sie denn nicht zu einem Zahnarzt bringen?« fragte er. »Ich fahre sowieso zur Küste.«

»Kann sie nicht aussteh'n«, sagte der Farmer. »Bin auch für dreißig Stück Angusrinder verantwortlich. Seit die Frau tot ist, bin ich ganz allein.«
Er öffnete den Mund und berührte mit einem knorrigen Finger den schmerzenden Zahn, einen völlig verfärbten Stumpf. Mehrmals versuchte Levin, den Zahn mit der Zange zu fassen.
»Ist's der da?«
»Scheint so, bin nicht sicher.«
Er nahm dem Farmer die Zange aus dem Mund und gab sie ihm zurück. »Ich würde Ihnen nur wehtun, ohne daß es was nützt.«
»Weh tut's auf jeden Fall«, sagte der Mann. Er warf die Zange in den Werkzeugkasten und kletterte wieder auf seinen hohen Sitz. Der Traktor ratterte bergab.
»Alles Gute für den Zahn«, rief Levin ihm nach. Wieder einmal versagt, dachte er.
Er ließ den Motor an und gab Gas. »Nadalee, ich komme.«
Es war schon fast sechs. Ich muß mich beeilen. Er raste die Bergstraße entlang und wunderte sich, warum es so dunkel war; eilends knipste er die Lichter an und stöhnte auf, als er sah, wie die vorandrängenden Lichtbündel sich im Nebel verfingen. Eine tiefe Niedergeschlagenheit überfiel ihn, und er begann, sich seinen Gedanken zu überlassen. Wo ist der Nebel – drinnen oder draußen? Er kroch nur noch so dahin, überzeugt, in der nächsten Minute abzurutschen. Sollte er anhalten? Wenn er jetzt anhielt und ein gütiges Geschick es ihm ersparte, von hinten angefahren zu werden, mußte er stehenbleiben, bis der Nebel sich – vielleicht – am Morgen lichtete. Wie sollte er aber, wenn er weiterführe, wissen, ob er noch auf der Straße oder schon von ihr abgekommen – vor dem letzten Zusammenprall mit irgend etwas in die Luft geschleudert, geköpft, zerstückelt war – was für ein grauenhaftes Ende für einen Mann, der im Leben schon so viel gelitten und noch so viele Pläne hatte?
Mit Nebeltröpfchen im Bart fuhr er weiter mit einer Geschwindigkeit von zehn Meilen pro Stunde und einer Sicht von nur knapp drei Meter, in Angst vor den riesigen schrecklichen Steinen, die plötzlich vor ihm auftauchten, und den

nackten Felsen, unter denen er hindurchfuhr. Alle paar Sekunden bremste er, beim Fahren hupte er unentwegt und vermied es zum Glück, halbversteckte Geröllblöcke und grotesk verschlungene Bäume anzufahren, deren Kronen sich im Nebel verloren. Eine Vision von möglichen Unfällen löste die andere ab, immer wieder nannte er sich einen Idioten, weil er diese Reise durch das Purgatorium überhaupt unternommen hatte. Levin gelobte sich, seine glückliche Ankunft zu feiern, wenn er überhaupt mit dem Leben davonkäme.

Seine Nerven zerstachen seine Haut, und es schien ihm, als führe er schon seit unzähligen Jahren eine verlassene Straße entlang, als fiele der Anfang dieser Reise in seine Kindheit, während er jetzt gewiß schon Großvater war und schlohweißes Haar hatte, obwohl sein Gesicht, als er in den Spiegel blickte, erschreckend dunkel aussah. Er spürte, daß er stundenlang vorwärts gekrochen war, ohne sicher zu sein, tatsächlich auf der richtigen Straße zu fahren, und nach einer gewissen Zeit war es ihm gleichgültig. Er fuhr dahin, wo die Straße hinführte, fuhr, weil sie vor ihm lag; an ihrem Ende würde er ankommen.

Plötzlich sah er im Licht der Scheinwerfer ein Pferd – war so etwas möglich? – Nein, es war ein Maultier, das unbeweglich auf der Straße stand und auf irgend etwas in der Dunkelheit stierte. Allmählich erkannte Levin, völlig erschöpft, daß das Maultier kein Alptraum war; es lebte und starrte ihn aus zehn Meter Entfernung an; und er merkte, daß der Nebel nur noch in Fetzen in der Luft hing; der Himmel war jetzt mit Sternen übersät, mitten unter ihnen war der Mond. Aber während er seufzte, unbeschreiblich erleichtert über das Nachlassen des Nebels, stand das Maultier wie eine steinerne Statue quer auf der Straße; weder rechts noch links konnte man an ihm vorbeikommen. Drei Meter von dem Tier entfernt brachte Levin den Wagen zum Halten und stieg aus, um zu versuchen, es fortzujagen; zuerst bot er dem Maultier Pfefferminzbonbons an, die er ihm behutsam aus einer Entfernung von dreißig Zentimetern vors Maul hielt, in der Hoffnung, es werde sie für Zucker halten; aber es verzog noch nicht einmal die Nüstern. Im Licht seiner Scheinwerfer marschierte Levin die Straße entlang und riß ein paar Farne aus. Er versuchte es mit einer Handvoll – aber der Salat führte das Tier nicht in Versuchung. Verzweifelt suchte er nach einem Stein, mit dem er auf seinen knochigen Rücken zielen könnte, aber noch während er suchte, verwarf er diesen Gedanken. Wieder im Wagen, verschränkte er die Arme über dem Lenkrad und legte den Kopf darauf. Als die Hupe ertönte, fuhr das Maultier erschrocken zusammen. Es wieherte vor Angst laut auf und verschwand ins Unbekannte.

Die mondbeschienene Straße war meilenweit zu übersehen, und Levin fuhr, so schnell er konnte. Aber als er weitere fünfundzwanzig Meilen geschafft hatte und immer noch kein Ende vor sich sah, quälten ihn Zweifel. War er auf der richtigen Straße, oder fuhr er in Richtung Mexiko oder Kanada? Würde er noch am Abend ankommen? Ob sie noch auf ihn wartete? Beladen mit diesen Sorgen fuhr er über eine gedeckte Brücke und sah, als er herauskam, Scheinwerfer in der Ferne. Etliche Meter hinter der Brücke hielt er an. Nach zwei Minuten näherte sich ein Wagen. Levin war aus dem Hudson gestiegen, schwenkte beide Arme und stoppte einen alten Dodge; der Fahrer trat die Bremse durch und kam mit quietschenden Reifen zum Halten.

»Verzeihung«, sagte Levin. »Ich suche den Weg zur Küste. Wie weit ist es noch Ihrer Ansicht nach?«

Der Fahrer, ein alter Mann mit großem Bart und randloser Brille, starrte auf Levins schlaffen Bart.

»Sind Sie Mormone oder sonst was?«

»Nur ein ganz gewöhnlicher Bürger.«

»Sie wohnen in Cascadia?«

»Ja.«

Der Mann nahm den Hut ab und kratzte sich mit einem Finger derselben Hand den kahlen, venenüberzogenen Schädel.

»Versteh' ich nicht«, murmelte er. »Is' das denn nicht da drüben?« Er deutete über Levins Schulter nach hinten.

Einen Augenblick später verschwand sein Wagen auf der gedeckten Brücke.

Levin war einem Zusammenbruch nahe, versuchte, sich klar zu werden, wo er den Weg verfehlt hatte. Vermutlich im Nebel. Irgendwo war er nicht abgebogen und so in die verkehrte

Richtung gefahren. Das war die gerechte Strafe für seine bösen Absichten.

Ziellos fuhr er weiter und dachte traurig an die vielen Gelegenheiten, bei denen er versagt, an die vielen falschen Wege, die er eingeschlagen hatte, an die Vergeblichkeit seiner Reise; da, plötzlich witterte er den Geruch des Meeres. Schnell kurbelte er das Fenster herunter, sog noch einmal die Luft ein und stieß einen Schrei aus.

Der Ozean! Entweder hatte der alte Narr seine Frage nicht verstanden, oder er wußte selbst nicht Bescheid; vielleicht hatte er Levin auch für einen russischen Spion gehalten.

In der Ferne sah er ein goldenes Gespinst aus Mondschein auf dem dunklen Busen des Meeres.

Der Ozean war zu sehen – welche Freude! »Mein Gott – der Stille Ozean!«

Er sah sich als den untersetzten Cortez, vielmehr Balboa, der mit Tränen in den Augen auf das Wasser hinunterblickt. Wenige Minuten nur, und er fragte an einer Tankstelle nach dem Weg zu dem Motel von Nadalees Tante. Obwohl es bei seiner Ankunft erst ungefähr neun Uhr war, lag das Motel im Dunkeln, keine Leuchtreklame brannte. Aber Levin klopfte an jede Tür, bis hinter einer von ihnen ein Licht aufflammte und die Tür geöffnet wurde.

Da stand Nadalee in einem durchsichtigen Nachthemd.

»Mr. Levin – ich meine Seymour!«

»Nadalee – ich habe mich verirrt.« Aber noch ehe er erklären konnte, wo und wieso es dazu gekommen war, hatte sie ihr Nachthemd ausgezogen, und ihr herrlicher junger Körper erleuchtete das Zimmer, als er ihn hungrig in die Arme schloß.

6

Dr. Fabrikant hatte Levin erzählt, daß Professor Fairchild früher einmal die Lehrer für Stilkunde – damals waren es zumeist Damen – in ein großes Klassenzimmer eingeschlossen hatte, wenn sie die Arbeiten für die Abschlußprüfungen zensierten; auf diese Weise wollte er Höchstleistungen und absolute Unabhängigkeit erreichen. Zwar hatte er mit zunehmendem Alter seine Methoden etwas geändert, aber unter Gilleys Führung herrschten nun andere seltsame Sitten: So gab es zum Beispiel einen Wettkampf zwischen den Dozenten und den »Außerordentlichen Professoren«, die den Stilkundeunterricht erteilten, mit dem Ziel, die Abschlußprüfungsarbeiten noch am selben Tag zu zensieren, an dem die Aufsätze geschrieben wurden. Gerald behauptete, er befürworte dieses Wettrennen nicht um seiner selbst willen, obwohl ihm Wettrennen Spaß machten, sondern nur, damit alle Zensuren lange vor der Ablauffrist, die der oberste Beamte der Quästur festgesetzt hatte, abgeliefert würden; deshalb verlangte er, daß die Arbeiten so rasch wie möglich zensiert, die Vergleichslisten angelegt und ihm die so erzielten Trimesterzensuren vorgelegt würden. Obwohl Levin bei einer solchen Hetze nur sehr schlecht arbeiten konnte, fürchtete er, ins Hintertreffen zu geraten, und so beeilte er sich mit den anderen zusammen mehrere Stunden lang, ohne sich auch nur die Zeit zu nehmen, etwas zu trinken oder Wasser zu lassen.

Jeder Fragebogen für das Examen bestand aus acht hektographierten Seiten und enthielt zweihundert Fragen, auf die Kurzantworten gegeben werden mußten; der Dozent hatte hundertvierzehn Studenten einschließlich derer, die an der Grammatikübung teilnahmen, die aber ihre eigenen Abschlußprüfungsaufgaben hatten; diese waren von Avis verfaßt worden. Eilends zählte Levin die richtigen Antworten und hakte sie mit roter Tinte am Rand der Seite ab, später jedoch machte er aus Gründen der Zeitersparnis nur noch Punkte. Er addierte laut, schrieb die Anzahl der richtigen Antworten unten auf die Seite und nahm rasch das nächste Blatt vor; nur gelegentlich stahl er sich ein paar Sekunden für Fingergymnastik, um keinen Krampf zu bekommen. Er zappelte und schwitzte, wenn er hörte, daß andere die Treppe hinauf- und hinunterrannten oder den Korridor entlangeilten, denn er befürchtete, sie lieferten ihre Resultate schon ab, während er noch immer vor einem ganzen Stapel unkorrigierter Arbeiten saß. Der Kaffeeraum war zwar wie immer geöffnet, und er hatte großen Durst auf eine Tasse Tee, aber aus Angst, noch mehr zurückzubleiben, wagte er nicht hinzugehen. Das größte Talent für dieses Spiel besaß Avis – sie lieferte meistens als erste ab; schlimmstenfalls war sie zweite nach Bullock, der auch so ein Läufer war. Wenn sie den Sieg davontrug, errötete sie vor Freude, und Gilley strahlte vor Begeisterung über ihren Erfolg, denn es machte ihm Spaß, wenn jemand gewann.

Wie sehr sich Levin auch bemühte, er konnte es den Profis nicht gleichtun, obwohl das Wettrennen und das Vergnügen am Addieren anfingen, ihm Freude zu machen; aber er wurde nur drittletzter. Hinterher hänselte Gerald ihn und Farper (der seine Resultate nach ihm abgegeben hatte), weil durch ihre Schuld die Zensurenkurve des Seminars erst eine ganze Stunde später fertig geworden war. Es handelte sich dabei um die Bell-Kurve, die Gilley nach festgesetzten Prozentsätzen in die verschiedenen Buchstaben-Resultate einteilte. Nachdem alle Dozenten ihre Vergleichslisten eingereicht hatten, hatten Gerald und Milly die Zahlen auf eine Hauptvergleichsliste übertragen. Als dann alle statistischen Angaben vorhanden waren, zog sich der Stilkundedirektor in sein Büro zurück, verschloß die Tür und zeichnete vorsichtig mit seinem geliebten Rechenschieber die Kurve, die dann in Segmente unterteilt wurde; so ergab sich die Anzahl der »A«, »B« etc., die verteilt werden konnten. Er hoffte, später einmal eine IBM-Maschine anschaffen zu können, die die ganze Arbeit – das Zensieren und alles übrige – in Blitzesschnelle erledigen würde. Milly tippte nun die statistischen Angaben der Kurve auf eine Matrize und machte Abzüge, die wie Extrablätter einer Zeitung aussahen. Gerald griff eiligst nach diesem Stoß Papier, ging den Flur entlang und gab jedem Stilkundelehrer ein Blatt. Ed Purtzer, früher einmal Star unter den Läufern, verteilte einen ganzen Haufen davon unter seine Kollegen vom dritten Stock.

Wenn die Lehrer diese neuesten Informationen erhalten hatten, konnten sie jeder Examensarbeit den verdienten Buchstaben geben. War das erledigt, suchten sie die Buchstabennote für das Trimester, indem sie die Durchschnittsquoten der Abschlußprüfung mit den Resultaten von Klassenfragebogen und den durchschnittlichen Aufsatzzensuren verglichen; (diese beiden Werte hatten alle, mit Ausnahme der völlig undisziplinierten Kollegen, in der vorhergehenden Woche ausgearbeitet). Levin glaubte, damit sei der Wettkampf zu Ende, denn es war spät geworden, und draußen war es dunkel, aber viele Stilkundelehrer kamen nach dem Abendessen wieder, um auch die restlichen Buchstabenzensuren zu berechnen und dann jede von ihnen auf zwei Karteikarten zu übertragen, damit sie diese am nächsten Morgen als erstes Milly aushändigen konnten. Wenn alle Zensuren eingegangen waren, fertigte Gilley, wieder von den individuellen Vergleichslisten ausgehend, eine weitere, farbige, Kurve an, aus der hervorging, wie jeder einzelne Student bei den Abschlußprüfungen abgeschnitten hatte. Auch hier lag Avis wieder vorn: sie hatte die längste rote Kurve, das heißt die höchste Anzahl von »A«, während die Levins nur mittellang war. Ihre Kurve war doppelt so lang wie seine, und einen Augenblick lang schämte er sich dessen. Er versuchte herauszufinden, wer die kürzeste rote Kurve hätte, aber Gilley wollte es nicht verraten. Später gestand ihm Bucket, daß er es gewesen sei.

»Ich unterrichte nie nur für diese Abschlußprüfungen«, sagte er. »Ich hasse diese Tests.«

»Aha«, sagte Levin.

Levin merkte, daß er immer wieder an das Mädchen denken mußte, von dem Professor Fairchild ihm im August erzählt hatte, sie habe sich unter dem Schlafzimmerfenster ihres Lehrers die Kehle durchgeschnitten. Sehr oft schlich sie sich in seine Gedanken ein, während er sich auf dem schmalen Grat seiner Beziehungen zu Nadalee bewegte: sie seinerseits davon überzeugen wollte, daß ihr Schäferstündchen kaum etwas nach sich ziehen würde, andererseits sich so verhielt, als wolle

er diesen Eindruck gar nicht erwecken. Bis zum Augenblick der Trennung war es ein größtenteils beglückendes Wochenende für Levin gewesen; erst nachher spürte er, daß er für das Mädchen keine wirkliche Zuneigung empfand, und das zerstörte in der Erinnerung einen großen Teil seines Vergnügens. An diese Art Reaktion war er seit vielen Jahren gewöhnt, und sie trug nicht dazu bei, seine Eigenliebe zu stärken. Den Grund für diesen Mangel an wahrer Zuneigung für Nadalee, die er doch vorher so heiß begehrt hatte, sah er bis zu einem gewissen Grad in seiner Fahrt durch die Berge, aber auch in dem Umstand, daß er seine Begierde vielleicht zu sehr unterdrückt hatte; und wenn diese Gründe nicht stimmten, dann war seine Zuneigung vielleicht von einer Angst erdrückt worden, die er von Anfang an nicht hatte loswerden können: nicht etwa, daß sie sich im Hof unter dem Kirschbaum die Kehle durchschneiden könnte, sondern daß ein Bekanntwerden ihrer Beziehung seine Karriere in Cascadia schlagartig beenden würde. Levin fürchtete, sie könne durch verändertes Benehmen, durch ein wenn auch noch so unbewußt und absichtslos gegebenes Zeichen verraten, daß aus der Lehrer-Schülerin-Beziehung etwas Persönlicheres geworden war. Während der wenigen Tage, die das Herbsttrimester noch dauerte, benahm sie sich jedoch ganz unverändert; sie tat höchstens so, als sei gar nichts zwischen ihnen gewesen, und Levin hatte Angst, sie zeige es vielleicht zu deutlich. Außerdem befürchtete er, irgend jemand habe sie möglicherweise an der Küste gesehen – vielleicht Bullock und Gilley, die auf Entenjagd gegangen waren –, oder sie könne – was menschlich durchaus verständlich wäre – ihrer Zimmergenossin etwas über ihren neuen Freund erzählen – kitzle mich, und ich sag dir seinen Namen –: ein bärtiges Mitglied des Englischseminars, der von ihren Reizen völlig hingerissen war. Und in einem Augenblick der Unbesonnenheit ließe diese Zimmergenossin vielleicht ein Wörtchen darüber fallen, das dann eines Tages Professor Fairchild zugetragen würde, vor dessen Zorn er die größte Angst hatte. Er fragte sich, ob das Vergnügen, das er gehabt hatte, solche Seelenqualen wert sei.
Aber es dauerte nicht sehr lange, bis er zu der Einsicht gelangte, das Mädchen könne ihr Geheimnis bewahren. Sie

mußte ja auf ihren eigenen guten Ruf achten; und was geschähe, wenn die Tante, der das Motel gehörte, etwas von dem nicht-zahlenden Gast erführe – etwas, das allen Geschäftsprinzipien ins Gesicht schlug? Levin hörte zu seiner Erleichterung, daß weder Gilley noch Bullock an jenem Wochenende auf Entenjagd gewesen war. Gerald hatte eine Propagandareise zu den Oberschulen in Nordcascadia unternommen, während – so hieß es in der Zeitung – die Universität von Gettysburg die Wiesen des Südens abgegrast hatte: ein im Grunde vergebliches Unterfangen, da die meisten jungen Leute patriotisch genug waren, das College des Südens zu bevorzugen. Und George hatte, so behauptete Bucket, seinen Sportsleuten Nachhilfeunterricht erteilt; er hatte sie die Tests der vorjährigen Abschlußprüfungen durcharbeiten lassen. Als aber Nadalee, überaus reizvoll anzusehen, eines Nachmittags kurz nach ihrem ersten intimen Zusammensein im Büro ihres Lehrers erschien und ihm eine Verabredung vorschlug, räusperte sich Levin und erklärte, das sei kein guter Einfall – es sei besser, bis zu den Weihnachts- oder vielleicht sogar bis zu den Osterferien zu warten. Zudem riet er Nadalee, im folgenden Trimester die Übung Englisch 11 bei einem anderen Dozenten zu belegen, und sie war intelligent genug, ihm zuzustimmen.

»Aber hin und wieder können wir uns doch treffen, Seymour?«

»Hin und wieder«, antwortete Levin. »Wir können ja am Fluß spazierengehen.«

Sie sah ihn neugierig an. »Stimmt irgend etwas nicht? Hab' ich etwas getan, das du nicht mochtest?«

»Aber nein«, sagte er, »durchaus nicht. Wir müssen nur außerordentlich vorsichtig sein, ich hab' dir's ja gesagt.«

»Wann treffen wir uns in den Weihnachtsferien? Ich könnte eine Ausrede finden, um noch im Studentinnenheim zu bleiben; vielleicht ließe es sich machen, daß ich in dein Zimmer käme oder sonst irgend so etwas.«

»Das wäre sehr nett«, sagte Levin, »aber vielleicht fahre ich in den Weihnachtsferien nach San Franzisko.«

»Großartig! Wäre es nicht fein, wenn wir zusammen führen? Ich würde natürlich meine Reise selber bezahlen.«

Er antwortete, ja, das wäre wirklich nett, aber er habe einem Kollegen versprochen, ihn im Wagen zu begleiten.
»Ach«, sagte Nadalee.
Obwohl ihre Unterhaltung länger als sonst dauerte, schienen ihre Gefühle für ihn merklich kühler geworden zu sein, als sie ging. Er bemerkte es mit Bedauern. Er behandelte sie schlecht.
Eine Woche später, zwei Tage nach dem Abschlußexamen der Übung Englisch 10, war sie wieder in seinem Büro – aufgeregt, verärgert und beinahe in Tränen. Es war ein düsterer Dezembermorgen, und der Regen verwischte alle Konturen. Sie war völlig durchnäßt, ihr Regenmantel und Popelinehut waren triefnaß, und Levin hatte sie zum Trocknen über den Heizkörper gehängt. Sie trug eine enganliegende rote Hose, einen weißen Pullover, der sich um ihre harten kleinen Brüste schmiegte, und weiße, pelzbesetzte Stiefel an den Kinderfüßen. Levin überlegte, daß es vielleicht nicht sehr klug gewesen war, so rasch seine Beziehung zu ihr abzubrechen, ja, er entwarf sogar einen Plan, um ihre Freundschaft zurückzugewinnen, verwarf ihn aber nach einigem Nachdenken wieder. Und doch bedauerte er, was immer der Grund dafür sein mochte, daß er sich nicht mehr so stark wie früher für sie interessierte und daß auch ihre Gefühle für ihn nicht mehr die gleichen waren. Wenn ich doch nur verliebt wäre, dachte er.
Es stellte sich heraus, daß sie gekommen war, um gegen ihre Zensur in Englisch zu protestieren. Da sie ihn gebeten hatte, ihr ihre Zensur vor der öffentlichen Bekanntmachung mitzuteilen, hatte er es brieflich getan, und es war klar, daß sie über ihr »C« unglücklich war. Mit feuchtem, beleidigtem Blick erklärte sie, sie hätte bestimmt mindestens ein »B« verdient, und beschuldigte ihren Lehrer, aus lauter Angst, sie zu bevorzugen, ins entgegengesetzte Extrem verfallen zu sein, als er ihre Arbeit zensierte.
»Was soll das heißen?«
Sie begann zu schluchzen. »Hast du mich nicht vielleicht bestraft, weil du etwas getan hast, das du nicht hättest tun sollen?«
Levin ging zur Tür und horchte. Dann horchte er an den Wänden.
»Bitte, Nadalee, sprich leise.«
Als er einen Augenblick später zu erklären begann, preßte sie

die zitternden Lippen zusammen. »Ich will dir etwas sagen: Deine Note hat nicht das Geringste mit meinem Gewissen oder irgendeinem anderen Gefühl zu tun, das mit unserer Beziehung zusammenhängt. Für das, was war, bin ich dir dankbar – wenn du darauf hinauswolltest.«
Er setzte ihr auseinander, wie er zu der Zensur gekommen war. »Erstens müssen wir alle in den Stilkundeklassen auf dieselbe Art zensieren: Je ein Drittel jeder Zensur ergibt sich aus den im Unterricht beantworteten Fragebogen und den Durchschnittsnoten der Aufsätze; dazu kommt dann das Resultat der Tests in der Abschlußprüfung. Was nun dein Abschlußexamen betrifft, so hattest du »B plus« im Aufsatz, aber nur »C plus« in den Fragebogen. Ich hatte gehofft, du kämest mindestens auf ein »B minus« beim Test der Abschlußprüfung – ja, eigentlich hatte ich sogar auf mehr gehofft, mindestens aber auf ein »B minus«; dann hätte ich dir für das ganze Trimester einen Durchschnitt von »B minus« geben können. Für den Leiter der Quästur ist das – wenigstens soviel ich weiß – so gut wie ein glattes »B«, weil er keine Lust hat, mit »plus« und »minus« herumzufummeln, denn dazu brauchte er weitere Hilfe im Büro. Leider hast du's – zu meiner größten Enttäuschung, und ich meine das ganz ehrlich – aus irgendeinem Grunde nur auf ein »D« gebracht, und das ergab als Durchschnitt für das Trimester ein »C plus«; das hab' ich dir auch gegeben, und aus diesem Grund hast du vom Leiter der Quästur ein »C« bekommen. Zugegeben, ich habe mir überlegt, ob ich dir nicht auf jeden Fall zu einem »B« verhelfen könnte, denn ich bin dir ja, wie ich schon sagte, sehr dankbar. Aber du mußt verstehen, daß das, was zwischen uns geschehen ist, nichts mit deiner Zensur zu tun hat: Und ich kann sie auch nicht damit in Verbindung bringen. Mir wäre es unfair vorgekommen, dich und alle anderen auf verschiedene Arten zu beurteilen. Verstehst du, was ich damit sagen will, Nadalee?«
Sie gab es auf, sich noch weiter zu bemühen, ihre Verachtung zu verbergen. »Offenbar gibt es Dinge, die du sehr wohl hast tun können, als sie dir in deinen Kram paßten.«
Levin war erschüttert. »Wenn das stimmt, und wenn das alles war, kann ich es nur bedauern.«
Sie fing an zu weinen. Sie saß auf dem Besucherstuhl, hielt die

Hände vors Gesicht und weinte. Er zog ein Papiertaschentuch aus der Schublade, aber sie wollte es nicht annehmen.
»Ich hatte gerade meine Tage gehabt beim Schlußexamen. Und dann bring' ich nie was Richtiges fertig.«
»Das tut mir leid, Nadalee.«
»Du hast keine Ahnung, was das für mich bedeutet. Ich hatte mindestens mit einem »B« gerechnet.«
Ein paar Minuten später trocknete sie die geröteten Augen und zog sich die Lippen nach. Er fühlte sich zwar versucht, sie zu bitten, nichts Unüberlegtes zu sagen oder zu tun, brachte es aber fertig, sich zu beherrschen. Als sie ging, hatte sie ihre Haltung beinahe wiedergewonnen; nicht jedoch Levin.
Stundenlang lag er in der Nacht wach im Bett und versuchte zu entscheiden, was er tun sollte. War er mit der Zensur fair gewesen? Vielleicht hatte er ihre Klassenarbeiten nicht ganz richtig zensiert, was allerdings möglicherweise einen Vorteil für sie bedeutet hatte. Andererseits aber – warum sollte er ihr »C plus« nicht in ein »B minus« umwandeln, da ihre Aufsätze über dem Durchschnitt lagen? Dieser verfluchte kleine Unterschied! Dabei hätte er keineswegs bei der Ewigkeit oder dem zweiten thermodynamischen Gesetz beschwören können, daß sein »B minus« eine bessere Leistung bedeutete als sein »C plus«. Wer war dieser Gilley mit seinem eisernen Zensurengesetz, allmächtiger Gott?
Bullock hatte einmal im Kaffeeraum gesagt, er neige dazu, die Arbeiten von Mädchen mit guten Figuren etwas besser als verdient zu zensieren. Levin hingegen neigte dazu, einem Bittsteller einen Gefallen zu tun. Wenn ein Student sagte: »Mr. Levin, ich arbeite in diesem Trimester besonders viel« oder »Ich habe mich gebessert – hoffentlich merken Sie's«, konnte er leicht sein Mitgefühl erregen. Ebensogut konnte er ihm sagen, sein Vater sei kürzlich gestorben und seine verwitwete Mutter sei völlig abhängig von den Zensuren ihres Sohnes. Wenn seine »Objektivität« in anderen Fällen beeinflußt worden war, warum sollte das nicht auch jetzt zu ihren Gunsten möglich sein, die doch mit ihm geschlafen hatte? Er verdankte ihr schließlich mehr als den anderen.
Ich kann es nicht, dachte er, während er in die feuchte Nacht hinausstarrte. Es geht um das Prinzip.

Er hatte nichts entschieden. Als er endlich eingeschlafen war, wachte er schon nach einer Stunde wieder auf und dachte an das, was ihm vorher durch den Kopf gegangen war.
Am nächsten Tag kam sie wieder zu ihm ins Büro. Sie war blaß und hatte weder Lippen- noch Augenbrauenstift benutzt; und ohne Parfum hatte sie einen bittersüßen Körpergeruch. Levin merkte deutlich, daß sie keinesfalls wie irgend jemand aussah, den er besonders gut kannte, und er schrieb sich selbst die Schuld dafür zu.
»Als ich gestern mit dir sprach«, sagte sie, »hab' ich dir nicht erklärt, warum ich das »B« brauche, denn ich habe mich geniert. Aber ich muß es unbedingt haben, denn inzwischen hat sich herausgestellt, daß ich die Mathematikarbeit verhauen habe. Ich brauche das »B« in Englisch, damit ich nicht nur ›auf Bewährung‹ versetzt werde. Wenn mir das in meinem ersten Trimester hier passieren würde, hat Daddy gesagt, würde er mich zwingen, das College zu verlassen und wieder in die Bank zurückzugehen. Und er ist in allem sehr streng, Mr. Levin.«
Jetzt sagt sie mir's.
»Ich kann nicht«, seufzte Levin.
»Bedeutet es dir denn gar nichts, daß wir einmal so intim miteinander waren?« fragte Nadalee.
»O ja, aber deshalb kann ich doch nicht etwas Unehrenhaftes tun.«
Sie warf ihm einen verbitterten Blick zu. »War es vielleicht nicht unehrenhaft von dir, mit mir zu schlafen?«
»Wieso?«
»Du hast doch Verpflichtungen.«
»Ja.«
»Wäre es dann noch unehrenhafter für dich, wenn du meine Zensur ein ganz klein wenig verbessern und mir ein ›B minus‹ geben würdest?«
»Ja.«
Ihre Augen füllten sich mit Tränen. Er reichte ihr ein Papiertaschentuch, aber sie schleuderte es fort, sah ihn eiskalt an und verließ das Büro.
Levin befürchtete das Schlimmste: Wenn ihr Vater sie aus dem College nähme, würde sie ihn mit in den Schlamassel reißen –

das wäre das Ende seiner kurzen sorglosen Laufbahn als College-Lehrer. Ach, dachte er, wenn ich nur noch einmal von vorne anfangen könnte!

Am selben Abend saß er wieder an seinem Schreibtisch im Büro, um Nadalees Arbeit für die Abschlußprüfung noch einmal durchzulesen. Vielleicht hatte er bei der verrückten Hetze doch einen Fehler gemacht. Zunächst sah er nach, ob er nicht eine Seite ihrer Arbeit überschlagen oder eine richtige Antwort als falsch bezeichnet hatte. Nein – das hatte er nicht getan. Dann prüfte er, mit wieviel Punkten jede Seite zensiert war – sie stimmten alle; zuletzt zählte er die Ergebnisse aller acht Seiten zusammen. Dreimal addierte er sie – und erhielt drei verschiedene Resultate, von denen eines um zweiundzwanzig Punkte höher lag als die Punktzahl ihrer Arbeit. Er warf den Bleistift auf den Schreibtisch.

Dann stürzte er durch den Korridor zu Bucket; Bucket war so liebenswürdig, alle Punkte auf Millys Addiermaschine zusammenzuzählen. Das Resultat: zweiundzwanzig Punkte mehr als ursprünglich! Levin konsultierte das Blatt, auf dem das Verhältnis von Punktzahl zu Zensuren festgelegt war, und erkannte, daß danach die Arbeit des Mädchens mit Leichtigkeit ein »B minus« erhalten konnte; und damit käme sie auf das »B«, das sie brauchte. Er war hocherfreut, zugleich aber ärgerlich, daß er vorher so unaufmerksam gewesen war.

»Stimmt etwas nicht?« fragte Bucket.

»Was macht man, wenn man dem Leiter der Quästur eine verkehrte Punktzahl angegeben hat?«

»Am besten, Sie bitten die Sekretärin, Ihnen eine ›Zensuränderungskarte‹ zu geben, und sprechen ein Gebet.«

»Wirklich? Warum?«

»Der Direktor ändert nicht gern Zensuren.«

In seinem Büro hätte Levin sich ohrfeigen können, weil er seine Additionen nicht nachgerechnet hatte. Er schleppte den ganzen Stapel seiner Examensarbeiten zu Millys Schreibtisch und überprüfte sämtliche Additionen auf der Maschine. Um ein Uhr morgens hatte er noch drei weitere Fehler entdeckt. Einer von ihnen war unbedeutend und hatte keinen Einfluß auf den Zensurbuchstaben des Studenten; aber drei der vier Fehler stellten sich als schwerwiegend heraus. Nadalee mußte natürlich eine bessere Zensur erhalten. Ein früherer Soldat in ihrer Klasse mußte ein »A minus« statt eines »B« bekommen; und ein Mädchen aus einem anderen Institut mußte – leider – ein glattes »C« statt eines »B« erhalten. Der Lehrer griff sich an die Stirn.

Früh am nächsten Morgen – es war Freitag vor Ferienbeginn – bat er Milly, ihm drei »Zensuränderungskarten« zu geben. Sie reichte sie ihm, sah aber hinter ihrer Phantasiebrille sehr besorgt aus. »Sie werden kaum je benutzt, Mr. Levin.«

Er füllte sie an ihrem Schreibtisch aus und schrieb in die Rubrik »Grund der Änderung«: »Additionsfehler«; dann ging er mit ihnen zu Gilley, um sie unterschreiben zu lassen.

Langsam bekam Gerald einen roten Kopf.

»Um Himmels willen, Sy, drei? Mein Gott, der Quästurleiter wird einfach explodieren. Sie haben ja keine Ahnung, wieviel alle im Augenblick zu tun haben. Sie müssen alle den Samstag und Sonntag und die ganze nächste Woche durcharbeiten, während wir anderen unsere Ferien genießen. Jede einzelne dieser Karten zieht für jeden der betroffenen Studenten ein halbes Dutzend Änderungen nach sich. Das bedeutet einen riesigen Aufwand an Büroarbeit, für die einfach kein Mensch Zeit hat. Und das Schlimmste ist, daß dem Mädchen, das Sie auf ein ›C‹ herunterdrücken wollen, das Resultat vielleicht schon schriftlich mitgeteilt worden ist. Was glauben Sie, wie ihr zumute wäre, wenn sie plötzlich etwas von dieser Änderung erführe?«

Levin, den sein Bart juckte, murmelte Entschuldigungen. »Es tut mir wirklich sehr leid, Gerald, aber ein Fehler ist und bleibt ein Fehler.«

Gilley versenkte sich in die drei Karten. »Ich werde Ihnen was sagen. Warum übergeben Sie nicht einfach die beiden Karten mit den Zensurverbesserungen und lassen die andere unter den Tisch fallen? Das Mädchen kriegt einen Tobsuchtsanfall, wenn sie merkt, daß man ihr eine schlechtere Zensur gegeben hat. Sie könnte uns schöne Unannehmlichkeiten machen – sowohl Ihnen wie dem Seminar. Ihr Vater oder sonst irgendein Verwandter von ihr ruft vielleicht den Präsidenten an, der würde Sie herbeizitieren, Sie hätten alles auszubaden, und wir würden alles erfahren.«

Levin tupfte sich das Gesicht ab und antwortete: »Ich würde ihm einfach das Beweismaterial vorlegen.«
»Selbst das würde unserem guten Namen schaden.«
»Immerhin«, sagte Levin, »wenn zwei Resultate verändert werden, warum nicht auch das dritte? Das ist doch nur logisch.«
Gilley überlegte sich die Sache noch eine weitere Minute und gab dann widerwillig nach; er sah aus wie eine gekochte rote Rübe.
»Aber um Himmels willen seien Sie in Zukunft vorsichtig!«
Levin versprach's und eilte davon. Später rief er Nadalee an und erzählte ihr von seinem Irrtum.
»Wollen Sie damit sagen, ich hätte die ganze Zeit eigentlich ein ›B minus‹ gehabt?«
Er gab es zu.
»Dann habe ich ja für nichts zu danken.«
Sie legte energisch den Hörer auf, aber er fühlte, daß sein Gewissen ziemlich rein war.

Während der langen Winterferien regnete es ununterbrochen; der Himmel war eine einzige tiefhängende, unbewegliche Regenwolke, und in dieser milden und doch feucht-kalten Jahreszeit gab es kein trockenes Eckchen. Nachdem es den ganzen Tag lang geregnet hatte, regnete es auch in der Nacht, und die flüssige Dunkelheit tropfte von den Bäumen. Wenn er mitten in der Nacht aufwachte und über sein Leben nachdachte, kam ihm der Regen, auf den er lauschte, wie Naturgeschichte vor, und es schien, als verschlänge der Stille Ozean das Land. Riesige nasse Wolken schwebten über den Sturzwellen, die über den Strand fluteten, und klatschten gegen Berghänge, Regen strömte aus einer ganzen Flotte zerstörter Schiffsrümpfe, durchweichte felsige, an Hängen hinaufkletternde Wälder, ertränkte grüne Hügel in Schwärze und ließ grashelle Felder absaufen. Im Dunkeln entsann sich Levin des Regens seiner Kindheit, den der Wind gegen die Fassaden der Mietskasernen geblasen und der den kahlen Baum im Hinterhof in schaumigen Güssen verschlungen hatte; aber wenn der Regen vorbei war – nach einem Tag, nach drei Tagen oder nach einer Woche –, dann war er auch vorbei, und das Licht kam wieder, die anbetungswürdige Sonne schien von neuem. Hier hingegen hatte man nicht das Gefühl, zwischen Regenperioden zu leben; hier war der Regen das Klima, ein Zustand, das Wasser sprudelte in dicken, dünnen, feinen Tropfen, es war überall, hatte weder Anfang noch Ende, war monoton und formlos. Ein paarmal sah er am Himmel gleichzeitig zwei Regenbogen, aber auch danach regnete es weiter. Wohin Levin auch ging, immer trug er Gummischuhe, Regenmantel und Schirm; der einzige Mann, der, soweit er es feststellen konnte, auch einen Schirm hatte, war Professor Fairchild. Es gab Studenten, die ohne Hut im strömenden Regen standen, sich gemütlich unterhielten, ja sogar ein Buch aufschlugen, um eine Behauptung zu beweisen. Levin jedoch waren in der ganzen Zeit weder Flossen noch Entenfedern gewachsen; und auch kein Panzer gegen die Einsamkeit.

Bullock hatte ihn aufgefordert, mit ihm, Jeannette und den Kindern nach San Franzisko zu fahren, aber im letzten Moment kam etwas dazwischen. Levin überlegte, ob er versuchen solle, um der Erfahrung willen in seinem Hudson hinzufahren, aber er hatte quälende Visionen, wie auf jeder Bergkuppe sein Kühlwasser überkochte, wie er unzählige Male im Graben landen und im Schnee steckenbleiben würde und so oft abgeschleppt werden, so viele Reparaturen bezahlen müßte, bis er bankerott wäre. Er blieb also zu Hause, wenn er auch nicht viel zu tun hatte; er wurde allerdings ein- oder zweimal zu kleinen Parties eingeladen und freute sich schon auf die jährliche Silvestergesellschaft bei Bullock, über die ihm Gerald sehr vergnügt berichtet hatte. Er las sehr viel und legte manchmal sein Buch fort, um an Nadalee zu denken – oft voll Begierde. An einem Abend ging er in die Wirtschaft, um nachzusehen, ob Laverne noch dort arbeitete, aber sie war nicht mehr da. Sehnsuchtsvoll dachte er an den Stall. Die neue Kellnerin interessierte ihn nicht, darum ging er wieder, nachdem er sein Bier getrunken hatte. Im Laufe der Woche besuchte er Millard Scowers und O. E. Jones, und am Heiligen Abend sah er sich bei Dr. Kuck vierhundert Farbdias an. Die acht Buckets – er hatte mehrmals angerufen und zweimal an die Tür geklopft – waren offenbar verreist. Levin dachte daran, Avis anzuläuten, erinnerte sich dann aber an ihre Operation.

Es gab kaum Unterhaltung in der Stadt. An einem Abend legte er neunzig Meilen zurück, nur um einen ausländischen Film zu sehen. Am nächsten fuhr er – hin und zurück – zweihundert Meilen, um sich die Universität von Gettysburg anzusehen. Als er dort das Kunstmuseum besichtigte, betete er, daß die Geisteswissenschaften eines Tages doch wieder Einzug im Cascadia College hielten. Am Abend suchte er in der Zeitung von Easchester, ob es irgendeine kulturelle Veranstaltung gäbe, zu der er gehen könne; aber was waren schon »Zonta«, die »Töchter des Nils« und der »Loyalitätsklub für Männer«? Für den »Club der Vierziger« war er noch zu jung, aber er dachte daran, zu einer Versammlung von »Du und Ich« zu gehen, weil er gehört hatte, daß sich dort Bekanntschaften zwischen Mädchen und Männern anbahnten. Aber noch ehe er gehen konnte, wurde er krank und legte sich zu Bett.
Er hatte sich eine scheußliche Erkältung geholt. Sein Hals brannte, die entzündete Nase tropfte, der Kopf tat ihm weh, und er nieste viele Male hintereinander. Er konnte kaum schlafen; war er aber eingedöst, so wurde er von seinem keuchenden Atem wieder wach. Bullock kam vorbei, um ihm mitzuteilen, daß Jeannette Grippe hatte und die Silvesterparty deshalb nicht stattfinden könne. Levin spürte, wie er immer deprimierter wurde. Er verbrachte Stunden und Stunden damit, an Nadalee zu denken – er hatte sie besessen, ohne es zu verdienen, es war der Lohn des Lehrers gewesen, eine schäbige Art, eine Frau zu erobern. Seine Flucht in den Westen hatte ihm bisher noch gar nichts genutzt, die Zeit hatte nur die Entfernung zunichte gemacht, sein Ich blieb von der Vergangenheit befleckt. Scheußliche Erinnerungen, schlechte Angewohnheiten, noch größeres Pech. Er entsann sich jeder schmutzigen Einzelheit, jeder widerlichen Niederlage, die er seit seinen Knabenjahren erlebt hatte, all seiner Schwächen, seiner Armut, seines Mangels an Disziplin – kurz, er spürte, wie tief sich sein schwaches Ich in seinem willenlosen Leben verfangen hatte. Ein weißäugiger Hund bellte ihn vom Fenster her an – seine uralte Angst, trotz jahrelanger hartnäckiger Versuche, sich zu beherrschen, doch zu versagen. Er lag im Bett, kein Laut war zu hören, alles war Einsamkeit und Dunkelheit. Mehr als einmal spürte er, wie langsam der Haß gegen sich selbst in ihm

wuchs. Darüber erschrak er, denn er hatte sich eingebildet, ihm um dreitausend Meilen davongelaufen zu sein. Es war unmöglich geworden, irgendeine Prophezeiung über die Zukunft zu machen, die doch ein neues Leben hatte sein sollen. Als er das erkannte, erbebte der Boden unter seinem Bett.

Levin versank in Traurigkeit – einer alten Traurigkeit; der einsame Mann hier entsann sich jenes einsamen Mannes im Dunkel eines schmutzigen Zimmers. So war es jahrelang gewesen, zu lange, um darüber nachzudenken. Dann wurde ihm alles gleichgültig; ein Stein mit einem Schnupfen lag im Bett, das Denkmal seiner selbst. Aber diese Gleichgültigkeit ließ ihn beinahe aufschreien; und vor Verzweiflung konzentrierte er seine Gedanken auf die traurige goldene Schönheit eines Fünftel Whisky. Diese Vision machte ihn entsetzlich durstig. Er griff nach der Flasche – und merkte, daß er in zwei braune Augen starrte. Levin zuckte zusammen, es war doch niemand hereingekommen, war er denn schon betrunken? Dann sah er, wie Pauline Gilley ihn durch die Glasscheibe der Hintertür beobachtete; in ihren Augen bemerkte er etwas wie Mitleid. Als sie anklopfte, war er schlau genug, den Mund zu halten, aber schon hatte sie den Türknauf umgedreht und stand atemlos im Zimmer; und während sie das, was sie ihm mitgebracht hatte, auf den Tisch stellte, zählte sie die einzelnen Dinge auf: »Nasentropfen, Anti-Histamin, Vitamin C, eine Zitrone für Ihren Tee, ein paar Apfelsinen und Kekse. Entschuldigen Sie, daß ich durch die Hintertür komme, aber Gerald meinte, Mrs. Beaty schliefe am Nachmittag, und deshalb wollte ich nicht klingeln.«

Sie hatte den Mantel ausgezogen und knotete ihr schwarzes Kopftuch auf. Während sie unaufhörlich weiterredete, hob sie herumliegende Sachen auf, hängte seine Kleidungsstücke fort, ordnete die Papiere auf seinem Schreibtisch und sagte, als sei das sehr wichtig, sie wäre ja schon früher gekommen, aber Gerald habe ihr erst heute erzählt, daß Levin krank sei. »Ich habe ihn nach Ihnen gefragt, und er hat geantwortet, George habe gesagt, Sie seien stark erkältet. Es tut mir schrecklich leid.«

Er sprach kein Wort, Bart und Haar waren schweißverklebt,

er war nur noch ein jämmerlicher kranker Mann. Wenn sie glaubt, irgend etwas tun zu müssen – soll sie es doch tun und dann gehen.
Dann setzte sie sich auf einen Stuhl neben sein Bett, sah das traurige Häuflein an, das er war, und strickte an einer dunkelgrauen Socke. »Hätten Sie mich doch nur angerufen.« Manchmal war ihre Stimme gar nicht zu hören; aber das spielte keine Rolle.
»Sie brauchen doch nicht allein zu sein, wenn Sie krank sind. Mein Vater sagte immer, das schadet mehr als eine Krankheit. Soll ich Ihnen etwas vorlesen? Ich habe *The Woodlanders* mitgebracht, weil mir das Buch so gut gefällt.«
Mit geschlossenen Augen wartete er darauf, daß sie ging. Er mußte Geduld haben. Sie hatte aufgehört zu reden. Jetzt, da er die Decke anstarrte, hörte er das Klappern ihrer Stricknadeln. Wenn dieses Geräusch aufgehört hätte, wäre sie gegangen. Er wartete darauf, um sich wieder mit seinem Durst befassen zu können.
»Die Kinder sind gar nicht unsere eigenen«, sagte sie. »Klein-Mary haben wir letztes Jahr adoptiert und Erik ein Jahr vorher, da wir seit unserer Heirat kinderlos waren.«
Levin wartete, schlau und geduldig, und nachdem lange alles still geblieben war, packte sie die Stricknadeln zusammen und erhob sich. Es hatte aufgehört zu regnen. Aus goldenen Wolken fluteten die Strahlen der untergehenden Sonne ins Zimmer. Sie stand im Licht und band sich das Kopftuch um – und dann sah er sie nicht mehr. Nachher bekam er Nasenbluten und konnte die Zitrone und die Apfelsinen riechen, die sie ihm mitgebracht hatte.
Er stand auf und kleidete sich an. Er zog Gummischuhe über, nahm aber keinen Schirm mit. Er verließ das Haus durch die Hintertür und lief durch die nassen Straßen; in den Ästen der schwarzstämmigen Bäume glitzerte Sonnenlicht, und er ging bis zu den letzten Häusern, wo er sehen konnte, wie die Sonne über den Feldern unterging. Die Sonne war hinter den Bergen versunken, aber der Himmel leuchtete noch in rosa Flammen. Erstaunlich gefärbte Wolken in seltsamen Formen schwebten über ihm. Eine sah wie ein fetter roter Lachs aus. Eine andere war eine purpurrote Blüte. Und eine dritte glich

einem Torso mit goldenen Brüsten von Rubens. Sein Durst war vergangen; alles war naß, die Bäume, die Straßen voller Pfützen, die grasbewachsene Erde in der Abendstimmung. Das trostlose Gefühl war gewichen. Er war wieder der Levin, der sich gebessert hatte.

Kommt alles von der verdammten Erkältung, dachte er. Wenn ich daran gedacht hätte, hätte ich mir diesen Schmerz ersparen können. Es tat ihm leid, daß er kein freundliches Wort zu ihr gesagt hatte; aber er fühlte sich wie ein Mann, der ein neues Leben anfängt – und er fing es an.

Als er wieder mit dem Unterricht begann, war er noch immer unzufrieden mit seiner Lehrmethode. Die Übung Englisch 11, nach Gilleys Beschreibung »schon eher eine College-Übung«, war zwar besser als die des vergangenen Trimesters, aber sie basierte auch noch zu stark auf den *Grundlagen*... Manchmal unterbrach Levin das reine Exerzieren nach dem Übungsbuch, Formular B, um über einen guten Roman zu sprechen oder ein Gedicht vorzulesen – das einzige Gedicht, das manche der Studenten überhaupt während ihrer Studienzeit, ja vielleicht während ihres ganzen Lebens zu hören bekamen. Gelegentlich reformierte er die Welt zwischen einem Komma und einem Semikolon. Da das aber nichts mit dem im Pensum vorgeschriebenen Unterrichtsstoff zu tun hatte, fühlte er sich nicht ganz wohl dabei. Wer bin ich denn schon – vielleicht der Vierte Jesaja? Und er ließ mehr Arbeiten nicht durchgehen als im letzten Trimester. Er warf seinen Studenten vor, daß ihre Aufsätze zu armselig seien und tadelte sie, weil sie, wenn sie auch nett und gutmütig waren, das Leben kritiklos hinnahmen. Danach plagten ihn Gewissensbisse, weil das nichts mit geduldigem Unterrichten zu tun hatte.

Einige Studenten gaben seine Übung auf. Als er die schriftlichen Mitteilungen darüber erhielt, nahm er an, sie hätten entweder Englisch überhaupt nicht mehr belegt oder das College verlassen; bis er erfuhr, daß sie mit Gilley gesprochen und sich von ihm in eine andere Stilkundeübung hatten versetzen lassen. Gerald gab das auch zu, als er und Levin einmal allein im Kaffeeraum waren. »Nehmen Sie's nicht so tragisch, Sy. Diese jungen Menschen haben durchaus das Recht, mit Achtung behandelt zu werden.«

»Das haben sie natürlich«, sagte Levin, der innerlich schon kochte, »– als Menschen muß ich sie selbstverständlich achten. Aber sollten sie nicht eigentlich nach meiner Achtung ihrer Arbeit gegenüber streben?«

»Sie können ihnen keine Vorhaltungen machen, als gingen sie noch zur Oberschule. Deshalb wollten sie aus Ihrer Klasse raus.«

»Wäre es nicht vielleicht – hm – besser gewesen, Sie hätten ihnen geraten, in meiner Übung zu bleiben? Haben Sie durch diese Versetzungen, da es sich um die Qualität ihrer Arbeit handelte, nicht eigentlich meiner Unterrichtsmethode eins ausgewischt? Wäre es nicht richtiger gewesen, Sie hätten sie gebeten, erst einmal mit mir zu sprechen?«

Gilley spülte seine Tasse aus. »Ich habe die Erfahrung gemacht, daß man am besten Lehrer und Studenten trennt, sobald ein Student nichts mehr mit seinem Lehrer anzufangen weiß.«

Wenn Levin diese Taktik auch nicht billigte, so bestärkte der Verlust seiner Studenten ihn doch in seiner Angst, keinen guten Unterricht zu erteilen.

An einem feuchten Januartag bat Gilley alle Stilkundelehrer zu einer Besprechung über die zunehmende Zahl von Plagiaten unter den Aufsätzen. Auch Professor Fairchild war anwesend und lutschte an seiner vergilbten elfenbeinernen Zigarettenspitze. Seit Oktober, erklärte der Stilkundedirektor, hatte Avis ihm drei solcher Plagiate übergeben, er selbst hatte eine Arbeit als Plagiat erkannt, Farper eine weitere, und nun glaubte auch Jones, auf eins gestoßen zu sein. Gilley war davon überzeugt, daß es noch mehr davon gäbe, die nur bisher noch nicht erkannt worden waren. Er riet den Anwesenden, die Aufsätze noch genauer durchzusehen und sich im Falle eines Verdachts mit Kollegen zu beraten. Avis hatte einen besonderen Instinkt, abgeschriebene Arbeiten zu erkennen. »Sprechen Sie mit ihr, Doktor Kuck oder mir«, sagte er. »Wenn der Klausursaal auch sehr viel dazu beiträgt, die Zahl der abgeschriebenen Aufsätze niedrig zu halten, so entgehen uns trotzdem noch einige. Wenn Sie bei einem Aufsatz Verdacht hegen – wenn es so aussieht, als stimmte etwas damit nicht –, dann ist das unbedingt ein Zeichen, auf der Hut zu sein. Wie

gesagt – wenn Sie nicht sofort erkennen, woher er stammt, so bringen Sie die Arbeit einem von uns. Ich habe im Laufe meiner Tätigkeit eine ganze Anzahl solcher Fische aufgespießt und bin jederzeit gern bereit, Ihnen zu helfen.«
Levin fragte, was dem Studenten passiere, der erwischt würde.
Professor Fairchild nahm die Zigarettenspitze aus dem Mund, um zu antworten, aber noch ehe er etwas sagen konnte, begann Gilley zu reden. »Wenn wir einen eindeutigen Beweis in Händen halten oder der Student alles zugibt, kommt der Betreffende vor das studentische Ehrengericht. Sein, respektive ihr Lehrer und ich sind die Vertreter der Anklage, und der Dekan der Männer oder Frauen (je nachdem) informiert den Studenten oder die Studentin über seine respektive ihre Rechte. Meistens fällt der Student oder die Studentin in Englisch durch und wird während der darauffolgenden Wochen des laufenden Trimesters vom College suspendiert. Wenn der Fall sehr schwerwiegend ist, das heißt, wenn wir beweisen können, er oder sie die Sache aber nicht zugibt, können wir auch beschließen, ihn oder sie des Colleges zu verweisen.«
Professor Fairchild rauchte und nickte zwischen den Zügen. Dann fügte er hinzu: »Das stimmt. Und wenn Sie es je mit einem klaren Fall von Plagiat zu tun haben, so übernehmen Sie nicht selbst die Verantwortung für ein Urteil über Schuld oder Unschuld des Betroffenen. Hüten Sie sich vor falschem Mitleid, sondern liefern Sie den Schuldigen entweder Doktor Gilley oder mir aus. Am besten Doktor Gilley. Nur auf diese Weise kann man so etwas ausrotten.«
»Stimmt«, ließ sich Gilley vernehmen, aber der alte Professor hatte schon lachend angefangen, eine Anekdote zu erzählen: »Ungefähr ein Jahr, nachdem ich meine Arbeit hier aufgenommen hatte« – er kratzte sich mit einem Finger an der Augenbraue –, »oder war es nach ungefähr fünf Jahren, aber das tut nichts zur Sache. Jedenfalls war damals ein junger Mann in meiner Übung, den ich sehr gern mochte. Ich hielt ihn für einen Ehrenmann, bis er mir eine Arbeit gab, die ich sofort als Teil eines Artikels erkannte, den ich kurz vorher in einer Zeitschrift gelesen hatte. Ich besprach die Angelegenheit mit dem jungen Mann – er stammte aus guter Familie –, und

fast sogleich gestand er seinen Fehler ein. Er erklärte, er habe für die Ingenieurfächer so viel zu lernen gehabt, daß ihm keine Zeit für seine englischen Studien geblieben sei.
Ich sagte ihm, ich verziehe ihm dieses Vergehen, weil er so etwas zum erstenmal getan habe, und sei bereit, auf drastische Maßnahmen zu verzichten, wenn er noch am selben Tag eine neue Arbeit einreiche. Das tat er denn auch – noch am gleichen Nachmittag. Die Arbeit war gut. Der junge Mann konnte wirklich schreiben; ich war schon früher, nach einem Klassenaufsatz, zu dieser Überzeugung gelangt, und soviel ich mich erinnere, beurteilte ich die Ersatzarbeit mit ›B‹ oder ›B plus‹, wahrscheinlich mit ›B‹. Aber irgend etwas an ihr erweckte ein unangenehmes Gefühl in mir. Ich erwachte mitten aus einem tiefen Nachmittagsschlaf und fing an, mir Gedanken über die zweite Arbeit zu machen. Irgend etwas war faul im Staate Dänemark. Ich sprach mit Doktor Femur darüber – einem Dozenten der Staatswissenschaft, der emeritiert wurde, nachdem uns die Geisteswissenschaften entzogen worden waren; er brauchte gar nicht sehr lange zu suchen, und schon fand er heraus, daß der Inhalt der Arbeit einer Rede Theodore Roosevelts entnommen war. Ich schrieb sofort an den Vater des jungen Mannes, einen sehr erfolgreichen Schuhfabrikanten in Portland, Oregon, und er kam zu einer Besprechung zu mir. Unser Gespräch war ziemlich erregt. Der junge Mann schwor mit Tränen in den Augen auf die Bibel meiner Frau, daß er so etwas nie wieder tun wolle. Ich glaubte ihm, und ich darf wohl sagen, sein Vater tat das gleiche.
Der junge Mann reichte daraufhin eine dritte Arbeit ein, aber ich war gewarnt, und gewarnt ist gleichbedeutend mit gewappnet. Ich bat Doktor Fabrikant – ich glaube, es war Fabrikant –« er blickte sich um, aber Dr. Fabrikant war nicht anwesend –, »ich bat also Doktor Fabrikant, sich die Arbeit einmal durchzulesen. Er gab mir den Hinweis, den ich benötigte, und danach fand ich den größten Teil dieser dritten Arbeit in den Schriften von John Stuart Mill. Ich brauche wohl nicht zu sagen, daß der junge Mann aus dem College geschaßt wurde. Ich will Ihnen aber das amüsante Nachspiel der Angelegenheit nicht vorenthalten: Der Vater schickte mir einen wütenden Brief, in dem er bezweifelte, daß ich ein kompetenter Pro-

fessor sei, da ich Teddy Roosevelt nur die Zensur ›B‹ oder ›B plus‹ – was immer es war – gegeben hatte.«

Er lachte in sich hinein. »Ich habe Ihnen diese kleine Geschichte erzählt, um Ihnen zu zeigen, Mr. Levin, wie man Ihre Gutmütigkeit ausnutzt, wenn Sie nicht aufpassen und auf der Hut sind. Seit mir das passiert ist, ist es äußerst schwierig, mich zum Narren zu halten.«

Man ging auseinander, und Levin fühlte sich angenehm erregt.

Eine Untat beim Namen zu nennen, bedeutete für ihn, es mit ihr zu tun zu haben. Wenige Tage später las er einen Aufsatz, der ihm verdächtig vorkam. Der Verdacht machte ihn nervös, denn er erinnerte sich schmerzlich an seine eigene Zeit im College, während derer er einmal in einem mathematischen Schlußexamen geschwindelt hatte; er hatte von einem Zettel abgeschrieben, den ihm ein Freund auf seine Bitte hin zugesteckt hatte. Dennoch fühlte er sich im Recht, wenn er als Lehrer über die Ehrlichkeit seiner Studenten urteilte. So ging es eben zu in der Gesellschaft: Die, die sich gebessert hatten, beurteilten die, die es noch nicht getan hatten. Besser so als umgekehrt.

Er verglich die Arbeit mit zwei anderen, die der junge Mann verfaßt hatte: die eine war ein Klassenaufsatz, den er zu Beginn des Wintertrimesters geschrieben hatte. Es handelte sich bei der verdächtigen Arbeit um einen vierhundert Wörter umfassenden Aufsatz, dem er die Überschrift »Bau dein eigenes Haus und fühl dich wohl darin« gegeben hatte. Es fiel Levin auf, daß die Arbeit keine der bei diesem Verfasser üblichen Schwächen in Aufbau und Inhalt enthielt und daß eine Art Humor sie auszeichnete, den er in keinem seiner früheren Aufsätze gefunden hatte. Ja, die Arbeit war sogar ungewöhnlich gut. Der Urheber der Arbeit, der neunzehnjährige Albert O. Birdless aus Marathon, Cascadia, strebte nach einem Fachschulabschluß. Sein Körperbau erinnerte Levin an einen neuen Schlepper. Er war untersetzt, hatte einen kurzen Hals, kräftige Schultern und Beine und kleine, breite Füße, die in Schuhen mit eckigen Kappen steckten. Sein ziemlich langes Haar – im Bürstenschnitt – schien ins Kraut geschossen zu sein. Meistens trug er eine Art Schirmmütze. Inmitten der

Herzlichkeit aller auf dem Campus bildete Birdless eine Ausnahme; seine runden blauen Augen lächelten nie. Er schrieb schlechtere Arbeiten als der Durchschnitt und versuchte auch nicht, vor Levin seine Ansicht zu verbergen, daß das Verfassen von Aufsätzen nichts als Zeitvergeudung sei.

Da er in der letzten Reihe saß, hatte er vielleicht vermutet, Levin beachte ihn nicht, denn manchmal legte er den Kopf zurück und machte während des Unterrichts ein Nickerchen. Levin ärgerte sich längst nicht mehr wirklich, wenn Studenten während seines Unterrichts schliefen; aber ein- oder zweimal hatte er Albert einen Blick zugeworfen und versucht, ihn dadurch zu ermuntern, gegen seine Langeweile anzukämpfen. Eines Morgens, als er etwas miserabel rezitiert hatte, döste er wieder ein, und Levin befahl ihm aufzuwachen. Er ärgerte sich über den wütenden Blick, den ihm der junge Mann zuwarf, als er die Schultern zuckte und sich widerwillig aufrichtete, aber er unterdrückte eine bissige Bemerkung, und der Zwischenfall war erledigt. Als sie sich später im Korridor begegneten, wechselten sie einen kalten Blick. Levin beunruhigte das, denn es gab schon so wenig Wohlwollen in der Welt, daß er nichts tun wollte, was noch mehr Antipathien hervorrief. Jedoch schien es ihm, als ob die Menschen, die man unsympathisch finden wollte, einem auf Grund irgendeines natürlichen ökonomischen Gesetzes ebenfalls Antipathie entgegenbrächten; dadurch wuchsen Antipathien nicht ins Ungemessene.

Im Durchschnitt stand Albert auf dem wohlverdienten »D plus«, als er seinen aufsehenerregenden Aufsatz abgab. Obwohl er Levin sofort verdächtig vorkam, beschloß er doch nach der Lektüre, ihm ein »A« zu geben, allerdings mit der Bemerkung, daß ein solcher Fortschritt an Wunder grenze; dazu wollte er ihn bitten, die nächste Klassenarbeit ebensogut zu schreiben. Aber er ärgerte sich, daß der junge Mann versucht hatte, ihn an der Nase herumzuführen. O. E. Jones, der Albert im vergangenen Trimester ein »D« gegeben hatte, schüttelte den Kopf über diese Arbeit. Levin zögerte zwar zunächst, gab den Aufsatz aber doch Gilley zur Einsicht; der las die erste Seite in einem Zug und sagte dann mit zitternder Stimme: »Da kann es überhaupt keinen Zweifel geben, Sy,

das stammt von jemand, der wirklich schreiben kann. Sie haben den Braten gerochen.«
Levins Kehle wurde trocken. »Sind Sie sicher? Wo könnte es denn herkommen?«
Gilley lehnte sich im Stuhl zurück, starrte mit einem Auge zur Decke und überlegte. »Vermutlich aus so was wie *Reader's Digest* oder *Coronet*. Sie können auch mal in *American Home* und der einen oder anderen dieser Art Zeitschriften nachsehen. Blättern Sie mal die Nummern der letzten beiden Jahrgänge durch. Neulinge sind meistens zu faul, um sehr weit zurückzugreifen, es genügt ihnen, daß der Lehrer die betreffende Nummer voraussichtlich nicht gerade im Wartezimmer des Zahnarztes finden kann. Ich glaube kaum, daß es Ihnen schwerfallen wird, das Original zu finden.«
»Soll ich ihn erst mal fragen, ob er den Text abgeschrieben hat?«
»Ich bin zwar überzeugt, daß er's getan hat, aber das überlasse ich Ihnen. Manche Leute fragen zuerst. Andere warten lieber, bis der Beweis erbracht ist. Avis hat eine besondere Gabe, den *Readers's Guide* der letzten zwei Jahre in die Hand zu nehmen, die Titel der Artikel über das Thema des abgeschriebenen Aufsatzes zu überfliegen und meistens sofort den Artikel aufzuschlagen, den sie braucht. Als so etwas das letztemal passierte, konnte sie dem Studenten eineinhalb Stunden, nachdem sie seinen Aufsatz gelesen hatte, genau sagen, woher er stammte. Wir ließen ihn von seinem Dekan suspendieren, und noch vor fünf Uhr am selben Tag hatte er den Campus verlassen.«
Am nächsten Morgen bat Levin, dem noch immer nicht sehr wohl zumute war, Albert, im Laufe des Nachmittags zu ihm ins Büro zu kommen.
»Warum?« fragte Albert.
»Das werde ich Ihnen sagen, wenn Sie kommen.«
»O. K.« Er stülpte die Schirmmütze auf und ging.
Erst nach fünf Uhr erschien er im Büro. Levin hatte schon den Mantel an, setzte sich aber wieder.
»Stimmt was nicht, Sir?«
»Möchten Sie nicht vielleicht Ihre Mütze abnehmen?«
»Ja, Sir.« Er brachte es fertig, Levin anzuschauen, ohne daß ihre Blicke sich trafen.

Levin bat ihn Platz zu nehmen. Albert legte seine Bücher auf den Schreibtisch und setzte sich auf den Rand des Stuhls. Als er es merkte, rutschte er nach hinten und schlug seine dicken Schenkel übereinander.
»Darf ich rauchen?«
»Ja.«
Aber er hatte keine Zigaretten mehr und Levin konnte ihm keine anbieten.
»Ich will mich kurz fassen«, sagte er. »Der letzte Aufsatz, den Sie mir abgegeben haben, ist eine ausgezeichnete Arbeit. Sie ist so viel besser als alles, was Sie bisher abgegeben haben, daß ich Sie fragen muß, ob Sie es wirklich selbst geschrieben haben.«
Albert warf einen kurzen Blick auf seinen Aufsatz. Dann starrte er mit ernsten Augen vor sich hin.
»Hat Ihnen jemand direkt oder indirekt geholfen?«
»Wer behauptet das?«
»Es gibt Studenten, die nicht wissen, wo das Zitieren aufhört und das Abschreiben anfängt. Manchmal schreiben sie Dinge aus Zeitschriften oder Büchern ab und vergessen, die Quelle anzugeben. Haben Sie so etwas vielleicht auch getan?«
»Jedes Wort in diesem Aufsatz stammt von mir«, sagte Albert.
»Jedes Wort?«
»Ein paar stammen aus dem Wörterbuch.«
Levin strich sich nervös über den Bart. »Aber wie erklären Sie sich dann diesen ungewöhnlichen Fortschritt in Ihrer Schreibweise? Meistens – das müssen Sie doch zugeben, und das gilt auch für Ihre Aufsätze vom letzten Trimester, die ich gelesen habe – enthält jede Ihrer Arbeiten mindestens einen unvollendeten Satz. Sie können das, was Sie sagen wollen, nur mühsam und völlig humorlos darstellen, aber in diesem Aufsatz ist alles klar ausgedrückt, und der Humor reizt wirklich zum Lachen. Ihre Absätze sind meistens – wenn ich das sagen darf, Albert – schlecht konstruiert. Nach einer kurzen Einleitung denken Sie überhaupt nicht mehr an das Thema – wenn Sie überhaupt eines haben, was allerdings nur selten vorkommt. Für Ihre beiden ersten Arbeiten, bei denen man ein Auge zugedrückt hat, haben Sie ein ›D‹ bekommen. Aber

dieser Aufsatz verdient unter allen Umständen ein ›A‹. Was würden Sie davon halten, wenn Sie der Lehrer wären?«
»Wenn man nicht so gut schreibt, heißt das noch lange nicht, daß man ein Versager ist.«
»Das habe ich auch nicht behauptet. Ich bitte Sie nur, mir zu erklären, wieso Ihre Arbeit diesmal untadelig ist.« Er gab Albert den Aufsatz.
Der Student riß den Mund auf, um tief einzuatmen. Als er zu sprechen begann, klang seine Stimme erregt. »Ich habe zwölf Stunden nur an diesem Aufsatz gearbeitet. Hat man denn kein Recht, gelegentlich auch mal eine gute Note zu bekommen? Ich verstehe zufällig etwas vom Hausbau. Letzten Sommer hab' ich meinem Onkel geholfen, und der ist Baumeister. Und wenn der Aufsatz so komisch klingt, dann tut er's, weil manches eben komisch ist; warum soll ich denn nicht auch so darüber schreiben?«
Er grinste mit feuchten Lippen und starrte auf Levins glühendes Ohr.
Levin stand auf und knöpfte den Mantel zu. »Das ist alles.«
Auch Albert stand auf. »Wetten, daß Sie mir nicht glauben?«
»Um ganz ehrlich zu sein: Wie könnte ich? Dieser Aufsatz stammt von einem gebildeten Verfasser.«
»Gebildet kann man auf mancherlei Weise sein.«
»Er weist aber auf eine ganz bestimmte Bildung hin.«
»Sie halten mich also für einen Lügner?«
»Ich glaube, Sie sagen mir nicht die ganze Wahrheit.«
»Das hab' ich mir gedacht«, sagte Albert unfreundlich. »Ich weiß sehr gut, daß Sie mich nicht ausstehen können. Ich bin nicht der einzige, dem Sie nichts mehr vormachen können. Es gibt noch eine ganze Reihe anderer, die Ihren Unterricht nicht mögen.«
»Haben Sie darüber abgestimmt?« fragte Levin.
»Ich hör' doch, was geredet wird. Die anderen sagen, Sie ließen einen überhaupt nicht zum Verschnaufen kommen.«
Das bestritt Levin zwar, aber Albert blieb nicht mehr lange genug, um es zu hören.
Levin konnte es kaum erwarten, nach dem Abendessen in die Bibliothek zu gehen, um nach dem Artikel zu suchen, aus dem Albert abgeschrieben hatte. Mit zitternder Hand durchblät-

terte er einen Band Zeitschriften. Da er nichts fand, ging er in einer Freistunde am nächsten Morgen noch einmal in die Bibliothek. Albert saß in der Nähe an einem Tisch und beobachtete Levin über den Rand eines aufgeschlagenen Buches hinweg, das sein Gesicht bis zu den Augen verdeckte. Levin sah geradezu ein körperloses Lächeln, das hinter dem Buch im Raum schwebte.

Ein paarmal klopfte sein Herz wie wild, als er glaubte, den Artikel gefunden zu haben, aber dann stellte sich heraus, daß er es doch nicht war. Voll Ungeduld, endlich mit dieser unangenehmen Sache Schluß machen zu können, widmete er am dritten Tag dieser Beschäftigung einen ganzen Nachmittag. Ohne Erfolg. Die ganze Woche über las er jeden Abend im Hauptlesesaal nicht nur die Zeitschriften, die Gilley vorgeschlagen hatte, sondern auch noch andere. Fast immer war Albert irgendwo in der Nähe; er saß hinter einem Stoß Bücher und warf von Zeit zu Zeit einen verstohlenen Blick auf Levin, der das überraschenderweise ganz amüsant fand. Trotzdem ärgerte er sich über diesen Zeitverlust und erzürnte sich darüber, daß Albert wußte, was er suchte, aber bisher nicht hatte finden können. Es war erstaunlich, wie viele Zweifel ein Leugnen hervorrufen konnte. Er wollte diesen Zweifel ausrotten.

Zweimal kam Gilley, um zu helfen; und Avis, die jetzt Hängeohrringe trug, Levin aber noch immer die kalte Schulter zeigte, kam mit Dr. Kuck ebenfalls an einem Abend; (Levin hatte von Gerald erfahren, daß sie die Brustoperation gut überstanden hatte). Zwar hatten sie alle mehr als einmal das Gefühl, endlich gefunden zu haben, was sie suchten, aber immer wieder erwiesen sich ihre Bemühungen als vergeblich. Als Levin eines Abends nach der Lesezeit die Stufen zur Bibliothek hinunterging, gab Albert, der ihm in kurzer Entfernung folgte, ein Geräusch von sich, das sich selbst in Cascadia wie ein Jubelruf aus der Bronx anhörte. Levin knirschte mit den Zähnen.

Er las immer mehr über das Thema, obwohl er Arbeiten zu zensieren hatte und nicht zu seiner eigenen Lektüre kam; jede freie Minute (und auch in denen, die eigentlich nicht zu seiner Freizeit gehörten) jagte er dem Text nach und verschlang Bände, die bis zu fünfzehn Jahren zurückdatierten. Er las mit der mörderischen Absicht, Albert O. Birdless zu erwischen und unschädlich zu machen. Levin sah sich als menschenfressenden Hai, der sich mit der Geschwindigkeit einer Lokomotive seinen Weg durch eine schwere See von Wörtern bahnte, und Albert als einen mutwilligen fetten Aal, der sich zwischen diesen Wörtern versteckte, so daß in der Suppe der Buchstaben nur seine lebhaften blauen Augen erkennbar waren. So scharf ihn Levin auch verfolgte, er fing nichts mit seinem zähnestarrenden Maul, und schon begann er zu bezweifeln, je etwas zu erwischen. Gilley mahnte ihn jedoch, weiterzusuchen, obwohl Levin nun schon mit dem Gedanken spielte, daß Alberts Aufsatz von einem begabten Freund verfaßt worden sei; wie man so einen Freund bezeichnen sollte, war eine andere Frage. Gerald wollte diese Möglichkeit nicht gelten lassen.

Levin hatte es aufgegeben, Albert in der Klasse aufzurufen, ja, er vermied es sogar, ihn anzusehen. Aber eines Morgens, ungefähr zehn Tage, nachdem Levin den, wie es schien, abgeschriebenen Aufsatz gelesen hatte, heftete sich sein Blick zufällig auf die Augen des jungen Mannes, und er sah, wie ängstlich er aussah und wie gelblich seine Gesichtsfarbe geworden war. Levin hatte ein unangenehmes Gefühl: Er hatte jemanden zu seinem Opfer gemacht. Vielleicht war Albert schuldig; wenn ja, hatte sich diese Schuld durch einen Trick im Drama der menschlichen Existenz auf seinen Verfolger übertragen.

An diesem Tag hatte Levin nicht den Mut, in die Bibliothek zu gehen.

Er saß in seinem Büro und versuchte zu entscheiden, was er tun solle. Wenn Albert schuldig war, mußte er bestraft werden, aber wenn Levin auch fast sicher war, daß er den Aufsatz nicht selbst geschrieben hatte, konnte er es doch nicht beweisen. War es nicht vielleicht besser, da er den Beweis dafür nicht innerhalb eines vernünftigen Zeitraumes hatte erbringen können – »vernünftig« gemessen an der Belastung für Alberts Nerven, ganz abgesehen von den zehn Tagen, die Levin durch seine Nachforschungen verloren hatte –, die ganze Angelegenheit fallenzulassen? Vielleicht konnte er bis in alle Ewigkeit weitersuchen, ohne etwas zu finden, und das käme dann einer

unaufhörlichen Anklage gleich. Wenn mein Zweifel berechtigt ist, muß ich mich beeilen. Das sollte keine Entschuldigung für Albert sein, aber er mußte aufhören, ihn zu quälen.
Levin beschloß, die Sache nicht weiter zu verfolgen. Er überlegte, ob er den Aufsatz mit »C« beurteilen könne, aber das hätte jeder Logik widersprochen. Als Arbeit verdiente er ein »A«, und wenn er die Angelegenheit nicht weiter verfolgte, müßte er sie mit »A« zensieren. Albert wäre bald wieder ganz zufrieden, aber eben nur Albert.
Während des Wochenendes gelangte Levin zu einer Entscheidung. Am Montag bat er nach dem Unterricht den jungen Mann, zu seinem Schreibtisch zu kommen. Albert stülpte sich die Mütze auf, als er nähertrat. Mißmutig stand er am Schreibtisch, schwankte ein klein wenig hin und her und sah Levin überhaupt nicht an. Er keuchte, und sein Atem roch schlecht.
Levin sprach mit zusammengeschnürter Kehle. »Albert, es ist mir nicht gelungen zu beweisen, daß Sie Ihren Aufsatz abgeschrieben haben; ich muß Sie also für unschuldig halten. Wenn Sie es aber nicht sind – meinen Sie nicht, es wäre besser, es zuzugeben? Wenn Sie Ihre Schuld eingestehen, bin ich bereit, Sie ohne Zensur aus der Übung zu entlassen. Wenn Sie es aber nicht tun, werde ich die ganze Angelegenheit auf jeden Fall vergessen, und Sie können ruhig weiter in der Klasse bleiben. Ihr Aufsatz wird ein ›A‹ erhalten.«
Alberts Augen waren glanzlos; dann zog sich allmählich ein Grinsen über sein Gesicht, das wie einer jener Totenköpfe über gekreuzten Knochen aussah, die sich am Fall eines Schleppers befinden.
»Ich habe nichts zu gestehen«, sagte er mit zitternder Stimme. »Sie haben versucht, mich zum Narren zu stempeln, und haben sich dabei selbst zum Narren gemacht.«
Er fing beinahe an zu weinen und drehte sein Gesicht zur Seite, damit man es nicht sah, aber Levin, der es nicht fertigbrachte, sein Spiegelbild in Alberts Augen anzublicken, hatte ihm schon den Rücken gekehrt.
Levin glaubte, nun sei die Sache abgetan; aber dann traf er Gilley auf dem Flur, der ihn bat, mit ihm ins Büro zu kommen.
»Na, wie steht es, Sy?«

»Was?«
»Mit dem Aufsatz, den Birdless abgeschrieben hat. Sind Sie damit weitergekommen?«
»Ach so, damit«, sagte Levin und kratzte sich die Backe. »Ich konnte ihm nichts beweisen, darum habe ich die Angelegenheit fallenlassen.«
»Was?« sagte Gilley. »Fallenlassen?«
»Ich konnte ihm ja nichts beweisen«, erklärte Levin. »Der junge Mann war völlig am Ende und wurde schon ganz gelb – ich meine, seine Haut. Ich hielt es für besser, die Angelegenheit fallenzulassen.«
»Wenn er aussah, als sei er schuldig«, sagte Gilley nervös, »dann ist er es auch. Man hätte ihm auf die Schliche kommen und ihn bloßstellen müssen.«
»Sie wissen ja, ich hab's versucht. Ich habe alles andere deshalb vernachlässigt.«
»Warum geben Sie mir dann nicht seine Arbeit? In ein bis zwei Tagen kann ich mich etwas intensiver damit befassen.«
»Vielen Dank, Gerald«, antwortete Levin, »aber der Fall ist erledigt.«
»Welche Zensur haben Sie ihm denn gegeben?«
»Ein ›A‹.«
»Sind Sie verrückt?« Gilley starrte ihn wütend an.
Levin war überrascht. Als er aber den Stilkundedirektor noch einmal ansah, lächelte dieser.
»Sy, erinnern Sie sich an das, was uns Professor Fairchild letzten Monat in der Versammlung sagte? Ich meine an das, was in einem solchen Fall zu tun ist?«
»Hat er das nicht in anderem Zusammenhang gesagt?« fragte Levin. »Er sprach doch von dem, was wir tun sollten, wenn die Schuld bewiesen ist. Ich habe aber nichts bewiesen.«
»Er hat uns empfohlen, kein falsches Mitleid zu haben und solche Dinge auszumerzen. Sie wissen, daß der junge Mann schuldig ist, und ich weiß es auch. Er hätte bloßgestellt werden müssen, sonst wird er es wieder tun. Haben Sie denn überhaupt eine Ahnung, welchen Kampf wir heutzutage gegen Mogeleien führen müssen? Nicht nur gegen abgeschriebene Arbeiten, sondern gegen Mogeleien aller Art. Es gibt Studenten, die aus Examensgründen in ein Büro einbrechen. Regel-

mäßig werden Millys Papierkörbe gestohlen, weil die Leute nachsehen wollen, ob Durchschläge von Examensarbeiten darin sind, die Milly möglicherweise hektographiert hat; ich habe ihr Türschloß dieses Jahr schon zweimal auswechseln lassen. Die Leute betrügen mit allen erdenklichen Mitteln. Die Mädchen stecken sich Zettel unter die Röcke, und wenn jemand zur Kontrolle vorbeikommt, ziehen sie sie schamhaft herunter. Sie verstecken Antworten im Büstenhalter. Es gibt junge Männer, die schreiben sich ganze Sätze auf die Handflächen oder malen sich Definitionen auf die Arme. In den Manschetten und Socken haben sie Notizen. Einer hatte sogar einmal mit einer Art unsichtbarer Tinte auf seine Manschetten geschrieben; wenn er dann seine dunkle Brille aufsetzte, konnte er die Schrift lesen. Es hat sich zu einer regelrechten Industrie entwickelt, und die einzige Möglichkeit, solchen Dingen ein Ende zu bereiten, ist, energisch durchzugreifen, wenn wir einen Fall ausfindig machen.«

Levin pflichtete ihm bei. »Immerhin, Gerald – verzeihen Sie, wenn ich so etwas sage: Ist es nicht, ich meine – ist es nicht wenigstens zum Teil unser eigener Fehler? Ich habe noch nie so viel von Zensuren sprechen hören wie hier – sogar im Kaffeeraum. Mir scheint, jeder strebt nur nach besseren Zensuren, wenn er einmal das Durchschnittsniveau erreicht hat.«

»Ach, hören Sie damit auf, Sy. Wir wollen doch keine Klagelieder über das Zensurensystem anstimmen. Wir müssen schließlich für alles einen gewissen Standard haben. Und ich möchte wetten, daß man in den geisteswissenschaftlichen Colleges genauso viele Betrügereien findet wie bei uns. Beschränken wir uns also auf die Arbeit von Birdless.«

»Als ich merkte, wie schlecht er auszusehen begann«, meinte Levin, »habe ich mir gesagt, ein guter Lehrer ist ein Befreier.«

»Natürlich. Aber bleiben wir bei der Sache. Sie können auch keinen Dieb befreien. Und wenn Sie es tun, stiehlt er von neuem. Das geht doch ganz klar aus der Geschichte hervor, die Orville erzählt hat. Der junge Mann hatte dreimal hintereinander abgeschrieben. Wenn man ihn nicht hinausgeworfen hätte, täte er es heute noch.«

»Ich habe mir gesagt, man kann nicht ohne Beweis anklagen, und man kann auch nicht ununterbrochen anklagen.«

»Sie hätten sich das Beweismaterial ja verschaffen können!«
»Ich habe mich sehr darum bemüht.«
»Das alles beunruhigt mich außerordentlich.«
»Mich auch!«
»Warum geben Sie mir dann nicht den Aufsatz für zwei bis drei Tage und überlassen Avis den Rest?«
»Nein, das kann ich nicht«, entschuldigte sich Levin und ging.
Eine Stunde später traf er Gilley in bester Laune in der Herrentoilette. »Sy«, sagte dieser, »ich muß Ihnen noch etwas wesentlich Angenehmeres mitteilen. Pauline hat mich gebeten, Sie für Freitag zum Abendessen einzuladen. Können Sie kommen?«
Levin überlegte, welche Ausrede er vorbringen könne, fand aber keine und nahm die Einladung an.
»Fein. Ich werd's ihr sagen. Übrigens – ich habe Birdless aus Ihrer Klasse genommen und in eine andere versetzt. Avis war bereit, ihn zu übernehmen. In ein oder zwei Tagen erhalten Sie eine schriftliche Mitteilung darüber.«
Levin zitterte am ganzen Leib, versuchte jedoch, ruhig zu sprechen. »Haben Sie ihn versetzt, um ... um an seinen Aufsatz heranzukommen?«
»Nein«, erwiderte Gilley und trocknete sich die Hände an einem Papierhandtuch ab. »Er ist zu mir gekommen und hat mich gebeten, ihn aus Ihrer Klasse zu nehmen. Ich habe es getan, weil es, wie ich Ihnen ja schon einmal sagte, keinen Zweck hat, Spannungen zwischen Studenten und Lehrern bestehen zu lassen.«
»Sehen Sie denn nicht«, sagte Levin, »daß Sie meine Autorität untergraben?«
»Nur keine Aufregung, Sy. Ich habe nichts dergleichen getan. Ich respektiere durchaus Ihren Standpunkt, aber es ist aus psychologischen Gründen nicht gut, daß ein junger Mensch in der Klasse eines Lehrers bleibt, den er, wie er sagt, haßt. Der Student zeigt mit dieser Einstellung seinen Mangel an Respekt. Es wäre durchaus möglich, daß er allerhand Gerüchte und Lügen über Sie verbreiten würde, und das müßte der Klassenmoral schaden. Sie sind einen Störenfried losgeworden.«
Dieser Mann ist mein Feind, dachte Levin.
Er lachte ein paarmal auf.

7

Bei der Cocktailparty, die die Bullocks gaben, wanderte Levin nervös von einer Gruppe zur anderen. Er hörte hier und da eine Minute lang mit halbem Ohr zu, dann ging er weiter und fragte sich, was er eigentlich bei der einen Gruppe zu erfahren hoffte, was ihm nicht ebensogut bei der nächsten zu Ohren käme. Das Haus war sehr modern und stand an einem der westlichen Berghänge, die gerade »schick« waren; in dem holzgetäfelten Wohnzimmer konnten sich mit Leichtigkeit dreißig Menschen aufhalten, und so viele waren es auch an diesem Sonntagabend Mitte Januar. Trotz der vielen Leute war, mit Ausnahme von Avis, keine der anwesenden Frauen unverheiratet, und Levin hielt diese unangenehme Tatsache für die Ursache seiner schlechten Laune. Es war ihm aufgefallen, daß man aus ihm und Avis schon ein Paar machte, und das erklärte seiner Meinung nach, warum er in der letzten Zeit von allen, nur nicht von Avis, gern gesehen wurde. Der Bart schien ihm nützlich zu sein, denn er machte ihn in den Augen der Leute zu einem Mann, der er gar nicht war. Das Vergnügen konnten sie haben.

Nachdem Levin beim Sonnenuntergang kurz im Garten spazierengegangen war, saß er nun, mit einem Schluck Martini im Glas, das er, ohne zu wissen warum, in der Hand hielt, zwischen Alma Kuck und Jeannette Bullock auf dem Sofa; Alma erzählte wieder einmal von den britischen Inseln, und Jeannette, die mit gespannter Aufmerksamkeit zuhörte, war in seinen Augen eine große Seltenheit: eine schöne Frau, die es fertigbrachte, uninteressant zu wirken. Pauline erklärte, sie habe es nie verwinden können, daß sie nicht im College gewesen sei. Levin merkte, daß ihre Beine, wo immer sie saß, die Aufmerksamkeit der anderen auf sich zogen; trotzdem versuchte sie fünf Minuten lang, sie unter dem Rock zu verstecken – ein Jammer. Aber sie hatte zwischen den Eichen und Kiefern auf ihrem Grundstück einen wunderschönen Garten angelegt, und es hieß, sie schicke jedem zum Geburtstag eine

Glückwunschkarte. Während Alma redete und Jeannette zuhörte, unterdrückte Levin ein Gähnen und starrte mit beiden Augen auf Pauline Gilley, die auf der gegenüberliegenden Seite des Zimmers, halb von ihm abgewandt, bei ein paar anderen, zumeist jüngeren Frauen stand. Sie sah sehr reizvoll aus in ihrem schwarzen Futteralkleid. Ein kleiner Schleier, der, an einem hutähnlichen Gebilde befestigt, ihre Augen leicht überschattete, ließ etwas Geheimnisvolles ahnen, wo vorher nichts Derartiges gewesen war. Wer war diese maskierte Dame? Erstaunlich, was einen verführt, dachte Levin. Aber als sie einmal, ihr dünnstieliges Martiniglas wie eine Blüte in der Hand, zufällig in seine Richtung blickte, tat er, als betrachte er seine neuen braunen Schuhe. Insgeheim aber beobachtete er sie weiter. Alma lenkte ihn durch eine Frage ab, und als er einen Augenblick später aufstand, um zu Pauline zu gehen, war sie verschwunden.

Dann erschien Bullock mit seinem gefüllten Krug und machte jedesmal einen Witz, wenn er jemand etwas von dem Inhalt eingoß. Der sah zwar wie klares Wasser aus, konnte einem aber eine schwere Schlagseite versetzen. Die Partygäste waren vergnügt und hatten ihren Spaß an Bullocks Krug – eine Abwechslung zu dem, was sonst stadtüblich war. Ein paar Leute fingen an zu tanzen – das kam in den Häusern von Fakultätsangehörigen nur selten vor. Wenn man tanzen wollte, hatte jemand Levin erzählt, trat man meistens einem Tanzclub bei. Am letzten Freitag jeden Monats wurde immer getanzt, außerdem gab es noch Tanzveranstaltungen an Feiertagen. Wenn Professor Fairchild oder Ex-Dekan Feeney bei einer Party dabei waren, gab es nur alkoholfreie Getränke und süßlichen grünen Punsch, aber da niemand von der älteren Generation eingeladen war, goß der Gastgeber eifrig Feuerwasser ein, und es schien, als bedrohe ein leeres Glas seine Sicherheit. Als Bullock sah, daß Levin kein Glas in der Hand hielt, reichte er ihm eins und wollte ihm eingießen, aber Levin, den diese gedankenlose Freigebigkeit beunruhigte, erklärte, er habe genug getrunken.

»Ich dachte, wir hätten eine Party«, sagte George. Wenn er trank, atmete er mit offenem Mund und hatte einen fast leeren Blick. Aber eine große Sanftmut kam über ihn, und an

Sonntagen empfand er sogar Liebe für diejenigen, die er an Wochentagen nur duldete. Levin spürte, daß keine Sympathie zwischen ihnen bestand. Bullock hatte ihn eingeladen, weil er fühlte, daß Levin ihn nicht mochte, und Levin war gekommen, weil er es sich nicht leisten konnte, eine Einladung auszuschlagen. Weder Bucket noch Fabrikant, die ihm sympathisch waren, luden ihn ein, und sie verkehrten auch nicht mit den Bullocks.

»Natürlich«, antwortete Levin, »aber ich habe schon zwei Gläser getrunken.«

»Das war aus meinem vorigen Krug. Dieses Zeug hier löst den Rost an Ihren Hoden auf oder sogar die Hoden selbst. Trinken Sie nur drei Glas davon.«

Überzeugt, daß er sich nicht mehr um das Glas kümmern würde, erlaubte ihm Levin, es zu füllen.

»Reizende Party.«

George zuckte zusammen. »Wirklich? Wir haben spät damit angefangen in diesem Herbst. Um diese Zeit haben wir meistens schon drei oder vier große Partys hinter uns gebracht, aber Jeannette war in letzter Zeit nicht wohl genug dafür – Grippe und eine Fehlgeburt (erzählen Sie's nicht weiter) etc. etc. Meiner Ansicht nach ist auch die grausige letzte Fußballsaison daran schuld, na – Schwamm drüber. Nichts kann einem mehr die Lust nehmen, Gäste einzuladen, als eine Mannschaft, die immerzu verliert. Auch Gerald war ganz deprimiert darüber.«

»Wirklich?«

»Ja. Alle haben eine brillante Saison erwartet. *Look* hatte prophezeit, wir würden höchstwahrscheinlich in der »Rose Bowl« in Pasadena die Meisterschaft gewinnen, aber dann stürzte das Dach über unseren Köpfen zusammen: Von zehn Ausscheidungsspielen haben wir nur drei gewonnen und das mit ein paar der besten Spieler, die es überhaupt im Küstenbereich gibt. Die Leute sind wütend auf ihren Haupttrainer Lon Lewis, und vermutlich wird er gegen jemanden mit einer T-Formation ausgetauscht werden. Ich kenne die meisten Burschen in der Mannschaft, und Sie können mir glauben – es war durchaus nicht so spaßig, Montag morgen in der Klasse ihre Armsündergesichter zu sehen.«

»Sind sie denn alle in Ihrer Klasse?«
»Ein paar. Sie können sich ihren Lehrer wählen.«
»Ich wollte nicht sagen, daß sie das vielleicht nicht –«
»Jedenfalls«, sagte Bullock, »ist es nun mit Fußball vorbei, jetzt kommt Basketball an die Reihe. Wir haben die ersten vier Spiele gewonnen, und es sieht so aus, als ob wir die Meisterschaft in der Tasche hätten. Haben Sie schon Ihr Jahresabonnement gekauft?«
»Nein«, antwortete Levin.
»Schlimm, schlimm. Denken Sie nächstes Jahr daran. Sie sparen dabei dreißig Prozent. Auf die zukünftigen Gewinner!« Er hob die rechte Hand und kreuzte dabei die Finger.
Levin hob sein Glas. Er entsann sich des roten Streifens auf der Stoßstange von Bullocks Kombiwagen: »Es lebe Basketball im Cascadia College«, und so trank er auf eine bessere Welt.
Es schmeckte wie unverdünnter Gin, und er hatte die Vision, wie er in der Stadt betrunken aufgegriffen und zu einer Strafe von hundert Dollar und den Kosten des Verfahrens verurteilt würde.
»Macht es Gerald auch etwas aus, wenn eine Mannschaft verliert?« fragte Levin.
»Wenn es gar zu schlimm zugeht, kann er manchmal eine ganze Stunde lang nicht sprechen.«
»Wirklich? Und Pauline auch?«
»Manchmal. Jeannette wird apathisch.«
»Haben deshalb die Gilleys in diesem Herbst nur so wenig eingeladen?«
»Würde mich nicht überraschen. Sie haben nach einem Spiel gern Gäste, aber nachdem die Kalifornier uns eine so grausige Niederlage beigebracht hatten, haben sie niemanden eingeladen. Er ist der Fan, aber bei wichtigen Spielen steht sie ihm kaum nach. Sie und Jeannette behaupten, Sportereignisse lenkten sie von ihren Sorgen ab – der Himmel mag wissen, was für Sorgen sie haben. Pauline kann sehr launisch sein, wahrscheinlich ist es ja auch keine Kleinigkeit, so plötzlich zwei kleine Kinder zu haben. Gerald war im Dezember ein paarmal auf Entenjagd, fast ohne Erfolg. Noch nie hat er so miserabel geschossen. Er war einfach erschöpft.«

»Durch sie?«
Bullock winkte ab. »Das hab' ich nicht behauptet, aber sie ist mit daran schuld; allerdings haben die Erkältungen, die die Kinder letztes Jahr hatten, beide eine Zeitlang außer Gefecht gesetzt. Erik fängt alles, was man nur kriegen kann, und dazu noch etliche Krankheiten, von denen man nicht mal weiß, was es ist. Und all das ist passiert, als sich Gerald noch nicht von *L'affaire Duffy* vom Vorjahr erholt hatte.»
»War das denn so schrecklich?«
»Aus verschiedenen Gründen war es für ihn am schlimmsten: Einer davon ist, daß Orville seine Zelte abbricht und sich aus dem Staub macht, wenn er auch nur den leisesten Skandal wittert.«
»War es denn tatsächlich ein Skandal?«
»Es lief auf einen hinaus. Verzeihung«, sagte George, »ich sehe, die Gläser sind leer.« Er hob den Krug, aber Levin zog sein Glas fort.
»Können Sie mir, ehe Sie gehen«, fragte er Bullock, »sagen, wo Pauline hingegangen ist?«
George sah sich mit einem ausdruckslosen Blick im Zimmer um. »Vielleicht ist sie oben im Schlafzimmer. Wenn sie einen Schwips hat, legt sie sich manchmal hin.«
Levin suchte sie im Schlafzimmer und im Souterrain, aber dort war sie nicht. Als er wieder im Wohnzimmer war, merkte er, daß Avis ihn beobachtete. Er ging auf die Küchentür zu, versteckte sich hinter einer Gruppe von Gästen, dann öffnete er die Schiebetür mit ihren Milchglasscheiben und schritt die sechs Stufen in den Innenhof hinunter.

Levin seufzte, als er die Sterne erblickte: plötzlich überkam ihn eine Gefühlsaufwallung. Ein Duft von Blumen berauschte ihn. Da es aber Winter war, hielt er es für Einbildung und war überzeugt, er habe mehr getrunken, als er hätte trinken dürfen. Ich bin in den Sommer zurückgekehrt, dachte er, oder vielleicht schon in den nächsten versetzt, und niemand weiß warum. Aber er wußte, daß er, selbst wenn er tatsächlich in einer anderen Jahreszeit lebte, doch nicht mit ihr zufrieden wäre und sich nach einer anderen sehnen würde. Der Anblick, der sich ihm in der Dunkelheit bot, die Sterne, die

er durch die kahlen Eichenzweige sehen konnte, und die Lichter der Stadt, die zu ihm heraufglänzten, erweckten in ihm die gleichen Gefühle, die er empfand, wenn er Musik lauschte. Zum erstenmal seit Jahren sehnte er sich nach Alkohol.
Als er Rauch witterte, wandte er sich jäh um.
In dem schwachen Licht, das aus dem Inneren des Hauses drang, erkannte er Pauline Gilley, die mit einer Zigarette in der Hand in einer Kieferngruppe stand.
»Habe ich Sie erschreckt, Mr. Levin?« Sie hatte ihn beobachtet.
Er ging über den Rasen auf sie zu. »Ich habe Sie gesucht, Mrs. Gilley.«
Er sagte ihr, es sei ihm noch immer peinlich, wie er sich benommen habe, als sie ihn besucht hatte. »Verzeihen Sie mir, aber ich war krank.«
»Mögen Sie mich nicht?« fragte Pauline. In der kühlen Luft entströmte ihrem Parfum Wärme. Levin sehnte sich danach, ihre Augen unter dem Schleier zu sehen.
»Im Gegenteil –«
Sie wartete.
»– ich mag Sie sogar sehr gern«, sagte Levin.
»Warum sind Sie dann Freitag nicht zum Abendessen gekommen?«
Er spielte nervös mit seinem Bart. »Können Sie – hm – können Sie schweigen, wenn ich's Ihnen sage?«
»Das kann ich famos.«
»Wir hatten eine Meinungsverschiedenheit, Gerald und ich, und um ganz ehrlich zu sein – ich war nicht aufgelegt, gerade in diesem Augenblick seine Gastfreundschaft anzunehmen.«
»Es war aber auch meine Gastfreundschaft.«
Das gab er zu.
»Warum haben Sie sich über Gerald geärgert?«
»Darüber möchte ich lieber nicht sprechen; es war eine interne Seminarsache.«
Sie ließ die Zigarette ins Gras fallen und trat sie aus. »Das war verkehrt. Jetzt ist mir wieder schwindlig.«
Er wollte ihr gern helfen. »Kann ich etwas für Sie tun?«
Mit heiserer Stimme sagte sie: »Ich sollte George überhaupt nicht an mich heranlassen, wenn er mit diesem Krug herum-

läuft. Ich weiß gar nicht mehr, wieviel ich getrunken habe, denn kaum hat man einen Mundvoll geschluckt, gießt er schon wieder nach.«
»Aus Spaß?«
Sie starrte auf das Haus. »Sieht es von hier nicht aus wie ein Schiff, und wir beide, Sie und ich, sind auf einer Insel mitten im Meer? Oder bin ich beschwipst? Und Sie?«
»Ich nicht.«
»Entschuldigen Sie, wenn ich Sie etwas frage: Sind Sie jetzt soweit, daß Sie Cocktails trinken? An dem Abend, an dem wir uns kennengelernt haben, wollten Sie keinen.«
»Ich trinke nur ein paar Schlückchen, um nicht ungesellig zu erscheinen, aber eigentlich lehne ich immer ab.«
»Warum?«
»Aus Gewohnheit.«
»Was für ein Laster haben Sie denn, Mr. Levin?«
Levin lachte auf, beherrschte sich aber sogleich wieder.
Mit verschränkten Armen sah Pauline auf die Lichter von Easchester hinunter. »Ich müßte eigentlich schon zu Hause sein, Klein-Mary hatte ein bißchen Temperatur, als wir fortfuhren, und ich weiß, daß Erik bis morgen irgend etwas ausbrüten wird. Haben Sie Gerald gesehen?«
»Nein«, antwortete Levin. »Warum bleiben Sie nicht noch ein wenig?«
»Soll ich?«
»Im Steingarten ist eine Bank.«
»Nur ganz kurz. Ich muß zu meinen Kindern zurück. Ich hab' zwar Zenamae gesagt, sie müßten um halb acht im Bett sein, aber ich weiß, daß es später wird. Wenn Erik im Bett ist, steht er wieder auf und erforscht die Welt.«
Als er ihr über den Innenhof folgte, war er erstaunt, was für eine gute Figur sie von hinten hatte, viel besser, als sie ihm bisher vorgekommen war. Das enganliegende Kleid tat das Seine dazu. Ihre Schultern, die hohe Taille und ihr Gesäß waren wirklich schön. Ihr Schritt war zwar etwas unsicher, aber doch voll Anmut.
Wo hatte ich nur meine Augen? dachte Levin.
»Seien Sie nicht erstaunt, wenn ich hinfalle«, sagte Pauline.
»Darf ich Ihnen helfen?« Levin nahm sie beim Arm und führ-

te sie zu der Holzbank im Steingarten. Im Dunkel setzten sie sich vor die hohen Bäume.
»Sie sehen aus, als ob Sie frören.« Er bot ihr seine Jacke an.
»Ich hol' mir den Mantel.«
»Ich werde ihn Ihnen holen«, sagte Levin. »Bleiben Sie nur hier.«
»Sie wissen ja gar nicht, wo er ist. Ich komme gleich wieder, keine Angst – ich laufe Ihnen nicht davon, Mr. Levin«, lachte Pauline.
Sie schritt über das Gras, als seien all ihre Gedanken auf das eine Ziel konzentiert: nicht hinzufallen.
Fünf Minuten später war Levin sicher, daß sie nicht wiederkäme. Deprimiert starrte er zu den Sternen auf, als sie mit einem Mantel über den Schultern zurückkehrte.
»Ich hätte Ihren auch mitgebracht, wenn ich wüßte, wo er ist«, sagte sie. »Warum gehen Sie nicht hinein und holen ihn? Sie sollen sich doch nicht gleich wieder erkälten.«
»Für diesen Winter bin ich fertig mit Erkältungen.«
»Ist denn bei Ihnen alles eingeplant, Mr. Levin?«
»Was sich überhaupt einplanen läßt, das plane ich ein.«
»Aus meinen Plänen wird fast nie etwas.«
»Wirklich?«
Sie berührte seinen Bart. »Hält er Sie warm?«
Sie ist bestimmt beschwipst, dachte Levin. Ihr Schleier irritierte ihn. Er verbarg ebensoviel wie er enthüllte.
»Ich hab' noch mal was getrunken«, sagte Pauline. »George hat sich an mich herangemacht, als ich drinnen war. Ich fühlte mich besser und konnte mich nicht wehren. Hoffentlich bin ich nicht wirklich betrunken, Mr. Levin, denn wenn ich betrunken bin, wird mir übel. Ich will aber nicht, daß mir übel wird.«
»Bleiben Sie hier sitzen, bis Sie sich besser fühlen.«
»An dem Tag, als wir uns kennenlernten, hatte ich den Eindruck – es war meine Schuld, daß wir so spät kamen, ich versuchte, mich zusammenzunehmen, um einen Fremden kennenzulernen, halten Sie das für möglich? –, also mein Eindruck war, daß Ihr Bart rabenschwarz sei. Aber in Wirklichkeit ist er nur dunkelbraun. Wissen Sie eigentlich, daß ein Bart Lippen und Augen eines Mannes hervorhebt? Sie haben einen sensiblen Mund und gütige Augen, Mr. Levin.«

»Ich hab' ihn mir zu einer Zeit wachsen lassen, da ich an mir selbst zweifelte«, gestand Levin. »Damals konnte ich mein eigenes Gesicht nicht ausstehen.«
»Soll ich mir vielleicht auch einen Bart zulegen? Aber vielleicht erfüllt dieser Schleier den gleichen Zweck. Verbirgt er mich? Oder mindestens meine gräßliche Nase?«
»Aber Sie sind doch eine entzückende Frau!«
»Wie nett von Ihnen. Ich bin eigentlich gar nicht entzückend, aber ich bin gewinnend. Ich wäre viel reizender, wenn ich weniger oberflächlich und dafür gebildeter wäre. Ach, da kommt Gerald.«
Die Glastür war aufgegangen, und auf der Veranda über dem Innenhof erschien Gerald. Er blieb eine Minute lang unschlüssig stehen, eine rotköpfige Eule, die ins Dunkel spähte.
Levin blieb sitzen und schwieg, beinahe enttäuscht.
Aber Gilley, den Bullocks mächtiger Krug vermutlich nicht unbeeinflußt gelassen hatte, blinzelte, ohne sie zu sehen, obgleich er in ihre Richtung starrte, und verschwand wieder im Haus.
Sie saßen unbeweglich auf der Bank, bis sie zu sprechen anfing. »Ich muß jetzt gehen. Gerald sucht mich.« Pauline stand auf, schwankte und setzte sich wieder. »Mir ist grauenhaft schlecht.«
»Bleiben Sie sitzen, bis Sie sich besser fühlen.«
Oben wurde in einem Zimmer das Licht angeknipst. Es ging aus, ein anderes flammte auf. Sie blickten hin, bis es wieder ausging.
»Was hat er denn getan, das Ihnen so zuwider war?« fragte sie.
»Es war nicht so wichtig.«
»Ich wette, es war wichtig.«
Levin zuckte die Schultern.
Sie sprach nicht weiter davon. Nach ein paar Minuten sagte sie: »Ich entsinne mich, daß Sie an dem Abend, an dem wir uns kennenlernten, gesagt haben, Sie hofften, mehr mit Ihrem neuen Leben hier anfangen zu können. Haben Sie's getan?«
»Man muß es immer tun.«
»Sagen Sie mir, was Sie vom Leben erwarten.«
»Ordnung, Werte, Leistungen und Liebe«, sagte Levin.

»Die Liebe kommt zuletzt?«
»Liebe braucht man jederzeit.«
»Verzeihen Sie, wenn ich Sie etwas frage, aber sind Sie unglücklich, Mr. Levin?«
»Warum fragen Sie mich das?«
»Als ich Sie besuchte –«
»Nicht so unglücklich, wie ich früher war.«
»Das habe ich gespürt.«
»Und Sie?«
Pauline lächelte. »Ich weiß, wie wenig ich mit meinem Leben anfange, wie rasch es vergeht, und wie wenig ich leiste. Ich verlange mehr von mir als ich geben kann, wahrscheinlich mehr als ich habe. Sind wir lebensuntauglich, Mr. Levin?«
Er blickte auf ihren Schleier und dachte: Nimm ihn ab.
»Gerald leidet unter meinem Charakter«, fuhr sie fort, »obwohl er sehr geduldig ist. Wenn er eine Frau bekommen hätte, die mit sich selbst zufrieden wäre, die nicht so kritisch ist wie ich und seine guten Eigenschaften besser zu schätzen verstände, wäre er vielleicht ein ganz anderer Mensch geworden.« Und nur mit halber Konzentration sprach sie weiter: »In all den Jahren, die ich ihn nun kenne, hat er mir zwar oft mit nicht so wichtigen Dingen Freude gemacht, aber auf viele wesentliche mußte ich verzichten. Zum Teil läßt er sich von dem beeinflussen, was seiner Ansicht nach die anderen von ihm erwarten, und zum Teil erklären sich seine Reaktionen aus Widerspruch zu dem, was ich wollte. In der letzten Zeit hat er einen enormen Ehrgeiz entwickelt, um Orvilles Nachfolger als Leiter des Englisch-Seminars zu werden.«
»Hat er das nicht von jeher gewollt?«
»Kaum; erst seit ungefähr einem Jahr will er es unbedingt.«
»Ehrgeiz ist doch kein Verbrechen!«
»Nicht, wenn man einen starken Charakter besitzt.«
Und rasch fügte sie hinzu: »Ich möchte aber bei Ihnen nicht den Eindruck erwecken, als sei Gerald ein Schwächling. Das ist er nicht, Mr. Levin, ich versichere es Ihnen. Er hat immer großartig für uns gesorgt und war zu mir und den Kindern einfach wunderbar. Wenn Sie ihn besser kennen würden, wäre er Ihnen bestimmt sympathisch.«
»Er ist mir nicht unsympathisch.«

Pauline gähnte. »Verzeihung – ich hatte eine unruhige Nacht.« Levin stand auf. »Sollen wir hineingehen?«
Aber sie blieb sitzen. »Wenn man als Frau verheiratet und über dreißig ist, hat man so ziemlich alles, was einem das Leben zu geben hat. Immerhin – an allen Kompromissen, die ich geschlossen habe, bin ich nur selber schuld, und ich wehre mich gegen die Homogenisierung von Erfahrung und – wenn ich so sagen darf – Intellekt. Ich wäre glücklich, wenn ich selbst mehr für mich tun könnte, denn ich kann ja Gerald wirklich keinen Vorwurf daraus machen, daß er es sich nicht zur Lebensaufgabe macht, meine Mängel zu beheben.«
Er hörte ihr mit Interesse zu und setzte sich schließlich wieder.
»Armer Mr. Levin, Sie sind herausgekommen, um Luft zu schnappen, und ich habe Ihnen alles, was ich weiß, erzählt.«
»Es wäre uns allen wohl, wenn wir das ›Warum‹ wüßten.«
Pauline erwiderte: »Leo Duffy pflegte zu sagen: ›Nichts ist erregender, als einen guten Grund für etwas zu haben.‹«
Levin notierte diesen Satz auf einen Zettel, den er in die Tasche steckte. »Die Leute sprechen von ihm, aber niemand sagt etwas Wichtiges über ihn. War er mit Ihnen befreundet?«
Einen Augenblick dachte er, Pauline werde ihren Schleier hochheben, aber ihre Hände bewegten sich nicht. »Was haben Sie über ihn gehört?«
»Nicht viel – nur, daß er etwas Leben in den Betrieb gebracht hat.«
»Ja, das stimmt. Leo war anders, und er war keinesfalls ein Scharlatan. Es war ihm ernst mit seinen Ideen, und man hätte ihm die Möglichkeit geben sollen, sie zu verteidigen. Die Kollegen ärgerten sich über ihn, weil er ihre Prämissen in Frage stellte.«
»Das habe ich mir gedacht.«
»Ich habe ihn sehr geschätzt.«
»Ich sitze jetzt in seinem Büro.«
»Ich hab's gehört.«
Sie stöhnte auf, als sie plötzlich beide von grellem Licht übergossen wurden. Bullock hatte die Gartenlampen angeknipst.
»Jetzt ist die Party zu Ende. George sucht mit diesen Lampen den Garten ab.« Pauline stand auf, schwankte beim

Gehen und mußte sich wieder setzen; ihr Gesicht war so weiß, daß der Schleier noch schwärzer aussah.

»Mir ist unbeschreiblich schlecht. Bitte, holen Sie meinen Mann, Mr. Levin, ehe ich ohnmächtig werde.«

»Soll ich Ihnen Kaffee bringen?«

»Nein, holen Sie nur Gerald.«

»Ich möchte Sie lieber ins Haus bringen, da können Sie sich hinlegen.«

»Sagen Sie Gerald, er soll kommen und mich nach Hause bringen.«

Levin eilte ins Haus. Die Party war zu Ende, in den Zimmern war niemand mehr, nur Leopold und Alma Kuck, schon in Mänteln, unterhielten sich noch leise mit den beiden Bullocks.

»Pauline fühlt sich nicht wohl«, sagte Levin. »Wo ist Gerald?«

»Er wird sofort herunterkommen«, sagte George.

»Sie ist im Garten und möchte nach Hause fahren.«

Die beiden Kucks gingen. Jeannette begleitete sie zur Tür.

»Leider«, sagte Bullock zu Levin, »ist Gerald oben auf der Toilette. Soviel ich weiß, haben beide etwas gegessen, das sie nicht vertragen. Sollte ich sie vielleicht heimfahren?«

»Du bist überhaupt nicht mehr dazu imstande, George«, sagte Jeannette. »Das tu ich lieber.«

»Keine Sorge«, sagte Levin, »ich bringe sie heim.«

Er bat George, ihm die Toilette zu zeigen.

»Erste Tür links, oben. Aber wenn Sie selber eine suchen – wir haben unten noch eine.«

»Nein, ich nicht«, sagte Levin. Er rannte die Treppe hinauf und klopfte an die Badezimmertür. »Gerald, ich bin's, Sy. Pauline ist es nicht gut. Sie möchte, daß Sie sie nach Hause bringen. Wenn Sie's aber nicht können – darf ich sie heimfahren?«

Einen Augenblick später antwortete Gilley müde: »Warum nicht, Sy? Mir ist ganz plötzlich so schlecht geworden, es kommt sicher von irgend etwas, das wir gestern abend gegessen haben, was Italienisches mit rotem Paprika und Olivenöl. Plus zu viel Vino. Es war uns schon beim Aufstehen übel. Sagen Sie ihr, ich käme bald.«

Levin rannte die Treppe hinunter, fand seinen Mantel und

kehrte in den Garten zurück. George und Jeannette waren schon bei Pauline.
»Es tut mir schrecklich leid«, sagte sie gerade.
»Es ist irgend etwas, das sie gegessen hat«, sagte Levin.
Er half ihr beim Aufstehen. »Gerald hat mich gebeten, Sie nach Hause zu fahren.«
Sie berührte seinen Bart und kicherte. »Einen Augenblick lang dachte ich, Sie seien jemand anders.«
»Wer denn zum Beispiel?« fragte George.
»Das geht dich nichts an«, meinte Jeannette.
»Jeannette, es tut mir schrecklich leid«, sagte Pauline.
»Du kannst nichts dafür.«
Levin warf Bullock einen wütenden Blick zu, den dieser aber nicht bemerkte. Sie gingen durch den Garten zum Wagen. Er half Pauline in den Hudson und fuhr schnellstens los.
Sie legte den Kopf auf seine Schulter.
»Wie fühlen Sie sich?« fragte er.
»Gräßlich, aber liebeshungrig. Glauben Sie, daß George mich verführen will, Mr. Levin? Er gießt mein Glas immer so voll.«
Levin lachte, obgleich er spürte, daß sein Kopf zu schmerzen begann.
»Die einzige Gabe, die ich besitze«, sagte sie und rieb den Kopf an ihm, »und sie hat sich erst in letzter Zeit entwickelt, ist Menschenkenntnis. Ich kenne Sie, Mr. Levin.«
»Was wissen Sie von mir?«
»Wer Sie wirklich sind. Und Sie kennen mich, nicht wahr?«
»Ich bin dessen nicht so sicher.«
Sie richtete sich auf. »Ich habe Ihnen alles über mich erzählt, aber nichts über meine Kinder.«
»Ein andermal«, sagte Levin.
»Ich hab' sie zuerst gar nicht gewollt, denn ich schämte mich, daß eine Frau mit meiner Figur keine eigenen Kinder haben konnte. Im Anfang unserer Ehe hatte ich ein paarmal Menstruationsbeschwerden, und der Arzt hat festgestellt, daß ich eine Gebärmuttersenkung habe. Ich glaubte lange, das sei der Grund unserer Kinderlosigkeit, und erst viele Jahre später ließen wir uns beide untersuchen, und da fand man, daß Gerald keinen Samen hat. Mit zweiundzwanzig hat er Mumps gehabt und danach eine Hodenentzündung.«

»Ich will nichts von seinen privaten Sorgen wissen.«
»Ich weiß, daß ich betrunken bin, und dann rede ich immer zu viel.«
Den Kopf an seine Schulter gelehnt, schlief sie ein und wachte erst wieder auf, als der Wagen vor ihrem Hause hielt. Pauline lutschte ein Pfefferminzbonbon, ehe sie ausstieg. Er versuchte, ihr den Arm zu reichen, als sie über den gepflasterten Weg zum Haus gingen, aber sie wehrte ab. Als sie im Haus waren und sie Zenamae bezahlte, verriet sie in keiner Weise, wie schlecht sie sich fühlte, aber als das Mädchen gegangen war, brach sie auf dem Sofa zusammen; ihr Hütchen verrutschte, und der Schleier glitt über einem Auge nach oben.
»Bleiben Sie bei mir und halten Sie meine Hand.«
Ihr Kleid war über die Knie hinaufgerutscht. Sie hatte aufreizende Beine, wenn auch ihre langgestreckten schwarzen Schuhe wie steife Heringe aussahen, die in die Höhe starrten. Die Topographie ihres Busens ließ sich mit der eines Bügelbretts vergleichen.
»Ich hab' plötzlich schrecklichen Hunger bekommen. Können Sie mir ein Rührei machen, Mr. Levin?«
Dieser verdammte Schleier, dachte er. Er gehorchte einer jähen Regung und versuchte, ihr den Hut abzunehmen, aber Pauline hielt ihn mit beiden Händen fest. »Stop, das ist meine einzige Waffe.«
Ich laß lieber die Finger davon, dachte Levin.
Oben fing Mary an zu weinen, und Erik rief: »Mami«.
»Mr. Levin«, sagte Pauline, »ich flehe Sie an, kümmern Sie sich um meine armen Kinder.« Sie saß aufgerichtet auf dem Sofa und preßte den Kopf an die Lehne.
»Ich hab' einen Mann geheiratet, der keinen Samen hat!«
Sie schlief ein; in ihrem Magen rumorte es.
Levin ging zum Schlafzimmer des kleinen Mädchens hinauf und knipste das Licht an. Sie hörte auf zu weinen und starrte ihn an. Ihre Flasche lag im Bettchen, und so gab er ihr etwas Milch.
Durch die offene Tür sah er, wie im Nebenzimmer Erik in seinem Bett saß. »Wer bist du denn?«
»Mr. Levin – der komische Mann.«
»Ich hab' Durst.«

Er ging ins Badezimmer und holte Wasser. Erik trank und legte sich wieder hin. Als Levin ihn zudeckte, hob das Kind das Köpfchen und küßte ihn unter ein Auge.
Mary war schon wieder eingeschlafen. Levin knipste das Licht aus und lauschte auf die schlafenden Kinder. Die armen Waisen. Er brach in Tränen aus.
Ende Januar versetzte ein warmer, sonniger Tag, der den ganzen Frühling zu enthalten schien, Levin in Erstaunen. Man hatte ihm gesagt, daß so etwas vorkomme, aber er war seit so vielen Jahren an die Winter des Ostens gewöhnt, daß er nicht zu glauben vermochte, diese Jahreszeit könne vorbeigehen, ohne jeden, der in ihrer Zone lebte, wenigstens einmal mit Schneestürmen und splitterndem Frost heimzusuchen. Er war unruhig, denn es schien ihm, der noch nicht aufgebrauchte Winter müsse wiederkehren, um wenigstens einigermaßen Rache dafür zu üben, daß er so jung schon sterben mußte; er hatte ja nur so kurz gedauert: Ein paar Monate lang war ein düsterer Regen gefallen, eine Woche lang hatte nasser, weicher Schnee gelegen (der die Berge krönte und die Hügel näher rückte), aber bald war er Matsch geworden und dann ganz verschwunden; danach hatte es wieder geregnet – aber neun Tage lang hatte die Sonne geschienen und es war kalt gewesen – jedoch nie unter – 7 Grad und nachmittags wärmer –, und Levin hatte sich wunderbar gefühlt trotz aller Klagen seiner Studenten. Vielleicht hatte ein Eiszapfen, der gar nicht schmelzen wollte, ein bis zwei Tage am Dach über Mrs. Beatys Veranda gehangen. Da Levin als Kind oft mit brennend roter Nase und eisigen Füßen durch Schneewehen gewatet war und oft bis Mitte April einen Mantel getragen hatte, glaubte er jetzt, ein Wunder, wenn auch kein ganz zuverlässiges, habe ihn von Eis und Schnee und heulendem Wind befreit. Falls der Winter schon gestorben war, konnte er ein Schuldgefühl nicht loswerden, so, als habe er mitgeholfen, ihn umzubringen, oder als habe er bei der Testamentseröffnung unverdienterweise etwas bekommen – eine Seltenheit in seinem Leben. Und doch ließ ihn der Gedanke nicht los, daß das Leben wie eine kurze Jahreszeit sei.
Aber sein Pessimismus hielt nicht lange an. Er zog es vor, sich aller Veränderungen zu erfreuen, gleichgültig, ob er etwas von

ihnen gemerkt hatte oder nicht. Mrs. Beaty hatte ihm gezeigt, daß die Primeln blühten, ja, sie hatten den ganzen Winter über geblüht. Um die Weihnachtszeit, als Levin trübsinnig im Bett lag, ragten die Schößlinge der Osterglocken schon fünf Zentimeter aus dem Boden; unter dem Januarschnee blühten die Krokusse. Am Neujahrstag strahlte der unbelaubte Jasmin neben dem Kirschbaum im Hinterhof sein gelbes Licht in die dunkle Welt; wenige Wochen später taten die Forsythien das gleiche. Im Januar hatten die Kamelienbäume dicke Knospen; wilde Quitten und Erika blühten, und ihre Blütenblätter ragten in die reglose Luft. Als der Schnee getaut war, hatte Levin hinter der Garage blühende Veilchen entdeckt. Der Regen wurde feiner, launischer, machte zeitweise dem Sonnenschein Platz. Und er war glücklich, daß die Tage länger wurden; erst wurde es um sieben Uhr hell, jetzt schon um halb sieben. Man konnte den Frühling noch nicht riechen, entweder, weil die Düfte des beginnenden Frühlings zu delikat waren für seine Städternase, oder weil die Kühle, die vom Nordwesten kam, Gerüche unterdrückte und damit jenes Aufwallen von Gefühlen, das ein warmer Duft hervorruft. Wenn das der Frühling war, so wußte es Levin, weil er ihm immer auf der Spur war, weil er immer nach der kommenden Jahreszeit schnupperte, nach dem neuen Leben, »dem neuen Sein in Freiheit«.

An diesem Tag, dem Faksimile eines späten Märztages – es war ein Donnerstag, an dem Levin nachmittags nicht zu unterrichten brauchte –, hatte er eigentlich vorgehabt, nach dem Mittagessen wieder ins Büro zu gehen und sich mit technischen Berichten zu plagen; aber das Wetter lockte ihn hinaus, er wollte sehen, was die Natur auf der anderen Seite der Brücke ohne ihn fertiggebracht hatte; und zudem wollte er die wohltätige Hand der Sonne auf dem Kopf spüren. Er holte seinen Feldstecher und den Band *Vögel, Bäume und Blumen des Westens* aus der Schreibtischschublade, wo er den ganzen Winter über gelegen hatte. Da er am Vorabend aus der Zeitung erfahren hatte, daß es vielleicht regnen würde, nahm er auch seinen zuverlässigen Schirm mit; und so beladen machte er sich zum Wald auf, der sich in der Ferne die niedrigen Berghänge hinaufzog. Er wählte einen Weg, den er noch nie gegangen war, eine Straße, die von alten Weiden mit aufgesteckten Kätzchen gesäumt war; ihre klebrigen, knospenbeladenen Äste hoben sich scharf vom Himmel ab. Obwohl Levin über das unerwartet schöne Wetter beglückt war, wurde seine Freude doch durch eine Spur jener – gewohnten – Traurigkeit über den unnachgiebigen Rhythmus der Natur etwas getrübt; über jenen Wechsel, den, ob er es wollte oder nicht, eine Kraft bewirkte, in der der Frühling von heute, der Frost von morgen, Alter und Tod ihren Ursprung hatten und die doch keinen Menschen zur Vollendung führte; es war ein Wandel, der dennoch kein Wandel war, eher ein Kreisen ewiger Gleichheit, und er war nur ein Teil der Wiederholungen; wie konnte man da Freiheit in sich und vom eigenen Ich finden? War dies der Grund, warum sein Leben trotz aller Anstrengungen, auszubrechen aus dem, was schon hinter ihm lag, so unverändert war? Und warum hatte er, der nun einmal einen solchen Charakter besaß und die Erfahrung, die er sich schuf, bewußt auskostete, nicht mehr erreicht als hin und wieder eine kurze Spanne der Zufriedenheit, nicht lange genug, um sich auch nur zu fragen, ob er sie wirklich erlebt hatte oder nicht? Wenn ich nur so leben könnte, wie ich es nach meiner Überzeugung sollte, dachte Levin. Wie oft habe ich mir gesagt, daß Glück nichts zu tun hat mit einem geplanten Unternehmen, daß es kein verborgener, komplizierter Gral ist, der sich dem Betrachter auf einmal ganz enthüllt; daß es vielmehr eine Gnade ist, ausgeschüttet über den Geist, der das Leben begehrt. Wir weilen nur für kurze Zeit auf Erden, oft unter den schrecklichsten Umständen – es ist durchaus möglich, daß uns eines Tages eine Explosion weit fortschleudert von Seinen Fingern; möglich, daß wir die Schlacht verlieren, ehe wir unser Lebensziel erkennen; und doch – wie wunderbar ist es, gelebt zu haben. Ich habe mir das in den verschiedensten Situationen gesagt, warum kann ich also nicht aufhören, mich mit dem Gedanken zu quälen, ob mir das Glück jemals begegnen und wie lange es währen wird, wenn es überhaupt kommt und dauert? Unzufriedenheit bringt mir weder Bargeld ein noch wahre Liebe, warum erfreue ich mich also nicht einfach des zärtlich-herrlichen Tages, anstatt ihm alles vorzuhalten, was mir nicht zuteil geworden ist?

Er war noch ein ganzes Stück von den Bergen entfernt, als er sich einem großen Gehölz – richtiger, einem Wald – näherte, zu dem ihn früher schon andere Wege geführt hatten. Einer Eingebung folgend, verließ Levin den Pfad, sprang über einen Graben, überquerte ein Feld und drang in den Nadelwald ein. Als er ihn betreten hatte, fühlte er sich nicht mehr sehr behaglich, denn er wanderte ohne Erlaubnis durch irgendein Privateigentum, und während er ruhig seines Weges ging, hatte er Angst, ein Bär könne auftauchen oder vielleicht ein oder zwei fauchende Pumas, obgleich er noch nie gehört hatte, daß es sie hier gab; wenn ihm einer begegnete, könnte er sich nur mit dem Schirm gegen ihn wehren. Aber der Hauptgrund seines Unbehagens entsprang dem Gedanken, daß er fast noch nie die Erfahrung gemacht hatte, was es hieß, mit vielen Bäumen zusammenleben, und so fühlte er sich in ihrer Mitte ein wenig fremd. Jedoch war es schon allerhand für einen echten Großstadtjungen, der niemals Pfadfinder gewesen war, sich so weit in den Wald hineinzuwagen. Levin fand seinen Mut wieder. Er lief über den weichen Boden, suchte sich einen Weg zwischen den dunklen Tannen (Riesen- und Zwergtannen) und den großen Gruppen kahler Laubbäume; nun erkannte er Kiefern, Zedern, deren grüne Röcke den Boden berührten, Blaufichten, ja sogar Schierlingstannen, von denen es besonders viele gab und deren Zweige sich ineinander verschlangen, und das Düster des Waldes wurde von Sonnenstrahlen erhellt, die leuchtende Flecke auf den Boden warfen. Prickelnd stieg die Kühle des Waldes empor und erweckte in ihm eine Vision endloser Ferne und tiefster Tiefe. Levin bekam Angst, er könne sich verlaufen, wenn er zu tief in den Wald eindränge, und um zu vermeiden, vergeblich im Kreise herumzuirren, erwog er, Papierschnitzel als Wegweiser zu benutzen. Das Geheimnis des Waldes, das unbeobachtete Leben, das sich in seinem eigenen Rhythmus vollzog, und das Gefühl, daß nicht viele Menschen je da gewesen waren, wo er jetzt war (Levin – Förster und Forscher; jetzt verstand er auf einmal die Seele von Natty Bumppo aus Coopers *Lederstrumpf* – bisher war er für ihn nur irgendeine Gestalt aus einem Buch gewesen; und er entsann sich des Satzes: »Hier tötete Daniel Boone einen Bären«), dieses Gefühl und das Ergriffensein von dem Geheimnis halfen

ihm, seine Angst zu unterdrücken und in Schatten und Sonnenschein sich weiter zwischen den Bäumen vorwärtszuwagen.
Als er aus dem Gehölz in eine Lichtung hinaustrat, kam er zu einem gelb-grünen, mit dichtem Gras bewachsenen Wiesenhang; da erhob sich ein Schwarm Rotkehlchen mit lautem Piepsen und flog über seinem Kopf davon: Rotkehlchen aus Kanada, hatte man ihm erzählt, denn die in Cascadia beheimatete Art überwinterte in Kalifornien; man hatte es mit Fremdlingen zu tun, die allerdings wie Freunde aussahen. Vom Wald jenseits des Feldes her kreischte ein Vogel, versteckt in einem Baum, hinaus in die Welt. Levins Kopf war in eine Stille getaucht, die ihm um so tiefer vorkam, als sie weit hinten im Wald von einem Pochen begleitet wurde, einem hölzernen Trommeln. Zuerst war er sehr erstaunt darüber, dann aber entdeckte er durch seinen Feldstecher einen Vogel, der an der Spitze einer abgestorbenen Kiefer eifrig das Holz anbohrte. Levin nahm sogleich sein Vogelbuch zur Hand und las mit großer Befriedigung, daß er einen rotköpfigen Specht entdeckt hatte, eine Art, die er noch nie aus solcher Nähe hatte beobachten können. Der Vogel erspähte Levin und flog in den Wald hinein. Einen Augenblick später blätterte er eilends weiter und erkannte zunächst einen Seattle-Zaunkönig und dann einen tiefblauen Eichelhäher mit grauer Unterseite, einen Vogel von aufreizender Farbe; danach eine Schwarzmeise (die erste, die er seines Wissens je gesehen und identifiziert hatte); und schließlich einen gelben Vogel, den er nicht im Buch fand und dessen Flug über die Baumkronen er mit Genuß so lange verfolgte, bis der Vogel im Sonnenlicht verschwand wie ein erlöschendes Licht. Wer sieht so etwas in Manhattan? Nur die, die eine besondere Gabe dafür haben. Hier konnte sich jeder an dem erfreuen, was es zu sehen gab. Trotzdem wich das Unbehagen nicht von ihm, das Unbehagen, an einem Ort zu sein, an dem er eigentlich nicht sein durfte; er wandte sich um, als ahne er, daß jemand im Wald hinter ihm stand; wenn er auch nicht gerade Fußtritte erwartete, so doch die harte Hand des Försters, der ihn fluchend anwiese, das Privatgrundstück schleunigst zu verlassen. Er war bereit, wie ein Verrückter davonzurennen. Hingegen sah er Pauline Gilley, die zwischen den Bäumen stand und ihn beobachtete.

Sie sah aus wie jemand, den er nicht erwartet hatte, jemals wiederzusehen; oder war dieser Gedanke nur ein Trick, den er sich vorspielte, um jenen Rest von Keuschheit zu beschützen, der ihr geblieben war? Pauline kam gleichsam widerwillig näher, und er schrieb ihren Gesichtsausdruck einer peinlichen Erinnerung zu; aber als hätte sie mitten auf dem Weg Frieden mit sich selbst geschlossen, blickte sie nun auf und lächelte über sein Erstaunen. Da ihr Regenmantel nicht zugeknöpft war, sah er, was sie anhatte: eine Bluse, einen grauen Rock, blaue Kniestrümpfe und feste Schuhe. Und er fragte sich ganz schnell, was sie wohl unter diesen Dingen trug – etwas völlig Neues in ihrer Beziehung.
Ihr Haar glänzte in der Sonne. »Es tut mir so leid, daß ich Sie aufgeschreckt habe, Mr. Levin. Ich bin genauso überrascht, Sie zu treffen.«
Levin erklärte, warum er einen Schirm mitgenommen hatte: In der Zeitung war Regen vorausgesagt worden. Sie lächelte, weil er so viel zu tragen hatte. »Kommen Sie, ich helfe Ihnen.«
»Es ist ja gar nicht viel.« Einen Augenblick lang machte es ihn wieder traurig, sie im Wald zu treffen, es war, als sei er zu spät an den richtigen Ort gekommen – die Situation, die ihm aus seinen Träumen so wohlvertraut war.
»Es ist ein so herrlicher Frühlingstag, daß ich die Kinder einem Babysitter anvertraut habe, um ein Weilchen laufen zu können«, sagte Pauline.
»Sind Sie schon mal hier im Wald gewesen?«
»Ja – Sie nicht?«
»Nein.«
»Ich wußte gar nicht, daß Sie Vögel beobachten.«
»Wenn man's so nennen kann. Die meisten fliegen fort, ehe ich weiß, was ich eigentlich gesehen habe.«
»Sie waren aber ganz vertieft, als ich Sie entdeckte.«
»In meiner Kindheit habe ich vom Fenster aus den Spatzen zugesehen, die auf den Telegraphendrähten saßen oder im Schnee herumhüpften.«
»Ich habe Sie schon seit Wochen nicht mehr gesehen, Mr. Levin«, sagte Pauline.
»Ich glaube, seit ungefähr vierzehn Tagen. Die Zeit fliegt nur so.«

»Ich hab' bei den Bullocks so viel geschwätzt. Ich glaube, seit Jahren war ich nicht so betrunken.«
»Machen Sie sich keine Sorgen. Ich habe alles vergessen, was Sie gesagt haben.«
»Das sollen Sie aber gar nicht!«
Sie sahen einander nicht an. Als ihre Blicke sich dann trafen, war Levin sicher, er müsse einen Schleier vor ihren Augen sehen, aber sie trug keinen; statt dessen wurde er eines solchen Hungers nach Zärtlichkeit gewahr, daß er kaum zu glauben vermochte, der Blick gelte wirklich ihm. Von vielen komplizierten Zweifeln geplagt, warf er seine Sachen ins Gras. Sie liefen aufeinander zu, und ihre Körper prallten bei der Umarmung aneinander.
»Mein Gott«, flüsterte Pauline. Seine Knie bogen sich nach vorn, als sie ihn küßte. Er hatte nicht damit gerechnet, daß er so viel verlangen würde, wenn er so viel gäbe.
Er warnte sich selbst – Hände weg, mein Junge –, und während sie in einem Kuß versanken, sah er sich auf der Flucht, einen bärtigen Vogel, eine Traumgestalt – aber er konnte sich nicht vom Fleck rühren.
Sie trennten sich, atmeten schwer, sahen einander an, als sei Betrachten gleich Trinken – er hätte bis zwanzig zählen können –, zögerten dann eine Sekunde und umarmten sich von neuem.
»Mein Liebster.«
»Pauline.« Er konnte sich kaum beherrschen, hätte ihr seine Liebe beinahe zugeschrien.
Er griff nach ihrer Brust, aber da seine Hand leer blieb, tastete er in entgegengesetzter Richtung. Sie hielt seine Finger fest, ließ sie los und umarmte ihn inbrünstig.
»Wo sollen wir hingehen?«
»Irgendwohin.«
Sie nahm ihn bei der Hand, und sie gingen in den Wald; Levin sah noch einmal zurück, um sich zu merken, wo seine Sachen lagen. »Hier«, sagte sie in dem grünen Schatten. Sie standen zwischen dicken Nadelbäumen, der Boden war zwar feucht, aber weich und dicht mit Kiefernnadeln und welken Blättern bedeckt.
»Breite deinen Mantel aus.« Sie legte ihren Mantel auf den

seinen, dann schlüpfte sie aus den Schuhen. Sie zog ein schwarzes Wäschestück aus – die Maske war demaskiert. Pauline legte sich auf die Mäntel, hob die Hüften und zog den Rock in die Höhe – in Levins Augen die intimste und schönste Geste, die je eine Frau für ihn gemacht hatte.

Er hing seine Hose über einen Kiefernast. Als er niederkniete, empfing sie ihn mit weit geöffneten Armen und strich ihm zärtlich über den Bart; dann umarmte sie ihn leidenschaftlich und glich ihren eigenen Rhythmus dem seinen an.

Die ganze Zeit über war er sich klar bewußt, was für ein Wunder es war – hier, mitten im Wald, welch ein Triumph!

Als sie sich die Nadeln aus dem Haar kämmte, wurde es dunkel im Wald, und es begann zu regnen. Sie warteten im Schutz von Levins Schirm unter einer alten, flechtenüberwachsenen Ulme. Wenn er damit gerechnet hatte, sich nachher unbehaglich zu fühlen – kein Unbehagen stellte sich ein. Als er in ihren Augen ein Schuldgefühl zu entdecken versuchte, wurde er durch ihren Glanz und ihre Wärme davon abgelenkt. Er umschlang ihre Taille und hielt den Schirm über beider Köpfe. Sie lehnten sich an den Baumstamm, ihr Kopf lag auf seiner Schulter. Er war dankbar, in Frieden mit sich selbst, und versuchte, alle Gedanken an das zu verbannen, woran er jetzt nicht zu denken brauchte: die Zukunft.

Als sie zu sprechen begann, wünschte er, sie hätte geschwiegen. »Mach dir keine Sorgen – über gar nichts.«

»Sorgen?«

»Ich will damit nur sagen – wenn du irgend etwas bedauerst –, du bist nicht an mich gebunden. Du hast keinerlei Verpflichtungen. Du kannst sofort gehen, wenn du willst.«

Levin stellte sich vor, daß er sie im Regen unter dem Baum stehenließ. Später würde er zurückkehren, um nachzusehen, ob sie immer noch da sei.

»Warum sprichst du von Bedauern? Ich bedaure nichts.«

»Deine Augen sehen so traurig aus.«

»Das ist Gewohnheit. Ich bin glücklich.«

»Woran hast du gerade gedacht?«

»An dich, an deine Art, es zu tun. So schön war es für mich noch nie.«

»Du hast nicht viele Frauen besessen, nicht wahr?«
»Nein, nicht viele.«
»Ich weiß, daß du verliebt warst.«
»Oft sogar – aber immer in die falsche Frau. Eine oder zwei haben mich ganz kaputtgemacht.«
»Das tut mir leid.«
»Es war mein eigener Fehler. Aber das gehört in die Vergangenheit.«
»Du Armer, wenn es um Sex ging, hast du wohl immer ein Auge zudrücken müssen?«
»Ein Auge zudrücken – das nicht gerade, aber es war nie leicht, wirklich Genuß zu empfinden.«
Sie schwieg einen Augenblick. »Und diesmal?«
»War's gut.«
»Du achtest mich trotzdem?«
»Natürlich.«
»Mrs. Gilley – die Mutter zweier Kinder?«
»Ich achte dich, Pauline.«
Sie küßten sich wieder. Sie rieb ihren Kopf an seinem. »Ich hungere danach, alles über dich zu wissen.«
»Ich habe schlimme Zeiten durchgemacht.«
»Sag mir alles.«
Levin wollte nicht über die Vergangenheit sprechen.
»Du sprichst nie davon. Ich werde auch nicht wieder fragen.«
Mit heiserer Stimme, die eine Gesichtshälfte wie gelähmt, erzählte er: »Das hervorstechendste Gefühl in meiner Jugend war Demütigung. Und nicht nur, weil wir arm waren. Mein Vater war ein Dieb; immer wieder stahl er, immer wieder wurde er erwischt; schließlich ist er im Gefängnis gestorben. Meine Mutter wurde geisteskrank und beging Selbstmord. Eines Nachts kam ich nach Hause und fand sie auf dem Küchenboden sitzend: starr blickte sie auf ein blutbeschmiertes Brotmesser.«
Pauline lehnte das Gesicht an seine Wange.
»Ich trug Trauer um sie, aber es war Lüge. Ich liebte eine verbitterte, unglückliche Frau, die mich gerade von sich gestoßen hatte. Ich trauerte mehr um diesen Verlust als um meine Eltern. Ich trauerte um mich selbst. Ich wurde zum Trinker, das war das einzige, was mir Befriedigung gab.«

Sie stöhnte; Levin zitterte.
»Ich habe getrunken, gestunken. Ich war völlig verdreckt, nur noch Haut und Knochen, wog vielleicht hundertzehn Pfund. Meine Augen sahen aus, als hätte jemand auf sie gepißt. Die ganze Welt erschien mir in gelbem Licht.«
»Bitte – das genügt!«
»Zwei Jahre lang haßte ich mich selbst und wollte das Leben loswerden. Ich will dir gar nicht erzählen, wie weit es mit mir gekommen ist. Aber eines Morgens wachte ich in einem schmutzigen Keller unter lauter Säcken auf und sah meine fauligen Schuhe auf einem zerbrochenen Stuhl. Durch einen Schacht oder ein Fenster fiel ein trüber Sonnenstrahl auf sie. Ich starrte den Stuhl an, er sah aus wie ein Gemälde, wie etwas, das einen eigenen Wert hat. Ich strengte mein letztes bißchen Geist an, um zu begreifen, warum mich dieser Anblick so aufwühlte, warum ich weinte. Dann dachte ich, Levin, wenn du tot wärest, fiele kein Licht auf deine Schuhe in diesem Keller. Endlich begann ich zu glauben, was ich so oft gern geglaubt hätte: daß nämlich das Leben heilig ist. Von da an wurde ich ein Mann mit Grundsätzen.«
»Oh, Lev«, sagte sie.
»Das war das Ende meiner Trinkerei, aber nicht das Ende meines Unglücks. Gerade als ich dachte, ich hätte das gefunden, was mich retten konnte – als ich es wirklich glaubte –, schienen meine Sinne abzusterben, als ob es keine Selbsterlösung für mich gäbe, weil ich nun einmal so war –, und meine Leere wurde zum Symbol dessen, was ich wert war. Ich verleugnete mein Ich, weil ich das Leben verleugnet hatte. Es gelang mir, eine kleine Stelle zu bekommen und mich an ihr festzuklammern, aber als Mensch war ich ein Nichts. Man spricht so oft von Leere, aber es war eine entsetzliche Fülle, denn die Seele ist mit Gas gefüllt. Man leidet nicht eigentlich unter Gleichgültigkeit, man hat sogar Gefühle, aber sie liegen zwei Meter tief begraben. Ich reagierte nicht mehr auf Erlebnisse, und der Gedanke an Liebe war unerträglich. Es war der größte und hoffnungsloseste Verlust meines Ichs; danach konnte nur noch der Tod kommen.«
Sie hatte die Augen geschlossen.
»Ich hatte das Gefühl, ich sei an einem Punkt angelangt, an

dem alles noch schlimmer war als während meines Trinkens. Ich weiß nicht, wie lange es so um mich stand. Ich lebte zwar, war aber wie versteinert. Nur gelegentlich fand ich Erleichterung – wenn ich lesen konnte. Ich hatte ein kleines, dunkles Zimmer in einer Pension, wo es nur so wimmelte von Küchenschaben und Wanzen. Einmal in der Woche hielt ich eine Kerze unter die Sprungfedern der Bettstatt und verbrannte so die Wanzen; sie explodierten beim Sterben. Eines Sonntagabends – es war durchaus kein denkwürdiger Tag gewesen – las ich in jenem Zimmer und hatte das Gefühl, ich müsse mich einen Augenblick später an alles erinnern, was ich je gelesen hatte. Das Buch in meiner Hand fühlte sich wie eine Marmortafel an. Ich bemühte mich herauszufinden, ob es vielleicht ein Kompendium aller Bücher sei, die je geschrieben worden sind, ob es alle Erfahrungen, die je gemacht wurden, beschrieb. Es schien mir, als hätte ich irgendwo etwas gelesen, dessen ich mich unbedingt entsinnen mußte. Ich spürte eine Bestätigung und sprang auf. Der Gedanke, daß ich ein freier Mensch war, entzündete sich in meinem Geist, noch während ich diese Freiheit leugnete. Plötzlich wußte ich – und es war, als entdeckte ich es zum erstenmal –, daß die Quelle der Freiheit der menschliche Geist ist. Das hatte ich zwar schon gehört oder gelesen, aber irgendwie hatte ich es vergessen. Ja, ich hatte es nicht nur vergessen, mein Leben hatte sich weit entfernt von diesem Gedanken, er war allmählich aus meinem Bewußtsein geschwunden. Ich glaubte, ich müsse das, was mir eigentlich gehörte, wiedergewinnen; und dann dachte ich: ›So erfinden wir die Freiheit, wenn sie verloren ist.‹ Danach spürte ich ein so unerhörtes Wohlbefinden, daß ich seitdem davon zehre.«
Er schwieg. Pauline rieb ihre feuchten Augen an seiner Schulter. »Ich hab's gespürt. Ich wußte, wer du bist.«
»Ich fühlte eine neue Identität.«
»Du wurdest Levin, der Bärtige.«
»Das Neue waren die Pläne, die ich für mich schmiedete.«
»Ich will ihnen nicht im Wege stehen«, sagte sie mit Überzeugung. »Wir werden uns nicht wieder treffen.«
Pauline rauchte, während sie dem Regen zusahen, der allmählich nachließ. »Es ist besser, ich gehe jetzt nach Hause.«
Levin packte seine Sachen zusammen, schob den Schirm unter

den Arm, und sie gingen durch das nasse Gehölz. Er nannte es einen Wunderwald, aber sie lachte und erklärte, es gehöre dem Cascadia College und diene der Ausbildung der Forstwissenschaftler.

»Dann ist es also kein Wunder, daß du heute hierhergekommen bist?«

»Ich bin schon oft hier gewesen, entweder zu Picknicks mit Freunden aus der forstwissenschaftlichen Fakultät oder allein, wenn ich im Wald spazierengehen wollte.«

Er befürchtete, irgend jemand könne sie gesehen haben, aber sie schien ganz unbesorgt, und so war er's zufrieden. Ganz egal, wem der Wald gehörte, er war hineingegangen, hatte sie getroffen, und sie hatten sich unter freiem Himmel geliebt; dieses Wunder genügte ihm.

Auf dem Weg zur Stadt spannte er den Schirm über ihren Köpfen auf, obwohl die Sonne strahlend durch die Wolken schien.

8

In seinem Zimmer lachte und stöhnte Levin abwechselnd. Schwer atmend lief er stundenlang hin und her. Oder er starrte durchs offene Fenster und verlor sich in vielen Erinnerungen. Von Zeit zu Zeit feierte er im stillen, was er im Freien fertiggebracht hatte – seine erste verheiratete Frau, Sex ohne Komplikationen auf einem Bett aus Blättern, kurze Arbeitszeit, gute Bezahlung. Das Erlebnis gab ihm Kraft, er hätte nie geglaubt, daß er so etwas einmal kennenlernen würde. Ein paar Minuten später erkannte er nüchtern jene Gestalt in sich selbst – einen alten Freund mit gebrochener Nase, der ihn warnte, sein neues Ich der Gefahr auszusetzen. Das neue Leben war außerordentlich neu. Und doch fragte er sich, was an ihrer Seite aus ihm werden könne. Könnte er mit Pauline mehr sein, als er jetzt war? Dabei dachte er an sie als ein Erlebnis, das nicht unbedingt Verpflichtungen nach sich ziehen mußte. Hatte sie nicht selbst bestritten, daß er ihr irgendwie verpflichtet sei? Das konnte nur bedeuten, daß sie keine wirkliche Bindung an ihn wollte. Aber er war froh, daß er ihr von seiner Vergangenheit erzählt hatte; es erleichterte ihn, daß ein anderer Mensch davon wußte.

Als die Nacht kam, war der Wald für ihn schon fast zu einem Traumerlebnis geworden. Gab es tatsächlich einen solchen Wald? Standen die Bäume noch? Waren es richtige Bäume? Hatte er wirklich Pauline dort getroffen? Er fragte sich, wer sie eigentlich sei. Es war etwas Außerordentliches: Er war in den Leib einer Frau eingedrungen und kannte sie doch nicht. Konnte er ihr vertrauen? Was wollte sie von ihm – warum mußte es z. B. er sein? Weil ihr frommer Papa einen Bart getragen hatte – bedeutete der Bart für sie ein Totem? Hatte sie vielleicht einen Plan verfolgt, als ihre Wahl auf ihn gefallen war (war sie ihm absichtlich in den Wald nachgegangen? Unmöglich!), oder war ihr Liebeserlebnis nur das mehr oder weniger zufällige Ende der Begierde einer unbefriedigten Frau? Wenn es aber nicht so war, wenn sie ihn auf diese oder jene

Weise auserwählt hatte, was konnte er ihr dann bieten, er, ein Mann von dreißig Jahren, der immer noch dem Zug vom letzten Jahr nachrannte? Nichts. Sich mit einer verheirateten Frau einzulassen – und dazu noch mit einer, deren Verhalten er nicht voraussehen konnte: das war keine Kleinigkeit. Wer konnte ahnen, welche Zensur *sie* geändert haben wollte; was sie in einem Augenblick der Zärtlichkeit ihrem legitimen Ehemann zuflüstern oder ihm in einem Moment des Hasses an den Kopf werfen würde? Wenn sie Levin Gilley auslieferte – dann ade, Levin! Er hatte Angst vor seinem Schicksal, das nun in ihrer Hand lag. Aber selbst wenn sie die Verschwiegenheit in Person wäre – er wußte, daß seine Beziehung zu Gilley nun für alle Zeiten eine andere geworden war. Das machte ihn unruhig. Da er ihn nicht mochte, wollte er für seine Antipathie einen gerechten Grund haben – Gilley selbst; er wollte keine Antipathie, weil er ihm etwas gestohlen – den Urbetrug begangen hatte, dessen Folge sein mußte, daß der Unterdrükker den Unterdrückten haßte. Am meisten setzte ihm der Gedanke zu, daß das geringste Bekanntwerden dessen, was unter dem Baum geschehen war, für ihn das schrecklichste Unglück bedeuten mußte, das er sich vorstellen konnte: das Ende seiner Zukunft.

Obwohl Levin im Laufe der Woche oft an sie dachte, spürte er, daß sie ihm nicht fehlte; und vermutlich war das auch umgekehrt der Fall. Sie konnte sich unmöglich für einen Mann mit seiner Vergangenheit interessieren. Als er darüber nachdachte, schwand seine Gewißheit, daß diese Überlegung richtig war – sie hatte ihm mit mehr als nur Interesse zugehört, sie hatte geweint. Vielleicht entsprach der Wahrheit eher die Vermutung, daß sie sich durch ein Verhältnis hatte ablenken wollen; jetzt hatte sie ihr Ziel erreicht, nun war alles zu Ende. Vielleicht schämte sie sich jetzt auch. Sie hat ja ihren Mann; Gott sei Dank habe ich keine Frau. Also Schluß denn. Zu schade, denn ein angenehmes Erlebnis sollte sich wiederholen. Er war schon immer der Ansicht gewesen, daß es unmöglich sei, nur von den Erinnerungen an sexuellen Genuß zu leben. Je größer der Genuß, desto nutzloser die Erinnerung.

Eine solche Stimmung hatte ihn überfallen, als er an einem regnerischen Abend, eine Woche nach dem Erlebnis im Walde, in seinem Zimmer saß. Nach neun Uhr war das Feuer aus grünem Apfelholz ausgegangen, und da er keine Lust mehr hatte zu lesen, hatte er es wieder angefacht. Er nahm sich von neuem sein Buch vor, aber es fiel ihm schwer, sich zu konzentrieren; er mußte jeden Satz durchkauen, ehe er sich an den nächsten machen konnte. Dazu gab es nur eine Alternative: das Buch zuzuklappen und an sie zu denken. Ich will doch mir selbst gegenüber ganz ehrlich sein, dachte er; wenn ich sie nochmals besitzen sollte, muß ich Liebe und Bequemlichkeit trennen. Für mich ist Liebe ohne Freiheit undenkbar. Er konnte sich kaum eine Minute mit dieser Überlegung befassen, denn er vernahm ein Geräusch auf der Hintertreppe und sah durch die Milchglasscheibe, wie Pauline mit einem Schlüssel anklopfen wollte. Eilends stand er auf, unter dem Eindruck, daß sie ihn beobachtet und sich Gedanken gemacht hatte – worüber? Über sein Leben? Seinen Wert? Seine Vernunft? Einen Augenblick lang erwog er, einfach zu verschwinden, aber statt dessen ging er zur Tür und öffnete sie. Konnte man an einem regnerischen Abend weniger tun?

Pauline schlüpfte rasch herein. »Wolltest du, daß ich kommen sollte?« Sie schlug die Augen nieder.

Wenn er mit nein antwortete, bedeutete es kein Ja, aber Levin sagte ja. Jedoch war es ein Ja, das ihn nicht schmerzte, es sei denn, es gäbe einen Schmerz, den man nicht spürt, aber das war unwahrscheinlich.

Sie küßten sich, wichen aber sogleich voneinander zurück, so, als gäbe es viel zu sagen oder mindestens aufzuklären, ehe sie sich wieder küssen konnten. Sie hatte kalte Wangen und Hände und hatte gezittert, als er sie in den Armen hielt. Er hängte ihren nassen Regenmantel auf. Sie stand vor dem Feuer; sie trug das grüne Kleid, an das er sich von jenem Abend her besann, da er sich den Kopf aufgeschlagen hatte. Dazu Hängeohrringe.

»Laß mich erst mal zu Atem kommen.«

Aber sie atmete ganz leicht. Irgend etwas schien zu fehlen, doch Levin wußte nicht, was. Sie wirkte beunruhigt. Levin ahnte, woran es wahrscheinlich lag: an dem Unterschied zwischen damals und heute. Im Wald hatten sie sich zufällig getroffen. Heute abend mußte sie Gilley angelogen haben, als

sie von zu Hause fortging. Auf jeden Fall war da ein Haus, das sie verlassen und ein anderes, in das sie kommen mußte.
Eine halbe Stunde lang blickten sie ins Feuer. Sie verriet nichts über ihre Stimmung, und er wollte keinesfalls danach fragen. Enttäuscht dachte er daran, daß es wohl ein kurzer Abend ohne sexuelles Erlebnis werden werde. Schließlich seufzte Pauline und reichte ihm die Hand.
Sie sah sich um. »Wohnt noch jemand im selben Stock?«
»Nein. Mrs. Beaty schläft unten.«
Sie nahm die Ohrringe ab und steckte sie in die Handtasche. Sie schlüpfte aus den Schuhen und fing an, sich auszuziehen. Er tat das gleiche, obwohl ihn niemand darum gebeten hatte. Es war wie ein Übereinkommen, das sie das letztemal geschlossen hatten, damals im Wald.
In ihrem Unterkleid mit dem Spitzenoberteil, auf das der Schein des Feuers fiel, lächelte sie ihm halb traurig zu.
»Gefall' ich dir darin?«
»Es ist ein poetisches Wäschestück.«
»Du hast mich noch nie nackt gesehen.«
Das überraschte ihn.
Sie zog das Unterkleid über den Kopf und stand nackt vor ihm. Sie hatte schmale Hüften und eine lange Taille; Rumpf und Beine waren wohlproportioniert, und Arme und Schultern waren reizend. Nackt sah sie wie unverheiratet aus.
Aber ihre Brust war flach, die blütengleichen Warzen traten kaum hervor. Er hätte beinahe zur Seite geblickt.
»Soll ich mein Unterkleid wieder anziehen? Ist dir das lieber?«
»Nein.« Er mußte sich ihr gegenüber in acht nehmen.
Sie drückte auf die Matratze, um herauszufinden, ob das Bett quietschte.
»Hast du Angst?« fragte er.
»Schreckliche Angst. Ich käme um, wenn uns jemand hören würde.«
Er schloß sie in die Arme. »Fürchte dich nicht. Meine Wirtin ist taub, wenn sie schläft. Und jetzt schläft sie.«
Plötzlich wurde sie leidenschaftlich, biß in seine Lippen. Im Bett empfing sie ihn mit offenem Mund. Er überlegte, was er für sie tun könne, aber sie gewährte ihm kaum Zeit. »Nimm

mich.« Sie hatte es eilig, und schließlich stieß sie den gleichen, singenden Laut aus, den er im Wald von ihr gehört hatte, einen Laut, der in ihm weiterklang. Anfangs hatte er es für ein Schluchzen gehalten – für ein Bedauern über das, was sie tat –, aber es war ein verhaltener Schrei der Wollust. Sie riß ihn mit, noch ehe es ihm Zeit schien, sich ihr hinzugeben. Er lachte darüber, wie einfach es war.

Nachher, als der Schein einer brennenden Zigarette auf ihr Gesicht fiel, fragte sie ihn: »Sind ›Meiner jungen Liebe reifende Brüste‹ so wichtig für dich? Stört dich mein flacher Busen?«

»Wenn es so war – jetzt nicht mehr.«

»Zumindest bin ich symmetrisch gebaut«, sagte sie. »Bei meiner Zimmergenossin im College war die rechte Brust stärker als die linke.«

Er war für die Symmetrie.

»Und ich habe noch nie Einlagen getragen. Soll ich es künftig tun?«

»Du bist nicht der richtige Typ dafür.«

»Was für ein Typ bin ich denn?«

»Der, der so was nicht trägt.«

»Bitte, sei immer ehrlich zu mir«, sagte Pauline.

Er erwiderte, das müsse er, sonst wäre es sein Ruin.

Sie fragte, ob er immer aus Erfahrungen lerne.

»Fast immer.«

»Mein armer Levin.«

»Ich möchte die Fehler, die ich gemacht habe, nicht noch einmal machen.«

Nachdem sie die Zigarette ausgedrückt hatte, fragte sie: »Und was für eine Lehre würdest du aus unserem Verhalten ziehen?«

»Ich glaube, eine gute.«

»Eine schöne, vielleicht eine für immer?«

Er antwortete, er glaube ja.

»Glaubst du, du könntest dich in eine Frau ohne Brüste verlieben?«

»Ich hab's noch nie versucht.«

Plötzlich sagte sie: »Ich dürfte eigentlich gar nicht hier sein.« Rasch schlüpfte sie aus dem Bett. »Gerald ist heute abend in Marathon. Die Kinder sind allein, denn ich konnte keinen Babysitter bekommen. Ich komme mir wie ein Schwein vor.«

Aber sie rutschte vom Bettuch und zog es unter ihm glatt. Sie leerte den Inhalt des Aschenbechers ins Feuer, lüftete das Zimmer, zog sich an und ging. Levin schlief sofort ein.

Sie besuchte ihn nicht sehr oft, aber oft genug. Jedesmal bot eine ihrer ›Versammlungen‹ ihr eine gute Ausrede, spät nach Hause kommen zu können. Und Gilley half dabei, denn während des Wintertrimesters gab er einmal in der Woche einen vom College veranstalteten Kursus für Lehrer in Marathon. Gewöhnlich kam Pauline zu Fuß – ihr Haus war nur zwölf Häuserblocks entfernt. Wenn sie den Wagen nahm, parkte sie ihn ungefähr zwei Blocks vor oder hinter dem Haus. Gegen elf kam Gilley aus Marathon zurück. Um zehn Uhr dreißig verließ sie Levins Zimmer; der Abend war kurz, aber reizend. Nachher konnte er ohne die geringste Ablenkung lesen; das war höchst angenehm. Er stellte sich ein neues Utopia vor, in dem alle Menschen über achtzehn sexuell befriedigt wären und in dem es weniger Aggressivität gäbe, kurz, eine Welt, in der Frieden herrschte. Einmal kam sie für eine Stunde, als Gilley schon schlief, Levin machte sich deswegen Sorgen. Sie fürchtete sich nicht mehr so sehr; es war ihm entgangen, daß sie sich verändert hatte. Sie erzählte ihm, daß sie manchmal auf einer Couch in Eriks Zimmer schlief und daß Gilley einen sehr tiefen Schlaf habe. Wenn er, was sehr unwahrscheinlich sei, aufwache, werde er sie nicht vermissen. Aber Levin bat sie, nichts zu riskieren. Sie versprach's, erzählte dann aber offen sehr private Dinge als Entschuldigung für das Risiko, das sie auf sich nahm. »Oft ist Gerald wochenlang ganz kalt zu mir. Das hat angefangen, als sich der wahre Grund für unsere Kinderlosigkeit herausstellte; ich gebe allerdings zu, daß es manchmal auch an mir liegt, weil mir einfach die Energie dazu fehlt.«

Was für eine Verschwendung, dachte er.

Als sie das nächstemal im Bett lagen – Levin hatte schon geschlafen und war wieder aufgewacht –, sprach sie noch einmal von Gerald. »Warum magst du ihn nicht?«

»Ich hab' nie behauptet, daß ich ihn nicht mag.«

»Erzähl mir, was im Seminar passiert ist.«

»Ich hab' dir ja schon gesagt, daß wir uns über verschiedene Punkte nicht einigen konnten.«

»Hab Geduld mit ihm«, sagte sie. »Er will dir wohl.«

»Laß uns nicht über ihn sprechen«, sagte Levin.

»Er ist wirklich ganz reizend zu mir gewesen. Ich bin manchmal ein launisches Aas, aber meistens hat er Geduld mit mir, und ich möchte ihm dankbar sein.«

Er schwieg.

»Zuerst ging es gar nicht so schlecht mit uns«, sagte Pauline, »dann gab es Zeiten, in denen wir uns zankten. Er war für mich in mancher Hinsicht eine Enttäuschung, obwohl er oft gar nichts dafür konnte. Ich weiß, daß ich ihn auch enttäuscht habe. In der letzten Zeit, ehe wir Erik adoptierten, war es besonders schlimm, aber seit wir die Kinder haben, geht es wieder besser. Sie haben mich so glücklich, oder doch beinahe glücklich gemacht, wie ich es in den letzten Jahren überhaupt sein konnte. Gerald tut sehr viel für uns. In der letzten Zeit habe ich mir sogar gewünscht, ich könnte ihn wieder lieben. Es war wunderschön, als wir verliebt waren. Glaubst du, daß man eine tote Liebe wiedererwecken kann, oder gehört sie ein für allemal der Vergangenheit an, wenn sie gestorben ist?«

»Ich weiß es nicht.«

»Manchmal habe ich schon gedacht, daß er, wenn ich ein Verhältnis hätte, er merken könnte, jemand fände mich reizvoll, und mich dann wieder mehr begehren würde. Vielleicht würde ich darauf reagieren, wenn es so käme. Glaubst du, daß es so was gibt?«

»Ich bezweifle es.«

»Ich auch«, sagte Pauline.

Er glaubte, sie wolle damit sagen, sie suche Lust, Trost, eine kurze Abwechslung, aber keine ernsthafte Bindung an ihn. So unvollkommen ihre Ehe auch war, sie bedeutete doch offenbar recht viel für sie. Das war ihm recht. Es machte ihre Beziehung einfacher als sie es hätte sein können, und je mehr er darüber nachdachte, desto besser erschien ihm das. Wenn sein Verhältnis mit Pauline Gilley dazu trieb, sie von neuem zu lieben, und sie ihn, ihn um seines Begehrens willen, wieder liebte, so erleichterte das Levins Gewissen nur um so mehr. Es war nicht einfach, jemandem zu helfen, wenn man mit dessen Frau ein Verhältnis hatte.

Er spürte schon im voraus, wann sie kommen würde, lauschte darauf, daß sie an die Glastür klopfte. Sie umarmten sich leidenschaftlich, und sie griff nach seinem Hosenschlitz. Levin hatte den Eindruck, daß das etwas Neues für sie war, vielleicht eine neue Art, sich selbst zu sehen. Auch für ihn war es etwas Neues. Sie nahm ihre Ohrringe ab, zog sich aus – ohne in Verlegenheit zu geraten. Egal, ob sie Brüste hatte oder nicht –, was sie als Frau zu bieten hatte, befriedigte ihn. Wenn er ihre Brustwarzen berührte, war sie wie elektrisiert. Im Bett konnte sie ziemlich wild werden. »Deine Finger sind wie Feuer.« Er genoß ihren langgestreckten Körper, ihr kühles Fleisch, den Sex-Geruch und ihr duftendes Haar. Er genoß es, sie zu besitzen, genoß das Abenteuer und ihre Leidenschaft ohne innere Belastung. Wenn sie im Bett lagen, dachte er kaum daran, daß sie Gilleys Frau war. Wenn er es aber tat, beschwichtigte er sein Gewissen mit dem Gedanken, er könne ihre Beziehung abbrechen, indem er den Sommer in San Franzisko verbringe. Im Herbst ließe sich dann schon eine Ausrede finden, um sie nicht zu sehen. Er konnte zum Beispiel sagen, er habe sich verliebt und trage sich mit Heiratsgedanken.

Der Wald war zu einem Doppelbett zusammengeschrumpft. Im Bett lebten sie, erforschten die Geheimnisse ihrer Körper und ihrer Vergangenheit. Oft bat sie ihn, ihr etwas von seinem Leben zu erzählen, und erkundigte sich, wie er mit zehn, siebzehn oder zwanzig Jahren gewesen war.

»Ein Romantiker«, sagte Levin.

»Das bist du zum Teil heute noch.«

Er zuckte die Schultern. »Das ist fast ganz vorbei.«

»Hast du etwas dagegen?«

»Ich habe mich zu lange nur von Luft genährt.«

»Das gefällt mir gerade an dir.«

Dann fügte sie hinzu: »Ist Liebe nur Luft?«

»Das war sie nur gar zu oft.«

Wenn er sie dies und jenes über sie fragte, stellte sie ihm eine Gegenfrage. Fand er sie attraktiv? Gefielen ihm ihre langen

Haare? Gefielen ihm ihre Beine? »Ich hab' so große Füße.« »Ich bin eigentlich nicht hübsch – oder?« Einmal sagte sie, sie glaube nicht, daß sie eine interessante Frau sei. »Ich habe zu wenig Erfahrung sammeln können. Mein Leben war so prosaisch, so völlig anders als deins. Es ist beinahe so, als täte ich nichts, um irgend etwas zu erleben, und tatsächlich habe ich auch nicht viel erlebt.«

»Du bist eine interessante Frau«, sagte Levin.

»Als Mensch oder in sexueller Hinsicht?«

»Als Mensch mit Sex.«

»Ist Sex eine meiner stärksten Eigenschaften?«

»Ja.«

»Wenn ich doch nur in meiner Jugend mehr so gewesen wäre! Wenn ich nur mehr Selbstvertrauen gehabt hätte, hätte ich mir vielleicht hier und da ein Verhältnis geleistet.«

»Hast du's denn nicht getan?«

»Als ich heiratete, war ich noch unberührt.«

»Und später?«

»Habe ich mich zwar für Männer interessiert, aber eine Beziehung wie unsere habe ich nie gehabt.«

Einen Augenblick später meinte sie: »Erzähl mir, was man über mich sagt.«

»Wie meinst du das?«

»Überhaupt.«

»Jeannette sagt, du bist ein famoser Mensch.«

»Sie ist ein famoser Mensch. Was sagt denn George?«

»Ich hab's vergessen.«

»Und Avis?«

»Sie glaubt, du könntest mehr tun, um deinem Mann zu helfen.«

»Damit hat sie recht«, erwiderte Pauline. »Mehr hat sie nicht gesagt?«

»Nein.«

»Sie war jahrelang in Gerald verknallt.«

Levin sagte, das habe er vermutet.

Er schlief ein. Sie weckte ihn. »Eine Frau meines Alters ist zu alt für einen Mann in deinem Alter. Hättest du nicht lieber ein Mädchen von dreiundzwanzig oder vierundzwanzig?«

Er war zerstreut und gab keine Antwort.

Sie sagte müde: »Jetzt hätte ich Angst vor einer wirklich großen Liebe.«
Sie zog sich an und ging die Hintertreppe hinunter.
In der folgenden Woche wartete er jeden Abend auf sie, aber sie kam nicht. Eines Tages trafen sie sich zufällig in einer Geschäftsstraße mitten in der Stadt.
»Habe ich das letztemal etwas gesagt, was dich verletzt hat?« fragte Levin.
»Nein, ich war nicht ich selbst.«
»Lag es vielleicht an mir?«
»Ich war nur nervös, das ist nichts Neues, es kommt immer wieder vor.«
»Wann kannst du kommen?«
Nach ein paar Minuten sagte sie, sie komme bald.
Am nächsten Abend erschien Pauline wieder. Meistens wurde sie gleich zärtlich, aber heute saß sie am Feuer und rauchte eine Zigarette nach der anderen. Sie unterhielten sich, sprachen aber nicht über persönliche Dinge. Als er sie anblickte, schien sie die Augen abzuwenden. Levin nahm an, sie fühle sich schuldig, und sah ein baldiges Ende ihrer Beziehung voraus.
»Wie wäre es, wenn wir Schluß machten?« fragte sie.
»Das hinge von dir ab.«
Es wurde spät. Pauline stand auf und zog den Mantel an. Sie wirkte einsam und verlassen. Levin folgte einer Eingebung, hob sie hoch und trug sie zum Bett. Mit steifen Armen wehrte sie ab. »Du wagst es!« Er drückte sie nieder.
Kurz darauf griff sie nach seinem Frontispiz. »Ich lasse nie wieder von dir, Mr. Micawber.«

Das nächstemal spürte Levin nach dem Akt einen brennenden Schmerz im Gesäß. Er brach in kalten Schweiß aus und lag mit steifem Körper neben ihr; dabei tat er, als schliefe er. Er drückte das Gesicht ins Kopfkissen, um nicht laut aufzuschreien. Zehn Minuten lang litt er entsetzlich, dann ließ der Schmerz allmählich nach. Er fühlte sich matt, aber erleichtert und war dankbar für seine gute Gesundheit. Aber noch vor Ablauf einer Woche packte ihn wieder dieser grauenhafte, brennende Schmerz. Doch trotz der Qualen, die er ausstand, gelang es ihm, sich nichts anmerken zu lassen, und das, obwohl diese Schmerzen schlimmer waren als alle, an die er sich erinnerte. Sie strahlten auf der einen Seite nach oben aus, erfaßten den Hodensack, dann spürte er sie wieder im Gesäß – es war ein schreckliches Erlebnis nach dem Verkehr und eine beschämende Schwäche.

Als er die gleiche Erfahrung zum drittenmal gemacht hatte, bekam er Angst, mit ihr ins Bett zu gehen. Zugleich empfand er einen Widerwillen gegen sich selbst – es war eine echt Levinsche Reaktion, für jeden Genuß mit Schmerzen zu bezahlen. Er dachte daran, Pauline zu sagen, was ihm fehlte, aber für einen Liebhaber war das eine so fundamentale Schwäche, daß er sie unmöglich eingestehen konnte, und dazu eine, die, wenn sie anhielt, vielleicht Verachtung wecken würde. Als sie das nächstemal kam, schlug er ihr eine Autofahrt oder einen Kinobesuch in einer anderen Stadt vor. Pauline schien über diesen Vorschlag gerührt, willigte freundlich ein, aber auf die eine oder andere echt frauliche Art verführte sie ihn doch – obwohl er ihr Erstaunen spürte – zum Verkehr. Er zahlte den Preis für die Ejakulation: einen brennenden Schmerz im Gesäß.

»Fühlst du dich nicht wohl?« fragte sie nach einer Minute des Schweigens.

Er antwortete, er fühle sich ganz wohl.

»Ich hab' das Gefühl, du hast in der letzten Zeit keinen richtigen Genuß gehabt, aber ich kann es nicht richtig ausdrücken. Riecht mein Atem schlecht?«

»Nein.«

»Soll ich seltener oder gar nicht mehr kommen?«

»Nein.«

Sie sprach nicht mehr darüber, vielleicht fürchtete sie sich, weitere Fragen zu stellen, aber es war ihr deutlich anzumerken, daß sie sich Sorgen machte. Als die Schmerzen vorüber waren, sprachen sie zärtlich zusammen, und er merkte, daß sie ihn beobachtete. Ehe sie ging, schmiegte sie sich an ihn.

An dem Abend, als Gilley das nächstemal in Marathon unterrichtete, versuchte er, sich vor ihr zu verstecken. Nach dem Abendessen ging er ins Kino und trank dann bis Mitternacht Bier. Sie hatte einen Zettel dagelassen: »Schade, daß Du nicht da warst.« Er schlief schlecht und träumte, sein Bart stehe in Flammen. Er glaubte, gerade erst eingeschlafen zu sein, als ihn Schritte weckten, die verstohlen die Hintertreppe heraufkamen. Es waren nicht ihre Schritte. Levin lauschte, lag wie angenagelt mit laut klopfendem Herzen im Bett. Die Schritte verstummten. Schweißgebadet sprang er auf, suchte nach dem Lichtschalter, stolperte über seine Schuhe, lief zur Tür und riß sie auf. Nichts. Regen im wirbelnden Licht. Jemand kam die Treppe im Haus herauf. Levin konnte sich gerade noch einen Morgenrock überwerfen, ehe Mrs. Beaty anklopfte. Sie stand in ihrem Flanellmorgenrock vor der Tür, ihr Hörgerät im Ohr und den Kasten mit der Batterie in der Hand. Er sagte, er habe einen Alptraum gehabt und sei aus dem Bett gefallen. Sie ermahnte ihn, vorsichtig zu sein, sie kenne einen Mann, der sich auf diese Weise die Wirbelsäule gebrochen habe.

Da Levin befürchtete, ernstlich krank zu sein – irgend etwas war vielleicht mit den Nieren, der Blase oder dem Rectum nicht in Ordnung, vielleicht hatte er gar Krebs – und auch, weil er Pauline so nervös machte, daß sie zweimal, schlecht gelaunt, bei ihm war, ohne das Bett auch nur anzusehen, beschloß er, einen Arzt zu konsultieren. Er hatte gehofft, die Schmerzen würden ohne Behandlung wieder vergehen, aber sie waren genauso schlimm wie bisher, als sie das nächstemal zusammen ins Bett gingen.

Eines Nachmittags fuhr er nach Marathon zu einem Arzt, den Joe Bucket empfohlen hatte; er wollte nicht, daß irgend jemand in Easchester etwas über seine Privatangelegenheiten erfuhr. Der Arzt war ein alter Herr, der ihn sorgfältig mit allen erdenklichen Instrumenten – mit Ausnahme einer Geburtszange – untersuchte. Er machte verschiedene Tests und sagte ihm, was er von der Sache hielt.

»Ich kann nichts weiter finden als Kontraktionen.«

»Ach Gott, was ist denn das?«

»Es gibt Kontraktionen, die Spannungen im Rectum und anderswo bewirken, es kann natürlich auch von der Prostata kommen, aber ich kann keine Anzeichen dafür finden. Hatten Sie während der Schmerzen das Bedürfnis, auf die Toilette zu gehen?«

»Das hab' ich getan.«

»Hilft es?«
»Nein.«
»Sie fühlen sich nicht besser danach, die Spannung läßt nicht nach?«
»Sollte einen der Geschlechtsverkehr nicht entspannen?«
»Ja und nein. Manchmal tut er's, und manchmal tut er's nicht.« Der Arzt kratzte sich hinterm Ohr. »Ist die Dame Ihre Frau?«
»Ja«, log er.
»Fördern die äußeren Umstände den Verkehr?«
»Ja.«
»Machen Sie sich vielleicht Sorgen um Ihr Geschäft oder sonst etwas?«
»Nein.«
»Das ist wirklich mehr als ich begreife«, sagte der Arzt, »es sei denn, Sie lieben Ihre Frau nicht.«
Der Allerwelts-Freud, dachte Levin.
»Vielleicht könnten Sie sich eine Woche Ruhe gönnen.«
»Das hab' ich schon getan, aber es kommt doch wieder.«
Der Arzt schrieb ein Rezept. »Nehmen Sie vor dem Verkehr eine von den kleinen grünen Pillen. Wenn's nicht hilft, nehmen Sie hinterher eine von den weißen. Die grünen dienen der Entspannung und haben eine anti-spasmodische Wirkung. Die anderen sind schmerzstillend. Wenn beide nicht helfen, kommen Sie noch mal wieder, dann gebe ich Ihnen ein Antibioticum.«
Auf der Straße zerriß Levin das Rezept und warf die Fetzen auf den Boden.
Das Geheimnis belastete ihn: Was konnte sich daraus noch Schlimmes entwickeln? Mitten auf der Heimfahrt hielt er an, weil ihm ein Gedanke kam, den er wohl schon gehabt hatte, der ihm aber nie sehr sympathisch gewesen war. Er fragte sich, wovor er sich verstecke: daß er ihre Mängel und andere Nachteile zu deutlich sah und es ihn drängte, die Beziehung abzubrechen, ehe es zu spät war? Hatte er genug von diesem unruhigen Leben, hatte er die Verabredungen mit der Frau seines Chefs satt, hingen ihm die Erkenntnis der Gefahr und die Angst vor Folgen zum Hals heraus? Das war die Wahrheit, aber es war nicht die ganze Wahrheit. Immer wieder gin-

gen Levin diese und ähnliche Gedanken durch den Kopf, verfolgte ihn einer, der sich auf Pauline bezog, und dann ein anderer, der nur ihn selbst betraf: Die Unzufriedenheit, vor der er sich in der letzten Zeit versteckt, die er aber doch eigentlich schon viel zu lange gespürt hatte, war weiter nichts als Unzufriedenheit mit sich selbst, und zwar deshalb, weil er das, was er eigentlich zu geben hatte, in sich verschloß. Dann fiel es ihm ein: die Liebe, die er, Levin, nicht verströmte, war die Ursache seiner Schmerzen. Wollte er sie loswerden, mußte er geben, was er wider Willen für sich behalten hatte. Und dies war der Gedanke, der ihn den Wagen jäh hatte anhalten lassen. Als er wieder zu Hause war, wußte er nicht, was er mit sich anfangen sollte. Sollte er zweimal ums Quadrat laufen? Sich auf den Kopf stellen? Mit Gewalt den betonierten Bürgersteig aufgraben? Sollte er den Spiegel küssen oder mit dem Hammer zertrümmern, weil er das Bild des Dunkelbärtigen zeigte, der das teuflisch Komplizierte immer noch komplizierter machte? Und Einstein, hieß es in der Zeitung, benutzte dasselbe Stück Seife zum Rasieren und Baden! Levin saß im Sessel, schlief einen Augenblick, stand im Traum auf und sprang in die Höhe, um stundenlang aus dem offenen Fenster zu starren, obwohl es nichts Besonderes zu sehen gab. Er lag auf dem Bett und erhob sich dann, um irgendwohin zu eilen – ganz egal wohin –, und wachte auf, als er auf der Hintertreppe stand. Über den Kronen der knospenüberladenen Bäume beobachtete er die Flammen der untergehenden Sonne; er wollte nicht denken, er fürchtete sich, sich mit der nächsten Minute auseinanderzusetzen, aus Angst, daß ihm mit explosionsartiger Gewalt eine Tatsache ins Gesicht springen könne, die sein ganzes Leben verändern mußte. Aber die Natur – war sie es wirklich? – glich einem Stier, der auf das rote Tuch zurast (Levins Verletzlichkeit, die Sehnsucht seines alten Ichs), griff ihn von hinten an, und der Matador von Manhattan, der kaum je als Sieger aus einem Kampf hervorgegangen war, spürte, wie er hoch in die Lüfte gewirbelt und dann senkrecht, über violette Hügel hinweg, in einen unbekannten Abgrund geschleudert wurde. Sternenfelder durchraste er, dann erkannte er, daß er liebte.

...Liebe? Schließlich seufzte Levin. War es Liebe, oder hatte er nicht genug Bewegung? War es vielleicht nur Flucht oder Erregung, die die Spannung des Geheimhaltens, die Spannung seines Unrechts hervorgerufen hatte? Liebe? Wie konnte das möglich sein, wenn der, der der Liebende sein sollte, dem Spiel, den Regeln, ja sogar den Spielern gegenüber so tiefgehende Einschränkungen machte? Denk zum Beispiel noch mal an ihren dünnen Körper, ihre komischen großen Füße, an ihre Stupsnase, und ihre Brust, der die weiblichen Blüten fehlen. Er trauerte um die mutterlosen Brüste, das verlorene weiche Kissen über dem Herzen, dessen Bestimmung es war, den Kopf eines Mannes auf sich ruhen zu lassen. Einmal hatte er versucht, an ihren Warzen zu saugen, aber sie hatte seinen Kopf mit beiden Fäusten bearbeitet. Nie hatte er an ihre Unzulänglichkeiten, ihre Unzufriedenheit in der Weise gedacht, wie sie an seine gedacht hatte. Denk auch an die Belastung durch ihre Umwelt: an den, der das erste Recht auf sie hatte, ihren Ehemann; an den ganzen Komplex ihres Ehelebens – wenn er sie liebte, mußte er auch ihre Vergangenheit lieben. Mit ihr müßte er vermutlich auch die Kinder samt ihren Spielsachen übernehmen. Das ist nichts für mich, sagte er sich. Er wollte sich nicht fesseln lassen, weder mit langen oder kurzen, mit sichtbaren noch unsichtbaren Ketten – er brauchte Platz, um sich zu bewegen, um seine Freiheit richtig gebrauchen zu können. Wenn er in der Ekstase seinen gesunden Menschenverstand verlöre und die Waffen streckte – wenn ihn das Schicksal am Kragen packte –, dann mochte der Himmel ihm helfen!

Aber wenn er sie liebte, warum liebte er sie dann? Du bist voll Anmut, Geliebte. Du bist die Lieblichkeit selbst. Du gibst mir einen Schatz von Gefühlen. Du hast Grazie und Charakter. Ich vertraue Dir. Er liebte, weil sie sich eines unvergessenen Tages im Wald einem Mann aus der Großstadt hingegeben hatte. Und weil sie ihm auch danach im Bett so viel gegeben hatte (hatte er weniger gegeben?), weil sie die Begierde gleichzeitig stillte und anfachte, und weil sie Risiken auf sich nahm (riskierte er nicht genauso viel?). Oder mußte er sie lieben, weil er sich in ihren Augen spiegelte, wenn er sie ansah? Oder, um der Wahrheit näherzukommen, liebte er sie, weil seine Natur ihn zwang, sie, ihr offenes, ehrliches, kluges und offenbar nicht sehr glückliches Ich zu lieben? (Warum habe ich das Gefühl, ich habe sie erwählt, nur, weil sie mich erwählt hat?) Fragen und Antworten waren ziemlich gleichgültig, denn er erkannte ein *fait accompli,* wenn es eines war. Wen suchte er zu täuschen, oder warum spielte er sich vor, eine Entscheidung aufzuschieben oder unkenntlich zu machen? »Die Wahrheit ist, ich liebe Pauline Gilley.« Sein Geständnis rührte ihn tief. Welch ein überwältigendes, nur dem Menschen vorbehaltenes Phänomen ist die Liebe! Was für ein menschlich-schicksalhaftes Geheimnis! Als Levin im Schein eines bleichen Mondes durch die Straßen wanderte, spürte er, daß ihm nun alles wiedergegeben war, was er je verloren hatte. Wenn das Leben nicht so ist, so fühlte er doch wenigstens, es sei so. Die Welt veränderte sich, noch während er sie betrachtete. Er dachte an seine Unglücksjahre; sie kamen ihm nur noch wie Minuten vor, wie schwarze Vögel, die sich längst in Nacht aufgelöst hatten. Für immer vorbei. Die Erfahrungen der Vergangenheit hatte er zu wichtig genommen, er hatte sich nicht genug um das ewig Neue, immer Mögliche gekümmert. Im Auge des Himmels entdeckte er eine sehende Rose.

Aber als Levins Gefühle einen solchen Grad an Intensität erreicht hatten, hatte er sich schon längst selbst gewarnt – besser halt ein. Hüte dich vor dem, was deine Phantasie dir vorgaukelt. In seiner Jugend war er ein »Luftmensch« gewesen, ein mit Gefühlen getränkter Schwamm, der sehr verletzlich war, denn wenn er in den Wolken geschwebt hatte, schlug er kopfüber aufs Pflaster auf. Nachher suchte er dann, blind vor Schmerz, nach den Einzelheiten der Realität. Ich muß mich beherrschen. Ich muß immer wissen, wo ich stehe. Unzählige Male hatte er sich vorgenommen, hart zu werden, sich zu stählen und einen Panzer gegen die Liebe anzulegen.

Der Schnee fiel in windgetriebenen Schleiern. Überall bogen sich Sträucher und kleine Nadelbäume, brachen Äste unter seiner Last. Seit Jahren habe es nicht so viel geschneit, sagte Mrs. Beaty. Der Abend, an dem Gilley in Marathon zu sein pflegte, verging, aber Pauline kam nicht zu Levin. Er schob sich die Schuld dafür zu und hielt dann den Schnee für die Ursache; aber als es drei Tage lang warm gewesen und der

Schnee getaut war, war sie immer noch nicht wieder erschienen. Hatte sein Benehmen, als er versuchte, nicht mit ihr ins Bett zu gehen, sie so erschreckt, daß sie nicht mehr kam? Es verlangte ihn, sie anzurufen oder ihr zu schreiben, aber sie hatte ihn einmal gebeten, es nicht zu tun. Ein zweiter Marathon-Abend verging, und Levins Verzweiflung wurde immer größer. Er hatte das Gefühl, sie verloren zu haben.
Als Pauline zehn Tage, nachdem er seine Liebe zu ihr entdeckt hatte, in sein Zimmer trat, war er entzückt von dem Glanz, den sie ausstrahlte, und von ihrer liebreizenden Erscheinung. Wie vollkommen macht doch die Liebe alles, was unvollkommen ist. Sie war wirklich schön. Hätte sie Brüste gehabt, wäre sie niemals die Frau gewesen, die er lieben würde. Das darf ich nicht vergessen, es lohnt sich, daran zu denken.
Aber als sie das Zimmer betrat, wußte er sofort – und es war ein Schlag für ihn –, daß ihre Unpersönlichkeit, beinahe schon Gleichgültigkeit, nicht nur eine Sache des Augenblicks war; und wenn es nicht Begehren war, wenn sie nicht mehr von ihm wollte als diese Kleinigkeit, so hatte er es nur sich selbst zuzuschreiben. Sie warf einen kurzen Blick auf sein Gesicht, fand, daß er gut aussah und nahm die Ohrringe ab. Da er nicht widersprach, zog sie sich aus, bereit, mit ihm ins Bett zu gehen. Als er sie umarmte, machte sie sich einen Augenblick ganz steif. Als er ihr etwas von seiner Liebe sagte, flüsterte sie, sie habe nur eine Stunde Zeit. Levin dachte an die Ewigkeit. Er spürte, daß er sie vom ersten Moment an geliebt hatte, seit damals, als er sie im letzten Sommer – es schien Jahre her zu sein – zuerst am Bahnhof gesehen hatte. Sie hatten sich vorsichtig angeblickt. Hatte sie erraten, daß er sie eines Tages lieben würde, und sich abgewandt, weil ihr der Gedanke wie eine Last erschien? Würde sie jemals wissen, daß er, ehe er ihr begegnet war, die Idee Pauline Gilley geliebt hatte? Machte ihn das nicht ihrer Liebe wert?
Aber was Levin zur Liebe getrieben hatte, ließ sie ungerührt. Im Bett vollzog sie den Akt mit einem kleinen Schrei, der ihr leicht von den Lippen kam. Er liebte sie und begehrte sie in seiner Liebe. Sie schlief ein, während er wach lag und über die unausweichliche Ironie des Lebens nachdachte.
Nachher sagte sie: »Du bist so seltsam gewesen.«

Er entschuldigte sich. »Irgend etwas stimmte nicht mit mir, aber jetzt ist's vorbei.«
»Ist das wahr?«
»Pauline, die Wahrheit ist, daß ich dich liebe.«
Sie schwieg zunächst, dann meinte sie: »Wie bei einer Frau – die will auch den Mann lieben, mit dem sie schläft.«
»Das tu ich auch.«
Sie hielt sich die Ohren zu.
Er schloß seinen Mund, seine Augen, sein Leben. Sie zog sich an und ging rasch. Er sah nicht hin.
Jeder Tag, der verging, quälte ihn entsetzlich; er versuchte, die Tage nicht zu zählen. Er wehrte sich dagegen, an sie zu denken, es war der reinste Hohn – sie erfüllte jeden seiner Gedanken. Er versuchte aus allen Kräften sie aus seinem Denken zu reißen, ohne sich dabei zu verstümmeln. Wie konnte er, o Gott, nur nicht Levin sein? Wie sollte er ohne Liebe leben, oder wie sollte er nicht leben? Wieder zahlte er dafür, daß er der war, der er war, ein schmutziger Trick.
Eines Nachts, es war schon spät, klopfte sie an sein Fenster und kam nervös herein. Levin legte ein Buch zur Seite, das er doch nicht lesen konnte, und sah sie mit der ganzen Würde, die ihm zu Gebot stand an; zum eigenen Schutz ließ er nichts von Liebe durchblicken, nichts von dem Schmerz, den ihre Anwesenheit ihm verursachte.
»Ich hab' dein Licht gesehen«, sagte sie.
Er antwortete nicht.
»Ich hab' versucht, nicht zu kommen«, sagte Pauline. »Es ist nicht fair dir gegenüber.«
Fair oder unfair – er würde sich fürs Bett entscheiden.
»In Anbetracht dessen, was ich über dein Leben weiß – was du durchgemacht hast –, habe ich kein Recht, dich zu lieben oder von dir Liebe zu erwarten, mein armer Geliebter.«
Mit schmerzendem Herzen stand er auf.
»Ich liebe dich«, sagte sie, »auch wenn ich versuche, es nicht zu tun. Ich habe versucht, dir, Gerald und den Kindern gegenüber fair zu sein.«
Sie umarmten sich. Sie krallte ihre Nägel in seinen Rücken. Er schlug sie mit dem Schlag seines Herzens.
»Ich liebe dich, Lev. So heißt du für mich. Sy erinnert viel zu

sehr an Seufzer, Lev hört sich so ähnlich an wie Liebe. Ich liebe dich, und es tut mir leid, denn du verdienst etwas Besseres.«

»Ich verdiene dich.«

»Ich hätte es dir nie erlauben dürfen, damals im Wald. Aber ich liebe nun einmal Männer wie dich, jene Art von Männern, die ich lieben muß.«

»Ich liebe dich aus freiem Willen und von ganzem Herzen.«

»Ach, mein Geliebter, wir müssen doch etwas mit unserem Leben anfangen.«

Ach, dachte Levin, was hat Gott da angestellt?

9

Es war ganz einfach, Gilley auszuweichen, sowohl auf dem Campus als auf den Straßen des Geschäftsviertels. Schon von weitem sah man sein leuchtend rotes Haar; Levin drehte sich um und ging in einer anderen Richtung davon. Im Geisteswissenschaftlichen Institut verzichtete er auf seinen Tee, um sich nicht in den Kaffeeraum begeben zu müssen. Bei Seminarkonferenzen konnte er ihm zwar nicht aus dem Wege gehen, aber er hütete sich davor, sich in der Nähe seines Büros blicken zu lassen – und hatte das auch seit dem Fall Albert Birdless so gehalten. Wo immer Levin es einrichten konnte, einen großen Bogen um ihn zu machen, tat er es. Wenn er aber in anderer Leute Haus mit Gerald zusammentraf, war er, da Pauline auch anwesend war, ihm gegenüber weniger gehemmt, als er erwartet hatte, denn die Schuld, die sie beide teilten, lastete dann nicht so schwer auf ihm. (Sie warf ihm einen flüchtigen Blick zu; er schaute sie an; sie sah weg.) Manchmal unterhielt er sich mit Gilley über Fakultätsangelegenheiten, oder der Sportsmann beschrieb ihm, wie man es anstellen müsse, um einen kleinen weißen Ball über das Gras zu jagen oder einen halbtoten Fisch aus dem Wasser zu ziehen. Er bringt mir etwas bei, dachte Levin, und fühlte trotz allem eine gewisse Sympathie für den, den er ungefähr wie einen angeheirateten Vetter dritten Grades betrachtete. Aber wenn Levin allein war, machte er sich Sorgen. Er fürchtete sich vor dem EHEMANN der Frau, schämte sich, sich an dem, was dem anderen gehörte, gütlich zu tun, auf seine Männlichkeit zu spucken und ihn in einer Weise zu betrügen, der der Betrogene den Tod vorgezogen hätte.

Levin hatte nur gelegentlich eine Verbindung zwischen Moral und Sex, das heißt dem Geschlechtsakt, hergestellt. Sex existierte einfach, wo es von Natur aus vorhanden war, wo er es, wenn er Glück hatte, fand, und war Manna, wo er es am wenigsten erwartete. Was er ohne Anstrengung haben konnte, war einfach da für ihn, so lange, wie dadurch niemand verletzt wurde. Wenn die Dame nur wollte – die Natur war gewiß einverstanden. Aber das Ganze wurde zu einem Moralproblem, wenn man sich, um den Geschlechtsakt ausüben zu können, in die »Rechte« eines anderen einmischte. Wenn er Pauline auch liebte, so hatte er doch im Augenblick keinen Anspruch auf sie. Gilley hatte seine Forderung gestellt, und sie hatte sie angenommen – eben das besagte die Heiratsurkunde. Bestritt man deren Gültigkeit, ging der Wert jedes persönlichen Rechts verloren. Und im Augenblick, da er mit Geralds Frau schlief, ihm gegenüber zu behaupten, ihre Beziehung – wie sie nun einmal war – werde davon nicht betroffen, hieße, Betrug mit Heuchelei krönen. Er schämte sich auch seiner altmodischen Unredlichkeit einem Menschen gegenüber, der ihm eine Stelle verschafft hatte, die ihm eine Zukunft versprach. Und dafür gab ihm Levin (eine bärtige Hexe, die auf Gilleys Leiche ritt) Fußtritte gerade dahin, wo sie am meisten schmerzten, wenn er je, was der Himmel verhüten mochte, erführe, daß er so getreten worden war.

Und doch versuchte Levin sich so weit zu bringen, daß sein Gewissen ihn nicht zu schwer belastete. Schließlich war Gilley nicht ohne Schuld; auch er beging Irrtümer. Verdiente er überhaupt ihre Treue, da er doch in einer so wichtigen Sphäre seiner Frau gegenüber gleichgültig war? Seine »Rechte« waren nur eine Formsache, waren nicht einmal das, da er keinen sehr guten Gebrauch von ihnen gemacht und seine Frau nicht einmal davor bewahrt hatte, sexuell unbefriedigt zu sein; und auch, weil man sich auf mehr als nur die zwei adoptierten Kinder verlassen sollte, um eine Ehe zusammenzuhalten. Er hatte seine besten Chancen vertan. Was er, Levin, für sie tun konnte, welche Aussichten er hatte (von der Liebe selbst abgesehen), wußte er nicht sicher. Da sie nicht frei war, hing alles von der Zukunft ab; sie mußten auf den richtigen Augenblick warten. Abgesehen davon, daß Pauline ihm ihre Liebe gestanden, hatte sie bisher noch nichts verlauten lassen, was über die Gegenwart hinausreichte, und hatte noch nie von aufsehenerregenden Veränderungen in ihrer beider Leben gesprochen. Hätte sie es getan, hätte er sich darüber Sorgen gemacht, denn er klammerte sich noch immer an die Pläne, die er vor seiner Ankunft geschmiedet hatte. Sollten sie eines Tages zusammenleben, so müßte es mit äußerster Vorsicht bewerkstelligt werden, denn beide konnten es sich nicht leisten, falsche Kompromisse zu schließen. Er glaubte, daß ihre Liebe letztlich doch etwas Gutes bewirken müsse, von Gilley ganz abgesehen; und wenn es so weit wäre, wäre dann der frühere Ehemann ärmer, nur weil es mehr Gutes in der Welt gab? Obgleich Levin solche Überlegungen nicht gerade mehr Seelenfrieden brachten, wußte er wenigstens, wo er stand; und war Erkenntnis nicht ein Segen, selbst dann, wenn sie einem wie ein Gewicht auf den Kopf drückte? Er ging also, so gut es sich machen ließ, Gilley weiter aus dem Weg, was nicht leicht war, da sie an drei Vormittagen der Woche hintereinander dasselbe Klassenzimmer benutzten. Wenn es klingelte, stürzte Levin hinaus, hatte es aber zweimal nicht vermeiden können, in die Arme zu laufen, die Pauline umfangen hatten.

Eines Tages, es war kurz nach dem Mittagessen, klopfte Gilley an die Tür von Levins Büro, und Levin brachte es nur mühsam fertig, den Mann, über den das Todesurteil gesprochen war, beim Eintritt mit einem verzerrten Lächeln zu begrüßen. Levin fühlte eine seltsame, verlegene Art Dankbarkeit ihm gegenüber, nur weil er gekommen war, so, als sei er ein lieber Freund (ganz abgesehen davon, daß sie sich in eine Frau teilten), der einzig und allein durch das Eintreten in sein, Levins, Büro dessen gegenwärtige und zukünftige Unschuld garantiere. Das heißt, genau definiert: Ein Freund war kein Feind. Oder als ob der Ehemann, der keinen Knüppel in der Hand hatte, um ihm den Schädel einzuschlagen, der lebendige Beweis für seine Unschuld oder zumindest eines sanften Verzeihens wäre. Levin nahm das zusammengefaltete Taschentuch auseinander und schneuzte sich, denn er fühlte sich überaus unbehaglich, bis Gilley, der offensichtlich nervös war, einen Blick auf Levins Sammlung von Lehrbüchern auf dem Bücherregal warf und dann sagte, es wäre vielleicht ganz gut, demnächst den Lehrbücherausschuß zu einer Sitzung einzuberufen. Levin spürte eine gewisse Erleichterung.

»Nächsten Herbst werden wir in den Stilkundeklassen auch weiterhin *Die Grundlagen* ... benutzen«, sagte Gerald mit jener Unschuld, die ihn in einer komplizierten Welt so sehr zu einem einfachen Menschen stempelte, »aber Sie können sich

schon Gedanken über ein Lesebuch für Neulinge machen, denn wir nehmen alle paar Jahre einen neuen Text.«
Levin versprach, den Ausschuß einzuberufen, überlegte sich aber immer noch besorgt, warum wohl Gerald so nervös sei. Sein bedrücktes Gewissen sah überall Gefahren.
Gerald – mit geröteten Ohren und rotem Nacken – blickte noch einen Augenblick lang durch die gesprungene Fensterscheibe, ehe er sich zu Levin umwandte, der einen Seufzer nicht zu unterdrücken vermochte.
»Ich habe Sie in der letzten Zeit kaum gesehen, Sy. Trinken Sie keinen Tee mehr?«
»Nur noch gelegentlich.«
»Sie sind doch nicht über irgend etwas beleidigt?«
»Nein.«
»Wegen des jungen Birdless?«
»Jetzt nicht mehr.«
»Gut. Ich dachte mir schon, Sie seien nicht nachtragend.«
»Ich kann es nicht leiden, wenn jemand nachtragend ist.«
»Ich will versuchen, das Fenster reparieren zu lassen«, sagte Gilley zerstreut.
»Es eilt nicht.«
»Aber deswegen bin ich nicht gekommen.«
Levin hatte das Gefühl, plötzlich in einen Schneesturm geraten zu sein, und fürchtete schon das Schlimmste; aber dann erklärte Gerald, er sei so nervös, weil am Vormittag etwas in Professor Fairchilds Büro geschehen sei.
»Ich wollte es George berichten, aber er ist schon fort, und da dachte ich mir, ich erzähle es Ihnen.«
Sonnenschein verschlang den Schneesturm; vorsichtig entspannte sich Levin.
»Es war sehr peinlich, Sy, obwohl ich erst gegen Ende dazukam, nachdem Orville, der das meiste abbekommen hatte, Milly mit der Bitte zu kommen, zu mir geschickt hatte. Folgendes ist passiert: Als Orville nach dem Kaffee in sein Büro zurückkam, wartete dort der Vater einer von Dr. Kucks Studentinnen auf ihn – er arbeitet in einer Spinnerei in der Stadt. Der Mann war in einer solchen Erregung, daß man ihn eigentlich hätte festbinden sollen. Er brüllte, er denke nicht daran, seiner Tochter zu erlauben, schmutzige Bücher zu lesen, selbst

wenn das hier ein College sei. Er ereiferte sich gegen eine Kurzgeschichte von Hemingway, die Leopold in seiner literaturgeschichtlichen Übungsklasse behandelt. Orville versuchte, dem Mann Vernunft beizubringen, kam aber nicht weit damit. Er schlug mit der Faust auf Orvilles Schreibtisch und zerbrach die Glasplatte. Und als Folge dieser Szene bekam Orville wieder die Kopfschmerzen, die er immer hat, wenn sein Blutdruck zu hoch ist. Schließlich versprach Orville, sich die Anthologie anzusehen, die in dieser Übung benutzt wird. Er bat mich, es zu tun und ihm dann zu berichten. Dann ging er nach Hause; er sah aus wie ein Tier, das von einer Katze mißhandelt worden ist.«

»Gegen welche Geschichte hatte denn der Mann etwas?« fragte Levin, wobei er an seinem Bart zupfte.

»*Zehn Indianer.* Kennen Sie sie?«

»Ich kann mich nicht erinnern, daß irgend etwas darin nicht hasenrein ist.«

»Beide – Vater und Tochter – protestieren gegen die sexuellen Vorkommnisse darin.«

Levin rieb sich die Nase. »Ich entsinne mich gar nicht, daß – hm – daß irgend etwas Besonderes darin vorkommt.«

»Die Darstellung ist reichlich kraß. Der junge Mann in der Geschichte hatte mit diesem Indianermädchen geschlafen. Der Vater des Mädchens – des Mädchens in Leopolds Klasse, ihr Vater also – erzählte, seine Tochter sei so verlegen gewesen, daß sie ihn gar nicht ansehen konnte, als sie ihn um seine Meinung über die Geschichte bat. Nachdem er sie gelesen hatte, verbot er ihr, das Buch auch nur aufzuschlagen. Zu Orville hat er gesagt, wenn er das Buch nicht aus dem Unterricht zöge, ginge er zu Präsident Labhart, und wenn auch *der* nicht nachgäbe, würde er die Sache beim Gouverneur vorbringen; und ich bin sicher, er wäre dazu imstande. An diesem Punkt ließ Orville mich rufen, aber ich konnte nur noch mein Bestes tun, um den Mann zu beruhigen. In der Mittagszeit habe ich die Geschichte dann gelesen, und ich muß ehrlich sagen, wir sollten diese Anthologie nicht mehr benutzen.«

Levin unterdrückte seine Erregung und stand zögernd auf.

»Das ist doch unmöglich. Haben Sie denn dem Mann nicht gesagt, was Literatur eigentlich ist und warum wir sie studieren?«

»Man konnte ihm überhaupt nichts sagen. Er schnaubte einfach vor Wut. Er war dermaßen beleidigt, daß ich schon fürchtete, er werde Orville eine Ohrfeige geben.«
»Hätten Sie ihn dann nicht bitten sollen, das Zimmer zu verlassen?«
Gilley verzog das Gesicht. »Sy, die Leute aus der Stadt sind genausogut wie wir.«
»Das bezweifle ich gar nicht«, sagte Levin, »aber haben sie auch die gleichen Ideen?«
»Ich verfolge bei Klagen immer die Politik, mir erst einmal alles anzuhören, um die Leute nicht noch mehr aufzubringen.«
»Das ist auch ganz gut, nur – hm – jede Zensur ist eine gefährliche Angelegenheit.«
»Ich glaube, ich würde das gar nicht Zensur nennen.« Gerald mußte sich räuspern.
»Ganz egal, wie Sie es nennen, darauf läuft es doch hinaus.«
»Bitte denken Sie doch daran, welchen Etat man dem College gewähren würde, wenn sich dieser Mann bei der gesetzgebenden Versammlung beschwerte. Es ist mehr als wahrscheinlich, daß jene Herren genau die gleiche Ansicht hätten. Heutzutage müssen wir sehr vorsichtig sein, sonst erhebt man sehr bald noch ganz andere Vorwürfe gegen uns und klagt uns noch schlimmerer Dinge an, als Geschichten mit sexuellem Inhalt im Unterricht zu behandeln.«
»Ein College ist nicht der richtige Ort, in aller Öffentlichkeit Kunst und Intellekt zu verachten. Wenn Sie das Buch zurückziehen, machen Sie uns alle zu Feiglingen.«
Gilley runzelte die Stirn. »Sind das nicht recht harte Worte, Sy?«
Levin spürte, wie ihm die Knie zitterten, und setzte sich.
Gerald sprach ruhig, fast leise weiter. »Was Sie sagen klingt so, als wolle ich dem College schaden, dabei habe ich doch hauptsächlich und in erster Linie daran gedacht, ihm zu nutzen. Ich will Ihnen erzählen, was sich letztes Jahr in einem unserer pädagogischen Colleges abgespielt hat. Der Kunsterzieher, den man von einem kalifornischen College engagiert hatte, ließ ein Modell in seiner Klasse für Aktzeichnungen posieren; niemand hatte eine Ahnung davon, bis er die Bilder,

die seine Schüler von der Frau gemacht hatten, ausstellte. Die Ausstellung war ungefähr eine Stunde geöffnet, aber das war lange genug, um einen solchen Staub aufzuwirbeln, daß die Zeitungen des ganzen Staates darüber berichteten. Und als nächstes erfuhr man, daß *Time* eine Reportage darüber gebracht hatte. Erst im vergangenen Monat hat mir einer meiner früheren Studenten, der jetzt in Venezuela im Ölgeschäft arbeitet, einen Ausschnitt darüber aus einer Zeitung in spanischer Sprache geschickt. Aber das ist noch nicht das Schlimmste. Obgleich der Kunsterzieher eingesperrt wurde, höre ich auf meinen Reisen noch immer gelegentlich schmutzige Bemerkungen über das, was die Studenten im pädagogischen College von Nord Cascadia lernen. Mich würde es nicht im geringsten überraschen, wenn es die Absolventen des College sehr schwer fänden, in unserem Staat, ja vielleicht sogar außerhalb seiner Grenzen, Stellen als Lehrer zu finden. Wir können es uns aber nicht leisten, daß so etwas hier bei uns passiert. Der gute Ruf einer wissenschaftlichen Lehranstalt ist etwas Heiliges. Darum habe ich alles nur Mögliche getan, um den Mann zu beruhigen, anstatt ihn, Ihrem Vorschlag gemäß, noch mehr zu reizen. Nebenbei bemerkt war das Mädchen erst gerade neunzehn, und Sie wissen ja, wie empfindlich Mädchen in diesem Alter sind.«

»Vielleicht gehört sie gar nicht in ein College«, sagte Levin.

»Jeder, der in Cascadia eine höhere Schule absolviert hat, hat das Recht, am Cascadia College zu studieren.«

»Wenn das Niveau der Übungen zu hoch für sie ist, sollte sie sie aufgeben.«

»Darum geht es ja gar nicht. Sie tut nichts weiter, als gegen eine Geschichte zu protestieren, zu deren Gunsten ich auf Grund meiner eigenen Überzeugung auch nichts sagen kann.«

»Verzeihen Sie, wenn ich Ihnen widerspreche, aber meiner Ansicht nach haben Sie unrecht.«

»Haben Sie die Geschichte in letzter Zeit gelesen?«

»Nein, aber ich habe noch nie gehört, daß sie unpassend sei.«

»Leopold hatte sich die Anthologie angesehen, ehe er sie Orville empfahl, denn der konnte sie damals aus Zeitmangel nicht selbst lesen; aber Leopold gibt zu, daß er sich vielleicht bei dieser Geschichte mit seinem Urteil geirrt hat. Es kommt

zum Beispiel darin vor, daß der Vater des jungen Mannes die unerlaubte Beziehung seines Sohnes zu der Indianerin zu billigen scheint, obwohl er seinem Sohn erzählt hatte, daß er – der Vater – im Wald gesehen habe, wie das Mädchen mit einem anderen Manne schlief. Wollen Sie wirklich so eine Geschichte zur Diskussion im Unterricht empfehlen?«
Obwohl Levin unter seinem Bart schwitzte und schon daran dachte, eine sarkastische Bemerkung zu machen, überlegte er es sich noch einmal. *Im Wald?* Eine Minute lang war er erregt davon überzeugt, Gilley sei Pauline an jenem Tag in den Wald nachgegangen und werde ihm jetzt eine vernichtende Anklage entgegenschleudern. Eine heftige Spannung bemächtigte sich des schwitzenden Mannes, aber als er vorsichtig Gilleys Gesicht betrachtete, erkannte er, daß dieser sich nicht über eine todbringende Wunde aufregte. Und wieder spürte er insgeheim eine Erleichterung.
»Was hätten Sie an meiner Stelle getan?« fragte Gilley.
Levin antwortete erschöpft, er wisse es nicht genau.
»Ich möchte wetten, Sie hätten so ziemlich das gleiche getan wie ich. Ich habe *Aereopagitica* auch gelesen, Sy, aber wir können nicht nur idealistisch sein, wir müssen auch praktisch handeln. Nehmen wir nur mal an, wir behandeln die Geschichte weiter im Unterricht und einer unserer indianischen Studenten oder einer mit Indianerblut würde dagegen protestieren, weil er glaubt, sie sei eine Herabsetzung der amerikanischen Indianer. Zwar kommt in der Geschichte eine Unabhängigkeitstag-Feier vor, aber im großen und ganzen werden sie als Trunkenbolde dargestellt. Ich wette, schon nach kurzer Zeit würde der Ausschuß für unamerikanische Umtriebe hier nachforschen und allerhand häßliche Anklagen gegen uns erheben. Und was dann?«
Levin starrte aus dem Fenster und bemerkte, daß der Sprung in der Scheibe wie ein gegabelter Blitz aussah. Sein Atem zitterte, aber er schwieg.
»Hier handelt es sich für uns«, sagte Gilley, »um Brot und Butter.«
»Nicht um unsere unsterblichen Seelen?« lachte Levin widerwillig.
Gilley, der leicht auf Lächeln und Lachen reagierte, strahlte.

»Ich wußte ja, daß Sie es so sehen würden, wie ich es sehe. Vielleicht stimmen wir in einigen Punkten nicht überein, Sy, aber ich glaube, wir schätzen doch die gleichen Dinge.«
Levin wandte schamerfüllt den Blick ab.
Als er Hemingways unschuldige kleine Geschichte gelesen hatte, fühlte er sich schwach und ekelte sich vor sich selbst, weil er nicht wirksamer protestiert hatte.

Als er in der Toilette des zweiten Stockes stand, versuchte er darüber nachzudenken, was er zur Rettung der Anthologie tun könne. Durch die dünne Wand drang aus der Klasse nebenan die Stimme von Dr. C. D. Fabrikant, und Levin lauschte ihr, als blicke er ihrem Besitzer in das große hypnotische Auge. An derselben Stelle hatte er schon früher Teile von Vorlesungen gehört über Themen wie »Der edle Wilde bei James Fennimore Cooper«, »Der Nachtmahr bei Edgar Allan Poe«, »Huck Finns Reise auf dem Fluß«, »Die amerikanische Vergangenheit« sowie Teile von anderen Vorlesungen. Aus Fabrikants trockener, gleichförmiger Sprache konnte man einen Hauch der Erregung heraushören, wenn er Ideen zum Ausdruck brachte; es war vielleicht seine einzige Gefühlserregung nach zu vielen trockenen Jahren; immerhin konnte er seinen Studenten beibringen, daß Ideen etwas Erregendes sein können, und Levin hielt ihn für einen guten Lehrer. Im Augenblick las er über Emerson, und nach einiger Zeit hörte ihm Levin nur noch mit halbem Ohr zu und dachte an die aufregende Unterhaltung mit Gerald.
Besonders seit der Angelegenheit Birdless hatte Levin daran gedacht, entweder ganz diskret oder auf andere Art ein paar Verbesserungen der im Seminar akzeptierten Grundsätze und Methoden vorzuschlagen; wenn nicht Gilley direkt, dann vielleicht Fairchild, und zwar wollte er mit dieser Aufgabe Leute betrauen, die mit beiden gut standen. Seit er seiner Trunksucht Herr geworden war, hatte er von Zeit zu Zeit entweder als Zinsen für das, was er fertiggebracht oder für das, was er aus seinen Erfahrungen gelernt hatte, gespürt, daß er wieder den Mut hatte, sich zu seinen Überzeugungen zu bekennen. Wie in vergangenen Zeiten fühlte Levin, daß das Geschick der Menschen unendlich verbessert werden könnte, aber was trug er

zu dieser Verbesserung bei? Wer wirklich liberal gesinnt war, glaubte in seinem moralischen Eifer immer, das Ideal hochhalten zu müssen, das er in seinen Visionen vor sich sah, denn auf lange Sicht war es vielleicht das einzige, dem eine entscheidende Bedeutung zukam, und er bemühte sich bei jeder Gelegenheit, es in ein besseres Leben für die Menschen umzusetzen; aber Levin tat nichts dergleichen. Das Ideal existierte nur in seinem Kopf. Obwohl er sich noch immer zu Gedanken inspiriert fühlte, »wie man die Dinge verbessern könne«, hielt er, seit er am Cascadia College war, solche Gedanken doch in Schach. Er leistete keinen Widerstand gegen den Status quo. Schließlich war er hier neu; gewiß gehörte er zur selben Rasse wie die Cascadier, aber er war nur ein entfernter Verwandter. Und wenn er auch nicht überängstlich war, so war er doch auch nicht übermutig. Zu oft geschah es, wenn Levin mit Leuten diskutierte, die sein Liberalismus anwiderte, daß er – als ob sein Nervensystem für den Konservatismus optierte – in Schweiß ausbrach, weiche Knie bekam und sein Mund sich verkrampfte.

Er schob diese ungewollte Reaktion zum Teil auf seine Vergangenheit, zum Teil auf den Einfluß der Gegenwart. Durch seine ganze Vergangenheit hatte er die Bürde der Scham und das Gefühl, vom normalen Leben ausgeschlossen zu sein, mitgeschleppt; daran war sein Vater schuld, Harry, der Spitzbube, der Asoziale, der zum Dieb geworden war – er bestahl alle und jeden, sogar seine eigene linke Hand –, von dessen phantastischen Diebereien in jedem Viertel geredet wurde, aus dem sie wieder ausziehen mußten. Damals hatte Levin sein ganzes Leben für gefährdet gehalten. In den letzten Jahren hatte er gelernt, seinen Vater zu bemitleiden, aber er konnte sich noch immer nicht freimachen von dem Einfluß seiner Missetaten. Und zu diesen Resten persönlicher Unsicherheit kam nun noch sein Anteil an jener Furcht, die zu dieser Zeit ganz Amerika in Atem hielt. Das Land stand im Bann einer wilden Angst vor Alger Hiss und Whittaker Chambers, vor kommunistischen Spionen und Kongreßausschüssen, vor Fliegenden Untertassen und kommunistischen Mitläufern samt ihren Freunden und Kollegen und vor jedem, der sie um Feuer bat oder nach der Uhrzeit fragte. Intellektuelle, Wissenschaftler und Lehrer wurden von zahlreichen Ausschüssen überprüft, und wenn sie als gute Amerikaner befunden wurden, aufgefordert, Loyalitätserklärungen zu unterschreiben. Die Demokratie wurde von Krüppeln verteidigt, die sich selbst zum Krüppel machten. Paradoxerweise zeigte sich die amerikanische Angst am Cascadia College in negativer Weise: Es fehlte an Ideen, ernsthafter Kritik, an einem liberalen Standpunkt. Levin machte nur Bucket gegenüber solche Bemerkungen, und der nickte dazu ein einziges Mal. So gab es zum Beispiel keinen Widerspruch gegen Professor Fairchilds täglich wiederholte Schmähungen von »Roosevelts Sozialismus«; wenn sich ihm jedoch jemand widersetzte, so tat er es nur schweigend. Levins Schutzfarbe bestand darin, so zu tun, als denke er wie alle anderen. Duffys Gespenst verfolgte ihn in Gedanken – hüte dich vor seinem *Schicksal*. Du lebst nur einmal, riet er sich, warum willst du dein Leben hier verlieren, warum in den besten Jahren sterben und dazu an einem Kuh-College in einer hinterwäldlerischen Stadt, nur weil du gegen eine versteinerte Ordnung protestieren mußt? Denn wer war schließlich Levin, wenn nicht ein armer Mann, der versuchte, auf anständige Art seinen Lebensunterhalt zu verdienen, etwas, das selbst in den besten Zeiten eine recht schwierige Aufgabe für ihn war. Darum sei geschickt, kümmere dich um deine eigenen Angelegenheiten und mach keine Schwierigkeiten.

Aber vielleicht war er (der sich, um mit Tschechow zu sprechen, bemühte, sich von dem Sklaven in seinem Ich zu befreien), weil andere noch ängstlicher waren als er, in dem sich ein Gefühl der Schwäche mit Andeutungen von Kraft vermischte, tapfer aus Mangel an Tapferkeit; denn sogar wenn er sich Warnungen zuflüsterte, hörte er manchmal die innere Stimme, die ihm sagte »Sprich es aus, tu, was du zum Besten aller tun mußt«; »sage, worum es wirklich geht, Levin, du konservativer Radikaler, du loyaler Gegner, du Meister der geschickten Taktik, du geduldiger Überredungskünstler, du ruhiger Denker.« *Aus Prinzip* durfte er keine Angst haben. »Das Wenige, das du tust, ermutigt vielleicht einen anderen, mehr zu tun. Um eine Politik oder eine Institution zu ändern, bedarf es gar keiner leidenschaftlichen Revolution. Dazu braucht man nur eine gute Idee und einen mutigen Mann. Jemand, der weiß, daß die Ideen, die sich im Laufe der amerikanischen Geschichte erfolgreich durchgesetzt haben, liberal und radikal gewesen sind, daß sie revolutionär im Dienste der Freiheit waren. ›Die Katastrophe kommt dann, wenn ein Land sich endgültig von seiner radikal schöpferischen Vergangenheit löst‹ – R. Chase. ›Fürchte dich nicht vor den geistig Beschränkten, vergiß nicht, daß der, der einen Idealisten verhöhnt, das geheime Abbild seines eigenen Ichs verhöhnt.‹ (Levins Notizbuch: ›Erkenntnisse‹.) Fürchte dich nicht vor Namen. Deine Aufgabe als Mann, der aus eigener Initiative weitergekommen ist, ist es, den Menschen zu helfen trotz der überall lauernden Gefahr, der Angst, des dauernden Verrats an der Freiheit und der Unterdrückung der Menschen.« Als Lehrer versprach er sich, alles in seiner Kraft Stehende zu tun, um jenen wenigen Begabten zu helfen, die eines Tages mehr erreichen würden, als ihre Lehrer sie im Namen von Demokratie und Humanität gelehrt hatten. (Pfeifen, Hurrarufe, langanhaltender Applaus.) Der Lehrer verbeugte sich vor dem Urinbecken.

Da er in diesen Tagen so gestimmt war, hielt er es für notwendig, die Frage der Bücherzensur anzuschneiden und glaubte fast sicher, daß Fairchild und Gilley den Rückzug anträten, wenn sie, ganz gegen ihre Erwartung, auf Opposition stießen. Aber wenn Levin sich auch frei und sehr energisch fühlte, entsann er sich doch, daß er Pauline Gilley liebte, und blieb verblüfft stehen.

Aber wer soll sich zum Führer der Opposition machen, wenn ich es nicht tue? fragte er sich schließlich. Er lauschte weiter auf Fabrikants Stimme und überlegte, ob er sich mit diesem Gelehrten verbünden und, wenn Fabrikant an die Macht käme, versuchen solle, mit seiner Hilfe Nutzen zu stiften? Es war nicht mehr zu bezweifeln, daß es zu einer Wahl kommen würde, obwohl noch niemand das Datum kannte. Nach Buckets Auskunft kam es Fabrikant noch immer darauf an, Institutsleiter zu werden, und Levin erwog, ihm seine Unterstützung anzubieten, zumindest seine Stimme zu der von Joe und ein paar anderen hinzuzufügen, die die Kandidatur des Gelehrten ernst nahmen. Levin hatte ein solches Vorgehen schon früher erwogen, hatte sich aber noch nicht entschieden, da er sich noch nicht völlig auf Fabrikants Seite gestellt hatte. CD war gewiß nicht entgegenkommend und offenbarte kaum etwas von seinem Charakter. Wenn man ihn aufsuchte, konnte er gastfreundlich sein und einen kurz anlachen, ja, er konnte einen sogar einladen wiederzukommen, aber wenn man es nicht tat, fehlte man ihm auch nicht. Er war nicht warmherzig, sogar wenn man ihm warmherzig entgegentrat. Scowers behauptete, er sei »sauer – weil er zu viele Schlachten verloren habe.« Leopold Kuck hatte die Bemerkung gemacht, daß er das Für-sich-sein jedem Privileg vorziehe. »Er schätzt diese Abgeschlossenheit, weil sie ihm all jene fernhält, die ihn, seiner Ansicht nach, nicht richtig zu schätzen wissen.« Levin verstand, was sie damit sagen wollten, war aber eher geneigt, gewisse Einschränkungen, die man bei Fabrikant machen mußte, auf sein schweres Leben während der Depression und auch auf sein besonderes Mißgeschick zurückzuführen. Er war ein Mann, der sich immer nur um die Gegenwart gekümmert und nie etwas für die Zukunft riskiert hatte. Das stimmt zwar vermutlich, dachte Levin, und zudem trägt er weiße Socken und seine Schuhe quietschen, aber wichtig sind nur seine Grundsätze und das, was er geleistet hat.

Er wußte, daß George Bullock von beiden nicht viel hielt. Einmal hatte George gesagt, CD habe nie eine große Schlacht geschlagen. »Ich gebe gern zu, daß er sich vorzüglich dazu eignet, für Gehaltserhöhungen zu plädieren, für häufigere Beförderungen, großzügigere Regelung der bezahlten Studienurlaube und ein besseres Pensionierungssystem, als wir es zur Zeit haben. Er befürwortet zudem die akademische Freiheit, aber wer, außerhalb des Kongresses, tut das nicht? Ich habe sagen hören, daß er von Zeit zu Zeit zu Marion Labhart zu gehen pflegte, um in ihn zu dringen, diesen oder jenen Vorschlag zu unterstützen, daß er aber, als er einer Politik der erzwungenen Anwesenheit bei Seminarsitzungen gegenüber seine Skepsis äußerte, von Marion aus seinem Büro gejagt wurde und es, so weit ich weiß, nie wieder betreten hat. Wenn Sie wissen wollen, was ihm am meisten am Herzen liegt, dann lesen Sie die Briefe, die er während der letzten Jahre an die Lokalzeitung und an die Tageszeitung des College geschrieben hat. Er ist gegen die dreifache Ausfertigung von Berichten, gegen die Studentenvereinigungen und gegen die Gleichgültigkeit der Studenten bei College-Wahlen. In seinen Briefen an das *Commercial Budget* protestiert er gegen die Unfähigkeit der Kreisregierungen. Er ist dagegen, daß man überall Abfälle ausschütten darf, und gegen frei herumlaufende Hunde, die seine Hühner umbringen. Er kann sich überdies nicht damit abfinden, daß dem Trinkwasser Chlor und Fluor zugesetzt werden. ›Dieses Land braucht ein Glas reines Wasser‹. Wenn er behauptet, er habe in dieser Angelegenheit nur einen Brief geschrieben, so möchte ich schwören, daß ich ihrer fünf gelesen habe. Nennen Sie das Leistungen?«

Andererseits hatte Gilley, so weit Levin etwas darüber zu erfahren vermochte, noch nicht einmal für ein Glas reines Wasser gekämpft. Er besaß wenig, das ihn empfehlenswert machte, abgesehen von seinem gutmütigen Charakter und seiner reizenden Frau. Fabrikant hatte immerhin Grundsätze. Gilley paßte sich jeder Situation an und ließ sich von jedem Wind treiben, besonders, wenn er von Fairchild her wehte. Zwar war Fabrikant vielleicht bis zu einem gewissen Grade ein Exzentriker – das mußte man ihm zugute halten –, aber er bewies doch seine Unabhängigkeit durch eine gewisse geistige Kraft. Gilleys einzige Stärke war, in seiner Schwäche zu beharren. Fabrikant würde sich vielleicht als Verwaltungsbeamter weiterentwickeln, wenn er mehr mit dem Leben in Berührung käme und es ihn endlich belohnt hätte; Gilley würde immer der bleiben, der er war: ein großzügiges Herdentier, das sich nicht über einen früheren Zustand hinausentwickelt hatte. Da dies die bestmöglichen Kandidaten waren, schien Levin Fabrikant der bessere zu sein.

Durch die Wand hörte er, wie Fabrikant mit trockener Stimme Emerson las: »›Wer ein Mann sein will, muß Nonkonformist sein. Wer die Palme der Unsterblichkeit zu gewinnen trachtet, darf sich in seinen Bemühungen nicht von dem Namen der Güte hindern lassen...‹ Das heißt also«, sagte Fabrikant, »nicht von der ›Güte‹, sondern von dem ›Namen der Güte‹. ›Letztlich ist nichts heilig als die Integrität des Geistes.‹«

»Amen«, seufzte Levin.

Es klingelte im Korridor. Er sah nach, ob sein Hosenschlitz zu war, und trat ans Waschbecken. Dort stand Professor Fairchild und beobachtete ihn interessiert.

»Zu Diensten«, stammelte Levin.

Ehe Levin am Nachmittag das Gebäude verließ, suchte er Fabrikant in dessen Büro auf und erzählte ihm mit gedämpfter Stimme die Geschichte der inkriminierten Anthologie. Die dichten Augenbrauen runzelnd, hörte der Gelehrte mit düsterem Antlitz zu.

»So ist es schon gewesen, solange ich mich erinnern kann.«

»Könnten Sie nicht mit Fairchild reden?«

»Das hülfe gar nichts. Wenn er erst einen Entschluß gefaßt hat, ist er störrisch wie eine Ziege.«

»Selbst wenn Sie mit ihm sprechen?«

»Sogar wenn Teddy Roosevelt mit ihm redete.«

»Sollten wir es nicht mindestens versuchen?«

»Das würde doch zu nichts führen. Ich kann Ihnen nur raten, sich wegen dieses Buches nicht aufzuregen. Eine Schlacht ist noch kein Krieg.«

»Wenn es nicht doch einer ist«, sagte Levin.

»Es ist keiner. Jetzt ist nicht die Zeit, sich gegen jede kleinliche Tyrannei oder jede Dummheit aufzulehnen, sondern abzuwarten und den Tyrannen zu stürzen.«

»Halten Sie das für möglich?«

»Das hängt weitgehend von der Unterstützung ab, die man dafür findet.«

Levin sagte ganz ruhig: »Ich möchte Ihnen auf irgendeine Art bei Ihrer Kampagne helfen.«

»Ausgezeichnet, aber bitte verstehen Sie, daß ich vorderhand noch nichts unternehmen kann. Ich werde jedoch bald damit beginnen. Ich habe noch ein paar andere Eisen im Feuer. Fairchild hat mir versprochen, meine längst überfällige Beförderung durchzusetzen, und das möchte ich noch abwarten, ehe ich ihm entgegentrete. In ungefähr einem Monat werde ich mehr darüber wissen.«

»Warten Sie nicht zu lange«, riet Levin. »Jedenfalls stehe ich auf Ihrer Seite. Ich habe Ihnen das schon vorher sagen wollen.« Er fühlte sich bei diesen Worten nicht ganz behaglich, sprach sie aber trotzdem aus.

»Nennen Sie mich CD.« Fabrikant bot ihm herzlich eine Zigarre an.

Levin lehnte es ab, sie sich anzünden zu lassen, saß aber aus

Höflichkeit mit der Zigarre im Mund da. Dann erschien ihm das verrückt, und er steckte sie in die Brusttasche. »Ich muß jetzt gehen. Ich muß heute abend noch eine Menge Aufsätze durchsehen.«
»Kommen Sie zu mir, wann immer Sie Lust haben.«
Der Dozent bedankte sich. Im Flur stieß er beinahe mit Gilley zusammen. Levin bemühte sich, die Zigarre zu verstecken, aber obwohl er sie in der Tasche zerdrückte, gelang es ihm nicht. Gilley grüßte ihn sehr kühl; sein Gesichtsausdruck verriet seinen Verdacht. Levin fragte sich, von welchem Verrat er wisse, und zog zerstreut den Hut.

Wenn Gilley einem politischen Affront gegenüber auch höchst empfindlich war, so gab es doch nicht die geringsten Anzeichen dafür, er sei sich einer Situation bewußt, die seine Männlichkeit beleidigte; und Levins Leidenschaft für seine Frau wuchs und wuchs, genährt durch das Geheimnis, das sie umgab. Sein Herz glich einer gespannten Saite, auf der mit aller Kraft die Liebe spielte; noch ein sehnsuchtsvoller Ton – und sie würde bersten und seiner Liebe ins Gesicht schlagen. Das Geheimnis steigerte seine Gefühle, und sie wurden auch dadurch verstärkt, daß er sie jetzt nur selten sah und sich meistens mit den Phantasiegebilden seiner Begierde begnügen mußte. Gerade als er sie am meisten brauchte (eine besondere Art der Selbstquälerei war es, sich vorzustellen, er verbrächte vierundzwanzig normale Stunden mit ihr), endete Gilleys Winterkursus in Marathon, und er verpflichtete sich nicht, ihn im Frühjahr wieder aufzunehmen. Die Forellensaison begann erst im April, und bis zu einer letzten, besonders arbeitsreichen Woche im Mai gab es zunächst keine Neuimmatrikulationen mehr. Gerald war deshalb entweder mit Pauline zu Hause, oder er ging mit ihr aus. Sie besuchte Levin gelegentlich ganz kurz, scheute sich aber jetzt, um ausgehen zu können, »Versammlungen« vorzuschützen, die es nicht gab. Eines Abends hatte eine Mrs. Bowie, bei der Pauline angeblich war, angerufen, und Gilley konnte sich die Sache nicht erklären, bis Pauline (die gerade mit Levin geschlafen hatte) ihm erzählte, sie habe sich plötzlich erinnert, die Versammlung sei verschoben worden und sie habe deshalb Jeannette besucht. Sie war wieder »zu Tode verängstigt«. Es liegt an der Stadt, dachte Levin; sie ist zu klein, um Bewegungsfreiheit zu gewähren. Wenn sie zusammen waren, dauerte es immer eine ganze Weile, ehe sie aufhörte, Angst zu haben. Gelegentlich sah sie aus, als sei das alles zuviel für sie. Das sagte ihr Levin auch eines Abends, aber sie bestritt es. »Ich mache mir nur manchmal Sorgen, was aus den Kindern würde.« Er hatte nicht oft an sie gedacht, aber nun tat er es, wenn auch nicht gerade häufig. Sie hatte ihm das Versprechen abgenommen, niemals ihren Namen zu erwähnen.

Obwohl die Gilleys jetzt öfter Gäste bei sich sahen, hielt es Pauline für das Beste, Levin nicht einzuladen. »Es ist schwierig zu tun, als seist du mir gleichgültig, wo ich doch so viel für dich empfinde.« Darum waren sie trotz aller Pläne, sich häufiger zu sehen, weniger zusammen. Wie immer, »hatte« er etwas als ein Habenichts; er hatte nicht erwartet, daß er sich so nach ihr sehnen und ihm das, was er eigentlich haben sollte, so ungeheuer fehlen würde. Die Sehnsucht nach ihr wurde zu einer Arbeit. Er träumte von einer warmen, blumenreichen Zeit, wenn sie unzertrennlich zusammen wären – mehr oder weniger an- oder ausgezogen –, zusammen im Bett und zusammen am Tisch. Mein Gott, wenn ich mich doch nur auf der Straße mit ihr zeigen könnte. Er träumte von ihr als seiner Frau, aber auf ihren Bauch waren die Worte tätowiert »Mrs. Gilley«. Plötzlich überhäufte sie ihn mit Briefen, die in braunen, offiziell aussehenden Umschlägen steckten; er durfte sie aber nicht beantworten, weil sich Gilley vorbehalten hatte, nach der Postverteilung in der Mittagspause zum Briefkasten zu gehen; und nachdem Levin diese Briefe in seiner Innentasche mitgeschleppt und immer wieder gelesen hatte, verbrannte er sie einzeln im Kamin, weil sie ihn darum gebeten hatte. Die Briefe, die er ihr nicht schreiben durfte, waren ein weiterer Verlust für ihn. Zu dieser Zeit war er im Herzen ein Dichter; jeder Gedanke an sie war von Schönheit erfüllt. Das, was man nicht ausspricht, zählt. Aber sie erlaubte ihm, sie anzurufen, wenn er sicher war, daß Gerald an seinem Schreibtisch saß oder unterrichtete. Levin ging in eine Telephonzelle des Studentenverbandes, um zu telephonieren, und jedesmal klopfte sein Herz wie eine Hand auf einem primitiven Saiteninstrument. Sie sagten sich ein paar liebe Worte und legten wieder auf. Wenn es ihr möglich war, rief sie ihn Samstag morgens von der Stadt aus an. Wenn Mrs. Beaty – taub oder nicht taub – zu nahe beim Telephon war, merkte sie es an seiner Stimme und verabschiedete sich. War sie es nicht, lobte einer den anderen, und beide priesen die Liebe. Danach machte Levin endlos lange Spaziergänge.

Ehe sie ein Liebespaar wurden, waren sie einander nur selten zufällig begegnet, aber zum Ausgleich sah er sie von März an fast jedesmal, wenn er aus dem Haus ging, und er verließ das Haus, um sie zu sehen. Wenn er ins Geschäftsviertel ging, sah er sie in dem großen Buick, der Familienkutsche: Hochaufgerichtet saß sie hinter dem Lenkrad, ihr glattes Haar fiel bis zu den Schultern herab, und ihre Nase zeigte in die Richtung – in die Levin gehen mußte. Zufällig trafen sie sich auf der Post, in der Bibliothek oder auf dem Markt. Sie grüßte ihn oberflächlich und trieb die Kinder zur Eile an. Er ging auf der Straße an ihr vorbei und legte die Hand an den Hut. Im Herbst war sie stehengeblieben, um ein paar Worte mit ihm zu wechseln, wenn sie sich getroffen hatten; damals hatte er es eilig gehabt. Jetzt grüßte sie ihn zögernd und ganz offiziell. Sie verbarg ihre Liebe, und das tat ihm weh. Aber ein paarmal verriet ihr Blick den Bruchteil einer Sekunde lang, daß sie ihn liebte. Manchmal sah er sie allein auf der anderen Straßenseite; ihr rascher Gang auf hohen Absätzen gefiel ihm. Alles, was er an ihr zu beobachten fand, war ein Ereignis: die Kleider, die sie trug – ein geschlitzter Rock, der ein Stückchen ihres weißen Unterkleides an ihrem Bein sehen ließ. Lange dunkelblaue Socken erweckten Erinnerungen an den Wald. Es fiel ihm auf, wenn sie sich die Haare gewaschen hatte. Einmal, als Gilley mit den Kindern draußen im Wagen wartete, trafen sie sich in einem Supermarkt, und als Levin näherkam, ließ Pauline eine Dose Thunfisch fallen, die sie gerade vom Gestell genommen hatte. Sie rollte über den Fußboden. Er bückte sich danach und erinnerte sich an das Gericht, das sie am ersten Abend auf seinem Schoß verschüttet hatte. Als er ihr die Dose gab, berührten sich ihre Finger, und sein Herz blühte auf. Als sie den Laden verließ, blickte sie sich noch einmal nach ihm um. Davon zehrte er eine Woche lang.

An einem Samstagmorgen, als sie ihn nicht angerufen hatte, eilte Levin in die Stadt, in der Hoffnung, sie wenigstens kurz zu sehen. Aber wo er auch hinging – sie war nicht da. Als er gegen Mittag enttäuscht zu seinem Wagen ging, kam er am Geschäft eines Photographen vorbei, der im Schaufenster ein paar vergrößerte Aufnahmen der Basketball-Mannschaft von Cascadia ausgestellt hatte. Levin hatte eine Eingebung, ging zum Schaufenster und blieb davor stehen. Fast im gleichen Augenblick entdeckte er Pauline auf einem der Bilder (»Professoren und ihre Frauen jubeln der Mannschaft zu«); es war die reinste Offenbarung. Während der Photograph sich hinten im Atelier mit einer Hochzeitsgesellschaft befaßte, betrat Levin den Laden, nahm das Bild aus dem Fenster und steckte es in die Tasche. So schnell er konnte, fuhr er nach Hause, und sowie er in seinem Zimmer war, schnitt er ihr reizendes offenes Gesicht aus dem Bild heraus. Dann zerriß Levin Gilley, die Bullocks und all die anderen, von denen er sie getrennt hatte. Er verwahrte dieses kleine Bild zwischen den besten Gedanken in seinem Notizbuch und betrachtete es häufig.
Von Zeit zu Zeit sah er sie bei anderen Leuten – ein Stern, eine Blume unter den bebusten Professorenfrauen. Was ihnen fehlte – sie besaß es. Was ihr fehlte, war für niemanden unbedingt notwendig. Es war ein richtiges Abenteuer für ihn, wenn sie eintrat, sogar wenn Gilley an ihrer Seite ging und wenn sie ihren Geliebten kaum zu erkennen schien. Besser so, als wenn sie überhaupt nicht gekommen wäre; nun war die Nacht wenigstens nicht so lang. Bei diesen Gesellschaften wurde fast nur über unwichtige Dinge gesprochen, und kaum je gab es eine geistreiche Unterhaltung, aber es ließ sich nicht leugnen, daß man überall Gastfreundschaft und Herzlichkeit antraf; Levin nahm erfreut jede Einladung an, zu der sie vermutlich auch kommen würde. Er war erstaunlich oft da eingeladen, wo sie es ebenfalls war, gleichsam als spürten die Leute eine romantische Beziehung und wollten die fördern (wobei er allerdings hoffte, es sei nicht so). Wo sie sich auch trafen – immer geschah das gleiche: Obwohl sie früher ein paar oberflächliche Worte miteinander gewechselt hatten, sagte sie jetzt, genau wie auf der Straße, kaum mehr als ›Hallo – wie geht es Ihnen?‹ zu ihm. Sie war keine Schauspielerin. Er liebte sie

deshalb nur mit verstohlenen Blicken; beobachtete genau, was sie tat, ob sie allein dastand, mit Jeannette, Alma oder einer anderen Frau sprach, sich mit Männern – und mit welchen Männern – unterhielt, ob sie in die Küche ging, auf dem Sofa saß oder auf einen Augenblick ins Badezimmer gegangen war. Er mußte wissen, wo sie war. Von wo auch immer Levin sie beobachtete, ob er mit anderen ein wenig entfernt von ihr stand, ob er während des Essens in ihrer Nähe saß, ob er versuchte, sie nicht anzustarren, oder sie vom Nebenzimmer aus betrachtete, immer machte sie ein freundliches Gesicht, immer leuchteten ihre Augen, und nur manchmal sah sie ein wenig traurig aus: er erschuf, was sie wirklich war, wie erst die Liebe ihn erschuf; ihr Liebreiz machte ihre Kleidung und die Luft schöner, die sie umgab. Einmal schob sie eine Haarsträhne zurück, um ihre Spange in Ordnung zu bringen und enthüllte ein Ohr, das wie ein Juwel an ihrem Kopf befestigt war. Ein andermal trug sie ihr Haar zu einem Knoten aufgesteckt, und er flüsterte ihr zu: »Du hast einen phantastischen Nacken.« Ganz gegen ihren Willen mußte Pauline lachen. Mein Gott, dachte Levin, wie schön sind Frauen, und wie ausgehungert ist mein Herz. Aber wie kurz ist das Leben, wie bald ist es vorbei. Woher soll ich die Geduld nehmen, um weiter zu hungern? Die Liebe gab ihm das Recht, ihre Schönheit erstehen zu lassen, aber sie verweigerte ihm das Recht, sie selbst in die Arme zu schließen, wenn er es am meisten begehrte.
Man saß im Kreise herum und unterhielt sich; oder, und das hing von den Besonderheiten des jeweiligen Hauses ab, man sah Dias an, hörte Platten oder führte Scharaden auf. Er freute sich, wenn seine Schauspielkünste ihr Spaß machten. Keine Party-Stimmung zählte für Levin außer seiner eigenen. Als er bei den Bullocks mit ihr getanzt hatte, folgte er ihr einmal ins Schlafzimmer. Pauline erwiderte seinen Kuß, wich aber sogleich zurück. »Bitte, tu so etwas nicht, wenn Gerald in der Nähe ist.« Sie ging hinaus, während er sich die Lippen abwischte. Er hatte das Gefühl, ihre Liebe entbehre jeglicher Zukunftsaussichten, aber ein paar Minuten später, als sie sich in einem zufällig gerade leeren Zimmer trafen, nahm sie seine Hand und drückte sie an ihre Wange.
Zwar gelang es ihm, den ganzen Abend über Gilley zu ver-

gessen, aber es quälte ihn besonders, daß die beiden dann zusammen fortgingen, während Levin ausgeschlossen blieb – ein häßlicher Trick einem Liebenden gegenüber. Um Mitternacht erwähnte eine der Damen ihren Babysitter; ihr Mann stand automatisch auf, und die ganze Gesellschaft erhob sich. Das war das Ende der Party – ein Schlag für einen Junggesellen, der mit seinem Bart zu schlafen pflegte. Gilley zwinkerte seiner Frau zu, und sie holte sofort ihren Mantel. Sie verließen das Haus, ihr Ziel war jenes Land, das Levin verschlossen blieb. Manchmal ging er zu Fuß in die Stadt, bestellte sich etwas zu essen, um seinen Hunger in sich hineinzufressen.

Eines Abends bei den Bullocks hielt sie sich so fern von ihm wie möglich. Sie klammerte sich an Gilley und war schon beim vierten Drink angelangt, ohne daß George nachgeholfen hätte. Er entsann sich ihres Ausspruchs, sie hoffe, Geralds Liebe werde wiedererwachen. Er verdient es nicht, dachte Levin; aber er hatte das Gefühl, sie liebe ihn längst nicht so wie er sie – das war von jeher sein Schicksal. Pauline merkte, daß er sie beobachtete, und ging in ein anderes Zimmer. Den ganzen Abend blieb sie ihm fern. Er war verbittert und verzweifelt. Als die Bullocks um Mitternacht ihre überreichlichen kalten Platten anboten – bei anderen Leuten gab es gewöhnlich nur noch Kaffee und Kuchen –, füllte Pauline einen Teller und brachte ihn Gilley. Lachend nahm er ihn in Empfang und legte vor aller Augen den Arm um sie. Levin wurde eifersüchtig auf alles, was Gerald seit Jahren genossen hatte, stellte sein Glas fort und ging in den Garten. Es hatte angefangen zu nieseln. Als er schon daran dachte, vom Garten aus heimzugehen und sich am nächsten Tag seinen Mantel zu holen, hörte er im Innenhof Schritte. Noch ehe er sich umdrehen konnte, lag sie in seinen Armen.

»Verzeih mir, mein Liebster; Gerald war ganz reizend zu mir, und ich hatte so ein schlechtes Gewissen. Manchmal hasse ich mich direkt.«

»Du brauchst dich nicht an mich gebunden zu fühlen.«

»Ich tu's aber doch – es ist nun einmal so.«

»Dann brauchst du kein schlechtes Gewissen zu haben.«

»Wenn das so leicht ginge!«

»Trinkst du deshalb so viel?«

»Um dich ein wenig zu vergessen.«
Sie küßten sich. »Ich muß gehen«, sagte sie.
Er ergriff ihre Hand. »Du siehst so reizend aus.«
»Wenn ich bei dir bin, fühle ich mich auch reizend.«
»Mein Herz sehnt sich nach dir.«
»Und meins nach dir.«
»Wann kannst du kommen?«
»Ich versuch's heute nacht.«
»Tu's nicht, wenn du Gewissensbisse hast.«
Pauline sagte, sie wolle es versuchen.
Es war schon nach zwei, als sie an die Glastür klopfte. Sie hatte sich in Eriks Zimmer hingelegt, nachdem Gilley eingeschlafen war. Als Erik Wasser trinken wollte, hatte sie es ihm gegeben, hatte dann das schlafende Baby neu gewickelt und war fortgegangen. »Ich kann nur ein paar Minuten bleiben.«
»Bist du im Wagen gekommen?«
»Ich hatte Angst, das würde zuviel Lärm machen.«
»Ich fahr' dich zurück.«
»Aber nicht den ganzen Weg.«
Doch sie hatte die Ohrringe nicht angerührt.
»Ziehst du dich nicht aus?«
Sie sah ihn an und wandte dann den Blick ab. »Ich kann heute nacht nicht. Gerald hat es auch gewollt, und ich konnte nicht nein sagen.«
Er war überrascht, wie tieftraurig sie war.
Ein paar Abende später erschien sie um neun. »Angeblich bin ich im Kino. Er wollte den Film nicht sehen, ich muß aber gleich nach dem Ende zu Hause sein.«
Es wurde ein Abend der Erfüllung. Nachher sagte Levin: »Ich kann gar nicht sehen, wie verängstigt du bist. Wir müssen uns etwas anderes ausdenken.«
»Was zum Beispiel?«
»Was du willst.«
»Und deine Pläne?«
»Irgendwann müssen wir ihm ja doch die Wahrheit sagen.«
»Noch nicht«, meinte sie. Dann fügte sie hinzu: »Laß uns bis zum Sommer warten, dann wollen wir darüber sprechen.«
»Warum bis zum Sommer?«
»Um erst einmal zu sehen, wie es weitergeht.«

»Glaubst du denn nicht, daß wir eine gemeinsame Zukunft vor uns haben?«
»Manchmal glaube ich's und manchmal auch nicht.«
»Wann glaubst du es?«
»Wenn sie mir plötzlich möglich vorkommt. Dann bin ich ganz ruhig und sehe die Dinge so.«
»Und wann glaubst du's nicht?«
»Wenn ich das Gefühl habe, du solltest eine Frau bekommen, die mit weniger Problemen belastet ist.«
»Vergiß das. Wie sieht es denn im Augenblick aus?«
»Möglich.«
»Darin liegt die Zukunft für uns«, sagte Levin.
Ehe sie ging, fragte er: »Bist du ganz sicher, daß du mich liebst?«
»So sehr, daß es lange dauert, ehe ich daran denken kann, *wie* sehr. Warum fragst du das so oft?«
»Mein ganzes Leben lang habe ich mich vergebens gesehnt.«
»Die Liebe hat einen langen Weg zu dir zu machen.«
»In deiner Liebe liegt für mich die Inspiration. Und so wird es auch immer bleiben.«
»Bring mich nicht zum Weinen, Liebster«, sagte Pauline.

Um Mitternacht ging sie; es regnete. Sie war länger als beabsichtigt geblieben, war aber – eine Vorsichtsmaßnahme – zuerst noch kurz bei den beiden Scowers gewesen, um, wenn Gerald fragte, sagen zu können, sie habe dort einen Besuch gemacht.
»Am meisten schäme ich mich wegen der Lügen«, sagte sie.
Er leuchtete ihr mit der Taschenlampe, als sie sich die Treppe hinuntertastete, sah, wie sie den Hinterhof verließ, und bedauerte, daß sie gehen mußte. In dieser Nacht war das Zimmer leer, als sie gegangen war. Levin knipste das Licht aus und versuchte, möglichst rasch einzuschlafen. Er war gerade dabei, als jemand an die Tür klopfte und ihn aufschreckte.
Seine Wirtin, mit grauen Zöpfen, hielt ihre Hörgerätsbatterie in der Hand. Sie war sehr aufgeregt.
»Es tut mir sehr leid, Mr. Levin, aber ich muß an meine Selbstachtung denken. Ich hatte Mrs. Gilley gebeten, nicht mehr zu kommen. Es tut mir um ihretwillen leid, und ich bedaure es

auch für Sie, aber es ist nicht richtig so, und ich muß den guten Ruf meines Hauses wahren.«

Mit klopfendem Herzen und gleichsam versteinerten Ohren hörte Levin zu.

»Als ich vor ein paar Nächten aufwachte, um meine Arznei zu nehmen, war mir, als käme sie mit Ihnen zusammen hinten vom Pfad. Seither habe ich jede Nacht auf sie gewartet; heute habe ich sie zwar nicht kommen hören, aber ich merkte, wie sie mit ihren hohen Absätzen Ihre Treppe hinunterging. Zuerst wollte ich mit Ihnen sprechen, aber dann habe ich mich entschlossen, mit ihr zu reden. Sie ist nicht die richtige Frau für Sie, Mr. Levin, und Sie werden die größten Schwierigkeiten im College bekommen, wenn Sie sich weiter mit ihr abgeben. Ob Sie das tun oder nicht, ist zwar Ihre Sache, aber ich wünsche nicht, daß sie noch einmal hierherkommt.«

»Es wäre barmherziger gewesen, wenn Sie mit mir gesprochen hätten.«

»Ich glaube kaum, daß eine verheiratete Frau, die ein Verhältnis hat, Barmherzigkeit verdient. Mir tut Mr. Gilley leid.«

»Was hat sie denn gesagt, als Sie mit ihr sprachen?«

»Gar nichts; sie ist einfach weggelaufen.«

Levin stöhnte.

Als die alte Frau gegangen war, überfiel ihn wilde Verzweiflung. Was geschehen war, schien unvermeidlich gewesen zu sein. Er zog sich an und ging im Regen zu Paulines Haus. Das Haus lag im Dunkel, der einzige helle Fleck war der weiße Baum auf dem Vorderrasen. Er blieb gegenüber auf der Straße stehen und begehrte sie durch die Mauern hindurch. Die halbe Nacht lief er im Regen umher.

Am Morgen verzehrte ihn die Ungeduld, sie anzurufen, aber Gilley saß nicht an seinem Schreibtisch, und er wollte es darum nicht riskieren. Später fand er in seinem College-Briefkasten einen Brief in einem blauen Umschlag; die Adresse war in Druckbuchstaben geschrieben. Sie hatte ihm noch nie hierher ein paar Zeilen geschickt.

»Nur ein Wort, mein Liebster. Du weißt es wohl schon? – Es tut mir entsetzlich leid. Ich hatte vor so etwas Angst. Ich kann dir gar nicht sagen, wie schrecklich mir zumute ist, der Himmel mag wissen, wie ich diese Nacht überstehen soll. Ich schreibe diese Zeilen in Eriks Zimmer. Ruf mich Donnerstag zwischen neun und zehn an, aber nicht später. Ich mußte Dir irgendein Zeichen geben. Ich liebe Dich. Du fehlst mir so. Vernichte diesen Brief. Pauline.«

Er küßte den Brief.

Donnerstag rief er um neun Uhr an. Als er ihre Stimme hörte, kam es ihm vor, als seien sie Jahre lang getrennt gewesen.

»Wann kann ich dich sehen?« fragte er.

»Lev, ich stehe Todesängste aus. Wir müssen vorsichtig sein. Am besten sehen wir uns eine ganze Weile nicht.«

»Soll ich mich nach einem anderen Zimmer oder einer Wohnung mit separatem Eingang umsehen?«

»Wenn du jetzt ausziehst, wird sie es überall erzählen. Wenn sie dich wohnen läßt, wird sie wahrscheinlich den Mund halten. Hat sie was zu dir gesagt?«

»Nur, was passiert ist. Sie hat nichts von Ausziehen gesagt, aber wir müssen Pläne machen.«

»Du hast ja Pläne, Lev.«

»Ich meine, falls irgend etwas schiefgeht.«

»Ich will aber nicht, daß noch etwas schiefgeht, nichts, gar nichts.«

»Hab keine Angst.«

»Ich bin aber so erzogen, ich kann nicht anders.«

»Wenn ich dich nur sehen könnte.«

»Eine Zeitlang nicht, bitte. Ruf mich dienstags und donnerstags um diese Zeit an. Vielleicht schreib' ich dir, aber bitte antworte nicht. Es tut mir so schrecklich leid – ich hätte nicht so oft kommen sollen. Sie war durchaus nicht ekelhaft, aber ich habe mich entsetzlich gefühlt. Ich bin unglücklich, daß ich nicht jemand anders bin, eine unverheiratete Frau. Du verdienst das nicht.«

»Ich verdiene dich.«

»Ich lege besser auf. Ich will nicht ins Telephon weinen.«

Zwar rief er sie zweimal in der Woche an, um eine kurzes, liebevolles Wort zu hören, aber er sah sie nur im Vorbeigehen, wenn sie in die entgegengesetzte Richtung ging. Er dachte mit einer solchen Intensität an sie, daß es war, als erwache er, wenn er aufhörte, seinen Gedanken nachzuhängen. So lebte Levin dahin, ausgehungert – kaum getröstet durch den Klang ihrer Stimme am Telephon und einen gelegentlichen Brief, den er im Büro vorfand und, wie versprochen, zerriß. Von diesen paar Worten abgesehen, lebte er von seinen Erinnerungen an ihre Besuche; ihr Herz hatte alles so leicht gemacht, wenn sie bei ihm war. Er sah sich, hingerissen von ihrer Umarmung, ihrem Atem, ihrer Schönheit, dem Duft, der von ihr ausging, hingerissen von ihrem zarten Körper, von ihrer Vereinigung und dem was nachher kam, wenn die Liebe der vergangenen Minuten durch die Möglichkeiten der Liebe nur noch vertieft wurde. Sonst gab es nur Sehnsucht für ihn.

»Ich seh' dich überhaupt nicht«, sagte er am Telephon. »Wo bist du, außer in meinem Herzen?«

»Hier«, antwortete sie, »an diesem Ende.«

»Wir müssen uns sehen.«

»Wo sollen wir denn hingehen?«

»Ich werde einen Ort finden«, sagte er.

»Einen herrlichen Ort, einen Wald.«

Nachts schlich sich Levin durch ihre Straße. Wenn er zum Fluß oder zu den Bergen gegangen und es so spät war, daß Gerald kaum noch mit den Milchflaschen oder der Katze herauskommen würde, stellte er sich vor ihr Haus. Er blieb gegenüber unter dem Pflaumenbaum stehen, der mit tiefrosa Blüten übersät war. Er suchte nach einem Schatten von Pauline, nach ihrem Kleid, falls sie eine Sekunde lang am Fenster vorbeiginge, dessen Läden nur halb geschlossen waren; er hielt Ausschau nach einem Stückchen Glück, das ihm das Schicksal vielleicht in die leeren Hände fallenlassen könnte.

In Gedanken überquerte er die Straße und betrat das Haus. Sie wartete auf ihn. Sie aßen zusammen, und wenn die Kinder im Bett waren, unterhielten sie sich, lasen oder hörten Musik. Sie gingen ins Bett und liebten sich ohne Schmerzen und ohne Angst – gab es überhaupt so ein Leben? Auf jeden Fall war es Liebe – bis er wieder allein auf der Straße stand, während sie mit einem Fremden im Bett lag.

Levin zuckte zusammen, als jemand seinen Arm berührte. Ein Polizist starrte auf seinen Bart und erklärte, ein Steuerzahler habe angerufen und sich beschwert, irgend jemand spioniere etwas aus.

»Ich bin's aber nicht.«
»Kann ich Ihren Ausweis sehen?«
Levin zog seinen Führerschein heraus.
Der Polizist betrachtete ihn und gab ihn zurück.
»Können Sie mir sagen, warum Sie hier stehen?«
»Ich ruhe mich von einem Spaziergang aus. Die Nacht ist so schön.«
»Mitten auf dem Bürgersteig?«
»Ich habe diesen Baum so gern.«
»Die Dame, die angerufen hat, behauptete, Sie ständen seit über einer Stunde hier. Sie meinte, Sie führten vielleicht gegen eines der Häuser da drüben etwas im Schilde.«
»So lange schon?« sagte Levin. Er ging – schweren Herzens.
In einer Nacht zu Beginn des Frühlings, als der Vollmond am weißen Himmel, Häuser, Bäume und Frühlingsblumen vergoldete, wanderte Levin, mondübergossen, durch Paulines Straße und blieb vor dem blühenden Pflaumenbaum stehen. Er ging über die Straße und stand, den Hut in der Hand, ein paar Schritte vor ihrem dunklen, halboffenen Schlafzimmerfenster. Komm einen Augenblick ans Fenster, Geliebte, und ich will mich einen Monat lang zufriedengeben. Aber niemand kam, nur der Gedanke kehrte immer wieder. In der Stille vernahm er das rhythmische Quietschen eines Bettes und dann – der Nacht anvertraut – einen Vogel, fang ihn, halte ihn fest – den leisen Schrei einer Frau, die höchsten Genuß empfindet.
In einem Moment der Inspiration war es Gilley gelungen, sie statt seiner zu befriedigen.

Sie schmiedeten Pläne, sich zu sehen, gaben sie aber aus irgendeinem Grund immer wieder auf. Ganz egal wo sie hingingen – sie hatten Angst, man könne sie zusammen sehen. »Es wäre einfach zu grausam, wenn Gerald es durch Geschwätz erführe.« »Soll ich denn überhaupt nicht mehr bei dir sein?« »Hab Geduld, Lev.« Er verfluchte den Tag, an dem Mrs. Beaty sie auf dem Fußweg gesehen hatte. Eines Morgens, als er sich danach verzehrte, sie wenigstens zu sehen, erlaubte sie ihm, von ferne zuzusehen, wie sie einen Supermarkt betrat. Als sie wieder herauskam, blickte sie mehrere Sekunden lang in seine

Richtung und ging dann zum Wagen. So kann es nicht weitergehen, dachte er.
Als Levin am Donnerstagmorgen erfuhr, daß sie Samstagabend mit Gilley zu einem Basketballspiel der Nachsaison ginge, eilte er zum Basketball-Palast und hatte tatsächlich Glück: Er erhielt einen reservierten Platz auf der Empore, gegenüber den Plätzen, die der Fakultät vorbehalten waren. Am Samstagabend war er schon früh dort, umgeben von einer riesigen Menschenmenge: Studenten und Leute aus der Stadt. Levin betrachtete die meiste Zeit über die Gesichter der Anwesenden durch den Feldstecher, den er für seine ornithologischen Beobachtungen gekauft hatte. Einmal sah er durch den Feldstecher einen anderen, der direkt auf ihn gerichtet war; sie sahen sich Auge in Auge an. Es lief ihm kalt den Rücken hinunter, als er den halbkahlen Kopf und das ausdruckslose Gesicht von Dr. Marion Labhart erkannte. Levin hatte eine schweflige Höllenvision: Er sah sich als Arthur Dimmesdale Levin, der auf einem Podium mitten in der Stadt an einem Marterpfahl festgebunden stand, ein rotes E auf der Brust befestigt, während Präsident Labhart, neben ihm zu seiner ganzen Größe aufgerichtet, eine Predigt hielt, in der er ihm mit allen Feuern der Hölle einheizte und gegen kommunistische Ehebrecher wetterte; und als Höhepunkt warf er Levin aus dem College. Neben dem Präsidenten saß Dekan Lawrence Seagram von der geisteswissenschaftlichen Fakultät. Als Levin den Dekan im September kennengelernt hatte, war er ein glattrasierter, noch ziemlich junger Mann gewesen; jetzt war er ein Mann in mittleren Jahren und trug einen melierten van Dyck-Bart, aber immerhin sah er menschlich aus.
Levin, der Pauline suchte, entdeckte Gilley; neben ihm war ein leerer Platz – eine Lücke für Levin. In der nächsten Reihe hinter ihm saßen die beiden Bullocks. Levin starrte auf den leeren Platz und fragte sich, was wohl mit Pauline los sei; er wartete ungeduldig darauf, sie zwei Stunden lang betrachten zu können. Er erfuhr von einem Herrn neben ihm, daß Cascadia gegen die Mannschaft von Los Angeles das Meisterschaftsspiel des Westens austragen werde. Das Spielfeld war hellerleuchtet, man übte noch, und zwei Tanzorchester spielten. In dem Trupp der Mädchen, die die Spieler anzufeuern

hatten, erkannte er auf der Seite von Cascadia Nadalee Hammerstad. Sie schüttelte rote Pompons, tanzte und drehte sich und zeigte ihre schlanken Schenkel und ihre hüpfende, in eine enganliegende schwarze Hose gehüllte Kehrseite. Sie gab ihre Vorstellung direkt unter Paulines leerem Platz, und Levin spürte ein gewisses Unbehagen über die seltsame Art, in der das Leben Ereignisse und Menschen miteinander verband.
Pauline war noch immer nicht da, als das Spiel begann. Er überlegte, ob er nicht rasch hinunterlaufen und telephonieren solle, um sicher zu sein, daß es ihr gut ging, aber er geriet in den Bann der allgemeinen Erregung und blieb sitzen. Das Orchester aus Los Angeles ging ihm auf die Nerven. Seine Mitglieder trugen steife Strohhüte, rote Fliegen und kurze Hosen, unter denen ihre behaarten Beine herausschauten; sie machten mit ihrem Jazz einen Höllenspektakel und übertönten die aufmunternden Lieder der Cascadier in ihren weißen Hemden. Wenn ihre Strategie darauf hinzielte, ihre eigenen Spieler aufzuputschen, so bewirkten sie das auch bei allen anderen Zuschauern, machten Levin sehr nervös und erregten seine stärkste Antipathie gegen ganz Kalifornien. Vom Augenblick des Anpfiffs an führte Los Angeles, und als Levin erkannte, daß die Mannschaft seiner Stadt zu unterliegen drohte, merkte er, daß er sie anfeuerte. Einen Augenblick lang beobachtete er sich wütend selbst, fuhr aber fort, mitzubrüllen.
Obwohl er seit seiner College-Zeit kein Basketballspiel gesehen hatte, riß ihn dieses Spiel mit. Mehr als einmal sprang er auf, um einem guten Spiel zuzujubeln oder einen Fehlspruch des Schiedsrichters auszuzischen. Was ein Fehlspruch des Schiedsrichters war, das zu beurteilen überließ er der Menge. Er ermunterte die Spieler mit Zurufen, besonders Whitey Barker, einen mageren jungen Studenten mit langem Thorax, der im letzten Trimester in Levins Klasse ein wohlverdientes »c minus« erhalten hatte, auf dem Spielfeld jedoch schlau, aufmerksam und intelligent war und sich harmonisch bewegte. In der Defensive spielte er wie ein Matador, der den Stier aus immer geringerer Entfernung einkreist, aber in der Offensive traf er die Körbe mit jeder erdenklichen Art Wurf. Seine Rückwärtssprünge waren erstaunlich. Der Lehrer schwang den Hut und jubelte seinem früheren Schüler zu, bis er heiser wurde –

obwohl er den Verdacht hegte, daß der junge Mann sich bei Bullock über seine Zensur beklagt hatte, denn gegen Ende des Wintertrimesters war George eine Zeitlang sehr kühl zu Levin gewesen. Als er durch den Feldstecher zu den Fakultätsplätzen hinübersah, um Georges Gesicht zu beobachten, entdeckte er, daß Pauline neben Gerald saß.

Er schämte sich ein wenig, weil er sie vergessen hatte, betrachtete sie angestrengt durch das Glas und war gerührt über ihr schlechtes Aussehen. Sie hatte abgenommen. Er konnte hören, daß das Spiel weiterging; zehn Männer rannten laut schreiend hin und her und warfen einen Ball durch zwei Drahtringe, aber er hielt angestrengt den Feldstecher auf sie gerichtet; nur ihre Anwesenheit konnte ihn noch erregen. Kurz darauf schien Pauline sich hin- und herzudrehen; es wurde ihm klar, daß sie ihn gesehen hatte und nun versuchte, sich vor seinen vergrößernden Augen entweder kleiner zu machen oder zu verstekken. Levin senkte das Glas und sah zerstreut den letzten paar Minuten des Spiels zu. Am Schluß wußte er noch nicht einmal, wer gewonnen hatte.

Als er den Palast verließ, glaubte er, zumindest an der großen Aufregung der Stadt Anteil gehabt zu haben. Er würde den Menschen, stände es in seiner Macht, Basketball gewiß nicht verweigern, wenn nur gelegentlich ein gutes Buch sie aufwühlte.

Als er die Treppe hinunterging, hörte er, wie ein Anfänger mit Schirmmütze mit einem anderen sprach.

»Hast du den Kater mit dem schwarzen Schnurrbart vor uns gesehen, den mit dem Feldstecher? Das ist mein Stilkundeprofessor.«

»Na und?«

»Angeblich ist er total übergeschnappt wegen einer Dame. Vielleicht hat er sie mit dem Glas nackt sehen können.«

Als Levin nach Hause kam, nahm er eine Schere und schnitt sich den Bart ab; dann rasierte er sich das ganze Gesicht.

Als sie sich am südlichen Stadtrand auf der Straße trafen, sah ihn Pauline mit einem ungläubigen Blick an und brach dann in Tränen aus, obgleich ihr Levin sagte, es sei ja gar nicht so schlimm. Er hatte lange in den Spiegel geschaut, hatte sich krank gefühlt, es aber überlebt. Sein Gesicht war zu groß, die Augen waren noch immer traurige Kerzen, die Hakennase stumpf, die stummen Lippen verrieten alles, nur der Kiefer sah vielleicht kräftiger aus; aber das konnte eine Illusion sein. »Warum hast du das getan?« fragte sie. »Er hat so dicht und seidenweich ausgesehen. Wenn es nur kein schlechtes Omen ist.«

Er wartete ab, bis sie von selbst aufhörte, darüber zu reden.

Sie versuchten zu überlegen, wo sie allein sein könnten. Er schlug vor, in den Wald oder ans Flußufer zu gehen, aber es regnete jeden Tag, und so mußten sie sich entschließen, in der Nähe anderer Städte Motels aufzusuchen. Sie taten es zu einer Zeit, da Gilley wieder anfing, fischen zu gehen. Levin trug den Namen ins Register ein, und sie blieb mit abgewandtem Gesicht im Wagen sitzen. Wenn sie allein waren, küßten sie sich, und er schmeckte den Whisky auf ihrer Zunge, den sie zur Entpannung getrunken hatte. Es ging bei ihr immer noch schnell, und wenn es vorbei war, lag er im Halbschlaf neben ihr und träumte von ihr. Lange dauerte die Sehnsucht – kurz war die Erfüllung. Aus der Befriedigung erwuchs sogleich neuer Appetit. Es betrübte ihn, daß er nicht länger als ein paar Minuten befriedigt sein konnte. Er hielt Pauline in den Armen und sehnte sich nach ihr. Der Gedanke an die lange Zeit, die vergehen würde, ehe er sie wiedersehen konnte, bedrückte ihn.

Natürlich wollte sie keinesfalls nervös sein, war es aber meistens doch. »Ich hasse Motels. Dein Zimmer war so nett. Dort habe ich mich zu Hause gefühlt.« Er bot ihr an, nach Marathon zu ziehen, wo sie beide unbekannt waren. »Das geht auch nicht«, sagte sie. »Dann wärest du meilenweit weg, und ich könnte noch weniger bei dir sein. Und wo du auch wohnen würdest – nach einiger Zeit fände doch jemand heraus, daß ich zu dir komme, und das Ganze finge wieder von vorne an.«

Eines Nachts – sie hatten nicht viel Zeit und hatten ihre Begierde in Levins Wagen, den er am Flußufer geparkt hatte, angestachelt – machte sie zunächst Witze über den Rücksitz und verfiel dann in tiefe Niedergeschlagenheit. Das Resultat war, daß es ihnen nicht gelang; es war sein Verlust, denn sie schien sich rasch wieder besser zu fühlen, so, als hätte sie, ohne zu geben, etwas erhalten. Ihm war mehr entgangen als der Akt. Aber durch Verlust wächst die Liebe; so hieß es jedenfalls. Und es gehörte immer noch zu dem Erlebnis des Paradieses, wenn das Paradies selbst schon nicht mehr existierte. Diesen Gedanken hatte er früher einmal gedacht, als er sich bemühte, sein Schicksal auf sich zu nehmen, ohne deshalb seine Erfahrungen zu verleugnen.

Als er sie zu der Straße fuhr, an der sie meistens ausstieg, um zu Fuß nach Hause zu gehen, sagte sie: »Ich glaube, wenn Gerald etwas sehr Gutes widerführe, wäre es leichter, ihn zu verlassen. Bitte, stimme nicht gegen ihn als Seminarleiter. Ich glaube bestimmt, daß er dafür geeignet ist.«

»Es gibt aber bessere Leute«, sagte Levin.

»Gestern nacht träumte ich, er habe uns im Bett überrascht und mir die Kinder weggenommen.«

»Das wird nicht geschehen.«

»Ich hab' immer gewußt, ich würde mich eines Tages wieder verlieben, aber ich war nicht darauf vorbereitet, mich schon so bald so kaputt zu fühlen.«

»Liebe ist Leben.«

»Wenn du dir doch nur nicht den Bart abgeschnitten hättest!«

»Was kann ich tun, um es dir leichter zu machen?« fragte Levin sie. »Ich könnte fortgehen, einen Monat lang, oder sogar bis zum Sommer, wenn du dich dann besser fühltest. Und im Sommer könnten wir dann einen Entschluß fassen.«

»Könntest du so lange fortgehen?«

»Für dich brächte ich es fertig.«

»Ich glaube, ich hielte das nicht aus. Ich würde mir Sorgen um dich machen.«

»Was für Sorgen?«

»Um dein Ergehen, und ob du mich noch liebst.«

»Du weißt, daß ich das täte.«

»Nein, ich will keine solchen Sorgen. Lieber soll es so weitergehen.«

Hinterher wollte er ihr irgend etwas schicken, zum Beispiel Blumen, aber was sollte sie antworten, wenn Gilley fragte, woher sie kämen? So entschied er sich für ein Paar goldene Hängeohrringe, für die er mehr bezahlte, als er sich leisten

konnte. Aber wann konnte sie sie tragen außer bei ihm, und wo würde sie sie aufbewahren? Er behielt sie für sie und legte sie in die Schublade, in der auch sein Notizbuch lag.
Als sie das nächstemal telephonierten, sagte sie: »Denk nicht an mich als an die arme Pauline, denk lieber an mich als eine reiche Frau. Ich hab' zwar meine Ängste, aber ich hab' ja auch dich. Ich denke soviel Schönes über dich. Ich möchte dir das geben, was du noch nie gehabt hast. Ich möchte dich für alles, was du durchgemacht hast, entschädigen. Du sollst mit mir nur glücklich werden.«
Er sagte, er sei glücklich.
Als sie das nächstemal im Bett lagen, gelang es ihr nicht, Befriedigung zu erzielen. Da das schon zum zweitenmal geschah, war Levin enttäuscht.
»Mach dir nichts draus«, sagte sie, »ich habe schlecht geschlafen und bin meistens müde. Die Kinder strengen mich sehr an, und es ist nicht leicht, mit einem Mann zusammenzuleben und dabei immer an einen anderen zu denken. Ich fürchte, er spürt, daß irgend etwas nicht stimmt. Und ich sorge mich, daß es für dich so anstrengend ist.«
»Mach dir keine Sorgen um mich.«
»Heute hast du die Frau – morgen nicht: Das ist kein Leben für einen Mann. Außerdem mache ich mir Sorgen des endgültigen Bruchs mit Gerald wegen. Ich habe vielleicht nicht gerade leidenschaftlich an ihm gehangen, aber ich habe es noch nie fertiggebracht, eine Liebe zu einem Menschen völlig aufzugeben.«
»Wir werden es im Sommer entscheiden.«
»Ich hab's ja schon entschieden, aber mein Nervensystem hat es noch nicht. Das hat vorhin versagt – nicht ich. Nächstesmal bin ich wieder wie sonst.«
Das nächstemal gingen sie in ein kleines Hotel ungefähr dreißig Meilen von Easchester entfernt – sie hatte darauf bestanden, nie ein zweites Mal in das gleiche Motel zu gehen. Nach kurzer Zeit sagte Pauline: »Warte nicht auf mich, ich glaube, ich kann nicht.«
»Bist du sicher?«
»Laß dir's ohne mich kommen.«
Das tat er schließlich auch.

»Ich bin wirklich kaputt«, sagte sie.
»Ist das der Grund?«
Sie antwortete: »Gerald ist wieder so leidenschaftlich. Ich habe das Gefühl, er spürt etwas. Ich hab' dir ja gesagt, es wäre möglich. Manchmal hab' ich so genug von Sex.«
Jetzt begehen wir wirklich Ehebruch, dachte Levin.
»Ich hätte darauf verzichtet, wenn du mich gebeten hättest«, sagte er.
Sie streichelte sein bartloses Gesicht. Ihre Augen blickten müde, ihre Nase war schmal geworden. »Bitte, mach dir keine Sorgen. Ich habe solche Zeiten. Ich hatte auch mit Gerald so eine Periode, gerade ehe ich das erstemal mit dir geschlafen habe. Aber er ist daran gewöhnt, und es scheint ihm nichts auszumachen.«
»Mir macht es aber was aus.«
»Heb Sex nicht so in den Himmel, Lev.«
»Nicht Sex – dich!«
Nachdem eines Nachts Ende April wieder alles umsonst gewesen war und sie den kleinen Schrei nicht ausgestoßen hatte, lag Levin wach, während sie schlief und dabei mit den Zähnen knirschte. Sie hatte nicht wohl ausgesehen. Er spürte, daß er irgend etwas tun, ihr irgendwie helfen müsse, ehe es über ihre Kräfte ging. Da es fast sicher zu spät war, sich um eine neue Stelle zu bewerben, wäre es vielleicht gut, irgendwo eine Assistentenstelle zu bekommen; wenn dann Pauline eine Halbtagsstelle hätte, ginge es vielleicht. Aber es bedrückte Levin, neue Pläne zu schmieden; es kam ihm dann so vor, als seien die, mit denen er in den Westen gekommen war, von Anfang an falsch gewesen. Und wenn es so war, würde er dann jemals die richtigen Pläne machen? Trotzdem empfand er eine tiefe Zärtlichkeit für sie und träumte von einem anständigen Leben für sie beide. Als er aufwachte, war es beinahe halb sieben, und Pauline war furchtbar aufgeregt.

Sie rasten durch einen dichten Kiefernwald. Levin hatte ihr versprochen, sie bis zum Autobusbahnhof von Easchester zu bringen, wo sie ein Taxi bekommen konnte; ohne ein Wort zu sagen, hatte sie eingewilligt – mit unbewegten, angsterstarrten Zügen.

»Was willst du denn tun, wenn er schon wach ist?«
»Lügen.«
»Soll ich mitkommen?«
»Nein.«
Über den Baumkronen wurde es heller, zuerst überzog ein gelbliches Licht den Himmel, dann wandelte es sich zu einem nebligen Gold. »›Das ist die aufgehende, nicht die untergehende Sonne‹«, sagte er.
»Wer hat das gesagt?«
»Benjamin Franklin.«
»Er hatte unrecht.«
Der trügerische Wald, dachte Levin.
Als er sich mit hoher Geschwindigkeit dem Waldrand näherte, ertönte hinter ihm eine Sirene. Ein Polizist in einem Wagen ohne Nummernschild gab dem Hudson ein Zeichen, an den Straßenrand zu fahren.
Levin fluchte. Pauline schloß die Augen. Er erwartete, jeden Augenblick würden in ihrem Haar graue Strähnen auftauchen.
Der Polizist redete zehn Minuten lang, ehe er Levin den Strafzettel aushändigte. Pauline starrte geradeaus, ihr Magen knurrte. Sie beugte sich nach vorn, um es zu verbergen – vergebens.
Schließlich konnten sie weiterfahren – mit einer Geschwindigkeit von fünfzig Meilen.
»Ich komme lieber mit.«
»Nein, bitte nicht.«
Am Autobusbahnhof von Easchester trennten sie sich. Sie stürzte in ein Taxi und vergaß sogar, sich von ihm zu verabschieden oder auf Wiedersehen zu sagen, ja, sie winkte ihm nicht einmal zu.
In seinem Zimmer schwitzte Levin vor Angst. Er sah im Geist schon eine Katastrophe über sie alle hereinbrechen, besonders aber über sich. Es stimmte zwar, sie liebte ihn, aber sie liebte auch Gilley und die Kinder. Wenn sie ihn, Levin, genauso liebte wie er sie, hätte sie sich längst entschlossen, Gilley zu verlassen. Wenn es so weiterging, würde das die Qual nur verlängern und den letzten Rest von Freude an der Liebe zunichtemachen. Samstag und Sonntag blieb er zu Hause und

wartete darauf, daß sie von sich hören ließ. Vergebens. Seine Gedanken beschäftigten sich ausschließlich mit Pauline. Er entsann sich, wie sie gewesen war, als ihre Liebe begonnen hatte, und dachte daran, wie erschöpft und unglücklich sie seit einiger Zeit aussah. Er ohrfeigte sich, weil er ihr dies angetan hatte. Er gab sich das Versprechen, sie bis zum Sommer nicht zu sehen, wenn es ihr durch einen glücklichen Zufall gelungen wäre, ins Haus zu kommen, ohne daß Gilley etwas merkte. Die Ruhe würde ihr guttun.

Als Levin am Montagmorgen zur Arbeit ging und einen ersten verzweifelten Blick auf Gilley geworfen hatte, wußte er, daß Pauline sicher ins Haus gekommen war. Aus Liebe verzichtete er auf sie.

10

Im Mai flutete Sonnenschein durch die Fenster und machte den Trauernden unsichtbar; wenn er nach Hause kam, setzte er sich hin, unfähig auch nur der geringsten Bewegung; jeder Atemzug schmerzte ihn. Insgeheim wartete er auf ein Wort, ein Zeichen ihrer Liebe, womit sie ihm bedeutete, sie würde sich niemals mit seinem Verzicht abfinden. Einmal hatte sie ihm gesagt: »Ich lasse dich nie wieder!« Er wartete, daß sie ihr Versprechen einlöste. Tage und Tage lang wartete er, liebte sie, verzichtete auf sie, versuchte, die letzten Stunden, die er mit ihr verbracht hatte, zu vergessen; aber jede Erinnerung ließ andere Erinnerungen aufleben. Wenn sie jedoch erschien – obwohl Mrs. Beaty Wache hielt, wenn sie durch dicke Mauern, einen Flammenkreis und das salzige Meer hindurch zu ihm kam –, begleitete er sie insgeheim zu unmöglichen Zeiten an ihrem Mann vorbei nach Hause; dann nahm er in Gedanken (um es ihr zu ersparen) für immer Abschied von ihr; und das ist der schlimmste Ort, an dem man Abschied nehmen kann. Die Wirtin hatte einen Teller mit Haferflockenplätzchen vor seine Tür gestellt.

Er wartete insgeheim. Sie schrieb nicht, sie rief nicht an; und nirgends war sie zu sehen. Nach der ersten Erleichterung, daß sie diesmal ihrem Schicksal noch entronnen war, verzehrte er sich; sein Herz, ein Gefäß, leiderfüllt bis zum Rand, pochte gegen seine Knochen; ein Trauernder, war er ununterbrochen bei seinem eigenen Begräbnis anwesend. Er hatte erwartet, daß sein Schmerz nachließe, nachdem die Nacht so düster ausgeklungen war, er hatte sich hinter seinen Verstand verschanzt, denn er war ja daran schuld gewesen; aber ein Chirurg, der sich selbst operiert, kann sich den Schmerz nicht herausschneiden, und er erkannte jetzt die ganze Größe seines Leids. Da er seine Natur, das, was er am notwendigsten brauchte, verraten hatte, hatte er einen Teil seines Lebens dem Tode ausgeliefert. Schmerzzerrissen unterdrückte er das, was er sich umzubringen bemühte: seine kurze Liebe, seine selbstgeschaffene Freiheit. O herrliche, mitreißende Ahnung von Pauline Gilley – diese Frau zu besitzen in der ganzen Tiefe des Gefühls – der Traum von dem, was er besessen hatte. Träume – durch Selbstmord vernichtet.

Ihr Schweigen machte den Schmerz noch größer. Warum hatte sie ihn nicht wissen lassen, daß sie sicher heimgekehrt war, da sie doch wußte, was für schreckliche Sorgen er sich machte? Er hatte nur eine Erklärung dafür: Sie hatte ihn im selben Moment aufgegeben, da er auf sie verzichtet hatte, hatte ihre Beziehung abgebrochen, ehe die unmögliche Situation noch schlimmer wurde, im Grunde erleichtert darüber, mit einer unglücklichen Affäre Schluß gemacht zu haben. Es quälte ihn, daß er sie zum Schluß nicht hatte befriedigen können. Warum erscheint einem das Vergangene nur im Lichte dessen, was zuletzt geschah? In Augenblicken tiefster Verzweiflung spürte er einen Haß auf sie, der seinen ursprünglichen Schmerz milderte, aber die Wirkung dieses Hasses war so fürchterlich, daß ihm der Schmerz noch lieber war. Jedoch – inmitten all des Leides lebte, wohlbehütet, Levins Pauline, die zärtliche, liebliche Frau mit den anmutigen Schultern und dem wohlgeformten Gesäß und ihre eigene wunderbare Kunst der Liebe; die Frau, in die er am wenigsten erwartet hatte sich zu verlieben, deren Schönheit er entdeckt hatte (zum Beispiel, wenn sie sich mit der Hand durchs Haar strich oder der Wind hindurchblies). Solche Gedanken machten den Verlust unerträglich für ihn. Als er schon alles durchgemacht hatte, was er zu ertragen können glaubte, wurde es noch schlimmer; sein früheres Leben hatte dafür gesorgt, daß er sehr leicht die Schwelle überschritt, hinter der es nichts gab als ein gebrochenes Herz. Ach, wie herrlich ist es, mit dem Leben fertigzuwerden – wenn Levin es nur könnte! Je mehr er litt, egal wie oft und ehrlich er beschloß, sich völlig zu wandeln, desto heftiger fühlte er den Schmerz. Warum – er wußte es nicht. Er machte sich nichts vor, er selbst war an seinem Zustand schuld, er selbst war der Grund dessen, was ihm Leid verursachte (»Wohin ich fliege, dort ist die Hölle; ich selbst bin die Hölle.«); irgendwo hatte er sich verirrt, irgendwo war sein Leben in die Brüche gegangen, immer mehr in die Brüche gegangen. Wenn Levin sich verirrte, war es eine ernste Sache, ganz gleich, wie oft er sich vornahm, das Leben leichter zu nehmen und weniger leidenschaftlich nach einem Halt zu suchen. Er lachte ernst und litt vergnügt – miserere.

Levins Sorge: Sein Mund schwoll vor Durst. Er versteckte eine braune Flasche unter dem Bett, dann schlief er mit ihr. Quälende Augenblicke kamen, in denen der Schmerz zu einem Jucken wurde (Ursünde!), und dann hatte er Visionen von einem Ziegenbock, der einer gewissen Dame die Schamhaare abfraß, und die Dame reagierte auf hundertsiebenundsechzig befriedigende Weisen auf das Kitzeln und andere Späße. Er bohrte sich einen Weg durch die schwarze Hose, die sie trug, stach mit Nadeln in ihre winzigen Brustwarzen. Er vergewaltigte sie sozusagen, obwohl sie ihn schluchzend bat, es nicht zu tun, und ihn dann anflehte, es wieder und wieder zu tun, da die Befriedigung sie der Schwerkraft beraubte. Während er sich an solchen Genüssen labte, verliebte sich Mrs. Beatys weiße Katze in ihn und legte einen Vogel mit gebrochenen Flügeln vor seine Tür, ein fettes Rotkehlchen, dem sie den Kopf abgebissen hatte. Er bat seine Wirtin, die Katze auszusperren, aber die verliebte Mieze blieb ihm treu und fand mehr Wege ins Haus, als er zu versperren vermochte; und eines Tages brachte sie ihm wieder einen Vogel mit blutiger Brust. »Friß mein Herz«, schrie er und jagte das Tier mit einem Fußtritt die Treppe hinunter. Auf drei Beinen kam es zurück und brachte eine zerbissene Ratte, geriet dann in Brunst und schrie mit heiserer Stimme durch das ganze Haus. Er dachte schon daran, seine Koffer zu packen und abzureisen, aber dorthin zurückzukehren, wo er versagt hatte, wäre wiederum ein Versagen gewesen. Die Depression grub ein tiefes Loch, und er saß darin, dem Ertrinken nahe. Ach, Levin, der ewig ertrinkende Matrose. Was hatte er nur seinem armen Ich angetan? ...

Aber wenn er auch versuchte, der Zeit zu entrinnen; sie regnete ihm ins Gesicht, und gegen seinen Willen wandelte sich die Veränderlichkeit. Er tauchte wieder auf, war nicht mehr derselbe, aber wer war das schon? Dann folgte tiefe Gleichgültigkeit, die noch schlimmer war. »Ein Kummer ohne Pein, leer, dunkel und verlassen, / Erstickt und schläfrig, ohne Leidenschaft, / Dem die Natur den Ausweg hat verbaut, Erleichterung versagt / In Wort und Seufzer oder Tränen.« Dieser Zustand dauerte so lange, bis er am liebsten diese Welt verlassen hätte; so lange, bis in der fensterlosen Wand ein Spalt erschien, durch den er sich hindurchwinden konnte. Die völlige Gefühllosigkeit, die Katharsis, ließ nichts zurück als eine verschimmelte Melancholie. An jedem Tag waren Art und Gewicht des Leids verschieden. Er betrauerte alles was lebte. Selbst ein Baum sah traurig aus, wenn Levin ihn betrachtete. Es war erschütternd, wie er sich selbst betrog.

Die leuchtenden Fahnen der Einsamkeit entfalteten sich und flatterten im Wind. Er kannte die Einsamkeit in allen Größen und Formen, die harte und weiche, die schwarze und blaue Einsamkeit, die Beton-Einsamkeit der Großstadt, derer er sich entsann; und auch die ländliche Einsamkeit inmitten von Wald und Laub. Er hatte in kleinen dunklen Zimmern in anonymen Mietskasernen gewohnt, die in grauen Straßen zwischen steinernen Gebäuden standen – so hoch, daß sie sich in Massen bis zum Himmel drängten; und die Einsamkeit verfolgte ihn in Gestalt von Unbekannten. Auf dem Lande war sie ihm immer nahe unter dem riesigen, gewölbten Himmel. In der Großstadt war sie komprimiert gewesen, auf dem Lande weit und geräumig. Ausdehnung plus eigenes Gefühl – erst das ergibt das wahre Gefühl, dieses wunderbare Glücksgefühl; sonst gnade dir Gott. Gott rette Levin. Er sehnte sich nach ihr, auf daß sie die Last seiner Unvollkommenheit teilte, den Betrug, der darin lag, Mensch zu sein; er verzehrte sich nach einer Vergangenheit, die nun nichts anderes mehr war als Erinnerung, die in schmerzlichem Vermissen versauerte. Unglücklicherweise zielte die Krankheit geschickt darauf hin, ihn zu zwingen, sie aus sich herauszuarbeiten. Das aber würde sie nie erreichen. Trotz aller Anstrengungen, Pauline zu vergessen, wurde Levin nach wie vor von Erinnerung und Begierde verfolgt; die Stadt war klein, und sie lebte in der Nähe. Einmal hatte er gesehen, wie Erik in ihren großen Schuhen über den Bürgersteig geschlurft war.

Nur um dem zu entgehen, dem er nicht entfliehen konnte, fuhr er im Wagen auf staubigen Straßen durchs Land, Straßen, die im Nichts endeten. Manchmal hielt er an und schrie in die Stille hinaus. Ein paar einsame Krähen flogen von den Feldern auf. Weiße Bauernhäuser und regenverschmierte Scheunen waren einsam, Kühe und Pferde waren es und alles, was lebte.

Die Bäume waren einsam, die Zäune, ja selbst der Horizont. Und irgendwie war das das Schlimmste. Eine Staubwolke folgte ihm, wenn er nach Hause fuhr. Er wußte, daß es nur eine Möglichkeit gab, die Trauer seines Herzens zu bekämpfen: Er mußte mit Menschen zusammensein, aber er tat nichts, um es zu sein. In all diesen Wochen brachte er es fertig, seine Studenten zu unterrichten, aber dann floh er aus seinem Büro. Zwar wurde er gelegentlich zu irgendeiner Party aufgefordert, aber er nahm keine dieser Einladungen an, nur, um sie nicht zu sehen. Er glaubte bestimmt, sie wolle ihn nicht sehen; und das schleuderte ihn in tödliche Einsamkeit. Oft bezweifelte er, daß sie ihn wahrhaft geliebt hatte. Manchmal überkam ihn der verzweifelte Wunsch, ihr zu schreiben; aber er schrieb nicht. Wenn sie das Ende ihrer Beziehung wollte, würde er sie für beendet halten. Wenn sie sich wehrte, würde er ihr helfen, sich gegen ihn zu wehren.

Und mit den gleichen Überlegungen widerstand auch Levin: Zum tausendsten Mal sagte er sich, daß sie eine verheiratete Frau sei und Kinder habe. Weil sie unzufrieden war, hatte sie ihn lieben wollen, aber ihre Unzufriedenheit war erträglich. Gilley war gut zu ihr; ihr Heim war überdurchschnittlich gut, und sie liebte die Kinder. Sie langweilte sich vielleicht, aber sie war nicht verzweifelt; vermutlich konnte sie in alle Ewigkeit mit ihm zusammenleben. Wenn sie sich hatte zerstreuen, nebenbei ein wenig Liebe hatte genießen wollen, so war sie dafür nicht gemacht, denn Angst und Scham zerstörten jeden Genuß für sie. Sie war nicht der Mensch, der »alles« um der Liebe willen geben konnte. Und er bezweifelte, daß er eine solche Liebe entfachen könne, und sah, daß die Grenzen ihrer Leidenschaft durch seine eigene Natur gesteckt waren. Liebe konnte er vielleicht erwecken, aber keine Verrücktheit, obwohl es möglicherweise verrückt war, das zu riskieren, was sie riskiert hatte; vielleicht begriff sie auch, daß er ebenfalls nicht willens war, »alles« zu geben. Er hatte zu viel durchgemacht, nahm sich bis in die zerfetzten Nervenenden hinein vor zu vielen »Lektionen« in acht. In der Liebe war er nicht Seymour Gordon Lord Byron, sondern ein bescheidener Mann, der sich nicht beklagen würde, wenn ihm nicht mehr zuteil wurde, als er gab. Er überließ Casanova oder Clark Gable die Gefräßigkeit, den Sturm und die Erschütterungen der Leidenschaft. Er sehnte sich nach einer Liebe, die einem Springbrunnen im Winde glich. Er sehnte sich bei einer Frau natürlich auch nach Liebreiz und Gefühl, aber vor allem nach Charakter und Beständigkeit. Er hungerte nach einer Frau, die frei war, ihn zu lieben, auf daß er frei wäre, sie zu lieben.

Jedesmal, wenn Levin Gilley sah, dachte er an seinen Verrat; es war falsch gewesen, daß er sich unter den gegebenen Umständen nach wie vor mit seiner Frau getroffen hatte. Die heimliche Liebe in seinem Zimmer und in Motels: Das Geheimhalten und das Schuldgefühl hatte sie beide geschmerzt. Es wäre besser gewesen, wenn er sie nicht eingelassen hätte; der einzige Weg zu ihm hätte das Aufgeben Gilleys sein müssen. Hätte sie das gewollt, dann hätte es überhaupt kein Problem gegeben. Hätte sie das gewollt, dann wäre er vielleicht vor ihr davongelaufen, über die Berge und weit, weit fort; oder zumindest hätte er sie gegrüßt und sich zurückgezogen. Auf der Straße hätten sie sich zugenickt, eine schlanke Dame und ein bärtiger Herr, und wären aneinander vorbeigeeilt. Dann wäre er ihrem Mann gegenüber nicht in einer so hoffnungslosen Lage gewesen, als es sich darum handelte, etwas durchzusetzen und ein Prinzip zu verteidigen. Irgend jemand hätte dafür eintreten sollen, daß die Anthologie mit Kurzgeschichten beibehalten würde; in dieser Angelegenheit war er der Feigling. Wenn er Fabrikant helfen wollte, durfte er sich von jetzt an nicht mehr verkriechen wollen, sobald er im geisteswissenschaftlichen Institut einen roten Haarschopf auftauchen sah. Das war keine Laufbahn für einen Mann, der eine Zukunft hatte – eine Zukunft als Mann.

Levin hatte schon früher erkannt, was Moral ist; vielleicht war er sich ihrer bewußt geworden als Reaktion auf das Leben seines Vaters oder aus Mitgefühl für das seiner Mutter oder aber aus irgendeinem anderen Grund. Was gut war, war für ihn auch schön. Das Gute war eine Art Kunstwerk des Menschen im Leben. Levin spürte, daß die Hauptquelle einer bewußten Moral die Liebe zum Leben war, die Liebe zum menschlichen Leben überhaupt. Moral bedeutete, dem Leben anderer dadurch einen Wert zu verleihen, daß man dazu beitrug, ihnen die Grundrechte des Menschen zu verschaffen. In dem Maße, in dem man dem Leben anderer Wert beimaß, wurde der Wert des eigenen Lebens erhöht. Man erwarb, was man verkaufte, bekam, was man selbst gab. Und wenn das auch nicht ganz stimmte – so sollte es eigentlich sein. Unsere Tage sind kurz, dachte Levin, und unsere Körper schwach. Das All ist unbekannt und gefühllos. Wir kennen weder die Absichten der Natur noch die Gottes, so Gott überhaupt etwas beabsichtigt. Wir wissen von der Armseligkeit, Unwissenheit und Grausamkeit zu vieler Menschen und zu vieler Gesellschaften. Wir müssen die Menschen schützen und das, was gut und unschuldig ist. Wer immer entdeckt hatte, daß er moralischen Mut besaß oder ihn in sich zu erwecken vermochte, mußte sich mit denen verbinden, die durch und für die Moral leben; und diese mußten zu Führern werden, aber ohne jeden Fanatismus. Jede gute Tat verringert das Böse in der Welt. Um etwas Gültiges schaffen zu können, mußte Levin auf Pauline verzichten, was nutzten sonst alle Grundsätze? Die stärkste Moral widersteht der Versuchung; da er ihr nicht widerstanden hatte, durfte er nicht auch weiterhin in der Unmoral verharren. Er hatte sich jetzt auf den Weg des Verzichts begeben, und das war ein Beginnen, das einen Anfang schuf. Ist das nicht etwas Ungewöhnliches, überlegte er: Man konnte ein unmoralischer Mensch sein und dann doch zu einem moralischen werden. Abwechselnd gut und böse und dann wieder gut sein – das war keine moralische Lebensweise, aber gut sein, nachdem man Böses getan hatte, bedeutete eine Lebensmöglichkeit. Wenn man aufhörte das Böse zu tun, tat man das Richtige. Leicht war das nicht, aber man konnte sich aus freien Stücken dafür entscheiden, und in dem Entschluß und seiner Richtigkeit lag eine gewisse Schönheit. Die Richtigkeit zeigte sich in der Form, die dieser Entschluß dem eigenen Leben gab, in der ergreifenden Ästhetik, die dieser Akt in der eigenen Seele erschuf.

Ich muß sie aufgeben, dachte er, wenn ich es noch nicht getan habe.

Sein halbes Leben lang hatte er sich im Winter nach dem Frühling gesehnt. Im Osten war er schon Anfang Februar aufgewacht und hatte im Wind nach den ersten Spuren der Frühlingsluft geschnuppert, die doch erst dem nächsten Monat vor-

behalten war. War aber der Frühling da, hungerte er noch immer nach ihm, als sei er gar nicht gekommen, und wußte doch in seinem Innersten, daß das, wonach er sich sehnte, nicht auf den Bäumen wuchs. Dieses Jahr im Nordwesten hatte der Frühling einen Bocksprung über den Rücken des Winters gemacht, noch ehe die alte Gewohnheit den Hunger der Seele zu erwecken vermochte. Und als er merkte, daß der Frühling gekommen war, hatte er sein Herz schon an Pauline verloren, und es spielte kaum eine Rolle, ob es Frühling war oder nicht. Aber jetzt überwältigte ihn die grüne, blühende Jahreszeit, denn so schön sie war, sie konnte ihm kein Jota des Glückes wiederbringen, das er verloren hatte. Am Tag, an dem sie sich getrennt hatten (sozusagen ein Geschlechtsakt in der Erinnerung), betrachtete er den blühenden Kirschbaum vor seinem Fenster. Im Sonnenschein des Morgens brach ein einziger modriger Zweig in Blüten aus, und schon am Abend trug der ganze Baum ein weißes Kleid. Ein Stück weiter überraschte ihn der Rotdorn: Ein rosarotes Blütenmeer verdeckte die dunkelgrünen Blätter. Und die Kastanien hatten ihre weißen Kerzen aufgesteckt. Alles blühte rings um die Leiche; und die Leiche blühte vor Begierde. Er konnte der Schönheit dieser Frühlingsnacht nicht widerstehen, und da er trotz aller Anstrengungen noch immer Liebesqualen litt, verließ er sein düsteres Zimmer und ging zu Fuß in Richtung von Paulines Haus.
Am Tag hatte er sie in der Stadt gesehen, eine schlanke, blasse Frau mit einem süßen, verstörten Gesicht. Zerrissen von ihrem Anblick, hatte er sich umgewandt, verwirrt, betrunken vom Schauen, jede Pore ein einziges Begehren. Er litt unaussprechlich, hungerte nach ihr und bemühte sich in einem verzweifelten Kampf, hart zu werden, ehe seine Gefühle ihn übermannten. Levin verfluchte seinen Körper, diesen unzulänglichen Apparat, dem nichts Erleichterung brachte. Er betete, daß die Nacht sie ihm bringen möge, aber die Nacht kam mit verschwenderischer Schönheit, und der Duft neuer Blüten weckte seinen Schmerz aufs neue. Als er unterwegs war, fing ein Chor von Vögeln an, in einem Baum zu zwitschern. Aus der Ferne klang das Quaken der Frösche herüber und von weit weg das Muhen einer Kuh. Als Levin merkte, wie nahe er dem Haus gekommen war, zu dem er gar nicht ging, blieb er stehen. War

denn der Mensch nichts weiter als ein Spielball der Laune der Jahreszeit? Warum hatte er gelitten, wenn nicht, um sein eigener Herr zu sein?
In der Dunkelheit näherte sich eine Frau in hellem Kleid. Großer Gott – es ist Pauline! Was soll ich nur tun?
Er wartete, bis sie näherkam, bereit, wenn sie ihn erkannte, in die entgegengesetzte Richtung davonzulaufen; aber es war gar nicht Pauline ... Es war Avis Fliss in einem rosa Baumwollkleid, das unter den Achseln verschwitzt war; ihr Hängebusen zeigte sich steif und wohlgeformt. Sie sah genau so einsam aus, wie sie sich fühlte. Ist sie nur meiner Einbildung entsprungen? fragte sich Levin.
»Hallo, guten Abend, Seymour. Beinahe hätte ich Sie überhaupt nicht erkannt ohne den Bart. Herzlichen Glückwunsch, wenn ich das sagen darf. Wenn Sie mich nicht so angestarrt hätten, wäre ich glatt an Ihnen vorbeigegangen. Ist das nicht eine ganz unwahrscheinlich schöne Nacht?«
Sie redeten sich wieder mit Vornamen an, die alte Jungfer und der einsame Junggeselle, seit sie sich im Winter oft auf Parties getroffen hatten. Sie hatte ihn in der letzten Zeit merken lassen, daß sie ihren alten Ärger gegen ihn vergessen hatte.
»Sie genießen wohl Ihren Abendspaziergang?« fragte Avis.
Er nickte und betrachtete sie mit Habichtsaugen, da er vermutete, sie warte nur darauf zu sehen, in welche Richtung er ging. Es war ihm auf Parties, zu denen Avis auch eingeladen war, aufgefallen, daß sie ihn jedesmal scharf beobachtete, wenn er neben Pauline stand oder ihre Hand im Vorbeigehen berührte.
»Waren Sie zufällig auf dem Weg zu Gilleys?«
Er schwieg.
»Ich wollte ja nicht neugierig sein«, sagte sie. »Ich dachte nur, ich könne Ihnen einen Weg ersparen, falls Sie hingehen wollten, denn ich komme gerade von dort; sie sind im Begriff auszugehen. Ich war dort, um Gerald einen kleinen Artikel von mir über den Nachhilfeunterricht in Grammatik zu geben. Ich habe aber noch Durchschläge davon, falls Sie sich dafür interessieren. Gerald hat sich sehr darüber gefreut. Er wollte mich sogar nach Hause fahren, aber ich zog es vor zu laufen. Als ich noch ein kleines Mädchen war, ging an einem solchen

Abend in Louisville alles spazieren. Mein Vater nahm mich und meine Schwester Cora oft mit auf Spaziergänge, und ich entsinne mich noch gut, daß viele junge Paare im Charity Park miteinander flirteten und sich die Hände hielten. Es ist mir völlig klar, daß wir das Auto aus wirtschaftlichen Gründen brauchen, aber glauben Sie nicht auch, Seymour, daß es uns um manches Schöne im Leben gebracht hat?«
Er grunzte etwas. Ihre Augenlider zitterten. »Haben Sie ein bestimmtes Ziel?«
Er hatte keins.
»Können wir nicht zusammen gehen? Ich – ich möchte Ihnen schon seit einiger Zeit etwas sagen, Seymour.«
Sie gingen zusammen weiter in Richtung des Campus. Es schien ihm, als könne er von allen Düften der Nacht nur noch einen einzigen wahrnehmen: ihr durchdringendes Orangenblütenparfum. Er würde sie noch einen Häuserblock weit oder auch zwei begleiten, sie dann alleinlassen und zurückgehen.
Sie kamen am geisteswissenschaftlichen Institut vorbei; ausnahmsweise war alles dunkel. Unter dem Ahornbaum wandte sich ihm Avis atemlos zu: »Mr. Levin – ich wollte sagen Seymour –, ich möchte nie wieder auf das zurückkommen, was ich Ihnen jetzt sage, aber Sie sollen wissen, daß ich Ihnen wirklich dankbar bin, weil – weil Sie damals Ihre Selbstbeherrschung bewahrt haben. Es kommt ja nicht oft vor, daß ein Gentleman einer Dame hilft, auf ihre Tugend zu achten.«
Levin lachte bitter.
Rasch fuhr sie fort. »Aber das wollte ich eigentlich gar nicht sagen. Ich möchte mit Ihnen über etwas sprechen, das mit dem Wohl unseres Seminars zu tun hat; Sie werden es gewiß diskret behandeln; der Grund dafür liegt auf der Hand. Gehen wir doch vom Campus weg, ja? Hier kann man zu leicht gehört werden.«
Sie gingen über den Innenhof und den unteren Teil des Campus zum Fluß. Sie kamen zu einem Gehölz am Wasser und einer schlecht beleuchteten Steinbank. Ein Student und eine Studentin, die sich geküßt hatten, standen auf und schlenderten davon. Sie hatte ihn auf den »Liebespfad« mitgenommen. Avis zündete sich eine Zigarette an und schlug die Beine übereinander. Sie rauchte, ohne zu inhalieren; Levin saß reglos

neben ihr. Sie warf ihm einen nervösen Blick zu und fragte dann leise: »Was wissen Sie eigentlich von der Vergangenheit?«
»Von welcher Vergangenheit?« fragte er gelangweilt.
Wieder vibrierten ihre Augenlider. »Insbesondere der von Leo Duffy und, um ganz ehrlich zu sein, auch der von Pauline Gilley.«
»Insbesondere«, sagte er langsam, »weiß ich, daß sie ihn mochte und mit seinen Ideen übereinstimmte.«
»Ja, ja, das ist schon richtig, aber wissen Sie auch« – sie hörte auf, beim Atmen zu keuchen – »daß sie in Wirklichkeit ein Verhältnis hatten?« – Avis leckte sich die Lippen. Sie sah ihn nicht an.
Levin hatte plötzlich heftige Kopfschmerzen. Zwar hätte er Avis am liebsten erwürgt, jedoch ertrug er seine Qual und verstand Paulines Ängste nur um so besser: Sie hatte das alles schon einmal durchgemacht. Trotz seines steinernen Herzens stöhnte er innerlich. Am meisten schmerzte ihn die Erkenntnis, daß in ihrer Beziehung mehr gelegen hatte, als er wußte; das bot ihm die Erklärung für das Ende, so, wie es gekommen war. Das, was er für die einzige Wahrheit ihrer Liebe gehalten hatte, war in Wirklichkeit weniger gewesen. Daß sie schon einmal einen Liebhaber gehabt hatte, könnte er ihr verzeihen, aber daß sie ihm verheimlicht hatte, daß er, Levin, vor Gilleys Nase, sogleich in die Fußtapfen eines anderen getreten war, das war Betrug. Seine Hilflosigkeit erfüllte ihn mit Wut – wieder war er das Opfer einer Lebenslüge geworden.
Aber das ändert nichts, dachte er verzweifelt. Gleichzeitig jedoch wußte er, daß dadurch alles verändert wurde, sogar die Vergangenheit. Avis zappelte auf der Bank hin und her und entschuldigte sich, weil sie es ihm gesagt hatte. »Bitte, verstehen Sie mich recht – ich habe es Ihnen nur erzählt, weil es – und keineswegs nur indirekt – etwas mit der Zukunft unseres Seminars zu tun hat.« Sie sprach mit geschlossenen Augen.
Es dauerte einen Augenblick, ehe Levin in seinem Elend zu sprechen vermochte; er spürte, welch komplizierter Wandel in ihm vorging. Aber er verbarg seine Gefühle, um alles zu erfahren, was es für ihn noch zu wissen gab, denn er fürchtete, irgend etwas, das sich auf ihn bezog, nicht zu erfahren.

»Hat Gerald es gewußt?«
»Ja.« Sie trat die Zigarette aus und saß ganz still. »Es kam alles ans Tageslicht, als er – das Bild entwickelte.«
»Was für ein Bild?«
Sie wurde wieder nervös. Die Schweißflecken unter ihren Achseln wurden größer.
»Haben Sie – haben Sie denn nichts darüber gehört? Ich habe bestimmt geglaubt, Doktor Fabrikant habe es Ihnen erzählt.«
»Nein.«
Sie zögerte zuerst ein wenig, sagte dann aber rasch: »Gerald hat sie einmal an der Küste photographiert. Beide waren nackt. Ich dachte, Sie wüßten es – sonst hätte ich nicht –«
Er hatte plötzlich das ekelerregende Gefühl, schon einmal hier gewesen zu sein.
»Er – er war ihnen nachgegangen. Damals dachten er und Pauline im Ernst daran, sich scheiden zu lassen, und er sammelte Beweismaterial gegen sie ; das war nur zu natürlich. Er benutzte eine besondere Linse dafür, mit der man aus der Entfernung photographieren kann. Sie hatten gebadet, und als sie aus dem Wasser kamen, knipste Gerald.«
»Hat es einen Skandal gegeben?«
»Eigentlich nicht. Gerald hatte sich zwar mit einem Anwalt beraten, reichte aber nicht die Scheidungsklage ein. Präsident Labhart kündigte Leo sofort, und darüber sprachen alle. Offenbar hatte man sie überhaupt nicht zusammen gesehen. Kurz nachdem Leo gegangen war, gaben Gerald und Pauline ihre Scheidungspläne wieder auf, hauptsächlich, weil Eriks Adoption gerade genehmigt worden war. Wahrscheinlich hatte Pauline herausgefunden, daß sie eigentlich doch ins Haus gehört, und das hat dann eine Annäherung der beiden bewirkt.«
»War das Bild der einzige Beweis für ihr Verhältnis?«
»Ich glaube«, antwortete Avis, »daß Pauline es Gerald gestanden hat.«
»Hat er Ihnen das erzählt?«
»Das darf ich Ihnen eigentlich nicht sagen.«
»Haben Sie das Bild gesehen?«
»Ich habe es beschrieben bekommen. Aber Sie müssen wissen, daß Pauline es nie gesehen hat. Sie weiß überhaupt nichts von seiner Existenz, Seymour. Gerald wollte es ihr zeigen, aber als

sie ihm ihre Liebe zu Leo gestand, war es nicht mehr nötig. Es würde sie nur verletzen, wenn sie etwas davon wüßte, und deshalb ist es so wichtig, absolute Diskretion zu bewahren.«

»Wer weiß denn etwas davon?«

»Kaum jemand. Mit – hm – mit Ihnen vielleicht ein Dutzend Leute. Es war einfach großartig, wie alle zu Gerald standen, um ihm und Pauline weitere Peinlichkeiten zu ersparen; wahrscheinlich war das mehr, als sie eigentlich verdient hat.«

Levin fragte sie, ob Bucket etwas davon wisse.

»Vielleicht hat er's von Dr. Fabrikant erfahren.«

»Und wer hat es dem erzählt?«

»Soviel ich weiß, Gerald.«

Jetzt begriff er.

»Wir haben es alle vermieden, viel darüber zu sprechen«, sagte Avis verlegen. »Aber ich habe bestimmt angenommen, Sie wüßten etwas davon, denn ich versichere Ihnen, ich hätte sonst niemals darüber gesprochen. Ich hielt es für notwendig, daß Sie die Wahrheit wissen, denn ein paar Leute haben es Gerald sehr verdacht, daß er das Bild gemacht hat. Ich schwöre Ihnen, Seymour, daß das der einzige Grund war, es Ihnen zu erzählen; sonst hätte ich es keinesfalls getan. Ich habe gehört, daß Dr. Fabrikant behauptet hat – um ganz ehrlich zu sein: er hat mir's selbst gesagt –, er glaube, Sie gehörten zu denen, die seine Kandidatur für die Stelle des Seminarleiters befürworten, und da habe ich angenommen – was ich vielleicht nicht hätte tun sollen –, er hätte Ihr Vertrauen dadurch gewonnen, daß er Ihnen etwas von dem Bild erzählt hat, aber ohne die mildernden Umstände zu erwähnen.« Sie konnte nicht mehr ruhig auf der Bank sitzen.

»Ich wollte wirklich nichts gegen Paulines guten Ruf sagen«, fuhr sie fort. »Ich habe Ihnen ja schon gesagt, daß ich nur an das Wohl des Seminars dachte. Wenn Sie Dr. Fabrikant so gut kennen würden, wie einige von uns ihn kennen, würden Sie begreifen, daß er keineswegs der geeignetste Mann für den Posten des Seminarleiters ist. Mag sein, er ist ein Gelehrter, und ich persönlich habe auch nichts gegen ihn, aber sein Benehmen anderen gegenüber ist beinahe schon unhöflich. Ich will Sie natürlich nicht bitten, Geralds Kandidatur zu befürworten – das käme mir auch nicht zu –, immerhin war es mei-

ner Ansicht nach nicht fair, Ihnen keinen reinen Wein einzuschenken.«
Nach langem Schweigen stand Levin auf. Der Frühling war dahin, ein Heer in seinem Herzen hatte ihn mit Hammerschlägen umgebracht.
»Wenn ich es unbedingt wissen mußte«, flüsterte er, »mußte ich es eben erfahren. Ich nehme es Ihnen nicht übel.«
»Mir nicht übel?« sagte sie erregt.
Er ging.
»Mr. Levin –«, rief sie ihm nach.
Er hörte sie nicht mehr, fällte kein Urteil über sie, ja, er dachte überhaupt nicht mehr an sie. Er hatte ihre Tugend geschont, und sie hatte ihm seine Moral erhalten.

Etwas später – er war eine ganze Zeit lang wieder todunglücklich gewesen – versuchte er, sich von neuem einen Bart wachsen zu lassen; aber zu seinem Entsetzen wuchsen ihm nur graumelierte Stoppeln, und so gab er dieses Vorhaben auf.
F.: »Was habe ich getan, um mein Schicksal zu verdienen?«
A.: »Ich bin gar nicht wert, ein anderes zu haben.«
Auf dem Müllhaufen seines Lebens sah er Irrtümer, Mißgeschick, Unwissenheit und Erfahrungen, aus denen er nichts gelernt hatte.
Er war ein unzulänglicher Mensch – unzulänglich in dem Sinne, daß es ihm nie gelang, auch nur halbwegs glücklich zu sein. Vergebens war er immer dem Erfolg nachgelaufen – den Möglichkeiten, seine Anlagen zu entwickeln, die sich ganz von selbst für jene ergaben, die das Schicksal nicht zum Narren hielt.
Was immer in seine Lebensbahn geriet, wirkte zerstörerisch auf sie. Nie brachte er es fertig, das zu erreichen, was doch, mit Ausnahme der ärmsten Teufel auf der Welt, jeder erreichen konnte: unter den vielen Möglichkeiten des Lebens die besseren auszuwählen und früher oder später zu spüren, daß er etwas vollbracht hatte – selbst wenn es lange dauerte, bis es erkennbar wurde.
Und, um Himmels willen, Liebe, auf daß er nicht vergebens gelebt hätte.
Er strebte nicht nach Macht, wollte keine besondere Beloh-

nung; er wollte das größte aller Hindernisse – hart wie Zement – durchbrechen: dieses ewig Sich-selbst-im-Wege-Stehen, wollte nur in der Welt leben und sich ihrer erfreuen können. Wie immer hatte er das Gefühl, in seinem Leben müsse es etwas Neues geben, er selbst müsse sich wandeln; aber er wußte nun nicht mehr, wo er damit anfangen sollte. Sein ganzes Leben war ein trauriges Gewirr von Anfängen.

Er begriff nicht, warum er immer solches Pech hatte mit seiner Wahl, warum er immer wieder Beziehung zu Frauen anknüpfte, die so offensichtlich für ihn die falschen waren – verboten und dazu bestimmt, ihn blutend und gebrochen auf die Knie zu zwingen.

Die Zeit verging, und allmählich kamen viele Stunden, in denen er nicht mehr an sie dachte, und wenn sie sich auch oft listig in seine Gedanken einschlich – ihr Bild war nun blaß und abstrakt. Aber es bedrückte Levin, daß sie ihm immer noch so gegenwärtig war: Er brauchte nur im Schlaf die Augen aufzumachen – schon stand ihr blasses Bild vor ihm. Schloß er sie wieder, so erschien sie ihm im Traum. Er hatte sich hinter einer doppelt verriegelten Tür eingeschlossen: Erstens hatte sie ihn verworfen, zweitens aber wußte er nun von ihrer wahren Beziehung zu Duffy und damit von seiner eigenen: Er war also von Anfang an nichts weiter als ein Lückenbüßer gewesen. Sie hatte einen einfachen Ausweg gefunden: Sie hatte ihn geliebt, um ihr Erlebnis mit Duffy noch einmal nachzuleben, oder vielleicht auch, um ihn zu vergessen; beide Gründe kamen auf dasselbe heraus. Sie tauchte auf und verschwand wieder und versteckte den verletzten, aber nicht tödlich verwundeten Gilley hinter ihren transparenten Röcken, ehe sie ihn zum zweitenmal zum Hahnrei machte. Der Himmel mochte wissen, was sie sonst noch getan hatte.

Hatte sie ihn seiner Ansicht nach im Stich gelassen, so mußte er zugeben, daß er, wenigstens in Gedanken, das gleiche getan hatte. Levin, ein verächtlicher Feigling, der überhaupt niemals geliebt hatte. »Liebe ist nicht wandelbar mit ihren kurzen Stunden, kurzen Wochen, / Beständig bleibt sie bis zum Untergang.« Gewiß konnte er sagen, was er ja häufig tat, ich habe um ihretwillen, nicht meinetwegen auf sie verzichtet; aber Duffy, dessen wahre Rolle Avis ihm enthüllt hatte, bestätigte ihn in seinem Entschluß, sie aufzugeben. Er hatte sie also aufgegeben, weil sie ihm etwas verheimlicht hatte: den Iren samt allen Folgen, die er für ihr Leben gehabt hatte. Folgen ziehen weitere Folgen nach sich. »Fremdlinge sind willkommen«, die Zauberer der Liebe, die in der Nacht vorbeigehen. Bärtige und bartlose Wüstlinge. Eine Zeit lang empfand er eine Art beißender Eifersucht auf ein Gespenst und sah sich von Duffys Schatten befleckt. Um das Gespenst loszuwerden, durchlitt er die letzten Reste einer Liebe, die schon in einem morschen Sarge lag.

Nach einer Periode der Depression, die zwar nicht lange dauerte, Levin aber endlos vorkam und in der sein »Geist« so umnebelt war, daß es ihm schien, er sei ein Schlafwandler, suchte er nach irgendeiner Arbeit, die er in seiner »Freizeit« tun könne. »Doch Arbeit, die gewollt in Stunden des Erkennens, / In Stunden der Betrübnis kann geleistet werden.« Zwar konnte er weder etwas wollen noch etwas leisten, aber er hoffte, seinen Geist, der zu einem essiggetränkten Schwamm, einer zerbrochenen Flasche, angefüllt mit gläsernen Scherben geworden war, wieder funktionsfähig zu machen. Ganz im geheimen wollte er beweisen, daß es einen Grund gab zu leben, obwohl er kaum daran zu glauben vermochte. Wenn man arbeitete, hatte man doch wenigstens ein Ziel vor sich. Vielleicht konnte er irgendein kleines Ziel entdecken, aus dem sich möglicherweise etwas Größeres entwickeln würde, vielleicht gar ein Lebensziel. Er lachte darüber in sich hinein, denn dieser Gedanke war nur eine Wiederholung dessen, was er schon vorher gedacht hatte. Und doch mußte man nach einer Aufgabe suchen, um dem Reichtum an Zeit zu entfliehen, der einen so arm machte. Jede Minute machte Levin ärmer. Wäre ich ein Dichter, dachte er, so hätte mein Leid einen Wert; aber was soll ein Lehrer lehren, wenn er nicht das lehren kann, was er selbst ist? Sollte er sich mit einer philosophischen Arbeit beschäftigen, auf eine Einheit zwischen Plato und Aristoteles hinarbeiten? Oder Russisch lernen und Puschkin im Original lesen? Oder Gitarre oder Blockflöte lernen, um auf beiden Bach zu spielen? Oder vielleicht sollte er an Wochenenden malen? (Obwohl er auch an Werktagen nicht malen konnte). Aber zu all diesen Unternehmungen fehlte ihm die Lust. Dann über-

legte er, ob er nicht für eine kritische Studie über Melvilles Wal Material sammeln sollte: »Der Weiße Wal – eine Last der Dunklen Welt.« »Moby Dick – gesehen als Lesedrama.« Die Idee, eine intellektuelle Aufgabe anzufangen, reizte ihn, er spürte den Wal auf dem Kopf und fühlte sich erleichtert, wenn er sein Gewicht auf dem Herzen balancierte; es war für alle Zeiten zugleich Verkleidung und Strafe, ein Mittel, sein armes Ich vor dem Zerfall zu bewahren. Manch einer fand Freiheit unter einer Last. Das hatten sogar Sklaven erlebt.
Levin fing an, über Melville zu lesen und sich Notizen zu machen, aber er gab den Wal wieder auf, als er ihn in zu vielen kritischen Studien erwähnt fand. Er notierte andere Titel für kurze kritische Essays: »Der Wald als Schlachtfeld des Geistes in einigen amerikanischen Romanen.« »Der Fremdling als der Gefallene Engel in Wildwestgeschichten.« »Das amerikanische Ideal als selbstgeschaffene Tradition.« Levin schrieb: »Die Idee Amerikas wird immer zur Freiheit führen«; aber es erwies sich als unmöglich, einen Beweis für diesen Glauben zu finden. Nachdem er an das Thema »Der schuldbewußte Revolutionär des visionären amerikanischen Ideals« gedacht hatte, entschied er sich für ein anderes: »Amerikanische Selbstkritik in einigen Romanen.« Für den Anfang begnügte sich Levin mit sechs Büchern, die er mehrmals las und zu denen er sich zahlreiche Notizen machte. Schon bei den ersten Worten jedoch, die er niederschrieb, war er enttäuscht, wie schlecht er darauf vorbereitet war, Ideen richtig zu beurteilen und auszudrücken. Aber er zwang sich zum Weiterarbeiten: Wenn gar nichts anderes dabei herauskäme, könnte sein Text doch vielleicht eines Tages als Thema für seine Dissertation dienen. Eine Woche lang schrieb er, arbeitete bis in die frühen Morgenstunden, trieb sich an, verzweifelte und litt darunter, daß er zu einer Strafe noch eine weitere hinzugefügt hatte. Aber schließlich hatte er einen zehn Seiten langen Essay verfaßt, den Milly für ihn tippte. Als er das Maschinenmanuskript durchgelesen hatte, kam ihm der ganze Essay unnütz vor. Er las ihn noch einmal und mochte ihn noch weniger: Schon wollte er ihn verbrennen, da beschloß er, ihn zuerst von jemand anderem lesen zu lassen. Er dachte an Dr. Fabrikant, verwarf den Gedanken, nahm ihn wieder auf und brachte das Manuskript schließlich

dem Gelehrten mit einer Entschuldigung für den Zeitverlust, den er ihm verursachte. Ungefähr eine Stunde später fand er den Essay in seinem Briefkasten wieder; ein Zettel war daran befestigt, auf dem er las: »Der Essay ist sehr interessant und zeugt von Verständnis; ich bin gern bereit, Ihnen zu raten, an welche Zeitschrift Sie Ihre Arbeit schicken könnten, und freue mich über Ihren Entschluß, etwas zu veröffentlichen. Das ist in unserem College dringend notwendig. Ich hoffe, ich kann mich in Zukunft dafür einsetzen. CD.« Levin dachte daran, den Essay sofort an eine Zeitschrift zu schicken, aber er konnte sich nicht von allen Zweifeln befreien, und so beschloß er, die Arbeit zuerst noch jemandem zu zeigen. Seine Wahl fiel zunächst auf Bullock, doch dann gab er diesen Gedanken wieder auf und legte den kleinen Essay auf Buckets Schreibtisch. »Mir wäre an Ihrer Meinung hierüber viel gelegen. Es eilt nicht. S. L.«

Etliche Tage vergingen, aber noch immer hatte Bucket nichts von sich hören lassen, hatte Levin noch nicht einmal bedeutet, daß er den Essay gefunden oder schon angefangen hatte, ihn zu lesen; aber Levin wartete geduldig. Nach weiteren zwei Tagen wurde er nervös. Er hatte eine neue Idee, wollte aber nicht mit einer zweiten Arbeit beginnen, ehe er nicht wußte, ob die erste gut war. Wenn Bucket CD's Ansicht teilte, sah er seinen Artikel schon gedruckt. S. Levin, Essayist, Kritiker – der Anfang einer neuen Karriere. Geduld, sagte er sich, denn er wußte ja, wieviel der arme Bucket zu tun hatte. Seine Dissertation war wieder abgelehnt worden, und er hatte sich an die »allerletzte« Fassung gemacht: Onkel Toby wieder vor seiner traurigen Festung. Wenn er wirklich ein paar freie Minuten hatte, nagelte er nach wie vor Bretter auf den Neubau seines noch immer unfertigen Hauses. Algene war schwanger. Und Levin wußte, daß die Bucket-Kinder seit November eine Krankheit nach der anderen gehabt hatten. Joe selbst hatte die Windpocken gehabt – »ein demütigendes Erlebnis«. Um Geld für Ärzte, Arzneien und andere Rechnungen aufzubringen, hatte er zu seinen verschiedenen Beschäftigungen auch noch stundenweise Arbeit an einer Tankstelle übernommen, bei der er als Junge einmal gearbeitet hatte. (Einmal hatte er Levins

Wagen abgeschmiert). Aber er mußte sich ja auch um Aufsätze und Fragebogen kümmern und sich für den Unterricht vorbereiten. Levin bedauerte jetzt, daß er ihm, ohne viel nachzudenken, den Artikel hingelegt hatte, wenn er auch nur zehn Seiten lang war.
Er überlegte, ob er Bucket bitten solle, ihm den Essay zurückzugeben, hatte aber Angst, ihn zu beleidigen – Bucket war sehr empfindlich –, falls er noch kein endgültiges Urteil gefällt hatte und Levins Frage als Drängen auffaßte. Der Dozent hatte im Westen gelernt, daß sein östliches Zeitgefühl den Menschen, mit denen er es zu tun hatte, oft übertrieben vorkam. Zeit bedeutete ihm selbst dann sehr viel, wenn sie ihm zu reichlich zu Gebote stand und er nicht wußte, was er mit ihr anfangen sollte; schließlich konnte man ja nicht mit ihr stricken oder häkeln.
Keiner seiner Kollegen schien sich darum zu sorgen, wohin die Zeit ging. Vielleicht lag das am Klima, an dem Mangel deutlicher Unterschiede zwischen den Jahreszeiten, der die Menschen gewöhnlich das Vergehen der Zeit klar erkennen läßt und sie ungeduldig macht: Hier ging der geflügelte Wagen der Zeit zu Fuß. Deshalb redete sich Levin gut zu, es sei am besten, zu warten, bis der Außerordentliche Professor ihm den Artikel ungelesen zurückgeben oder ihn wissen lassen würde, daß er ihn gelesen habe und bereit sei, sich darüber zu äußern. Obwohl Levin Bucket mindestens einmal am Tag sah, machte dieser nie auch nur die kleinste Anspielung auf den Essay. Jetzt war aber der Dozent schon von der Notwendigkeit überzeugt, irgend etwas zu unternehmen, da er seinen Artikel sonst wohl jahrelang nicht mehr zu sehen bekäme. Es gab solche Menschen, aber man merkte es erst, wenn man mit ihnen zu tun hatte. Da Levin den Fehler begangen hatte, Bucket das maschinengeschriebene Originalmanuskript hinzulegen und keine Lust hatte, Milly noch eine weitere Abschrift zu bezahlen, wenn es sich womöglich nicht lohnte, entschloß er sich schließlich mit einigem Widerwillen, Bucket ein paar Zeilen zu schreiben. Er beabsichtigte darin zu sagen, er brauche das Originalmanuskript, um es an eine Zeitschrift zu schicken, wolle Bucket aber gern den Durchschlag überlassen, wenn er Zeit fände, ihn zu lesen; wäre ihm das nicht möglich,

so verstehe er, Levin, das sehr gut. Aber als er am nächsten Morgen nach der letzten Stunde in sein Büro kam, lag das Manuskript, ziemlich mitgenommen, auf seinem Schreibtisch; (die erste Seite sah aus, als sei ein Lutschbonbon auf sie gefallen). Er blätterte es rasch durch, suchte nach Randbemerkungen, fand aber keine. Dann suchte er auf dem Boden, unter dem Schreibtisch, sogar im Papierkorb nach dem Zettel, der vielleicht herausgefallen war, sah aber keinen.
Als Levin später Bucket auf dem Flur begegnete, wollte er ihn ansprechen, hatte dann aber den Eindruck, der Außerordentliche Professor wolle ihn nicht sehen; also schwieg er. Er ging in sein Büro zurück – sein Herz klopfte bis zu den Ohren – und machte sich Vorwürfe, weil er in der letzten Zeit so empfindlich geworden war; und diese Empfindlichkeit wurde durch allerlei Unzufriedenheit noch verstärkt. Habe ich ihm etwas getan, das ich nicht hätte tun sollen? fragte er sich. Hatte er vielleicht etwas über ihn und Pauline erfahren und nun auf diese Weise seine Mißbilligung ausgedrückt? Wenn es ausgerechnet in diesem Stadium so war, war das die reinste Ironie; aber das war unwahrscheinlich. Wenn er überhaupt etwas wußte, kümmerte er sich nicht darum; das war seine Tugend aber zugleich sein Fehler. Er war weder ein Puritaner noch eine Klatschbase. Es mußte also einen anderen Grund haben – aber was für einen? Er entsann sich, daß er sich am Tag, nachdem er Bucket den Essay hingelegt hatte, im Studentenhaus bei einer Tasse Kaffee sehr gut mit ihm unterhalten hatte; zwar hatten sie beide den Artikel nicht erwähnt, dennoch war ihr Gespräch sehr nett gewesen. War er trotzdem insgeheim ärgerlich, daß ihm seine allbekannte Gutmütigkeit noch eine unerbetene Nebenarbeit eingebracht hatte? Wenn das der Grund war – warum sagte er es dann nicht, anstatt sich hinter der Maske von Fu-Manchu zu verstecken? Wie immer die Antwort ausfiele – das Manuskript sah jedenfalls aus, als habe es Bucket gelesen; dennoch schien er nicht die geringste Neigung zu verspüren, eine Meinung zu äußern. Levin, den das sehr nervös machte, wußte nicht mehr, was er tun sollte.
Vielleicht lag ein Mißverständnis vor. Nein – er hatte ihn klar und deutlich um seine Ansicht gebeten; zumindest hätte Bucket

ihm sagen können, daß er das Manuskript gelesen hatte. Vielleicht machte sich Bucket über irgend etwas Sorgen. Natürlich hatte er Sorgen, das stimmte. War es zum Beispiel möglich, daß er krank war? Hatte er vielleicht Krebs? Später sah ihn Levin auf dem Flur – ein Urbild der Gesundheit. Das verstehe ich nicht, dachte er. Er ist doch ein netter, freundlicher Kerl, und offen ist er auch; aber gehörte es sich nicht, wenigstens etwas zu sagen? »Tut mir leid, ich kam einfach nicht dazu« oder »Tut mir leid, daß ich nicht dazu gekommen bin«. War er zu schüchtern, um ihm zu sagen, daß der Artikel schlecht war, ja, sogar zum Himmel stank? Wenn Bucket eine Schwäche hatte, war es seine Kleinstadt-Schüchternheit – die Krankheit, an der das ganze Seminar litt; wie hätten sie es sonst auch fertiggebracht, es so lange mit den *Grundlagen...* und den verdammten Abschlußprüfungen auszuhalten, ganz zu schweigen von Fairchild und Gilley, die so taten, als hätten alle gleiche Rechte, in Wirklichkeit aber autokratisch über das Seminar herrschten? War das Klima daran schuld oder das moralische Klima? »Wir haben alle unsere Schwäche«, seufzte Levin. Aber Bucket hatte sich noch nie gescheut, seine Ideen zu kritisieren, warum mußte er dann gerade jetzt damit beginnen? Hatte er vielleicht eine persönliche Krisis durchgemacht, als er seinen Artikel las? War er eifersüchtig auf den Kollegen, weil dieser durchaus nicht schlecht schrieb, während er (und die mehrmals zurückgegebene Dissertation war der Beweis dafür) einen entsetzlich schwerfälligen Stil hatte? Oder war es Brotneid?
Er zählte alle erdenklichen Gründe auf, aber keiner befriedigte ihn. Oft warf er einen Blick in Buckets Büro, um zu sehen, ob er wohl eine Minute Zeit für ihn habe, aber den ganzen Tag über hatte Bucket Besprechungen mit Studenten. Einmal, als Levin ungesehen neben seiner Tür stand, hatte er gehört, wie Bucket einem halbverschlafenen Neuling einen Vortrag über den Gebrauch des Semikolons hielt – zwanzig Minuten hatte es nach seiner Schätzung gedauert. Für Semikolons hatte er den ganzen Tag lang Zeit, aber für den Artikel eines Kollegen konnte er keine Minute erübrigen. Da mußte man doch wütend werden. Levin erwog, unten vor der Tür auf Bucket zu warten, bis er nach Hause ginge, ihn

zu begleiten und ihn ein wenig auszufragen. Aber eine solche Heuchelei war ihm peinlich (in kleinen Dingen fühlte er sich hochmoralisch). So verging die Zeit – es war höchst unbefriedigend. Einmal mußte Levin wegen einer Sitzung des Bücherausschusses mit Bucket sprechen, und der Außerordentliche Professor war ganz der alte und so herzlich wie immer, so daß Levin in Versuchung geriet, ihn sofort zu fragen. Aber noch ehe er sich dazu entschloß, unterdrückte er aus lauter Stolz die Frage und kaute sie dann voll Bitterkeit den ganzen Tag lang wieder. Wer konnte nach Buckets Benehmen vermuten, daß er das Manuskript überhaupt je gesehen hatte? Oder vielleicht nur in einem früheren Leben? Oder hatte er unter Hypnose gestanden, als er es las? Hatte ihn jemand mit einem Ziegelstein auf den Kopf gehauen, so daß er nicht mehr wußte, daß er den Essay gelesen hatte? Wie sonst konnte man dieses Mysterium erklären? Offenbar existierte das, was für Levin so wichtig war, für Joe B. überhaupt nicht. Wie fern steht doch ein Mensch dem anderen, wie fremd ist jedem das, was der andere braucht. Wütend dachte er: Verdammter Hund, ich schwöre, ich sage nie wieder ein Wort über den verfluchten Artikel zu ihm. Entweder er fängt davon an, oder der Teufel soll ihn holen. Aber was hatte er auch von einem Mann erwarten können, der ihn in all den Monaten kein einziges Mal eingeladen hatte, um sich mit ihm zu unterhalten und ihm Gastfreundschaft zu gewähren? Er hatte keinen Finger gerührt, um mehr als ein Bekannter von Levin zu sein, obwohl dieser ihn so gern zum Freund gehabt hätte; das hatte er durch seine Sympathie für Bucket deutlich gezeigt –, und diese Sympathie empfand er noch immer. Er braucht mich nicht und hat sich darum die Theorie zurechtgelegt, daß ich ihn auch nicht brauche. Man braucht nur bei ihm anzuklopfen, und man klopft auf Holz: niemand antwortet. Widerlich, daß er so wenig Mut hat. Levin regte sich so auf, daß er richtige Wutanfälle bekam. Wohin er auch blickte – alles war schwarz. Einmal mußte er nach Hause rennen und sich zur Beruhigung unter die kalte Dusche stellen.

Wenn sie sich auf dem Korridor begegneten, sah Levin ihn gar nicht an, wandte den Blick ab von der mageren Gestalt, der riesigen Brille und den fleischigen Ohren. Er malte sich aus, welche Strafe er erleiden, welches Mißgeschick ihn treffen würde: Eines Tages brach J. B. am Schreibtisch zusammen und starb dann zu Hause. Uneingeladen erschien Levin, um die Totenwache zu halten. Der frühere Außerordentliche Professor war in dem noch immer unfertigen Wohnzimmer aufgebahrt: in einem wollenen Pullover, braunen Socken und ohne Schuhe lag er da. Er lag auf einem weichen Bett aus Kiefernholz, das er selbst zurechtgeschnitten hatte, und neben ihm lag seine zuverlässige Säge. Während des Gottesdienstes, bei dem Levin überall einsprang, wo es nötig war, hielt er eine tropfende Kerze über Buckets wächsernes Gesicht. Als die fünf Bucket-Kinder beteten, daß ihr Vater wiederkehren möge, stimmte er in ihr Gebet ein, aber Bucket war in das letzte, lange Schweigen eingegangen.

Als Levin am nächsten Morgen erwachte, liefen ihm Tränen über die Wangen. Dabei dachte er, was für ein einzigartiger Mann war doch dieser Joe Bucket! So war er, das war etwas ganz Persönliches, nur jemand, der so war, konnte Joseph P. Bucket heißen. Er hatte sich von seinem Recht leiten lassen, als freier Mann das, was er nicht sagen wollte, keinesfalls und auf keine Provokation hin zu sagen. Er wollte nicht über Levins Artikel sprechen, wahrscheinlich, um irgend jemandem einen Schmerz zu ersparen; sich selbst oder beiden oder auch nur Levin. Er wollte nicht reden – das war sein natürliches Recht, von der Verfassung verbrieft. Und als Mensch stand es ihm völlig frei, Levin nicht zu mögen, ihn nicht einzuladen und ihn nicht zu seinem Busenfreund zu machen und in seiner Gegenwart den Mund nicht aufzutun, wenn er das wollte. Und er wollte es. Erstaunlich! »Oh Mensch – du Wunder der Welt!« Levin warf die Decken zurück und sprang aus dem Bett. Er fand seinen Artikel in einer Schublade, knirschte mit den Zähnen und las ihn noch einmal durch. Langsam wurde ihm übel dabei. Er kämpfte gegen seine Verachtung für Fabrikant, zerriß beide Exemplare und verbrannte sie, machte dann aber CD keine weiteren Vorwürfe. Wahrscheinlich hatte er auf seine Weise versucht, freundlich zu sein. Der ganze Artikel war banal, und auf zehn Seiten stand kein einziger wirklich origineller Gedanke. Er hatte durch seine Bitte, den Essay zu lesen, einem Freund eine unverdiente Strafe aufer-

legt und dann alles noch schlimmer gemacht, weil der arme Kerl nicht zugeben wollte, daß er sich bei der Lektüre in Qualen gewunden hatte. Levin hatte ihn auf unverzeihliche Art beleidigt. Er haßte seinen krankhaften Stolz.
Ich muß ganz bescheiden sein, sagte er sich. Wahre Bescheidenheit ist eine Tugend, die sich selbst belohnt. Ich muß großzügig, freundlich und gütig sein. Am liebsten hätte er Bucket umarmt und ihn um Verzeihung gebeten. Er schwor sich, in alle Ewigkeit sein Freund zu sein, ganz egal, wessen Freund *er* war. Das war Levins eigene Wahl. Er fuhr in die Stadt, um ein Geschenk für Bucket zu besorgen. Wie süß sind die Bräuche der Demut. Er stellte eine eingepflanzte weiße Nelke auf Buckets Schreibtisch. Ohne ein Wort, anonym – um das Unrecht wiedergutzumachen, das er ihm angetan hatte.

Levin war gerührt über die Entdeckung, daß das, was ihm früher am liebsten gewesen, es auch jetzt noch war. Zum erstenmal seit der Trennung von Pauline schien er sich in der Welt zu Hause zu fühlen, schien ihm die Welt willkommen. Er hatte sie, wie es den Menschen gegeben ist, geschaffen; und er selbst war wie neugeboren. Er hatte den Beweis dafür: Belaubte Bäume malten irisch-grüne Tupfen an den Himmel. Überall leuchteten die satten Farben der Blumen. Riesige Feuer brannten im All – die ganze Natur durchströmte Levins Adern. Ein zärtliches Gefühl für das Gras überfiel ihn. »Gottes Taschentuch« hatte es Whitman genannt. Entzückt beobachtete er einen plattfüßigen Blauhäher, der auf den Zweigen des blühenden Kirschbaums auf- und niederhüpfte. Er war sogar freundlich zu Mrs. Beatys Katze, die sich nachts auf dem Rasen leckte, ein lichter weißer Fleck in der Dunkelheit. Und Levin wollte noch enger mit Menschen verbunden sein als je zuvor. Wenn man einem Menschen etwas Gutes tat, tat man es allen; keine schlechte Art zu lieben.
Er malte sich aus, wie er anderen dienen könne – das war die wahrste Freiheit, und er hatte dieses Geheimnis entdeckt. Es starrte ihn an wie ein Kranz aus Veilchen, Brillanten, Pflaumenblüten und rosa Heckenrosen. Wenn er ihn sich aufs Haupt setzte, tat er selbst unsichtbare Wunder. Er war ein

Arzt von ganz besonderer Art geworden, S. Levin, M. D., F. A. C. S., ein erfahrener Mann mit knochigem, kahlem Schädel, faltigem Gesicht, freundlichen Augen, einem dünnen grauen Bart und sicheren, dünnfingrigen Händen. Er heilte die Kranken, die Krüppel, die Blinden, und vor allem heilte er die Kinder. In seinen Mußestunden schrieb er, spielte Harfe oder drehte sein Spinnrad. In seinem winzigen Zimmer standen nur ein Feldbett, ein Tisch, ein Stuhl und ein Regal voller Bücher. Er ernährte sich von getrockneten Datteln und Ziegenmilch, und oft fastete er tagelang. Levin las und dachte nach, um für den kommenden Tag gerüstet zu sein. Er lebte überall. Wohin er auch ging, jedes Land war sein Vaterland, man brauchte nur seine Geschichte zu kennen und zu verstehen. In Afrika gab er durch Transplantationen den Handlosen Hände und verteilte Brot und Wissen an die Armen. In Indien berührte er die Unberührbaren. In Amerika öffnete er die Kornspeicher und befreite die Sklaven.

Aber ach – das Bild zersprang vor seinen Augen. Was für ein schrecklicher Egoismus, welch gewollte Demut, die in Wirklichkeit nichts war als eitler Hochmut. Heiligkeit war besseren Menschen vorbehalten. Levin war nur ein kleiner Mensch, immer im Irrtum befangen und mußte leben, so gut er es vermochte.

Er änderte seine Einstellung zu seinen Studenten. Er hatte zugelassen, daß seine Enttäuschung über ihre mittelmäßigen Leistungen und ihre menschliche Uniformität ihn gegen sie verbitterte, und wenn er sich daran erinnerte, war es ihm peinlich. Wenn Levin seine Neulinge kennenlernte, waren sie achtzehn und voll Begeisterung. Viele von ihnen waren prächtige Menschen, ernst und auf unkomplizierte Weise zielstrebig, einige waren zweifellos klug, aber nur wenige von ihnen hatten sich einer Idee verschrieben oder empfanden Achtung vor geistiger Arbeit. Sie interessierten sich kaum für Philosophie (»Wahlfächer!«). Sie schätzten »nützliche« Kenntnisse viel zu hoch und verwechselten Berufsausbildung mit humanistischer Bildung. Sie ließen sich nicht davon abbringen, Lebenswerte und Lebensziele nur vom Standpunkt technischer Leistungsfähigkeit aus zu beurteilen; und viele ihrer Professoren taten das gleiche. Sogar ihre Befürchtungen entbehrten jeder Phantasie: Es kam ihnen gar nicht in den Sinn, daß die Kultur gefährdet war und vielleicht dem Untergang entgegen ging, sondern sie dachten nur daran, daß sie, wenn ihre Zensuren nicht gut genug waren, die »guten Stellen« nicht bekämen und sich mit einem »niedrigeren Lebensstandard« begnügen müßten. Sie wußten zu wenig über sich und die Welt. Die Banalität verschlang ihre Intelligenz und ihr Leben. Sie hatten viel verloren, aber sie wußten es nicht. Sie hatten sich ihre Unschuld nicht erworben. Das traf natürlich nicht auf alle zu, aber doch auf nur zu viele von ihnen.

Und doch waren es Menschen, Menschen mit Möglichkeiten. Zwar waren sie für die Zukunft verantwortlich, aber sie hatten weder die Welt erfunden noch die Werte, die sie in ihr vorfanden. Er konnte ihnen keinen Vorwurf daraus machen, daß sie ungebildet waren; aber er warf ihnen vor, daß sie sich gegen Ideen sträubten, die nicht ihr Erbe waren, und keine Selbstkritik kannten. Doch die Aufgabe eines Lehrers war es, sie geduldig zu lehren. Das war das Charakteristische an diesem Beruf: Man mußte Achtung haben vor denen, die nach Wissen strebten, und ihnen helfen, das zu lernen, was sie wissen mußten. Und obwohl Levin nun viele Stunden mit dem Korrigieren von Aufsätzen verbrachte und versuchte nachzuholen, was er während der Zeit, in der es ihm so schlecht gegangen war, hatte liegen lassen, öffnete er den Studenten sein Büro. All die vielen, die den Flur bevölkerten, konnten ihn dort sitzen sehen: Über dem Kopf hatte er ein Schild mit dem Wort WILLKOMMEN an die Wand genagelt. Wenn er auch seinen Studenten die Interpunktionsregeln nicht mit der Geduld eines Bucket erklärte, so bat er sie doch, sie noch einmal durchzulesen, und beantwortete ihre Fragen. Obwohl ihn ihr Privatleben nichts anging, fragte er sie, wer sie eigentlich seien und welche Lebensziele sie hätten. Er sagte ihnen, daß der Reichtum des Lebens im Innern des Menschen beschlossen liege, und dachte dabei beschämt, daß er noch keineswegs alle Lektionen gelernt hatte, die er ihnen verkündete. Er riet den Studenten, die er noch nicht verscheucht hatte, mehr Geisteswissenschaften zu studieren, ehe sie Techniker würden, selbst wenn das bedeutete, nach Gettysburg überzuwechseln. Er zitierte Mill: »Menschen sind zu-

erst einmal Menschen, ehe sie Anwälte, Ärzte oder Fabrikanten sind...« Er verlieh seine besten Bücher und bat die, die sie lasen, sich noch weitere von ihm zu leihen. Einmal sah er gerade noch, wie George Bullock an seiner Tür horchte. Levin hatte den Verdacht, daß einige Studenten sich über ihn beklagt und behauptet hätten, er triebe kommunistische Propaganda, sei homosexuell und verderbe die Jugend. Aber er fuhr fort zu erklären: Studieren Sie Geisteswissenschaften, davon können Sie nie genug bekommen. Sie lehren uns, was es in einer kommerziellen Gesellschaft zu verkaufen gibt, was aber eigentlich nicht verkäuflich sein sollte: daß Demokratie eine Moralphilosophie ist, die man nicht verteidigen kann, wenn man ihr das Haupt abschlägt. In den Geisteswissenschaften kann man ein Ideal finden, für das es sich zu leben lohnt. Daraus erwüchse vielleicht der Wunsch, für eine bessere Gesellschaft zu arbeiten. Ein einziger Mensch reicht aus, um die Welt ein wenig besser zu machen.
Großer Schreck, dachte Levin, angenommen, *ich* wäre Seminarleiter?

11

Eines Morgens, kurz nachdem Levin sich gelobt hatte zu dienen, bescheiden zu sein und allen Menschen wohlzuwollen, nachdem die Kämpfe in seiner Seele mehr oder weniger nachgelassen hatten, begegnete er seinem alten Ich auf der anderen Seite des Korridors, im Büro von George Bullock. Er hatte angeklopft, aber keine Antwort erhalten und daraufhin die Tür aufgemacht, um ein Lesebuch auf Georges Schreibtisch zu legen; George hatte Levins Ausschuß gebeten zu prüfen, ob es im Herbsttrimester benutzt werden könne. Noch während er das Buch neben das Telephon legte – Gilleys Geschenk für Bullock –, entdeckte er eine Photographie von Jeannette im Badeanzug; dann aber fiel sein Blick auf eine maschinengeschriebene Namensliste, auf der er, einen Augenblick nachdem er gespürt hatte, hier müsse auch sein Name stehen, ihn ohne jedes Suchen fand. An diese Liste war ein Zettel von George an Lon Lewis, den Fußballtrainer, angeheftet: »Zu Ihrer persönlichen Information: Die hier genannten Leute sind Sportlern gegenüber lau oder sogar feindlich eingestellt. Wenn ich offen sein soll, kann ich Ihren wichtigsten Spielern nicht raten, ihre Kurse zu belegen. Ja, ich möchte ihnen sogar dringend davon abraten, es sei denn, es drohe eine Notlage, aber selbst in diesem Fall sollten sie zuerst mich konsultieren. Herzlichst George.«

Nachdem Levin diese Zeilen zweimal gelesen hatte und merkte, daß er äußerst aufgeregt war, schloß er die Tür und studierte die Namen auf der Liste; zugleich überlegte er, was er sagen solle, falls Bullock hereinkäme. Außer dem seinen enthielt die Liste noch folgende Namen: Bucket, Fabrikant, O. E. Jones, Haddock, Scowers, Merdith Schultz, Sprinkle und – zu seiner Überraschung – Farper. Um hier genannt zu werden, überlegte Levin, mußte man entweder in dem Ruf stehen, etwas gegen Sportsleute zu haben, mußte sehr strenge Zensuren erteilen oder ein reizbares Scheusal wie Farper sein. Umgekehrt konnte man von allen Nichtgenannten (die deshalb noch keineswegs Halunken zu sein brauchten) erwarten, daß sie es den jungen Leuten besonders leicht machten oder ihnen, wenn nötig, extra Urlaub gäben. Besonders ärgerte sich Levin über Bullocks unverdiente Verleumdung seiner Kollegen und über den Schaden, den eine solche Liste anrichten konnte – ja, wahrscheinlich schon angerichtet hatte, denn zweifellos gab es noch mehr solcher Listen. Da das Einheimsen von Zensuren am College endemisch war, hatte es sich sowieso schon weitgehend eingebürgert, Professoren und Kurse im voraus nach den Noten zu beurteilen, die sie, nach Aussage anderer Studenten, zu geben pflegten; aber Georges Liste verschlimmerte die Krankheit noch dadurch, daß sie gute Namen in den Schmutz zog. Jetzt begriff Levin auch, warum er in diesem Trimester keine der üblichen Anfragen von den Trainern bekommen hatte, wie es um ihre Spieler stehe; der Grund war einfach der, daß die Sportler seine Kurse gar nicht belegt hatten. Abwechselnd wurde er rot und zitterte und hatte die größte Lust, Bullock mit dieser Liste zu konfrontieren. Er begann, Namen abzuschreiben, mußte aber innehalten. Er zerriß, was er geschrieben hatte, nahm das Buch, das er hatte zurückgeben wollen, und war schon fast auf dem Weg zur Tür, als sein Blick auf das Nachwort eines Briefes fiel, der auf Georges mit Papieren übersätem Schreibtisch lag. Nach einem kurzen erfolglosen Kampf mit seinem Gewissen erkannte Levin, daß es ein Bericht von Georges Vater über die finanzielle Lage seines Sohnes war: »Dein Eigenkapital beträgt heute $ 104,337.31.« Das Telephon klingelte, und Levin ging.

Er starrte durch seine gesprungene Fensterscheibe (Hatte Duffy einen Sprung im Gehirn gehabt? durchzuckte es ihn) und mußte immerzu an die schandbare Liste denken, die Bullock zirkulieren ließ: in der Sportabteilung, wo sie die meisten Fußballspieler einsahen – von denen nur wenige gute wissenschaftliche Leistungen aufwiesen – und dann zweifellos unter den Freundinnen der Sportler, ihren Kolleginnen aus den Schwesternschaften und wer weiß, wo sonst noch – und alle wußten, wer angeprangert worden war, nur nicht die Professoren selbst. Irgend etwas mußte dagegen getan werden, und Levin überlegte, was man tun könne. Natürlich konnte er

Bullock zur Rede stellen, aber das hatte einen großen Nachteil: Schon daß er etwas von der Existenz dieser Liste wußte, drängte ihn in die Defensive; und wenn Bullock sagen würde: »Na und?«, so konnte ihn Levin nicht daran hindern, die Liste zirkulieren zu lassen. Irgend jemand mußte ihm energisch die Meinung sagen. Aber wer? Levin fühlte sich ohnmächtig, da es niemanden gab, an den er sich wenden konnte. Gilley? Der würde Bullock schon zu verteidigen wissen. Fairchild? Der würde die Existenz der Liste bestreiten und ihm dann Vorwürfe machen, weil er Georges Korrespondenz gelesen hatte. Die Liste schien auf mehr hinzuweisen als nur auf Bullocks Handlungsweise; dahinter steckte ein ganzer Lebensstil. Levin hielt es durchaus für möglich, daß sich, wenn er öffentlich gegen derartige Vorkommnisse protestierte, ein Verwaltungsbeamter auf ihn stürzen und ihm »einen Angriff auf die Integrität des College« vorwerfen würde. Dann stände er als Verräter da, und Bullock käme zum Begräbnis – Levins Begräbnis. Er unternahm daher gar nichts, denn er wollte seine Stellung nicht gefährden – ihn schauderte, wenn er daran dachte, was er mit Pauline riskiert hatte –, denn diese Stellung war ihm um so wichtiger, als sie schon so oft bedroht gewesen war. Hier hatte er seine Karriere als College-Professor begonnen, hier war der Traum seines Lebens in Erfüllung gegangen; und hier war, da seltsamerweise das Schicksal beide Augen zugedrückt hatte, fast ein Jahr vergangen, ohne daß man ihn hinausgeworfen hatte. Noch ein Jahr, dann würde er über genügend respektable Erfahrung verfügen, um sich nach einem besseren Posten umzusehen. Darum mußte er vorsichtig sein, je vorsichtiger, desto besser. Wenn man's leicht nimmt, geht es schon, dachte Levin, auf dieser Welt muß man mit allerhand Leuten zusammenleben.
Aber der Entschluß, nichts zu unternehmen, war wie ein Vogel, der in seiner Brust gefangen war. Nachdem er eine qualvolle Stunde durchstanden hatte, ging er in Fabrikants Büro, teilte ihm vertraulich seine Entdeckung mit und bat den Außerplanmäßigen Professor, George seinen väterlichen Rat zu erteilen und ihn, wenn möglich, dazuzubringen, die Liste zu vernichten, noch ehe sie zirkulieren konnte.
CD, den es nicht im geringsten überraschte, von der Existenz

dieser Liste zu hören, überlegte sich die Sache ein paar Minuten und riet dann zur Vorsicht.

»Ich habe Ihnen bei einer ähnlichen Gelegenheit schon einmal gesagt, daß man solche Zustände nicht durch vereinzelte Angriffe bekämpfen kann; dazu müßte man bis auf den Grund dieser faulen Lage gehen. Bis dahin sollten wir uns hüten, jemanden in unsere Karten sehen zu lassen und besser unser Pulver trocken halten.« Er blinzelte mit dem großen Auge.

»Aber warum sollen wir nicht zeigen, auf welcher Seite wir stehen?« fragte Levin. »Jeder weiß doch, daß Sie und Gerald um die Stelle kämpfen. Es ist ja kaum noch Zeit, wenn die Wahl in diesem Trimester stattfinden soll.«

»Ich bin keineswegs sicher, daß sie noch stattfindet«, sagte CD düster. »Was mich angeht – für mich ist es immer noch kaum mehr als ein Gerücht.«

»Gilley glaubt ganz bestimmt, daß sie sehr bald stattfindet, und Bullock ebenfalls.«

»Ich habe Ihnen von Anfang an gesagt, warum ich so vorsichtig sein muß.«

»Wegen Ihrer Beförderung?«

Fabrikant nickte.

»Ist darüber noch nichts entschieden?«

»Soviel ich weiß, sind die Unterlagen im Augenblick im Büro des Präsidenten.«

»Avis hat mir erzählt, Sie hätten zu ihr gesagt, ich unterstützte Ihre Kandidatur. Sie wissen doch, daß sie auf Gilleys Seite steht und daß sie ihm alles, was Sie ihr mitteilen, weitersagt?«

»Vielleicht habe ich eine Indiskretion begangen«, gab CD zu. »Hoffentlich habe ich Sie nicht in eine peinliche Situation gebracht, weil ich erwähnte, Sie gewährten mir möglicherweise Ihre Unterstützung?«

»Nein«, sagte Levin ungeduldig. »Das würde man ja doch früher oder später erfahren. Meines Wissens stehen auch noch andere Leute auf unserer Seite. Darf ich Sie fragen, um wen es sich handelt?«

»Bisher Bucket, Sie und ich, aber wenn die Zeit dafür erst reif ist, werden noch ein paar weitere dazukommen; ich habe guten Grund anzunehmen, daß zumindest Merdith Schultz und Jones dazugehören, aber auch noch andere. Unsere Taktik kann jedoch im Augenblick nur sein, alle Beschwerden zu notieren, und dazu gehört auch das, was Sie mir eben gesagt haben, sowie die Bücherzensur.« Er lachte trocken. »Ich kann noch eine ganze Liste ähnlicher Vorkommnisse anführen – bis zum Jahr 1932. Wenn der Dekan die Wahl ankündigt, können wir die ersten privaten Gespräche mit verschiedenen Seminarmitgliedern führen, ganz egal, ob über meine Beförderung schon entschieden ist oder nicht. Wenn unsere ›Vorgesetzten‹ dann etwas davon erfahren – und das werden sie zweifellos –, kann niemand behaupten, daß wir Dreck aufwühlten und ein großes Geschrei nur um des Geschreies willen machten. Dann tun wir nämlich nur etwas, das in Amerika völlig legitim ist: Wir betreiben Realpolitik.«

»Das sehe ich ein«, sagte Levin.

Aber diese Einsicht – sie war wandelbar und nicht hundertprozentig – verflüchtigte sich wieder, und an ihre Stelle trat ein Einfall, der Levin nervös machte. Als er sich von CD verabschiedet hatte, versuchte er eine Stunde lang, diesen Einfall zu unterdrücken, aber er ließ ihn nicht wieder los. Am späten Nachmittag, nachdem Marv Beal saubergemacht hatte und wieder verschwunden war und sogar Avis nach Hause gegangen war, schlich Levin auf die andere Seite des Korridors. Brief und Liste, deren Vernichtung er so sehr gewünscht hatte, lagen immer noch auf Bullocks Schreibtisch. Ohne sich auch nur einen Moment des Überlegens zu gönnen, legte der Dozent sie in einen Aktendeckel und eilte damit zur Bibliothek. Dort photokopierte er beide und brachte sie dann wieder zum Schreibtisch zurück – an dieselbe Stelle, an der sie vorher gelegen und die er sich gemerkt hatte. »Realpolitik«, sagte er sich. Aber er hatte scheußliche Kopfschmerzen und ging früh zu Bett.

Am nächsten Morgen fand er in seinem Briefkasten eine Mitteilung von Dekan Seagram und einen gefalteten Zettel »Vom Schreibtisch Gerald Gilleys«. Der hektographierte Brief des Dekans enthielt die offizielle Ankündigung, daß demnächst der Posten eines Direktors des Englischen Seminars durch

Wahl neu zu besetzen sei. Die Mitteilung war – eine reine Formsache – von Professor Fairchild gegengezeichnet, der mehr als einmal im Kaffeezimmer verkündet hatte, es sei lächerlich, etwas Einfaches kompliziert zu machen – die vernünftigste Beförderungsart sei die, die sich nach dem Dienstalter richte. »Wenn jemand sich zwanzig Jahre in einer Stelle bewährt hat, reichen seine Fähigkeiten auch für eine verantwortungsvollere aus. Und wenn er schon einmal befördert worden ist, sollte er auch als erster für einen noch höheren Posten in Betracht kommen.« Die Einzelheiten der Wahl waren zumindest ganz einfach. Sie sollte am Tag nach der Abschlußfeier im Büro des Dekans stattfinden. Die Aufstellung der Kandidatenliste hatte begonnen, und Namen wurden von diesem Augenblick an eingetragen. Sollte nach drei Wahlgängen keiner der Kandidaten eine Zweidrittelmehrheit (vierzehn Stimmen) erhalten haben, würde der Dekan einen vorläufigen Seminarleiter ernennen, und für den 5. Januar des folgenden Jahres würde eine neue Wahl anberaumt.

Gilley bat Levin in seinem handgeschriebenen kleinen Brief, wann immer es ihm passe, einmal bei ihm vorbeizukommen. Da Levin wußte, daß die beiden Mitteilungen etwas miteinander zu tun hatten, schauderte es ihn. Diese Wahl, die so lange nur eine Möglichkeit gewesen war, wurde nun Wirklichkeit. Er hatte sich darauf gefreut – jeder Wettstreit machte ihm Spaß –, aber jetzt war ihm diese Ankündigung keineswegs willkommen, obwohl er noch immer voll Ärger an Bullocks Liste dachte und jede, auch die entfernteste Aussicht, persönlich weiterzukommen – falls zum Beispiel die Wahl auf Fabrikant fiel – etwas war, worauf er sich hätte freuen können. Zwar wäre er Gilley gern aus dem Weg gegangen – für alle Ewigkeit, ohne ihn je zu vermissen –, aber er begegnete ihm im Korridor. Der Stilkundedirektor sah aus wie immer: groß und schlaksig, und wenn er auch etwas zurückhaltend war, sprach er doch sehr freundlich mit ihm. Sofort sagte er: »Warum kommen Sie nicht für ein paar Minuten in mein Büro, Sy? Ich halte Sie nicht lange auf.« Schweigend folgte ihm Levin durch den Flur.

Über seinen riesigen Schreibtisch hinweg, der mit dem ganzen Material für seine Geschichte der amerikanischen Literatur in

Bildern bedeckt war, sah Levin Gilley unsicher an. Auf dem Schreibtisch lag ein Bild von Henry Ward Beecher und starrte Levin an. Er schloß die Augen. Als er sie wieder öffnete, kam ihm Gilley müde vor, gealtert um weit mehr als nur die paar Monate, die vergangen waren, seit sie sich im letzten Sommer am Bahnhof zum erstenmal begegnet waren. Sein Gesicht war unbeweglich, aber trotzdem nervös, und in seinen Augen spiegelte sich Levins eigenes Unbehagen. Ob er es wußte oder nicht, seit Januar hatte er viel durchgemacht. Jedoch ließ er nicht im geringsten durchblicken, daß er einen Verdacht hegte oder etwas von Levins Verrat wußte, und Levin bezweifelte, daß er seine Wunde hätte verbergen können, wenn er sich ihrer bewußt wäre. Es war, als sei aller Klatsch (wenn überhaupt geklatscht worden war) ihm gar nicht zu Ohren gekommen – Pauline brauchte sich also vor einer Entdeckung nicht zu fürchten. Eine Kleinstadt war etwas Seltsames: Wenn sie einen Menschen nicht vernichtete, gewährte sie ihm Schutz. Er war natürlich froh, daß nichts herausgekommen war. Sie hatte nach wie vor großes Glück. Aber ganz abgesehen davon – Levin schämte sich vor Gilley; und doch wog, wenn er an die Photographie dachte, die dieser von seiner nackten Frau gemacht hatte, dieser Verrat vielleicht noch schwerer als der, den sie an ihm begangen hatte; bei diesem Gedanken empfand Levin wiederum Ekel vor diesem Mann; aber wer war er denn, daß er die Sünde wägen durfte? Um seine eigene Moral stand es schließlich auch nicht zum besten. Schließlich brachte er doch ein sympathieähnliches Gefühl für Gilley als Opfer auf – Levins Opfer (das war seit dem Fall Albert Birdless sein Lieblingssport); er spürte sogar eine gewisse Zuneigung für den so verletzbaren armen Kerl, den seine Frau und ein Mann betrogen hatten, den er, Gilley, gewiß nur engagiert hatte, damit er bei der Wahl für ihn stimme, und er sah ihn und sich selbst als Opfer an, die von derselben Frau und einem Mann namens Duffy hintergangen worden waren; lange spinnen die Parzen den Lebensfaden, ehe man merkt, was einem geschieht. Ich schulde ihm etwas, dachte Levin, um das Unrecht wiedergutzumachen, das ich ihm angetan habe.
Gilley fuhr sich mit der Hand durchs Haar und sprach mit heiserer Stimme, tat aber, als sei sie völlig normal und als habe

sich in ihrer Beziehung nichts geändert – kurz, als sei alles wie immer.
»Sy«, sagte er und bemühte sich offensichtlich, heiter zu erscheinen, »wir sind zwar hin und wieder einmal aneinandergeraten, aber ich nehme solche Kleinigkeiten nicht wirklich ernst, und ich weiß, Sie tun es auch nicht. Ich halte Sie nicht für einen Menschen, der jemandem etwas nachträgt, nur weil Sie in manchem anders denken. Aber das ist es nicht allein – ich glaube sogar, wir werden uns im Lauf der Zeit noch besser verstehen lernen, und unsere gelegentlichen Meinungsverschiedenheiten werden eines Tages ganz aufhören.«
Er versuchte, Levin besonders freundlich anzublicken; dieser griff mit der Hand nach dem Bart, merkte, daß er nicht mehr da war, und lächelte unsicher.
»Jedenfalls«, sagte Gilley nach einer Pause, »möchte ich Sie fragen, auf wessen Seite Sie stehen, wenn, wie es den Anschein hat, im Juni gewählt wird. Sie haben doch sicher die Mitteilung des Dekans gesehen?« Nach dieser Frage zog er sein Taschentuch heraus und schneuzte sich.
Levin gab zu, daß er die Mitteilung gesehen hatte.
Gilley fuhr mit dem Taschentuch an der Nase entlang, steckte es dann vorsichtig wieder ein und knöpfte seine Hosentasche zu.
»Wissen Sie schon, für wen Sie stimmen werden?«
Im Grunde fand Levin diese Frage beleidigend; es wurde ihm schwer, dem Mann ins Auge zu sehen, aber er versuchte es wenigstens, nachdem er den Verdacht unterdrückt hatte, daß Gerald ja doch (vermutlich durch Avis) wisse, auf wessen Seite er stand und eigentlich auf etwas ganz anderes hinauswolle.
Was soll ich ihm sagen? fragte er sich. Daß ich nicht für ihn stimmen kann, weil er nur ein mittelmäßiger Kopf und ohne Führerqualitäten ist, ganz egal, seit wieviel Jahren er nach diesem Posten gestrebt hat und Fairchilds Freitag war, nur um ihn zu bekommen? Oder daß ich ihm nicht trauen kann, weil er gewisse Photos macht? (Du lieber Gott, wer kann mir denn trauen?) Oder soll ich ihm sagen, daß ich nicht für ihn stimmen kann, weil ich ihn mit seiner Frau betrogen habe?
»Ich möchte Sie zuerst etwas fragen«, sagte er zögernd.
»Nehmen Sie einmal an – hm –, Sie hätten herausgefunden, daß jemand in diesem Seminar eine Liste von Kollegen zusam-

mengestellt und mit der Maschine geschrieben hätte, deren Übungen er den Sportlern empfiehlt; oder nehmen Sie an, jemand hätte den jungen Leuten empfohlen, die Kurse von zehn Dozenten nicht zu belegen. Weiter: daß er diese Namensliste an die Sportabteilung, besonders an die Trainer, weitergeleitet hätte mit der Bitte, sie unter die Spieler zu verteilen. Darf ich Sie fragen, was Sie in einem solchen Falle täten?«

»Gibt es denn«, fragte Gilley mit zusammengekniffenen Augen »so eine Liste?«

»Angenommen, es gäbe sie?«

»Ich würde so einem Gerücht nicht glauben. Auf das meiste, was man hier hört, achte ich gar nicht.«

»Wenn ich sie aber gesehen hätte?«

Gerald lehnte sich im Sessel zurück. »Ich bin keineswegs für so eine Liste.«

»Darf ich Sie fragen, was Sie in einer solchen Sache unternehmen würden? Wären Sie zum Beispiel bereit, mit demjenigen, der sie zusammengestellt hat, zu sprechen und ihm zu sagen, er habe einen groben Fehler begangen und das Beste, was er tun könne, sei, die Liste zurückzuziehen und zu vernichten? Und würden Sie ihm mit aller Deutlichkeit sagen, daß er nie wieder so etwas tun dürfe?«

»Das ist durchaus möglich«, sagte Gerald, nahm ein Lineal vom Schreibtisch und maß zerstreut seine Hand. Dann sah er auf und fuhr fort: »Ich bin zwar nicht für solche Listen, Sy, aber eins möchte ich Ihnen sagen: Ich kann wirklich nichts Schlimmes darin sehen, wenn sich jemand bemüht, die jungen Leute in unseren Mannschaften zu beeinflussen. Sie haben genausogut wie alle anderen Anrecht auf einen College-Platz. Sie wissen ja, was die Griechen von körperlicher Tüchtigkeit und von Männern hielten, die körperlich und geistig etwas leisteten. Sportsleute sind die Modelle für ein gewisses Niveau der Vollkommenheit, und dieses Niveau gehört zu unserer liberalen Erziehung. Sport formt den Charakter. Davon abgesehen und rein vom praktischen Standpunkt aus betrachtet: Diese Burschen versorgen uns mit einer ganzen Reihe aufregender Spiele und erhalten dem College das Interesse und die Dankbarkeit der Stadt. Der Sport verschafft uns im ganzen Staat Wohlwollen und bringt bei den wichtigsten Spielen die verschiedenen Gesellschaftsschichten einander näher. Man könnte sogar sagen, die jungen Leute spielen für Amerika. Und die Bevölkerung weiß das zu schätzen und befürwortet unser Sportprogramm ohne alle Einschränkung, sogar in den öffentlichen Schulen. Ich kann Ihnen verraten, daß mir ein Mitglied der Schulbehörde von Easchester gesagt hat, er würde für die Abschaffung von Kindergärten stimmen, wenn er sich zu entscheiden hätte, ob die vorhandenen finanziellen Mittel den höheren Schulen zur Förderung ihres Sportprogramms oder den Kindergärten zugesprochen werden sollten. Ich erzähle Ihnen das durchaus nicht, weil ich derselben Meinung bin – 1953 wird Erik alt genug für den Kindergarten sein –, sondern weil Sie meiner Ansicht nach wissen sollten, wie die Leute denken. Viele von ihnen hier in Cascadia unterstützen die staatlichen Colleges sehr großzügig gerade unserer Mannschaften wegen, und das ist äußerst wichtig – denken Sie nur an die Notwendigkeit, einen Fonds für Neubauten und Gehaltserhöhungen für uns alle zur Verfügung zu haben. Glauben Sie nur nicht, daß das Interesse der Zuschauer bei Sportveranstaltungen keinen Einfluß auf die Gesetzgeber hat. Es ist einfach eine Tatsache, daß unsere Sportler allerhand für uns tun, und wir sollten das zugeben und dafür dankbar sein. Ich weiß, daß George denen, die Hilfe brauchen, gelegentlich beisteht, aber falls Sie es noch nicht wissen: Präsident Labhart hat sich dafür schon mehr als einmal bei ihm bedankt. Und sicher ist Ihnen bekannt, wie gern Orville ihn mag?«

Levin fächerte sich langsam das Gesicht mit der Hand.

»Sehen wir doch den Tatsachen ins Auge«, sagte Gilley. »Man *sollte* sogar etwas für diese Burschen tun, die sich so für Cascadia abplagen. Es stimmt zwar, daß die meisten ein Sportstipendium haben – dafür sind sie auch verpflichtet, außerhalb der Hauptspielzeiten siebzig Stunden im Monat zu trainieren; aber was glauben Sie, wie weit man heutzutage mit achtzig Dollar im Monat kommt? Und vergessen Sie nicht, Sy: Die Fußballer sind manchmal auf dem Sportplatz, wenn Sie und ich behaglich im Bett liegen, denn sie trainieren auch beim schlechtesten Wetter. Sie werden von harten Bällen getroffen und landen oft unter dem ganzen Gewicht eines anderen im Dreck. Und wenn sie sich einen Arm- oder Beinbruch oder noch

Schlimmeres zuziehen – sie beklagen sich nie. Das Frühjahrstraining hat schon angefangen. Und wenn die jungen Leute im Herbst – einen ganzen Monat vor Trimesteranfang – wiederkommen, spielen und trainieren sie Tag für Tag bis zum Ende der Saison. Gegen Abend haben sie kaum noch die Kraft, sich auszuziehen und sich ins Bett fallen zu lassen, und doch bringen viele von ihnen es fertig, gute Zensuren zu bekommen. Wir brauchen Leute, die ihnen bei der Wahl ihrer Kurse helfen und sie überhaupt beraten. Vergessen Sie nicht: niemand hat sie darum gebeten.«

»Ich will das, was sie leisten, durchaus nicht herabsetzen«, sagte Levin, »ich bin nur dagegen, daß wir glauben sollen, sie *müßten* es tun.« Er kam wieder auf die Listen zu sprechen. »Wäre sie Ihrer Ansicht nach nicht unmoralisch?«

»Wer hat denn die Liste aufgestellt?«

»Nun«, antwortete Levin, »im Vertrauen will ich's Ihnen sagen, obwohl wir ja beide wissen, um wen es sich handelt.«

»Warum dann überhaupt davon reden? Wenn ich es nur inoffiziell weiß, kann ich gar nichts unternehmen.«

»Nicht einmal mit ihm sprechen?«

»Vielleicht.«

»Sagen Sie ihm, er solle darauf verzichten«, erklärte Levin.

Gilley legte das Lineal hin. »Damit komme ich wieder auf die Frage, die ich Ihnen schon zu Anfang gestellt habe.« Er wiederholte sie nicht.

»Ich bin ziemlich entschlossen, mich auf die Seite von CD zu stellen«, sagte Levin.

Einen Augenblick lang starrte Gilley ausdruckslos ins Leere; dann warf er Levin einen haßerfüllten Blick zu. Levins Kopfhaut begann zu jucken, aber er zwang sich mit seiner ganzen Willenskraft sitzen zu bleiben. Gerald hatte also nicht gewußt, daß er auf Fabrikants Seite stand. Wahrscheinlich hatte Avis den Mund gehalten; vielleicht aus Angst, daß Levin, wenn Gilley ihm sagte, er kenne seine Entscheidung schon, ihm verrate, wer ihn über die Photographie informiert hatte; aber nun wußte es Gerald und konnte offenbar gar nicht glauben, daß jemand, den er bestimmt auf seiner Seite glaubte, es doch nicht war.

Dann fiel Levin ein, daß es sehr dumm von ihm gewesen war,

zu sagen, wem er seine Stimme geben würde. Er hätte antworten sollen: »Ja, ich habe mich entschieden«, und kein Wort mehr, oder er hätte sagen können, er wolle nicht verraten, für wen er zu stimmen gedenke. In diesem Fall hätte Gilley nur gesagt, er hoffe, Levin stehe hinter ihm. Dann wäre ihre Beziehung bis zum Ende des Schuljahrs friedlich und ungetrübt geblieben. Nächstes Jahr war nächstes Jahr.

Ich hab's ihm gesagt, weil ich ihm alles andere nicht gesagt habe, dachte Levin.

Gilley sagte verbittert: »Das ist wohl der Dank für alles, was ich für Sie getan habe.«

Levin zog den Kopf ein und wartete, daß Gilley ihm mit donnernder Stimme alles aufzählen würde, was er für ihn getan hatte: jede Hilfe, jedes Geschenk und jedes Opfer –, denn diese Aufzählung hätte ihm den Schädel zerschmettert und ihn vernichtet.

»Ich habe Ihnen diese Stelle verschafft, von mir haben Sie Ihr Büro und vieles andere bekommen –«

»Sie haben noch viel mehr für mich getan« – Levin versagte die Stimme. Er biß sich auf die Zunge (er hatte es wie unter einem Zwang herausgesprudelt).

Gerald rührte sich. »Fabrikant«, murmelte er vor sich hin. »Warum halten Sie ihn für eine Kanone? Er hat keinen Schimmer von Verwaltungsarbeit und weiß überhaupt nicht, was es heißt, Kontakt mit Leuten bekommen. Er würde die Beziehungen zur Öffentlichkeit schön herunterwirtschaften. Im Handumdrehen hätte er uns in ein solches Netz von Fehlern und Mißverständnissen verstrickt, daß der Kongreß ein Gesetz erlassen müßte, um es zu entwirren.«

»Er hätte nicht auf die Anthologie verzichtet.«

»Verdammt«, sagte Gilley, »ich mußte doch Orville decken. Wenn es nur nach mir gegangen wäre, hätte ich den Fall einem Ausschuß vorgelegt.«

»Ausschüsse bestehen nur zu leicht aus Feiglingen.«

»Wer ist denn Ihrer Ansicht nach ein Feigling?« Gerald war hochrot vor Erregung.

»Verzeihung«, sagte Levin. »Ich wollte nur sagen, daß ein einzelner, der wirklich entschlossen gewesen wäre, das Buch zu retten, es auch fertiggebracht hätte.«

»Wissen Sie«, fuhr Gilley fort, »allmählich fange ich an zu glauben, daß Sie sich für einen Brunnen der Weisheit halten, der nichts weiter zu tun hat, als uns vorzuschreiben, wie wir's hier machen sollen. Das nächste wird wohl sein, daß Sie dem Präsidenten raten werden, zu Ihren Gunsten auf seinen Posten zu verzichten, damit Sie das College leiten können.«

»O nein«, erwiderte Levin, der unter seinem Anzug schwitzte. »Bitte, Gerald, glauben Sie nicht, daß ich Ihre guten Eigenschaften nicht zu schätzen wüßte – ich tu's wirklich. Aber wir leben in einer gefährlichen Zeit, und da Erziehung etwas so Wichtiges ist, muß unser College einfach mehr leisten.«

»Wer behauptet denn, daß wir nichts leisten?«

»Ich sagte *mehr* leisten.«

»Erstens einmal: Wir sind hier nicht in Harvard. Es gibt Tausende von Colleges, die genau so sind wie unseres. Zweitens habe ich Ihnen ja schon gesagt, daß ich vorhabe, manches im Institut zu ändern, wenn ich es erst kann.«

»Wir brauchen mehr als nur ein paar Veränderungen«, sagte Levin.

Eine Minute lang starrte Gilley Levin gespannt an, und Levin sah sich schon nach der Tür um; aber dann lehnte der Stilkundedirektor sich zurück und schüttelte den Kopf.

»Es ist wirklich allerhand, daß Sie sich erlauben, alles zu kritisieren, wo Sie doch kaum über nennenswerte Erfahrung verfügen. Sie haben noch nicht einmal ein ganzes Jahr an einem College unterrichtet. Was halten Sie zum Beispiel von Ihrem eigenen Wissen? Haben Sie sich überhaupt je mit den praktischen Problemen befaßt, mit denen wir uns plagen müssen – zum Beispiel mit dem Etat unserer Verwaltung, dem ganzen Problem der Colleges auf staatseigenem Boden und so weiter? Und warum eilte es Ihnen so, uns zu raten, was wir *Ihrer* Ansicht nach alles ändern müßten, solange Sie von diesen Dingen noch keine Ahnung haben? Diejenigen von uns, die diese Erfahrung besitzen, haben sich schon mit allerhand Verwaltungsproblemen herumgeschlagen und wissen, was sie zu tun haben und wieviel man in einer bestimmten Zeitspanne erreichen kann. Ich hab' Ihnen schon mehr als einmal gesagt, daß Cascadia ein konservativer Staat ist. Aber Ihr Liberalen werdet ja nie kapieren, daß wir das *tatsächlich* wollen. Und vergessen Sie nicht, daß die Steuern sowieso schon zu hoch sind. Auf dem Lande haben die meisten Menschen bescheidene Ansprüche, und die gesetzgebende Versammlung dieses Staates vertritt eine ländliche Bevölkerung. Wir können nur das tun, was wir ihrer Ansicht nach tun sollen. Wenn Sie nicht davon ausgehen, liegen Sie von Anfang an schief.«

»Neue Ideen kosten ja nichts«, sagte Levin. »Manches könnte ganz leicht geändert werden. Und manchmal sollte das College der Gemeinde mit gutem Beispiel vorangehen.«

»Was stimmt denn Ihrer Meinung nach nicht mit dem Englischen Seminar?«

»Verzeihen Sie, wenn ich es ausspreche – aber die Stilkundeübung ist eine halbe Leiche. Man muß endlich *Die Grundlagen* ... und die verdammten Übungsbücher aufgeben. Die Abschlußprüfungen müssen endlich aufhören, denn der ganze Unterricht ist weiter nichts als Prüfungsvorbereitung, und nichts wird den jungen Menschen beigebracht, was darüber hinausgeht. Außerdem müßte in jedem Kurs die Literatur gepflegt werden, damit die Studenten lernen könnten, daß gutes Schreiben etwas völlig anderes bedeutet als das Abfassen guter Sachberichte.«

»Wir haben alle Literaturkurse hier, die wir brauchen. Aufsätze anzufertigen heißt schreiben, und das ist etwas anderes als Literatur in ihren verschiedenen Formen zu studieren.«

»Wir brauchen Literatur als Vorbild und Anreiz, wir müssen den Unterricht viel lebendiger gestalten und den Studenten innerlich etwas geben.«

»Dann darf ich Ihnen vielleicht sagen, daß wir nicht dem Lehrer zuliebe Aufsätze anfertigen lassen.«

»Aber meiner Ansicht nach auch nicht den Studenten zuliebe. Wenn wir das nämlich täten, müßten wir ihnen neben allem anderen eine wirkliche Auswahl an geistes- und naturwissenschaftlichen Fächern anbieten.«

»Wenn Sie auch nur eine Ahnung von dem hätten, was in der modernen Pädagogik geschieht, wüßten Sie, daß die humanistische Erziehung im ganzen Land auf dem Aussterbeetat steht.«

»Wenn es so ist, dann können wir uns begraben lassen.«

»Was soll ich Ihrer Meinung nach denn tun?« fragte Gilley.

»Sie wissen verdammt gut, daß ich das, was Sie wollen, allein gar nicht durchführen kann. Wie stellen Sie sich das mit Doktor Labhart vor? Ich habe selbst gehört, daß er behauptet hat, Plato, Shelley und Emerson hätten der Gesellschaft mehr Schaden als Nutzen gebracht.«

»Dann gnade uns Gott!«

»Denken Sie nicht zu gering von ihm. Seit er Direktor ist, ist das College ungefähr doppelt so groß geworden und hat doppelt so viele Fächer eingeführt, als es vor ihm gab. Er ist ein glänzender Organisator. Während seiner Studienzeit hat er sein Studium durch die Gründung und Leitung eines Gebrauchtwagengeschäfts finanziert, das sein Bruder noch heute in Boise weiterführt.«

Levin seufzte.

»Ich will Ihnen was sagen«, fuhr Gilley fort, wieder so ärgerlich wie zuvor, »wenn ich etwas an Ihnen nicht vertragen kann, dann ist es Ihre Art, eine Miene aufzusetzen, als wollten Sie sagen ›Ich hab' schon mal was Besseres gesehen‹. Wenn Sie sich nur die Mühe machten, sich mit Finanzstatistiken zu befassen, wüßten Sie, daß wir pro Kopf für die Erziehung unserer Jugend mehr ausgeben als Sie im Osten. Zudem besucht hier ein höherer Prozentsatz von Jugendlichen ein College. Und in bezug auf Analphabetentum gehören wir zu den Staaten, in denen es am geringsten ist. Ich habe natürlich nicht erwartet, daß Sie darüber Bescheid wüßten, denn wie alle New Yorker blicken auch Sie nur auf die übrigen Staaten herunter. Sie sind immer noch ein Außenseiter, der hier nur gerade einen Blick hineinwirft.«

»Ich fühle mich durchaus nicht als Außenseiter.«

»Das hat nichts damit zu tun. Was zählt, ist Ihr Verhalten.«

Gerald schob den Sessel zurück und schlenderte zum Wandschrank; er entnahm ihm eine Angel – fix und fertig zum Gebrauch. »Das ist eine Spinnangel. Können Sie sie von einer Fliegenfischangel oder einem afrikanischen Speer unterscheiden? Das hier ist die Winde, das die Schnur – eine einfädige Schnur mit acht Pfund Reißfestigkeit; ich gebrauche sie zusammen mit einer Handleine mit Stahlvorfach; und das hier ist der Köder. Ich wette, Sie glauben, wir benutzten Würmer.«

Levin gab es zu.
»Sie sind jetzt fast ein Jahr hier, aber soviel ich weiß, sind Sie noch kein einziges Mal fischen gegangen. Wenn Sie es täten – und noch ein paar andere Dinge, die ich Ihnen aufzählen könnte –, wären Sie nicht so unzufrieden. Ich möchte wetten, daß Sie dann auch Ihren Studenten und Kollegen gegenüber nicht so ungeduldig wären. Ich glaube, das Leben macht Ihnen überhaupt keinen Spaß, sonst sähen Sie nicht dauernd aus, als hätten Sie Bauchweh; denn so sehen Sie seit einigen Wochen tatsächlich aus. Wenn Sie nicht vorsichtig sind, ist eines Tages Ihr Blutdruck zu hoch, und dann kippen Sie einfach um, wenn Sie sich die Schuhe zuschnüren. Sie sollten ins Freie gehen und Ihre Muskeln stählen. In Cascadia gibt es fischreiche Bäche, die zu den besten auf der Welt gehören. Hier hat Ernest Hemingway geangelt. Wie wollen Sie je über Thoreau dozieren, wenn Sie erst Ihren Dr. phil. haben, wenn Sie noch nie in der Wildnis waren –?«
»Ich bin schon in Walden Pond gewesen –«, warf Levin ein.
»Mein Gott«, sagte Gilley, »ich bin gewiß nicht gegen Bücher, aber ich bin dagegen, daß man nur für Bücher lebt.«
»Ich auch«, sagte Levin.
Gerald hob die Angel und machte eine Bewegung, als wolle er sie auswerfen. »Ich glaube, Sie haben keine Ahnung, was es heißt, in einen rasch fließenden, eisigen Bergbach hineinzuwaten –«
»Ich kann mir's vorstellen –«
Gilley setzte den Fuß in den kalten, rasch fließenden Bach.
»Ein Angler kann aus dem Schaum auf dem Wasser auf die Geschwindigkeit der Strömung schließen, und dadurch weiß er, wie weit er sich hinauswagen kann, ohne umgeworfen oder mitgerissen zu werden. Ein einziger falscher Schritt könnte ihn das Leben kosten. Und er muß sehr vorsichtig prüfen, wo er den Fuß hinsetzt, wenn er von einem glitschigen, schaumbedeckten Stein zum andern springt.«
Er hob den Fuß, sprang und schaffte es.
Bravo, dachte Levin.
»Jetzt steht er bis zur Brust im Wasser«, sagte Gerald und hielt die Angelrute über den Schreibtisch, »bewegt rhythmisch die Arme, sucht im Bach nach einem Fisch und bemüht sich,

mit dem Wissen des Sportsmanns der instinktiven Weisheit der Spezies beizukommen. Das ist Zufriedenheit, das ist das gute Leben.«

Levin stellte sich vor, wie er bis zum Herzen im kalten Wasser stände (welch ein Balsam wäre das!), um das gute Leben zu genießen.

»Den halben Spaß hat man schon«, fuhr Gerald fort, »wenn man nur weiß, was man zu tun hat: wann man bachaufwärts und wann man bachabwärts angeln muß. Der Sportsmann weiß genau, wo er den Köder hinunterzulassen hat – oder die schwimmende Fliege, wenn er ein richtiger *afficionado* ist –, und zu sehen, wie eine Regenbogenforelle bis zu der schwimmenden Fliege heraufkommt, ist so aufregend, daß es einfach unvergeßlich ist. Er weiß auch, wie weit er ins Wasser gehen muß, wenn ein Fisch angebissen hat, um ihn herausholen zu können. Wenn er das fertigbringt, ist es die reinste Vollkommenheit. Aber selbst wenn man überhaupt nichts fängt, ist man nach einem solchen Arbeitstag ein besserer Mensch.«

»Mein ganzes Leben lang wollte ich fischen gehen –«

»Sie haben fast noch nichts von diesem Land gesehen. In den Weihnachts- und Osterferien sind Sie zu Hause geblieben. Warum haben Sie sich überhaupt einen Wagen gekauft?«

»Ich fahre hinaus aufs Land«, sagte Levin. »In diesem Frühjahr habe ich zum erstenmal im Leben schottischen Ginster gesehen – wie Gold glänzte er auf den Feldern, einfach herrlich. Und das Spiel der Wolken am Himmel nimmt nie ein Ende –«

»Ich spreche nicht von dem, was man auch in Großstadtparks sehen kann«, erwiderte Gerald. »Ich spreche von der *Natur*. Davon, wie man in der Natur *leben* muß, *allein* sein Zelt aufschlagen sollte, und wie man *richtige* Berge besteigt. Wenn Sie das alles unternommen hätten, wüßten Sie etwas von diesem Land. Und genau dasselbe gilt für das Cascadia College. Wenn Sie erst einmal fünf Jahre hier sind, können Sie an Veränderungen denken.«

Levin stand auf. »Alles Gute für die Wahl, Gerald.«

Auch Gilley erhob sich, noch immer mit geröteten Wangen. »Wahrscheinlich bekomme ich jetzt die Belohnung, die ich verdiene, weil ich Sie engagiert und mich dann nicht um den Schaden gekümmert habe, den Sie hier anrichteten: Dazu gehört auch, daß Sie Ihren Studenten geraten haben, lieber in Gettysburg zu studieren.«

»Hat Bullock Ihnen das erzählt?«

»Ganz egal, von wem ich's weiß. Das war einfach unfair dem College gegenüber, das Ihnen ja schließlich Ihr Gehalt zahlt. Wenn die Universität mehr Studenten bekommt als wir, wird ihr auch im Etat der größte Teil der Gelder vorbehalten, und wir bekommen nichts. Hören Sie lieber damit auf.«

Levin schluckte. »Ich tue, was ich tun muß.«

»Dann denken Sie lieber an folgendes: Wenn ich die Wahl gewinne – und die Aussichten dafür sind verdammt gut –, dann kann ich Ihnen heute schon versprechen, daß Sie kaum eine Zukunft haben. Und wenn Sie gehen, können Sie sich die Mühe sparen, mich um ein Empfehlungsschreiben zu bitten. Ich kann absolut nichts Gutes über Sie sagen.« Er nahm die Schere und schnitt ein Bild aus einer Zeitschrift aus. »Mir kommt kein New Yorker mehr hierher, verdammt nochmal.«

Levin ging in sein Büro zurück. Die Knie zitterten ihm, als er am Fenster stand und sah, wie seine Karriere davonflog – weit hinaus in die Welt. Und doch war es ein heiterer Tag, und bis zu den Bergen spannte sich ein blauer Himmel. Keine Wolke war zu sehen – Wolken gab es nur in seinem Kopf.

Jemand klopfte an die Tür. Er dachte, es sei Bucket, aber Gilley erschien. Er hatte sich beruhigt, nur seine Augen verrieten noch seine schlechte Laune.

»Ich hab' mich vielleicht etwas gehenlassen«, sagte er, »aber wenn ich ehrlich bin – ich glaube immer noch, daß ich den Posten besser ausfüllen kann als CD, wenn ich erst die Zügel in der Hand halte. Aber eigentlich wollte ich etwas ganz anderes sagen. Ich habe gerade in *Time* ein Zitat entdeckt, das mich Menschen wie Sie viel besser verstehen läßt.« Er las etwas aus einem kleinen Zeitungsausschnitt vor. »Es stammt von George Santayana; hören Sie zu: ›Sehr viele Amerikaner sind Propheten; sie wenden Moralprinzipien auf öffentliche Angelegenheiten an; sie sind ungeduldig und voll Enthusiasmus.‹«

Levin warf ein: »Er hat aber auch gesagt, daß der, der die Vergangenheit vergißt, dazu verurteilt ist, sie noch einmal zu durchleben.« Er lachte leise, und Gilley, der sich wieder beruhigt hatte, lächelte.

»Ich möchte Ihnen etwas vorschlagen«, sagte er. »Natürlich wäre mir Ihre Unterstützung sehr lieb –« er starrte zum Fenster hinaus –, »aber wenn Sie sie mir aus Überzeugungsgründen nicht gewähren können, dann stimmen Sie wenigstens nicht gegen mich.«
Levin erklärte jedoch, das könne er unmöglich tun.

Es war keineswegs eine Kleinigkeit, vierzehn Stimmen für Fabrikant zusammenzutrommeln, aber da vier oder fünf ziemlich sicher waren, schien es, wenn man Bucket glauben durfte, »nicht unmöglich«, noch neun oder zehn mehr aufzutreiben. Levin hatte schon seit einiger Zeit Bedenken, ob Fabrikant der richtige Mann sei, und eines dieser Bedenken beunruhigte ihn sehr; andererseits gab es überhaupt nur zwei Kandidaten, vor denen man Respekt haben konnte: CD und Gilley, der jetzt ganz sicher (sogar unvermeidlich) sein Feind war; es wäre daher günstiger für Levins Position innerhalb des Seminars, solange er sie innehatte, und in der Zukunft einmal für Empfehlungen, wenn jemand anders Institutsleiter würde, sollte das überhaupt möglich sein. Er beschwor CD, da jetzt das Zirkular des Dekans herausgekommen war, während der wenigen Wochen bis zur Abschlußfeier eine intensive Wahlkampagne zu führen. Bisher war noch kaum für irgend jemanden Propaganda gemacht worden; zwar hatte Gerald schon im vergangenen September so getan, als sei er einer der Kandidaten, aber niemand hatte das Problem für dringend gehalten. CD versprach Levin, alles nur Mögliche zu tun, weigerte sich aber, Gilley nachzuäffen und, wie er, Leute im Korridor anzuhalten und sie zu bitten, für ihn zu stimmen. Daraus konnte Levin ihm keinen Vorwurf machen, aber er bat ihn, in seinem Namen mit einigen Kollegen sprechen und ihnen nahelegen zu dürfen, ihre Stimme CD zu geben, während Bucket es bei anderen versuchen sollte. Damit war Fabrikant einverstanden. Da Joe es vorzog, den zweiten Stock zu bearbeiten, ging Levin zu den jungen Dozenten hinauf, die Fabrikant »die unbekannten Quantitäten« nannte. Er machte diese Besuche nur widerwillig, denn ein einziger Monat als Vertreter war einmal für ihn eine schreckliche Qual gewesen. Aber er wurde mit gewohnter Freundlichkeit empfangen, und

alle hörten ihm höflich zu – alle außer Ferris Farper, der bei Levins nervösen Worten ganz rot wurde und dann erklärte, er werde niemals für einen Kandidaten stimmen, der die Hilfe eines Eindringlings annehme. Die meisten anderen schienen an der ganzen Sache nur wenig interessiert zu sein. Entweder hatten sie gute Gründe, ihr Interesse zu verheimlichen, oder sie stellten sich auf den Standpunkt »egal, wer gewinnt, mir soll's recht sein«; das wäre allerdings der höchste Grad der Gleichmacherei. Jedenfalls betonte niemand emphatisch seine Loyalität Gilley gegenüber, und einige flüsterten nur oder warfen einen kurzen Blick auf die Tür, wenn sie seinen Namen nannten. Levin spürte, daß viel mehr unzufrieden mit dem Stilkundedirektor waren, als er erwartet hatte, obwohl er sich darüber klar war, daß jeder Verwaltungsbeamte schon durch seine Existenz einigen Leuten ein Ärgernis sein mußte. Jedenfalls war es gut, daß man nichts von einer allgemeinen Sicherheit spürte, Geralds Wahl sei im Grunde schon beschlossene Sache.
Levin ließ durchblicken, das Seminar sei von geradezu tödlicher Langeweile und brauche dringend einen Anstoß von jemandem, der Ideen habe; er war erstaunt, daß etliche Leute ihn fragten, was eigentlich nicht stimme mit der Art, wie das Seminar geleitet wurde. Sie fragten es ganz im Ernst. Zuerst ärgerte sich Levin darüber – sie verdienten Gilley wahrhaftig. Dann erklärte er geduldig (und verärgert über seinen Ärger), was alles verbessert werden müsse, und sie nickten und schwiegen. Er hatte erregte Kommentare erwartet, fand sich dann aber mit der Notwendigkeit ab, sich an ihr Schweigen gewöhnen zu müssen. In ihrer Gesellschaft litt er unter seiner Schwerfälligkeit und war entsetzt über ihre Freundlichkeit und Zurückhaltung. Wenn er sie aber, ohne ein rauhes Wort, dazu brachte, ihre wirkliche Ansicht zu sagen, pflichteten sie ihm bei, daß das Seminar um so besser sei, je tüchtiger sein Leiter sei. Sie gaben auch zu, daß CD auf Grund seiner Verdienste der richtige Mann für den Posten sei. Sie hatten erfahren, daß er früher einiges für die Fakultät durchgesetzt hatte. Gewiß würde er einiges fertigbringen, das Gilley gar nicht erst würde versuchen wollen. Man munkelte, daß CD jedem Lehrer eine Literaturklasse anvertrauen und darauf be-

stehen würde, daß jeder Professor eine Stilkundeklasse übernähme. Levin erkannte, daß er an diesem Gerücht schuld war, denn diese »Möglichkeit« hatte er selbst erträumt. Er bestritt sofort, daß Fabrikant so etwas versprochen habe. Aber fast alle klagten darüber, daß Fabrikant so ungesellig sei. Er nahm keine Einladungen an und lud niemanden ein; er erschien nie im Kaffeezimmer; er lebte sozusagen in seinem Büro. »Wie soll ich denn um Himmels willen für ihn stimmen«, sagte Scowers, »wenn ich noch nicht einmal genau weiß, wie er aussieht?« Fitznogle bemerkte: »Ich hab' die Ahnung, daß er sehr unnachgiebig sein kann, wenn er mit jemandem zu tun hat, der ihm nicht recht gibt. Davor hätte ich Angst.« Und Purtzer sagte: »Sollte man nicht besser den Dekan bitten, auf die Wahl zu verzichten und einen neuen Mann, möglichst einen Außenseiter, vorzuschlagen? Ich habe solche Wahlen schon erlebt. Wenn sie vorbei sind, bleibt allerhand Bitterkeit zurück: Sie bringen alles so durcheinander, daß sie sich gar nicht lohnen.« Levin ging wieder zu Fabrikant. »CD, ich glaube, es würde sich lohnen, wenn Sie selbst mit ein paar von den Leuten oben sprächen. Ich habe den Eindruck, sie möchten Sie gern etwas näher kennenlernen und erfahren, was Ihrer Ansicht nach hier anders werden sollte.«

Aber Fabrikant hatte keine große Lust, die Leute im dritten Stock aufzusuchen. »Die sollen mal lieber zu mir herunterkommen«, schlug er vor.

»Sie wissen doch sicher, daß Gerald diese Woche schon zweimal oben war?«

»Das kann er halten, wie er will. Ich finde es unwürdig, anzuklopfen und die Lehrer zu bitten, für mich zu stimmen. Außerdem hasse ich die Feindschaften, die dieser Wettkampf heraufbeschwört.«

»Wahlkampf ist Wahlkampf«, meinte Levin.

»Das mag schon stimmen«, sagte CD verlegen, »aber wenn Gilley die Wahl gewinnt, muß ich es trotzdem mit ihm aushalten.«

»Natürlich; aber wenn Sie gewinnen, muß er es auch mit Ihnen aushalten.«

»Er ist aber ordentlicher Professor und ich nicht. Er braucht mich nicht, doch ich muß mich vielleicht einmal auf seine Hilfe

verlassen können, wenn der Präsident meine Beförderung ablehnt. Das Schriftstück liegt sowieso schon ungewöhnlich lange auf seinem Schreibtisch«, sagte er finster.
»Warum sollte er Sie ablehnen?«
»Weiß ich nicht, aber ich will ihn nicht auch noch dazu ermutigen. Gilley gehört zu seinen Lieblingen. Die beiden spielen zusammen Golf und Karten. Das kann und will ich aber nicht.« Er sah unglücklich aus.
Levin nickte.
»Immerhin, wenn mich jemand sprechen will, soll er nur kommen.«
»Gut, das werde ich ihnen sagen.«
»Aber nur einer auf einmal. Ich hasse Massenversammlungen.«
Levin verabschiedete sich. Er war besorgt.
Er nahm es CD immer noch ein wenig übel, daß er ihm nicht gesagt hatte, sein Artikel sei zu unreif. Und wovor versteckt er sich in seinem Büro? Immer noch vor der wirtschaftlichen Depression? Vor Sex? Oder vor den Enttäuschungen des Lebens? Ist er tatsächlich der geeignetste Mann hier, oder gibt es doch einen besseren? Aber am meisten bedrückte Levin nach wie vor die Frage, warum CD es aufgegeben hatte, weiter für Leo Duffy einzutreten.
Um die Abendessenszeit rief er Bucket an. »Joe, ich muß Sie etwas fragen, etwas, das vielleicht gerade jetzt ganz unangebracht ist, aber haben Sie irgendwelche ernsthaften Bedenken gegen Fabrikant?«
Bucket lachte verlegen. »Ich habe gegen alle Bedenken, sogar gegen mich selbst.«
»Glauben Sie, daß er ein besserer Seminarleiter wäre als Gilley?«
»Aber sicher!«
»Hat er Aussichten, die Wahl zu gewinnen?«
»Ich glaube schon.«
»Joe – warum lassen Sie sich nicht als Kandidaten aufstellen?« fragte Levin. »Ich bin sicher, die anderen würden für Sie stimmen.«
Einen Augenblick lang war nichts zu hören; dann antwortete Bucket: »Das ist sehr nett von Ihnen, aber ich habe keine Lust, eine Verantwortung in der Verwaltung zu übernehmen.«

Levin bemerkte, das sei nur so ein Gedanke gewesen. Beinahe hätte er ihn gefragt, ob Fabrikant ihm etwas über die Photographie von Pauline und Duffy erzählt habe, aber er wollte, falls Bucket etwas darüber wußte, daß er als erster davon sprach.

Am folgenden Morgen fand er in seinem Briefkasten einen verschlossenen Umschlag mit der ersten schriftlichen Mitteilung von Bucket: »Ich bewundere CD zwar aus verschiedenen Gründen und werde zweifellos für ihn stimmen, aber es wäre unaufrichtig, nicht zuzugeben, daß ich ein Bedenken gegen ihn habe: Ich werfe ihm vor, daß er es aufgegeben hat, Leo im Untersuchungsausschuß für akademische Freiheit unseres Professorenverbandes weiter zu unterstützen. Nach dieser Mitteilung hoffe ich, Sie verlangen keine weiteren Erklärungen mehr von mir.«

Nach dem Unterricht ging Levin zu ihm.

»Ich bitte um Entschuldigung, Joe – ich tue es nicht gern, aber ich muß Sie fragen, können Sie mir nicht ein bißchen mehr sagen?«

Bucket lehnte es ab. »Ich möchte nur noch hinzufügen, daß ich über diese Angelegenheit keineswegs nur aus freien Stücken den Mund halte.«

Er weiß es also, dachte Levin.

»Vielen Dank«, sagte er, »ich glaube, ich werde noch einmal mit CD sprechen.«

Trotz allen Sträubens hatte er einen Entschluß gefaßt, dessen Ausführung er aber den ganzen Tag lang zu verschieben trachtete, obwohl er genau spürte, daß er ihn unbedingt ausführen mußte. Am späten Nachmittag klopfte er an die Tür von Fabrikants Büro, erhielt aber keine Antwort. Gegen Abend – die Sonne ging gerade unter – fuhr Levin zur Farm des Kandidaten und fand ihn, hoch zu Roß, auf der Wiese. Das braune Pferd hatte einen großen Rumpf auf kurzen Beinen, und Fabrikant sah aus wie Napoleon mit einer Zigarre. Woran dachte er – an ein neues Melonenbeet oder an eine harte Schlacht? Austerlitz oder Waterloo? Wollte er sich nach vorne oder hinten verteidigen?

Levin watete durch das kniehohe Gras bis zu ihm. Der Gelehrte, milde gestimmt, nahm die Zigarre aus dem Mund.

»Nett von Ihnen, vorbeizukommen.« Er zeigte auf den dämmrigen Himmel.
»Wie friedlich«, sagte Levin und schwieg, den Hut in der Hand haltend.
Fabrikant wartete aufmerksam. Das Pferd bewegte sich im Gras hin und her.
»Sie werden sich erinnern«, fing Levin an, »daß ich Sie einmal gefragt habe, warum Sie es aufgegeben haben, Mr. Duffy weiter zu verteidigen.«
Fabrikant kaute an seiner Zigarre und bemerkte: »Ich entsinne mich.«
Levin räusperte sich. »Verzeihen Sie, CD – aber warum?«
»Das ist Privatsache.«
»War es nicht auch eine öffentliche Angelegenheit?«
Und nach einer Minute des Schweigens fuhr er fort: »Ich spreche nicht vom Bild.«
Fabrikant runzelte die Stirn: »Welches Bild meinen Sie?«
»Das, das Gerald von seiner Frau gemacht hat.«
Das Pferd machte ein paar Schritte nach vorne. Fabrikant zog die Zügel an.
»Hat er Ihnen davon erzählt?«
»Nein – jemand anders. Aber nicht Bucket.«
Der Gelehrte brummte etwas. Das Pferd wieherte. »Ho, Isobel.«
»Um es ganz genau zu sagen«, fuhr Levin fort, »ich möchte wissen, ob Sie Ihren Entschluß, Duffy zu helfen, auf Grund des Bildes umstießen, oder ob etwas anderes daran schuld war – oder beides.«
Fabrikant blies eine Rauchwolke vor sich her. Dann sagte er: »Als ich auf die Photographie aufmerksam gemacht wurde, erkannte ich, daß die Situation viel verfahrener war, als ich angenommen hatte. Hier handelte es sich um ein ethisches Problem, mit dem ich noch nie konfrontiert worden war.«
»Haben Sie den Ausschuß des Professorenverbandes über das Bild informiert?«
»Ich habe erklärt, ich beabsichtigte nicht länger, Mr. Duffy zu verteidigen.«
»Und das war das Ende der ganzen Verteidigung?«
»Mehr oder weniger.«

»War das nicht auch ein ethisches Problem? Ich meine, daß seine Rechte verletzt worden waren und niemand etwas dagegen unternahm?«
»Ich kam zu der Ansicht, daß sich durch diese Photographie seine früheren Schwierigkeiten in einem anderen Licht zeigten.«
»Aber auf dem Bild sah man doch nur – oder etwa nicht? –, daß die beiden nackt aus dem Wasser kamen.«
»Darüber möchte ich nicht sprechen.«
»Ich möchte gern verstehen, was – hm – was tatsächlich vorgefallen ist.«
»Es war indezent.«
»Das Bild selbst oder das sexuelle Problem dahinter?«
»Nennen Sie's, wie Sie wollen.«
»Hat – hm – hat Duffy die Sache irgendwie aufgeklärt?«
»Nicht, daß ich wüßte. Aber Sie können ja Gilley fragen.«
»Haben Sie es Bucket gesagt?«
Fabrikant hustete. »Er hatte auf Duffys Seite gestanden und mich gebeten, mein Verhalten zu erklären. Danach habe ich mir gelobt, nie wieder mit jemandem darüber zu diskutieren, und bis heute abend habe ich das auch nicht getan.«
»Verzeihen Sie, daß ich dieser Sache so nachgehe«, sagte Levin nervös, »aber sie ist überaus wichtig. Hat Gilley, als er Ihnen das Bild zeigte, behauptet, seine Frau und Duffy hätten ein Verhältnis, und sie habe zugegeben, daß – ich meine, sie habe es ihm gestanden?«
»Er hat überhaupt nichts gesagt. Er kam zu mir ins Büro und gab mir das Bild. Ich warf einen Blick darauf und gab es ihm zurück. Die ganze Angelegenheit wurde dann nicht mehr erwähnt; nur sagte er mir später, seine Frau wisse nichts von dem Bild und er wolle auch nicht, daß sie etwas davon erführe.«
Fabrikant ließ sein Pferd wenden, und Levin mußte einen Schritt zurücktreten. »Seymour, das ist eine unangenehme Unterhaltung.«
»Verzeihen Sie meine Frage«, fuhr Levin fort, »aber Sie mußten doch wohl annehmen, daß – daß die beiden eine intime Beziehung hatten, denn schließlich ist es ja nicht unmoralisch, nackt schwimmen zu gehen.«

»Was ich angenommen habe, ist meine Privatsache.«
»Ich möchte Sie nicht länger stören», bemerkte Levin, »aber über einen Punkt hätte ich gern Klarheit. Ehe Sie das Bild sahen – bitte, korrigieren Sie mich, wenn ich unrecht habe –, waren Sie bereit, für Duffy einzutreten, dann aber haben Sie sich anders besonnen. Das Hauptproblem, das Sie veranlaßt hatte, ihm ihre Hilfe anzubieten, war doch seine Entlassung vor aller Öffentlichkeit mit der Begründung, er sei ein Unruhestifter. Man hatte ihm nicht gekündigt, was meines Wissens doch der allgemein üblichen Methode entsprochen hätte. Und soviel ich weiß, wurden Einzelheiten nie bekanntgegeben, und es kam zu keiner Verhandlung vor irgendeinem Universitätsgremium. Jedenfalls bitte ich Sie, mir die Frage zu beantworten, ob Sie Ihren Entschluß, nicht weiter für ihn einzutreten, auf Grund des Falles selbst gefaßt haben oder erst, als Sie das Bild gesehen hatten.«
»Ich begreife nicht, wie Sie beides trennen können – das Beweismaterial war doch ganz klar.«
»Das Beweismaterial – für was?«
»Für seinen Charakter, für ihre Beziehung – muß ich denn noch offener reden?«
»Aber haben Sie sich denn nach – nach irgendeinem anderen Beweis erkundigt? Darf ich Sie vielleicht fragen, ob Sie nicht wenigstens gewisse Zweifel zugunsten Duffys hegten? Es könnte ja zum Beispiel sein, daß die beiden nackt schwimmen gingen, weil die Frau plötzlich einen solchen Impuls hatte und ihn dazu anstachelte, daß die Beziehung zwischen den beiden aber sonst ganz harmlos war? Das ist doch immerhin möglich.«
Bei diesen letzten Worten klang Levins Stimme schriller als sonst. Fabrikant antwortete dickköpfig: »Ich kam zu dem Schluß, daß er nichts weiter als ein lästiger Unfugstifter sei, nicht wert, daß man so ein Theater mache, und zog mich dann von dieser ganzen ärgerlichen Sache zurück.«
»Aha«, sagte Levin und setzte den Hut auf.
Es war inzwischen dunkel geworden. Die duftende Wärme des Spätfrühlings lag über den Feldern. Am Himmel schimmerten die Mondsichel und ein einziger grüner Stern, um den herum ein Kranz blauer Sterne auftauchte.
Levin seufzte. »Tut mir leid, CD, aber nachdem ich mir's

gründlich überlegt habe, bin ich nicht mehr so sicher, daß ich Ihre Kandidatur unterstützen kann. Bitte glauben Sie mir – ich mag Sie persönlich sehr gern, aber hier handelt es sich um etwas Grundsätzliches.«

Fabrikants Auge mit der großen Pupille, in der ein Stern sich spiegelte, flackerte und glitzerte. Sein Pferd bewegte sich nervös hin und her, und er versuchte, es zu beruhigen.

»Mr. Levin«, sagte er kühl, »wenn Sie erst älter und hoffentlich auch einsichtsvoller sind, werden Sie merken, daß man sich nicht dadurch als reifer Mensch erweist, daß man unbesonnene Urteile fällt. Wollen Sie aus Prinzip für Gilley stimmen?«

»Für ihn bestimmt nicht.«

»Für wen dann?«

Seine ausgedörrten Lippen öffneten sich. »Für mich.«

»Das klingt nach ekelhaftem Stolz.« Fabrikant richtete sich in den Steigbügeln auf und warf die Zigarre fort. Mit donnerndem Getöse stob er über das dunkle Feld davon.

Warum sollte Levin ein Jucken und Kitzeln spüren, nur, weil eine Tür nicht verschlossen war? Ganz zu schweigen von dem Herzklopfen, das er schon im voraus empfand. Er wußte warum, tat aber, als wisse er es nicht, um in seinem Büro bleiben zu können. Als er es kurz vor elf betrat – er war nach seinem Besuch bei Fabrikant noch stundenlang gelaufen –, hatte er, als er den Korridor entlang zum Wasserkühler ging, gesehen, daß Geralds Tür nur angelehnt war und in seinem Büro kein Licht brannte; das kam nur selten vor. Kaum saß Levin an seinem Schreibtisch, trat die Versuchung an ihn heran. Gilleys Tür ließ sich nicht mit dem Hauptschlüssel aufschließen – es hieß also: jetzt oder nie. Er wußte, daß in Gilleys Büro ein Aktenschrank stand, auf dessen einer Schublade zu lesen war: »Stilkundelehrer«. Darin lag die Akte Duffy, die vermutlich seine Biographie mit all seinen Fehlern, ja vielleicht sogar Bilder enthielt. Der Gedanke daran ließ Levin das Kitzeln spüren. Er beschloß, nach Hause und so der Versuchung aus dem Weg zu gehen, aber als er im Korridor war, marschierte er in die falsche Richtung. Um ganz sicher zu gehen, klopfte er zuerst vorsichtig an und lauschte dann auf die absolute

Stille im ganzen Haus. Seine Beine zitterten so stark, daß er in sein Büro zurückgehen mußte. Er legte die Arme auf den Schreibtisch und stützte den Kopf darauf. Geh nach Hause, warnte er sich. In der Ferne schlug eine Kirchturmuhr – Mitternacht. Wo ist die Sünde, fragte er sich, wenn man die Wahrheit wissen will? Kann Wissen überhaupt Unrecht sein? Bei diesem Gedanken stand er auf und rannte, ohne innezuhalten, durch den Flur in Gilleys Büro, ließ aber die Tür halb offen, falls er flüchten mußte. Ich breche immer in das ein, was ihm gehört, dachte er, und eines Tages wird er mich zu Recht erschießen. In der Dunkelheit zog er an der obersten Schublade. Verschlossen! Gut. Levin – geh nach Hause! Aber er blieb – verstrickt in den Reiz, das Verbotene zu tun. Aus irgendeinem Grund war eine Tür offengeblieben. Wenn man der richtige Charakter dafür ist, betritt man eben das Zimmer. Eine Schublade war verschlossen – also suchte man nach dem Schlüssel. Welche Schrecken aus der Büchse der Pandora würden über ihn herfallen, wenn er ihn fände? Eine Büchse voller Türen, Levin. Das ist die Natur des Bösen: Eine einzige falsche Tür öffnete unzählige andere.
Schon suchte er in Gilleys Schublade nach dem Schlüssel, als er auf der Treppe Schritte herunterkommen hörte; er erstarrte gleichsam zu Eis. Rasch eilte er zur Tür und hörte, wie jemand langsam vom dritten zum ersten Stock ging. Dann kamen die Schritte näher. Aber sie entfernten sich wieder – dem Ausgang zu. Er merkte, daß es zwei verschiedene Schritte waren. Es war zu spät, um zu fliehen, und Levin versteckte sich hinter dem Schreibtisch. Was, um Gottes willen, könnte er nur sagen, um seine Anwesenheit in der Dunkelheit zu erklären, wenn Gilley hereinkäme? Er hielt sich schon für erwischt. Als Dieb stände er da, völlig verachtet, genau wie sein Vater – ein Schicksal, das ihm durchaus nicht unerwartet widerführe. Die Schritte verstummten, langsam und quietschend öffnete sich die Tür. Ein Lichtschein huschte über Wand, Aktenschrank und Schreibtisch. Irgend jemand atmete schwer und wartete. Levin kauerte am Boden und glaubte, es sei ein Polizist. Ja – das war's: die Campus-Polizei! Er hatte vergessen, daß sie immer um Mitternacht ihren Rundgang durch das Gebäude machte, Lichter ausknipste und Türen schloß. Er hielt den

Atem an, bis er fast wahnsinnig wurde. Als der Polizist die Tür zumachte, dachte er einen verzweifelten Augenblick lang, er habe sie geschlossen, um seine Flucht zu verhindern; aber als das Schloß zufiel, hatte er das Gefühl, in die Freiheit geschleudert worden zu sein. Nach zehn Minuten schleppte er sich, völlig erschöpft, in sein Büro.

Um ein Uhr morgens öffnete Levin Gilleys Tür, die er schlauerweise angelehnt gelassen hatte; er zog das Rollo herunter, knipste das Licht an und fand den Schlüssel zum Aktenschrank. In der Schublade lag seine eigene Akte mit seinem Bewerbungsschreiben und dem Formular mit dem Treueschwur, das er unterschrieben hatte. Duffys Aktendeckel war leer.

12

Professor O. Fairchild, der auf dem Heimweg war, bückte sich, um ein Gänseblümchen von einem Rasen zu pflücken. Levin, der einen halben Häuserblock hinter ihm herschlenderte, sah, daß er hin- und herschwankte, als er sich hinunterbeugte. Als der Professor sich langsam wieder aufrichtete, taumelte er, als sei das Gänseblümchen zu schwer für ihn. Er blieb stehen, um den Stiel durchs Knopfloch zu stecken, und glättete dabei die weißen Blütenblättchen; immer war er peinlich genau, und alles mußte seine Ordnung haben. Dann ging er weiter, als seien seine Gedanken auf einen Strich konzentriert, der bis ins Unendliche vorgezeichnet war. Vielleicht machten es die Papierkörbe an der Straße schwierig, diesem langen Strich zu folgen. Jedenfalls verfehlte er ihn, versuchte, wieder auf ihn zurückzugelangen, trat aber daneben aufs Gras. Das geschah zweimal. Der Professor blickte zum Himmel auf, lockerte den Kragen und zog seine Krawatte wieder fest. Ein vorbeifahrender Wagen hupte. Fairchild hob den Arm halb zum Gruß und drehte sich beinahe um, um das Auto vorbeifahren zu sehen. Mit dem sorgfältig zusammengelegten seidenen Taschentuch betupfte er sich die Stirn. Eine halbe Minute lang sah er auf die Uhr und ging dann langsam weiter. Konnte es möglich sein, daß er betrunken war? fragte sich Levin. Nippte er insgeheim im Büro an einer Flasche? War er dem Schicksal seines Vaters schon seit langem nicht entgangen? Levin schauderte es. Er war spät aus dem Büro gekommen, hatte den alten Grammatiker vor sich gehen sehen, ihn aber nicht einholen wollen.

Ein paar Tage vorher hatte Levin in einem geschlossenen Umschlag – einem unzweideutigen Zeichen für etwas Unangenehmes – ein paar Zeilen des Professors gefunden, in denen er aufgefordert wurde, in sein Büro zu kommen (Fremdlinge sind nach wie vor willkommen...). Nervös hatte er angeklopft, nicht etwa, weil er eine große Karriere zu verlieren hatte (obwohl er verrückt genug gewesen war, sich zu fragen, ob der alte Herr nicht vielleicht in einer Anwandlung von Sympathie ihm vor seiner Emeritierung noch ein laues Empfehlungsschreiben geben würde?), sondern weil er spürte, daß er den Unwillen des Professors verdient hatte. Professor Fairchild saß am Schreibtisch und las Korrekturen, und die Sonne ließ sein weißes Haar aufglänzen; er sah aus, als habe er sich seit Levins Besuch im vergangenen August nicht vom Fleck gerührt in diesem fensterreichen Raum. Levin hatte den Eindruck, als habe er ihn damals so gesehen, wie er ihn immer sehen würde. Seit dem Sommer hatten sie wahrscheinlich keine hundert Worte gewechselt. Der alte Mann, der schwere Säcke unter den Augen hatte, legte eine Druckfahne hin und starrte Levin mit wässerig-blauen, zusammengekniffenen Augen an. Vielleicht hätte ich mich dazu bringen sollen, ihn ein bißchen zu hassen, dachte Levin. Wenn er ein starker Mann wäre, wären wir alle stärker. Er schuf sich selbst eine falsche Vergangenheit:

Hier liegt Orville Fairchild, der Führer, der vergebens lebte,
Er leitete das billigste Englische Seminar an der Westküste,
Requiescat ... und bitte keine Blumen

Jetzt unterstützte der Seminardirektor Gerald Gilley als seinen Nachfolger, genau wie Gilley George Bullock für die Nachfolge auf seinen Platz vorbereitete. (Levins Gesetz I: Schwache Führer begünstigen schwache Führer, das ist das Spiegelprinzip in der Politik). Er sah sich schon, wie er den alten Mann mit harten Worten anklagte, sich nicht genügend für seine Nachfolger zu interessieren, sah, wie sich der Professor duckte, als S. (Savonarola) Levin ihm eine Predigt hielt. Statt dessen starrte Levin auf seine Schuhe. Nachdem der Professor ihn aufgefordert hatte, Platz zu nehmen, sagte er mit vibrierender Stimme, aber durchaus nicht unfreundlich: »Mr. Levin, ich habe Sie nicht zu mir gebeten, damit Sie mir sagen können, Sie lehnten meine Grammatik ab – sie existiert jetzt seit achtundzwanzig Jahren, hat ihre dreizehnte Auflage erreicht und ist in zwölfhundertsechs Kursen benutzt worden, bedarf also keiner Verteidigung; ich habe Sie auch nicht herbemüht, damit Sie mir etwas über Ihre mangelnde Achtung

Dr. Gilley gegenüber sagen – er ist Ihr direkter Vorgesetzter und, wenn ich das bemerken darf, derjenige, der in erster Linie dafür verantwortlich ist, daß Sie hier sind; ich habe Sie auch nicht wegen Ihrer Anmaßung in anderen Dingen hergebeten, die Sie nicht das geringste angehen; ich habe es einzig und allein getan, um Ihnen dringend nahezulegen, die Ansichten anderer zu respektieren.«
Wenn er mir nur verzeiht, verzeih' ich ihm auch.
»Außerdem«, fuhr der Professor in strengem Ton fort, »möchte ich Ihnen raten, sich nicht mehr mit den Frauen Ihrer Kollegen abzugeben. Sie sind alle verheiratet.«
Alles ist verloren, ich habe alles verloren.
»Ja, Sir.«
»Meine Frau hat mir von einem Gerücht erzählt, nach dem Sie mit mehreren Damen von Fakultätskollegen gesehen worden sind. Stimmt das?«
»Mit mehreren, Sir?«
»Ja.«
»Nein, Sir. Ich habe mich – hm – mit einer einzigen getroffen, aber das gehört der Vergangenheit an.«
»Gut, dann möge es auch so bleiben. Ich habe Sie schon einmal sehr ernsthaft vor so etwas gewarnt und kann diese Warnung nur wiederholen. Nur aus Nächstenliebe bin ich so nachsichtig, denn ich möchte Sie davor bewahren, Ihre Karriere schon zu Anfang zu ruinieren. Am besten wäre es, Sie begännen mit den so notwendigen Reformen bei sich selbst; dann gelänge es Ihnen vielleicht, Ihre Leidenschaft, sich in anderer Leute Angelegenheit einzumischen und alles zu kritisieren, zu unterdrücken.«
»Wie recht Sie haben, Sir!«
»Vergessen Sie nicht das traurige Los von Leo Duffy.«
»Niemals.«
»Ich spreche mit Ihnen wie ein Vater mit seinem Sohn.«
Levin spürte einen Kloß im Hals und mußte sich die Nase putzen. »Ich danke Ihnen, Sir.«
»Seien Sie bescheiden. Wir müssen alle bescheiden sein, wenn wir unterrichten.«
Levin nickte.
»Seien Sie schön brav –«

Er versprach's.
Der alte Professor hob die Rockschöße hoch und setzte sich, ohne hinter sich zu blicken, ins Gras. Er saß im Schatten einer belaubten Linde auf einer kleinen, runden, grasbewachsenen Verkehrsinsel an der Kreuzung dreier Straßen; da es Abendessenzeit war, waren sie ganz leer. Ein kleines Mädchen in rotem Kleid auf einem Roller beobachtete ihn, als Levin vorbeikam. Der Professor hatte sich mit wässerigen Augen, blauen Lippen und einer zusammengeschrumpften Nase auf den Rücken gelegt.
»O Gott«, rief Levin.
Er kniete nieder, lockerte den Kragen des alten Mannes, dessen Brust sich keuchend auf- und niederbewegte, als er nach Atem rang. Levin rannte über die Straße, drückte wie wahnsinnig auf einen Klingelknopf und bat dann eine Frau, einen Krankenwagen zu bestellen. Er lief davon, kam zurück und sagte ihr, sie möge Mrs. Fairchild anrufen. Dann rannte er wieder zur Verkehrsinsel. Das kleine Mädchen war davongerollt.
Der alte Mann wußte zwar offenbar nicht, wo er war, schien aber Levin zu erkennen. Mit heiserer Stimme flüsterte er ein paar Worte, und Levin beugte sich hinunter, um sie verstehen zu können.
»– Schoß – einen Pfeil – in die Luft, – er fiel –«
»Bitte sprechen Sie nicht«, flehte Levin ihn an. »Ich habe nach einem Krankenwagen telephonieren lassen. Sie erholen sich bestimmt wieder.«
Er stirbt, dachte er. Wo sind all die anderen?
»›Alle sind – Archi – tekten – des – Schicksals –‹«
Der alte Mann lächelte mit feuchten Augen. Sein Gesicht war jetzt viel kleiner. Seine Lippen zitterten, als er versuchte zu sprechen. Levin beugte sich ganz dicht über ihn.
»Versuchen Sie, ganz still zu liegen.«
»Das Mys – Mysterium des In-fin – In-fin – In-fin –«
»Infiniten.«
»Infinitivs. Haben – Sie all seine Möglich – kei – ten erwogen? Sein –«
Er hielt inne, starrte auf Levin und flüsterte: »Armer Papa.«
Unvermittelt schloß sich sein Mund. Er starb.

Gerald traf alle Vorbereitungen für die Beerdigung. In der Kirche und am Grab klammerte sich Pauline an einem ziemlich kalten Tag fest an den Arm ihres Mannes – eine Trauernde mit schmalem Gesicht, die es nicht fertigbrachte, in ein offenes Grab zu sehen. Das ganze Seminar war anwesend, alle jungen Dozenten mit ihren Frauen, die wie junge Mädchen aussahen. Auch Präsident Labhart mit seinem rosa Schädel und einem bösen Gesicht war da, ebenso Dekan Seagram, Ex-Dekan Feeney – klein und, als Emeritus, nicht mehr in Eile –, alle mit ihren sehr bescheiden aussehenden Damen. Fabrikant und seine Schwester erschienen in schwarzer Kleidung mit weißen Gesichtern. Der betrübteste aller Anwesenden war vermutlich Joe Bucket, der einen alten Freund und Wohltäter verloren hatte. Gilley hielt sich tadellos. Bullocks Gesicht war ernst, aber ausdruckslos. Pauline wirkte in der Menge ganz verloren; sie trug ein schwarzes Kleid und einen kleinen schleierlosen Hut; ihr Haar hatte in der Nachmittagssonne die Farbe dunklen Goldes. Levin sah sie über den Sarg hinweg an, und ihr trauriger Blick begegnete dem seinen. Er empfand Bedauern, hatte das Gefühl, einen nie wieder gutzumachenden Verlust erlitten zu haben, etwas wie den Tod eines Kindes, aber irgendwie verging das Gefühl wieder. Sie blickte fort. Sein Herz blieb schwer. Der Professor wurde unter zwei knorrigen Kiefern auf dem neuen Teil des Friedhofs begraben, nicht sehr weit entfernt von den Gräbern der Pioniere mit ihren stark verwitterten Holzkreuzen und Grabsteinen.

Später überstürzten sich die Gerüchte, daß Gerald, Fabrikant, Leopold Kuck, George, ja sogar Bucket als amtierender Direktor in Frage kämen; Levin hoffte, Joe würde ernannt oder sonst irgend jemand, nur nicht Gilley oder Bullock; es konnte sogar CD sein. Avis zufolge, die es aus zuverlässiger Quelle wußte, kam es dann so, daß zwar der Dekan jeden einzelnen in Betracht zog, daß aber Präsident Labhart, nachdem er einen Brief gelesen, den Professor Fairchild »für den Fall meines Todes vor meiner Emeritierung« hinterlassen hatte, Gerald vorschlug, weil er die Abteilung von A bis Z kannte und wußte, wo alles war und wohin es gehörte. Gilley wurde denn auch ernannt – ein nicht unerwarteter Schlag für Levin, der auf eine Besserung gehofft hatte. Fast sogleich verlegte Gerald sein Büro auf die andere Seite des Korridors. Wer immer Millys Zimmer betrat, um sich eine Schablone oder die Post zu holen, konnte ihn durch eine Verbindungstür, die zu Fairchilds Zeiten geschlossen, jetzt aber immer offen war, am Schreibtisch seines Vorgängers sitzen sehen. Er hatte sich die Haare schneiden lassen, trug einen neuen braunen Anzug und ließ sich nicht mehr in Hemdsärmeln blicken. Zuerst kam es Levin seltsam vor, ihn am Platz des alten Professors zu sehen, aber bald gewöhnte er sich daran. Geralds erste offizielle Mitteilung bestand aus einem Zirkular mit einer Lobeshymne auf den verstorbenen Seminarleiter, der die Ankündigung folgte, daß während der wenigen Wochen, in denen er als Stellvertreter amtiere, die Angelegenheiten des Seminars in unveränderter Weise weitergeführt würden. Er vertraue selbstverständlich auf die Mitarbeit sämtlicher Dozenten, damit alles wie bisher weiterginge. In seiner zweiten Mitteilung kündigte er an, daß die Wahlen innerhalb des Seminars, im Gegensatz zu falschen Gerüchten, wie festgesetzt stattfänden. Bis dahin stand er jedem zur Verfügung. »Bitte kommen Sie ungeniert herein.«

Wenn auch die Angelegenheiten des Seminars nach außen hin unverändert weitergeführt wurden, zeigten sich doch an Gilley ein paar, allerdings nur äußerliche, Veränderungen. Obwohl er in dem großen Zimmer kleiner aussah, schien er innerhalb weniger Tage zugenommen zu haben, besonders in der Taille und an den Backen; er trug leuchtende »Fliegen« und flache, geknöpfte Kragen und sah viel selbstsicherer und weniger sorgenvoll aus als in der letzten Zeit. Er war gesund und glücklich, und man sah, wie gut es ihm ging. Er hatte eine bessere Gesichtsfarbe, und seine Haut glänzte im Licht, das um sein rotes Haar spielte. Auf Levin machte er nach wie vor den Eindruck, es jedem rechtmachen zu wollen, aber auf eine etwas andere Art, so, als hätten die Ereignisse bewiesen, wer er wirklich war, ein *fait accompli,* zu dem er selbst nichts beigetragen hatte; denn war ihm nicht die Stellung einfach zugefallen? Er schien weniger zielstrebig, brachte es aber fertig, seine Wahlkampagne weiterzuführen, ohne den Anschein zu erwecken, es zu tun, während Fabrikant, wenn man Bucket glauben durfte, seine Absichten kaum erwähnte. War es etwa keine Politik, wenn Gerald, häufiger als notwendig, Zirkulare mit der Unterschrift »Gerald Gilley, amtierender Seminarleiter« aussandte? Alles, was er tat, verriet eine Sicherheit, die man wohl erwarten durfte angesichts seiner langen Lehrzeit für diese Rolle. Er tat kaum etwas anderes als das, was er seit Jahren zu tun pflegte – vielleicht traf er ein paar Entscheidungen mehr und ließ seine Mitteilungen an hervorragender Stelle am schwarzen Brett anbringen; aber sonst tat er dasselbe wie zuvor und widmete seine Aufmerksamkeit hauptsächlich dem Stilkundeunterricht für Anfänger. Es sah aus, als sei er bereit, für alle Ewigkeit auf dem Platz auszuharren, auf dem er nun saß – es sei denn, irgend jemand unternähme etwas gegen ihn.

Alles war wie zuvor, sogar in verstärktem Maße. Ein paar Tage, nachdem Gerald in sein neues Büro gezogen war, ließ er seinen eigenen großen Schreibtisch hineinbringen und fuhr fort, Bilder für sein Buch auszuschneiden. Er ging genauso oft wie vorher ins Kaffeezimmer, verweilte dort so lange wie früher und dachte über die Wendungen des Schicksals nach; er scherzte mit den anderen Lehrern; oder er unterhielt sich über das Bild vom College-Baseballspiel mit Marv Beal und Doug Womack, Millys Ehemann, der einen Cowboyhut und eine schwarze Windjacke trug und stundenlang wartete, um sie in seinem Eintonnenlastwagen überall hinzufahren, wo sie etwas zu tun hatte. Wie gewöhnlich war Gerald zu allen, die zu ihm kamen, sehr freundlich, ein wahrer Demokrat; fünf Achtel Zuneigung zu den Leuten, dachte Levin, und drei Achtel Angst, als ob sein Wohlergehen von *jedermanns* Sympathie abhinge. Neben dem Ausschneiden und Aufkleben las er *Feld und Bach* und trug die Abschlußzensuren seiner Studenten, die er übrigens auch in Kurven zusammenfaßte, ins Klassenbuch ein; manchmal las er auch Unterhaltungsromane, von leichter Musik aus dem Radioapparat begleitet. Wenn es nicht gerade stark regnete, spielte er in der Mittagszeit Golf, schlief nach dem Essen und kam dann ins Büro zurück – voller Ungeduld, wieder gehen zu können. Jedesmal, wenn das Cascadia College in der Stadt ein Baseballspiel ansetzte, war er als offizieller Punktrichter dabei – seine Belohnung für jahrelange, regelmäßige Anwesenheit.

Der amtierende Seminarleiter machte keinen Versuch, seine Antipathie gegen Levin zu verbergen. Er hatte offenbar zu Avis (die es jemandem weitersagte, der es dem Dozenten verriet) bemerkt, daß er sich über ihn ärgere, weil er »hinter meinem Rücken für Fabrikant Propaganda macht«. Da Levin offenbar manches im geheimen tat, schien Gilley seine Ehrlichkeit anzuzweifeln. Soweit diese Zweifel etwas mit der Wahrheit zu tun hatten, waren sie berechtigt; er war ja tatsächlich unehrlich, aber nicht auf die jämmerlich-kleinliche Art, die Gilley ihm andichtete. Wenn Levin zum Beispiel in Millys Abwesenheit eine Drei-Cent-Marke aus der Zigarettenschachtel in ihrer Schublade nahm (das taten alle, wenn sie nicht im Büro war), beobachtete ihn Gerald mit Falkenaugen durch die offene Tür, um festzustellen, ob er auch die drei Pennies bezahlte. Wenn er sich Papier, Bleistifte oder Kreide holte, steckte der amtierende Institutsleiter den Kopf durch die Tür und schrieb genau auf, was Milly ihm gab. Einmal schickte er sie sogar zu Levin, um ihn zu fragen, ob er »zufällig« zwei Rollen Klebestreifen gesehen habe, die fehlten. Immer wieder fühlte Levin sich daran erinnert, daß er aus dem gleichen Holz geschnitzt war wie sein Vater.

Gilleys Verdacht auf den Dozenten war möglicherweise ein Zeichen dafür, daß er ihm gegenüber viel empfindlicher geworden war als früher und in ihm den »Hauptkritiker an allem« sah, besonders, wenn der amtierende Institutsleiter seine Zeit mit irgend etwas vertrödelte, das nichts mit Arbeit zu tun hatte. Manchmal schien Gerald nervös zu sein, wenn Levin auch nur einen Augenblick in seiner Nähe war. Es war ihm peinlich, eine Kaffeetasse in der Hand zu halten, wenn der Dozent an ihm vorbeiging, während er trank. Als Levin einmal zum Wasserkühler ging, steckte Gerald, der auf dem Flur stand, rasch ein paar Filmnegative in die Tasche (vielleicht von Pauline im Badezimmer?), die er gerade Leopold Kuck zeigte. Sogar Kuck schien in Verlegenheit zu geraten. Am nächsten Tag nahm Gerald schnellstens die Füße vom Schreibtisch, als Levin Millys Zimmer betrat, um seine – meist unwichtige – Post zu holen. Um Ursache und Wirkung noch mehr zu komplizieren, überfiel Levin plötzlich das verzweifelte Gefühl, unfreiwillig Gilleys Nemesis zu sein. (Levins Ge-

setz II: Man wird zum Opfer seines Opfers. III: Setzt man sich für etwas ein, fühlt sich jemand in der Nähe verfolgt.)
Der kalte Krieg zwischen Gerald und ihm, zusammen mit dem heißen Krieg zwischen seinem Gewissen und seiner angeborenen Schüchternheit, brachten Levin der Erschöpfung nahe. Eines Morgens betrat er höchst widerwillig das Arbeitszimmer des amtierenden Seminarleiters, um ihm über die Lehrbücher zu berichten, die der Ausschuß auf seiner letzten Sitzung ausgewählt hatte. Gilley ließ rasch eine Zeitschrift in der obersten Schublade seines Schreibtischs verschwinden, schloß sie ab und sah Levin mit düsterem Blick an.
»Ich bin nur gekommen«, sagte Levin, der sich bewußt war, wie heftig sein Herz klopfte, »um Sie wissen zu lassen, daß unser Ausschuß dafür gestimmt hat, die *Grundlagen* ... in dem Kursus »Grammatik für Lehrer« zu benutzen. In den Stilkundeklassen hingegen möchten wir lieber das *Handbuch der Aufsatzkunde und der Grammatik* von Smith und McGinnis verwenden. Außerdem schlagen wir ein besseres und besser angebrachtes Lesebuch vor, nämlich Guffeys *Erfahrung in Wirklichkeit und Dichtung.«*
»Und was wollen Sie damit erreichen?« fragte Gilley sarkastisch. Ohne eine Antwort abzuwarten, fuhr er fort: »Sie hätten mindestens warten können, bis Professor Fairchilds Leiche im Grab kalt geworden ist.«
»Ich berichte Ihnen nur über den Beschluß, den der Ausschuß gefaßt hat.«
»Ich möchte wetten, daß Sie die anderen dazu angestiftet haben.«
»Der Beschluß war einstimmig. Wenn Sie mir nicht glauben, können Sie ja Bucket, Jones, Scowers und Carson Fitch fragen.«
»Das wird sich finden.«
Er war dunkelrot geworden, und Levin spürte, wie sich ihm der Magen hob. »Gerald«, sagte er und versuchte, ruhig zu sprechen, »wenn Sie diese Empfehlungen umstoßen, sehe ich mich gezwungen, zu jedem einzelnen zu gehen und ihm von Bullocks Scheißliste zu erzählen, gegen die Sie nicht eingeschritten sind.«
»Mäßigen Sie gefälligst Ihre Ausdrucksweise in diesem Büro.«

Gerald blickte verärgert in Millys Zimmer, um zu sehen, ob sie die Bemerkung gehört hatte, aber sie war gerade auf der Toilette.

»Ich werde ihnen dann auch erzählen – falls sie es noch nicht wissen –, daß Bullock die besten Sportler auffordert, seine Kurse zu belegen, damit er sich persönlich um sie kümmern kann, und daß niemand etwas dagegen unternommen hat. Außerdem gibt er denen, die zu dumm sind, um ein ›C‹ zu bekommen, Nachhilfestunden und wird dafür von der Sportabteilung bezahlt. Das heißt also, er wird für jeden dieser Studenten doppelt bezahlt. Was würden wohl Ihrer Ansicht nach die Steuerzahler von Cascadia davon halten?«

Gerald stand auf und schloß beide Türen.

»Soll das eine Erpressung sein?«

Levin bestritt es.

»Hier geschieht nichts ohne Wissen des Präsidenten. Das alles ist vollkommen legal, also tun Sie nicht so, als sei es eine geheime Verschwörung«, sagte Gerald; er unterdrückte zwar seine Wut, aber man merkte sie trotzdem. »George hatte die Initiative, diese Nachhilfekurse einzurichten. Die Sportabteilung hat darauf bestanden, ihm seinen Zeitaufwand zu vergüten; er hat nicht darum gebeten und braucht das Geld auch nicht. Ich habe die Sache selbst dem Präsidenten erzählt, und er hat sie nicht für wichtig genug gehalten, um auch nur ein Wort darüber zu verlieren.«

»Haben Sie ihm auch etwas von der Liste gesagt?«

»Dafür gibt es keinen Beweis.«

»Warum fragen Sie George nicht, ob sie existiert? Wenn er ihre Existenz zugibt, können Sie ihm ja sagen, er solle so etwas unterlassen. Und Sie könnten ihn auch veranlassen, mit den Nachhilfestunden, die er seinen eigenen Studenten gibt, Schluß zu machen.«

»Ich sehe nicht ein, was für einen Unterschied es macht, wer ihnen Nachhilfestunden gibt«, sagte Gerald, »wenn nur derjenige, der es tut, sein Handwerk versteht. Und bei dieser Gelegenheit möchte ich Sie darauf hinweisen, daß George zwar drei Jahre jünger ist als Sie, aber schon seit zwei Jahren seinen Dr. phil. hat – er ist der jüngste Titelinhaber im Seminar. Er ist hervorragend geeignet zu unterrichten und Nachhilfestunden zu geben. Außerdem brauchen Sie sich nicht einzubilden, Sie könnten mich mit Ihren Beschwerden zum Narren halten. Ich weiß verdammt gut, daß Sie, Fabrikant und Joe Bucket aus solchen Kleinigkeiten einen Elefanten machen wollen, nur um mich in Mißkredit zu bringen und die Wahl für CD zu gewinnen. Aber glauben Sie mir: Damit kommen Sie nicht durch, denn alle im Seminar wissen, daß es nicht so schlimm ist, wie Sie vorgeben.«

»Es ist noch viel, viel schlimmer.«

Gilley setzte sich und machte ein unglückliches Gesicht. »Manchmal verfluche ich den Tag, an dem ich Sie engagiert habe. Sie sind völlig ungeeignet, an einem College zu unterrichten.«

»Und warum haben Sie mich dann engagiert?«

»Ein blöder Narr war ich.«

»Um meine Stimme zu erhalten, weil Sie mir die Stelle verschafft haben?«

»Wenn ich das je beabsichtigt habe, dann jetzt gewiß nicht mehr. Levin, warum gehen Sie eigentlich nicht wieder dahin, wo Sie hergekommen sind – in diese verdammten, stinkenden New Yorker Untergrundbahnen?«

»Hier bin ich, und hier bleibe ich.« Levin wagte kaum, es zu glauben.

»Das hat jemand anders auch geglaubt – aber er ist nicht mehr bei uns. Wir werden Sie schon wieder loswerden – genau, wie ihn.«

Bisher hatte sich Levin zwar recht gut behauptet, aber Gilleys Drohung ließ ihn beinahe zusammenbrechen. Es fehlte nicht viel, und er wäre auf den Boden gerutscht, aber gerade noch im letzten Augenblick hörte er, wie der amtierende Seminarleiter ihn verzweifelt bat, doch Vernunft anzunehmen. Später hatte er das Gefühl, völlig von allen Menschen abgeschnitten zu sein. Er war für ein ruhiges Leben bestimmt.

Er versuchte noch einmal, Bucket zu überreden, doch zu kandidieren, aber der Außerordentliche Professor antwortete, er habe sich schon so weit engagiert wie nur möglich.

»Wenn Gilley gewinnt«, sagte Levin, »werde ich mit tödlicher Sicherheit hinausgeworfen.«

»Nicht ohne guten Grund.«

»Stimmt – ich habe Grund genug dafür gegeben.«

»Und ich habe dem Schicksal fünf Geiseln gestellt«, erwiderte Bucket, »ganz abgesehen von meiner schwangeren Frau – an diese ja nicht gerade kleine Gesellschaft muß ich eben denken.«

»Ich bin mein eigener Geisel«, seufzte Levin.

Als er wieder zu Hause war, legte er sich aufs Bett und starrte stundenlang die Wand an.

Als Levin am gleichen Abend in einem Lebensmittelgeschäft eine Schachtel Käsegebäck kaufte, entdeckte er Dekan Seagram, der am Obststand mit der Hand Pampelmusen abwog, und vor lauter Freude setzte sein Herz beinahe einen Augenblick aus. Mit seinem Spitzbart à la van Dyck und seiner schmalen Nase sah Seagram beinahe aristokratisch aus, aber Levin hielt es für möglich, offen mit ihm zu reden. Obwohl der Dekan kaum etwas Neues in der geisteswissenschaftlichen Fakultät eingeführt hatte, hatte er doch zumindest das Englische Seminar durch seinen Wahlvorschlag in Aufregung versetzt. Levin hatte den Dekan schon mehrmals in diesem Laden gesehen; meistens nickten sie einander zu, und dann ging jeder seines Weges, aber heute abend hatte der Dozent Lust, mit dem Dekan zu sprechen. Er hatte in der letzten Zeit schon mehr als einmal daran gedacht, mit ihm über Bullocks besondere Vorliebe für Sportsleute zu reden, aber es sah zu sehr nach Petzerei aus. Heute abend hatte er etwas anderes im Sinn.

Levin wartete vor der Ladentür, bis der Dekan mit einer riesigen Tüte voll Pampelmusen herauskam, und zog den Hut.

»Guten Abend; ich gehöre zum Englischen Seminar, mein Name ist S. Levin.« Es war eine Anstrengung – aber sie war nicht so groß, wie er vorher geglaubt hatte.

»Ich habe Sie erkannt«, erwiderte der Dekan. »Sie haben sich den Bart abgenommen – zu schade.«

»Ach so«, lachte Levin verlegen. Er schloß sich dem Dekan an; an der Ecke überquerten sie die Straße und gingen zusammen weiter.

»Wohnen Sie in dieser Gegend, Mr. Levin?«

»Nein – ganz entgegengesetzt. Ich – hm – ich möchte mit Ihnen über etwas sprechen.«

Er legte die Hand auf die Brust, um sein pochendes Herz zu beruhigen. Es war ihm nämlich eingefallen, daß Gilley dem Dekan einen schlechten Bericht über ihn gegeben haben könnte, und deshalb bereute er es schon, Seagram angesprochen zu haben. Aber da er es nun einmal getan hatte, sagte er:

»Ich wüßte gern von Ihnen, ob Ihnen folgender Vorschlag zusagt: Könnten wir hier nicht Diskussionsstunden über berühmte Bücher einführen? Ich meine – Abenddiskussionen in der College-Bibliothek? Alle notwendigen Gänge etc. würde ich gern übernehmen, wenn so etwas nur zustandekommen könnte.«

»Ich verstehe Sie nicht ganz«, antwortete der Dekan. »Meinen Sie damit einen Kursus über berühmte Bücher für unsere Studenten?«

»Nein, Sir. Jeder, der Lust hätte, könnte kommen – auch Leute aus der Stadt –, allerdings dachte ich hauptsächlich an Fakultätsmitglieder. Natürlich nur, wenn Sie glauben, es ließe sich machen. Ich hoffte, es ergäbe sich eine gemischte Gruppe aus Leuten der verschiedenen Geisteswissenschaften, Naturwissenschaftlern, Technologen und Leuten aus der Handelsschulabteilung, so daß wir diese Bücher einander erklären könnten. Die meisten von ihnen sind ja klassische Werke der Literaturgeschichte, aber es gehören auch naturwissenschaftliche und soziologische Werke dazu. Ich glaube nämlich, daß uns die anderen, wenn wir erst einmal über ein paar dieser Bücher diskutiert hätten, etwas besser verständen, daß sie zumindest begriffen, was Geisteswissenschaften bedeuten und warum sie für unser Leben wesentlich sind. Es ist mir völlig klar«, fuhr er rasch fort, »daß ›verstehen‹ einen Doppelsinn hat – einige von uns wissen wirklich entsetzlich wenig über naturwissenschaftliche Dinge, aber es kann ja keinen Zweifel geben, wer am Cascadia College die zweitrangigen Staatsbürger, wie Dr. Fabrikant sie nennt, sind. Die Technologen wissen kaum etwas von unserer Existenz und interessieren sich auch kaum dafür. Unsere Leute genießen keinerlei Ansehen und finden sich damit ab; soweit ich sehen kann, setzen sich einige Dozenten nicht einmal besonders für die Fächer ein, die sie unterrichten. Wie können sie auch – da wir ja in so hohem Maße nur als Hilfskräfte für die anderen Fächer angesehen werden? Wenn ich

diese Frage überhaupt riskieren darf. Man kann sich ja vorstellen, wie sich das auf ihre Studenten auswirkt –«
Der Dekan nickte.
Er wollte etwas sagen, aber Levin sagte schnell: »Wenn wir diese Diskussionen eine Zeitlang fortsetzen, könnte sich meiner Ansicht nach sogar vielleicht eine Atmosphäre entwickeln, die einer Wiedereinführung aller geisteswissenschaftlichen Fächer im College günstig wäre. Und vielleicht könnte diese Diskussionsgruppe sogar zum Kern eines Fakultätsforums werden. Natürlich – nur, wenn niemand etwas dagegen hat.«
Der Dekan nahm die Tüte mit Pampelmusen auf den anderen Arm und sah Levin unverwandt an.
Verflucht noch mal, was für ein elender Narr bin ich doch, dachte der Dozent, warum kann ich nur niemals etwas lernen?
»Das ist ein interessanter Vorschlag.«
»Glauben Sie wirklich?« Vor Erleichterung wurde Levins Atem ganz unregelmäßig.
»Zweifellos – vorausgesetzt, wir bekommen die richtige Gruppe zusammen. Vielleicht wäre es am besten, den Dekansrat inoffiziell zu bitten, sich hinter den Plan zu stellen, damit es nicht so aussieht, als wollten die Vertreter der geisteswissenschaftlichen Fächer für sich Reklame machen. Ich mache Ihnen einen Vorschlag, Mr. Levin: Kommen Sie doch kurz nach der Abschlußfeier einmal zu mir ins Büro, damit wir uns über diese Idee unterhalten können. Wir könnten ja versuchen, im Herbst mit so etwas anzufangen. Ich sehe der Reaktion zwar nicht mit großem Optimismus entgegen, aber man sollte es jedenfalls versuchen. Selbst wenn es uns nicht gelingt, ein paar Techniker anzulocken, wäre es ganz gut für einige von unseren eigenen Leuten, sich wieder einmal mit den berühmten Büchern zu beschäftigen – oder soll ich sagen, sie überhaupt erst kennenzulernen?« Er lachte zögernd. »Wenn wir ein halbes Dutzend Teilnehmer aus all den anderen Abteilungen zusammenbringen könnten, wäre das schon ein großartiges Ergebnis. Die Idee ist ausgezeichnet – ich gratuliere Ihnen.«
Sie gingen zusammen weiter. Levins Schritte waren leichtbeschwingt. Noch so eine gute Idee – und von ihm bekäme ich ein prima Empfehlungsschreiben.
»Da ... da ist übrigens noch etwas, worüber ich mit Ihnen

sprechen möchte«, sagte er, als sie ein Stück weitergegangen waren. »Diese Wahl, die uns bevorsteht – wie ist das eigentlich – kann dabei jeder kandidieren – auch ein einfacher Lehrer?« Er spürte, wie ein hohles Lachen in ihm aufstieg, unterdrückte es aber. »Vielleicht klingt es dumm – aber schließlich kandidieren die seltsamsten Leute bei Wahlen. Was geschähe zum Beispiel, wenn ... wenn ein Lehrer die Wahl gewönne?«
Der Dekan nahm die Tüte mit Pampelmusen auf den anderen Arm. »An diese Möglichkeit habe ich überhaupt noch nicht gedacht. Im allgemeinen kandidieren ja nur Leute in höheren Positionen; aber immerhin – wenn ein Lehrer es fertigbrächte, vierzehn Stimmen zu erhalten, würden wir ihm vermutlich den Posten sogleich übertragen. In diesem Falle schlüge ich vor, daß er sofort zum Außerordentlichen Professor befördert würde – mit allen Privilegien und Gehaltszulagen, die dazugehören –, was leider keinen großen Unterschied machen würde. Wahrscheinlich erhielte er auch eine Vergütung für die Verwaltungsarbeit, die er für das Seminar zu leisten hätte, aber nicht so viel wie ein Mann in höherer Stellung. Wenn allerdings das Unwahrscheinliche einträte und ein Lehrer die Wahl gewönne, würde ich – aus Vorsicht – darauf dringen, daß die Leitung des Seminars abwechselnd verschiedenen Mitgliedern anvertraut würde, daß wir vielleicht alle zwei Jahre einen neuen Leiter haben sollten; mindestens eine Zeitlang wäre das wohl ganz gut.«
»Das ist fair«, sagte Levin.
»Wollen Sie vielleicht kandidieren?«
»Ich weiß noch nicht genau.« Er unterdrückte ein Lachen. »Ist es – ist es noch nicht zu spät für weitere Nominierungen?«
»Doch, es ist zu spät. Ich habe heute nachmittag ein Zirkular mit den Namen der Kandidaten an Sie alle herausgehen lassen. Aber Ihr Name ist ja schon genannt worden – zusammen mit den Namen von Dr. Gilley, Dr. Fabrikant und Dr. Bullock. Bullock hat übrigens heute abend bei mir zu Hause angerufen und mich gebeten, seinen Namen wieder zu streichen.«
»Mein Name?« sagte Levin, hocherfreut und überrascht. Das hat Bucket getan, dachte er. Oder Jones, oder vielleicht Scowers. Er überlegte, ob der Dekan wohl glaube, er habe sich

selbst nominiert, denn die Namen der Kandidaten waren auf unsignierten Zetteln eingereicht worden. Er lachte nervös.
Auch Dekan Seagram lachte. Ein heranbrausender Wagen trennte sie – Levin wartete, während der Dekan über die Straße rannte.
»Achtung – Vorsicht«, rief er.
Der Dekan wandte den Kopf, um zu sehen, wo der Lehrer blieb, und stieß dabei fast gegen einen Telephonmast. Im letzten Augenblick blieb er zwar stehen, aber die Tüte mit Pampelmusen hatte den Mast schon berührt und bekam einen Riß von oben bis unten.
Die Pampelmusen rollten auf die Straße. Levin gluckste und suchte einen Arm voll zusammen. Der Dekan bat ihn, ihm ein paar davon noch auf den Arm zu legen, und die, die er nicht mehr tragen konnte, trug ihm dann Levin.
Levin, der in bester Stimmung war, weil er dem Dekan helfen konnte, fragte ihn, ohne viel nachzudenken, wie lange im voraus ein Dozent es erfahre, wenn sein Vertrag nicht erneuert werde.
»Tja«, antwortete der Dekan und preßte sein Obst an sich, »die Verwaltungsvorschriften besagen, daß bei nicht festangestellten Fakultätsmitgliedern nach dem ersten Jahr eine Kündigungsfrist von zwölf Monaten einzuhalten ist. Wenn Sie aber an jemanden denken, der noch im Probejahr steht, so muß er spätestens zu Beginn des Frühjahrstrimesters die schriftliche Mitteilung erhalten, daß sein Vertrag für das Herbsttrimester nicht erneuert werden wird.«
Ich habe aber keine schriftliche Mitteilung bekommen, dachte Levin hocherfreut. Er merkte zwar, daß er eine sehr dumme Frage gestellt hatte, konnte sich aber des Gedankens nicht erwehren, daß kein Mensch seine wahren Möglichkeiten kennt, ehe er sich nicht gründlich über sie informiert hatte. Es müßte ihm daher, selbst wenn Gilley Seminarleiter würde, im Laufe eines Jahres, besonders angesichts der Ferienperioden, möglich sein, seinem Glück im Cascadia College wieder auf die Beine zu helfen, wenn er es nur richtig anfinge. Darum beschloß er, nicht weiter zu fragen.
»Aber«, fuhr der Dekan vergnügt fort, »jede Anklage wegen

eines moralischen Vergehens führt zur sofortigen Entlassung. Soweit mir bekannt ist, wurde damit letztlich die Entlassung Mr. Duffys gerechtfertigt.«
Einen Augenblick später suchten sie beide Pampelmusen zusammen, denn Levin war gegen einen Baum gestoßen.

Bin ich dieser Aufgabe überhaupt würdig? Ich, der Sohn eines Galgenvogels, ein früherer Trinker, ein Idealist, dem das Leben alle Ideale genommen hat, ein Sünder, der immer wieder der Sünde erlegen ist, ich, der ich alle nur möglichen Fehler begehe? Wie darf es ein Mensch, der so oft in Fragen des Gehorsams versagt hat, wagen, sich in der Rolle eines zukünftigen Führers zu sehen? Darf ich, bei meinem Charakter, meinen Schwächen, bei meinem so häufigen Versagen irgendeine andere Aufgabe suchen als eine, die meine Bescheidenheit stärken, mein Gewissen läutern und/oder Irrtümer der Vergangenheit wiedergutmachen würde? Noch nie war es Levin auch nur im entferntesten eingefallen, für irgendeinen Posten zu kandidieren, nie hatte er nach irgendeinem gestrebt – außer, mit zwölf Jahren, nach dem Rang eines Mannschaftsanführers im Faustball, und später nach zwei College-Titeln. Ein tüchtiger Führer muß ein weiser, moralisch einwandfreier Mann sein, und moralisch einwandfrei bedeutete gleichzeitig mutig; beide Eigenschaften besaß er nur in geringem Maße – er war viel eher ein Mann der guten Absichten. Immerhin war es durchaus möglich, daß ein Leiter mit guten Absichten und dem Mut, gelegentlich eine vielversprechende Idee auszuprobieren, recht ordentliche Arbeit leistete. Natürlich war es ein Husarenstück für einen Lehrer mit so wenig College-Erfahrung, einen Mann aus dem Osten, der noch nicht lange im Westen lebte und bis vor kurzem seinen Kollegen völlig fremd gewesen war, sie zu bitten, *ihn* als Seminarleiter zu wählen. Aber vielleicht mußten die Leute hier gerade auf diese Weise wachgerüttelt werden. Wenn sie erst wachgerüttelt wären, wäre alles möglich.
Er träumte von einer großartigen Leistung, sah sich, Levin, als Führer und stellte sich eine bedeutsame, wenn auch unvermeidlich kurze Karriere vor. Was könnte er in Cascadia nicht alles erreichen, wenn er sich dieser Aufgabe widmete:

Hunderte von notwendigen Reformen würde er durchführen – er würde aus dem höchst mittelmäßigen Seminar etwas ganz Hervorragendes machen. Und wer weiß, vielleicht brächte er es im Laufe dieser Arbeit, wenn er nur das Richtige täte, auch fertig, die geisteswissenschaftlichen Fächer als Hauptfächer nach Cascadia zurückzuholen? Easchester würde eine blühende Stadt werden. Wenn man nur einmal etwas wagte, zog ein Erfolg den anderen nach sich. Gute Einrichtungen bewirkten gute Taten. Vielleicht würde man in der Stadt ein Konzertgebäude und einen öffentlichen Diskussionssaal errichten, würde eine Kunstgalerie eröffnen, eine Schauspielertruppe zusammenbringen, ausländische Filme zeigen, ja – vielleicht würde man eine Buchhandlung aufmachen, die wirklich Bücher verkaufte. Eine aufgeklärte öffentliche Meinung! Easchester – Athen des Westens! Und wenn Levin eines Tages gehen würde, um an einem anderen Ort eine neue Laufbahn zu beginnen (Aber warum sollte er gehen, da es ihm hier doch für alle Ewigkeit gut ginge? Eine Frau würde er gewiß früher oder später finden), dann würden ihn die guten Bürger der Stadt, die ihm alle so viel verdankten, auf den Schultern die Hauptstraße hinauf- und hinuntertragen, vorbei an den verschiedensten Logenbrüdern und -schwestern, dem Bund der Steuerzahler usw.; es gäbe Jubel, Tränen und ein Schlagzeugorchester. Levin, der Wohltäter, der Kulturheld, Seymour J. P. Bunyan-Nachfolger, Fautor et Cultor Bonorum, amerikanischer Patriot! Er mußte sich eine Ohrfeige geben, um mit diesen Träumereien aufzuhören.
Wenn es ihn auch anwiderte, Leute zu bitten, für ihn zu stimmen, um dadurch einen höheren Rang als sie zu erlangen, und wenn er es auch haßte und als seiner unwürdig ansah, eine Wahlkampagne durchzuführen – das mußte er jetzt tun. Vermutlich konnte er auf drei bis vier Stimmen zählen, aber es war durchaus möglich, ein halbes Dutzend Leute dazuzubringen, für ihn zu stimmen, wenn er den schmutzigen Plan, den er hegte, ausführen konnte. Wenn ihm das gelang, waren ihm zwar die notwendigen vierzehn Stimmen noch keineswegs sicher, aber sie lagen immerhin im Bereich des Möglichen. Gelang es ihm nicht, mußte er irgendwie Gilleys Wahl verhindern, in der Hoffnung, ein neutraler Kandidat würde

dann zum vorläufigen Seminarleiter ernannt; allerdings bezweifelte Levin, daß das möglich sei, da ja Gerald schon im Amt war. Jedenfalls aber plante er, alles zu tun, um Gerald noch so lange von einer wirklichen Machtposition fernzuhalten, bis er selbst eine Stelle an einem anderen College gefunden hätte. Gerald war zwar überzeugt, daß er allein alle Fäden in der Hand hielt, aber Levin, der Emporkömmling, der armselige Kerl, besaß eine Photokopie von Bullocks Scheißliste; und da er nicht mehr viel Zeit hatte bis zur Wahl, begann er – ein verlegener Machiavelli – (mit der Ausrede, ich informiere sie ja nur zu ihrem eigenen Besten; Unwissenheit ist durchaus kein Segen), diese Liste vorsichtig herumzuzeigen. Bullocks Unterschrift hatte er jedoch vorher abgeschnitten. Als die anderen zu erraten begannen, wer die Namen zusammengestellt hatte, beantwortete er ihre Fragen weder mit ja noch mit nein, sondern sagte nur, er habe Gerald darauf aufmerksam gemacht, aber der habe sich geweigert, irgend etwas gegen den Urheber zu unternehmen; das Originalexemplar lag nun bei den Papieren des Fußballtrainers – eine Schweinerei bei den Akten. Niemand war so erstaunt oder entsetzt, daß er vom Stuhl aufsprang, aber einige fanden die Existenz einer solchen Liste immerhin beunruhigend, und Bucket und O. E. Jones waren darüberhinaus tief niedergeschlagen. Der eine oder andere erschrak, als er seinen Namen auf der Liste sah. »Was kann ich tun, damit er von ihr verschwindet?« fragten sie Levin.

Zum Ausgleich sozusagen zeigte er ihnen dann ein zweites Blatt, das er insgeheim spät nachts hektographiert hatte: »S. Levins *Vorschläge*: Um unsere Selbstachtung aufrechtzuerhalten, *raus* mit den *Grundlagen ...* (wie vom Ausschuß für das Stilkunde-Lehrbuch empfohlen), *raus* mit den Trimesterexamina, *fort* mit dem System einer unerbetenen Begünstigung der Sportler; *ebenso* mit der Zensur von Texten, die ein verantwortungsbewußter Ausschuß vorgeschlagen hat; *weg* mit Angst vor der Öffentlichkeit und Mißtrauen gegen die Kollegen, mit dem Zimmer für Stilkundeübungen und ähnlichem. *Her* mit einem Aufsatz-Kursus auf der Grundlage eines guten Stils, einem Literaturkursus für jeden Dozenten, soweit das möglich ist; *her* mit dem humanistischen Ideal – der Grundlage jeder Demokratie.« Fast ohne zu wollen, sprach er weiter in diesem Sinn und hielt diese Wahrheiten für ganz selbstverständlich: Zur Demokratie gehört mehr als nur Gleichmacherei, selbst im Westen Amerikas. Gleichheit bedeutet Gleichheit vor dem Gesetz, gleiches Wahlrecht, gleiche Lebenschancen auf Grund einer kostenlosen Ausbildung; Gleichheit bedeutet nicht, daß ein Mensch so gut wie der andere ist – nicht, daß es keine Aristokratie des Geistes, der Absichten und der Leistungen gäbe. Jefferson hatte einmal an Adams und somit an Levin geschrieben: »Es gibt unter den Menschen eine natürliche Aristokratie, die auf *Tugend* und *Talent* beruht. Diese natürliche Aristokratie sehe ich als die kostbarste Gabe der Natur an *für die Erziehung, das Vertrauen und die Regierung der Gesellschaft.*« Gleichheit bedeutet nicht, den identischen Durchschnitt erzielen. Auch »Ideen« sind nicht gleichwertig, nur weil sie den Köpfen freundlicher Menschen entsprungen sind. Der Mensch strebt danach, sich durch Erziehung und Leistung auszuzeichnen. Wenn die Führer groß sind, ist es auch die Demokratie. Wenn Levin so weit gekommen war, schwitzte er meistens in den Achselhöhlen und brachte nur noch unzusammenhängende Sätze hervor, denn er spürte die Diskrepanz zwischen seinem eigenen Wert und dem, was er sagen mußte. Wenn er gefragt wurde, warum er Fabrikant seine Unterstützung entzogen habe, erklärte er, seiner Ansicht nach brauche das Seminar einen stärkeren Mann, und wenn sein Gesprächspartner ihn kritisch betrachtete, bot er ihm vorsichtig an, auf seine Kandidatur zu verzichten, falls der Dekan einen tüchtigen Mann von außerhalb für die Stelle engagiere. O. E. Jones erklärte, er und Ed Purtzer würden diesen Vorschlag sofort Dekan Seagram unterbreiten.

In den letzten Tagen des Trimesters bewirkte Levin eine große Uneinigkeit im Seminar. Man sprach sehr viel über ihn, zum Teil mit großer Erbitterung – und Levin wußte es. Er stieß sich an allem, seine Nerven waren überreizt, aber er zwang sich, seine Wahlkampagne durchzuführen, um als Sieger aus der Wahl hervorzugehen. Diejenigen, die mit seiner Kritik und seinen Vorschlägen für eine Verbesserung des Seminars übereinstimmten, schienen sich genauso über ihn zu ärgern wie seine Gegner, die die *Grundlagen* ... für ein ausgezeichnetes Buch hielten, Gilleys Politik großartig fanden und alles, was geschah, als vorzüglich ansahen. Man warf ihm vor, Verwirrung zu stiften und das ruhige Leben seiner Kollegen zu stören. Man warf ihm vor, er übertreibe, ja, er lüge sogar. Leopold Kuck, gemeinhin ein sanfter Mensch, sagte ihm ins Gesicht: »Sie sind in erster Linie selbst das Opfer Ihres vermessenen Strebens nach Macht«. Er zitierte Lord Acton und erklärte Levin, er habe ihm nie getraut. »Sie verstehen uns einfach nicht«, brüllte er ihn in seinem Büro an. »Sie haben nicht die leisteste Ahnung von Anstand. Sie sind genauso schlimm wie Leo Duffy, aber ohne seine Vorzüge. Sie gehören überhaupt nicht als Lehrer an ein College.« Ferris Farper – von ihm hatte es Levin erwartet – nannte ihn »einen elenden, gottverdammten unamerikanischen Revoluzzer«. Ich bin höchstens ein armseliger Ersatz dafür, dachte Levin, aber in einem solchen Fall gilt der Satz »Kleine Ursache – große Wirkung«. Er fühlte sich wie eine Natter. Sein Herz klopfte wie rasend, auch wenn er überhaupt nichts tat. Er fürchtete sich vor den bösen Zungen, die, nicht zufrieden mit dem, was sie wußten, noch mehr von allem verlangten – drei Wagen in jeder Garage. Für sie war jeder, der behauptete, es sei eine subtile Art des Sterbens, mit dem eigenen Leben oder der Gesellschaft unzufrieden zu sein, völlig verrückt, war ein Fremdling und – zweifellos – ein Kommunist.

Ein paar Tage vor den Trimesterabschlußprüfungen begegnete Levin auf dem Flur George Bullock mit seinem scharf geschnittenen, blühend aussehenden Gesicht, und Bullock drohte, ihm den Schädel einzuschlagen. »Zum Teufel nochmal, wo nehmen Sie nur die Unverfrorenheit her, meine Privatkorrespondenz zu kopieren und herumzuzeigen?«

»Ich habe Ihren Namen von dem Brief abgeschnitten«, erwiderte Levin. »Ich habe nie gesagt, von wem die Liste stammt.«

»Aber Gerald haben Sie's gesagt?«

»Ich habe nur von der Liste gesprochen, ohne Ihren Namen zu nennen. Aber er hat's erraten.«

»Sie können kein Verbrechen aus etwas machen, was niemals eins sein sollte«, sagte Bullock wütend. »Die Sportler sind hier doch die einzigen Leute, die wirklich etwas leisten. Ich habe durchaus das Recht, sie gegen Leute wie Sie in Schutz zu nehmen. Mein Gott, was für ein Idiot war ich doch, Sie zu mir einzuladen. Sie haben meine Gastfreundschaft mißbraucht.«

»Tut – mir – leid –, dafür war ich dankbar.«

»Ein Teufel waren Sie. Sie und Ihr vermaledeiter Bart – sowie ich den gesehen hab', hab' ich gewußt, daß ich Ihnen nicht trauen kann.«

»Schieben Sie's nicht auf meinen Bart –«

»Verdammt nochmal, keine einzige Stimme werden Sie bekommen außer Ihrer eigenen.«

Gilley, der das alles weiter unten im Gang mitanhörte, lächelte zynisch; Fabrikant, der auf dem Weg zur Herrentoilette war, machte ein finsteres Gesicht.

Levin wurde immer einsamer. Er hatte es satt, sich Feinde zu machen, hatte bis zum Überdruß genug davon, allein zu kämpfen und zu leben, und war es müde, geistige Probleme allein austragen zu müssen. Diese Schlacht überstieg seine Kräfte, und er sehnte sich verzweifelt nach der Möglichkeit, alles im Stich lassen zu können.

Aber am selben Tag erschien Bucket bei ihm und sagte, er habe nach reiflicher Überlegung beschlossen, für ihn zu stimmen.

»Ach«, seufzte Levin, »aber tun Sie nichts, was Sie hinterher bereuen werden.«

»›Je mehr mein Onkel Toby sich auf seine Landkarte konzentrierte, desto besser gefiel sie ihm‹«, witzelte Bucket. »Ich will wenigstens meinen kleinen Beitrag leisten.«

Als Levin, den es drängte, das Auftauchen eines Bundesgenossen zu feiern, später auf der Toilette saß, hörte er aus der nächsten Kabine eine Stimme. »Mr. Levin?«

»Ja.«

»Ich dachte mir schon, daß Sie diese Monologe hielten. Ich bin Merdith Schultz.« Abgesehen von Seminarsitzungen hatte Levin ihn im Laufe des Jahres höchstens zweimal gesehen, obwohl ihre Büros nebeneinander lagen.

»Ich habe Ihre Karriere mit großem Interesse verfolgt«, sagte Merdith Schultz. »Sie haben mehr Freunde, als Sie ahnen.«

Levin fühlte sich besser, als er nach Hause ging.

In der Woche der Schlußprüfungen schien sich ein gut Teil der Animosität gegen ihn zu verflüchtigen. Gelegentlich lächelten ihm Leute zu, wenn sie auf dem Korridor an ihm vorbeigingen. Er hielt es für möglich, das Rennen zu machen; es war wenigstens »nicht unmöglich«.

Am Samstag abend vor den Schlußprüfungen ging Levin in sein Büro, um die Durchschnittszensuren auszuarbeiten, aber schon bald wurde er nervös und erkannte ein ihm vertrautes Parfum. Er steckte den Kopf aus dem Fenster und atmete die kalte Luft ein, dann schnupperte er ein paarmal im Zimmer und merkte, daß der warme Duft von Orangenblüten herrührte. Seine Kopfhaut begann zu jucken, in der letzten Zeit hatte er oft das Gefühl, beobachtet zu werden – es war einfach lächerlich. Er hatte es auf seinen Nervenzustand geschoben – aber nun glaubte er, Avis sei in seinem Arbeitszimmer gewesen. Er durchsuchte schnellstens einen Stoß Papiere in der obersten Schublade und war gerührt und erschrocken, als er unter ihnen einen Brief von Pauline fand, den er seiner Erinnerung nach ganz bestimmt vernichtet hatte; es war der Brief, den sie ihm nach ihrer Begegnung mit Mrs. Beaty geschrieben hatte. Das Papier schien in seiner Hand lebendig zu werden, und er spürte, daß Avis den Brief gelesen hatte. Levin zerriß ihn und verbrannte ihn im Papierkorb. Dann schlug er ein Buch auf und wartete.

Nach ungefähr einer Stunde hörte er, daß Avis ihre Tür zumachte und den Flur entlangging. Sie huschte an seinem Büro vorbei. Er lauschte auf das Klappern ihrer krummen Absätze, als sie die Treppe hinuntereilte, zwang sich, sieben Minuten zu warten, und drang dann in ihr Zimmer ein. Ihre Schreibtischschublade war abgeschlossen, aber mit Hilfe eines Schraubenziehers, den er sich aus Marv Beals Schrank geholt hatte, gelang es ihm, sie zu öffnen. In der parfümierten, ordentlichen Altjungfern-Schublade fand er mehrere Notizbücher mit der Aufschrift »Unterrichtspläne«. Er blätterte eines nach dem anderen durch und entdeckte, daß ein Teil des neuesten Notizbuches etwas wie ein Tagebuch über ihn enthielt, in dem Zeit und Ort seines Aufenthalts notiert standen. Seit einem Monat hatte Avis aufgeschrieben, wann er gekommen und gegangen war. Sie hatte notiert, wie viele Studentinnen sein Büro betreten hatten und, wenn möglich, wie lange sie geblieben waren. Sie hatte auch die Namen aller Kollegen festgehalten, die zu ihm gekommen waren; am häufigsten erschien Buckets Name, aber alle, die auf Bullocks Liste standen, waren auch hier genannt. Der letzte Eintrag, versehen mit dem Datum dieses Abends, war eine Abschrift von Paulines Brief in Avis' kindlicher Handschrift.

»Nur ein Wort, mein Liebster. Du weißt es wohl schon? – Es tut mir entsetzlich leid. Ich hatte vor so etwas Angst. Ich kann Dir gar nicht sagen, wie schrecklich mir zumute ist; der Himmel mag wissen, wie ich diese Nacht überstehen soll. Ich schreibe diese Zeilen in Eriks Zimmer. Ruf mich Donnerstag zwischen neun und zehn an, aber nicht später. Ich mußte Dir irgendein Zeichen geben. Ich liebe Dich. Du fehlst mir so. Vernichte diese Zeilen. Pauline.«

Am liebsten hätte er das Notizbuch in Stücke gerissen, aber statt dessen rollte er es zusammen und steckte es in die Tasche. Er zog die Schublade so weit wie möglich heraus und fand mehrere Stöße von Briefen, die von Gummibändern zusammengehalten wurden; sie waren chronologisch geordnet und gingen bis zu Avis' erstem Jahr in Cascadia zurück. Levin setzte sich und sah sie durch. Die meisten stammten von Familienmitgliedern und Freunden aus Louisville und enthielten nur Lokalklatsch. Aber unter den Briefen fand er auch einen unfrankierten gelben Umschlag, der in kräftiger Handschrift mit dicken Buchstaben an »Avis« addressiert war. Darin lagen zwei dünne Blätter Papier, kurze, handschriftliche Notizen. Auf dem ersten stand unter dem Datum des 18. Oktober 1948 folgendes: »Liebe Avis – Ich bin Dir sehr dankbar für gestern nacht. Dein Leo.« Der zweite Text, vom 3. April 1949, lautet: »Sehr geehrte Miss Fliss: Ich wäre Ihnen verbunden, wenn Sie Ihre Nase nicht in meine Privatangelegenheiten steckten. Leo Duffy.«

Levin tat beide Zettel wieder in den Umschlag und nahm ihn an sich. Er ging in Millys Zimmer, rief Avis an und erklärte, er wolle sie sehen. Sie antwortete nach einer kurzen Pause, sie sei schon halb ausgezogen, werde ihn aber gern am Morgen empfangen.

»Ziehen Sie etwas an«, sagte Levin, »ich komme zu Ihnen.«

»Haben Sie getrunken?«
»Noch nicht.«
Sie zögerte. »Also gut, dann kommen Sie.«
Sie wartete auf der Veranda auf ihn in ihrem rosa Gewand – er hielt es zuerst für ein Nachthemd –, aber es war ein Sommerkleid, obwohl es eine kalte Nacht war. Eine Wolke von Orangenblütenparfum umhüllte sie, und ihr Busen hob und senkte sich ein wenig vor Erregung.
»Avis«, sagte Levin, »es wäre mir sehr lieb, wenn Sie die Wahrheit sagten. Haben Sie Gerald schon etwas von dem Brief gesagt, den Sie heute abend in Ihr Notizbuch abgeschrieben haben?«
Sie stampfte mit dem Fuß auf. »Oh, Sie Lump!« Sie preßte die Hand aufs Herz, und die Knie wurden ihr weich, aber als er die Hand ausstreckte, um sie zu stützen, griff sie nach dem Geländer. Eine endlose Zeit vibrierten ihre Augenlider. Schließlich stöhnte sie auf und ließ sich auf einen Stuhl sinken. Als sie zu sprechen begann, war ihr ganzer Körper steif und ihre Stimme tonlos.
»Nein, ich habe noch nicht –«
»Gut«, sagte Levin.
»Ich kann nicht versprechen, daß ich es nicht noch tue. Sie haben beide Gerald betrogen. Ich habe gespürt, daß Sie irgend etwas versteckt hielten, und als Sie anfingen, Georges Brief überall herumzuzeigen, fand ich, man solle Ihnen Gleiches mit Gleichem vergelten. Sie sind nicht nur auf Geralds Stelle aus, Sie wollen auch seine Frau haben. Es gibt überhaupt keine Grenze für Ihre Unmenschlichkeit –«
»In dem Notizbuch«, sagte Levin, »stehen auch Namen von einigen Kollegen, die weder mit Pauline noch mit mir etwas zu tun haben, und die vermutlich allerhand gegen diese Spionage einzuwenden hätten. Außerdem habe ich zwei kurze Briefe von Leo Duffy an Sie.«
Ihre Augen füllten sich mit Tränen. »Sie verächtlicher, ekelhafter Kerl, wagen Sie ja nicht, die irgend jemandem zu zeigen, sonst lasse ich Sie verhaften.«
»Ich habe nicht die Absicht, das zu tun, aber ich bitte Sie, die gleiche Rücksicht auch auf mich zu nehmen. Die Dame und ich kommen überhaupt nicht mehr zusammen. Sie hat sich mit

ihrem Mann ausgesöhnt. Es wäre also niemandem damit gedient, wenn Sie ihm etwas von dem Brief verrieten.«

Sie saß unbeweglich da.

Er sagte freundlich: »Sie haben Duffy geliebt?«

Nach einer kurzen Weile schien sie wieder zu sich zu kommen. »Nur ganz kurz«, antwortete sie. »Aber wenn er auch immer wieder versucht hat, mich zum Nachgeben zu überreden – ich habe meine Keuschheit bewahrt.«

»Und später interessierte er sich für Pauline?«

»Sie hat sich ihm an den Hals geworfen«, sagte Avis bitter. »Sie hat ihn umgarnt und verführt.«

Er hatte nicht den Mut, es zu bestreiten.

13

Er sah sie durch die schäbigen Vorhänge hinter der Eingangstür, als er mit der rechten Hand den Knauf drehen wollte. Wie soll das möglich sein? überlegte er, das gehört doch der Vergangenheit an. Es war ein kalter Morgen und noch sehr früh; er war schon um fünf Uhr aufgestanden, um an einem Essay über einen weißen Wal zu arbeiten. Diese Arbeit belastete ihn entsetzlich und weckte ihn jeden Morgen, wenn es noch dunkel war. Um Viertel vor acht hatte er Kaffee getrunken und wollte gerade gehen, um seine erste Prüfung abzuhalten – da sah er sie durch den Vorhang; sie stand auf der anderen Straßenseite. Der Himmel war verhangen und ließ alle Farben noch kräftiger erscheinen. Sie stand vor einem Hintergrund aus lila Schwertlilien und einem flammend roten Azaleenstrauch. Sie stand unter einem Baum am Rand des Bürgersteigs, und zunächst glaubte er, sie warte auf jemanden, der sie im Wagen mitnähme, obwohl er sich nicht erklären konnte, warum sie es um diese Zeit und gerade hier tat, und auch nicht wußte, wohin sie vielleicht fahren wollte. Aber er war gerührt, sie zu sehen, und prägte sich das Bild gut ein – wie sie da allein auf der anderen Straßenseite stand.

Mitte Mai war es plötzlich zur Enttäuschung aller richtig kalt geworden. Und Anfang Juni war es noch genauso schlimm. Schwere, dunstige Wolken, die vom Stillen Ozean herüberzogen, verhüllten meistens die Sonne – nur gelegentlich brach sie unerwartet für wenige Minuten durch das Grau. Ein Regenschauer jagte den anderen. Am Spätnachmittag übergoß die Sonne alles mit goldenem Licht, aber sowie man sich darüber freute, versank sie in ein glutrotes Meer. Mrs. Beaty erinnerte sich an viele nasse, kalte Sommer. Sie trug eine lange Unterhose, die unter den warmen Strümpfen an den Knöcheln besonders dick war, und trank häufig heißen Tee. Levin und sie beschlossen, die Heizung Tag und Nacht brennen zu lassen; eine Zeitlang hatte er nur jeden Morgen einen halben Eimer Sägemehl hineingeschüttet, damit es im Haus nicht

allzu kalt wurde. Aber es blieb trotzdem kühl, und man spürte es um so mehr, als diese Temperaturen nicht zu der Jahreszeit paßten – in drei Wochen war Sommeranfang.
Aus der Tiefe seines Herzens beobachtete er sie, die Hand noch immer auf dem Türknauf, und konnte nichts Neues an ihr entdecken. Sie trug den Regenmantel und ein schwarzes Tuch um den Kopf. Obwohl sie weder hübsch noch häßlich war, vermochte er immer noch zu sehen, worin ihr Liebreiz bestand. Gerade dieser Gedanke hatte ihn einen Augenblick lang gerührt. Und auch das Gefühl, daß doch alles im Leben umsonst und das Erlebte sinnlos sei. Er wußte, daß sie auf ihn wartete.
Er ging wieder nach oben und verließ das Haus durch den Hintereingang. Er kletterte über den Zaun, überquerte einen schlammigen Hof, kletterte über einen zweiten nassen Zaun und gelangte so in eine Seitenstraße. Auf einem Umweg eilte er zum Geisteswissenschaftlichen Institut. Den ganzen Vormittag mußte er daran denken, wie lange sie wohl gewartet hatte. Er blieb in seinem Büro und zensierte Arbeiten. Als er um sechs Uhr nach Hause zurückkam, fand er einen Zettel auf dem Dielentisch, daß Mrs. Gilley dagewesen sei. Es überraschte ihn ebensosehr, daß sie an die Haustür gekommen war, wie daß Mrs. Beaty es ihm so beiläufig mitteilte. Oben lag ein blauer Briefumschlag auf seinem Schreibtisch; die Adresse zeigte Paulines Schrift, und der Brief war am Vortag eingeworfen worden. Er steckte ihn in eine Schublade. Später, nach einem Spaziergang, den er eigentlich gar nicht hatte machen wollen, holte er den Brief heraus und riß den Umschlag auf. Er las den Inhalt gleichsam durch ein Fernrohr, von einem weit entfernten Planeten aus. Dann machte er eine Willensanstrengung und las ihn als Levin, in seinem Zimmer. »Ich muß Dich sprechen – *bitte*. Kannst Du mich anrufen? Pauline.« Tiefe Traurigkeit überkam ihn. Wenn leiden einen Sinn hatte – wofür hatte er gelitten? Er verbrannte den Brief. Verzicht – was er überhaupt bewirken konnte, das hatte er doch sicherlich bewirkt. Gelegentlich erinnerte er sich immer noch zärtlich an den Augenblick, da er sie zum erstenmal im Wald gesehen hatte, an das Aufkeimen ihrer Liebe, an das Bett, wenn es darin am schönsten gewesen war; aber sobald

er sich des Bettes entsann, mußte er auch daran denken, wie unharmonisch es zuletzt gewesen war, wie sehr der natürliche Trieb – ihrer nämlich – versagt hatte. Was er jetzt empfand – empfand? –, war etwas Abstraktes, war nicht mehr als die Erinnerung an eine Erinnerung. Er entsann sich ihrer, wie sie den heißen Inhalt einer Schüssel Thunfischauflauf auf seinen gar nicht empfangsbereiten Schoß verschüttet und dann mit einer Kinderwindel abgewischt hatte; er dachte an sie als eine Kleinstadt-Dame, die zwar von einem neuen Leben sprach, sich aber immer vor ihm fürchtete und niemals wagte, die Grenze des Sexuellen zu überschreiten. Manchmal war sein Urteil über sie sehr hart, noch härter als das von Avis Fliss. Bedeutete das nicht Verzicht?

Wenn er sie am härtesten verurteilte, warf er ihr Duffy vor. Nicht, weil sie ihn nicht zu dem gemacht hatte, was er ihr bedeutete; der Mann hatte seinen Platz in der Geschichte, von dem sich Levin, aus Gründen der Eigenliebe, fast vom ersten Augenblick an, da er den Namen gehört hatte, stark angezogen fühlte. Aber er warf ihr vor, daß sie durch ihre Beziehung zu dem Iren gleichsam seinen Wert als Levin bestritten hatte. Wahrscheinlich hatte sie sich in einer Duffy-losen Zeit nach einem Duffy-ähnlichen Mann gesehnt, und als er, mit einem Bart verkleidet, kam, war ihre Wahl auf ihn gefallen. Er warf ihr vor, daß sie ihm verheimlicht hatte, nur eine Kopie zu sein, daß sie ihm nie gesagt hatte, von wem. Niemals hatte sie ihm etwas über ihren wilden irischen Geliebten zugeflüstert, der zwar den Mythos, dem Levin erlegen oder in den er hinterrücks hineingezogen worden war, nicht erschaffen, aber doch in letzter Zeit erlebt hatte. Sie hatte ihn glauben lassen, er sei ihre erste wahre Liebe, denn Gilley war nichts weiter als ein Mann, der sie in einem Augenblick der Verzweiflung (ihrer Verzweiflung) geheiratet hatte; obwohl Levin aus ihrem Photoalbum auch einen Gelehrten der Guggenheim-Stiftung kannte, dem sie als Mädchen ihr Herz geschenkt, der es ihr aber wieder zurückgegeben hatte. Vor dieser Episode war alles Unschuld gewesen, nachher war Duffy gekommen. Einmal hatte ihm Avis von Leo erzählt, das war in der schlimmen Zeit gewesen, als Levin geglaubt hatte, er wolle gar nicht mehr Levin sein und sei sozusagen nichts wei-

ter als ein Anhängsel von Duffys Geist. Wenn so etwas zu weit ging, konnte es gefährlich werden. In die größte Wut jedoch versetzten ihn die deutlichen Anzeichen, daß sein altes Ich noch immer ebenso schwach war wie zuvor.
So fühlte er sich, bis er im Laufe der Zeit herausfand, daß er Grund genug hatte, sich nicht auf Avis als Informationsquelle zu verlassen; da begann er sich zu fragen, ob nicht manches, was er in der letzten Zeit über Pauline gedacht hatte, möglicherweise falsch war. Mehr als einmal im Leben hatte er aus einem Nichts Wolkenschlösser errichtet, komplizierte Turmbauten zu Babel, überladene Konstruktionen, die eine einzige nackte Tatsache oder ein Hauch nüchternen Verstandes zum Einsturz brachte. Damals an jenem Abend, als er sich mit Fabrikant auf dessen Melonenfeld unterhielt, waren ihm Zweifel gekommen, ob sein Verdacht auf ein Liebesverhältnis zwischen Pauline und Duffy zu Recht bestehe. Er kannte nur die paar Einzelheiten über ihre Beziehung, die ihm zu Ohren gekommen waren: das Geständnis, das Pauline abgelegt hatte, das aber nur von Avis angeführt worden war, also von der Verfasserin des Spionagebuches, der Autorin der Geschichte von dem Bild, das sie nie gesehen hatte, aber zu beschreiben vermochte. Wenn diese Photographie wirklich existierte – und Levin war davon überzeugt –, bewies sie nur, daß Pauline und Duffy einmal nackt zusammen schwimmen gegangen waren. Weiter nichts. Was das Bild über Gilley bewies, war eine andere Frage. Wenn man an die Existenz der Photographie glaubte, war es nur natürlich, daraus auf ein Verhältnis zwischen zwei unbefriedigten Erwachsenen zu schließen; wenn man aber eine mehr als durchschnittliche Vorstellungsgabe besaß, gab es vielleicht gute Gründe, nicht zu diesem Schluß zu gelangen. Eins und eins war nicht immer zwei. Wenn sie ein Verhältnis gehabt hätten, wäre das irgendwie ans Licht gekommen. Sie sprach ganz offen von ihrem Leben, selbst wenn sie versuchte, es nicht zu tun.
Als Levin, der Forscher, in seinen Überlegungen so weit gekommen war, untersuchte er das Problem noch weiter. Angenommen, es habe tatsächlich etwas zwischen den beiden gegeben – Liebe, eine Affäre, eine Liebesaffäre – was entging *ihm* denn dadurch, ihm, der ja erst zwei Jahre später aufgetaucht

war, als Duffy, wenn auch nicht in Vergessenheit geraten, doch schon lange gegangen war? Nichts, wenn seine Phantasie nur aufhörte, Verrenkungen zu machen und Analogien heraufzubeschwören. Ob sie es ihm gestanden hatte oder nicht: Nun, sie hatte es nicht getan – vielleicht aus Keuschheit, aus Scham oder aus Schmerz – wer weiß schon, wie viele Motive zu einer einzigen Unterlassung führen? Hatte er ihr zum Beispiel etwas von Nadalee Hammerstad erzählt, die, wenn auch im Bett überaus erfahren, doch kaum mehr als ein Kind gewesen war? Mußte denn Pauline eingestehen, wer ihr zuerst geschickt den Finger unter den Rock geschoben hatte? Oder sollte er etwa bis auf seine Kindheit zurückgreifen, als er im Alter von fünf Jahren Erde ins Hinterteil eines kleinen Mädchens gestopft hatte, weil er noch keinen kühneren Gedanken zu fassen vermochte? Wenn das Wort »Privatangelegenheiten« überhaupt einen Sinn hatte, ging all dieses Plus und Minus in einem langen Leben keinen Menschen etwas an. Levins Gedanken hakten sich an einer Frage fest: Liebte sie ihn, als sie ihn liebte, weniger, weil sie einst Duffy geliebt hatte, wenn sie Duffy überhaupt geliebt hatte? Warum stellte er so hartnäckig eine Verbindung zwischen sich und diesem künstlich geschaffenen Prototyp her, der ja nichts anderes war als ein Mensch, der, genau wie er, den Sinn des Lebens zu erkennen versuchte und der im Laufe dieses Prozesses zwar seiner Leidenschaft freien Lauf gelassen hatte, aber, wie die Dinge nun einmal lagen, für alle Ewigkeit von der Bildfläche verschwunden war und nur noch seinen Namen hinterlassen hatte. Es gab im Leben schon so vieles, das nur wenig wert war, daß man seine Nase gar nicht erst in vergangene Zeiten zu stecken brauchte. Zugegeben – wo immer Levin war, war schon ein anderer vor ihm gewesen (dennoch war er kein Unterhäuptling, nicht einmal im Urwald, nicht einmal im nächtlichen Wald). Zwei Männer ähnlichen Temperaments, vielleicht auch aus ähnlichem Milieu stammend und voll ähnlicher Ideen, die kurz hintereinander am selben, praktisch unveränderten Ort auftauchten, mußten natürlich die gleichen Vögel und Blumen sehen, durch dieselben Straßen gehen, ähnliche Erlebnisse haben und – das war keineswegs unmöglich – sich in dieselbe Frau verlieben. Was hat nur in meinem Kopf nicht gestimmt? fragte er sich. Er schob

es auf sein überanstrengtes Gefühlsleben und beschloß, den längst verschwundenen Duffy zu vergessen.
Wohin führten ihn all diese komplizierten Gedankengänge? Eine Woche vor der Wahl führten sie ihn zu seiner Wahlkampagne zurück. Sie führten ihn seiner Ansicht nach im Grunde dorthin, wo man landet, wenn man gelitten und verzichtet hat. Egal, wo er war, er war immer der Verlassene und zweifelte, ob er tatsächlich noch Levin sei. Wenn er aber daran dachte, wie tief, wie zärtlich und leidenschaftlich – bis in die tiefste, verborgene Tiefe seines Ichs – er sie geliebt hatte, konnte er nicht begreifen, wie er sie hatte aufgeben können. Hatte er es aus Feigheit getan, einer Feigheit, die sich den Namen Vernunft beilegte, oder aus einer richtigen, ja sogar gescheiten Deutung der hoffnungslosen Situation heraus? Sie war hoffnungslos; er war vor der Liebe geflohen, um Pauline von ihrer Angst und ihrem Leiden zu befreien. Er hatte gelitten, um ihr das Leid zu nehmen. Er spürte, daß er richtig gehandelt hatte; er erriet, daß sie den Bruch gewollt hatte; er hatte ihn nur statt ihrer vollzogen.
Deshalb verließ er das Haus durch die Hintertür, als er sie durch die Eingangstür gesehen hatte.

Am nächsten Morgen war sie wieder da, sah Levin wieder das Bild durch den Vorhang. Er beobachtete sie und versuchte, etwas für sie zu empfinden, empfand aber gar nichts. Das kommt vor bei mir, dachte er. Er entfloh durch die Hintertür und zerriß sich ein Hosenbein an einem Nagel, als er über einen Zaun stieg. Ein Mann in einem Nachbarhaus drohte ihm mit der Faust. Im Büro lag ein blauer Brief – von wem wohl? – auf seinem Schreibtisch. Er zerriß ihn. Hoffnungslos. Dann bedauerte er, was er getan hatte, und dann wieder versuchte er, es nicht zu bedauern.
Am Nachmittag berichtete Mrs. Beaty nervös, daß zweimal für ihn angerufen worden sei. »Sie hat mich gefragt, ob Sie wüßten, daß sie versucht hat, Sie zu sprechen, und ich habe geantwortet, ich glaubte, Sie wüßten es. Da sagte sie nichts mehr und legte auf.«
»Danke«, sagte er. Die alte Frau wartete, ob er noch etwas hinzufügte, aber er tat es nicht.

Das Telephon klingelte wieder, als er im Bett lag und dem Regen zusah. Er hatte Mrs. Beaty gebeten, zu sagen, er sei nicht zu Hause, falls Pauline anriefe.
Mrs. Beaty kam langsam die Treppe herauf und sagte durch die Tür, obwohl er tat, als schliefe er: »Ich habe ihr gesagt, was Sie mir zu sagen aufgetragen haben, Mr. Levin, aber wenn sie wieder anruft, müssen Sie es ihr bitte selbst sagen.«
Nach ein paar Minuten fragte er Mrs. Beaty, ob sie die Zugbrücke herunterlasse; sie wollte wissen, was er damit meinte.
»Bewahren wir nicht immer noch die Ehre Ihres Hauses?«
»Bitte, seien Sie nicht sarkastisch zu mir, ich bin eine alte Frau. Ich habe Mitleid mit ihr, und Sie tun mir ebenfalls leid.«
»Ich stecke mitten in einem Wahlkampf und muß an meine Zukunft denken.«
»Sagen Sie's ihr selber.«
Er überlegte, was er zu ihr sagen könne, aber er schwieg. Er träumte von seinem Leben als Trinker. Er erstickte beinahe an seinen Träumen, in denen er meilenweit zu Fuß ging, um einer Flasche habhaft zu werden, aber wenn er im Laden stand, hatte er kein Geld. Hatte er aber Geld, so war der Laden geschlossen. Wenn der Laden offen war, ließ er die Flasche auf den Bürgersteig fallen. Dann lag er in einem feuchten Keller und sah zu, wie seine Schuhe brannten. Erschreckt wachte er auf.
Als er früh am Mittwochmorgen durchs Fenster blickte, sah er sie die Hintertreppe heraufkommen. Wie in alten Zeiten. Levin schlich sich vorne aus dem Haus, als sie oben anklopfte. Er beschimpfte sich, sah aber nicht ein, wozu diese Jagd nutzen könne. Vor einem Monat hätte sie kommen sollen.
Später, als er einen Blick aus dem Bürofenster warf, sah er sie mit Erik und Mary vor dem Gebäude des Studentenverbandes. Sie winkte ihm zu; er wich zurück. Sie muß verrückt sein. Er zeigte sich nicht mehr, bis sie gegangen war. Zu Hause befestigte er ein Blatt dickes Packpapier über der Scheibe der Hintertür; er hätte es längst tun sollen. Er aß in aller Eile und ging dann ins Kino. Er hatte erwogen, einen Zettel für sie zu hinterlassen: »Was kann ich Dir geben? Um Gottes wil-

len, laß es bei der Trennung bleiben.« Die Angst verließ ihn nicht mehr, daß sie nachts zu ihm käme, daß er aufwachen und sie im Bett finden würde, wie sie sein Glied massierte. Aber sie kam nicht; vielleicht bewachte Gilley sie jetzt sehr sorgfältig.

Obwohl er am nächsten Morgen große Lust hatte, noch im Bett zu bleiben (er hatte schlecht geschlafen und brauchte keine Prüfung abzuhalten), war er schon früh angezogen, um aus dem Haus zu sein, ehe sie käme. Vermutlich würde diese Jagd in ein bis zwei Tagen sowieso zu Ende sein. Beim Aufwachen war er sehr niedergeschlagen, und jede seiner Bewegungen zeugte von dem Gewicht der Traurigkeit, das auf ihm lastete. Das hatte er, mit Unterbrechungen, gefühlt, seit sie wieder aufgetaucht war. Drei Tage lang hatte er versucht, dieser Stimmung Herr zu werden; es war ihm unbehaglich, daß sie sich nicht vertreiben ließ. Er hob das Packpapier ein wenig hoch und spähte vorsichtig aus einer Ecke ins Freie. Da war nichts als die feuchte Welt. Er haßte es, über nasse Zäune steigen zu müssen. Um halb acht ging er hinunter und blickte durch die Haustür. Sie stand mit beiden Kindern im Regen unter dem tropfenden Maulbeerfeigenbaum. Er klapperte mit den Zähnen vor Nervosität.

Er ging wieder hinauf ins Zimmer. Es hat keinen Zweck, dachte er. Ich kann sie nicht überrunden.

Mrs. Beaty kam mühsam die knarrende Treppe heraufgekeucht. »Es gießt in Strömen. Die Kinder werden ganz naß.«

»Haben Sie mit ihr gesprochen?«

»Nur eine Sekunde.«

»Was will sie?«

»Das muß sie Ihnen selber sagen.«

Fünf Minuten lang horchte er auf ihren schweren Atem vor der Tür.

»Sagen Sie ihr, sie soll hereinkommen«, sagte er dann.

Er hörte, wie sie hinunterging und die Haustür öffnete. Dann hörte er sie sprechen, und Pauline sagte etwas zu ihr, und daraufhin kamen sie alle herein.

Levin betrachtete sich im Spiegel und wandte den Blick wieder ab. Er trat ans Fenster und starrte auf die Gartenzäune; dann kam er zum Spiegel zurück. Er entsann sich nicht mehr des

Weges zur Treppe, er wußte nur noch, daß er hinuntergegangen war.
Pauline hielt Mary auf dem Arm und knirschte mit den Zähnen. Das kleine Mädchen fing an zu weinen.
Mrs. Beaty nahm sie ihr ab. »Jetzt machen wir Kaffee.« Sie nahm Erik bei der Hand und ging mit den Kindern in die Küche.
Als sie allein waren, sagte Pauline: »Es tut mir so leid, ich wollte sie zu Hause lassen, aber um diese Zeit konnte ich keinen Babysitter finden.«
Sie sah müde, zermürbt und verlassen aus. Ihr Gesicht wirkte klein und gespannt, und ihre dunklen Augen waren ruhelos.
»Warum bist du vor mir davongelaufen?« fragte sie bitter. »Warum hast du mich nicht angerufen, als ich dich darum bat?«
»Weiß Gerald, daß du hergekommen bist?«
»Nein. Während der Examenswoche geht er immer früh ins Büro.«
»Komm herein.«
Sie betraten das kleine Wohnzimmer, in das man von der Diele aus gelangte. Sie saß auf einem der Stühle mit steifer Rückenlehne am nassen Fenster, er auf dem anderen an der gegenüberliegenden Wand. Über seinem Kopf tickte die Uhr. Sie hatte den nassen Regenmantel und das Kopftuch abgelegt; ihr Haar hing in dunklen Rattenschwänzen herunter. Sie wandte das Gesicht von ihm ab und rieb sich mit den Fingern die Augen. Draußen regnete es unaufhörlich weiter. Er lauschte auf das Geräusch des Regens.
»Kein großartiger Frühling.« Sie war aus den Schuhen geschlüpft und verschränkte einen ihrer großen Füße hinter dem anderen. »Hoffentlich hast du nichts dagegen, aber die Schuhe sind naß.«
Die Niedergeschlagenheit, die Levin empfand, hing wie ein totes Tier in ihm. Wohin ist die Liebe entschwunden? Er wollte sie warnen, daß etwas nicht stimmte, aber statt dessen verbarg er sein Gefühl.
Dann fragte sie, warum er sie nicht mehr sehen wolle.
Nach einem langen Schweigen sagte Levin: »Zuerst tat ich es, um dir zu helfen. Nach einer gewissen Zeit hatte ich das Ge-

fühl, du wollest mich nicht mehr sehen. Dann habe ich mich daran gewöhnt.«

»Das stimmt«, sagte sie. »Ich wollte nicht mehr.«

»Das hab' ich mir gedacht, und ich wollte dir helfen.«

»Wenn du nur ein einziges Mal geschrieben hättest!«

»Ich hatte gehofft, du würdest schreiben; es hing ja von dir ab. Was hätte ich unter diesen Umständen tun können? Du hast mich ja nicht wissen lassen, wie du ins Haus gekommen bist – oder ob du überhaupt hineingekommen bist, obwohl du wußtest, wie mich das aufregte. Da ich keine Nachricht von dir bekam, habe ich geglaubt, du wolltest alles abbrechen.«

»Ich habe dich absichtlich nicht angerufen. Ich habe es *deinetwegen* nicht getan, denn ich wollte dich nicht noch mehr in meine Wirrnisse hineinziehen. Ich habe mich halb verzehrt vor Sehnsucht nach dir, aber ich war auch todunglücklich wegen Gerald und den Kindern. Ich bin damals ohne Schwierigkeiten ins Haus gelangt. Er war gar nicht zu Hause, denn er war schon um vier Uhr mit George zum Angeln gegangen. Er glaubte, ich sei zu Hause und hätte mich in Eriks Zimmer schlafen gelegt, und er wollte mich nicht wecken, weil ich in der letzten Zeit so schlecht geschlafen hatte. Die Kinder waren von vier bis beinahe acht Uhr allein im Hause. Ich hatte den Eindruck, daß Mary einmal aufgewacht war, sich aber wieder in den Schlaf geweint hatte. Erik hatte überall nach mir gesucht und dann angefangen, sich mit seinen Spielsachen zu beschäftigen. Als ich zurückkam, begann er zu weinen – es war, als habe er ein für allemal herausgefunden, was für ein Miststück ich bin; als wisse er, daß ich nicht seine Mutter bin und es auch niemals sein würde. Was wäre nur passiert, wenn es gebrannt hätte? Ich glaube, ich hätte mich umgebracht. Fast eine Woche lang war ich in diesem Zustand, dann entschloß ich mich, dich aufzugeben – das heißt, meine Liebe zu dir aufzugeben. Ich glaubte, wenn du Gerald sähest, wüßtest du, daß ich gut heimgekommen bin.«

Er sagte, er habe es gewußt.

»Ich habe mir geschworen, eine bessere Mutter und Ehefrau zu werden. Ich habe getan, was nur in meinen Kräften stand, um mich ihm anzupassen, um weniger kritisch zu sein und mit ihm zusammen das Leben zu genießen. Ich tat wirklich alles,

um dich zu vergessen – nur die Kehle habe ich mir nicht durchgeschnitten.«
»Ach –«, sagte Levin.
»Je mehr ich es versuchte – hoffentlich macht es dir nichts aus, das zu hören –, desto weniger habe ich es fertiggebracht. An manchen Tagen dachte ich kaum an dich und hatte das Gefühl, ich hätte dich in mir umgebracht, aber schon dieser Gedanke erneuerte das Gefühl des Verlustes so schrecklich, daß es mir manchmal vorkam, als hätte ich dort, wo ich gestanden hatte, als ich zum letztenmal an dich dachte, Blutstropfen verloren. Trotzdem versuchte ich es immer wieder, jedes Gefühl für dich zu ersticken, und allmählich kam ich diesem Ziel auch näher, bis ich dich bei Orvilles Beerdigung sah. Als ich dich damals erblickte, als dein Gesicht so einsam wirkte ohne den Bart, den du zu meinem Schutz abgenommen hattest, wurde mein Herz – soweit es überhaupt noch lebte – halb verrückt vor Sehnsucht, bei dir zu sein. Da merkte ich, wie unwiderruflich ich dich liebte. Wenn du zu mir gekommen wärest und gesagt hättest, ich müsse mit dir gehen – ich wäre gekommen. Danach habe ich wieder um deinetwillen gegen mich selbst gekämpft, um deine Pläne zu retten –, bis ich es nicht mehr länger konnte. Dann glaubte ich, ich müsse zu dir kommen – und schließlich tat ich es.«
Levin saß da wie eine zerbrochene Statue. Die Zerstörung der Liebe, die ihr nicht gelungen war – er hatte sie vollbracht.
Die Wirtin brachte zwei Tassen Kaffee auf einem silbernen Tablett.
Pauline preßte ihr Taschentuch an die Augen.
»Es tut mir leid, daß Sie es so schwer haben«, sagte Mrs. Beaty.
»Und ich mache Ihnen Ungelegenheiten.«
»Durchaus nicht. Die Kinder spielen mit Töpfen und Pfannen.«
»Wir gehen gleich wieder –«
Die Wirtin stellte die Kaffeetassen auf die Tischchen neben den Stühlen und ging in die Küche zurück.
Pauline hielt ihre Tasse in beiden Händen.
Levin rührte seine nicht an. Immer verzweifelter sehnte er sich danach, gehen zu können.

»Als wir von der Beerdigung nach Hause kamen«, sagte sie und starrte auf die Tasse in ihren Händen, »ging ich nach oben und versuchte zu schlafen. Aber ich mußte an Gerald denken und an alles Gute, das er mir erwiesen hat. Ich überraschte mich bei dem Gedanken, daß mein Charakter im gleichen Maße wie seiner schlechter geworden war. Ich sehe bei uns beiden über vieles hinweg, obwohl ich das nicht tun sollte. Ich versuche, ehrlich zu sein, aber gerade wenn ich es am meisten will, bin ich es am wenigsten. Er weiß, daß ich ihn nicht mehr liebe, aber solange ich nicht davon spreche und wir weiter zusammenleben, kann er es aushalten. Er gibt mir wenig, und ich gebe ihm noch weniger. Ich versuche es, doch es gelingt mir nicht, wir versagen beide. Ich habe keine Lust mehr dazu. Ich sehne mich nach einem besseren Leben. Einem besseren Leben mir dir.«
Wie versteinert hörte er ihr zu.
»Lev, ich liebe dich. Liebe mich wieder wie früher.«
Er murmelte irgend etwas über ihren Mann.
»Ich habe mich entschlossen, die Scheidung zu beantragen. Ich spüre, daß ich ein Recht habe auf meine Liebe zu dir. Ich habe meiner Pflicht genügt – wenn es eine Pflicht ist – und mein halbes Leben hinter mich gebracht. Ich will deine Frau werden.«
Er fuhr auf, verschüttete den Kaffee über den Tisch und sah, wie der Fleck auf dem Teppich immer größer wurde. Er rannte in die Küche, um etwas zum Aufwischen zu holen.
Warum renne ich nicht immer weiter?
Aber er kam mit einem Lappen zurück und tupfte damit den Teppich ab. Sie wollte es zwar tun, aber er ließ es nicht zu.
Als er zum zweitenmal aus der Küche kam, stand sie ohne Schuhe am Fenster und blickte in den Regen hinaus. Sie drehte sich zu ihm um, und ihre Augen glichen traurigen Blumen.
Ich muß aufrichtig zu ihr sein, dachte Levin. Vielleicht ist das alles, was ich ihr noch geben kann.
»Pauline«, sagte er, »es tut mir leid, daß ich so bin, wie ich jetzt bin –«
»Fühlst du dich nicht wohl?«
»Ich bin nicht mehr wie früher –«
»Hast du dich aufgeregt über mich?«

»Um ganz ehrlich zu sein –, ich hatte nicht erwartet, daß –«
»Daß ich zu dir zurückkäme?«
»Ja –«. Sie ging auf ihn zu und nahm ihn in die Arme. »Halte mich, bitte, halte mich fest.«
Er hielt sie fest.
»Halte mich ganz fest.«
Levin umschlang sie noch fester. Sie sah ihn an, als sei er gerade erst von einer langen Reise zurückgekommen und sie versuche sich zu entsinnen, wie er vorher ausgesehen hatte.
»Liebst du mich denn nicht mehr?«
»Liebe –«, sagte er, und das Herz wurde ihm schwer. »Wer weiß schon, was ich zerstört habe –«
Sie schien in sich zusammenzusinken, umschlang ihn dann aber nur um so fester. »Ich liebe dich, sage mir, daß du mich auch liebst. Sage es, wie du es früher gesagt hast.«
Er hielt sie fest, er mühte sich, es zu sagen, und ein verworrener Gedanke folgte dem anderen, als er nach einer Erklärung suchte, nach dem Geheimnis, das ihn bedrückte, nach irgend etwas, das ihn freimachen würde, um sie wieder zu lieben. Schließlich sagte er: »Warum hast du mir nicht erzählt, daß du ein Verhältnis mit Duffy gehabt hast?«
Sie stieß ihn von sich. »Ach Gott – *das* bedrückt dich?«
»Ich weiß nicht –«
»Ich glaubte, du wüßtest es, glaubte, daß Avis oder sonst jemand es dir gesagt hätte und du nur aus Freundlichkeit nie etwas davon erwähnt hast. Was hat das schon zu bedeuten – wenn ich ihn geliebt habe?«
»Ich will die Wahrheit wissen –«
»Die Wahrheit ist, daß wir einmal zusammen geschlafen haben. Und zwar an dem Tag, an dem er *coram publico* hinausgeworfen wurde. Und wenn du wissen willst, wo: Es ist an jenem Abend in seinem Wagen passiert. Auch diese Erfahrung habe ich gemacht –«
»Hast du ihn geliebt?«
»Damals nicht. Aber als er fort war, habe ich mich in ihn verliebt. So, jetzt weißt du, wie ich bin –«
»Bist du ganz sicher, daß du ihn jetzt nicht mehr liebst?«
Sie lächelte traurig. »Leo ist tot.«
Levin zuckte zusammen. »Tot?«

»Letztes Jahr ist er gestorben. Im Frühjahr schrieb seine Mutter, daß er im Januar Selbstmord begangen habe. Ich weiß nichts Näheres und habe es nicht fertiggebracht, zu fragen –«
»Das tut mir leid –«
»Er hat einen Zettel hinterlassen: ›Die Zeit ist aus den Fugen. Ich gehe.‹«
Levin rannte auf sie zu, und sie umarmten sich in wilder Leidenschaft.

Er packte die beiden Koffer und fuhr davon – auf einer einsamen Straße zwischen schwarzen Zypressen hindurch, über einen Bahnübergang, vorbei an einer gefüllten Scheune und einem verlassenen Bauernhaus. Er kam rasch vorwärts, als der Wagen plötzlich mit einem Knall stehenblieb. Er ließ Koffer und Reisetasche zurück und ging zu Fuß weiter, und bald bedeckte ihn der Straßenstaub. Er war den ganzen Tag über rasch gelaufen, und es war schon beinahe Nacht, als sich eine düstere Gestalt auf der Straße zeigte, die aus einem Spiegel kam –: Sein eigenes Ich oder doch sein genaues Abbild kam ihm entgegen.
QUO VADIS, LEVIN?
Der Freiheit entgegen.
Lautes Lachen in den Kulissen.
Er erwachte und war kalt und steif und wanderte die halbe Nacht reihauf – reihab zwischen den Kreuzen eines Friedhofs umher, auf dem zerstörte Hoffnungen, unerreichte Ziele und unausgeführte Pläne begraben lagen. Hatte er nicht vorgehabt – so stand es in seinem Notizbuch –, ein College-Professor zu werden? Noch etwas aus seinem Leben zu machen? Etwas zu erreichen? Er hatte nicht vorgehabt, sich mit einer verheirateten Frau einzulassen, hatte nicht ein zweiter Ehemann sein wollen, noch ehe er der erste war. Er hatte nicht, in diesem Lebensalter, so unstet, verwirrt und leidgeplagt sein wollen. Er litt an den unerledigten Aufgaben seines Lebens. Er wollte die Wahl gewinnen. Jetzt, da der Unterricht vorbei war, empfand er eine bedrückende Lust, zum Geisteswissenschaftlichen Institut zu eilen, und alle, die ihm zuhören wollten, in die Geheimnisse des Infinitivs einzuweihen.

Er floh nicht und floh doch. Er floh und floh und konnte nicht sagen, vor wem er floh, ob vor sich selbst oder vor ihr. Er schob die Flucht, die paradoxerweise eine Jagd nach Gefühlen war, auf den Umstand, daß zu viel in zu kurzer Zeit geschehen war. Er konnte nicht alles in sich hineinzwängen, die Erlebnisse quollen über und brachten sein Selbst in Verwirrung. Seit der Trennung hatte er ganz im geheimen geglaubt, sie hätten einander durch ihre Liebe für ein zukünftiges Ziel gezeichnet; aber er hatte nicht erwartet, daß die Zukunft ihn wie eine Explosion anspringen und alles zerstören würde, was er zu bedenken, zu beschließen und zu erledigen hatte. Die Verantwortung war schreckenerregend – einem anderen Mann die Frau wegnehmen, die kläglichen Wirrnisse der Scheidung und dann die Notwendigkeit, sich ihr, all ihren Gewohnheiten und Hemmungen anzupassen, ihrer Unrast zuliebe auf sein ruhiges Junggesellenleben, seine Bedürfnisse, sein Streben und seine Pläne zu verzichten, denn wenn diese Pläne auch mehr als einmal zerstört und durch neue ersetzt worden waren – im Grunde waren sie unverändert geblieben, nur rückte ihre Erfüllung bei jedem Schritt, den er tat, in immer weitere Ferne. Er fühlte sich aufgebläht von den sich überstürzenden Ereignissen, von den viel zu vielen Möglichkeiten, die wiederauflebten – was sollte er mit ihnen beginnen? Er fürchtete, sein Schicksal sei ohne sein Zutun entschieden worden, durch Zufall, durch sie, nicht durch ihn selbst. Sie gab das Zeichen, und er erwachte, und ihm wurde bewußt, daß er ihr Spiel spielte. Er bezweifelte allen Ernstes, daß er, wenn er sie von neuem an sich heranzöge, je wieder ausreichend Herr über sein Leben wäre; schon hatte er – es war entsetzlich – die Freiheit eingebüßt, sich frei zu fühlen.

Er bemühte sich fast bis zu richtiger Raserei, seiner alten Liebe wieder Leben einzuhauchen, aber genauso gut konnte man versuchen, grün, lila oder rosa zu atmen. Er versuchte auf jede nur mögliche Weise, unter Aufbietung seiner ganzen Phantasie die Liebe noch einmal so zu erleben, wie sie in ihrer schönsten Blüte gewesen war, als ob der Geist das neu erschaffen könne, was er offenbar ablehnte. Die Erinnerung war ein dunkles Tor, sie führte durch dunkle, im Raum schwebende Türen bis zu Orpheus, der immer tiefer und tiefer sank. Levin stand mitten in einem Wirbelwind wütender Ohnmacht über das, was aus ihm geworden war. Was seine Liebe anging, hatte er, ohne es zu wollen, den Stöpsel herausgezogen: gluck-gluck – und jedes Gefühl war weg. Und dies, obwohl er sich sagte, er *müsse* sie noch lieben. Die Liebe zu ihr existierte in ihm als eine Erfahrung, als eine geschätzte Idee, als eine empfangene Lust, die er gern wiederholt hätte. Nur war diese Liebe nicht an dem Ort, an dem sie gewesen war oder sein sollte. Er hatte sie besessen und besaß sie nicht mehr. Was, um Gottes willen, hatte er nur getan mit jener Liebe zu ihr, die er noch vor einem Monat empfunden hatte? Hatte er sie absichtlich umgebracht, sie unwiderruflich, unwiederbringlich sublimiert, wie ein Zauberkünstler, der ein Mädchen in einen Baum verwandelt und dann, wenn er den Hokuspokus vergessen hat und eine Frau umarmen will, nur Holz in den Armen hält? War so etwas überhaupt möglich? Diese Gedanken zogen andere, ebenso deprimierende nach. Hatte er eine Liebe umgebracht, oder war es nur eine unvollkommene Liebe, oder war es von Anfang an weniger als Liebe gewesen? Hatte er sie nur oder doch fast nur geliebt, weil sie mit ihm geschlafen hatte, und war seine Gefühlsreaktion dadurch beeinflußt worden? Reagierte er mit einem Schuldgefühl auf ein Erlebnis, das für ihn ebenso selbstverständlich hätte sein sollen, wie einem das Sonnenlicht selbstverständlich ist? Warum mußte er nur immer darauf bestehen, für seine Existenz zu zahlen?

Hatte er denn, nachdem es mit der sexuellen Beziehung so gut wie aus war (davon war er jedenfalls überzeugt gewesen) und er sich so etwas wie Selbstzüchtigung vorgespielt hatte, damit ihm wenigstens ein anständiges Spiegelbild entgegenblickte, auch das bißchen wirkliche Liebe aufgegeben, das er ursprünglich empfunden hatte? Oder wäre es im Laufe der Zeit, vielleicht aus Langeweile, sowieso so gekommen, auch wenn sich für sie nie die Notwendigkeit ergeben hätte, sich ihm so plötzlich an den Hals zu werfen? Oder interessierte er sich im Grunde nur deshalb für Pauline, weil sie einem anderen gehörte – die ursprünglichste Art des Lebens, Menschen an der Nase herumzuführen –, so daß es, nachdem sie ihm alles gegeben und dann in den verschiedenen Motels so völlig versagt hatte, am besten war, sie zu Daddy zurückzuschicken, da die

Begierde des Liebhabers befriedigt war? Wer vermochte auf solche Fragen zu antworten? Gewiß nicht Levin. Aber warum mußte er an Wunden kratzen, um zu sehen, was unter ihnen verborgen lag? »Der Gedanke ist eine Krankheit des Fleisches.« Das hatte Thomas Hardy gesagt, nicht der kranke Levin. Levin konnte einfach nicht aufhören zu kratzen: Wenn es aber nichts dergleichen war, war es dann nicht wirklich wie früher schon – der Gedanke kehrte immer wieder – das würgende Gefühl des Abgestorbenseins (der arme Duffy!), das sich einstellte, wenn er mehr durchmachen mußte, als er aushalten konnte, wenn er sich mit den Nerven so am Ende fühlte, daß er wie gelähmt davon war? Kann ich überhaupt etwas geben, ehe der Brunnen ganz austrocknet, wenn ich noch nicht einmal zwei Liter Gefühl besitze? Sind daran die Nerven schuld oder die Drüsen oder die zerbrochene Maschinerie selbst? Woran lag es nur: an der Armseligkeit seiner Liebe, die gleichsam totgeschlagen worden war, oder an der Unvollkommenheit eines unvollkommenen Mannes? Oder, lieber Gott, war er nur einfach durch sie hindurchgegangen, so daß sie ihn als Mensch nicht mehr interessierte? Das wäre völlig normal, und vielleicht steigerte er sich nur so hinein, daß er ganz krank davon wurde. Im Magen des Geistes drückte ihn sein Gewissen wie eine faulende Zwiebel. Egal, welche Antwort oder welche Antworten auf all diese Fragen richtig war oder waren – was ihn am meisten quälte, war das Problem, was er tun sollte: War es besser, alles der Zeit zu überlassen – zu warten und zu hoffen, daß er ihr eines Tages wieder mit dem vollen Herzen gegenübertreten könnte, auf das sie ein Recht hatte? Oder mußte er sich jetzt festlegen, egal, wie wenig er empfinden konnte, das heißt, eigentlich ganz ohne ein Gefühl? Innerlich hatte sie sich von Gilley gelöst und lebte allein in seinem Haus, und es war durchaus möglich, daß sie sich vor allem, was vor ihr lag und getan werden mußte, fürchtete. Er fühlte eine Art stumpfes Mitleid für sie, das ihm zwar keine Erleichterung gewährte, das aber doch wenigstens eine Reaktion war.

Levin, der ewig Ertrinkende, sah die durstende Welt aus der Perspektive eines Menschen, der unter der Oberfläche des Meeres treibt. Es war gar nicht die Welt, es war viel mehr die

See. Er war ein einsamer Fisch, der sein Maul in platzende Blasen steckte. Am Ufer saß Gilley – bewaffnet mit Angelhaken, Angelschnur und Senkblei. Der arme Fisch entfloh. Bei dieser Flucht durchs Wasser folgte Levin unregelmäßigen Strömungen. Wo immer ein Ausweg war – für ihn bedeutete er eine Falle. Er hatte Wachträume von Selbstzerstörung, sah den Fisch, der sich selbst am Angelhaken aufspießte, etwas, das für einen Fisch sehr komisch war. (Duffy, der stolze Vogel, war aus dem Gefängnis ausgebrochen ...) Er erwachte, geplagt von furchtbarem Durst, und suchte verzweifelt in der untersten Schublade nach einer Flasche, bis er sich entsann, daß er sie schon vor langer Zeit in den Mülleimer geworfen hatte. Er bemühte sich, den Durst mit Wasser zu löschen, und trank ein Glas nach dem anderen, bis sein Magen ganz aufgebläht war. Er badete in Mrs. Beatys Badewanne, seifte sich durstig sechsmal ab und blieb trotzdem durstig, geschwollen wie ein schmerzender Zahn, sein Mund brannte wie Feuer, und flüssiges Blei rann durch seine salzige Kehle. Mitten in der Nacht kleidete Levin sich an und lief im Regen umher, bis es aufhörte zu regnen. Er stand am Flußufer und beobachtete, wie die durstigen Finger der Morgenröte nach dem Spiegel des verborgenen Wassers griffen. Stundenlang wanderte er durch die Geschäftsstraßen der Stadt, starrte durch die Scheiben, durstete danach, sich auf eine Whiskyflasche zu stürzen. Welch herrliche Erleichterung wäre es, zu spüren, wie das brennend scharfe Zeug durch seine gemarterte Kehle rann. Zu fühlen, wie der durchnäßte Geist wieder die Flügel regte. Frieden zu empfinden, nicht Levin zu sein. Durstlos, zufrieden im Bett zu liegen. Hierhin und dorthin wanderte er und warf liebeskranke Blikke auf die mit braunen Flaschen gefüllten Schaufenster beider Kneipen, er war betrunken von der Leere, die ihn ausfüllte, er riß sich los und wankte in rechteckigen Kreisen seines Weges, bis er vor Erschöpfung eine Tür aufstieß und feierlich vor einer Bartheke stehenblieb.

»Was darf's sein?« fragte der Mixer.

»Liebe«, sagte Levin und entfloh, während der Mann die Flasche suchte.

Bei Sonnenuntergang verkroch sich Levin unter die knarrenden Balken der alten Flußbrücke, und jedesmal, wenn ein Wagen über sie dahinratterte, rann ihm von oben Sand ins Haar; die Maschinerie seines Lebens quietschte in allen Fugen, und in einem Eckchen seines Ichs erklärte er sich alles folgendermaßen: Er, S. Levin, an dessen Ich seine Sinne wieder einmal Verrat begangen hatten (vorausgesetzt, daß es nicht umgekehrt war), begehrte sie in diesem Augenblick nicht, aber er wollte damit nicht den Wert eines Menschen schmälern, der der Liebe (nämlich seiner) wert ist, und was liebenswert ist, ist der Liebe wert – oder umgekehrt. Alles, was ich besessen habe – angefangen beim Wald und bis zum letzten Versagen – schätze ich. Wenn ich es noch einmal haben könnte, würde ich es haben wollen. Ich habe keinen Grund, sie jetzt nicht zu lieben, angenommen, ich habe sie geliebt; und das nehme ich an. Ich habe sie geliebt; wir haben uns geliebt. Sie liebt mich immer noch, noch nie bin ich so geliebt worden. Das war die Voraussetzung, und mit dieser Voraussetzung, die du erwählt hast, mußt du leben; wenn du eine falsche erwählt hast, warst du von Anfang an ruiniert und mußt dein ganzes Leben im Gefängnis verbringen. Du hast dich selbst um die kurze Freiheit gebracht, die dir auf dieser Welt gewährt worden ist, um das kurze Leben, das man leben darf. Geschickt redete er sich ein, daß die Zeit alle Dinge wandelt, daß Voraussetzungen ihre Gültigkeit verlieren und daß durch diese Wandlungen Verträgliches unverträglich wird. Er erfand Gründe, um zu entfliehen, um dorthin zu gehen, wo es ihm paßte, ungebunden, unbelastet, dorthin, wohin seine Phantasie ihn trieb und die Füße folgen mochten ... Aber auf Umwegen kam er doch wieder zu seiner Voraussetzung zurück: Sie war seine Liebe, und sie hatten sich nur insofern verändert, als ihre Liebe ihn und seine sie verändert hatte. Jeder andere Wandel war nicht eigentlich beabsichtigt und war jetzt sogar unbeabsichtigt. Ein zum Tode Verurteilter kann wieder frei werden; vielleicht vermag das auch die Liebe. Es war möglich, und gewiß war es schon vorgekommen. Ganz egal, wieviel er gelitten oder worauf er verzichtet hatte, wie sehr er Gefühle verbogen oder sie gar abgeschrieben hatte – wenn Pauline ihn noch liebte, wird auch Levin, der keinen Grund kennt, sie nicht zu lieben, sie ebenfalls lieben. Und zwar ohne Gefühle oder trotz seiner Gefühle. Er würde sich festklammern, selbst wenn ihn der schreckliche Wunsch antriebe, loszulassen. Die Liebe hatte ihn geführt, jetzt würde er die Liebe führen. Nach diesen verstandesmäßigen Überlegungen verfluchte er seinen Verstand.

In dieser Nacht sprachen sie miteinander in seinem Wagen, den er auf einer Landstraße geparkt hatte; zu beiden Seiten erstreckten sich schwarze Felder. Eine Stunde lang hatte er sich erleichtert gefühlt, weil er einen Entschluß gefaßt hatte, und glaubte sogar, er freue sich auf sie. Aber als sie in der Nähe ihres Hauses zu ihm in den Wagen gestiegen war, erkannte er, daß seine Empfindungen noch immer nicht stimmten. Das Gefühl, das er zu fühlen versucht hatte, war in ihrer Gegenwart vergangen, war wie ein Vogelschwarm verschwunden – hinuntergesaust in eine Unterwelt; oder vielleicht in die entgegengesetzte Richtung geweht, zerstoben und im Himmel verlorengegangen. Wiederum verbarg er, daß er gefangen war.

Es war eine kalte Frühlingsnacht. Nebelfetzen trieben über die Straße. Niedrige graue Wolken verhüllten den Himmel; wenn die schmale Mondsichel für einen Augenblick aus diesem Grau herausglitt, sah sie glanzlos und seltsam aus. Levin war steif, wie betäubt, zerrüttet. Pauline rieb ihre kalte Nase an seinem starren Kiefer. Sie neckte ihn, er solle sie küssen. Mehr als einmal sagte er sich, daß er sie nicht mehr liebe. Der Grund dafür war gleichgültig, nur der Zustand zählte. Kaum hatte er das gedacht, bestritt er es, des Bestreitens müde.

Sie schäumte über von Plänen für sie beide. Er hatte seinen eigenen Plan: warten, verhüten, daß sie mit Gilley sprach, jedem endgültigen Festlegen zuvorkommen. Er mußte durchhalten, bis die Wahl vorbei war. Ob er sie gewann oder verlor – er wollte noch ein Jahr am College bleiben. Er hoffte auf eine Empfehlung des Dekans. Nächstes Jahr wäre es noch früh genug, vom Heiraten zu sprechen.

Aber als er es ihr vorschlug, fragte sie, ob er erwarte, daß sie weiter mit Gilley zusammenlebe.

»Du verstehst doch sicher, daß ich das nicht kann. Und was für ein Empfehlungsschreiben, glaubst du, wirst du bekommen, wenn ich sein Haus verlasse und er überall erzählt, warum wir uns getrennt haben?«

Sie flehte ihn an, ihr zu erlauben, es Gerald noch in derselben Nacht zu erzählen – sie konnte es nicht mehr aushalten, es ihm zu verheimlichen. Sie könnten alles arrangieren und fortfahren, sowie Levin seine Zensuren abgegeben hatte. Sie sprach von einer Scheidung in Nevada, so daß sie nicht ein ganzes Jahr warten müßten, ehe sie heiraten könnten. Sie besaß ein kleines Kapital, das ihr ihr Vater hinterlassen hatte, und die Scheidung könne relativ billig sein, wenn sie in Carson City bei einer Studienfreundin wohne, bei dem Mädchen mit den ungleich großen Brüsten, von dem sie ihm erzählt hatte. Er könne unterdessen in San Franzisko wohnen, das schöner und nicht so gewaltig sei wie New York City. Wenn sie erst geschieden war und er möglicherweise beschlossen hatte, vom Herbst an wieder an einer höheren Schule zu arbeiten, könnten sie heiraten und abreisen. Irgendwie würde es schon gehen. Die Empfehlungen, die er brauchte, könne er von den Professoren bekommen, unter denen er arbeitete. Wenn er aber seine Lehrtätigkeit lieber aufgeben wolle, werde ihm ihr Onkel in San Franzisko helfen, eine Stelle zu finden.
Sie hat alles geplant. Er war wütend auf sie und kämpfte gegen sie, aber er schwieg.
»Soll ich es ihm also sagen?« fragte sie. »Er spürt, daß irgend etwas nicht stimmt, aber er weiß nicht was. Er wartet immer gern, bis sich Situationen von selbst ändern, aber diese Situation ändert sich nicht. Er tut mir leid. Ich meine, wir sollten es ihm sagen.«
Der Mond war wieder verschwunden, der Nebel hatte sich gelichtet. Krampfartig überfielen ihn Zorn und Ekel vor sich sich selbst.
»Was ist nur los mit dir, mein Liebster? Du bist so ruhig. Fühlst du dich nicht wohl?«
Er bestritt es.
»Verbirg nichts vor mir wie damals, als du die Schmerzen hattest, von denen ich nichts wußte.«
Obwohl Levin klug genug war, sich zu warnen, daß er den Mund halten müsse, wollte er seinen unverminderten Stolz beschützen und ihr Bild von ihm als Mann unverändert erhalten, gestand er ihr schließlich doch, wie sehr er sich noch immer quälte.

»Ich habe das Gefühl, ich kann nie wieder lieben, es ist, als seien alle Gefühle unter einem Felsen begraben. Ich bin wieder in dieser Stimmung. Ich hab' dir damals im Wald davon erzählt. Es ist grauenhaft.«
Im Dunkel erblaßte sie, umschlang ihn fest und nahm alle Schuld an seinem Kummer auf sich, da sie nicht gewußt habe, was sie wollte.
»Ich hätte Gerald schon längst verlassen sollen.« Ihre Augen funkelten. »Fühlst du denn gar nichts für mich?«
»Ich bin völlig erschöpft. Diese Leere ist entsetzlich.«
»Vielleicht liebst du mich in Wirklichkeit gar nicht mehr.«
Er zögerte lange; dann sagte er, er habe keinen Grund das anzunehmen.
»Dann solltest du vielleicht einen Arzt konsultieren.«
»Nein«, antwortete Levin, »ich habe das schon früher durchgemacht. Ich weiß, was es ist.«
»Was willst du tun?«
»Abwarten.«
»Wie lange hat es das letztemal gedauert?«
»Monatelang. Vielleicht ein ganzes Jahr. Ich weiß es nicht mehr genau.«
»So lange braucht es aber diesmal nicht zu dauern.«
»Nein?«
»Du bist jetzt nicht mehr allein.«
Das hatte er vergessen.
»Hast du Angst?« fragte Pauline.
»Vor der Welt viel mehr als vor irgend etwas sonst.«
»Mein Liebster«, sagte sie. Sie umarmten sich.
Levin entsann sich ihrer unbefriedigten Nächte in Motels. »Sollen wir irgendwohin gehen?« fragte er.
»Wohin?«
»In mein Zimmer oder vielleicht aufs Feld. Wir haben ja beide Mäntel.«
Aber sie sagte nein. »Ich habe daran gedacht, aber beschlossen, es nicht zu tun. Wenn wir heiraten – wenn es je dazu kommt –, möchte ich lieber bis dahin warten. Ich möchte ein bißchen Unschuld für dich aufgespart haben, wenn ich dann zu dir komme.«
»Enthaltsamkeit macht dich zur Jungfrau?«

»Ich versage es mir ja selbst. Hilf mir doch, Lev, zu ein klein wenig Tugend.«
»Liegt denn die Tugend zwischen den Beinen?«
»Es ist eine Lebensmöglichkeit, man kann tugendhaft sein, auch wenn man es vorher nicht gewesen ist.«
Dann küßte sie ihn mit kalten Lippen. »Wenn du dir selbst irgend etwas beweisen mußt, werde ich mit dir schlafen.«
»Nein.«
»Bitte, hab' mich lieb. Hab' mich lieb. Bitte, beschütze mich. Ich habe Angst, allein zu sein.« Sie fing an zu weinen.
»Weine nicht«, sagte Levin. »Ich liebe dich.«
»Ich weine, weil alles so ist, wie es ist.«
Er ließ sie weinen.
Sie trocknete sich die Augen mit dem Taschentuch. »Könntest du denn sicher wissen, daß du eine Trennung wirklich willst, wenn wir uns jetzt trennten?«
»Nein.«
»Ich glaube an dich, glaubst du auch an mich?«
Er sagte, er tue es.
»Wäre es denn dann nicht besser, ich spräche mit Gerald?«
Er erwiderte, es sei sehr schwer, Entschlüsse zu fassen, so lange er sich nicht auf seine Gefühle verlassen könne. »Könnten wir nicht bis zum Ende des Sommers warten? Vielleicht bin ich dann über diese Krise hinaus.«
»So lange wird es dauern, bis ich geschieden bin. Ich meine, wir sollten das tun, was ich vorhin gesagt habe. Ich verlasse Gerald, und wir gehen nach San Franzisko. Wenn dann alles gutgeht, ist's gut, wenn nicht, heiraten wir nicht.«
Wieder wurden ihre Augen feucht.
Er schwieg, insgeheim erleichtert.
»Nur glaube ich nicht an ein solches Ende für uns. Du vielleicht?« fragte sie.
Er sagte nein.
»Soll ich's also Gerald sagen?«
Er sagte ja.

Er erwachte im Dunkeln und schlug mit beiden Armen um sich. Ein Licht blendete ihn. Papiere flatterten umher, und ein kalter Wind wehte von der offenen Tür ins Zimmer. Ich muß

sie zuschließen, dachte Levin, als er versuchte, wieder einzuschlafen.
Am Fußende des Bettes tauchte eine Gestalt auf.
Levin fuhr in die Höhe. »Schießen Sie nicht!«
Vor ihm stand Gilley, in Hemdsärmeln, mit erregtem Gesicht und Augen, die vor Haß auf den Mann im Bett brannten.
»Sie gottverdammter, doppelzüngiger, doppelarschiger, blechheiliger Heuchler, Sie! Die ganze Zeit faseln Sie von Reformen und begehen dabei Ehebruch mit meiner Frau.«
Levin legte sich wieder hin und stöhnte.
»Lassen Sie sich nur nicht einfallen, es abzustreiten, Sie schleimiger Wohltäter, Sie Lügenbold, der Sie sich mit Ihrem Anstand großtun. Aufhängen sollte man Sie –«
»Ich gebe zu, daß ich sie geliebt habe – ich liebe sie immer noch.«
»Das nenn' ich 'ne feine Sache – das eine predigen und dabei das Gegenteil tun, ein dreckiger Dieb sind Sie, hinter einer schmutzigen Rauchwand verstecken Sie sich, und dann stehlen Sie einem Mann seine Frau.«
»Wir haben uns geliebt –«
»Feines Pack, ihr beiden –«
Langsam richtete Levin sich auf. »Sind Sie denn so unschuldig?«
»Was wollen Sie damit sagen?« donnerte Gerald.
»Sie haben sie ja dazu gebracht – ein Mann, der es fertigbringt, seine Frau nackt zu photographieren und das Bild einem Dutzend Leuten zu zeigen.«
Gilley riß den Mund auf. Er hob den Arm, als wolle er sich verteidigen, ohne dazu imstande zu sein. Erschöpft blickte er sich um, erspähte einen Stuhl, kam aber nicht so weit. Seine Augen wurden starr, und der Ausdruck des Jammers paßte zu seinem Gesicht.
»Hat CD es Ihnen gesagt?« stöhnte er.
»Ihre Freundin Avis –«
»Das hätte sie nicht tun sollen. Sie hat mir – Sie haben doch Pauline nichts verraten? Sie weiß nämlich nichts davon.«
»Ich würde mich schämen, so was zu tun.«
»Ich war einfach verzweifelt.«
»Wahrscheinlich sehen Sie sich das Bild jeden Tag an.«

Gilley schüttelte betrübt den Kopf. »Es existiert gar nicht mehr. Ich habe es zwar nicht vernichtet, aber auch wenn er es nicht getan hätte, hätte ich es längst zerrissen. Duffy hat es getan. Ich hatte den einen Abzug, den ich entwickelt hatte, und das Negativ in meiner Akte in meinem Schrank versteckt. Eines Nachts hat er sich in mein Büro geschlichen – ich habe keine Ahnung, wie er das gemacht hat, wenn er das Schloß nicht gerade mit einem Dietrich geöffnet hat, und das würde ich ihm durchaus zutrauen –, und er hat alles gestohlen, was in dem Aktendeckel war, alles, was ihn belastete, und auch das Bild von beiden. Dann verbrannte er alles in meinem Papierkorb. Am nächsten Morgen fand ich die Asche.«

»Bravo.«

»Sie hat mich dazu gebracht«, sagte Gerald seufzend. »Zuerst hat sie ihn verteidigt, und dann hat sie ein Verhältnis mit ihm angefangen. Ich hatte den Verdacht, daß da etwas nicht stimme, und beobachtete sie – wie ich es auch hätte tun sollen, seit Sie hier sind, wenn ich nicht so ein Idiot gewesen wäre, dem es gar nicht in den Sinn kam, Sie einer solchen Handlungsweise für fähig zu halten. Einmal erfuhr ich, daß sie an die Küste fahren wollten, und fuhr ihnen nach. Im Handschuhfach des Wagens lag meine Leica. Ich habe immer einen Film eingespannt –«

»Sie hatten den Film, also drückten Sie auf den Auslöser.«

»Um Himmels willen, schonen Sie mich! Beide Ohren tun mir schon weh, und Sie haben kein Recht, mir eine Predigt zu halten.«

»Verzeihung«, flüsterte Levin.

»Ich gebe zu, daß es verkehrt war, die Aufnahme zu machen, obwohl ich damals glaubte, ich brauchte sie für eine Scheidung. Aber das ist kein Entschuldigungsgrund für all den Schaden, den Sie hier angerichtet haben. Ich will Ihnen eine Warnung geben: Verlassen Sie sich nicht auf ihre Liebe – wenn es Liebe ist. Sie sieht in Ihnen weiter nichts als eine gewisse Ähnlichkeit mit einem anderen.«

»Erklären Sie das genauer!«

»Gern«, sagte Gilley. »Ein paar Monate, nachdem sie erfahren, daß Leo Duffy sich erschossen hatte – oder wie immer er sich um die Ecke gebracht hat –, fischte sie Ihre Bewerbung aus einem ganzen Stapel Briefe heraus, den ich mir gerade ansah. Ich bezweifelte stark, daß das die richtige Art zu wählen sei, aber ich war ein Narr, und in einer schwachen Minute gab ich ihr nach. Sie war immer noch in einer Art Panikstimmung wegen Duffy und glaubte, sie sei schuld an seinem Selbstmord. Ich hatte auch Gewissenbisse, obwohl es für mich wirklich keinen Grund dafür gab, und so ließ ich sie gewähren.«

»Was heißt gewähren?«

»Ihre Bewerbung herauszufischen: Sie sollten der Mann sein, den wir engagieren würden. Ich hatte einen fünfzehn Zentimeter hohen Stoß Briefe von Leuten mit nach Hause gebracht, die eine Stelle suchten. Ein Mann, den wir angestellt hatten, verzichtete auf seinen Posten, weil er ein besseres Angebot bekam, und ich hatte kaum Zeit, Ersatz zu finden. Zuerst hatte ich Sie zu denen getan, die als ungeeignet abgelehnt werden sollten, aber Pauline saß am Eßtisch, an dem ich arbeitete, und las die Zeitung, und zufällig fiel ihr Blick auf Ihr Bild unter den weggelegten Bewerbungen. Sie nahm den Brief und las ihn durch. Und zu meiner Überraschung riet sie mir dann sofort, Sie zu engagieren, obwohl sie sich sonst nicht in solche Dinge einmischt. Ich hatte vom ersten Augenblick an einen gewissen Verdacht, aber ich wollte ihr zeigen, daß ich ihre Gefühle verstand, und versprach ihr, Sie zu nehmen. Was für ein idiotischer Fehler war das!«

»Warum hat sie mich gewählt?«

»Sie meinte, Sie verfügten über gute Erfahrungen, und der Brief, in dem Sie Ihre Ideen über den Stilkundeunterricht darlegten gefiel ihr; ich hielt ihn bei der Lektüre für anmaßend. Wahrscheinlich fand sie es auch reizvoll, daß Sie aus New York stammen. Duffy war aus dem Osten.«

»Chikago – im Osten?«

»Für uns hier ist das der Osten. Es gab auch noch andere Ähnlichkeiten zwischen Ihnen und ihm.«

»Warum haben Sie sie denn gewähren lassen, wenn Sie ihrer Wahl nicht trauten?«

»Ehrlich gesagt – nachdem ich Ihr Photo gesehen hatte, glaubte ich nicht, daß sie sich für Sie interessieren könne. Und doch muß ich gestehen, daß ich spürte, ich würde es bereuen, wenn ich mich auf ihren Vorschlag einließe.«

»War Duffy ein gutaussehender Mann?«
»Auf seine Art schon. Aber von Ihnen war es ein schlauer Trick, mit einem Bart hier anzukommen.«
»Ein Trick?«
»Pauline hat von jeher einen merkwürdigen Geschmack gehabt.«
»Demnach hätte ich also Pauline getäuscht, und sie hat Sie getäuscht?«
»Sie wird's mit Ihnen genauso machen. Sie ist eine unzufriedene Frau; ich könnte Ihnen noch mehr erzählen. Wenn Sie sie heiraten, werden Sie's bald genug merken, und mir täten Sie dann direkt leid.«
»Wenn es so steht – warum wollen Sie sie dann behalten?«
»Ich liebe sie«, sagte er jämmerlich.
Levin schlug sich hart auf die Brust.
Dann machte Gilley ihm einen Vorschlag; »Wir haben beide Fehler gemacht, wenn ich Ihnen auch niemals nur die Hälfte dessen angetan hätte, was Sie mir angetan haben. Ich kann nur eins sagen: Ich will vergeben und vergessen, wenn Sie bereit sind, zu kündigen und fortzugehen. Ich verspreche, ich werde Ihnen gute Empfehlungen schreiben.«
Aber Levin schüttelte traurig den Kopf.
»Ich habe keinen Menschen außer ihr«, sagte Gerald gebrochen.
Levin legte sich mit geschlossenen Augen auf den Rücken.
Am Montag gab der amtierende Seminarleiter durch Avis Fliss und George Bullock bekannt, daß er sich von seiner Frau trennen werde; der Grund: Ihr Ehebruch mit Mr. S. Levin. In allen Korridoren war das das einzige Gesprächsthema, als die Studenten kamen, um ihre Zensuren einzureichen und sich die Talare für die Abschlußfeier zu holen. Alle gingen Levin aus dem Weg, und er ging ihnen aus dem Weg. Am nächsten Tag fand in Dekan Seagrams Büro die Wahl statt. Levin erschien nicht. Und Bucket ebenfalls nicht. Die Abstimmung ergab im ersten und einzigen Wahlgang siebzehn Stimmen für Gilley, zwei für Fabrikant und keine einzige für Levin. Obwohl Levin nichts anderes erwartet hatte, empfand er doch tief in seinem verschütteten Ich so etwas wie Scham und Bedauern. Er hätte vielleicht die meisten Stimmen gewinnen können!

In seinem Briefkasten lagen ein paar Zeilen von Gilley. »Ich bin bereit, Sie noch ein weiteres und letztes Jahr hier arbeiten zu lassen, vorausgesetzt, Sie versprechen, meine Frau nicht wiederzusehen oder sich sonst in unsere Angelegenheiten einzumischen. G. Gilley, Seminarleiter. P. S. Ich habe es mir überlegt und beschlossen, die Bücher zu benutzen, die Ihr Ausschuß vorgeschlagen hat. G. G.«
Levin antwortete nicht darauf. Etwas später am selben Tag brachte ihm ein Bote eine offizielle Mitteilung von Präsident Labhart, in der es hieß, daß seine Dienste »von heute an im öffentlichen Interesse und aus moralischen Gründen nicht mehr benötigt würden«. Unter anderem nannte er den früheren Dozenten »einen erfolglosen *Union Square* Revoluzzer«.
Levin stieß die Faust durch Duffys verdammtes Fenster.

14

Als er aufwachte, hielt er Pauline in den Armen. Sie hatte ihn wachgeküßt. »Mrs. Beaty hat mir erlaubt, heraufzukommen, als ich ihr sagte, ich sei so aufgeregt, daß ich unbedingt zu dir müsse.«
Levin erkannte, daß er nicht träumte, und setzte sich langsam auf. Sie rutschte auf dem Bett ein wenig von ihm fort, und er merkte, daß sie erschöpft, müde und einsam aussah. Sie hatte sich in aller Eile angezogen und war unsicher.
»Wie geht es deiner Hand?«
»Besser.«
Mit der verbundenen Hand zündete er sich eine Zigarette an.
»Ich habe noch nie gesehen, daß du rauchst.«
»Gelegentlich tu ich's wieder.«
»Und was tust du sonst noch gelegentlich wieder?«
»Was willst du damit sagen?«
»Eigentlich gar nichts. Verzeih mir – ich bin nervös.« Sie fragte: »Wie fühlst du dich?«
»Ich habe schlecht geschlafen; ich mußte immer an meine Stellung denken.«
»Aber du hast doch gewußt, daß du sie verlieren würdest. Selbst wenn du die Wahl gewonnen hättest, mußtest du sofort deine Stellung verlieren, wenn die Leute erfahren hätten, warum ich mich von Gerald trenne.«
»Eine kurze Zeit lang spürte ich, daß ich wußte, was der nächste Augenblick mir bringen würde.«
»Es gibt noch mehr Stellen«, sagte Pauline. »Wenn du aber glaubst, du opferst der falschen Frau die richtige Arbeit, kannst du mich immer noch fortschicken. Sei nicht zu stolz und gib deine Niederlage zu.«
Er sagte, er sei nicht zu stolz.
Pauline fuhr fort: »Gerald ist gestern nacht ins Hotel gezogen; er bleibt dort, bis ich aus dem Haus bin. Wir hatten eine scheußliche Auseinandersetzung wegen der Kinder. Er erklärte, er werde meine Scheidung anfechten und mir die

Kinder nicht überlassen. Er warf mir vor, im Geist sei ich ihnen schon längst davongelaufen. Ich habe ihm geantwortet, ich sei *ihm* eigentlich schon längst davongelaufen, aber ich hätte nie den Mut gehabt, es ihm zu sagen. Unsere Ehe war nur noch ein Trümmerhaufen, als Leo gegangen war, aber die Kinder hielten sie zusammen, bis ich mich in dich verliebte.«

Sie holte ihr Taschentuch aus der Handtasche. »Noch nie habe ich ihn so verletzt und unnachgiebig gesehen. Er bat mich, ihn nicht zu verlassen, und als ich antwortete, es sei das Beste für uns alle, wurde er sehr bitter und sagte, wenn es sich darum handele, für wen es das Beste sei, werde er Erik und Mary behalten.«

Sie schneuzte sich. »Ich putze mir die Nase«, sagte sie. »Er war immer ein zärtlicher Vater, aber ich hatte immer das Gefühl, die Kinder gehören eher mir als ihm. Ich wollte sie ja auch eigentlich haben. Er hat mich sechs Jahre lang hingehalten, ehe wir uns um die Adoption bemühten. Als er weg war, bin ich alle Stunde aufgewacht und wollte nach den Kindern sehen. Ein paarmal bin ich nach oben gegangen. Ich war ganz sicher, er würde sie mir lassen, und als er sagte, er tue es nicht, bin ich fast gestorben. Bitte, hilf mir, daß ich sie bekomme, Lev!«

Er hatte schon immer gewußt, daß sie sie haben wollte, wenn es zur Scheidung käme. So weit stecke ich also schon in der Sache drin, dachte er.

Er versprach, ihr zu helfen.

»Es ist mir schrecklich, dir noch mehr aufzubürden«, sagte sie. »Aber du brauchst mich wirklich nicht zu heiraten.«

»Darüber haben wir doch schon gesprochen«, sagte er.

»Warum willst du es dann?«

»Ich hab' dir's doch gesagt.«

»Sag's mir nochmal.«

»Ich liebe dich.«

»Ohne Gefühl?«

»So, wie ich bin.«

»Du liebst mich aus Prinzip?«

»Ja.«

»Das ist alles?«

»Nein.«
»Wie sonst noch?«
Er schwieg.
»Ich bekomme Angst«, sagte Pauline. »Man kann so leicht einen schweren Fehler machen.« Einen Augenblick später meinte sie: »Wirst du mit ihm reden? Auf mich würde er gar nicht hören.«
»Wäre es denn so schlimm, sie ihm zu lassen?«
»Was soll er denn mit ihnen tun? Entweder müßte er eine Frau ins Haus nehmen, die sie versorgt, oder er müßte sie zu seinen Eltern geben. Ich will aber nicht, daß Fremde meine Kinder großziehen.«
»Wäre es nicht möglich, daß er eins behielte und wir das andere nähmen?«
»Das brächte ich nicht fertig. Sie brauchen mich beide. Sie sind ja noch so klein.«
»Und wenn ich sagen würde, daß ich sie nicht will?«
»Ich kann mir nicht denken, daß du das tätest.«
Levin fragte: »Was soll ich denn tun?«
»Sprich mit Gerald und bring ihn dazu, sie uns zu lassen.«
»Wieso glaubt er, er könne sie dir nehmen?«
»Er hat gesagt, er werde vor Gericht erklären, ich sei keine Mutter, der man Kinder anvertrauen könne.«
»Weine nicht.«
»Ich würde ja gar nicht weinen, wenn du mich in die Arme nähmest.«
Er tat es und dachte dabei, daß er eigentlich auch nicht vorgehabt hatte, Gilley noch einmal zu sehen.

Pauline wartete unten, während er sich anzog und rasierte. Er brauchte länger als sonst dazu, zum Teil wegen seiner verbundenen Hand. Als er hinunterkam, fand er alle in der Küche; die Kinder spielten mit Mrs. Beatys Töpfen. Pauline trank gerade mit der Wirtin Kaffee.
»Herzlichen Glückwunsch, wenn ich so sagen darf, Mr. Levin«, sagte Mrs. Beaty.
»Lev will Mama heiraten«, erklärte Erik.
»Möchtest du eine Tasse Kaffee?« fragte Pauline und errötete. »Mrs. Beaty war so nett und hat noch eine Kanne gekocht.«

»Ich esse später etwas.«
»Du kannst es ruhig jetzt tun, es eilt ja nicht so.«
»Ich gehe lieber gleich.«
Levin rief im Büro an, aber Milly antwortete, Dr. Gilley sei im Hotel »Covered Wagon«. Sie fuhren in Levins Auto in die Stadt. Es war warm – endlich war der Sommer gekommen. Sie sprachen kaum.
In der Hotelhalle fragte Levin: »Sollen wir alle hinaufgehen?«
Pauline schüttelte nervös den Kopf. »Ich nicht. Aber wenn du willst, komme ich mit.«
»Warte hier«, sagte Levin.
»Sag' ihm, daß ich unbedingt Erik und Mary haben will. Und wenn er mich verklagen will – mir soll's recht sein.«
Dann meinte sie: »Vielleicht ist es besser, du drückst es nicht genauso aus. Sprich freundlich mit ihm. Vielleicht gibt er nach. Glaubst du, er wird's tun?«
»Ich weiß nicht.«
»Versuche, ihn nicht ärgerlich zu machen – nicht noch ärgerlicher, als er es sowieso schon ist.«
Er versprach, es zu versuchen.
Sie drückte seine Hand.
Im Aufzug dachte er: Erst hab' ich mit seiner Frau geschlafen, und jetzt muß ich ihn auch noch um seine Kinder bitten. Er hatte das Gefühl, er wolle Gilley am liebsten alles zurückgeben, was er ihm genommen hatte – und noch mehr.
Fünf Minuten stand Levin vor der Tür, ehe er anklopfte.
In einem Morgenmantel aus Kräuselkrepp, unrasiert und mit dunklen Ringen unter den Augen öffnete Gerald die Tür.
»Ach, Sie sind's!«
»Verzeihung«, sagte Levin, »daß ich Sie schon wieder störe, aber ich muß noch einmal – zum letztenmal – mit Ihnen über etwas sprechen.« Er war darauf vorbereitet, einen Schritt zurückzutreten, falls Gilley ihm die Tür vor der Nase zuschlug.
»Kommen Sie herein«, sagte Gerald. Die Zeitschriften und Zeitungen, die er gelesen hatte, waren in dem ziemlich dunklen Hotelzimmer um den Sessel und den Fuß der brennenden Lampe herum auf dem Fußboden verstreut.
Er sieht aus, dachte Levin, wie ein Junggeselle, der gar nicht

hierher paßt, und mir kommt es vor, als sei ich seit vielen Jahren verheiratet.

»Entschuldigen Sie, daß das Zimmer so klein ist«, sagte Gilley. Er saß im Sessel und hatte die langen, rotbehaarten Beine übereinandergeschlagen. »Ich hatte gehofft, daß Sie vorbeikämen.«

Levin saß auf dem Rand eines harten Stuhls. »Tut mir leid, Gerald, daß ich Ihnen so ein Dorn im Auge war.«

»Eher ein Schmerz im Hintern«, erwiderte Gilley. »Warum machen Sie denn nicht hier Schluß und gehen woandershin, wenn es Ihnen so verdammt leid tut? Warum hatten Sie's nur ausgerechnet auf mich abgesehen? Ich hab' verflucht schwer gearbeitet; warum ist es mir nur nicht vergönnt, mit meiner Frau und den Kindern in Frieden zu leben und das, was mir die Arbeit eingebracht hat, zu genießen?«

»Ich bin gekommen«, sagte Levin, »um Sie zu bitten, uns die Kinder zu überlassen. Die Mutter würde ihnen fehlen. Und sie meint, sie seien Ihnen doch nur im Weg.«

»Warum hat sie sich dann nicht wie eine Mutter benommen, wenn sie sie unbedingt haben will? Warum hat sie nicht an ihr Bestes gedacht, ehe sie ihr Zuhause in Scherben schlagen mußte?«

Er war so stolz und verbittert und so unglücklich, daß es Levin schwerfiel, ihm ins Gesicht zu sehen.

Sie schwiegen beide, bis Gerald das eine Bein vom andern nahm und sagte: »Ich hab' geglaubt, Sie wären überglücklich, wenn ich sie Ihnen abnähme, aber wenn Sie mich um ihretwillen um sie bitten, zeigt das nur, daß Sie wirklich keine Ahnung haben, was Ihnen noch bevorsteht. Bis jetzt haben Sie sich auf meine Kosten amüsiert, wenn ich Sie vermutlich auch nicht ganz dafür verantwortlich machen kann. Ich weiß sehr wohl, daß es nicht nur an Ihnen gelegen hat, und deshalb habe ich Ihnen jetzt auch die Tür aufgemacht, anstatt Sie niederzuschlagen. Aber Ihr Verhalten gibt mir die Gewißheit – wenn ich es nicht längst aus anderen Gründen gewußt hätte –, daß Sie noch sehr unerfahren sind. Ich meine mit Frauen, so, wie sie in Wirklichkeit sind und nicht, wie sie sich geben oder auch tatsächlich sind, wenn es darum geht, mit ihnen ins Bett zu gehen. Ich bezweifle gar nicht, daß Sie meine Frau lieben. Das hat Duffy auch getan, aber das ist nicht alles. Von dem Augenblick an, da Sie als Mann und Frau unter demselben Dach leben, wird es noch viel Neues für Sie geben. Es ist wie bei einer Photographie: Bis zu dem Moment ist sie vielleicht wirklich das, was Sie zunächst zu sehen glauben, aber wenn sie erst entwickelt ist, ist das Resultat doch anders. Deshalb wollte ich unbedingt mit Ihnen sprechen, ehe Sie einfach weitermachen.«

»Ich bin Ihnen dafür verbunden«, sagte Levin, »aber ich weiß, was Sie meinen.«

»Das können Sie gar nicht«, sagte Gilley, »ehe Sie nicht jahrelang mit ihr verheiratet gewesen sind. Erstens hat sie gewisse Eigenschaften, die auch den geduldigsten Mann – und ich bin einer von denen – zum Wahnsinn treiben können. Vielleicht möchten Sie wissen, warum ich sie trotzdem wiederhaben möchte, obwohl sie mich nun zweimal betrogen und gedemütigt hat; das wäre immerhin verständlich. Ich bin an sie gewöhnt und weiß, was ich zu erwarten habe. Für mich gibt es bei ihr keine Überraschung mehr, weder im Guten noch im Bösen, obwohl sie diesmal im Bösen ihre letzte Chance bei mir hätte – ich weiß Bescheid. Aber ich wäre ein Lügner, wenn ich nicht zugäbe, daß Pauline auch wunderbare Eigenschaften hat; warum sollte ich mir auch sonst die Mühe machen, mit Ihnen zu sprechen? Da Sie jedoch eine Frau heiraten wollen, die schon einmal zwölf Jahre lang verheiratet war – und das waren ihre besten und frischesten Jugendjahre –, stehen Ihnen allerhand unangenehme Überraschungen bevor, und ich wäre nicht im geringsten erstaunt, wenn Sie innerhalb von sechs Monaten wieder auseinandergingen, wenn Sie wirklich so dumm sind, sie zu heiraten. Ich will Ihnen ein bißchen verraten, wie sie in Wirklichkeit ist – das erspart Ihnen vielleicht manche unvorhergesehene Schwierigkeiten.«

»Ich weiß, wie sie ist –«

»Das glauben Sie. Ich habe Ihnen schon einmal gesagt, daß sie nie zufrieden ist, aber ich vermute, Sie begreifen gar nicht, was das bedeutet. Sie war schon unzufrieden, als sie geboren wurde, es gibt ja solche Menschen – ich denke zum Beispiel an Fabrikant, aber ich könnte auch andere Namen nennen –; oder sie ist vielleicht so erzogen worden. Sie war immer so, selbst wenn sie mir als Studentin ausgezeichnete Arbeiten brachte, die ich vorzüglich, mit lauter ›A‹ zensierte; zufrieden war sie nie. Immer meinte sie, sie hätte es noch besser machen sollen. Nicht machen *können*, verstehen Sie mich richtig, machen *sollen* – als ob man sich nur zu wünschen brauchte, etwas besser zu machen, und schon ginge es. Die Schuld daran trägt meiner Meinung nach, wenigstens bis zu einem gewissen Grade, ihr alter Herr. Soweit ich weiß, war er ein ausgezeichneter Arzt und ein netter, aufmerksamer Mensch – seine guten Eigenschaften haben mir allerhand zu schaffen gemacht –, aber ich bin sicher, daß er ihr eine gute Portion Einbildung anerzogen hat. Außerdem war sie das einzige Kind, auch das mag allerhand damit zu tun haben. Wenn Sie den Fehler begehen, sich an sie zu binden, garantiere ich Ihnen, daß Sie mehr als einmal morgens um sechs aufwachen werden, um zu hören, wie sie sich über ihr Leben beklagt, das so gar nicht das geworden ist, was es hätte werden sollen. Wenn Sie sie aber fragen, was sie eigentlich erwartet habe, kann sie Ihnen weiter nichts sagen, als daß sie ein besserer Mensch sein möchte als sie es ist. Und diese Antwort bekommt man von einer Frau, die in den letzten drei Jahren neben ihrer Ehe noch zwei Liebhaber gehabt hat – was unbestreitbar ist. Dann werden Sie mit sämtlichen Einzelheiten alles aufgezählt bekommen, was sie ihrer Ansicht nach falsch gemacht hat, oder was sie versucht hat, aber aufgeben mußte, oder aber alles, was sie gerade im Augenblick tut, aber schlecht tut. Nie wird sie Ihnen sagen, daß sie irgend etwas gut macht, und auf die Dauer wirkt so eine Aufzählung ganz schön eintönig. Danach wird sie Ihnen genauso viele Vorwürfe machen wie sich selbst, weil Sie sie nämlich geheiratet haben – als ich sie heiratete, war sie zwanzig –, ohne es jedoch fertigzubringen, ›alles aus mir herauszuholen‹, wie sie es nennt; sie will damit sagen, daß Sie es nicht verstanden haben, etwas aus ihr zu machen, was sie selbst nicht aus sich machen konnte, und wenn Sie sich noch so große Mühe gegeben haben, es zu tun. Ich hab' ihr vorgeschlagen, Kurse zu besuchen, hab' sie auf Reisen mitgenommen, hab' ihr immer genug Geld zur Verfügung gestellt, selbst als es mir gar nicht so leicht fiel, ich hab' ihr einen Platz in der Gesellschaft verschafft, einen Wagen, ein schönes Heim und Kinder gegeben. Sie sind zwar nur adoptiert, aber sie sind genauso liebenswert und reizend wie die von anderen Leuten, und überhaupt hab' ich, so gut ich konnte, versucht, sie glücklich zu machen. Und wenn sie sich über all das genug beklagt hat, ist sie durch ihre eigene Schuld nur noch ein Nervenbündel; wenn Sie dann nicht gleich morgens aus dem Haus gehen, werden Sie sich wahrscheinlich den ganzen Tag mit ihr zanken, bis tief in die Nacht hinein, sagen wir, bis Sie vielleicht Lust auf ein bißchen natürliche Befriedigung hätten. Am folgenden Tag vergeht dann der halbe Vormittag, ehe sie richtig wach wird, weil sie nicht gut geschlafen hat; und das geschieht viel häufiger, als Sie glauben. Ich will ihr das alles gar nicht vorwerfen und möchte wetten, wenn Sie sie auf der Stelle fragen würden, gäbe sie sofort zu, daß ich immer sehr rücksichtsvoll gewesen bin. Vielleicht liegt es an ihrem Nervensystem, das man, um einen etwas altmodischen Ausdruck zu verwenden, als ›delikat‹ bezeichnen könnte. Es gibt kaum etwas, das sie nicht aus dem Gleichgewicht zu bringen vermag, und sobald das geschehen ist, sind Sie beide in einem traurigen Zustand.«

Levin rutschte auf dem Stuhl hin und her.

Gilley fuhr fort: »Sollten Sie aber eine gute Hausfrau suchen, eine Frau, die das Haus sauber und so in Ordnung hält, wie Sie Ihr Arbeitszimmer halten – ich spreche nicht von jenen hyperaktiven Frauen, die einmachen, backen, den Garten versorgen, eine soziale oder ähnliche Tätigkeit ausüben, Möbel aufarbeiten, die im Sommer Bohnen pflücken und neben all ihrer Hausarbeit auch noch Tennis spielen –, ich spreche nur von einem Minimum an hausfraulicher Tüchtigkeit – wenn Sie das suchen, so denken Sie lieber gar nicht daran. Zugegeben, sie hat Zeiten, in denen sie wirklich etwas zuwege bringt, meistens im Frühjahr und zu Beginn des Herbstes, aber sie hat auch Zeiten, in denen sie überhaupt zu nichts kommt; dann macht sie noch nicht einmal die Toilette sauber, und wenn ich den ganzen Tag gearbeitet habe, muß ich das auch noch tun; so ist es besonders, wenn sie fast die ganze Zeit mit der Lektüre eines ganzen Haufens Kochbücher vertrödelt und dann ein Essen gekocht hat, das in zwei Stunden fertig sein könnte, wozu sie aber sieben gebraucht hat, ohne daß es etwas wirklich Besonderes ist. Deswegen haben wir auch nicht so oft Gäste, wie ich es möchte. Sie kann die Hausarbeit nicht ausstehen – sie langweilt sich dabei, und selbst an den Tagen, an denen sie sich wirklich bemüht, sie zu tun, läßt der innere Widerstand sie nicht so viel fertigbringen, wie sie es könnte. Ich gebe ganz ehrlich zu, daß ich deshalb so lange gegen eine Adoption war, weil ich wußte, daß sie dann in Arbeit ertrinken würde. Sowie ich es mir leisten konnte, zweimal wöchentlich eine Putzfrau zu nehmen, war ich mit der Adoption der Kinder einverstanden. Ich weiß, was für einen Wert Sie auf Ordnung und Pünktlichkeit legen, aber wenn Sie sie heiraten, können Sie Ihre Uhr genausogut begraben: nutzen wird sie Ihnen dann doch nichts mehr. Nicht nur will sie nichts davon wissen, daß die Zeit vergeht, sie macht sich die Zeit sogar zum Feind.«

»Ich stehe auch nicht auf so gutem Fuß mit ihr«, seufzte Levin.

»Damit will ich eigentlich nur sagen, daß sie seit Jahren – es hat schon angefangen, als sie noch in den Zwanzigern war – jedem Fältchen im Gesicht nachgespürt und gejammert hat, wie rasch die Jugend vergehe – ihre dauerte meines Wissens nur von achtzehn bis fünfundzwanzig; ich kann sie unmöglich vom Gegenteil überzeugen. Bei mir hat sie wenigstens den Vorteil, daß ich schon fünfundvierzig und damit wesentlich älter bin als sie mit ihren zweiunddreißig, aber da Sie erst dreißig oder einunddreißig sind, können Sie sich leicht vorstellen, wie das wahrscheinlich ihre Stimmung beeinflussen wird. Sie wird sich Ihnen gegenüber älter fühlen als mir gegenüber – in jedem Lebensalter –, und Sie können mir glauben: Gut wird das nicht sein für Sie. Es kann im allgemeinen zwar recht nett sein, mit Pauline zusammenzuleben, aber auf Rosen ist man dabei nicht gebettet.«

»Ich hab' noch nie auf Blumen geschlafen.«

»Außerdem hat sie auch noch gesundheitliche Probleme.«

»Darüber möchte ich lieber nichts hören –«

»Es dauert nicht lange. Man kann eigentlich nicht sagen, daß sie nicht gesund ist, aber es ist besser, Sie wissen über ihre Probleme Bescheid. Wenn eine Frau dreißig ist, wird sie nicht jünger. Sie leidet manchmal unter Verstopfung, aber darüber will ich Ihnen nichts erzählen; eine wirkliche Pest sind nur gelegentlich ihre weiblichen Beschwerden. Wenn man am wenigsten daran denkt, bekommt sie ihre Periode, und die dauert dann neun Tage oder noch länger; der Grund dafür ist das, was man in der Medizin einen anovulatorischen Zyklus nennt – oder so was Ähnliches. Der Arzt hat erklärt, es sei bei ihr eine zwar ärgerliche, aber keine ernste Sache und verschwände vielleicht einmal von selbst; das geschieht auch zeitweise – mit dem Resultat, daß man nie weiß, woran man ist, wenn der Instinkt erwacht. Sicher hat sie die Zeiten, in denen sie am besten in Form war, für Sie reserviert, aber Sie irren sich, wenn Sie glauben, sie sei eine Sexpuppe. Wenn Sie sie erst geheiratet haben, können Sie wetten, was Sie wollen: Mehr als einmal werden Sie von ihr einen Korb bekommen, wenn Sie sich schon auf Ihre Befriedigung freuen. Sie können sich dann ebensogut den Schädel einschlagen wie sie zu überzeugen versuchen, daß sie unbedingt einmal zum Arzt gehen müsse. Sie hat Angst vor Ärzten und weigert sich so lange, zu ihnen zu gehen, bis sie vor lauter Angst in einem solchen Zustand ist, daß sie schließlich doch den Weg zu ihnen findet; und dann kostet es doppelt so viel, wie es eigentlich kosten sollte. Vergessen Sie nicht, wie sich das bei Ihrem Gehalt auswirkt.«

»Verzeihung«, sagte Levin. »Ich bin wegen der Kinder gekommen.«

»Zu diesem Thema wollte ich gerade einiges sagen«, bemerkte Gilley. »Mit den Kindern ist es auch nicht so einfach, alle Kinder haben ja ihre Probleme. Im großen und ganzen ist Klein-Mary gesund, aber den ganzen Sommer leidet sie unter Ekzemen, und der Kinderarzt hat Pauline darauf aufmerksam gemacht, daß sie ganz plötzlich Asthmaanfälle bekommen könnte – sie hat irgendeine starke Allergie. Sie bekommt Injektionen dagegen, die mich über hundert Dollar im Jahr kosten. Und Erik hört überhaupt nicht mehr auf mit seinen Erkältungen. Er kann sie gar nicht loswerden, und entweder bekommt er danach eine Bronchitis oder eine Ohreninfektion. Letzten Winter habe ich einmal in einem einzigen Monat für ihn sechzig Dollar allein für Antibiotica bezahlt. Außerdem hat er schon dreimal eine Streptokokkeninfektion im Hals gehabt, und der Kinderarzt prüft immer wieder, ob er nicht vielleicht als Folge der Infektion einen leichten Gelenkrheumatismus hat. Er hält Erik nicht für ein wirklich krankes Kind, aber Pauline macht sich andauernd Sorgen um ihn, und wenn sie sich Sorgen macht – na, ich sage Ihnen: da machen Sie sich auch welche!«

Levin fächelte sich mit der gesunden Hand und hörte weiter zu.

»Ich habe vorhin schon gesagt, daß Pauline auch wunderbare Eigenschaften hat – ich wäre der letzte, der behaupten würde, sie sei eine Niete. Sie spielt zum Beispiel ausgezeichnet Golf, was Sie vermutlich gar nicht von ihr erwarten würden. Sie hat auch vor ein paar Jahren angefangen, Ski laufen zu lernen, aber da ich es nicht kann, gehen wir nicht oft zum Skilaufen weg. Sie versteht auch was vom Garten. Sie liest sehr viel, hört Musik – ich habe ihr einen Hi-Fi-Apparat gebastelt –, und sie hat mir auch ein paar hübsche Pullover und Socken gestrickt. Sie hatte Lust, eine Stelle anzunehmen, aber ich wollte, daß sie sich nur um den Haushalt kümmert, weil das die Hauptsache ist. Letztlich kommt es auf das heraus, was ich schon vorhin gesagt habe: Sie ist von Natur aus unharmonisch, und höchstwahrscheinlich wird sie Ihnen dasselbe sagen, was sie mir erzählt hat: Im Grunde komme alles daher, daß sie mich nicht wirklich geliebt habe, als wir heirateten. Aber ich will Ihnen etwas sagen«, erklärte Gerald bitter, »ich erkenne auf Anhieb, ob eine Frau wirklich liebt, und Sie können mir glauben: Ich habe sehr wohl gemerkt, daß sie mich geliebt hat. Außerdem besitze ich Briefe von ihr, die es beweisen. Wenn sie aber erst anfängt, sich zu analysieren, ist ihr nichts mehr heilig. Und zu alldem ist sie manchmal so deprimiert und unglücklich, daß ich sie mehr als einmal mitten in der Nacht trösten mußte, zum Beispiel, nachdem sie mich mit Duffy betrogen hatte. Vielleicht geht es Ihnen einmal genauso, wenn sie ihren dritten Liebhaber gehabt hat. Reden Sie sich nur nicht ein, daß es Ihnen sehr viel besser ergehen wird als mir.«

»Das Risiko muß ich auf mich nehmen –«

»Ihre Chancen sind jedenfalls nicht sehr groß.«

Wieder kam Levin auf die Kinder zu sprechen. »Sie wäre todunglücklich ohne sie. Möglicherweise ließe es sich einrich-

ten, daß sie einen Teil des Jahres bei Ihnen verbringen – vielleicht den Sommer über.«
Gilley starrte ihn an. »Sie bleiben tatsächlich bei Ihrem Entschluß, nach allem, was ich Ihnen gesagt habe?«
Levin lachte bitter auf.
Gilley knipste das Licht aus und erhob sich. »Dann kann sie sie eben nicht haben. Wenn sie mich verläßt, verläßt sie auch die Kinder.«
Schwitzend saß Levin auf dem harten Stuhl. »Wie können Sie ihr nur so wehtun, wo Sie doch behaupten, Sie liebten sie?«
»Genauso, wie sie mir wehtut. Genauso, wie Sie mir wehtun. Genauso, wie ich Ihnen wehtun will.«
Sein Blick war von Widerwillen und Ärger verdüstert. »Wenn Sie die Kinder unbedingt haben wollen, gibt es nur einen Weg –«
In schmerzlicher Erwartung beugte sich Levin vor.
»Sind Sie bereit, mir zu versprechen, auf jede Lehrtätigkeit an einem College zu verzichten?« fragte Gerald.
Wütend sprang Levin auf. »Sind Sie wahnsinnig? Das ist eine ungeheuerliche Erpressung.«
»Entweder – oder.«
»Das ist verfassungswidrig«, schrie Levin ihn an. »Das ist unmenschlich, barbarisch und unmoralisch.«
»Und wie nennen Sie es, wenn jemand einem Mann Frau und Kinder stiehlt?« donnerte Gilley. »Ist das vielleicht so verdammt moralisch, da Sie das Wort so gern gebrauchen?«
»Pauline kann tun, was *sie* will.«
»Wollen Sie das auch von den Kindern behaupten? Oder wollen Sie vielleicht sagen, daß sie sie verdient – eine Frau, die zwei Liebhaber gehabt hat?«
»Wollen Sie die Kinder vielleicht besser behandeln, als Sie Pauline behandelt haben?«
»Sie hat mich schlecht behandelt. Wie einen Dummkopf hat sie mich behandelt.«
»Wie soll ich sie denn ernähren, wenn ich nicht unterrichten kann?«
»Ich hab' ja nicht gesagt, daß Sie nicht unterrichten dürfen. Ich hab' nur gesagt, nicht an einem College. Sie können ja

wieder an eine Oberschule gehen. Da verdient man sowieso besser.«
»Was macht es aus, ob ich an einer Oberschule oder an einem College unterrichte?«
»An einer Oberschule können Sie weniger Schaden anrichten. Sie sind nicht der richtige Mann, um an einem College zu unterrichten.«
»Das ist eine niedrige Art von Rache!«
»Das ist Ihre eigene Schuld. Etwas muß wenigstens für mich herausspringen aus dieser verfahrenen Situation.«
»Dazu sage ich nicht ja. Dann werden wir eben vor Gericht um die Kinder kämpfen.«
»Bei Gericht erreichen Sie überhaupt nichts, wenn ich bezeuge, daß sie erst mit Duffy und dann mit Ihnen Ehebruch begangen hat; und dazu hat sie ja selber zugegeben, daß sie die Kinder in dieser Zeit mehr als einmal alleingelassen hatte. Sie ist eine Rabenmutter.«
»Sie sind wohl nicht bei Trost, so etwas zu behaupten!«
»Ich werde meinen Standpunkt schon zur rechten Zeit klarmachen.«
»Das können Sie gar nicht beweisen. Und sie wird ja nicht zu ihren eigenen Ungunsten aussagen.«
»Ich habe alles, was ich an Beweismaterial brauche – auf Band!«
Levins ganzer Körper stöhnte. »Wollen Sie damit sagen, daß Sie ohne ihr Wissen Bandaufnahmen gemacht haben, wenn sie etwas sagte?«
Gilley wurde blaß. »Das hätten Sie auch getan.«
»Diese verdammten technischen Hilfsmittel werden Ihr Ende sein. Ich werde nämlich bezeugen, was für Photos Sie gemacht haben.«
»Verdammt, dieses Bild, *sie* war ja nackt darauf mit einem Mann, nicht ich. Wäre ich doch nur so intelligent gewesen, mehr als einen Abzug davon zu machen. Aber ganz egal, was für Beweise Sie vorbringen könnten, ich kann Sie nur warnen, es nicht zu tun, sonst könnte der Richter allerhand Interesse daran haben, mehr über Sie zu erfahren. Ich will heute nicht mehr dazu sagen, weil ich der Sache noch nicht völlig nachgegangen bin, aber einer der Studenten aus der Alpha-

Zeta-Brüderschaft – ich bin nämlich ihr Fakultätsberater – hat sich vor kurzem mit einem Mädchen verlobt, das ihm eines Nachts im Wagen gestanden hat, sie habe intime Beziehungen mit einem ihrer Englisch-Professoren gehabt; allerdings hat sie seinen Namen nicht genannt. Aus Neugierde habe ich mir ihre Akte angesehen und entdeckt, daß sie bei drei Leuten in der Abteilung Kurse belegt hat; im Frühjahr bei Avis, im vergangenen Winter bei Leopold Kuck und im letzten Herbst bei Ihnen. Beide haben ihr ein ›C‹ gegeben. Sie haben ihr zuerst auch ein ›C‹ gegeben, aber dann eine Eingabe gemacht, es solle in ein ›B‹ umgewandelt werden. Ich erinnere mich noch sehr gut an diese Sache und hatte gleich einen Verdacht, als Sie eine bessere Zensur für sie forderten. Sie heißt Nadalee Hammerstad.«

Levin hatte das Gefühl, als habe Gilley ein Bleirohr an seinem Kopf zerschmettert; aber er trug nur eine innere Blutung davon.

»Die Zensur, die sie bekommen hat, hat sie auch verdient.«

»Jetzt sieht man, was für ein erstklassiger Lump Sie sind.«

Was sonst konnte ich erwarten, dachte Levin, da ich nun einmal so bin, wie ich bin?

»Also, wie gesagt – entweder – oder«, sagte Gilley.

»Ich werde mit Pauline sprechen.«

»Sagen Sie ihr nur, was für ein verdammt moralischer Kerl Sie sind.«

Er ging völlig verwirrt, wie betäubt, die drei Treppen hinunter. Pauline saß in der Hotelhalle auf einer Couch; Mary saß auf ihrem Schoß, Erik neben ihr, und sie blätterte die Seiten eines Bilderbuches um.

Erschrocken sah sie Levin an. »Was ist denn passiert?«

Er wiederholte Gilleys Bedingungen; sie wurde wütend. »Das ist ja schrecklich. Wir müssen mit meinem Anwalt sprechen. Ich werde ihn auf Herausgabe der Kinder verklagen.«

»Du wirst sie aber vielleicht nicht bekommen«, sagte Levin. »Warum hast du ihm gesagt, daß du sie alleingelassen hast, als du bei mir warst?«

»Es ist mir mitten in einem Streit herausgerutscht. Ich hatte aber Angst, dir zu sagen, daß ich es ihm erzählt hatte.«

»Angenommen, sein Anwalt würde dich vor Gericht fragen,

ob du mit Duffy geschlafen hast, was würdest du in diesem Fall antworten?«

»Bitte, sprich leiser«, sagte sie und sprach schon mit gedämpfter Stimme.

»Würdest du es leugnen?«

»Nein.«

»Und mit mir?«

»Ich kann so schlecht lügen.«

»Dann würdest du die Kinder niemals bekommen.«

Sie nahm die Kleine in den Arm.

»Bist du, so wie die Dinge liegen, bereit, auf sie zu verzichten?«

»Nein.«

Erik, der immer noch die Bilder betrachtete, fing an zu weinen.

»Weine nicht, Erik«, sagte Pauline, »Lev will, daß du und Mary bei mir bleiben.«

»Und wenn das Gericht sie dir nicht zuspricht?«

»Dann sterbe ich.«

Erik hörte nicht auf zu weinen, und nun fing auch die Kleine an.

»Dann gibt es keine Wahl für uns«, sagte Levin.

»Ich kann nicht von dir verlangen, deine Karriere für uns aufzugeben. Es ist alles völlig verrückt. So rächt sich Gerald an mir. Gibt es gar keinen anderen Weg?«

»Er läßt uns keinen offen.«

»Was hat er davon? Wenn er wieder zur Vernunft gekommen ist, wird er dich meiner Ansicht nach nicht auf so ein Versprechen festlegen.«

»Wird er dir denn die Kinder lassen, wenn er erst wieder zur Vernunft gekommen ist?«

»Ich hab' Angst, mich darauf zu verlassen. Aber du sollst mich nicht zeit meines Lebens hassen, weil ich am Scheitern deiner Berufspläne schuld bin.«

»Ich bin selber daran schuld.«

Sie öffnete ihre Handtasche.

»Wein doch nicht!«

»Ich muß!«

Levin ging wieder zu Gilley hinauf.

»Ich bin mit Ihren Bedingungen einverstanden.«
»Sie sind wohl verrückt«, sagte Gilley. »Das ist ja der reinste Selbstmord.«
»Sie sind der Mörder. Soll ich etwas unterschreiben?«
»Ich verlasse mich auf Ihr Wort, Sie sind ein Fanatiker.«
»Gibt es keinen besseren Ausweg?«
»Doch. Gehen Sie, und lassen Sie meine Frau und meine Kinder in Ruhe.«
Levin öffnete die Tür.
»Sagen Sie nur Ihren süßen Träumen Valet«, rief Gilley ihm nach.
»Ich hoffe, Sie haben süße!«
»Eine Frau, die älter ist als Sie und unzuverlässig obendrein, plus zwei adoptierte Kinder, die Sie sich nicht ausgesucht haben, weder eine Stelle noch irgendeine Aussicht auf einen Posten und weitere diverse Probleme – warum nehmen Sie diese Bürde auf sich?«
»Weil ich es kann.«
Sie fuhren zu ihrem Haus. Levin betrat es nur widerwillig – alles erinnerte noch an den Hausherrn. Pauline gab den Kindern etwas zu essen und legte sie dann zum Nachmittagsschlaf in die Bettchen. Sie machte ein paar Brote, und beide setzten sich in die Küche. Levin aß und betrachtete den Stumpf der schiefen Birke im Hinterhof; Pauline erzählte ihm, Gerald habe den Baum im Frühjahr gefällt.
Nach dem Kaffee sagte sie: »Er bekommt Haus und Wagen, und ich erhalte eine Abfindungssumme. Ich nehme nur meine Kleidung und die Sachen der Kinder mit. Ich schicke die Wiege und Eriks Bett, meine beiden großen Koffer, ein paar Bücher und Platten zu meinem Onkel, und für die Reise haben wir dann außer deinem Gepäck nur drei Reisetaschen.«
»Wie lange dauert es, bis wir hinkommen?«
»Zwei Tage, wenn wir uns nicht hetzen. Drei, wenn wir uns unterwegs noch etwas ansehen. Mach dir wegen des Fahrens keine Sorgen. Ich löse dich ab.«
»Sagen wir zwei Tage. Ich möchte ans Ziel kommen und mich umschauen.«
»Dazu hast du wochenlang Zeit, wenn ich in Nevada bin.«
»Ich möchte aber schon damit anfangen.«

»Wie fühlst du dich jetzt?«
»Unverändert.«
»Bitte, nimm meine Hand. Was ich für dich fühle, ist Schmerz.«
Über den Tisch hinweg nahm er ihre kalte Hand in die seine.
»Ich bin traurig, weil du immer noch nichts fühlst«, sagte sie, »aber jetzt, da du bei mir bist, spüre ich, daß du mich auch wieder begehren wirst. Vielleicht nicht mehr so stark wie vorher, aber solange es nur Liebe ist, habe ich nichts dagegen.«
Er schwieg.
»Mein Mädchenname war Josephson«, sagte Pauline. »Wenn du an mich denkst, denke an Pauline Josephson. Mein Vater hieß Joseph und wollte unbedingt einen Sohn haben, aber dann war ich doch sein Liebling.«
Sie blickte zum Fenster hinaus. »Stell dir nur vor – wir sind noch nie zusammen spazierengegangen.«
Kurz danach fragte Levin sie, warum sie ausgerechnet sein Bewerbungsschreiben aus dem Haufen von Briefen gezogen habe, die Gilley als nicht in Frage kommend weggelegt hatte.
»Du hattest eine Photographie beigefügt«, sagte Pauline, »obwohl nicht darum ersucht worden war.«
»Es war ein altes Bild. Sie sollten wissen, wie ich aussehe.«
»Du sahst aus, als brauchtest du einen Freund.«
»Und das war der Grund?«
»Ich brauchte einen. Dein Bild hat mich an einen jüdischen Studenten erinnert, den ich im College kennengelernt hatte und der in einer schwierigen Periode meines Lebens überaus nett zu mir war.«
»Darum bin ich also ausgewählt worden.«

Noch in derselben Nacht blickte er, als er seine paar Sachen zusammengepackt hatte, zufällig in den Spiegel und betrachtete sein zweifelndes Gesicht. Bin ich denn wirklich bei Sinnen? Er setzte sich auf einen Stuhl und stützte den Kopf in die Hand. Seine Zweifel waren die Steine eines fensterlosen Gefängnisses, in das er eingesperrt war und das widerhallte von Gilleys Stimme, die immer von neuem drohend die Gründe aufzählte, warum er gehen müsse. Jeder Grund war ein wesentlicher Bestandteil des Gebäudes. Das Gefängnis war eigentlich sein eigenes Ich, das fehlerhafte Gebäude jedes einzelne Versagen seines Lebens, und jedes Versagen war fest mit dem vorhergehenden verbunden. Er hatte bei seinen besten Plänen versagt – wer konnte wissen, ob er nicht auch bei ihr versagen würde? Vielleicht hatte er es sogar schon getan und würde ihr einmal mitten in der Nacht, wenn sie im Bett lag, davonlaufen. Wenn es nicht einfach das wahre Gefängnis bedeutete, auszuhalten und an sie gefesselt zu sein. Er würde zwar wie ein freier Mann aussehen, aber wer ihm in die Augen blickte, würde in ihnen eine steinerne Mauer erkennen.

Er ging aus dem Haus und zum Fluß hinunter. Was würde geschehen, wenn er sich jetzt aus dem Staube machte? Wenn er sich zurückschliche und, während die alte Wirtin schnarchte und die Ohren »abgestellt« hatte, sein Gepäck zum Wagen brächte und davonführe? Er konnte nach Norden in Richtung Kanada und dann nach Osten fahren. Niemand würde wissen, wo er war und wohin er führe. Er würde einen Zettel hinterlassen: »Tut mir leid, aber ich glaube, es geht nicht. Zu vieles ist geschehen. Ich gehe um Deinet- und meinetwillen. Aufrichtig und mit Bedauern, S. Levin.« Er würde ihn ihr unter die Tür schieben und sich davonmachen. Wenn sie den Zettel fand, brauchte sie nur wieder auszupacken und Gilley im Hotel anzurufen. Sie würde zwar ein paar Tränen vergießen, könnte aber sagen: »Er war nicht einmal deinen kleinen Finger wert. Ich habe einen schrecklichen Fehler begangen. Du fehlst den Kindern – bitte nimm uns wieder auf.« Und Gilley würde verzeihen und, mit Blumen in den Händen, sofort nach Hause eilen. Sie würden wieder zusammenleben wie zuvor.

Wenn sie aber wirklich genug von ihm hätte, könnte sie den Zug nach San Franzisko nehmen und bei ihrem Onkel wohnen. Eine Zeitlang wäre sie vielleicht unglücklich, aber früher oder später würde irgendein Herr mittleren Alters auftauchen und sie heiraten wollen; sie war so ein Typ. Soll sie doch jemand anders heiraten, dachte Levin. Von Anfang an hatte er sich dagegen gewehrt, ihr Retter – oder ihr Opfer – zu werden. In einem unglücklichen Augenblick nach dem Tod des einstigen Geliebten hatte sie ihn zufällig aus einem Haufen weggelegter Bewerbungsschreibender ausgepickt. Sie hatte ihn, der in einer entlegenen Hafenstadt wohnte, angekreuzt und ihn über den ganzen Kontinent kommen lassen. War er durch diese zufällige Wahl für ihr Leben verantwortlich? War er für alle Ewigkeit an diese Wahl gebunden? Das hieße doch wohl, das Kismet in einem zu weiten Sinne auslegen. Wer war wirklich noch ein Mann, wenn er seine Freiheit schon vor der Zeit aufgegeben hatte?

Es war ruhig in der Stadt, als er durch die Straßen ging; fast verlassen lag sie da mit ihren dunklen Häusern, und kein Laut war zu hören, denn die College-Studenten waren in die Ferien gefahren. Niemand begegnete ihm. Als er zum Fluß gekommen war, blickte er eine Zeitlang in das dahinströmende Wasser, dann kehrte er um, vermied es, durch das Geschäftsviertel zu gehen und sein Spiegelbild in den Schaufenstern zu sehen, und schlenderte dennoch, auch nach so vielen Jahren, durch die steinigen Straßen der Vergangenheit. Die Großstadt verfolgte ihn heute Nacht. Während die anderen schliefen, hatte sich Levin, in stinkender Kleidung, aus dem verwanzten Zimmer geschlichen, in dem er sich am Tag versteckt hielt, wanderte durch lange, dunkle Straßen, und seine Blicke suchten in den Häusern der Menschen nach Lichtflecken. Viele, viele Nächte hatte er durchwandert, getrieben von der quälenden Sehnsucht nach einer anständigen Zukunft; und wenn sie unmöglich wäre – nach einer weiteren Flasche. Wenn er den Jahreszeiten nachgejagt hatte wie ein Hund, verscheuchte er sie, sobald sie wirklich gekommen waren: Im Winter suchte er im eisigen Wind den Duft und den Atem des Frühlings zu erkennen; war aber die Zeit der Blüten gekommen, wurde er wie wild, und im Laub des Sommers suchte er, in asketischer Begierde, verbissen nach welken Blättern und fand sie unter jedem Strauch; der Herbst hingegen gemahnte ihn an das eigene, lange währende Sterben. So war es so viele Jahre hindurch gewesen, daß er sich ihrer Zahl nicht mehr zu entsinnen vermochte.

Auf einem Umweg gelangte er an ihr Haus und blieb auf der gegenüberliegenden Seite unter dem Pflaumenbaum stehen. Schon sah das Haus aus, als ob es leer wäre, nur im Wohnzimmer brannte noch Licht, und durch das halbgeöffnete Fenster konnte er sehen, daß sie beim Packen war. Sie trug eine Bluse und ihre Torero-Hose, hatte eine Zigarette im Mund und legte Kindersachen in einen Koffer. Wer ist sie? dachte Levin. Was weiß ich wirklich von ihr? Er beschloß, wenn er nach ihrer Rückkehr aus Nevada immer noch nicht wüßte, wie sie zusammen leben sollten, alles aufzugeben. Damit wäre das Gilley gegebene Versprechen hinfällig, und nach einem Jahr an einer Oberschule würde er wieder versuchen, an einem kleinen geisteswissenschaftlichen College anzukommen, um dort zu unterrichten. Wenn er Glück hätte, würde er es vielleicht schaffen.

Pauline hielt sich ein gelbes Kleid an und prüfte, wie es ihr stand. Sie legte es fort und rieb mit einem Tuch an etwas, das auf dem Tisch lag. Als sie den Gegenstand aufnahm, schob sie ihn unters Kinn: Es war eine Geige. Sie untersuchte den Bogen, dann fing sie an zu spielen. Levin lauschte, bis er die Musik erkannte.

Er verschlief die Zeit, erwachte ganz plötzlich und bespritzte sich gerade das Gesicht mit kaltem Wasser, als die Wirtin an die Tür klopfte. »Mrs. Gilley hat angerufen und gesagt, Sie sollten sofort zu ihr kommen, es sei sehr wichtig.«

Das war vielleicht gefährlich. Eilends zog er sich an, rasierte sich und verließ das Haus; sicherheitshalber ließ er aber beide Gepäckstücke zurück.

Als er bei Pauline vorfuhr, sah sie aus dem Fenster und öffnete ihm dann die Tür.

»Was ist los?«

Entweder wollte oder konnte sie ihm nicht ins Gesicht sehen. Plötzlich war Levin sehr aufgeregt.

Schließlich sah sie ihn an und sagte leise: »Ich bin schwanger – wahrscheinlich im zweiten Monat.«

Da merkte er, daß er noch immer den Hut auf dem Kopf hatte, und nahm ihn ab. So viel Blut strömte in seinen Kopf, daß er schwer wie ein Felsen wurde.

»Von mir?« fragte er.

Ein blasses Lächeln huschte über ihr Gesicht. »Sicher nicht von Leo.«

»Ich wollte sagen – von Gerald. Nein, das wollte ich ja gar nicht.«

»Ich hatte schon im letzten Monat einen leisen Verdacht«, sagte Pauline, »aber dann glaubte ich es doch wieder nicht, denn ungefähr zur richtigen Zeit verlor ich etwas Blut.«

»Ich habe wirklich gar nicht an die Möglichkeit einer Empfängnis gedacht die paar letzten Male.«

»Du möchtest wohl bei jedem Ereignis das dazu passende Gefühl haben?«

»Du vielleicht nicht?«

»Doch«, sagte sie. »Deshalb habe ich dich ja angerufen, sowie ich meiner Sache sicher war. Gerade gestern Nacht fiel mir ein, daß meine Periode schon fällig gewesen war. Dann sah ich auf dem Kalender nach und fand, daß sie überfällig war. Heute morgen rief ich den Arzt an und ließ mich untersuchen. Kein Zweifel – ich bin schwanger. Ich wollte nicht, daß du denken solltest, ich sei nur deshalb zu dir zurückgekommen. Darum wollte ich es dir vor unserer Abreise sagen, falls du dich doch von mir trennen willst.«

»Was würdest du machen, wenn ich das täte?«

»Ehrlich gesagt – ich weiß nicht. Ich könnte ja versuchen, es abzutreiben.«

»Nein.«

»Sagst du das mit deinem eisernen Willen oder aus Mitleid für das Menschengeschlecht?«

»Ich will das Kind haben!«

Pauline sagte leise: »Ich bin ganz erleichtert. Ich wußte wirklich nicht, wie du es aufnehmen würdest.« Dann fuhr sie fort: »Fühle meine Brüste – sie fangen an zu wachsen.«

Levin berührte sie.

»Sie werden wieder zusammenschrumpfen, wenn das Baby entwöhnt ist, aber du wirst doch wenigstens wissen, wie ich mit kleinen Brüsten aussehe.«

Er fuhr zurück, um sein Gepäck zu holen, pflückte noch rasch eine Kirsche vom Baum und verabschiedete sich von Mrs. Beaty. Auf dem Rückweg sah er Bullock in einem neuen roten Kombiwagen. George hatte erwartet, Stilkundedirektor zu werden, aber Pauline hatte Levin erzählt, daß Gerald dieses Amt behielt.

Pauline und die Kinder waren fertig, nur hatte sie vier statt drei Gepäckstücke, einen Seesack und einen Geigenkasten. Le-

vin schwitzte und dachte schon, er müsse sich einen Gepäckträger für den Wagen besorgen, aber gerade in dem Augenblick kamen die Buckets des Weges, Algene mit einem dicken Bauch, im neunten Monat; Joe half Levin, fünf Gepäckstücke im Kofferraum zu verstauen; zwei weitere, den Geigenkasten und seinen Schirm legten sie auf den Rücksitz des Wagens.
»Ein Gepäckträger ist noch nicht nötig«, sagte Bucket. »›Ein gesparter Penny ist ein verdienter Penny‹.«
»Aber der verdiente Penny macht mir Sorgen«, sagte Levin.
»›Gott mildert den Wind, wenn das Lamm geschoren ist‹.«
»Lev ist kein Lamm«, sagte Pauline.
»Ich spreche nur von mir«, sagte Bucket.
Levin hob Erik auf den Rücksitz. »Jetzt bin ich dein Vater.«
»Ich will aber meinen richtigen Pa!«
Als sie alle fünf – eingeschlossen Paulines Baby – eingestiegen waren, startete Levin den Hudson, und die Buckets winkten ihnen nach. Was wäre geschehen, wenn ich einen Siebensitzer gekauft hätte?
Mary saß vorn im Kindersitz; die Ekzeme an ihren Armen waren mit Salbe beschmiert. Pauline hatte ihr Haar gebürstet, bis es glänzte, und trug es zu einem Knoten aufgesteckt. Er hatte erwartet, daß sie das gelbe Kleid anziehen würde, daß er in der vergangenen Nacht gesehen hatte, aber statt dessen trug sie das ärmellose weiße Leinenkleid, in dem er sie zum erstenmal gesehen hatte. Als sie davonfuhren, blickte sie noch einmal auf das Haus, dann drehte sie sich um.
Levin fuhr zum Stadtrand, um die Berge noch einmal zu sehen. Die Wolken hatten die Form von Pferden und Vulkanen, die aufeinanderprallten.
»Ein schönes Land.«
»Wenn Schönheit alles ist.«
Sie fuhren über den Campus, wo die Bäume nun vollbelaubt waren und sich über den schmalen Wegen mit den Kronen berührten und ihre Schatten auf die Rasenflächen warfen.
»Hier habe ich versagt«, erklärte Levin.
»Du hast es fertiggebracht, daß nach dreißig Jahren *Die Grundlagen* ... endlich rausgeworfen wurden!«
»Eine großartige Revolution!«
»Gerald beabsichtigt außerdem, ein paar junge Dozenten, die

sich auf die Promotion vorbereiten, die Literaturklasse halten zu lassen.«
»Und doch möchte ich unterrichten«, sagte er.
»Verkauf dich nicht zu billig.«
»Aber davon versteh' ich nun einmal etwas.«
»Was hast du sonst noch versucht?«
»Zu viel.«
Sie sahen Fabrikant, der mit einer langen, dünnen Zigarre im Mund ins Büro eilte.
»Er läßt sich jetzt einen rötlichen Schnurrbart stehen«, sagte Pauline.
»Ich habe gehört, der Dekan habe ihn gebeten, den Kursus über ›Die Großen Bücher‹ zu leiten.«
»Das war deine Idee«, sagte Pauline. Und weiter: »Wenn Gerald dir das versprochen hätte – er würde sein Versprechen nicht halten.«
»Das ist es eben«, erwiderte Levin.
Sie lehnte den Kopf an seine Schulter. »Vertraue mir, mein Liebster, ich werde dir eine gute Frau sein.«
Ihr Körper duftete wie frischgebackenes Brot, wie Brot aus Blumen.
»Hier – trag diese!« Levin gab ihr die goldenen Hängeohrringe, die er für sie aufgehoben hatte.
Sie befestigte sie an den Ohren. »Gott segne dich, Lev.«
»Zu Hause nannte man mich Sam.«
»Gott segne dich, Sam.«
Zwei Arbeiter in Schutzhelmen standen mit einer Säge in dem Ahornbaum vor dem Geisteswissenschaftlichen Institut und sägten einen belaubten Ast nach dem anderen ab, um Platz zu machen für einen Wärmeschacht. Auf der Seite, auf der das Gebäude des Studentenverbandes stand, richtete Gilley eine Kamera auf diesen Vorgang. Als er Levins Hudson erblickte, zielte er mit dem Apparat und knipste. Als sie vorbeifuhren, riß er ein rechteckiges Stück Papier von der Hinterseite der Kamera los und schwang es durch die Luft. »Ich hab' euer Bild!«

Saul
Bellow
Der Dezember
des Dekans
Kiepenheuer
& Witsch
Roman

Joyce Carol Oates

»Die große Erzählerin schämt sich ihrer Menschenfreundlichkeit und ihrer Barmherzigkeit ebensowenig wie ihrer Nüchternheit und Intellektualität.«
(Marcel Reich-Ranicki)

15 Kurzgeschichten von der alltäglichen Liebe, dem alltäglichen Haß und ihren lautlosen Katastrophen.
dtv 1643

Die weißen »Underdogs« Amerikas sind die Helden dieses Romans. Die Geschichte einer Familie und die Geschichte der Vereinigten Staaten von den dreißiger Jahren bis zu den blutigen Rassenunruhen in Detroit 1968.
dtv 1747

Frauen und Männer auf der Suche nach Glück, nach Liebe, nach einer Erfüllung des Daseins, die ihre seelische Erstarrung löst.
dtv 10032

dtv

Frauen leben
Frauen schreiben

Elisabeth Plessen:
Mitteilung an den Adel
dtv 1468

Isabella Nadolny:
Ein Baum wächst übers Dach
dtv 1531

Gabriele Wohmann:
Sieg über
die Dämmerung
dtv 1621

Barbara Bronnen:
Die Tochter
dtv 1768

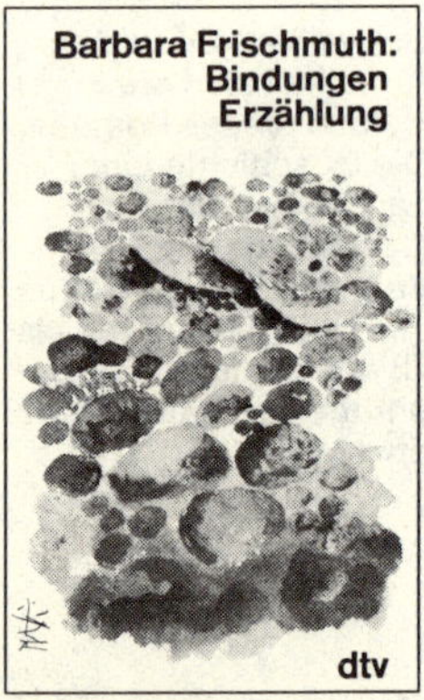

Barbara Frischmuth:
Bindungen
dtv 10142

Gudrun Pausewang:
Rosinkawiese
dtv 10191